戲曲學(二)

藝術論與批評論

曾永義 著

三民書局

國家圖書館出版品預行編目資料

藝術論與批評論　戲曲學(二) / 曾永義著. －－初版一刷. －－臺北市: 三民, 2018
面;　公分. －－(國學大叢書)

ISBN 978-957-14-6136-6　(第一冊: 平裝)
ISBN 978-957-14-6405-3　(第二冊: 平裝)
ISBN 978-957-14-6407-7　(第三冊: 平裝)
ISBN 978-957-14-6312-4　(第四冊: 平裝)

1. 戲曲

824　　　　107005454

© 藝術論與批評論　戲曲學(二)

著作人	曾永義
發行人	劉振強
著作財產權人	三民書局股份有限公司
發行所	三民書局股份有限公司 地址　臺北市復興北路386號 電話　(02)25006600 郵撥帳號　0009998-5
門市部	(復北店) 臺北市復興北路386號 (重南店) 臺北市重慶南路一段61號
出版日期	初版一刷　2018年5月
編號	S 980110

行政院新聞局登記證局版臺業字第〇二〇〇號

ISBN　978-957-14-6405-3　(第二冊:平裝)

http://www.sanmin.com.tw　三民網路書店

自序

前年（二〇一六）三月，三民書局為我出版《戲曲學》第一冊。「戲曲學」原擬十二論，分四冊出版。現在雖仍分四冊，但已有所調整。緣故是去年（二〇一七）八月，科技部所資助三年期「行遠專書撰著計畫」《「戲曲歌樂基礎」之建構》已完稿須繳交成果，所以先行出版《戲曲學》第四冊。而同時排校其第捌、玖、拾三論〈藝術論〉、〈批評論〉、〈戲曲學要籍述評〉合為第二冊，但卷帙有如首冊之浩繁，三民編輯部主事同仁乃建議我將之分裝兩冊，以「藝術論與批評論」為第二冊，「古典曲學要籍述評」為第三冊自成單元，以便讀者閱讀。何況原擬之《曾永義戲曲史論文彙編》已將之作為基礎，正進行「戲曲演進史」之寫作，而三民書局又復與我預約，自可另成一書。可見「學術事業」的路途，亦如人生步履，不能不隨境遇而權衡。

本書二論含「藝術論」六篇、「批評論」三篇。

其論〈戲曲藝術之本質〉：認為當從構成戲曲之元素入手探討，乃能周延概見本末分明。得知戲曲因以歌舞樂為美學基礎，加上劇場舞臺狹隘，其藝術特性自然為非寫實之寫意，從而促成其表演之原理為虛擬與象徵；由此又為便於演員與觀眾間之呈現與欣賞，於宋元明時乃有「格範」（訛為形近音近之「科汎（泛）」），即今之所謂「程式」。從歌舞樂而衍生歌舞樂之融合性、歌舞性與節奏性，其寫意則生發為誇張性、疏離且投入性。其他又由演出場合與劇場、劇團不同而引起觀眾、內容、思想、藝術之變異性，以及說唱文學所導致之敘事展延性、雜技融入之演出調劑性與結構鬆懈性，乃至於故事題材之蹈襲性與儒家影響下偏向教化性。

其論〈戲曲表演藝術之內涵與演進〉：可知戲曲演員之表演藝術內涵，根源於構成戲曲之元素及其所形成之戲曲質性。雖然戲曲有大戲小戲之精粗、劇種各自之差別，但就演員之藝術修為而言，前賢所歸納之「四功五法」，實為此中之不二法門。所謂「四功」即「唱做念打」，「唱念」在咬字吐音與行腔，講究字清腔純板正，行腔在傳情動人，其間則有賴於天然音色之質性與口法之運轉。「做打」則在手眼身髮步「五法」之造詣，以肢體語言行精妙之姿韻。也就是說戲曲演員表演藝術之基本修為不外「歌」與「舞」，而歌舞性也正是戲曲之藝術本質。而演員之進入戲曲藝術，莫不因材質而以腳色分科，資質出類拔萃者，則可以兩門三門抱，其不世出者則可以「文武崑亂不擋」。

戲曲由於歷代劇種之遞嬗與發展，其藝術之內涵與輕重，自然有所演進與變異。譬如小戲基本在「踏謠」，腳色由不明顯到二小三小；北曲雜劇由說唱藝術一變而來，重在歌唱，身段動作尚且在於配搭歌唱，但已具科汎（泛）程式，腳色末旦之命義止於獨唱全劇之男女主腳，淨腳但為插科打諢，無男女性別之分。直到傳奇才發展為歌舞樂融而為一之綜合藝術，其做工已極精緻，但源自武術雜技之「打」，則有待於京劇之完成。余漢東《中國戲曲表演藝術辭典》，將京崑兩劇種「做打」之表演藝術分為十一大類五十五綱一六九七目，❶其中縱使扣除行話術語（計二〇四目），尚得一四九三目，即此可見發展完成後之戲曲表演藝術，光就「做、打」而言，已是精細之極，足以教人琳瑯滿目如萬花筒矣。

❶ 余漢東編著：《中國戲曲表演藝術辭典》（武漢：湖北辭書出版社，一九九四）。

然而縱使戲曲表演藝術已如此教人眼花撩亂，若論其表演藝術之境界，則文人眼中，莫不以形神俱化為至尚；而其「藝」術縱然妙絕，若其「色」不相稱，亦終非完美。因此完美之戲曲表演藝術家，既要得之於人又要得之於天，乃能「色藝雙全」、「形神合一」成為世人稱道、仰望而難於世出的典範。

其〈論說「京劇流派藝術」之建構〉：所謂「京劇流派藝術」，是京劇演員所創立表演藝術的獨特風格，被觀眾所喜愛認可，所共鳴模擬，終於薪傳有人而成群體風格，流行劇壇的一種京劇表演藝術。它是隨著開創者的成熟而建立，隨著徒眾的薪傳而完成。

京劇流派藝術本身雖是綜合性錯綜複雜的有機體，但也必然有其建構的共同背景因素，有其建構的共同基本因素和個別因素；也有其建構為獨特風格的歷程，最後則由獨特風格發展為群體風格，流行劇壇，於是流派才算完成。

任何一位創立京劇流派藝術的演員，都必須在京劇藝術的共同背景之下，營造個人堅實的基本藝術修為和個人藝術特色；其共同背景應當包含以下三個因素：其一，戲曲寫意程式和演員腳色化的表演方式；其二，詩讚系板腔體的藝術特質；其三，京劇進入成熟鼎盛期才是流派藝術建立和完成的時機。

因為寫意、程式、演員腳色化的表演方式，是戲曲劇種的共性，在此「共性」制約之下，演員仍有許多由此而自我生發的空間，這空間就可以創出自己的特色，其詩讚系板腔體的藝術特質，較諸詞曲系曲牌體有更多的自由可以發揮一己的特殊風格；而京劇藝術如非發展到成熟鼎盛時期，其藝術既未臻堅實，就很難水到渠成的建構其進一步以演員特色為號召的流派藝術，遑論完成由獨特風格為群體風格。所以沒有這三方面作背景、作前提，流派藝術就無法在京劇裡起步建構。

在此三背景之下，高明的京劇演員就能憑藉其先天的嗓音和後天淬礪的口法和行腔修為去提升西皮二黃板腔的藝術質地，創造出自己唱腔的藝術特色，這種具有自己特色的「唱腔」，就是京劇演員開創流派藝術的基礎。

而京劇演員在開創其獨特的唱腔之際和其後，又要不停的由主客觀環境中，接納吸收對自己表演藝術有益的滋養。直到有一天形成了獨特的表演風格，其所開創的流派藝術也才真正建立起來。也就是說，京劇流派藝術形成獨特的表演風格，開創的演員是要經過層層磨礪的，其層層磨礪的過程大抵是：其一，經名師指點，轉益多師，成就所長；其二，在班社中掛頭牌，名角配搭同演，組織創作團體，開創專屬劇目；其三，演員透過腳色創造獨特鮮明之劇中人物，也因而創發了新行當、新妝扮、新程式。其四、流派藝術由獨特風格到群體風格。經過這四段進階，京劇的流派藝術才算真正的完成。

其〈論說「拗折天下人嗓子」〉，分「諸家對《牡丹亭》韻律的非議」、「湯顯祖對諸家非議的反應」、「湯顯祖不懂音律嗎？」、「《牡丹亭》乃為宜伶而作」來探討，所得的結論是：湯顯祖的戲曲觀，乃至於文學藝術觀，無不以自然臻於高妙。所以他所顧及的不完全是譜律家斤斤三尺的「人工音律」，而重視的是「歌永言，聲依永」，發乎「情志」的「自然音律」；加上他的《牡丹亭》根本不為水磨調而創作，只為宜伶傳習的「宜黃腔」而施之歌場；所以如果執著於以崑曲化之傳奇，來考究聲調律、協韻律，乃至於宮調聯套等律則來衡量《牡丹亭》，甚至於以此等律法打成的工尺譜來歌唱《牡丹亭》，則自然要平仄失調、韻協混押、宮調錯亂、聯套失序，終至「拗折天下人嗓子」。而我們也知道，音律之道玄妙無比，高才穎悟者，自能運用靈動，隨心所欲；如若欲執以為是之「不二法」以「吹毛求疵」，則盡古今之律法家，亦必「作法自斃」。因之，我們於明清戲曲論者所嘵嘵不休的「《牡丹亭》音律」也就不必重視了。

其〈散曲、戲曲「流派說」之溯源、建構與檢討〉：論「戲曲流派」，近代文學史家、戲曲史家，皆以明萬曆間呂天成、王驥德所引發之所謂「湯沈文律之爭」為起點，而又多進一步各據所見有所建構和增益。及門鍾雪寧《所謂「湯、沈之爭」的形成與發展》和〈「明代戲曲流派說」源流與演繹之探索〉❷對此論之已詳。

但是，對於「散曲、戲曲流派說」，雪寧論文之外，尚有許多可論述之空間，譬如就「溯源」而言，宋金元三代是否已有跡象可尋？明人在「湯沈論爭」之前，是否已有前奏曲？而「湯沈論爭」的實際情況究竟如何？何以近現代學者熱衷於參與「流派說」，其現象如何？又何以論說紛紜而莫衷一是？「流派」到底為何物？「散曲」、「戲曲」又應如何建構流派？而詞曲系曲牌體戲曲劇種和詩讚系板腔體戲曲劇種之質性有何異同？何以前者建立流派之基準只能出諸「唱詞之詞與律」，而後者則何以出諸演員之「唱腔」？而以演員之「唱腔」為基準之詩讚系板腔體戲曲劇種，演員又如何以一己「唱腔」之特色為基準，在何種條件下逐漸建構完成屬於自己之「流派藝術」？而對於詞曲系曲牌體戲曲劇種，又可以採取何種「分類法」，以利學者之論述？凡此都是本文所要探討的問題。其探討後的結論是：詞曲系曲牌體戲曲之分派說，不過是戲曲史家為論述方便所作的畫分，本身不止難有定準，而且也難具絕對的意義。但若欲擇其一以為「戲曲流派」之共同基準，亦非全然不可；則當就「詞曲系曲牌體劇種」、「詩讚系板腔體劇種」分別以其文學與藝術之核心為基準，然後由此所得之「流派」乃能堅實而顛撲不破。而其核心為何？鄙意以為由於「詞曲系曲牌體劇種」如金元雜劇、宋元南戲、明清傳奇、明清南雜劇，皆以劇作家為中心，重其唱詞文采與曲牌格律之修為；而「詩讚系板腔體劇種」如京劇、評劇、越劇等，皆以演員為中心，重其表演藝術之修為。而兩者之修為，又實各以「詞、律」、「唱腔」為核心，所以若能將兩體系分別以「詞、律」、「唱腔」為唯一基準來分門別派，就應當沒有被「崩解」的可能。當然，這只

❷ 鍾雪寧：《所謂「湯、沈之爭」的形成與發展》（臺北：國立臺灣大學中國文學研究所碩士論文，一九九五）。鍾雪寧：〈「明代戲曲流派說」源流與演繹之探索〉，《中國文學研究》第三八期（二〇一四年七月），頁一五五—一九九。

是就「戲曲」之為綜合文學和藝術而說，它是無法像朱萬曙就一般思想家和文學家結合成派的「三要素」來論說的。朱氏所謂「文學流派」三要素是：同一時期之作家組成，文學見解相同相近或作品風格相近相似，作家自覺或不自覺的結合起來。

其〈從明人「當行本色」論說「評騭戲曲」應有之態度與方法〉：首先述評明人十四家「當行本色」之說，其論「當行」除沈德符略得本義與引申義，王驥德以「淺深、濃淡、雅俗」得宜者為「本色」外，其餘皆僅得一隅，甚者自我淆亂，莫知所云。其實「本色」當指「曲之本質」之總體呈現，「當行」實為創作與評騭戲曲之全面修為。總此而揭櫫「評騭戲曲應具備之態度與方法」。其態度則謹嚴而不拘泥，其方法則具體而完備兼具八端。八端為何？一、本事動人；二、主題嚴肅；三、結構謹嚴；四、曲文高妙；五、音律諧美；六、賓白醒豁；七、人物鮮明；八、科諢自然。

以此八端來衡量我國戲曲，倘劇作止於本事動人、主題嚴肅、曲文高妙三者具備，或甚至於僅曲文一項高妙，則不失爲案頭之曲；倘結構謹嚴、音律諧美、科諢自然、賓白醒豁四者兼備，則堪爲場上佳劇。倘曲文高妙，又加以場上四項，則不失爲案頭，場上兩兼之佳作；而若七者健全，又益以人物分明一項，則堪稱無懈可擊之妙品。

但是持「八端」以衡量我國戲曲的同時，還應當隨時注入和發掘新的文學情趣。其方法不妨採取現代的文學批評理論或訴諸個人的感悟，但以不牽強附會和偏執一隅爲原則。能如此，那麼欣賞評論我國戲曲，才能既客觀而又主觀，不失劇作的真面目，而又能抒發其底蘊，於是劇作的價值和成就也才能真正了然。

而若執此「八端」再回顧明人「本色」、「當行」之說，由於其論述失諸草率隨興，不止難以周延深入，而且因其大抵「各說各話」，就使後人探討起來，每每糾葛於其難於取精擇實的混淆之中。但是倘能將「當行」、

「本色」還其原本「真諦」，亦即戲曲之「本色」實指「曲」和「戲曲」所具備的真質性、真面貌之總體呈現；戲曲之「當行」者，實指對「曲」和「戲曲」具有全然認知和修為的劇作家和批評家，那麼執此「本色」、「當行」以製曲撰劇和評曲論劇，必為其不二之法門，此「法門」也正是本文所論的「評騭戲曲」的態度與方法。

上述六篇可說是著者頗具心得之論，對「戲曲學」之意義可能較多；其餘三篇大抵為知識性之考述，或亦可傳達獻曝之忱，故附見於此。讀者鑒之！

二〇一八年元月七日晨曾永義序於臺北森觀

戲曲學(二) 藝術論與批評論 目次

自序

第二冊

藝術論

批評論

藝術論

一、戲曲藝術之本質

緒論

戲曲為中國所獨有，論其「藝術特質或特徵」者頗多，但所謂「特質或特徵」必經比較乃能顯現，就中國戲曲而言，自然要與西方戲劇、印度梵劇等相提並論，乃能切實掌握。而論者多未能做此功夫，所以所見至多只能說是「戲曲之性質或本質」。著者亦未能「學貫中西」，因之但敢以「中國戲曲之本質」為題論一己之所見。而由於戲曲藝術之本質與戲曲構成之要素有極為密切的關係，可以說戲曲藝術之本質是由戲曲構成要素所產生出來的。那麼什麼是戲曲，其構成要素又是如何呢？

戲曲與戲劇有別，戲劇一詞始見唐代，原指滑稽詼諧之小戲，如唐代參軍戲；今用指舉凡演員搬演故事者均是，如話劇、舞劇、歌劇、默劇、偶戲、戲曲、電影、電視劇等。戲曲一詞始見於南宋，原是戲文的別稱，現在用來作為中國古典戲劇的總稱，有小戲、大戲之別。

小戲舉凡「演員合歌舞以代言演故事」皆是，含演員、歌唱、舞蹈、代言、故事、表演、劇場、觀眾等八個要素。若就歷代劇目劇種而言，即是《九歌》、《東海黃公》、《踏謠娘》、唐參軍戲、宋雜劇、金院本、明過錦戲和秧歌戲、花鼓戲、花燈戲、採茶戲等近代地方小戲。

大戲，我所下的定義是：搬演曲折引人入勝的故事，以詩歌為本質，密切融合音樂和舞蹈，加上雜技，而以說唱文學的敘述方式，通過演員充任腳色妝扮人物，運用代言體，在狹隘的劇場上所表現出來供觀眾欣賞的綜合文學和藝術。包括宋元南戲、金元北劇、明清傳奇、明清南雜劇、清代亂彈、皮黃等地方戲曲。

如果將小戲看作戲曲的雛型，那麼大戲就是戲曲藝術的完成。若比較大小戲構成的要素，大戲與小戲重複者，其藝術層面與內涵，自然要比小戲提升和擴大許多。而雜技一項，其實也是小戲源生的主要核心元素之一；器樂也必終於被小戲運用以襯托歌舞；所以大小戲就構成元素多寡而論，只有說唱文學之注入及其敘述方式之有無而已。當然，它必屬大型說唱有如諸宮調和覆賺，而非小型的曲藝。小型曲藝近代也是小戲源生的主要核心元素之一。另外，大戲以歌舞樂為藝術主要基礎，達到三者完全融合的境地，也不是小戲所能望其項背的。❶

小戲情節極為簡單，藝術形式粗俗，若就民間小戲而言，內容不過鄉土瑣事，表現庶民生活和鄉土情懷。其一人單演者為「獨腳戲」，小旦、小丑合演者為「二小戲」，加上小生或另一小旦或另一小丑者為「三小戲」，劇種初起鄉土時女腳多由男扮；皆土服土裝而踏謠；又因是除地為場，故稱「落地掃」或「落地索」，其基本情味是滑稽笑鬧。

無論大戲小戲，其構成是由多元藝術因素綜合而成，所以戲曲的基本特質是「綜合藝術」；再由於大戲的

❶ 以上參見拙作：〈也談戲曲的淵源、形成與發展〉，《戲曲源流新論》（臺北：立緒文化事業有限公司，二〇〇〇），頁二〇—一一三。但要補充說明的是：「戲劇」之命義如就現代劇場之概念，已非如此。此就近代傳統而言。

內容，可以運用歷代各種文體，不拘雅俗，所以發展完成的戲曲也是「綜合文學」，也因此大戲是「綜合的藝術和文學」。

而若欲舉發展完成的戲曲藝術本質，也就是大戲的藝術本質，則由於其美學基礎是歌舞樂，又在狹隘的劇場上演出，所以產生了「虛擬、象徵、程式」的表演藝術基本原理，虛擬以抽象見於身段動作，象徵以具象見於服飾道具，程式則對虛擬、象徵形成規範並予以制約，並從而衍生為歌舞性、節奏性、寫意性與誇張性、疏離且投入性的藝術本質。更由於戲曲受到其他構成因素的影響，而呈現了一些較特殊的現象，諸如敘述性、娛樂性、教化性等。

然而前輩時賢對於戲曲特質或本質的看法又是如何呢？在著者未抒發己見之前，請先鳥瞰一番。對此，相關著作很多，謹就個人涉獵所及舉其要者，簡介如下：

1. 張贛生《中國戲曲藝術》❷第二章〈戲曲藝術原理〉舉出：觀眾中心論，坦白承認是在演戲，表現形式的程式化、戲是生活的虛擬。
2. 阿甲〈談平劇藝術的基本特點及其相互關係〉❸指出以下幾點：程式和生活關係的問題，程式藝術的綜合性和獨立性的問題，行當的共性和個性的關係問題，行當程式時代感問題，唱做念打和空間處理時間處理的問題；用什麼樣的表現方法和觀眾打交道的問題。
3. 張庚〈漫談戲曲的表演體系問題〉❹認為「戲曲藝術的特點」是「不能是現實主義」，表現在戲曲的音樂性、

❷ 張贛生：《中國戲曲藝術》（天津：百花文藝出版社，一九八一）。

❸ 收入《戲曲美學論文集》（臺北：丹青圖書公司，一九八六），頁一〇八—一三〇。阿甲另有《戲曲表演規律再探》（北京：中國戲劇出版社，一九九〇）。

節奏性、舞蹈性和程式之上。

4. 黃克保〈戲曲舞臺風格〉❺指出：虛擬手法是戲曲舞臺結構的核心，戲曲時空觀念的超脫帶來藝術表現的自由，戲曲本質上是排斥寫實布景的。

5. 祝肇年《古典戲曲編劇六論》❻，其一論〈戲曲藝術特徵〉，約為寫意和程式，並論及程式的形成及其與寫意的關係。

6. 韓幼德《戲曲表演美學探索》❼，認為戲曲舞臺藝術美學是現實主義的泛美創作表演體系，具有語音美，詩美，劇詩美，吟誦美，音樂美，舞蹈美，雕塑美，繪畫美與工藝美，整體美。

7. 張庚、郭漢城主編《中國戲曲通論》❽，其第三章沈達人所撰〈戲曲的藝術形式〉指出：(1)詩樂舞的融合　(2)節奏性　(3)虛擬性　(4)程式性　四者構成了「戲曲的藝術形式」。

8. 曹其敏《戲劇美學》❾指出「中國戲曲的藝術特徵」是：綜合藝術、虛擬性、程式。

---

❹ 同上註，頁一三一－一五五。

❺ 同上註，頁一五六－一八九。黃克保另有《戲曲表演研究》（北京：中國戲劇出版社，一九九二），頁一－一三八，旨趣相近。

❻ 祝肇年：《古典戲曲編劇六論》（北京：中國戲劇出版社，一九八六），頁一－一二三。又見《祝肇年戲曲論文選》（北京：文化藝術出版社，一九九八），頁一一五－一二三。

❼ 韓幼德：《戲曲表演美學探索》（臺北：丹青圖書公司，一九八七），頁九－一九一。

❽ 張庚、郭漢城主編：《中國戲曲通論》（上海：上海文藝出版社，一九八九），頁一二七－一七九。

❾ 曹其敏：《戲劇美學》（北京：人民出版社，一九九一），頁一四五－一七八。

9. 吳毓華《古代戲曲美學史》❿認為「古代戲曲美學的基本特徵」是：審美的基本原則是真善美的統一、基本的審美境界是情景合一，基本的創作表現論是意象論，重技藝貴神奇的審美追求。

10. 周育德《中國戲曲文化》⓫論及虛擬動作的程式，誇張變形的程式，臉譜化妝的程式。

11. 沈達人《戲曲的美學品格》⓬謂戲曲的藝術方法有兩個美學源頭，即《周易・繫辭傳》所云「立象盡意」和「觀物取象」。「立象盡意」要求藝術創作把客體物象與主體情志融為一體，形成獨特的藝術意象。「觀物取象」即摹象，就是要求藝術創作再現客體物象的形和神，而且要求藝術家盡量隱蔽自己的主體情志，只能在客觀描寫中讓主體情志自然流露出來。

12. 陳多《戲曲美學》⓭認為由歌舞詩為主要物質媒介而形成的戲曲藝術具有特殊的矛盾，而舞容歌聲、動人以情、意主形從、美形取勝是構成戲曲美的四種特徵。其舞容歌聲的實質在「無聲不歌，無動不舞」，其動人以情在傳事之情而無意中感動人心，同時傳達時空自由的「蒙太奇」情境。其意主形從，即是寫意，它是中國藝術的基調。其美形取勝，指以音樂舞蹈而構成的美的形式和以豐富的外在的美的形式取勝，是戲曲必備的藝術特徵。

13. 路應昆《戲曲藝術論》⓮認為聲之歌化、動之舞化、戲不離技是戲曲藝術的基礎，而離形得似與虛虛實實之

---

❿ 吳毓華：《古代戲曲美學史》（北京：文化藝術出版社，一九九四），頁四－一二。

⓫ 周育德：《中國戲曲文化》（北京：中國文藝出版社，一九九五），頁四五五－四六〇。

⓬ 沈達人：《戲曲的美學品格》（北京：中國戲劇出版社，一九九六），頁三－八。

⓭ 陳多：《戲曲美學》（成都：四川人民出版社，二〇〇一）。

⓮ 路應昆：《戲曲藝術論》（北京：廣播學院，二〇〇二），頁三－八。

「寫意」及其「程式體系」是戲曲藝術的特徵。

14. 呂效平《戲曲本質論》⓯認為戲曲本質上是抒情詩，但也與史詩並立。

15. 董健、馬俊山《戲劇十五講》⓰謂戲劇藝術的特徵是「演」與「觀」的交流而產生的，有四：其一，任何藝術都是藝術創造者的一種「言說」，從言說的方式來看，戲劇是史詩的客觀敘事性與抒情詩的主觀抒情性這二者的統一；其二，從藝術的構成方式來看，戲劇是一種集眾多藝術於一體的綜合性藝術；其三，從藝術運作的流程來看，戲劇是包括編劇、導演、演員、作曲、舞臺美術、劇場、觀眾在內的多方面藝術人才的集體性創造，這種集體性正是戲劇藝術綜合性的另一表現，也可以說是它的補充和延伸；其四，從藝術的傳播方式來看，戲劇藝術是具有現場直觀性、雙向交流性與不可完全重複的一次性藝術。

16. 劉文峰《中國戲曲文化史》⓱以虛實綜合的表演，心絃共鳴的音樂，誇張寫意的舞臺美術為戲曲的特質。

從以上所舉的十六家來觀察，可見諸家所見有相同也有差異，其論及戲曲「程式性」的有八家之多，「寫意性」的有六家，「虛擬性」的有五家，「綜合性」的有五家，其他「疏離性」、「節奏性」、「誇張性」都止一二家提及。而吳毓華從審美的角度論述，董健、馬俊山從整個戲劇面加以觀察，各能自圓其說。而呂效平但從抒情詩的層面剖析戲曲，未免褊狹；韓幼德認為戲曲是現實主義的泛美創作，堪稱別樹一幟。而若謂其中論述較為周延者，當推沈達人與陳多，沈氏合其專文專書觀之，共舉出詩樂舞的融合、節奏性、虛擬性、程式性、疏離性等五方面以論戲曲的特質；陳氏亦能以歌舞詩為主體，緣此以論戲曲之本質，故亦能自建縝密之體系。

⓯ 呂效平：《戲曲本質論》（南京：南京大學出版社，二〇〇三）。

⓰ 董健、馬俊山：《戲劇十五講》（北京：北京大學出版社，二〇〇四），頁一〇一－一二二。

⓱ 劉文峰：《中國戲曲文化史》（北京：中國戲曲出版社，二〇〇四），頁三五五－三八一。

然而著者以為，以上諸家均未能首先分辨戲劇、戲曲之分，戲曲又有大戲、小戲之別，論述時每每混淆一同，因之未必是純粹的戲曲之大戲本質。又戲曲之本質實源生於其構成之因素，因素之主從，又影響其本質之顯晦；倘不由此切入，恐難建立彰明較著之統緒，難免落入摸象之偏失或敘述之雜亂；而諸家多不能經意於此。

為此，著者乃敢在諸家之基礎上，從不同的觀點切入，建立不同的論述方法，希望對戲曲的本質作周延而系統性的論述。得失如何，尚祈讀者鑑之。

以下分四節，首先說明戲曲的美學基礎歌舞樂與劇場之內涵，其次論述由戲曲美學基礎所產生之戲曲表演的基本原理虛擬象徵與程式之命義及其呈現之狀況，其三論述戲曲藝術呈現的重要本質為歌舞性、節奏性、寫意性、誇張性、疏離且投入性，其四論述構成戲曲之其他因素所產生的戲曲較次要之本質，亦即其他本然現象。

(一)戲曲的美學基礎歌舞樂與劇場

戲曲的美學基礎歌舞樂與劇場，歌指的是唱詞形式；舞是肢體語言，即身段動作；樂是曲調唱腔和伴奏的樂器；劇場即戲曲的表演場所。

大體說來，戲曲的歌舞樂是密切的結合，演員唱出歌詞來，就要同時用唱腔和身段來詮釋歌詞的意義情境，而它們一齊展現在狹隘的劇場之上。

1. 戲曲唱詞

戲曲唱詞和說唱唱詞一樣，都可以分作詩讚系和詞曲系。

詩讚系之詩為七言，音節形式以四、三為主三、四為輔；讚為十言，音節形式以三三四為主三四三為輔；屬於齊言體。其平仄無定法，但求順口；其協韻大抵出句仄韻，對句平韻；句間止上下結構。

詞曲系用長短句的詞牌和曲牌。每一詞牌、曲牌的內涵，大約有以下八個因素：

1. 字數：一個調子本格正字的總數。
2. 句數：一個調子本格所具有的句數。
3. 長短：一個調子本格每句所應有的字數，由於其長短不齊，故稱長短句。
4. 句式：一個調子本格所具有的句子，其每句之字數和音節形式。音節形式有單雙二式，如三言作二一，四言作一三，五言作二三，六言作三三，七言作四三，皆為單式；如三言作一二，四言作二二，五言作三二，六言作二二二，七言作三四，皆為雙式。單式音節「健捷激裊」，雙式音節「平穩舒徐」。
5. 平仄聲調：就是每個句子的平仄格式，平聲中有時別陰陽，仄聲中有時分上去。其講求聲調律者，必為細曲。
6. 韻協：就是何處要押韻，何處可押可不押，何處不可押韻，甚至於何句必須藏韻。
7. 對偶：曲中往往逢雙對偶，所謂「逢雙」就是相鄰的兩句、三句或數句的字數和句式相同，往往就會對偶，但這不是必然的現象。
8. 句法：詞句中的特殊規定的複詞和文法結構。其講求句中語法律者主腔個性鮮明。

這八個因素也就是構成譜律的基礎，由此而曲調的主腔韻味、板式疏密、音調高低，乃有一定的準則。而其音樂之精粗也由此八律決定：八律具備則為細曲。但講前面數則則為粗曲。

可見詩讚系唱詞規律簡單，形式固定，歌者因之可騰挪變化，自由運轉的空間就相當的大，也因此容易趨向於俚俗；反之詞曲系規律謹嚴，形式長短變動，歌者因之較難自我發揮，也因此容易趨向於優雅。

2. 戲曲音樂

戲曲唱詞無不能運用的語言，但求恰如其分，適應腳色人物聲口之情境。

戲曲音樂是以宮調、曲牌、腔調、板眼、演唱者音色、演唱者唱腔、伴奏樂器為構成元素，伴奏樂器為襯托附加，唱腔與音色因人而異，所以真正的戲曲音樂基礎，是指前四者而言。

宮調用以制約調高、調式、調性，曲牌指元明以來的南北曲和民歌小調。每一宮調包含若干曲牌。曲牌如上所云各有一定的字數、句數、長短、句式、平仄聲調律、協韻律、對偶律、句中語法律，「性格」相當分明，產生各種不同的曲境，因之詞情必須與聲情相得益彰方可。據金元人芝菴《唱論》，宮調各具聲情，如元人常用的五宮四調：仙呂宮「清新綿邈」、南呂宮「感嘆傷悲」、中呂宮「高下閃賺」、黃鍾宮「富貴纏綿」、正宮「惆悵雄壯」、大石調「風流醞藉」、雙調「健捷激裊」、商調「悽愴怨慕」、越調「陶寫冷笑」。⑱

板眼用來決定曲子的節奏快慢，如一板三眼於現代音樂為4/4，一板一眼為2/4。腔調是方音以方言為載體的語言旋律，而使之逐次音樂化的載體是號子、山歌、小調、詩讚、曲牌，使之得以呈現的是歌者的唱腔，它可以透過唱腔改良，可以隨流播變化。⑲

因為曲牌必有所屬的宮調，和用來承載的腔調，以及用來節奏的板眼，所以四者俱備的叫做「曲牌系」；而其但有腔調、板眼的，則謂之「腔板系」。腔板系則作為詩讚系說唱和戲曲的音樂，曲牌系則作為詞曲系說唱和戲曲的音樂。詩讚系、腔板系說唱如宋代的陶真、涯詞、元明詞話和清代的鼓詞與彈詞；其戲曲如清代皮黃腔系、梆子腔系戲曲。詞曲系、曲牌系說唱如宋金諸宮調、宋代覆賺、鼓子詞、清代牌子曲；其戲曲如宋元南戲、金元北劇、明清傳奇、明清雜劇。

---

⑱〔金元〕芝菴：《唱論》，《中國古典戲曲論著集成》第一冊（北京：中國戲劇出版社，一九五九），頁一五九－一六二。

⑲著者有〈論說「腔調」〉，《中央研究院中國文哲研究集刊》第二〇期（二〇〇二年三月），頁一－一〇九，收入《從腔調說到崑劇》（臺北：國家出版社，二〇〇二），頁一二一－一八〇。

戲曲與器樂的配合，大抵循著這樣的線索，首先只用打擊樂，如有發展，再依次加入管樂、絃樂，最後是「絲竹更相和」，乃至於「八音會奏」。緣故是，如古人所云：「絲不如竹，竹不如肉。」因為人聲最美，管樂近人聲，所以在絃樂之先。以秦腔戲曲為例：起於鄉土時，但以梆子為節奏，其聲桄桄然，故稱梆子腔或「桄桄子」；其後，其加入管樂者稱「吹腔」，加入絃樂者稱「胡琴腔」，終於兼具文武場管絃樂打擊樂合奏。

戲曲所採用的音樂並非鍾磬琴瑟之屬所演奏出來的所謂「雅樂」，因為那種音樂太沉悶高雅，尤其已經被儒者披上道德的外衣，所以只好進入廟堂之中。戲曲所採用的音樂，倒是那些外傳的胡樂和「鄭衛之音」的時新小曲。也因此，中國戲曲無論哪一劇種，其所用的曲調都是多源的。吳自牧《夢粱錄》卷二十「伎樂」條云：

> 凡唱賺最難，兼慢曲、曲破、大曲、嘌唱、耍令、番曲、叫聲，接諸家腔譜也。⓴

南諸宮調「覆賺」的前身「賺曲」已經要「接諸家腔譜」；傳奇的前身「南戲」，也從里巷歌謠逐漸吸收大曲、詞和諸宮調、賺詞、佛曲、舞鮑老的曲調，從而按宮分調，使各曲牌俱有歸依，才形成了現在的面目㉑；元雜劇據王國維《宋元戲曲考》的分析，其曲調的淵源，可考的有大曲、唐宋詞和諸宮調，其他顯然也有胡樂的成分，如【忽都白】、【呆骨朵】、【者剌古】、【阿納忽】等即是。㉒皮黃中的唱腔，雖然大別為西皮和二黃兩大類，但還吸收了梆子、四平、慢二六、南鑼、銀紐絲、大釭調等地方戲小調，以及屬於崑曲範圍的各種曲調吹腔。像這樣，中國戲曲的音樂，其「調質」與「聲情」真可謂紛披雜陳，若再加上節奏粗細快慢的變化，

⓴ 〔宋〕吳自牧：《夢粱錄》（北京：中國商業出版社，一九八二），卷二十「伎樂」條，頁三一〇。

㉑ 見拙作：〈也談「南戲」的名稱、淵源、形成和流播〉，《戲曲源流新論》，頁一四五－一四六。

㉒ 見拙作：〈元雜劇體製規律的淵源與形成〉，《參軍戲與元雜劇》（臺北：聯經出版公司，一九九二），頁一七一－一七二。

而以之施於描摹人物的思想情感，無疑的，可以應付自如，取之不盡、用之不竭了。

可是音樂的道理究竟很精微。中國戲曲的音樂，起初應該都相當活潑，劇作家所遵守的只是「曲理」而非「曲律」。慢慢的，曲理已為人們所不解；劇作家對於音樂，便只知「墨守成規」，所謂「曲家三尺」既立，則斤斤然不敢稍存逾越之心了。戲曲音樂一旦到了這地步，那便注定非沒落不可的命運。

元雜劇成立的時候，不止形式刻板，連音樂也到了規律森然的程度。譬如每折宮調大致一定，各宮調也有固定的首曲和尾曲，套數的組織相當嚴密，哪些曲牌該在前，哪些曲牌該在後，哪些必須連用，哪些可以互相借宮，都有一定規矩。㉓傳奇對於宮調、曲牌的運用，比起雜劇來要自由得多，但是時日一久，也產生了許多規矩。譬如引子的使用就有因場合、腳色不同而有全引、半引之別，套數的組織必是細慢之曲在前、粗快之曲在後；於是宮調、曲牌以變化不重複為佳，哪些套數宜於歡情，哪些套數宜於悲感；哪些適合行動，哪些適合低訴；都有了成法。㉔名作家如清代的洪昉思，以其能自度新聲為集曲，對音樂的造詣極深，而其《長生殿》五十齣中，竟有三十五齣之聯套排場承襲或模仿前人。㉕深明「曲理」的臨川湯顯祖，因為大膽的逾越吳江沈璟所揭櫫的「曲家三尺」，他的《牡丹亭》乃活生生的被竄改得面目全非，難怪他要憤懣的說：「彼惡知曲意哉！予意所至，不妨拗折天下人嗓子！」㉖時至今日，《臨川四夢》齣齣可以施之歌場，㉗而《屬玉堂傳奇》十

㉓ 同上註，頁一七三－一七八。

㉔ 見許之衡：《曲律易知》（臺北：郁氏印書會，一九七九），頁五七－一七八；王季烈：《螾廬曲談》（臺北：商務印書館，一九七一），卷二，頁一－四六。

㉕ 見拙著：《長生殿研究》（臺北：商務印書館，一九七九），頁九三－一三六。

㉖ 見拙作：〈論說「拗折天下人嗓子」〉，《論說戲曲》（臺北：聯經出版公司，一九九七），頁一六一－一九八。

七種只存得七種，更幾不見於紅氍毹之上。[28]可知「律嚴而曲亡」，正是中國戲曲消長的通則。

戲曲的「唱」早在元代已經十分注重，有芝菴《唱論》一書專門探討唱曲的各種要訣，對於歌唱的節奏掌握、情感表現、咬字吐音，都有非常精細的分析，[29]可見元代的歌唱非常講究，已經到了純藝術化的境地。當時著名的演員，在夏伯和《青樓集》中也每每獲得「鳳吟鸞鳴」、「聲遏行雲」等美譽，[30]顯示當時人對戲曲演唱的重視。隨著戲曲藝術的提升，對於歌唱的要求也愈益嚴格。清代李漁《閒情偶寄》一書，是中國第一部有嚴謹系統的戲曲理論專著，書中對於唱曲的方法有明確的指示。[31]首先須了解唱詞的含義，揣摩劇中人物的性情心理，才能唱出曲子的真味。其次要注意字的音調、字音清晰、以及伴奏適切等技巧問題。戲曲的歌唱要使觀眾入耳即曉，所以特別重視咬字吐音，而音樂旋律也必須和字音聲調融合無間，才能完全呈現戲曲歌唱的美感。

在歌唱的腳色方面，元雜劇只由正末或正旦一人獨唱，[32]這種體製雖然可以使主唱腳色的歌唱技藝得到很

---

[27] 清人鈕少雅、馮起鳳、葉堂等用集曲之法，將曲調湊合曲詞，使之「宛轉歌之」，適於可歌，其中葉堂於《牡丹亭》之外，更有《四夢譜》，被李斗譽為「葉廣平聲口」，而為世所宗。

[28] 〔明〕沈璟《屬玉堂傳奇》十七種現存七種為：《紅蕖記》、《埋劍記》、《雙魚記》、《義俠記》、《桃符記》、《墜釵記》、《博笑記》，分別收錄於《古本戲曲叢刊初集》（上海：商務印書館，一九五四）、《古本戲曲叢刊三集》（上海：上海商務印書館，一九五七）。

[29] 〔金元〕芝菴：《唱論》，《中國古典戲曲論著集成》第一冊，頁一五九－一六二。

[30] 〔元〕夏伯和：《青樓集》，《中國古典戲曲論著集成》第二冊（北京：中國戲劇出版社，一九五九），頁一七－四〇。

[31] 〔清〕李漁：《閒情偶寄》，收入《李漁全集》第十二冊（杭州：浙江古籍出版社，一九九二），卷二〈演習部〉。

[32] 見拙作：〈元雜劇體製規律的淵源與形成〉，《參軍戲與元雜劇》，頁一九三－一九六。

大的發展，但是也對舞臺藝術的表現產生了許多限制，非主唱腳色的表演分量不足，一來不利於表演技藝的提升，二來演出時缺乏勢均力敵的對手戲，情節的張力、人物的刻畫都將顯得力道不足；再者，缺少變化的歌唱形式也難免令人覺得單調。而在南戲、傳奇、京戲中，各門腳色都可以任唱，歌唱的形式大約有獨唱、接唱、同唱、合唱、接合唱、輪唱等幾種型態，㉝還有幫腔的形式，㉞比起元雜劇豐富靈活得多，也更具有引人入勝的娛樂效果。傳奇中各門腳色有一定的唱腔特色，所用的曲子也有區隔，換言之，對於腳色技藝的專精程度要求得更為嚴格。到了京戲，同一腳色則因唱腔運轉的特點發展出不同的流派，如旦腳中有梅派（梅蘭芳）、張派（張君秋）；老生中有馬派（馬連良）、余派（余叔岩）等，顯示了歌唱技藝的精益求精。

與歌唱相對應且具有歌唱意味的是「賓白」。因為戲曲「無聲不歌」，所以除了丑腳可用方言口語外，其他腳色的賓白都帶有音樂的成分，也因此賓白和歌唱在戲曲中交互使用，容易配搭和映襯。凡是人物上場自報家門、交代情節、敘述事件、評論是非，都用賓白表現。由於唱詞具有濃厚的抒情性，主要用來描寫人物的心理活動；因此，推動情節和刻畫人物個性便主要依靠賓白來表現。有句話說：「千斤話白四兩唱」，就是強調賓白的重要。而由於戲曲的劇場環境是開放式的，觀眾出入自由，為了讓晚到或暫時離席的觀眾也可以了解劇情的前因後果，所以賓白常有前後重複的現象。

元雜劇的表演以歌唱最為突出，相較之下，賓白的重要性便為人所忽視，在南戲、傳奇、京戲中，賓白的作用才得以充分發揮；往往在唱詞之間加入賓白，造成問答的激盪效果，使劇情更為生動。

㉝ 見〔日〕青木正兒：《中國近世戲曲史》第三章〈南北曲之分歧〉（臺北：商務印書館，一九六五），頁五五－五七。

㉞ 早期南戲皆有幫腔，今弋陽腔後裔高腔，猶存其風。

根據賓白押韻與否，可以區分為接近白話口語的散白和有押韻節奏的韻白兩大類。散白包括獨白、對白、帶白（主唱者在歌唱中帶入說白）、插白（主唱者歌唱，其他腳色插入說白）、打背躬（對話時，一人欲表白心事，不讓對方知道，但向著觀眾說，使觀眾了解）、內白（前臺演員與後臺演員對話）、外呈答（劇外人物與劇中人物對答，通常是表示評論或譏嘲）。韻白包括上場詩、下場詩、數板、順口溜等。散白用來對話或人物自我表白，韻白除了演員上下場時所念的詩對之外，多用在需要長篇敘述的情節段落，或是淨丑等花面腳色乾板數唱，插科打諢。

3. 戲曲舞蹈

戲曲的舞蹈呈現在身段、動作之中。戲曲的身段、動作、表情一般稱為「科介」，須和音樂、唱詞、賓白配合。中國戲曲對演員動作的訓練有所謂「手眼身髮步」，意思是手如何舉止，眼如何觀看，身軀如何擺設，步履如何行走，都有使之美感的法式。而這種美感的法式，無不有舞蹈的韻味，因之就有「無動不舞」的話語。

在宋金大戲尚未成立以前，歷代許多戲劇和小戲劇目，以舞蹈為其主要構成因素，如先秦天子為酬謝與農事有關的八位神靈而舉行的「蜡祭」，和方相氏頭戴面具，手執戈盾斧劍等兵器，作驅逐撲打鬼怪之狀的「儺祭」。周初歌頌周朝之統治如何有秩序，如何使天下安和樂利的〈韶舞〉與象徵武王伐紂、周召分陝而治的〈大武〉之樂，春秋楚優孟的化妝歌舞，屈原《九歌》的小戲群；西漢「角觝戲」中的《東海黃公》、《巴渝舞》，東漢《鄭叔晉婦》，三國《遼東妖婦》和《慈潛訟閱》，曹魏《遼東妖婦》，晉代《文康樂》，蕭梁《上雲樂》，唐代參軍戲、《蘭陵王》、《蘇幕遮》、《撥頭》（撥又作缽、鉢）、《樊噲排君難》、《西涼伎》、《鳳歸雲》、《義陽主》等等都是如此。可見戲曲之歌與舞早就結合而為戲曲的基礎。因此，戲曲所以「無動不舞」，也因其來有自；戲曲之重視「科介」便也很自然。[35]

科介的表演關係著演員刻畫人物的成敗，成功的演員莫不盡心演練。例如明代有位顏容，曾經扮演《趙氏孤兒》中的公孫杵臼，演出時見舞臺下的觀眾毫無悲戚之感，於是回家閉門苦練，以手捋鬚，把兩頰打得通紅，站在穿衣鏡前，抱著木雕的小兒，說一番、哭一番，直到孤苦悲愴，難以自已。過幾天，再演出同樣的戲，果然讓千百位觀眾痛哭失聲。[36]又有一位馬伶，曾與李伶打對臺，演出相國嚴嵩，因為技不如人，憤而離開戲班，不惜花費三年時間，到當時宰相顧秉謙家中做守門的小卒，以模仿顧相國的言行舉止神情，三年後再度競技，終於洗雪前恥。[37]這些演員刻苦求工的認真態度，反映出明代在戲曲做表藝術的追求上，已經有相當的進步。

清代以後，戲曲藝術更加精進，齊如山《國劇藝術彙考》[38]對於京戲的身段有詳細的說明，如上場方式有十種、步法有五十三種，可以看出戲曲在身段動作上的要求越來越趨向精工。

戲曲科介中從雜技武術舞蹈化而來的，就是其舞臺藝術中的「打」。從漢代的角觝戲開始，如《東海黃公》為戲曲小戲，雜於歌舞和雜技演出；唐代參軍戲也在宴會中隨同歌舞和雜技演出；宋代雜劇則夾於隊舞雜技中表演；金代院本亦可夾入諸宮調雜技，也就是說，在戲曲的發展過程中，演戲的部分始終和武打、雜技等非戲

---

35 見拙作：〈先秦至唐代「戲劇」與「戲曲小戲」劇目考述〉，《臺大文史哲學報》第五九期（二〇〇三年十一月），頁二一五—二六六；收入拙著：《戲曲與歌劇》（臺北：國家出版社，二〇〇四），頁三七三—四五六。

36 見〔明〕李開先：《詞謔．詞樂》「顏容」條，《中國古典戲曲論著集成》第三冊（北京：中國戲劇出版社，一九五九），頁三五三—三五四。

37 見〔明〕侯方域：《壯悔堂集》（上海中華書局據通行本校刊，現藏於臺灣大學總圖書館善本書室），卷五〈馬伶傳〉，頁二一四—二一五。

38 齊如山：《國劇藝術彙考》（臺北：文化公司，一九六二），頁四五—一一四。

劇的成分同場演出，㊴而在長期的交流影響下，劇中穿插武打、雜技便成為戲曲的獨特表演形式。

北曲雜劇雖然有四折，但演出時並不是一氣呵成，而在折與折之間穿插了雜耍、歌舞等其他技藝的表演，一直到明代萬曆以前，演出北雜劇時仍然保持同樣的形式。雜技從穿插式的演出進一步融入劇情之中，而發展為某一類人物的做表，自然免不了有許多武技的表演。有些劇作也寫入擂臺競賽的情節，表演各種雜耍。到了明代，也有許多劇作把雜技武術加入戲曲之中，如跳竹馬、舞梨花槍、跳獅子、跳舞龍燈等在民間流行的雜技便在作家的刻意安排下與戲曲相結合，使戲曲表演的內容更加活潑趣味。㊵京戲中的「打」，地位更提升到與「唱、做、念」並重，發展出複雜嚴謹的程式，並藉此刻畫人物的性格，描摹特定的情況，許多戲碼，尤其是散齣的折子戲，更完全以武打技藝為內容，表現戲曲的另一種美感。

4. 戲曲劇場

所謂「劇場」是指戲曲演出的場所，包括演員表演的「舞臺」和觀眾觀賞的「看席」。戲曲最早的劇場形式是在平地上的廣場，如葛天氏之樂，㊶漢代角牴戲、唐代「踏謠娘」都是在「場」上演出，表演者在場中央，觀眾或是在四周站立圍觀，或是在觀臺上居高臨下觀看。或如「宛丘」，四面高、中間低。㊷漢文帝時始有「露臺」，㊸北魏有寺廟劇場。㊹

㊴ 見拙作：〈參軍戲及其演化之探討〉，收入《參軍戲與元雜劇》，頁五〇－五五。又見〈元人雜劇的搬演〉，詳下文。

㊵ 其最具代表性者如明萬曆間鄭之珍：《目連救母勸善記》，有萬曆富春堂本，收入《古本戲曲叢刊初集》。

㊶ 《呂氏春秋》卷五〈仲夏記・古樂〉云：「昔葛天氏之樂：三人操牛尾，投足以歌八闋。」見《呂氏春秋》，《聚珍仿宋四部備要》子部第三六五冊（臺北：中華書局，一九六五年據畢氏靈巖山館校本刊印），頁八。

㊷ 見《詩經・國風・陳風・宛丘》：「坎其擊鼓，宛丘之下。無冬無夏，值其鷺羽。」

而神廟劇場起步於北宋，普及於金元，明中葉以後著手改革，發展到清代更趨完善。北宋天禧四年（一〇二〇）〈河中府萬泉縣新建后土聖母廟記〉有「修舞亭都維那頭李廷訓等」，元豐三年（一〇八〇）〈威勝軍新建蜀蕩寇將□□□□關侯廟記〉有「舞樓一座」，建中靖國元年（一一〇一）〈潞州潞城縣三池東聖母仙鄉之碑〉有「創起舞樓」，標誌我國神廟劇場最遲在十一世紀已經形成。

古代神廟裡的舞亭、舞樓、樂亭、樂樓、歌樓等，均為戲臺之稱。李廷訓可謂文獻上創建神廟的第一人。

露臺和舞樓、獻殿都是神廟祭祀演藝之所。

而漸次淘汰露臺普建舞樓，是元朝後期到明代前期的事。現存金元戲臺都在山西，有臨汾魏村牛王廟戲臺等十一座。金元戲臺大都遵循宋代建築法典《營造法式》刻意建造。

明代前期，各地神廟一般繼續使用金元舞樓而不斷加以修葺。中葉以後隨戲曲發展而有變革：一是新樂樓與樓閣合一，再在樂樓之下復建戲樓，形成高低兩戲臺的新格局。如榆次城隍廟嘉靖十四年（一五三五）〈增修榆次縣城隍顯祐伯祠記〉所述。二是創建新型過路戲臺，並與神殿連體，以擴大表演區域和後臺面積，如晉中介休市后土廟明正德十四年（一五一九）〈創建獻樓之記〉所述。三是創建山門舞樓，而把戲房附建於舞臺之

㊸《漢書》卷四〈文帝紀贊〉云：「嘗欲作露臺，召匠計之，直百金。上曰：百金，中人十家之產也。吾奉先帝宮室，常恐羞之，何以臺為？」（臺北：鼎文書局，一九九七），頁一三四。

㊹《洛陽伽藍記》卷一〈景樂寺〉：「至于六齋，常設女樂：歌聲繞梁，舞袖徐轉，絲管寥亮，諧妙入神。以是尼寺，丈夫不得入。得往觀者，以為至天堂。及文獻王薨，寺禁稍寬，百姓出入，無復限礙。後汝南王悅復修之。悅是文獻之弟，召諸音樂，逞伎寺內。奇禽怪獸，舞抃殿庭，飛空幻惑，世所未睹。異端奇術，總萃其中：剝驢投井，植棗種瓜，須臾之間，皆得食之。士女觀者，目亂睛迷。」（臺北：錦繡出版事業公司，一九九二），頁八〇。

後。二者連體形成複合頂制。如介休市洪山鎮源神廟萬曆十九年（一五九一）〈新建源神廟記〉所述。四是舞樓左右附建二層戲房，戲房底層則是山門。如陽城縣下交村湯王廟嘉靖十五年（一五三六）〈重修樂樓之記〉所述。五是山門舞樓既附建戲房又帶看樓，這是古代中神廟最完善也是最流行的劇場形式。如高平王何村五龍廟舞樓，其山門額石刻橫帔「古慶雲」，可稱之為「慶雲樓」，時為天啟五年六月。[45]

到了宋元時代的劇場，始於唐代的「樂棚」，這就是北宋仁宗以後的「瓦舍勾欄」。「瓦舍」，是固定的商業演出場所，表演雜劇百戲。瓦舍中有「勾欄」，是演員表演的舞臺，下有臺基，以柱子支撐頂棚，並且有板壁隔開前後臺。每座瓦舍中有十來座到數十座不等的勾欄。正戲開始之前，女伶坐在「樂床」，打板念詩，吸引觀眾；後臺叫做「戲房」，是演員化妝、休息的地方；「鬼門道」是演員表演時上下場的出入口。勾欄三面對著觀眾，已經有看席的設置，但觀眾席和舞臺不相連。頭等座叫做「神樓」，正對戲臺；次等座叫做「腰棚」，比「神樓」低，位置也比較偏。觀眾也可以站在舞臺周圍的三面空地上看戲。[46]這種劇場形式一直到清朝都沒有太大的變化，至於現代劇場中所見三面欄隔，只有一面對著觀眾的西式「鏡框式舞臺」，直到清末上海「二十世紀大舞臺」才開始採用。

一般沒有固定演出場所，而在鄉鎮間巡迴演出的戲班子，仍然多在熱鬧寬闊的廣場上演出，叫做「打野呵」。[47]不過也有臨時搭建的舞臺，觀眾站立在舞臺四周，有如今天的「野臺戲」。這樣開放的劇場，自然可以容納成千上萬的觀眾，有時甚至把十幾畝的田地都踏光了。[48]

---

[45] 以上據馮俊杰編著：《山西戲曲碑刻輯考》（北京：中華書局，二〇〇二），〈前言〉擇要。

[46] 著者有〈宋元瓦舍勾欄及其樂戶書會〉，《中國文哲研究集刊》第二七期（二〇〇五年九月），頁一—四三。

[47] 見〔宋〕周密：《武林舊事》，卷六「瓦子勾欄」條（北京：中國商業出版社，一九八二）頁四四一。

不論野臺、勾欄、廟臺，都是大眾性的舞臺，另外也有私人的演出場合。如元代的歌妓有「應官身」的義務，也就是當官府中有宴會時，必須前往表演歌舞戲曲。這種「應官身」的表演，只在筵席中鋪上紅氈，適合小規模的演出。明代以後，貴族豪門、文士大夫等上層社會遇到喜慶宴會時，多半在家宅中安排戲曲表演。在家中搭建戲臺的情形比較少見，多是在廳堂中央畫出一塊區域，鋪上紅色地毯，當作舞臺面，作「紅氍毹」式的演出。伴奏樂隊位在氍毹一旁的後方；廳堂兩旁的廂房充當後臺，演員在這裡化妝、休息，也由廂房房門上下場；觀眾在氍毹兩旁或前方飲酒看戲，女眷則垂簾相隔。[49]

最豪華的私人舞臺莫過於宮廷，宮廷也設有劇場，以便舉行宴會或祝賀節慶時演戲助興。宮廷劇場的舞臺形製自然遠比民間或士大夫之家講究得多。特別值得一提的是清代乾隆時建築的熱河行宮舞臺，共有三層，下層舞臺的地板和天花板安有機關，可以升降演員，演出神怪故事時，可以藉此表演下凡、升天的動作。還有施放火彩、巨魚噴水等舞臺特技，相當進步。[50]

家宅或宮廷演劇是為少數觀眾表演，酒樓茶肆中的客人召伶人前來表演，也是一種小眾娛樂，這種表演也是「紅氍毹」式的演出，直到清代才出現設有舞臺的酒館、茶園，當時人也稱為「戲園」或「戲館」。[51]

因應不同的演出場合，劇場的形式也有區別。但整體來看，除了家宅、宮廷的演出，偶爾會為了逞奇鬥巧

---

48 〔元〕施耐庵、〔明〕羅貫中著：《水滸全傳》第一百零三回〈張管營因妾弟喪身　范節級為表兄醫臉〉、第一百零四回〈段家莊重招新女婿　房山寨雙併舊強人〉（上海：上海人民出版社，一九七五），頁一二三六－一二三九。

49 見廖奔：《中國古代劇場史・堂會演戲》（河南：中州古籍出版社，一九九七），頁六一－七四。

50 同上註，第九章〈宮廷劇場〉，頁一三一－一四八。

51 同上註，第七章〈戲園演戲〉，頁七五－一一〇。

而在機關布景上大費心力之外，戲曲舞臺上的裝置一向非常簡單，不設布景，通常用一桌數椅就足以代表不同的表演場面，可說是一種狹隘的經濟劇場，與西方寫實的布景道具、精心巧構的舞臺設計大不相同。

如上所述，戲曲既以詩歌、音樂、舞蹈為美學基礎，則其所憑藉的文字、聲音、動作如何能具體的寫實；又其拘限在狹隘的空間上演出，卻要表現自由的時空流轉，將如何能夠設置寫實的布景來呈現宇宙間的萬事萬物；所以戲曲只能走非寫實寫意的道路，只能透過虛擬象徵的藝術手法，來展現寫意的境界，而虛擬象徵也就成了其表演藝術的基本原理。

(二)戲曲表演藝術的基本原理虛擬象徵與程式

戲曲既然是以歌舞樂為其構成之主要因素而為其美學基礎，且一般在狹隘的劇場上搬演，從而產生了寫意性的虛擬象徵與程式的藝術基本原理，那麼什麼是虛擬、象徵與程式呢？

大抵說來，虛擬是以虛擬實，將日常生活之種種舉止模擬美化，表現在戲曲演出的身段動作之中；象徵是用具體的事物呈現由此引發的特殊意涵，將人生百態經過藝術化的簡約妝點，表現在戲曲演出中的腳色、妝扮、道具之上。所以象徵也可以說是以實喻虛，虛擬與象徵在本質上都不是寫實而是寫意。

虛擬與象徵既不是寫實而是寫意，如果沒有經過提煉而形成規律或模範予以制約，演員便很難有所遵循有所發揮，觀眾也難於有所溝通有所欣賞。也因此作為虛擬和象徵的規律或模範，在寫意的表演藝術中是有其必要的。

1.程式的先聲：格範、開呵、穿關

而這種虛擬和象徵的規律或模範，早在宋元戲曲中就已存在，那就是「格範」、「開呵」和「穿關」。也就是

說，「格範」、「開呵」、「穿關」是今日所謂「程式」的先聲。對此，著者已有〈從格範、開呵、穿關說到程式〉一文詳論其事。[52]其大意為：

(1)格範（科範、科汎（泛）、科）

由「教坊格範」、「京師格範」、「風流醞藉的格範」、「按格範打諢發科」[53]諸宋元語言觀察，「格範」顯然就是有例可循的「格式規範」。後來「格範」之作為「科範」或「科汎」、「科犯」者，乃因「格」之於「科」為音近訛變；「範」之於「汎」、「犯」，則為音同訛變，而「汎」、「泛」為一字異體。再由「杜光庭之科範」觀之，蓋指道場之儀式；由「科範從頭講」，以其與「關目」對舉，可知有戲曲身段模式之意；而《西廂記》所云「《雙鬭醫》科範」，明顯是指按照院本《雙鬭醫》的演出模式。至於院本中，副淨教坊色長劉所擅長的「科汎」，則更明顯的指出其身段動作的法式，至元代尚為樂人所宗。

「科範」或「科犯」、「科汎（泛）」，進一步又省作「科」，此於《水滸全傳》「按格範打諢發科」已首見其例，既用本始之「格範」，又用形近訛變之「科」，可見二者並行；只是此處之「科」已為表演時身段動作之模式矣。元雜劇中習見，不遑舉例。誠如明徐渭《南詞敘錄》所云：

[52] 見中國藝術研究院戲曲研究所編：《戲曲研究》，第六十八期（二〇〇五年九月），頁九三—一〇六。

[53] 「格範」一語見《永樂大典戲文三種・張協狀元》，作「教坊格範」；又見〔南宋〕朱玉：《燈戲圖》屏風題字，作「京師格範」；三見〔元〕施耐庵、〔明〕羅貫中著：《水滸全傳》（上海：上海人民出版社，一九七五），第五十一回〈插翅虎枷打白秀英　美髯公誤失小衙內〉：「風流醞藉的格範」，頁六四一、第八十二回〈梁山泊分金大買市　宋公明全夥受招安〉：「按格範打諢發科」，頁一〇二七。

> 科，相見、作揖、進拜、舞蹈、坐跪之類，身之所行皆謂之科。今人不知，以諢為科，非也。[54]

可見「科」在元雜劇已成為戲曲表演中身段動作之符號，自有法式規範在其中。但「科」若與「諢」並舉，就成為詞結，如「科諢」或「插科打諢」，則單指滑稽詼諧之動作，有如唐參軍戲、宋雜劇、金院本科諢之傳承者然。王驥德《曲律》有論「科諢」者，李漁《閒情偶寄》中〈科諢第五〉更與結構、詞采、音律、賓白並列。凡此之「科」，皆已受「諢」字類化矣。

(2)開呵（開喝、開阿、開和、开、介）

其次「開呵」，徐渭《南詞敘錄．開場》所云：

> 宋人凡句欄未出，一老者先出，夸說大意，以求償，謂之開呵。今戲文首一出，謂之「開場」，亦遺意也。

徐氏所云，正與《水滸全傳》第五十一回〈插翅虎枷打白秀英〉所敘白秀英做場，[55]正好相合。按之其他文獻，「呵」又作「喝」，為一字別體；又作「阿」、「和」，皆為音同或音近訛變之例。

「開呵」後來又省文為「開」，習見於《元刊雜劇》、明周憲王《誠齋雜劇》、明息機子《元人雜劇選》，用以示腳色登場。孫楷第《也是園古今雜劇考．附錄．開》謂「開」於元明雜劇，皆有「開始」之意，由此而引申，則有指所念之詩者，有指通姓名述本末之白者，有指贊導者。鄙意以為「開」最先當指通姓名述本末之白，此與「開呵」之本義最為相近；而念詩與贊導既為其引申之義，則可見「開」字或有逐漸變化為符號性意義之可能。由此不禁使我想起南戲傳奇之「介」字。徐渭《南詞敘錄．介》：

---

[54] 〔明〕徐渭：《南詞敘錄》，《中國古典戲曲論著集成》第三冊，頁二四六。

[55] 〔元〕施耐庵、〔明〕羅貫中著：《水滸全傳》第五十一回〈插翅虎枷打白秀英　美髯公誤失小衙內〉，頁六四一。

今戲文於科處皆作「介」，蓋書坊省文，以科字作介，非科、介有異也。

「科」字可省文作「介」，文長未知何所據而云然。錢南揚《永樂大典戲文三種校注・張協狀元》第一齣注五十四，亦以省文之說為誤；而如《小孫屠》之「作聽科介」、「扣門科介」甚且「科介」連文，可知其非省文。錢氏以為北劇習用「科」、南戲習用「介」，乃方言之不同。但由上文之考釋，已知「科」實由「格範」一詞演化而來，終成符號性之詞；則「介」字或亦有可能同為符號性之詞。鄙意以為，「介」之源頭應是「開」字，由「開」省作「开」，今大陸正以「开」作「開」之簡體；「开」字再因形近而訛變為「介」，似亦自然。對此有待進一步考證，非敢遽謂鄙說可信。

最後說到「穿關」。

(3)「穿關」見脈望館鈔明內府本元明雜劇共十五種。[56]劇末附有戲中腳色人物所穿著服裝和所攜帶器物之指示，謂之「穿關」。如關漢卿《狀元堂陳母教子》雜劇劇末附錄各折之穿關，其中〈楔子〉之穿關如下：

寇萊公：兔兒角幞頭、補子圓領、帶、蒼白髯。

祗從：攢頂、項帕、圓領、褡膊。

正旦馮氏：塌頭手帕、眉額、襖兒、裙兒、布襪、鞋、拄杖。

大末：一字巾、圓領絛兒、三髭髯。

二末：一字巾、圓領絛兒、三髭髯。

---

[56] 十五種是：《五侯宴》、《澠池會》、《襄陽會》、《伊尹耕莘》、《三戰呂布》、《破窯記》、《薦神靈應》、《裴度還帶》、《衣襖車》、《哭存孝》、《智勇定齊》、《圯橋進履》、《獨角牛》、《黃鶴樓》、《陳母教子》。

三末：儒巾、襴衫、絛兒。

旦兒：花箍、襖兒、裙兒、布襪、鞋。

雜當：紗包頭、青衣、褡膊。

劇末既然要附錄「穿關」，注明劇中腳色人物的服飾和所用的器物，則此服飾與器物之所謂「穿關」，必有逐漸「制式化」之傾向，那麼何以謂之「穿關」呢？對此，著者在〈論說「五花爨弄」〉一文中，有這樣的話語[57]：

> 「爨」字之於文獻中「打攛」的「攛」字、「拽串」的「串」字，乃至於和「穿關」的「穿」字，都應當是音同或音近的訛變。「打攛」見《水滸全傳》「搬演雜劇，裝孤打攛」[58]，即搬演院本的意思，「攛」在這裡很明顯是借為「爨」，為戲曲之體類。「拽串」見孟元老《東京夢華錄》卷九「宰執親王宗室百官入內上壽」條：「是時教坊雜劇色鼈膨劉喬、侯伯朝、孟景初、王顏喜而下，皆使副也。內殿雜戲，為有使人預宴，不敢深作諧謔，惟用群隊裝其似像，市語謂之『拽串』。」由字裡行間可見，有外國使臣在場的「內殿雜戲」，已經變異以「諧謔」為主的「正雜劇」演出，只用隊舞來應付，所以市井口語說那是「拽串」，意思當指其為扭曲不正的「爨體」。而由於「弄參軍」、「弄假婦人」、「弄婆羅門」等唐戲語言之「弄」字皆作動詞為「搬演」之意，於是「爨弄」之「爨」省作「串」字後，亦漸有動詞的意味。「拽

[57] 見《中外文學二六八號葉慶炳先生紀念專號》，此文曾於一九九四年四月在日本九州大學「東亞傳統文化國際會議」宣讀，收入《論說戲曲》，頁一九九－二三八。引文見頁二一〇－二一一。

[58] 〔元〕施耐庵、〔明〕羅貫中著：《水滸全傳》第八十二回〈梁山泊分金大買市　宋公明全夥受招安〉：「搬演雜劇，裝孤打攛」，頁一〇二七。

串」已是如此，至今所云之「客串」、「串演」尤為明顯。又《孤本元明雜劇》中有十五種於卷末詳列劇中人物之裝飾及所用各物，名之曰「穿關」。「穿關」當是「串演關目」之義，即謂「搬演戲曲」，因將搬演時所用之服飾道具稱作「穿關」。其「穿」字亦當由「爨」、「串」之音近一訛再變而來。

由以上所考述的「格範」、「科汎」、「科」，「開呵」、「開」、「幵」、「介」，以及「穿關」，可見在金元雜劇與宋元戲文中的演出身段動作和服飾道具已自有其法式規範，也就是說，今之所謂「程式」是其來有自的。

2. 今之所謂「程式」

那麼今之所謂「程式」的來龍去脈，又是如何呢？對此，黃克保在《中國大百科全書・戲曲曲藝卷》中有這樣經典式的解釋和說明[59]：

表演程式：戲曲中運用歌舞手段表現生活的一種獨特的表演技術格式。戲曲表現手段的四個組成部分——唱念作打皆有程式，是戲曲塑造舞臺形象的藝術語彙。

程式的本意是法式、規程。立一定之准式以為法，謂之程式。二十世紀二十—三十年代，一些研究戲劇的學者如趙太侔、余上沅等用「程式化」來概括戲曲演劇方法的特點，同寫實派話劇的演劇方法相對照，其後為戲曲界沿用並不斷給予新的解釋，遂成為戲曲的常用術語。戲曲表演藝術的程式有自己的含義，主要包含兩層意思：其一，指它的格律性。在戲曲表演中，一切生活的自然型態，都要按照美的原則予以提煉概括，使之成為節奏鮮明、格律嚴整的技術格式：唱腔中的曲牌、板式，念白中的散白、韻白，

[59] 《中國大百科全書・戲曲曲藝卷》（北京、上海：中國大百科全書出版社，一九八三），頁二一一。

作派中的身段、工架，武打中的各種套子，喜怒哀樂等感情的表現形式等等，無一不是生活中的語言聲調和心理、形體表現的格律化。其二，指它的規範性。每一種表演技術格式都是在創造具體形象的過程中形成的，當它形成以後，又可作為旁人效法和進行形象再創造的出發點，並逐漸成為可以泛用於同類劇目或同類人物的規範。

可見黃氏之所謂「程式」，重在表演之唱念做打之上；而其實「程式」應涵括了戲曲表演的各個層面，例如就腳色的技藝來說，各門腳色的唱腔、念白、身段各有自成系統的表演形式；就人物的妝扮來說，按照劇中人物身分、性情的類型化特徵，不論化妝、服飾皆有一定的規製；就科介的表現來說，各種動作都有一套固定的順序和模式，並且表現特定的情感；就音樂的運用來說，鑼鼓點的節奏、配合特定情節的吹打曲牌，都有一定的規矩。「程式性」使戲曲成為一種規範化的表演藝術，也透過這種規範使得戲曲種種虛擬性的表演具有確定的象徵意義；因此，當演員舞弄水袖、甩動髯口，觀眾可以領悟他所傳達的激烈情緒；當舞臺上畫著水紋的旗幟翻飛，觀眾可以想像巨浪滔天的壯闊。表演程式使演員與觀眾之間形成約定俗成的默契，戲曲的象徵特質也因此成為一種既高妙而又人人皆可理解欣賞的藝術形式。

程式雖然具有規範的意義，但並不是僵硬刻板、一成不變的定律。程式的形成原本來自生活，經過誇張、美化，以及長時間的琢磨改進，才逐漸成為一套固定的表演方式。例如武將所戴的翎子，源於歷代武將的服飾，戲曲採取了這種裝飾，但是把翎子刻意加長，不僅具有美觀與襯托人物英武氣概的作用，更在演員不斷的嘗試之下，逐步發展出一套「翎子功」，藉由舞動翎子的各種技巧，表現人物喜、怒、驚、懼等強烈的情緒。又如〈起霸〉原本是明傳奇《千金記》裡的一齣戲，演出霸王穿戴盔甲、披掛整裝的過程，起初只是某一齣戲裡的特別身段，但是因為受觀眾喜愛，於是被普遍採用，成為武將作戰之前整裝待發的程式化動作。

可見戲曲的程式，是不斷累積演出經驗而創造出來的，一方面成為表演的範式，一方面也具有改良發展的空間。優秀的演員可以在程式的基本規範下表現人物的性格，例如同樣是以雉尾生扮演的年輕武將，演周瑜，要表現他的驕傲，演呂布，要表現他的狂妄；更可以大膽跳脫原有程式的限制，創造不同的表演方式，如果效果良好，為其他演員所沿用，便形成新的程式。倘若能靈活的運用，戲曲的程式性非但不會成為表演的窠臼、包袱，反而是從傳統中創新、提升的有力基礎。

3. 虛擬象徵的運用和呈現

以上所云程式性對於戲曲表演藝術的基本原理虛擬象徵既有制約性的規範，那麼虛擬象徵的基本原理，又如何較具體的運用而呈現在戲曲藝術中呢，以下再進一步從腳色、化妝、服飾、道具、音樂、賓白、科介等七方面來說明：

(1) 腳色

戲曲腳色門類的劃分，原本是把社會中的各種人物加以類型化，再配合演員的資質和技藝，經過分析、歸納所得的結果，因此，「腳色」本身即具有象徵人物類型的意義。例如，老生所扮演的是中年以上、正直剛毅的男性人物，小生扮演儒雅倜儻的年輕男子，而淨腳所扮演的人物，不論正、邪，都具有粗獷豪邁的性情特質。又因為戲曲的目的，主要是寓教化於娛樂，對劇中人物也要求善惡分明，生、旦所扮演的人物必然忠正善良、知書達禮，淨、丑扮演的人物大多奸險狡獪、滑稽突梯，由此看來，腳色也寓含了褒貶評價的象徵意義。所以如果以生來扮演曹操，以淨來扮演劉備，便難免令人覺得不倫不類了。

隨著戲曲的發展，情節內容所反映的生活層面愈趨複雜，劇中人物的類型也越來越多，各門腳色勢必再加以分化，才能應付自如。譬如閨門旦必定扮演端莊嫻雅的未婚女子；青衣多半扮演穩重的中年婦人；花旦則扮演活潑美麗的女子。而這三種腳色在元雜劇、傳奇中卻可能都由旦腳飾演。從腳色的分化，可以看出腳色所象徵的人物類型日趨精細。此外，腳色也有象徵演員在劇團中的地位，以及其所具備藝術涵養的符號性意義。

(2)化妝

戲曲的臉部化妝具有強烈、鮮明的特色，並採用圖案化的手法。例如京戲中生腳如果扮演英武之人，就從眉心到腦門畫出一道淡紅色的槍尖；如果扮演年少風流的才子，就畫一道弧形的紅暈。以圖案區別文武，這也顯示了臉部化妝的象徵作用。至於淨、丑所用的臉譜，象徵的意義就更顯著了；如紅色代表忠義、白色代表陰險、黑色代表剛毅、青色代表兇狠，但是人物的性情往往並不單純，臉譜色彩的運用也由單一趨向複雜，而有所謂「花臉」。有時也將某一人物的代表性標誌畫上，如李天王的戟、張天師的卦等。或是在眼窩、眉毛、嘴巴等處加以誇張，突顯人物的性格特質，例如京戲《霸王別姬》中的項羽，用亂眉、低眼、哭鼻刻畫了末路英雄的蒼涼；魯智深的眉毛上畫了一對舉臂相向的螳螂，代表他路見不平、拔刀相助的粗豪性情。由此，透過色彩、線條、圖案，臉譜表現了人物的類型特徵，也寄託了對人物的褒貶評價。

戲曲的臉部裝飾還有所謂「髯口」，也具有相當謹嚴的規矩。例如活潑伶俐的人不宜掛髯，深沉靜穆的或瀟灑幽雅的人宜掛三綹髯，氣度恢宏或莊重肅穆的人宜掛滿髯，粗魯莽撞或不拘小節的人宜掛虬髯，滑稽突梯或行為不檢的人宜掛丑三髯。這些規矩也表示了象徵人物身分與性情的意義。

(3)服飾

戲曲的服飾是綜合了歷代的服飾，經過誇張、美化，配合表演技藝的需求而設計。各門腳色按照所扮演人物的身分、性格，皆有一定的穿戴規矩，只要人物一上場，觀眾就能根據他的裝束初步掌握人物的類型特徵。

例如就服飾的樣式來說，文官所戴的紗帽各有不同：生所扮演的清官戴方翅紗帽；淨所扮演的奸臣戴尖翅紗帽；丑所扮演的貪官戴圓翅紗帽。就服飾的色彩來說，有時代表地位的等級，如黃色是帝王專用、紅色代表尊貴、黑色代表卑微；有時用來強化人物的氣質，如小旦所扮演的年輕女子，服飾鮮豔明亮，而青衣所扮演的中年女子則淡雅樸素。就服飾的花紋來說，武將多用虎、獅等獸紋，表示威猛；文人用梅、蘭、竹、菊，表示高雅；謀士用太極圖、八卦，表示謀略道術。總之，戲曲服飾的象徵意味是很明顯的。

劇中人物的服飾通常是從說唱文學描述的形象而來，經過誇張渲染之後，有時不免違背事實。例如孔明本是一位重法尚儒的政治家，但是在通俗小說中卻具有道家的神通，仗著七星寶劍，呼風喚雨，於是戲曲中的孔明就成了穿道袍、拿羽扇的道士形象。而在赤壁之戰時，孔明年齡不過二十八，卻讓他在戲中戴起三髭髯，當時三十四歲的周瑜，反而是雉尾生的年輕扮相。看起來雖然荒唐，但是因為周瑜英年早逝，留在人們心中的便是他英姿勃發的年輕模樣，而孔明活了五十四歲，在民間又被塑造成仙風道骨的形象，只好以老生扮相出場。如此看來，在荒唐之中，也自有象徵的意義。

(4)道具

戲曲中所使用的道具大多不是寫實的，即使一些真實的細小物品，一般也是徒具其形不具其用：例如燭臺在大多數場合裡是不點亮的，酒杯中通常是不裝酒的，燈籠只罩上一塊紅布表示亮光等等。戲曲的舞臺空間有限，舉凡屋舍城牆或是車馬船轎，都不允許以真物上臺，也因此發展出象徵性的道具。譬如一塊布畫上城牆，便是城池；畫上輪子，便是車輦；畫上風，即為滾滾煙塵；畫上水，化成洶湧波濤。以鞭代馬、以槳代船、以帳代樓，利用以簡御繁的方式，使數尺見方的舞臺，可以轉化為無限的時空，容納萬事萬物而揮灑自如。

(5)音樂

音樂是構成戲曲的重要成分，以音樂旋律密切配合詩歌的意境，渲染氣氛、烘托情調，使劇中情境更加動人，而這種效果的達成，自然還是透過象徵的手法。就曲牌系的音樂而言，每一種宮調都有獨特的音樂情調，如南呂宮感嘆悲傷、正宮惆悵雄壯；每種宮調之下所屬的曲牌，粗細快慢不一，也具有不同的韻味。就腔板系的音樂而言，各種腔調聲情不同，如二黃宜於莊重、反二黃宜於悲痛、西皮瀟灑快樂；各種板式節奏有別，如慢板、快板、流水板、散板等，也表現了不同的情味。戲曲的音樂成分既然如此豐富，也就可以因應情節內容的各種變化適當搭配。

而依照腳色的特質和技藝，所使用的音樂也有所區別，所謂「生旦有生旦之曲，淨丑有淨丑之腔」；唱腔也各有特色，如老生剛勁淳厚、淨腳粗壯宏亮。如此，腳色一上臺演唱，便傳達了他所扮演的人物身分與性情，以及內在的心理情緒。另外，一些純粹音樂演奏的吹打曲牌也具有象徵的作用，如出征用【五馬江兒水】、【風入松】，帝王上朝用【朝天子】，久別重逢用【哭相思】，黑夜探路用【小桃紅】等，只要音樂一響起，觀眾自然能感受到所代表的特殊意義。

(6)賓白

戲曲的賓白不同於日常口語，必須有旋律、有節奏，以特殊的腔調，藉著抑揚頓挫、長短強弱表現出不同的情感和韻致。此外，所有的賓白都要和鑼鼓配合，有時還利用賓白叫起鑼鼓、停止鑼鼓、等候鑼鼓、交代鑼鼓，可見得賓白也具有象徵的意義。

賓白的表現方式也和腳色的性質相結合，例如京戲中旦腳的念白一般是用吟詠的旋律節奏，而花旦則可用口語的「京白」，丑腳更可以用方言、數乾板，表現滑稽的效果。如此一來，更強化了賓白的象徵作用，各門腳色念白的技藝能力也更形重要。歌唱尚可以藉由音樂伴奏和約束，即使稍有誤差也容易遮掩過去，但是賓白完全靠演員自我表現，沒有陪襯、沒有約束，一字長短高低不對，聽來便覺刺耳。因此，對於演員賓白的訓練一向十分嚴格。

(7) 科介

戲曲的舞臺不設布景，但卻在演員的表演之中呈現了自由流轉的無限時空。例如元雜劇《西廂記》中張君瑞初遊普救寺時唱道：「隨喜了上方佛殿，早來到下方僧院。行過廚房近西，法堂北，鐘樓前面。遊了洞房，登了寶塔，將迴廊繞遍。數了羅漢，參了菩薩，拜了聖賢。」[60] 短短一支曲子中，劇中場景不斷改變，如果其身段動作不以象徵性的表演方式，如何應付得來？在戲曲中尋常可見的開門、關門、上樓、下樓等動作，完全依靠演員虛擬象徵的科介完成，而非使用寫實性的道具。演員也必須運用虛擬象徵的表演動作，才能共同創造劇中的情境。如搖動船槳，再配合演員臺步身段，便構成大江航行的情景；舞動風旗，加上演員的快速繞場，儼然風起雲湧的景象。

戲曲中的動作不同於日常舉止，而含有舞蹈的意味，運用優美的手式和身段來抒情、敘事，並表現種種情緒。對於每個動作都要求圓轉靈活，一個「看」的動作，必須右肩高、左肩低、扭身慢慢往左上方看去；表示失意或悔恨，必須先把右手提至胸前，在左手上方，再把右手往外繞至左手外邊，再往下往裡繞上來拍擊左手。這種曲線的動作形式不僅美觀，更可以配合音樂節奏，強化舞蹈的美感。

了解了戲曲表演虛擬象徵化的本質，就可以知道戲曲表演十足具有超現實的寫意情味。腳色一上場，觀眾

[60] 可參見王季思校注：《西廂記》（臺北：里仁書局，一九九五），頁七。

便可以從他的化妝、服飾、聲口、動作，知道所代表的人物類型，以及所傳達的情感性質，並且在狹小簡單的舞臺空間裡，呈現無限的時空意識，演出各種各樣的動作與事件。這樣的精緻高妙的藝術形式在世界劇壇中可謂獨樹一幟。

舞臺上的一切虛擬象徵化了，相對而言，觀眾也要有相對的想像與理解，方能融入其中，得其真味；否則但覺其動作、歌聲、服飾、臉譜無一不美，卻不能了解其規範形式中的真意，豈不可惜。只要能了解其程式融入其中，則戲曲的境界是無限開闊而繽綵紛呈的，絕對能激起觀眾的共鳴，令人沉醉。

(三)戲曲藝術本質之歌舞性、節奏性、寫意性、誇張性與疏離且投入性

1.歌舞性

在虛擬象徵程式的表演原理之下，戲曲所呈現的藝術特質，最明顯的莫過於以其美學基礎歌舞樂融合而形成的歌舞性。

在先秦文獻中，若論歌舞樂的逐次結合，則首先是歌舞、歌樂的結合，然後是歌舞樂的結合。《呂氏春秋》卷五〈仲夏記・古樂〉云：

> 昔葛天氏之樂：三人操牛尾，投足以歌八闋。[61]

這是初民狩獵之歌舞，亦即後世所謂之「踏謠」，可以想像土風舞與原始歌謠結合的樣子[62]：眾人因獵獲野牛割

---

[61]《呂氏春秋》卷五〈仲夏記・古樂〉云：「昔葛天氏之樂：三人操牛尾，投足以歌八闋。」見《呂氏春秋》，《聚珍仿宋四部備要》子部第三六五冊（臺北：中華書局，一九六五年據畢氏靈巖山館校本刊印），頁八。

取其尾而執之，踏步歡呼，反覆歌舞。

又《周禮・春官宗伯下・大司樂》有「以樂舞教國子舞〈雲門〉、〈大卷〉、〈大咸〉、〈大磬〉、〈大夏〉、〈大濩〉、〈大武〉。」[63]可見其「樂舞」合用。又云：「乃奏黃鍾歌大呂舞〈雲門〉以祀天神；乃奏大簇歌應鍾舞〈咸池〉以祭地示；乃奏姑洗歌南呂舞〈大磬〉以祀四望；乃奏蕤賓歌函鍾舞〈大夏〉以祭山川；乃奏夷則歌小呂舞〈大濩〉以享先妣；乃奏無射歌夾鍾舞〈大武〉以享先祖。凡六樂者，文之以五聲，播之以八音。」[64]由「其奏」可見其八音之器樂，由「其歌」可見其五聲之歌唱，由「其舞」可見其舞蹈之容止。所以《周禮》用以祭享天神、地示、四望、山川、先妣、先祖的所謂「六樂」是合歌舞樂而用之的。

到了戲曲中的歌舞樂的「融合」，是演員以其歌聲來詮釋歌詞的意趣情境而流露其思想情感於眉宇之中，並且運用其肢體語言亦即身段動作來虛擬歌詞中之意趣情境，二者又皆呼應於管絃之襯托與鑼鼓之節奏，終於使歌舞樂三者同時交融渾然而為一體。

如《北西廂》第四本第三折正宮【端正好】：

碧雲天，黃葉地。西風緊，北雁南飛。曉來誰染霜林醉，總是離人淚。[65]

---

62 葛天氏是傳說中的遠古帝王。《呂氏春秋》所載「八闋」為：一曰〈載民〉，用以歌誦始祖；二曰〈玄鳥〉，用以迎接燕子；三曰〈遂草木〉，用以祈求田地不生草木；四曰〈奮五穀〉，用以祝禱五穀豐登；五曰〈敬天常〉，用以表示敬天；六曰〈建帝功〉，用以歌頌帝王；七曰〈依地德〉，用以歌頌大地之恩德；八曰〈總禽獸〉，用以歌頌掌控百禽百獸。按此八闋之名義內涵，當是後儒附會，原始歌舞必不如此複雜。見《呂氏春秋》，頁八。

63 見《周禮鄭注》，收入《聚珍仿宋四部備要》經部第九、一〇冊（臺北：中華書局，一九六五年據永懷堂本校刊），頁五。

64 同前註，頁六。

在〈長亭餞別〉這一折裡，旦腳崔鶯鶯一開頭唱了這支曲子。我們姑不論其做表的整個「科泛」，單就她的「眼神」來說：當她唱「碧雲天」時，眼神必然由近而遠，終於窮極碧藍的雲天，使人感受到此去天涯，可望不可及的惆悵。唱到「黃葉地」時，眼神就應當由極遠慢慢由上而下回到自己的足下，使人感受到黃葉鋪滿大地，暮秋萬物凋零，增加離情的悲涼。由是而轉入「西風緊，北雁南飛」，如果演員面向西，則要顯示眼目不禁酸風淒楚，而唱「北雁南飛」之時，眼神則要由右而左。到了「曉來誰染霜林醉」之時，眼神忽地有「驚豔」之舉，繼而有「沉醉」之態，終於有「呆滯」之望，使人感受到離情甚苦，而唱至「總是離人淚」時，則苦之已極而血淚欲滴矣，但不可真正滴下來，否則就寫實而非寫意了。

眼神為靈魂之窗，表演時自然一點馬虎不得，其他的肢體語言也應當配搭得體，方能描摹虛擬曲詞的情境。而如上文所舉明代顏容、馬伶的藝術修為，也都可以用來說明戲曲歌舞性在表演藝術上的特色和重要，以及其修為的艱難。

2. 節奏性

然而戲曲的歌舞，如果沒有器樂的節奏，是無法融而為一的。所以鮮明、強烈的節奏性也成為戲曲藝術本質之一。

在戲曲舞臺上，戲曲唱腔和戲曲打擊樂的節奏以曲牌、板式、鑼鼓點等形式出現，並且成為相對穩定的程式。音樂的節奏是由強弱音和長短音交替出現的有規律運動組成的。戲曲唱腔，無論板式變化體或者曲牌聯套體，都把這種節奏變化以一定的形式固定下來，形成不同的板式和曲牌，而且分為三種類型：一類是慢拍子的

---

65 王季思校注：《西廂記》，頁一六一。

曲調，包括慢二拍子、四拍子、八拍子等節拍形式。這類曲調詞情少聲情多，長於抒發劇中人的思想感情。一類是快拍子的曲調，包括快二拍子、一拍子、緊打慢唱等節拍形式。這類曲調詞情多聲情少，常用於對事件的交代和敘述，或用於劇中人的相互問答。再一類是節拍自由的散板，節奏有很大的靈活性，多用於表現劇中人處於激動狀態時的心情。戲曲打擊樂的節奏形式，以京劇鑼鼓來說，由於對大鑼、小鑼、鐃鈸的強弱節拍上交替出現的不同處理，以及小鑼切分節奏的特殊處理，基本上可以分為衝頭類型、長錘類型、閃錘類型、紐絲類型。在這四種類型鑼鼓點的基礎上，根據表現人物情緒、點染戲曲色彩、烘托舞臺氣氛的需要，組合成多節奏型的複雜的京劇鑼鼓。這些節奏形式，把戲曲舞臺上唱念做打的節奏，用音樂的形式聽覺化、形象化，對戲曲演出的鮮明、強烈節奏感的形成，起著十分重要的作用。而且，它們與戲曲人物情感活動和心理活動的節奏是有機結合、相輔相成的。

在戲曲音樂的發展過程中，曲牌聯套體與腔板變化體互相影響、變化與組合，使戲曲音樂豐富而多彩，取之不盡、用之不竭。戲曲音樂結構中，不同的情感節奏要用不同的曲牌和腔板節拍來表現，情感節奏的變化也體現為曲牌與腔板節拍的變化，戲劇性與節奏性是緊密相關的。茲舉腔板為例：京劇《鳳還巢》中程雪娥唱的一段「本應當隨母親鎬京避難」的【西皮原板】，一板一眼，曲調具有一定的抒情性，演出也在這樣的節拍形式中，很好地刻畫了程雪娥厭惡行為不端的姊夫，又難以在母親面前啟齒的情感狀態。京劇《捉放曹》中陳宮唱的一段「一輪明月照窗下」的【二黃慢板】，一板三眼，曲調的抒情性很強，這種節拍形式的曲調，就非常適宜用來表現陳宮後悔不已、自我掙扎十分激烈的內心世界。同樣是抒情，由於劇中人的情感活動的程度有差距，就選用節拍不同的曲調加以揭示，在具體曲調的處理上，戲劇性與節奏性是渾然一體的。京劇《三堂會審》說明了另一種情況：由於堂上三個官員的不同態度，引起蘇三在受審過程中的複雜內心活動，戲劇衝突的內容十分豐富，因此在蘇三唱腔的安排上用了【散板】、【慢板】、【原板】、【流水】、【二六】、【流水】、【散板】等多種形式，通過節拍形式的變化，表現了蘇三內心活動的發展層次，也反映了整個戲劇衝突的起伏變化，戲劇性與節奏性也是相輔相成的。這些曲調都以一定的節拍形式出現，又在節拍形式的有機組合中求變化，用來揭示劇中人的不同內心活動，以及劇中人內心活動的發展層次，顯示出十分鮮明的節奏感。

戲曲念白也受到具有節奏形式的戲曲唱腔的影響，而音樂化、節奏化了。戲曲念白按音樂化的程度，一般分為散白、韻白、引子、數板四種。散白與日常言語比較接近；韻白與日常言語距離較遠，接近歌唱；引子採取半念、半唱的形式，更接近歌唱；數板則把口語納入一定的節拍形式，特別強調語言的節奏感。它們雖有不同的特點和性能，但經過不同程度的音樂化的加工，都具有鮮明的節奏感和韻律感。以戲曲舞臺上常用的韻白來說，它與用韻文寫成的唱詞不同，是用散文寫成的，不過，念誦起來仍然要求鏗鏘動聽。

在戲曲藝術中，唱和念是音樂化了的藝術語言，做和打是舞蹈化了的藝術語言。然而，這種舞蹈化了的做和打往往不孤立地呈現在舞臺上，而是在打擊樂的節制下，以及嗩吶、胡琴、板胡牌子的烘托中，訴之於觀眾的視覺和聽覺的。這就把兩種藝術語言結合起來，充分發揮舞蹈化和音樂化的作用，表現出鮮明而強烈的節奏感。實際上，戲曲中豐富多變的做和打，是依靠打擊樂的配合，才掌握住自己的節奏型態的。周信芳在《烏龍院》中，就把手、眼、身、步、髯口、水袖等形體動作與【四擊頭】、【亂錘】、【絲鞭】等鑼鼓點組織在一起，令人難忘地表現了宋江回憶丟失招文袋的過程。這一段戲沒有唱，沒有念，近似啞劇，可是，宋江的四處尋覓，呆呆思忖，回憶取袋、挾袋、搭衣、拉門、失袋的連續動作，擔心袋子被閻惜姣拾去的神色，仍然是在打擊樂的調節、控制和烘托、渲染中表演出來的。有了具有節奏形式的打擊樂的調節和控制，這一套做的表演藝術才很好地被組織起來；有了具有節奏形式的打擊樂的烘托和渲染，這一系列動作也才以鮮明而強烈的節奏型態表現出來。戲曲中的各種武打，無論長把子、短把子、徒手把子，無論單對兒、四股當、八股當，也是在與打擊樂緊密結合的條件下，捕捉住自己的節奏型態，給予觀眾以具體的節奏感受的。總之，戲曲舞臺上的唱、念、做、打，都是借助於戲曲音樂的節奏形式，才在舞臺節奏的處理上得到多方面的表現，並以鮮明、強烈的節奏感與其他戲劇形式有了明顯的區別。[66]

3. 寫意性

虛擬象徵程式的原理都不用來寫實，戲曲藝術自然也形成寫意性。所謂寫意，就是以抽象和具象來傳達意中的情趣。對此上文論虛擬象徵之運用而呈現在戲曲藝術中已有所說明，這裡再舉舞臺上演出的三個實例：

其一，周信芳演出《打漁殺家》，就處處不忘強調蕭恩的英雄本色。即使公堂被責以後，對蕭恩的形象也有十分恰當的處理。場面起【亂錘】，蕭恩踉踉蹌蹌地走到舞臺正中，摔搶背，膝行到下場門臺口。然後，如阿甲形容的：「只看到周信芳兩個肩頭隨著鑼鼓的節拍像反擰螺旋那樣向上伸拔。既然起來了，稍稍頓歇，隨即一鼓作氣，邁開大步走回家去，再不是狼狽的樣兒了。」可見，演員在真實地表現蕭恩的劇烈創痛和無比仇恨交織在一起的心理活動時，是注意到以精選的豪邁、蒼勁的身段動作，來傳達人物的英雄氣概的。所以，阿甲又評論說：「這些動作，如書法中的逆筆，筆力遒勁，氣勢磅礴。這便使我們對人物產生了肅然起敬的心情。」這反映了藝術家在人物的創造中，從內心體驗到形體表現是貫穿著頌揚態度的。而其由內心體驗到形體表現的頌揚，正是寫意的整體過程。

---

[66] 著者對戲曲音樂頗為外行，尤其對鑼鼓節奏更矇然無知，此錄自張庚、郭漢城主編：《中國戲曲通論》（上海：上海文藝出版社，一九八九），沈達人所撰第三章〈戲曲的藝術形式〉，第二節「戲曲形式的節奏性・節奏形式與節奏感」，頁一四八—一五一。

其二，川劇《贈綈袍》的「館驛贈袍」一場戲，用多次移動椅子的舞臺調度，表現了須賈的反覆無常。比如兩人談到扯回文返魏國的問題，一直把范雎當作昔日門客來對待的須賈，這時把椅子移近范雎，以示親近和求助。而在范雎表示自己見不了張祿丞相時，須賈把椅子移開，態度馬上變得很冷淡。等到范雎敘及張祿丞相要請自己進府理事，須賈邊聽邊把椅子移到范雎身邊，又是一副阿諛、奉承的面孔。椅子的調度，表現了須賈思想、情緒的變化，又勾畫了這個市儈小人勢利淺薄、兩面三刀的嘴臉，批判的態度也是很明確的。

其三，川劇《問病逼宮》中的楊廣，開始用小生的表演來表現他的外表正派。可是，這個外表正派的人，內心十分醜惡和殘暴，他調戲了父妃，戕害了生母。藝術家於是把小生變為花臉，用花臉的表演來揭露他的醜惡和殘暴。最後，楊廣奪到玉璽，準備作皇帝。藝術家又把花臉變成小丑，用小丑的表演來嘲諷他的沐猴而冠的醜態。行當的變化，適應了人物的心理變化層次，也表現了藝術家對人物的批判和否定。[67]

由《打漁殺家》和《贈綈袍》可見演員皆以科介寫意，而《問病逼宮》更以腳色行當寫意而見其對人物的批判。

4. 誇張性

戲曲的誇張性，可以說是虛擬象徵程式原理之下的必然結果。譬如一場很有氣勢的沙場大戰，卻表現在一區小小的舞臺之上，便是虛擬象徵程式產生出來的誇張性效果。它的打法是以緊密取勝，是緊密中有奔放，實中見巧，虛中見真，突出大將的雄偉氣概，不渲染死傷殘酷，因而殺人從不見血。這也算寫意筆法，和電影中打鬥片的打鬥是不同的。武戲大場面的十二股當，不過是十二人的群體表演，看起來彷彿滿臺風雲，氣勢浩大，

---

[67] 錄自張庚、郭漢城主編：《中國戲曲通論》，沈達人所撰第四章〈戲曲的藝術方法〉，第二節「以意為主導，象為基礎」，頁二〇〇—二〇一。

這裡便看出以小見大、以少勝多、虛實相生的藝術魅力。一般說，以小見大、以少寓多、以簡見繁，是戲曲舞臺實踐中總結出來的審美經驗。為什麼八個龍套就算十萬軍馬，幾個圓場就能轉戰千里，這種離奇的虛擬誇張正是產生在實際舞臺的限制中。在幾方丈的舞臺平面上，劉備的大將趙雲獨自一人將曹營數十員大將打落在馬下（八個扎靠的曹營大將接連地摔著「搶背」），如果調度不緊密，穿插無條理，這小小的舞臺必將磨肩擦背，擁擠一團。但是相反，觀眾所看到的是主將東蕩西殺，人馬輾轉奔馳，顯出強烈的戰爭氣氛，舞臺調度卻是既謹嚴又十分自由，因而解決了虛擬戰場的誇張性和實際舞臺收縮性對立統一的矛盾。戲曲舞臺上的虛與實是相輔相成的，它的空間和時間，從收縮方面來講，是縮千里於方丈、集多時於一瞬。[68]

再就人物造型來觀察，譬如為了表現關雲長的忠義和威嚴，於是他的臉色便妝飾得那麼火紅，他的五綹長鬚也就長到腰帶以下；又如上文所敘及的諸葛孔明和鐵面無私的包龍圖，其妝扮也都很誇張；臉譜的運用，更是誇張之極。造型如此，各種腳色的舉止和聲口也是如此。它們各有各的舉止和聲口，無非也是用來誇張和強化人物的類型。

5. 疏離且投入性

演員在扮飾劇中人物時，大抵有兩種情況：一是重在呈現所扮飾的人物，將自我融入人物之中，表演時所流露的都是人物的思想情感；一是重在演員本身，以理性的態度對待所扮飾的人物，演員的自我，作為人物的見證人，將人物解析而在表演中呈現對人物的態度。

戲劇理論家中主張前者的代表人物是蘇聯時代的斯坦尼斯拉夫斯基（一八六五－一九三八），他在一九二九

[68] 錄自阿甲：《戲曲表演規律再探・戲曲舞臺藝術虛擬與程式的制約關係》第二節「程式對虛擬的制約作用」，頁一二九－一三〇。

年建立「莫斯科藝術劇院」，實驗他的藝術主張，他要求演員將所扮飾人物的思想情感，鍛鍊成為自己的第二天性，而將第一自我消失在第二自我之中。斯氏的理論可以說是在歐洲戲劇「模仿」說指導下的一次大總結。

主張後者的代表人物是德國布萊希特（一八九八－一九五六），他強調演員的自主性，去理解所扮飾人物的思想行為的意義，並將之呈現給觀眾，他認為演員不可能完全成為人物，其間永遠有一個距離，藝術的作用即在保持這個距離，讓觀眾清楚地意識到自己是在「看戲」，因而能運用理智，保持自身的批判能力。[69]

以上兩派，就戲曲而言，以虛擬象徵程式為原理的藝術，便不得不保持距離，也就是「疏離性」。因為程式來自生活，經過藝術的誇張之後，必然變形而和生活產生距離，所以無論唱做念打，雖無一不和生活有關，但絕不完全相同。但戲曲卻也不完全像布萊希特那樣排斥共鳴。理性要和情感完全對立，是不太可能的，不被感動的，怎能算是藝術？譬如女演員在舞臺上演悲情，當她沉浸在悲情人物的命運中，她和所扮飾的人物產生了共鳴，但當她發現到臺下有人為之哭泣時，她又為自己表演的成功感到高興。二〇〇四年十二月二十四日至二十六日臺北國光劇團演出由我編劇的崑劇《梁山伯與祝英臺》，末場〈哭墳化蝶〉，魏海敏飾祝英臺，賺得觀眾許多眼淚，她也為之欣然滿意，可以印證這種現象；而演員同時具有這雙重的感情，便是其間的疏離性和投入性起了作用。所以演員在舞臺上表演，疏離與投入其實是同時存在的，強調任何一面，有如斯氏與布氏，都是不合乎審美的心理規律。[70]

[69] 以上參考曹其敏：《戲劇美學》，頁一七〇－一七四。又見韓幼德：《戲曲表演美學探索》，頁一九三－二四八。又見李紫貴：《戲曲表導演藝術論集．試談斯坦尼斯拉夫斯基體系與戲曲表演藝術的關係》（北京：中國戲劇出版社，一九九二），頁三六二－三七四。又見阿甲：《戲曲表演規律再探．斯坦尼斯拉夫斯基體系與中國的表演》，頁一五一－二一〇。

[70] 以上參考阿甲：《戲曲表演規律再探．戲劇藝術審美心理的問題》，頁一〇八－一一四。

然而中國戲曲的確也有其疏離性的一面，那就是戲曲的目的，不是讓觀眾的感情思想同一，而是讓觀眾游離出來，要他們感到戲就是戲。因為中國戲曲起自民間，劇場極為雜亂，觀眾來去自由，只是為了娛樂；加上元代那樣的社會使得人心頹廢，人一頹廢了，就把真偽是非都不當回事，胡天胡地，信口雌黃。這種毛病在戲曲方面最多，其關目結構的不合情理，時代地理官爵人物的顛倒錯亂，到處都是。71觀眾看戲既然只是為了娛樂，作者編劇更不當作正經事。於是在戲曲的表現中，往往莊嚴的羼入滑稽的，悲劇中羼入喜劇成分。譬如明代王驥德《男王后》雜劇，演陳子高美容儀，宛如女子，為臨川王陳蒨所獲，令為女妝，立為王后，專斷袖寵事。劇中對於無行的文人頗具諷刺意味。可是劇本最後，卻由扮臨川王的淨腳，說了這樣的話：「我看那做劇戲的，也不過借我和你（指臨川王和陳子高）這件事發揮他些才情，寄寓他些嘲諷。今日座中君子，卻認不得真哩！」72像這樣連劇本的作者和臺上的演員，都「以戲為戲」，在那裡囑咐觀眾千萬認不得真，觀眾縱使已到了「忘此身之有我」的境界，豈有不馬上醒悟，而自戲曲中游離出來之理？中國古典戲曲淨丑的「插科打諢」都可以造成這種疏離的效果。由於觀眾的思想情感被疏離在戲曲之外，因而對於舞臺上所表現的種種象徵藝術，自然有餘裕加以品會和欣賞。

---

71 見鄭師因百（騫）：《景午叢編》，上編〈從元曲四弊說到張養浩的《雲莊樂府》〉（臺北：中華書局，一九七二），頁一七三－一八二。

72 〔明〕王驥德：《男王后》雜劇，見〔明〕沈泰輯：《盛明雜劇初集三十卷》，收入《續修四庫全書》第一七六四冊，卷二十七（上海：上海古籍出版社，二〇〇二），頁六二六。

(四)其他因素產生的戲曲特殊現象

除了以上所敘，戲曲尚因其他構成因素而產生一些現象，敘述如下：

1. 演出場合和劇場、劇團不同所引起的現象

因為演出場合和觀賞對象的不同，擔任演出的劇團性質也有差別，其劇團大致可以分作三類：民間職業戲班、宮廷承應的戲班和貴族豪門私人的「家樂」。職業戲班以營利為目的，元代的職業戲班是以家庭成員為基礎組成的，明代以後，打破了這種家庭式的規模，成為由社會成員組成的職業團體，有的招收貧苦人家的子弟加以訓練，有的吸收各地的職業演員組成，也有從私人家樂轉入的。職業戲班有的固定在某地演出，也有的跑碼頭巡迴各地表演，視演出的場合和性質來決定戲碼。時間短，可以演片斷的散齣和折子戲；時間長，可以演連本戲；像廟會那般的大場面，就演出熱鬧通俗的戲。

宮廷戲班由於資源豐富，演員、服裝、道具都十分充足，主要演出人物眾多、排場豪華的戲，以配合宮廷宴會慶賞的富貴氣象。演員本由樂戶優伶或宮廷太監擔任，後來也引進民間藝人，使宮廷戲曲和民間戲曲能有交流的機會。宮廷戲曲的品味原本是比較守舊的，透過民間藝人，把最符合大眾流行的新戲帶入宮廷，如果能獲得帝王的喜愛，更能推動民間戲曲的蓬勃發展。另一方面，宮廷戲班對服裝、道具的考究，也因為這種交流傳入民間，帶動戲曲藝術的進步。

私人家樂演唱戲曲，始於宋、興於元，到了明代以後，蔚為風氣。家樂的設置有的是豪門貴族為了爭強鬥勝，也有的是主人熱愛戲曲，以此自娛娛人。家樂的成員或是府中原有的家僮丫鬟，或是招收職業戲班的演員，也有買來的貧寒子弟。演員的訓練有的是聘請教師，如果主人精通此道，也會親手調教。由於家樂演出多是飲宴時藉以添酒助興，所以適合小規模的演出，講求精緻典雅，並且注重演員技藝的精湛。

劇團的組織除了演戲的演員之外，還有負責伴奏的司樂人，以及掌管分派腳色、決定戲碼、準備戲箱、內外照料等雜務的管理人。從宋元以下，劇團的規模都不大。宋雜劇的劇團單位叫做「甲」，一甲多是五人。金、元時雜劇的演出每場通常是五、六人，如果加上司樂和管理雜務的人，一個劇團只要十幾個人就足以應付演出所需了。傳奇的劇團只要一、二十人，清代主要的戲班，一團差不多是二、三十人。[73]

劇團中的演員有男有女，可以同臺合演。宋雜劇、金院本有男扮女妝的記載。到了元代，北雜劇的演員主要是女性，她們擔任各腳色，不僅飾演女性，也可以女扮男妝，飾演男性。到了明代，早期仍以女性演員為主，但在宣宗宣德三年（一四二八），顧佐上奏，因為朝臣以歌妓佐筵，沉溺酒色，使得綱紀不振，而要求禁用官伎。歌妓本是戲劇演出的主要演員，受到禁令的影響，造成以孌童妝旦演戲的風氣。[74]清代在同治、光緒以前一再禁止女戲，男扮女妝的風氣更加盛行。民國以來，梅蘭芳、程硯秋、尚小雲、荀慧生號稱四大名旦，無不是以男扮女，可以說是這種風氣的延續。清代既然禁止女戲，女演員自然式微。直到同治、光緒年間，上海才有女班成立，叫做「毛兒戲班」，全部都由女演員演出，遇到劇中有男性人物，當然必須反串。今日戲曲劇團雖是男女合班，不過男扮女妝、女扮男妝的情形還是尋常可見。[75]

---

[73] 以上參考張發穎：《中國戲班史》（瀋陽：瀋陽出版社，一九九一）；修君、鑒今：《中國樂妓史》（北京：中國文聯出版社，一九九三）；孫崇濤、徐宏圖：《戲曲優伶史》（北京：文化藝術出版社，一九九五）；張發穎：《中國家樂戲班》（北京：學苑出版社，二〇〇二）；喬健等著：《樂戶》（江西：江西人民出版社，二〇〇二）。

[74] 見〔明〕沈德符：《萬曆野獲編．補遺》（北京：中華書局，一九五九年），卷三「禁歌妓」條，頁九〇〇—九〇一。

[75] 著者有〈男扮女妝與女扮男妝〉，詳見下文。

2. 說唱文學所引起的現象

戲曲受到說唱文學的影響很強，雜劇和傳奇的曲辭，可以說就是詞曲系講唱文學的進一步發展；而皮黃和多數的地方戲曲曲辭，則顯然是採用詩讚系講唱文學的形式，而其曲白交互使用的三種形式：相生、相疊、相輔，也和講唱文學韻散結構的方法相同。說唱文學就唱詞而言，無論詞曲系或詩讚系都是韻文形式，可以「詩」概括之，則一變而為戲曲，就文學而言，也就可以稱之為「詩劇」了。又由於說唱文學提供戲曲大量的故事和豐富的音樂，[76]所以其敘述特質也使得戲曲腳色一出場，便自述姓名、履歷、懷抱，有時還由主要腳色介紹其他次要腳色，尤其更說出自己的所作所為。這種方式可以說只是將講唱文學的第三人稱改作第一人稱，以符合所謂「代言體」而已。如此一來，劇作家固然容易編寫，觀眾對於人物也易於把握，但是劇中的人物，也因此，大抵只有類型而鮮有個性可言。也許因為戲曲旨在道德教化，所以人物形象必須「善惡分明」，而觀眾的反應，自然也是「愛憎判然」了。如果以敘述和動作來作為中國戲曲的兩種表現方式，那麼元雜劇是敘述重於動作，明清傳奇是敘述和動作並重，而清皮黃則動作重於敘述。所以元雜劇以劇作家為主，明清傳奇劇作家雖仍為主要，但演員的表演技藝也逐漸被重視，而清代京劇但知有演員而不知有劇作家。也就是說舞臺的主宰者慢慢由劇作者轉移到演員身上。因此發展到皮黃的演員必須「唱念做打」樣樣俱佳，才算技藝精湛。誠如俞大綱先生在〈西方人的國劇觀〉中所說的：「他（國劇演員）必須做到圓熟的掌握肢體運作，控制自如的嗓音，來表達感情思想，使他所扮演的人物成為視覺中的真實人物。因此，一個中國舞臺成功的演員，應當是舞蹈家、歌唱家、戲劇家三者合體的藝術家。」[77]

---

[76] 戲曲大戲的兩大主流都是由小戲注入說唱文學而發展完成的，見拙著：《戲曲源流新論》（臺北：立緒出版社，二〇〇〇）。

說唱文學的敘述，對於戲曲關目結構也產生刻板和冗煩的影響。清代李漁《笠翁劇論》，強調戲曲的結構先於音律和詞采；認為每個劇本應以一人一事為主腦，頭緒要少，最好要能一線到底，並無旁見側出之情，而且針線要細密，須有埋伏照應，如此才算佳構。[78]可是中國戲曲，能達到這個標準的卻不多。論雜劇則往往失之於刻板，論傳奇亦每每見譏於冗煩，而皮黃又頗有破碎片段之嘆。若究其緣故，則除了劇作者不甚措意於此外，戲曲謹嚴之體製規律，和採取說唱文學的敘述方式，實有以致之。

而無論雜劇、傳奇或皮黃，都是以詩歌為本質，其表現的基本原理又是虛擬象徵性的，所以著重抒情和意念的表達，關目的推動，憑藉於敘述；推動的方式，僅止於延展而沒有逆轉與懸宕。因此西洋戲劇所講求的時空條件，其嚴格的「三一律」，在中國戲曲中從不被重視與論及。也就是說它對於時空的流轉極為自由，但也因為如此，中國戲曲便時常顯得動作遲緩、結構鬆散，內容有時也不受節制而令人感到荒唐了。

3. 故事題材所引起的現象

中國戲曲的取材，始終跳不出歷史故事和傳說故事的範圍，作者很少專為戲曲而憑空結撰、獨運機杼。甚至於同一故事，作而又作，不惜重翻舊案，蹈襲前人。如「趙氏孤兒報冤事」，宋元南戲有《趙氏孤兒報冤記》，元雜劇有紀君祥《趙氏孤兒報冤》，明傳奇有徐元《八義記》，清皮黃有《八義圖》，共有四種之多；又「司馬相如卓文君」事，宋雜劇有《相如文君》，南戲有《司馬相如題橋記》及《卓文君》兩種，元雜劇有關漢卿《昇仙橋相如題柱》、孫仲章《卓文君白頭吟》、范居中等之《鸕鶿裘》，明雜劇有朱權《卓文君私奔相如》，明傳奇有

77 收入俞大綱紀念基金會主編：《俞大綱先生全集》論述卷㈠（臺北：幼獅文化事業，一九八七），頁三一一。

78 見〔清〕李漁：《閒情偶寄》，卷一〈詞曲部上・結構第一〉計七款，中有「立主腦、密針線、減頭緒」等條，收入《李漁全集》第一一冊，頁一一－一六。

孫柚《琴心記》、楊柔勝《綠綺記》、澹慧居士《鳳求凰》、陸濟之《題橋記》等，清雜劇有袁晉《鸘鸘裘》、椿軒居士《鳳凰琴》、黃兆魁《才人福》、舒位《卓女當罏》、黃燮清《茂陵絃》，皮黃有《卓文君》，共十七種之多。又「柳毅傳書」事，宋雜劇有《柳毅大聖樂》、南戲有《柳毅洞庭龍女》、元雜劇有尚仲賢《洞庭湖柳毅傳書》、明傳奇有黃惟揖《龍綃記》、許自昌《橘浦記》、清傳奇有李漁《蜃中樓》、何墉《乘龍佳話》、清皮黃有《乘龍會》、《龍女牧羊》，共有九種之多。至於其他同一題材而作兩三種形式之戲曲者，更數見不鮮。像這樣，宋元南戲沿襲宋雜劇、元雜劇沿襲宋元南戲、明傳奇復取材南戲北劇、清代皮黃更從元雜劇、明傳奇而改編。其間雖因襲之外，仍有創新，但究竟不易脫略前人窠臼，尤其缺乏時代意義。戲曲題材之拘限於歷史和傳說故事，以及因襲改編前人劇作的緣故，大概基於下列幾點原因：

第一，因為中國戲曲的美學基礎是詩歌、音樂和舞蹈，作者所最關心的是文辭的精湛，而演員則講求歌聲的動聽和身段的美妙，觀眾更由此而獲得賞心樂事的目的。如果觀眾對於劇中的情節早就了然，就可以把注意力集中在歌舞樂的聆賞上；反之，如果對於故事情節毫無所知，或者事件太新奇，那麼注意力便花費在情節的探索，因而對於歌舞樂的聆賞，自然鬆懈，如此便不能掌握中國戲曲所要表現的真諦。所以歷來劇作家都取材於膾炙人口的故事，這些故事都是代代相傳，尤其是透過說話人的口一再渲染講述的，在人們的心目中已經是熟之又熟的了。因此所謂「歷史和傳說故事」，並不是直接取自史傳或載記，而是大都從說話人的「話本」剪裁來的。

第二，中國戲曲既然不重視故事的創新，那麼改編前人劇本，在關目的布置和排場的處理上，以其有所憑藉，自然可以省下許多精力，便於專意文辭的表現。倘能再稍用心思，尤易於邁越前人。此等故事既已騰播於說話人之口，又歷久相傳於歌場之中，則新劇一出，庶民觀眾亦容易於接受，其感染力自然也較深。

第三，取材歷史和傳說故事，可以逃避現實。就中國戲曲來觀察，元人雜劇的內容算是豐富的。根據羅錦堂《現存元人雜劇本事考》的分類，計得八類十六目。[79]這八類中以社會類中的公案劇和戀愛類中的良賤間之戀愛劇以及仕隱類中的隱居樂道劇最能反映當時人們的遭遇和讀書人的心理。可是劇作者究竟不敢將人民的痛苦呼號和人心的憤恨不平，直截了當的表現出來，因此只好朦朧其事，借古鑑今。他們對於政治社會的不滿，只是希企當代出現像包拯和錢可那樣的清官出來代他們申訴，替他們主持正道，但那到底是望梅止渴而已；於是等而下之的，便寄望於綠林好漢出來替他們誅惡鋤奸，甚至於只好以冥冥中的鬼神來報應了。[80]文人在當代所受的壓迫更是曠古未有的，因此憤懣之情也最為激越，其中以馬致遠的《薦福碑》最為典型的代表。但是他還是不敢直斥當代，不敢以當代的現實事件來編撰。元代的文網尚不繁密，雜劇雖有意反映現實社會，而仍不得不藉歷史和傳說故事以掩人耳目，塞人口實，更何況文字獄頻頻興起的明清兩朝呢！因此，明代以後，戲曲的內容更加狹隘，從顧起元《客座贅語》的〈國初榜文〉[81]，以及此榜文的律令為大清律例所因襲，[82]我們知道中國戲曲正式被宣判為傳播道德教化的工具，元人雜劇的豐富生命力幾乎被剝落淨盡，戲劇功能減弱，而在這種嚴刑峻法之下，六百年來的中國戲曲，焉能不從歷史和傳說故事中取材？

就因為喜慶娛樂之外，又加上了道德教化的宗旨，所以中國戲曲所要表現的，大抵不過是一些傳統的宗教信仰和儒家思想。我們如果要從中發掘時代的意義和企圖尋覓人生內在外在的各種層面，假若不涉牽強附會的

---

[79] 羅錦堂：《現存元人雜劇本事考》（臺北：順先出版公司，一九七六），頁四二二—四二三。

[80] 見鄭振鐸：〈元代「公案劇」產生的原因及其特質〉，收入氏著：《中國文學研究新編》（臺北：明倫出版社，一九七一），頁五一一—五三四。又見拙作：〈雜劇中鬼神世界的意識形態〉，《論說戲曲》，頁二三一—四六。

[81] 可參見〔明〕顧起元：《客座贅語》（北京：中華書局，一九八七），卷十，頁三四六—三四七。

[82] 見《元明清三代禁毀小說戲曲史料》（北京：作家出版社，一九五八），頁一六。

話，恐怕是往往要教人失望的。也因此西洋人的許多悲劇和喜劇理論，拿到中國戲曲裡來，就每每教人感到扞格不適了。

而西洋所謂悲劇、喜劇的分野，中國的戲曲則幾乎都是悲喜劇；其所謂悲，只是指好人遭遇磨難，或含屈而歿，未得現世好報；所謂喜，無非是否極泰來、功成名就、骨肉夫妻團圓的喜悅。因為中國戲曲演出的場多在喜慶筵會，又旨在獎善懲惡；所以在關目結構上又產生了一條不成文法，那就是到頭來必以「大團圓」結局，甚至於連曲子的「尾聲」，也都改作「慶餘」或「十二紅」，以取其吉利。這種好人必得好報的思想觀念既然根深柢固，所以中國戲曲中，便又產生了一些所謂翻案補恨的作品。譬如《竇娥冤》，到了明代葉憲祖的《金鎖記》傳奇，[83]變成了使竇娥和她的丈夫鎖兒當場團圓，而張驢兒為雷擊斃的結局；皮黃的《六月雪》[84]也演竇娥赴斬降雪，因而洗刷冤屈，更還清白。孔尚任作《桃花扇》，他的朋友顧采也作了《南桃花扇》，必欲使「天下有情的都成了眷屬」。像這樣的「補恨」，或可稱一時快意，但情趣實在有點低俗了。[85]

結論

總結以上的論述，可見，戲曲大戲的基本本質是綜合文學和藝術。而論大戲的本質，其觀照點應當從大戲

---

[83] 〔明〕葉憲祖《金鎖記》，一說袁于令作，收入《古本戲曲叢刊三集》。

[84] 皮黃《六月雪》又名《斬竇娥》、《羊肚腸》，可參見《戲考大全》第一冊（上海：上海書店，一九九〇年十二月）。

[85] 呂效平：《戲曲本質論》（南京：南京大學出版社，二〇〇三），〈作為戲劇作品的缺陷〉提到五點戲曲的缺陷：(1)不追求故事的戲劇性。(2)非戲劇性的情節展示方式。(3)強弩之末。(4)往往互相蹈襲。(5)代言的不徹底性。與著者觀點頗為相近。而著者之書《中國古典戲劇》為一九八六年六月由臺北行政院文化建設委員會出版。

的構成因素著眼，從中又要分清哪些因素是構成美學的基礎，最為主要；而每個因素的內涵與足以引發戲曲本質或產生某些現象的關鍵尤其要能掌握；然後對於「戲曲本質」的探討才能周延而條貫，否則難免「摸象」與「雜亂」之病。

而我們知道，歌舞樂是戲曲的美學基礎，本身皆不適宜寫實，如此加上狹隘的劇場作為表演空間，自然產生「虛擬象徵」非寫實而為寫意性表演的藝術原理。而為了使虛擬象徵達到優美的藝術化，使演員的唱做念打有所遵循的規範，使觀眾便於溝通聆賞的媒介，就逐漸形成了宋元間的所謂「格範」或「科汎」和「科介」，這也就是今日取義模式規範的所謂「程式」；用此「程式」對「虛擬象徵」有所制約，然後戲曲表演的藝術原理才算完成，並從中衍生了歌舞性、節奏性、寫意性、誇張性與疏離且投入性的本質。

而由於演出場合不同，劇場、劇團也跟著有所差異。此所以廣場廟會、勾欄營利、宮廷慶賀、堂會清賞，其所演出的內容和形式也自然各具特色；而由於說唱文學對戲曲產生強力的影響，使戲曲成為一種詩劇，使戲曲有「自報家門」的尷尬，有濃厚的敘述性質，從而促使戲曲的關目結構只有展延性而缺乏逆轉與懸宕，終究不免刻板與冗煩的弊病；而由於故事題材不出歷史與傳說範圍，且層層相因蹈襲，加上明清兩朝律令嚴酷，使得戲曲在功能上止於娛樂性、教化性兼具的「寓教於樂」一途，而其在獎善懲惡之餘，必使得觀眾對劇中人物愛憎判然，戲曲乃因此而很少能反映現實和寄寓深刻不俗的旨趣。

然而戲曲源遠流長，其間儘多變化而一脈相承，其舞臺藝術畢竟極為高妙而完整，其文學價值亦可與詩詞並觀，是我國貴重的文化資產，無容置疑。尤其其虛擬象徵程式的表演藝術原理，所產生的歌舞、節奏、寫意、誇張、疏離且投入的藝術特質，更為舉世所罕見而珍惜；所以代表中國戲曲文學藝術最優雅和最精緻結合的崑劇，已被聯合國視為人類共同的文化資產，[86]我們焉能不更加努力的予以維護和發揚。

也因此近數十年以來，兩岸面對急遽變遷的政治社會和文化潮流，如何使戲曲藝術特質去蕪存菁，結合現代劇場理念，使之重新融入現代群眾生活之中，可以說是兩岸「戲曲現代化」的共識。

對此，大陸方面一九九〇年李紫貴《戲曲表導演藝術論集・京劇藝術批判的繼承與革新》[87]中已主張戲曲要「推陳出新」，不僅是藝術形式、技術技功上的改進，更主要的是思想內容上的革新，他認為像京劇《白蛇傳》、《將相和》、崑劇《十五貫》、評劇《秦香蓮》等是最好的範例。他在〈演好現代戲首先要解決生活問題〉[88]中認為新編的現代戲，要能藝術的表現現代生活，在具體的藝術處理上，他嘗試的方法是：

1. 盡可能選用可以運用的傳統藝術技巧以表現現代生活。
2. 改造比較接近能夠借用的傳統藝術技巧，以適應新的內容。
3. 吸收其他藝術形式，加以融化，成為新的戲曲表現手段。
4. 在現代生活的基礎上，創造新形式，但必須合乎戲曲的內在規律，才不會脫離傳統。

可見李氏「推陳出新」的方法，主要是扎根傳統，再吸收不違背傳統內在規律的新理念和新手段來使戲曲能夠表現現代生活。

到了二〇〇二年五月王蘊明在《當代戲劇審美論集・戲曲藝術審美特徵的發展趨向》[89]中，首先舉出五點

---

[86] 二〇〇一年五月十八日聯合國教科文組織公布「人類口述和非物質遺產代表作」十九項中，中國崑曲列在其中，見美聯社巴黎五月十八日電，《聯合報》二〇〇一年五月二十日〈文化版〉。

[87] 李紫貴：《戲曲表導演藝術論集》，頁三七五。

[88] 同上註，頁三八三—三八五。

[89] 王蘊明：《當代戲劇審美論集》（北京：中國戲劇出版社，二〇〇二），頁一三二—一四三。

「傳統戲曲與社會主義新時代已經出現了不協調的情況」，繼而指出中國戲曲將發生變化的三種可能性，最後王氏特別強調新一代戲曲的審美特徵，應當是：㈠民族性將得到承續和發揚，將保持其最深廣的民間性，仍然是綜合藝術。㈡程式性將發生大的變異：傳統的程式有的將被揚棄，有的被改造，並將從現實中提鍊熔鑄新的程式；從整體上看，新一代戲曲的程式性將趨向淡化，其規範性將變得較為寬鬆自由；對程式性的規範將隨著劇種的差異而不同，有的仍將較重程式，有的劇種或劇目，程式可能消失，而只有與音樂相統一的節奏。傳統的板式、曲牌將發生較大的變革，音樂唱腔的流動性將加大，可能出現唱腔通俗化、念白口語化、動作自由化、舞蹈現代化的情況。舞臺美術將充分發揮現代聲光技術的優勢、創造虛實結合、絢麗多彩的典型環境，並為演員的表演，提供廣闊的天地。㈢流派將發生根本性的變化，將逐漸產生建立在現代文化和審美意識基礎之上的風格迥異的新流派，而一旦新流派紛呈，便是新一代戲曲黃金時代的到來。

王氏曾任北京崑劇院院長、中國戲劇家協會黨總副書記、祕書長，以他的經歷看他的論點，可以說是極具代表性的將大陸戲曲的現代處境，戲曲工作者的努力情況和戲曲的未來發展作了中其肯綮的說明。總結起來說，他還是要扎根戲曲傳統的優秀美質，運用現代劇場、現代理念，創出能融入現代社會的新戲曲，而這「扎根傳統的創新」，也正是著者長年在臺灣倡導的理念。

著者曾於一九九七年六月十日在中央研究院中國文哲研究所所舉辦的「明清戲曲國際研討會」上作了一場專題講演，題目是〈從戲曲論說「中國現代歌劇」〉，[90]該文舉「毛桃接水蜜桃」和「文化輸血論」，說明藝術文化應如何「扎根傳統以創新」，並調適古今中外，其結論是：

---

[90] 原載華瑋、王瑷玲主編：《明清戲曲國際研討會論文集》（臺北：中央研究院中國文哲所出版，一九九八），頁一一二七，收入拙著：《戲曲與歌劇》，頁一八九—二二八。

「中國現代歌劇」自然是新文化重要的一環，其為綜合文學與藝術猶然今古相承，因此就要有許多隻「妙手」從傳統中創新，共同創作，共同完成。而這樣的許多隻「妙手」，也必須要有一隻掌控其舵的「總妙手」，也就是「導演」來加以整合，才能真正切實的呈現「中國現代歌劇」做為綜合文學和藝術的特質。如此的「總妙手」不是發號施令的要人依循一己的理念和做法，而是能發人之潛、集人之長的藝術大師。若此，倘使能夠以「語言」為首要，無論編劇家、作曲家、歌唱家，乃至於導演，均可掌握中國語言和語言旋律的構成要素，明其對旋律的作用原理，無論作詞、譜曲、唱曲，都能務求語言旋律與音樂旋律的融合無間，那麼起碼就會有民族的特色，就不會在「西洋歌劇」的陰影下難見天日。而如果進一步調適詞情、聲情、舞容三者間的關係，使之可觀可賞，同時做為一個演員如果能從戲曲腳色中學習其可資運用的修為以融入現代表演技法，骨肉均勻、鬚眉畢張的塑造人物，而做為一個編劇家如果能夠擇取動人的故事為題材，剪裁布置為緊湊的情節，寄託深刻嚴肅的主題思想，而做為一個導演如果能夠擅於掌握「排場」自由流轉的原理，充分發揮現代劇場的功能，使之虛實相得益彰；總此五者冶於一爐，那麼鄙意以為，「中國現代歌劇」庶幾可以宣布成立了。

在這篇文章中，我雖然就戲曲觀點在論說「中國現代歌劇」，但「中國現代歌劇」其實指的就是現代化的戲曲。可見對於現代化的戲曲，都是兩岸共同在追求而希冀達成的；而如果我們能夠清楚的了解戲曲的特質，知何者為其美學基礎，產生何等樣的藝術原理，衍生那些特殊的性格；又從其構成因素中呈現那些特殊的現象，然後審時度勢結合同志者，必能審知何者為優何者為劣，何者適宜現代，何者已為過時糟粕，那麼對戲曲的現代化必然有極大的幫助，而且相信也必然有完成的一天。

二、男扮女妝與女扮男妝

「妝扮」是戲劇的要素之一。我國自從優孟為孫叔敖衣冠，巫覡為〈九歌〉中的神靈以來，已啟戲劇妝扮的先聲。戲劇的妝扮，演員的性別和所飾演的人物，不必求其一致；也就是男可以扮女妝，女可以扮男妝；這是人所共知的事實。但若考其源起，觀其時代風氣，那麼對於我國古典戲劇的了解，必然有所助益。

㈠男扮女妝

戲劇的演員稱作優伶，男優與女優，究竟孰先孰後，已經很難考察。《禮記・樂記》有一段魏文侯和子夏討論音樂的對話，子夏說：

今夫新樂進俯退俯，姦聲以濫，溺而不止；及優侏儒，獶雜子女，不知父子。樂終不可以語，不可以道古；此新樂之發也。[91]

注云：

獶，獼猴也。言舞者如獼猴也，亂男女之尊卑。獶或作優。

[91]〔唐〕孔穎達等正義：《禮記正義》，〔清〕阮元主持：《重刊宋本十三經注疏附校勘記》（臺北：藝文印書館，一九六五），頁六八六。

可見「優侏儒，獶雜子女」是「新樂」較之「古樂」的特色之一。我國戲劇的音樂必擺脫穿上道德外衣的「雅樂」，即此已可見其端倪；同時也可以看出男優、女優的起源都相當早。但若以史傳所記載的優施、優孟、優旃看來，則先秦的男優似乎較女優為活躍。

明胡應麟（一五五一——一六〇二）《少室山房筆叢》引楊用修之語云：

> 漢〈郊祀志〉優人為假飾妓女，為後世裝旦之始也；然未必如後世雜劇、戲文之為，緣其時郊祀皆奏樂章，未有歌曲耳。[92]

遍查《漢書・郊祀志》，成帝時，匡衡但云「紫壇有文章采鏤之飾及玉、女樂」，並無優人為假飾伎女之事，楊用修蓋一時誤記，或別有所據。若楊氏之語可信，則男扮女妝已始於漢代。《魏書・齊王芳紀》裴注引司馬師廢帝奏云：

> （帝）日延小優郭懷、袁信等，於建始芙蓉殿前裸袒遊戲，使與保林女尚等為亂，親將後宮瞻觀。又於廣望觀上，使懷、信等於觀下作「遼東妖婦」，嬉褻過度，道路行人掩目，帝於觀上以為讌笑。[93]

郭懷、袁信既作「遼東妖婦」，則為男扮女妝無疑。崔令欽《教坊記》云：

---

[92] 〔明〕胡應麟：《少室山房筆叢》，卷四一〈辛部・莊嶽委談下〉（上海：上海書店，二〇〇一），頁四二七。後清代二書沈自南《藝林彙考》卷之九，及焦循《劇說》卷一亦載楊用修所言。

[93] 〔晉〕陳壽撰，〔南朝宋〕裴松之注：《三國志》，卷四〈魏書・三少帝紀第四〉（臺北：鼎文書局，一九八三），頁一二九。

[94] 〔唐〕崔令欽：《教坊記》，《中國古典戲曲論著集成》第一冊，頁一八。著者有〈唐戲《踏謠娘》及其相關問題〉詳論

《踏謠娘》，北齊有人姓蘇，皰鼻。實不仕，而自號為「郎中」。嗜飲，酗酒；每醉，輒毆其妻。妻銜怨，訴於鄰里。時人弄之：丈夫著婦人衣，徐步入場行歌。每一疊，旁人齊聲和之，云：「踏謠，和來！踏謠娘苦！和來！」以其且步且歌，故謂之「踏謠」；以其稱冤，故言「苦」。及其夫至，則作毆鬭之狀，以為笑樂。今則婦人為之，遂不呼「郎中」，但云「阿叔子」；調弄又加典庫，全失舊旨。或呼為「談容娘」。又非。94

宋曾慥《類說》、樂史〈楊太真外傳〉亦作《踏謠娘》。唐韋絢《劉賓客嘉話錄》、段安節《樂府雜錄》、後晉劉昫《舊唐書》、宋陳暘《樂書》皆作《踏搖娘》。此劇初時由「丈夫著婦人衣」搬演，則為男扮女妝；再由其且步且歌及稱冤如《御覽》所謂「乃自歌為怨苦之辭」看來，顯然已是合歌舞用代言體演故事的戲曲小戲，不止曲白兼備，而且隱然有旦、淨、眾等腳色。又《隋書・音樂志》云：

（北周）宣帝即位，而廣召雜伎，……好令城市少年有容貌者，婦人服而歌舞。

又云：

大業二年，突厥染干來朝，煬帝欲誇之，總追四方散樂，大集東都。……伎人皆衣錦繡繒綵，其歌舞者多為婦人服，鳴環佩，飾以花毦者，殆三萬人。95

之，收入拙著《詩歌與戲曲》（臺北聯經出版公司，一九八八），頁一五三－一七八。

95 兩段引文見〔唐〕魏徵：《隋書》（臺北：中華書局，一九八二），頁三四二、三八一。

96 〔唐〕段安節：《樂府雜錄》，《中國古典戲曲論著集成》第　冊，頁四九。

又《樂府雜錄》「俳優」條云：

武宗朝，有曹叔度、劉泉水，鹹淡最妙；咸通以來，即有范傳康、上官唐卿、呂敬遷等三人。弄假婦人，大中以來，有孫乾、劉璃缾。近有郭外春、孫有熊。[96]

又唐人王翰〈觀變童為伎之作〉一詩：

長裙錦帶還留客，廣額青娥亦效嚬。共惜不成金谷妓，虛令看殺玉車人。[97]

由「留客」、「效嚬」觀之，當為戲劇之搬演，而非止於歌舞的演出。以上四段材料，或謂「婦人服」，或謂「弄假婦人」，都可見係男扮女妝。前二者屬歌舞，後二者屬戲劇。時代則北周以迄隋唐。又清張玉書《佩文韻府》「白眼諱」條，引自唐無名氏《玉泉子》，乃唐朝宰相崔鉉家中逸事：

崔鉉之在淮南，嘗俾樂工集其家僮教以諸戲。命閱于堂下，與妻李氏坐觀之。僮以李氏妬忌，即以數僮衣婦人衣，曰妻曰妾，列于傍側，一僮則執簡束帶，旋辟唯諾其間，久之戲愈甚，悉類李氏平昔所嘗為，李怒罵之曰：「奴敢無禮，吾何嘗如此。」僮指之且曰：「咄咄赤眼作而白眼諱乎。」鉉大笑，幾至絕倒。[98]

[97] 《全唐詩》（北京：中華書局，一九九九），卷一五六，頁一六〇五。

[98] 〔清〕張玉書：《佩文韻府》，卷六十四，「白眼諱」條（上海：上海書店，一九八三年據商務印書館《萬有文庫》本影印），頁二五四七。《玉泉子》乃唐代無名氏所撰，原書五卷，明中葉後不存。萬曆間所刊《稗海》本《玉泉子》一卷，

所云「以數僮衣婦人衣」，則後世變童裝旦，已見於此。

周密《武林舊事》卷四〈雜劇三甲〉所紀「劉景長一甲八人」中有「裝旦孫子貴」[99]一人。根據耐得翁《都城紀勝》「瓦舍眾伎」條、陶宗儀《輟耕錄》卷二十五「院本名目」條，宋雜劇、金院本每一甲通常五人，「裝旦」或「裝孤」乃臨時加入，非屬正色。而由「裝旦孫子貴」看來，則為男扮女妝無疑。《永樂大典戲文三種・張協狀元》一劇有云：

> （旦）奴家是婦人。（淨）婦人如何不扎腳？（末）你須看他上面。[100]

此劇錢南揚《宋元南戲百一錄》考訂為南宋時九山書會所編，可見南宋戲文和宋雜劇一樣，都有男性扮演旦腳。元雜劇似乎沒有男扮女妝的記載，明代則由於左都御史顧佐在宣德三年奏禁歌妓，[101]於是席間用變童「小

即為該書今傳之祖本，書中記中晚唐政治傳聞與人物佚事，確有崔鉉事蹟，但未有「數僮衣婦人衣」相關記載。〔明〕陳耀文《天中記》卷十九、〔明〕許自昌《捧腹編》卷五，和《佩文韻府》才錄有「數僮衣婦人衣」一事，且註明出自《玉泉子》；〔清〕王初桐《奩史》卷三十八則言該事出自《北夢瑣言》，然《北夢瑣言》亦查無「數僮衣婦人衣」之事。

[99] 〔宋〕周密：《武林舊事》，卷四「雜劇三甲」條，頁四〇四。

[100] 錢南揚：《永樂大典戲文三種校注》（臺北：華正書局，二〇〇三），頁一六〇。

[101] 〔明〕崔銑（一四七八—一五四一）《後渠雜識》：「宣德初，許臣僚燕樂，歌妓滿前，紀綱為之不振。朝廷以顧公為都御史，禁用歌妓，糾正百僚，朝綱大振。」收入《中國野史集成：先秦—清末》第三七冊（成都：巴蜀書社，一九九三年據《說郛續》卷十三影印），頁五，總頁二七六。雖無法確定成書時間，但必不會晚於作者歿年（嘉靖二十年，一五四一）；後才又見於〔明〕沈德符：《萬曆野獲編・補遺》（北京：中華書局，一九五九），卷三「禁歌妓」條，頁九〇〇—九〇一。

唱」及演劇用孌童「妝旦」，便應運而生。《萬曆野獲編》卷二十四「男色之靡」條云：

> 習尚成俗，如京中小唱，閩中契弟之外，則得志士人致孌童為廝役，鍾情年少狎麗豎若友昆，盛於江南。

又卷二十五「戲旦」條云：

> 自北劇興，名男為正末，女曰旦兒。……所謂旦，乃司樂之總名，以故金、元相傳，遂命歌妓領之，因以作雜劇。流傳至今，旦皆以娼女充之，無則以優之少者假扮，漸遠而失其真耳。[102]

可見劇中的旦腳，明代有以「優之少者假扮」的情形。沈璟《博笑記》第十五齣至第十七齣三齣演「諸蕩子計賺金錢」，簡題作「假婦人」，其第十六齣有一段曲文：

> 北仙呂【寄生草】（小旦）我記得《殺狗》和《白兔》，（眾）孫華與咬臍郎。（小旦）《荊釵》《拜月亭》，（眾）都好。（小旦）《伯喈》《蘇武》和《金印》，（眾）妙。（小旦）《雙忠》《八義》分邪正，（眾）是了。（小旦）《尋爹》《尋母》皆獨行，（淨）尋爹的是周瑞龍，（二丑）尋娘的是黃覺經。（小旦）《精忠》岳氏、孝休征，（眾）《精忠記》是岳傳。（小旦笑白）休征是誰呢？（小丑）修經麼是我爛熟的。（小旦）又來打諢。（小丑）這是花臉的本等。（淨丑）這個想不起。（小旦）王祥，表字休征，（眾）是了，《臥冰記》，再呢？（小旦）還記得《綵樓》《躍鯉》和孫臏。（眾）都是妙的，卻怎麼沒有新戲文呢？（小旦）新戲文好的雖多，都容易串，我只在戲房裏看一出，就上一出，數不得許多。（眾）《博笑記》

---

102 以上兩條見〔明〕沈德符：《萬曆野獲編》，頁六二二、六四九。

到有趣。（小旦）還不曾見。（丑）你也遲貨寶器了。（小旦）啐！（淨小丑）你方才數的都是南戲，怎倒把北曲唱他？（丑）你每說差了，他雖是男，如今要他去扮女，正該北曲。[103]

「他雖是男，如今要他去扮女，正該北曲。」可見劇中的「小旦」是男扮女妝的。近人葉氏引用這段文字，因而推測元人的北曲雜劇，係由女性演唱。按元無名氏《藍采和》雜劇開場正末賓白云：

小可人姓許名堅，樂名藍采和，渾家是喜千金，所生一子是小采和，媳兒藍山景，姑舅兄弟是王把色，兩姨兄弟是李薄頭。俺在這梁園棚勾欄裏作場。[104]

此劇將藍采和寫成一個做場的優伶，他是這個家庭劇團的首領人，自居末尼色，獨唱全劇；則元雜劇似乎未必純由女性演唱。但元雜劇由女性主演，則是不爭的事實。

明代以孌童妝旦的風氣，到了清代更為盛行，甚至於在同光之前，女性戲子一再為政府所禁止。《欽訂吏部處分則例》卷四十五〈刑雜犯〉「嚴禁秧歌婦女及女戲遊唱」云：

民間婦女中有一等秧歌腳墮民婆及土妓流娼女戲遊唱之人，無論在京在外，該地方官務盡驅回籍。若有不肖之徒，將此等婦女客留在家者，有職人員革職，照律擬罪。其平時失察，窩留此等婦女之地方官，照買良為娼，不行查拏例，罰俸一年。[105]

---

103 〔明〕沈璟：《博笑記》，《古本戲曲叢刊初集》，卷下，頁四－五。

104 〔元〕無名氏：《漢鍾離度脫藍采和》，收入隋樹森編：《元曲選外編》（北京：中華書局，一九五九），頁九七一。

105 王利器輯錄：《元明清三代禁毀小說戲曲史料》（上海：上海古籍出版社，一九八一），頁二〇。

又清孫丹書《定例成案合鈔》卷二十五〈犯姦〉有云：

雖禁止女戲，今戲女有坐車進城遊唱者，名雖戲女，乃於妓女相同，不肖官員人等迷戀，以致罄其產業，亦未可定，應禁止進城；如違，進城被獲者，照妓女進城例處分。[106]

案孫書成於康熙五十八年。又乾隆三十九年福隆安等纂輯《中樞政考》卷十六〈癸部雜犯〉亦有「嚴禁秧歌婦女及女戲遊唱」[107]之律。就因為政府嚴禁女戲，所以清代演戲便不得不男扮女妝。乾隆間安樂山樵《燕蘭小譜》記述扮演花旦的優伶多人，其中如：

鄭三官：而立之年，淫冶妖嬈，如壯妓迎歡。

張蓮官：年逾弱冠，秀雅出群，蓮臉柳腰，柔情逸態，宛如吳下女郎。

羅榮官：旦中之夭桃女也。年未弱冠，何粉潘姿，不假修飾。

王慶官：年始成童，……宜乎抹粉登場，浪蕩妖淫。

魏三：媚態綏綏別有姿，何郎朱粉總宜施；自來海上人爭逐，笑爾翻成一世雌。[108]

[106] 王利器輯錄：《元明清三代禁毀小說戲曲史料》，頁二九。
[107] 王利器輯錄：《元明清三代禁毀小說戲曲史料》，頁四七。
[108] 〔清〕吳長元：《燕蘭小譜》，收入張次溪編纂：《清代燕都梨園史料正續編》（北京：中國戲劇出版社，一九八八），上冊，頁二〇、二一、三〇—三二。

這些演花旦的伶人，很顯然都是男扮女妝的。道光間華胥大夫《金臺殘淚記》卷三有云：

> 《燕蘭小譜》所記諸伶，太半西北，有齒垂三十推為名色者，餘者弱冠上下，童子少矣。今皆蘇揚、安慶產。八九歲，其師資其父母、券其歲月，挾至京師，教以清歌，飾以艷服，奔塵侑酒，如營市利焉。券歲未滿，豪客為折券析盧，則曰「出師」，昂其數至二三千金不等。蓋盡在成童之年矣；此後弱冠，無過問者。自乙巳至今，為日幾何，人心風俗轉變若此。[109]

又光緒間藝蘭生《側帽餘譚》云：

> 雛伶本曰像姑，言其貌似好女子也，今訛為相公。……若輩向係蘇、揚小民，從糧艘載至者。嗣後近畿一帶嘗苦飢旱，貧乏之家有自願鬻其子弟入樂籍者，有為老優買絕，任其攜去教導者。[110]

即此，我們如果再參看《品花寶鑑》這部小說，那麼對於清代那些男扮女妝演旦腳的優伶，其身世及生涯，便會有很清楚的認識。而民國以來，梅蘭芳、程硯秋、尚小雲、荀慧生，號稱海內四大名旦，無不以男扮女，則可以說是這種風氣的沿襲。

---

[109]〔清〕華胥大夫：《金臺殘淚記》，收入張次溪編纂：《清代燕都梨園史料正續編》，上冊，頁二四六－二四七。

[110]〔清〕藝蘭生：《側帽餘譚》，收入張次溪編纂：《清代燕都梨園史料正續編》，上冊，頁六〇三。

(二)女扮男妝

女扮男妝似乎較男扮女妝為晚。最早見於記載的是唐代的參軍戲。薛能〈吳姬八首〉之六有「此日楊花初似雪，女兒絃管弄參軍」之句。[111]趙璘《因話錄》云：

> 肅宗宴於宮中，女優有弄假官戲，其綠衣秉簡者，謂之參軍椿。[112]

可見唐代的參軍戲，女優也可以扮演，其扮演自然要女扮男妝。

宋代是否有女扮男妝的情形，由於資料缺乏，不得而知；而到了元代，則習焉為常，蔚成風氣。元明間散曲作家夏庭芝所著的《青樓集》，記述元代幾個大都市的一百十餘個妓女生活的片段，這些妓女大多數是戲曲演員、曲藝演員，包括雜劇、院本、嘌唱、說話、諸宮調、南戲、舞蹈的著名藝人，其中：

> 珠簾秀：雜劇為當今獨步，駕頭、花旦、軟末泥等，悉造其妙。
>
> 順時秀：雜劇為閨怨最高，駕頭諸旦本亦得體。
>
> 南春宴：長於駕頭雜劇，亦京師之表表者。
>
> 天然秀：閨怨雜劇，為當時第一手；花旦、駕頭，亦臻其妙。

---

[111] 〔唐〕薛能：《薛許昌詩集》，收入〔明〕毛晉輯：《唐人八家詩》（北京：全國圖書館文獻縮微複製中心，二〇〇八），卷六，頁五，總頁三八四。

[112] 〔唐〕趙璘：《因話錄》，《景印文淵閣四庫全書》第一〇三五冊（臺北：臺灣商務印書館，一九八三），頁四六九。

國玉第：長於綠林雜劇，尤善談謔，得名京師。

平陽奴：精於綠林雜劇。

朱錦繡：雜劇旦末雙全。

燕山秀：旦末雙全，雜劇無比。[113]

以上朱錦繡、燕山秀二人俱「旦末雙全」，珠簾秀則駕頭、花旦、軟末泥，可見她們既女妝扮旦，亦男妝扮末；所謂駕頭雜劇，乃指以帝王后妃為內容者，順時秀「駕頭諸旦本亦得體」，當指扮演后妃而言，則南春宴、天然秀之「駕頭」當指扮演帝王而言，亦即為女扮男妝。所謂綠林雜劇，乃指以綠林英雄好漢為內容者，如元雜劇習見的水滸劇，則國玉第、平陽奴二人，亦應女扮男妝。由此也可以看出，元雜劇的演員，主要是樂戶中的妓女，因此她們既要女妝，又要男妝。近年田野考古所發現的山西洪趙縣廣勝寺明應王殿元代泰定元年（一三二四）「大行散樂忠都秀在此作場」的戲劇壁畫，其正中紅袍秉笏者，面容清秀，微髭；但兩耳墜有金環，顯然為女性所扮飾，這應當就是帳額所題的主要演員「忠都秀」。那麼元代演劇，女扮男妝的情形，由此更得到了具體的印證。

妓女演劇，到了明代更加盛行，而樂戶又是明代的一種制度。明太祖先後興起胡黨、藍黨兩次大獄，將文武功臣一網打盡，把他們的妻女沒入教坊，充當樂戶。成祖靖難之變，也大行殺戮建文舊臣，他們的妻女也一樣被沒入教坊，充當樂戶。嘉靖時，權相嚴嵩被抄家，其子世蕃明正典刑之後，妻女也沒入大同、涇州安置，成為當時的樂戶。可見明代樂戶的來源，有許多是罪臣的妻女。她們由教坊色長管領，並徵收稅金。她們所分

[113] 〔元〕夏庭芝：《青樓集》，《中國古典戲曲論著集成》第二冊，頁一九、二〇、二二、二三、二四、二八、二九、三九。

布的地方遍及南北，常和當地商業繁榮有密切的關係。[114]周憲王朱有燉《復落娼》、《桃源景》、《香囊怨》諸劇俱寫樂戶的歌妓，說她們的身分是官妓，做的是「迎官員、接使客」，「應官身、喚散唱」；或是「著鹽客、迎茶客」，「坐排場、做勾欄」。她們扮演雜劇各種腳色，如劉金兒是副淨色，橘圈奴是名旦色；並熟習許多雜劇，如劉盼春能夠「記得有五六十個雜劇」。徐樹丕《識小錄》云：

> 十餘年來，蘇城女戲盛行，必有鄉紳為之主。蓋以娼兼優，而縉紳為之主。充類言之，不知當名以何等，不肖者習而不察，滔滔皆是也。[115]

又沈德符《萬曆野獲編》亦謂：「甲辰年（三十二年），馬四娘以生平不識金閶為恨，因挈其家女郎十五六人來吳中，唱《北西廂》全本。」[116]馬四娘是當時樂戶，她養了十五六個女郎，率領她們到蘇州演戲，過的是流浪江湖的「路歧人」生活。張岱《陶庵夢憶》也說：「南曲中妓，以串戲為韻事，性命以之。楊元、楊能、顧眉生、李十、董白以戲名。」[117]所謂南曲是指南京妓院，其中董白即董小宛。又潘之恒撰有《秦淮劇品》、《曲艷品》，列名其中的妓女三十餘人，各行腳色皆備。最有名的人物，如陳圓圓、鄭妥娘，在當時都是很好的演員。

---

[114] 參見〔明〕謝肇淛：《五雜俎》，〈卷之八・人部四〉，「今時娼妓布滿天下」一段（上海：上海書店，二〇〇一），頁一五七。

[115] 〔明〕徐樹丕：《識小錄》，《叢書集成續編》子部第八九冊，卷二「女戲」條（上海：上海書店，一九九四），頁三〇，總頁九四五。

[116] 〔明〕沈德符：《萬曆野獲編》，卷二十五「北詞傳授」條，頁六四六。

[117] 〔明〕張岱：《陶庵夢憶》（北京：中華書局，一九八五），頁六四。

由以上的敘述，可見明代樂戶中的歌妓，和元代一樣，也是戲劇的主要演員。她們各行腳色皆備，自然要女妝，也要男妝。雖然宣德間顧佐一疏，曾使她們稍事收斂，因而產生變童妝旦的風氣；但無論如何，她們在明代的劇壇上，仍是「扮演著重要腳色」的。

清代嚴禁女戲，女伶自然式微。直至同光間，在上海才有女班成立。海上漱石生〈梨園舊事鱗爪錄〉「李毛兒首創女班」云：

（李毛兒為北京來滬之小丑，）彼時包銀甚微，所入不敷所用。因招集貧家女子年在十歲以上，十六七歲以下者，使之習戲，不論生、旦、淨、丑，由渠一人教授。未幾，得十數人，居然成一小班。遇紳商喜慶等事，使之演劇博資；無以為名，即名之曰「毛兒戲班」。初時……角色不多，……逮後，大腳銀珠起班寶樹衚衕，謝家班繼之，林家班又乘時崛起，女班戲乃風行於時，漸至龍套齊全，配角應有盡有，能演各種文場大戲。[118]

如此女班，遇到劇中男性人物，自然非反串不可，所以女扮男妝在女戲班中是必然的事。又羅癭公《鞠部叢譚》云：

京師向禁女伶，女伶獨盛於天津。庚子聯軍入京後，津伶乘間入都一演唱，回鑾後，復厲禁矣。入民國，俞振庭以營業不振，乃招津中女伶入京，演於文明園，……是為女伶入京之始。其時尚男女同班合演，

---

[118] 海上漱石生：〈梨園舊事鱗爪錄㈢〉，《戲劇月刊》一卷三期（一九二八年十月），頁八，收入姜亞沙、經莉、陳湛綺主編：《中國早期戲劇畫刊》（北京：全國圖書館文獻縮微複製中心，二〇〇六），第一冊，頁四一四。

……厲行男女分班以窘之，不及兩月，完全女班成立，日益發達，男班乃大受其影響。[119]

男女分班，則男班必然男扮女妝，女班必然女扮男妝。今日的京劇，不過是清末民初的餘緒，一切規矩習染，自然沿襲前人。所以高蕙蘭演小生、崔富芝演老生，為女扮男妝；馬元亮演老旦，為男扮女妝，都是淵源有自的。

結　語

總上所述，可知戲曲的搬演，男女互為反串，已經相當的古遠；而男扮女妝似較女扮男妝為尤早。男扮女妝發端於漢代，成於曹魏，盛於明清；女扮男妝始見於唐代，盛於元明。有明一代介於胡元與滿清之間，故前半承胡元之習染，後半開滿清之風氣。男女互為反串，固然有其時代背景和社會因素，但就戲曲的搬演來說，自然還是以「本色」為佳。

三、元人雜劇的搬演

戲曲是文學和藝術的結合體，文學寄託在劇本之中，藝術表現在舞臺之上，我國的古典戲曲到了元雜劇才普遍發達，才躋入文學之林，而且留下了大量的劇本。可是元雜劇的音樂在明萬曆間已幾近失傳，其藝術形式自然也跟著從舞臺上消聲匿跡。也就是說，元雜劇自從明代末葉以後便從場上的戲曲，退為案頭的文學作品；因此每教學者感到遺憾，而努力探索元人雜劇搬演的形式。錢南揚〈宋金元戲劇搬演考〉、馮沅君〈古劇四考〉、

[119] 羅癭公：《鞠部叢譚》，收入張次溪編纂：《清代燕都梨園史料正續編》，下冊，頁七九七—七九八。

〈古劇四考跋〉、周貽白《中國戲劇史》第四章〈元代雜劇〉，[120]都涉及此問題。由於他們的研究成果，使我們對於元雜劇的搬演形式有了較具體的認識。但是，馮氏旨在考證，不免煩瑣且僅及某些片面問題；錢氏亦嫌粗疏，未盡周密；周氏方面雖廣，間有零亂及未到之處。著者敢就三氏成果加上一己所得，試就此一問題作通盤而系統之論述，以供讀者參考。

本文擬就戲曲要素和搬演過程兩方面加以探索，前者說明元雜劇搬演的背景，後者敘述元雜劇搬演的情形。戲曲要素從劇場與演出場合、劇團與腳色、穿關與妝扮、樂曲與科白四方面論說，搬演過程從搬演前、搬演形式、收場與打散三方面敘述。

(一)戲曲要素

1. 劇場與演出場合

所謂「劇場」是指演劇的場所，包括演員演劇的「舞臺」和觀眾觀劇的「看席」。劇場的體製往往決定戲曲搬演的形式，而劇場的體製又每每與演出的場合有所關聯。

就我國劇場中演員演劇的所謂「舞臺」來觀察其演變的趨勢，大致是這樣子的：由平地上演出的「場」到建築高出地面的「臺」；由無頂蓋的露天舞臺到有頂蓋的舞臺；由四面對著觀眾到三面對著觀眾再到一面對著觀眾。張衡〈西京賦〉云：

---

[120] 錢南揚：〈宋金元戲劇搬演考〉，《漢上宧文存》（北京：中華書局，二〇〇九），頁三一一四。馮沅君：〈古劇四考〉、〈古劇四考跋〉，《古劇說彙》（上海：上海書店，一九九〇），頁一一一一六。周貽白：《中國戲劇史》第四章〈元代雜劇〉（長沙：湖南教育出版社，二〇〇九），頁一八一一二四三。

> 大駕幸乎平樂，張甲乙而襲翠被……，臨迴望之廣場，程角觝之妙戲。[121]

這裡用以表演角觝戲的「廣場」，和《隋書・柳彧傳》所云隋煬帝大業二年，突厥染干來朝，於端午門外，建國門內，綿亙八里的「劇場」，以及崔令欽《教坊記》「踏謠娘」條所云丈夫著婦人衣，徐步入場行歌的「場」，都是指平地演出而言。近年田野考古發現不少宋元的舞臺，其碑記中的舞臺名稱，先後有：舞基、露臺、舞亭、樂臺、舞樓、舞廳、樂樓、戲樓等。所謂「露臺」應當說是上無頂蓋的舞臺，也就是山西省萬泉縣太趙村稷王廟舞廳石碑中所謂「既有舞基，自來不曾興蓋」的「舞基」。其次「舞亭」，顧名思義，應當是建築在「露臺」或「舞基」上面的舞臺，可以供四面觀看；後來發展到「舞廳」、「戲樓」等，就成了三面攔隔，一面對著觀眾了。現存的金元舞臺，如侯馬董氏墓舞臺模型（有金大安二年，西元一二一〇年之地契）、臨汾縣魏村西牛王廟舞臺（有元至元二十年，西元一二八三年之碑記）、臨汾縣東羊村東嶽廟舞臺（有元至正五年，西元一三四五年之紀年）、石樓縣張家河村殿山寺元至正重修舞臺等，都已經是「舞廳」、「戲樓」的形式。在「舞亭」和「戲樓」之間，還有一種三面對著觀眾的舞臺，這一種舞臺見於《清明上河圖》。

劇場中觀眾觀劇的地方，如果舞臺是「場」，則或就地圍觀有如「踏謠娘」，或居高臨下有如平樂觀之「臨迴望」；如果舞臺高出地平面，則觀眾或坐或立於舞臺之周圍；其或四面、或三面、或一面，則由舞臺之構築形製而定。

馮沅君〈古劇四考・勾闌考〉根據宋元文獻資料，考證宋元時劇場之形製，他說：

---

[121] 〔漢〕張衡：〈西京賦〉，收入〔梁〕蕭統編，〔唐〕李善注：《文選》，〈卷第二・賦甲・京都上〉（上海：上海古籍出版社，一九八六），頁七五。

宋元時的劇場叫做「勾闌」，有時叫做「构肆」。勾闌似乎以棚為之。勾闌內有「戲臺」，是演戲的地方。戲臺有時叫做「樂臺」。勾闌內又有「樂床」，是女伶所坐的地方。又有「戲房」，即後臺。又有「鬼門道」，或稱「古門」，乃「戲房出入之所」。又有「神樓」和「腰棚」，這是看席。勾闌的規模往往很大。這是說固定的戲場。據故書所載，還有些伶人不在一定的「勾闌」內演劇，任何寬敞熱鬧的地方都可以做他們的劇場，那末一切的佈置當然都要從簡了。[122]

馮氏所考證的宋元固定劇場，是拼合各種資料而成，所以其劇場形製自然較為進步而完整。大抵說來，其「舞臺」形製與田野考古所發現的金元舞臺，所謂「舞廳」或「戲樓」相合，而觀眾觀劇之所，則已有「看席」。至於沒有固定演出場所，而「衢州撞府」在市鎮之間巡迴演出的戲班子，他們演出的地方大概只是寬闊的「場」。《武林舊事》卷六「瓦子勾欄」條所云：「或有路歧，不入勾欄，只在耍鬧寬闊之處做場者，謂之打野呵。」[123]即是。

《東京夢華錄》所記北宋末年汴梁的勾欄，以及《夢粱錄》、《武林舊事》、《都城紀勝》諸書所載南宋末杭州的勾欄，雖然這些「勾欄」是百戲雜陳的場所，但其繁盛發達，確曾盛極一時。《輟耕錄》卷二十四「勾闌壓」條記載元至元壬寅夏[124]松江府署勾欄崩塌，壓死四十二人的慘劇；[125]又元好問《遺山文集》卷三十三〈順

[122] 馮沅君：〈古劇四考〉，《古劇說彙》，「一　勾闌考」，頁一－五。
[123] 〔宋〕周密：《武林舊事》，卷六「瓦子勾欄」條，頁四四一。
[124] 至元無「壬寅」年，疑為「至正」之誤。
[125] 〔元〕陶宗儀：《南村輟耕錄》，卷二十四「勾闌壓」條，收入《元明史料筆記叢刊》（北京：中華書局，一九九七），頁二八九－二九〇。

天府營建記〉記述蒙古初期「漢地四萬戶」之一張柔營建順天府城，其中有「樂棚二」之語；[126]又仁宗朝名臣王結在其《文忠集》卷六〈善俗要義第三十三・戒遊惰〉中亦有「頗聞人家子弟……或常登優戲之樓，放恣日深」[127]之語；又元末詩人納新在至正五年所寫的《河朔訪古記》卷上亦有「真定路之南門曰陽和，……左右挾二瓦市，優肆娼門，酒壚茶竈，豪商大賈，並集於此」[128]之語；可見元代勾欄亦非常繁盛，而勾欄是民眾和戲曲接觸之所，由此也可見元代的民眾多麼喜好戲曲。

不止民眾喜好戲曲，吉川幸次郎《元雜劇研究》更考證元代的「士人」和蒙古的朝廷也都喜好戲曲，也就是說，元雜劇的聽眾是遍及社會各階層的。

根據《元史・百官志》，元代宮廷掌管百戲的機構有儀鳳司和教坊司，這兩個機構原來都隸屬宣徽院，至元二十五年改隸禮部；儀鳳司所轄有雲和署和安和署，教坊司下設有興和署、祥和署以及廣樂庫。杭州道士馬臻《霞外詩集・大德辛丑五月十六日灤都椶殿朝見謹賦絕句三首》之三云：

清曉傳宣入殿門，簫韶九奏進金樽；教坊齊扮群仙會，知是天師朝至尊。[129]

---

[126] 〔元〕元好問著，周烈孫、王斌校注：《元遺山文集校補》，卷三十三〈順天府營建記〉（成都：巴蜀書社，二〇一三），頁一一三七。

[127] 〔元〕王結：《文忠集》，《文淵閣四庫全書》一二〇六冊，卷六〈善俗要義第三十三・戒遊惰〉（臺北：臺灣商務印書館，一九八三年據國立故宮博物院藏本影印），頁二一三，總頁一二六一。

[128] 〔元〕納新：《河朔訪古記》，《原刻景印百部叢書集成》一〇二三冊（臺北：藝文印書館，一九六五年據清粵雅堂叢書本影印），卷上，頁七。

[129] 〔元〕馬臻：《霞外詩集》，《文淵閣四庫全書》一二〇四冊，卷三〈大德辛丑五月十六日灤都椶殿朝見謹賦絕句〉（臺

又元末詩人楊維楨〈宮詞〉：

開國遺音樂府傳，白翎飛上十三絃；大金優諫關卿在，[130]伊尹扶湯進劇編。[131]

又明太祖之五子周定王朱橚〈元宮詞〉云：

雨順風調四海寧，丹墀大樂列優伶；年年正旦將朝會，殿內先觀玉海清。

屍諫靈公演傳奇，一朝傳到九重知。奉宣齋與中書省，諸路都教唱此詞。[132]

可見元代宮廷時有雜劇的搬演，或為內宴，或為賀節。這種場合所演出的雜劇，由明代內府劇推想，一定既熱鬧又紛華，其舞臺形製之豪華雖不能與清乾隆時熱河行宮的舞臺[133]相比，但想來一定比勾欄中的舞臺講究得多。

元代樂戶中人對於官府的宴會有承應歌舞和演劇的義務，這叫做「官身」。《永樂大典戲文三種・宦門子弟錯立身》【桂枝香】下云：

北：臺灣商務印書館，一九八三年據國立故宮博物院藏本影印），頁一六，總頁八八。

[130] 此「關卿」非「關漢卿」，近人考證關漢卿非金代遺民。

[131] 〔元〕楊維楨：《鐵崖先生古樂府》，收入《萬有文庫》第二集四六九冊，卷之十四〈宮詞〉（上海：商務印書館，一九三七），頁一二七。

[132] 〔明〕朱橚著，傅樂淑箋注：《元宮詞百章箋注》（北京：書目文獻出版社，一九九五），頁五、一一。

[133] 〔清〕趙翼《簷曝雜記》卷一所記「大戲」，曹光甫校點：《趙翼全集》第三冊（南京：鳳凰，二〇〇九年依嘉慶十七年（一八一二）湛貽堂原刊全集本為底本校點），頁九。

【桂枝香】（末上）勾闌收拾，家中怎地？莫是我的孩兒，想是官身出去。（末白）孩兒與老都管先去，我收拾砌末恰來。……（末虔）恁地，孩兒先去，我去勾闌裏散了看的，卻來望你。孩兒此去莫從容，相公排筵畫堂中。[134]

又元無名氏《藍采和》雜劇第二折賓白亦敘及藍采和應官身之事。這種應官身的表演，想來只在「紅氍毹」之上，亦即在筵席之前鋪上紅氈，就算是舞臺面，音樂伴奏就設在紅氈靠後的一面，腳色上下，則仍保持著左上右下的形式（對面觀眾的左右），這種情形猶如路歧人「場」上的搬演，最適宜於小規模的演出。

官府可以喚官身在筵席間承應，同樣的，酒樓茶肆中的客人也可以召伶人來獻技。《宦門子弟錯立身》中完顏壽馬尋覓散樂王金榜，是看了「招子」，然後通過茶博士把她請來茶房做場。又無名氏〈拘刷行院〉般涉調【耍孩兒】套有云：

【耍孩兒】昨朝有客來相訪，是幾箇知音故友，道我數載不踈狂，特地來邀請閑遊。

【十三煞】穿長街驀短衢，上歌臺入酒樓。忙呼樂探差祇候。眾人暇日邀官舍，與你幾貫青蚨喚粉頭。休辭生受。請箇有聲名旦色，迭標垛嬌羞。

【六】行嚥作不轉睛，行交談不住手。顛倒酒淹了他衫袖。狐朋狗黨過如打擄，虎嚥狼飡勝似珍熟。嚾得十分透。鵝脯兒砌末包裹，羊腿子花簍裡忙收。

【三】江兒裡水唱得生，小姑兒聽記得熟。入席來把不到三巡酒。索怯薛側腳安排趄，要賞錢連聲不住

[134] 錢南揚校注：《永樂大典戲文三種校注》，頁二二八。

口。沒一盞茶時候。道有教坊散樂，拘刷烟月班頭。

【尾】老卜兒藉不得板一味地趄。狠撅丁夾著鑼則顧得走。也不是沿村串疃鑽山獸。則是喑氣吞聲喪家狗。[135]

這套曲子描寫作者在歌臺酒樓中召名旦色獻技侑酒，醜態百生，後因教坊拘刷行院，優人乃倉皇逃走。應召的優人雖以旦色為主，但尚有她的「狐群狗黨」如「老卜兒」、「撅丁」者流；再由「砌末」一語看來，這些優人在酒樓應當是搬演戲曲，而不是清唱；否則就不會有其他的腳色和運用上道具。這種在茶肆酒樓中獻技的劇場，無疑的，應當也只是「紅氍毹」之上而已。

「路岐人」如果「衝州撞府」、「沿村串疃」，則有時也在臨時搭建的舞臺上搬演。一百二十回本《水滸全傳》第一百零三、零四兩回有這樣一段記載：

王慶便來問莊客：「何處恁般熱鬧？」莊客道：「李大官人不知，這裡西去一里有餘，乃是定山堡內段家莊。段氏兄弟向本州接得箇粉頭，搭戲臺說唱諸般品調。那粉頭是西京來新打踅的行院，色藝雙絕，賺得人山人海價看。大官人何不到那裡睃一睃？」

當下王慶闖到定山堡，那裡有五六百人家，那戲臺卻在堡東麥地上。那時粉頭還未上臺，臺下四面，有三四十隻桌子，都有人圍擠著在那裡擲骰賭錢。……更有村姑農婦，丟了鋤麥，撇了灌菜，也是三三兩兩，成群作隊，仰著黑泥般臉，露著黃金般齒，呆呆地立著，等那粉頭出來。……當下不但鄰近村坊人，

135〔元〕無名氏：〈拘刷行院〉，收入隋樹森編：《全元散曲》（北京：中華書局，一九六四），頁一八二一－一八二三。

城中人也趕出來瞧看，把那青青的麥地，踏光了十數畝。……那時粉頭已上臺做笑樂院本。[136]

元代的戲曲搬演是院本、雜耍與雜劇同臺演出，所以《水滸全傳》的這段記載，可以看出路歧人村裡「趕賽處」的情形，與今日的「野臺戲」其實不殊。大抵說來，「勾欄」中的演戲是固定性的公演營利；如《藍采和》雜劇【混江龍】曲所云：「試看我行針步線，俺在這梁園城一交卻又早二十年。」[137]至於每逢秋收或廟會以至祠堂成立或修譜的臨時性演出，自然不會在「勾欄」。有的神廟之前，有固定的戲臺建築，如上文所舉田野考古所發現的戲臺可證；有的則在空地上臨時搭臺，如《水滸全傳》中王慶所看的「野臺戲」。野臺戲舞臺的構築，從「臺下四面有三四十隻桌子」看來，似乎是四面對著觀眾；觀眾應當是環繞立觀，由「呆呆地立著」一語可證；而那三四十隻桌子，則是用來「擲骰賭錢」的，並非坐位。這樣的劇場自然可以容納成千上萬的觀眾，所以「把那青青的麥地，踏光了十數畝。」

我國舞臺上的布置一向非常簡單，元代舞臺上的布置，在《藍采和》雜劇中，藍采和在勾欄準備做場時，分付王把色說：「你將旗牌、帳額、神幀、靠背，都與我掛了者！」[138]又從山西省洪趙縣道覺鄉廣勝寺明應王殿元泰定壁畫的「雜劇演出場面」看來，其上端有橫題作「大行散樂忠都秀在此作場」、下綴緣邊的「帳額」；靠後一面則設有「臺幔」，由此而使舞臺有前後之分，上下場門之別；其司樂人的位置在場面。凡此都和現在崑

[136] 〔元〕施耐庵、〔明〕羅貫中著：《水滸全傳》，第一百零三回〈張管營因妾弟喪身　范節級為表兄醫臉〉、第一百零四回〈段家莊重招新女婿　房山寨雙併舊強人〉，頁一二三六－一二三九。

[137] 〔元〕無名氏：《藍采和》，收入隋樹森編：《元曲選外編》，頁九七一。

[138] 〔元〕無名氏：《藍采和》，收入隋樹森編：《元曲選外編》，頁九七二。

曲、皮黃的情形差不多。可見元雜劇的舞臺也不使用布景。

2. 劇團與腳色

《都城紀勝》的「瓦舍眾伎」條和《夢粱錄》的「妓樂」條都說宋代「雜劇中，末泥為長，每一場四人或五人。」[139]《武林舊事》卷四「雜劇三甲」所紀劉景長一甲八人，其餘蓋門慶一甲、內中祗應一甲、潘浪賢一甲都是五人。[140]所謂「甲」即是「劇團」或「戲班」的意思。元雜劇的戲班一班有多少人，沒有明文記載，《宦門子弟錯立身》中的王金榜一家和《藍采和》雜劇中的藍采和一家都是家庭劇團。王金榜一家只有她和父母兩個，後來又招來完顏壽馬，總共才四個；藍采和一家則有渾家喜千金、兒子小采和、媳婦藍山景、姑舅兄弟王把色、兩姨兄弟李薄頭，加上他本人，總共六個。《藍采和》雜劇第二折賓白云：

（二淨上云）今日是藍采和哥哥貴降之日，眾兄弟送將些禮物來，安排下酒果與哥哥上壽。哥哥嫂嫂有請。（正末同旦上云）今日是我生辰之日，眾火伴又送禮物來添壽。兄弟，將壽星掛起。[141]

「二淨」就是王把色和李薄頭，則所謂「眾兄弟」和「眾火伴」就是指其他的團員。又此折【尾聲】云：

再不將百十口火伴相將領，從今後十二瑤臺獨自行。

---

139 〔宋〕耐得翁：《都城紀勝》「瓦舍眾伎」條（北京：中國商業出版社，一九八二），頁九六。〔宋〕吳自牧：《夢粱錄》，卷二十「妓樂」條（北京：中國商業出版社，一九八二），頁三〇八。

140 〔宋〕周密：《武林舊事》，卷四「雜劇三甲」條，頁四〇四。

141 〔元〕無名氏：《藍采和》，收入隋樹森編：《元曲選外編》，頁九七四。

則藍采和所率領的劇團，其組織似乎很龐大。但馮沅君〈古劇四考跋〉第五小節「劇團的人數」，認為恐不合事實，並云：

《元曲選》載劇百種，每劇四折（惟《趙氏孤兒》五折），加楔子得四百七十個單位。每個單位假定為一場，那便是四百七十場。在這四百七十場中，每場二人的是三七場，每場三人的是一〇九場，每場四人的是一三六場，每場五人的是七七場，四者合計得三百五十九場，約當全數的四分之三。每場十人、十一人及十二人的都只佔全數四百七十分之一。換句話說，這三類都只一見。南戲在這方面似乎較雜劇還簡單些。說《永樂大典》所載的三種來統計，三劇共得八十四場，而就中每場一人者十七，二人者十五，三人者二十二，四人者十二，四者合計共得六十六場，實居全數四分之三以上。至於使用演員最多的場面一場七人，那只佔全數四十二分之一，兩場。元劇每場需要的專門演員既然這樣少，那末就將奏樂的及其他執事人合起來計算，總不會超過三十人。若果只演人物較少的劇本，十餘人也可應付。藍采和所謂「百十口火伴」，十之七八是誇大之辭。[142]

馮氏這段話雖然是估計之辭，但由於他是就劇本作歸納和分析，因此他的結論大抵接近事實。近年發掘的金代侯馬董墓舞臺模型中，其當場演戲的陶俑有五個人；[143]元泰定間的雜劇演出場面壁畫，其中的人物，除左角揭幔偷窺者一人外，在舞臺面上的共十人，分作三排。第一排五人，全屬由演員化裝的劇中人。第二排四人，除

[142] 馮沅君：〈古劇四考跋〉，《古劇說彙》，「五　路歧考：劇團的人數」，頁四八—四九。

[143] 可參劉念茲：〈中國戲曲舞臺藝術在十三世紀初葉已經形成——金代侯馬董墓舞臺調查報告〉，《戲劇研究》一九五九年第二期（一九五九年六月），頁六〇—六五。

左起第三人畫粗眉、扮短髯，似屬化裝的劇中人外，其餘左起第一人，戴襆帽而有連腮鬍，似為未化裝的本相，其旁置一大鼓，或係司鼓人；右起第一人為女性，左手持橢圓形長柄扇；第二人也是女性，手執節板，皆係元代服色，與第一排五人不同。第三排一人戴襆帽作吹笛狀，當亦為司樂人。根據其服色分別，第一排五人及第二排左起第二人，應皆為劇中人；其餘男女四人，當係司樂或作其他雜務者。[144]即此亦可證金元戲曲的搬演，每場以五、六人為尋常，如果加上司樂或雜務者，一個戲班只要十餘人即可應付演出。

根據馮沅君〈古劇四考．路歧考〉，宋元時代的伶人叫做「路歧」，[145]人家以此稱呼他們，他們有時也以此自稱。此外還有五種名稱，所謂「伶倫」、「散樂」、「行院」、「樂官」、「樂人」。路歧大都有樂名，譬如「藍采和」就是洛陽梁園棚內伶人許堅的樂名。他們中間常有家屬或親戚的關係，譬如上文所舉王金榜、藍采和的家庭劇團。他們有的在固定的勾欄中演戲，有的遊行各處；前者如藍采和一家，後者如王金榜一家。他們必須應「官身」，在官府中的筵席承應，伏侍不好的時候，還要受賞罰。年老不能演戲時，往往以奏樂度日，但也有作教席的。他們有的也通文墨，而如珠簾秀、大都行院王氏、張國賓、紅字李二等更有作品流傳下來。他們可以男女同班合演，女優更可以扮男腳。他們扮演雜劇中的各種腳色。

元雜劇的腳色可大別為末、旦、淨三綱，每綱之下，又或因其地位輕重有別，或因所扮飾人物之身分性情有殊，而孳乳繁衍，產生許多名目。著者曾根據《元刊雜劇三十種》與《元曲選》統計元雜劇之腳色，因《元

[144] 詳見周貽白：〈元代壁畫中的元劇演出形式〉，《中國戲曲論集》（北京：中國戲劇出版社，一九六〇），頁三九三－四〇〇。

[145] 詳見馮沅君：〈古劇四考〉，《古劇說彙》，「二　路歧考」，頁八－一八。鄙意以為：由「路歧」之語義觀之，路歧人當係跑江湖之藝人而言，後乃為伶人之通稱。

曲選》頗經明人竄改，故其名目較元雜劇為多，茲以末、旦、淨為綱，《元刊雜劇》所見為甲類，《元曲選》所見為乙類，列舉元雜劇腳色名目如下：

末	甲：正末、外末、駕末、外孤、小末、孤末
	乙：正末、沖末、外、小末、副末、眾外
旦	甲：正旦、外旦、小旦、老旦
	乙：正旦、副旦、貼旦、小旦、外旦、大旦、二旦、老旦、旦兒、駕旦、搽旦、色旦、魂旦、眾旦、林旦、岳旦
淨	甲：淨、外淨、二淨
	乙：副淨、董淨、薛淨、胡淨、柳淨、高淨

《元曲選》中尚有「丑」行，有「丑」、「劉丑」、「張丑」等名目。該丑為南戲系統的腳色，與北劇之副淨相同，《元曲選》所見之「丑」，實明人所增入。

元雜劇的「正末」或省稱「末」，「正旦」或省稱「旦」。「正末」、「正旦」並為男女主腳，劇本由「正末」獨唱，即稱「末本」；由「正旦」獨唱，即稱「旦本」。因此「正末」與「正旦」所充任之人物很複雜，與其年齡、身分、性情無關，但為獨唱全劇之男性人物即由「正末」扮飾，獨唱全劇之女性人物即由「正旦」扮飾。「外末」義如「外旦」、「外淨」，即末之外又一末的意思，為次於「正末」的男腳色，元雜劇往往省作「外」，故「外」逐漸成為「外末」的專稱；至《元曲選》則但有「外」而無「外末」，而如《救風塵》之宋引章必稱「外旦」，可見《元曲選》的「外」已經定型為「外末」的專稱。其所扮飾之人物尚是多面的，但顯然有趨向「老漢」或「官員」的意味。「駕末」如「駕旦」，即扮飾帝王之「末」與扮飾后妃之「旦」。「孤末」同「外孤」，即以「外末」扮官吏之意。「小末」亦作「小末尼」如「末」亦稱「末尼」；對「末」而言，「小末」有年輩較輕之意，故例扮青少年。「副末」在宋雜劇、金院本為主腳，而元雜劇主腳「正末」之副腳已由「外」所居，故「副末」又退而居其次矣。因此《元刊雜劇》不見「副末」，《元曲選》亦寥寥可數。「沖末」亦但見於《元曲選》，其作為開場者有《梧桐雨》等六十劇，有如傳奇之副末。蓋元雜劇之搬演形式，至明代因受南戲傳奇之影響，故亦用「末」色開場，所謂「沖末」，蓋即專指沖場之末。李漁《笠翁劇論》謂「沖場者，人未上而我先上也。」但亦有用為扮飾劇中人物而不作沖場者，如《竇娥冤》之竇天章、《灰闌記》之張琳、《范張雞黍》之孔仲山等，則「沖末」又似有「充末」、即充當末色之意，為配腳性質，有如「外末」。「眾外」但見元刊本《薛仁貴》，表示好幾個「外末」的意思。

元雜劇「旦行」腳色，元刊本止四目，《元曲選》有十六目之多；一方面是因為《元曲選》為曲白俱備的全本，二方面也可以看出明代「旦行」孳乳的繁盛。「正旦」、「外旦」、「駕旦」已見上文。元刊本有「外旦」者，則無「小旦」；有「小旦」者，則無「外旦」；故「外旦」、「小旦」同為表示次於「正旦」，並無年輩大小之義。而《元曲選》之「小旦」，則已與傳奇之「小旦」同義，例扮少女。「大旦」除與「小旦」對舉之外，又與「二旦」並稱，以之飾為妯娌；「二旦」又與「搽旦」對舉，亦以之為妯娌，而以搽旦為長，二旦為幼，則「二旦」之意與年輩有關，類如《元曲選》之「小旦」；「大旦」亦有與「搽旦」並稱而扮為妯娌者，而以「大旦」為長，則「大旦」之命義乃取其年輩。「貼旦」見《碧桃花》扮徐端夫人、《玉壺春》扮妓女陳玉英、《魯齋郎》扮張珪妻李氏，取義有如「外旦」，乃「正旦」之外，貼加一旦之義，唯此三劇有明人著作之嫌，因頗疑「貼旦」為南戲系統之腳色，非元劇所有。「老旦」例扮老婦，取其年輩老邁之義。「旦兒」為介於俗稱與腳色間之名詞。「搽旦」例扮品行不端之婦女，蓋即《青樓集》所謂之「花旦」，因其「以墨點破其面」，[146] 故云。「色旦」

146 〔元〕夏庭芝：《青樓集》，《中國古典戲曲論著集成》第二冊，頁四〇。

僅見《陳摶高臥》，扮美女，則取其顏色姣好之義。「魂旦」惟見《倩女離魂》，扮倩女之離魂，蓋以正旦戴魂帕，故云。「眾旦」如「眾外」，取其眾多旦腳之義。「林旦」見《劉行首》，扮林員外妻；「岳旦」見《鐵拐李》，扮岳孔目妻；此以姓氏見義。「副旦」惟見《貨郎旦》，主唱二、三、四三折，其對「正旦」而言，不免喧賓奪主之嫌。

宋金雜劇院本以「淨」腳主演，元雜劇之「淨行」則淪為次要腳色，情形與南戲相同。「外淨」已見上文。「二淨」有時表示兩個淨腳之義，猶如「眾外」、「眾旦」；有時表示次於「正淨」之義，猶如「二旦」。《元曲選》之「外」已專為「外末」之稱，而「副淨」亦只見於《竇娥冤》扮張驢兒；「高淨」見《百花亭》扮高常彬，「胡淨」、「柳淨」見《冤家債主》扮胡子傳、柳隆卿，「董淨」、「薛淨」見《灰闌記》扮解子二人，為冠以姓氏以資鑑別，如「林旦」、「岳旦」者然。淨在元雜劇中或扮演奸邪人物，或扮演滑稽之市井小民。亦有扮演老婦人者。腳色之外，對於劇中人物之標示尚有「俗稱」，「俗稱」例為市井口語。見於元雜劇中者有以下數種：⑴孤，即官吏。⑵卜兒，即老婦。⑶孛老，即老漢。⑷邦老，即盜賊。⑸徠兒，即孩童。⑹曳剌，即軍卒。⑺駕，指帝王后妃。⑻張千，指官員侍從。⑼梅香，例作丫環。⑽祇候，即衙役。⑾胡子傳、柳隆卿，幫閒小人之代稱。其他如舍人、亭子、夫人、店家、媒人、使命、尊子、女色、屠戶、婿、眾、窮民、侍婢、樂探、太后、雜當等，則其本義尚存，可以了然；此外亦有直用人物之姓名者。該俗稱中之「卜兒」，猶如「旦兒」，其地位介於腳色與俗稱之間；只是「旦兒」發展為「旦」，成為正式腳色；而「卜兒」則否。「卜兒」之「卜」，由「娘」字省文為「⿰女卜」，再省為「卜」；「⿰女卜」習見於元刊俗文學話本之中。「雜當」一名，到傳奇則進而為腳色之稱，即「雜」。

元雜劇對於腳色之運用，按著者統計，《元刊三十種》，每劇所用腳色，以四色最常見，三色、五色其次；而《冤家債主》計用淨、正末、旦兒、外末、外旦、小末、外淨七色為最多。《元曲選》百種，每劇所用腳色，四色者十五，五色者三十九，六色者三十一，七色者十二，八色者二，而以《抱粧盒》用沖末、正末、正旦、末（扮聖駕，同場另有正末扮陳琳，當係「駕末」）、外、旦、旦兒（扮寇承御，同場另有正旦扮劉皇后，當係「小旦」）、小末、淨等九色為最多。可見元雜劇所用腳色，每劇以四色至六色為常。

3. 穿關與妝扮

所謂「穿關」是指串演關目的各類腳色，其所穿戴的冠服和所執的器械或其他物品。我國《九歌》的巫覡，優孟的衣冠，《踏謠娘》中蘇中郎的「著緋、戴帽」，參軍戲中參軍的「綠衣秉簡」，以及像《東京夢華錄》卷七〈駕登寶津樓諸軍呈百戲〉條中所妝扮的種種鬼神：

> 有假面披髮，口吐狼牙煙火，如鬼神狀者上場，著青帖金花短後之衣，帖金皂袴，跣足，攜大銅鑼隨身，步舞而進退，謂之「抱鑼」。……有面塗青碌，戴面具金睛，飾以豹皮錦綉看帶之類，謂之「硬鬼」；或執刀斧，或執杵棒之類，作腳步蘸立，為驅捉視聽之狀。又爆仗一聲，有假面長髯，展裹綠袍鞾簡，如鍾馗像者，傍一人以小鑼相招和舞步，謂之「舞判」。[147]

其他搬演「啞雜劇」者要「以粉塗身，金睛白面，如髑髏狀，繫錦繡圍肚看帶，手執軟仗。」搬演「七聖刀」者要「披髮文身，著青紗短後之衣，錦繡圍肚看帶，內一人金花小帽、執白旗，餘皆頭巾，執真刀。」搬演「歇

147 〔宋〕孟元老：《東京夢華錄》（北京：中國商業出版社，一九八二），頁四三。

帳」者要「假面異服，如祠廟中神鬼塑像。」搬演「抹蹅」者要「或巾裹，或雙髻，各著雜色半臂，圍肚看帶，以黃白粉塗其面。」凡此都可以從其服飾、砌末和臉部化裝中，看出所妝扮者的身分和性質，宋代的「百戲」已經如此講究妝扮，形像如此鮮明，元雜劇為發展完成的進步戲曲，自然更講究「扮相」。《氣英布》第四折張良賓白云：

好探子也，……一張弓彎秋月，兩枝箭插寒星；肩擔一幅泥金令字旗，頭戴八角紅纓桶子帽。……兩陣對圓，門旗開處，俺這壁英元帥出馬，怎生打扮？戴一頂描星辰、晃日月、插雞翎、排鳳翅、玲瓏三角叉、東穰紫金盔，披一付湯的刀、避的箭、鎖魚鱗、掩月鏡、柳葉砌成的龜背狻猊鎧，襯一領攝人魂、耀人目、染猩紅、奪天巧、西川新十樣無縫錦征袍，繫一條折不開、紐不斷、裹香綿、攢綵線、緊緊粧東的八寶獅蠻帶，穿一對上殺場、踢寶蹬、刺犀皮、攢獸面、吊根墩子製吞雲抹綠靴，輪一柄明如雪、快如風、沁心寒、逼齒冷、純鋼打就的宣花蘸金斧，跨一匹兩耳小、四蹄輕、尾兜細、胸膛闊、入水如平地、捲毛赤兔馬。[148]

又高文秀《黑旋風雙獻功》第二折【後庭花】所描寫的白衙內扮相：

那廝綠羅衫絛是玉結，皂頭巾環是減鐵。他戴著個玉頂子新椶笠，穿著對錦沿邊乾皁靴。[149]

---

[148] 〔元〕尚仲賢：《漢高皇濯足氣英布》，收入〔明〕臧晉叔編：《元曲選》（北京：中華書局，一九五八），頁一二九五－一二九六。

[149] 〔元〕高文秀：《黑旋風雙獻功》，收入〔明〕臧晉叔編：《元曲選》，頁六九五。

又《百花亭》第二折【隨尾煞】與第三折【金菊香】二曲描寫化裝成賣查梨的王煥：

【隨尾煞】皂頭巾裹著額顱，斑竹籃提在手，叫歌聲習演的腔兒溜，新得了個查梨條除授，則這的是郎君愛女下場頭。

【金菊香】木瓜心小帽兒，齊抹著臥蠶眉，查梨條花籃在我手上提，細麻鞋緊綳輕護膝，白苧衫花手巾寬繫著腰圍。我也是能騎高價馬慣著及時衣。[150]

可見元雜劇的妝扮已經很講究「做雜劇衣服」的「行頭」[151]和作為道具的「砌末」。王驥德《曲律‧論部色第三十七》云：

有於卷首列所用部色名目，並署其冠服、器械，曰某人冠某冠，服某衣，執某器，最詳。[152]

按《孤本元明雜劇》中有十五種[153]於卷末詳列劇中人物之裝飾及所用各物，名之曰「穿關」，王氏所見，蓋即此類。茲錄李文蔚《圯橋進履》之頭折「穿關」為例：

---

150 〔元〕無名氏：《逞風流王煥百花亭》，收入〔明〕臧晉叔編：《元曲選》，頁一四三三—一四三四、一四三六。

151 馮沅君：〈古劇四考跋〉有「一六　做場考：戲衣」專論，收入《古劇說彙》，頁六六—七三；陳真愛：〈元明雜劇穿關考〉亦詳論之，《新加坡大學中文學會學報》第一〇期（一九六九年十二月），頁八五—一一六。

152 〔明〕王驥德：《曲律》，《中國古典戲曲論著集成》第四冊（北京：中國戲劇出版社，一九五九），頁一四三。

153 十五種是：《五侯宴》、《澠池會》、《襄陽會》、《伊尹耕莘》、《三戰呂布》、《破窯記》、《蔣神靈應》、《裴度還帶》、《衣襖車》、《哭存孝》、《智勇定齊》、《圯橋進履》、《獨角牛》、《黃鶴樓》、《陳母教子》。

李斯：兔兒角幞頭、補子圓領、帶、三髭髯。
祇從：攢頂、圓領項帕、褡膊。
蒙恬：鳳翅盔、蟒衣曳撒、袍、項帕、直纏、褡膊、帶、帶劍、三髭髯。
正末張良：散巾、圓領、絛兒、三髭髯。
虎：虎衣。
喬仙：雙髻髯陀頭、邊襴道袍、絛兒、漁鼓簡子。
太白金星：散巾、邊襴道袍、執袋、絛兒、白髮、白髯、裙扇。[154]

馮沅君〈古劇四考跋〉的統計，這些「穿關」共有：男腳冠類四十六種，女腳冠類一種，女腳頭飾七種（男無），男腳衣類四十七種，女腳衣類七種，男腳鞋類五種，女腳鞋襪類一種，男腳帶類六種（女無），男腳巾類六種（女無），砌末刀劍羽扇之屬凡四十餘種。馮氏又將這些衣冠巾帶與劇中人物的性格、年齡、社會地位等比較研究，而歸納出了其「妝裹」的六項標準：

(1)番漢有別：如中國兵戴紅碗子盔，番兵戴回回帽。
(2)文武有別：如文官的帽子多是幞頭，武官則多是盔。
(3)貴賤有別：如青布釘兒甲是兵卒穿的，高級將領則穿蟒衣曳撒。
(4)貧富有別：如袄兒是一般婦女穿的，補衲袄是貧窮婦女穿的。

[154]〔元〕李文蔚：《張子房圯橋進履》，《孤本元明雜劇》（北京：中國戲劇出版社，一九五八年據涵芬樓藏版影印），頁一九。

(5)老少有別：如用花箍兒的是少年女子，用眉額的是老婦人。

(6)善惡有別：如奓檐帽是一般重要武人戴的，皮奓帽則戴者雖多是武將，但其性格多滑稽險詐。[155]

像這樣六項的「妝裹」標準，自然把中國古典戲曲帶入象徵藝術的領域，明清的傳奇皮黃也自然相沿成習。由於馮氏舉出了十七個例證，將這些「穿關」與其他元劇對照，因此使我們相信這些「穿關」縱非完全由元人設計，也與元代劇場所用者相去不遠。

另外，我們在杜善夫〈莊家不識构闌〉般涉調【耍孩兒】套和《水滸全傳》第八十二回中，尚可以看到一些腳色「妝裹」的記載；尤其在山西芮城永樂宮舊址所發現的元初宋德方墓石槨前壁上的一座舞臺雕刻上和前文所舉的泰定戲曲壁畫中，更可以看到劇中人物「妝裹」的鮮明形像，這些形像和金代侯馬董墓舞臺模型中的戲曲陶俑很相近，由此也可以看出金元戲曲的密切關係。

至於臉部的化妝，段成式《樂府雜錄》〈蘇中郎〉條，對於那位喝醉了酒的丈夫，已經有面作「正赤」的描述，宋金雜劇院本中的副淨必須「抹土搽灰」，[156]上舉百戲中扮演鬼神的更是五顏六色；到了元雜劇，像《黑旋風雙獻功》中的李逵，其模樣是「烟薰的子路，墨染的金剛。」[157]《伍員吹簫》中淨所扮的費得雄，他的上場詩說：

[155] 馮沅君：〈古劇四考跋〉，《古劇說彙》，「一六　做場考：戲衣」，頁六七。

[156] 如高安道【哨遍】套有「搽灰抹土胡僝僽」之語。杜善夫【耍孩兒】套亦有「滿臉石灰更著些黑道兒抹」之語。皆指院本之搬演而言。侯馬董墓舞臺模型中左起第五個陶俑，其臉上有白粉抹鼻作三角形狀，眼睛上更用墨粗黑的勾了一筆，可為印證。

[157] 〔元〕高文秀：《黑旋風雙獻功》，收入〔明〕臧晉叔編：《元曲選》，頁六八八。

我做將軍只會拚，兵書戰策沒半點；我家不開粉鋪行，怎麼爺兒兩個盡搽臉？[158]

又《灰闌記》搽旦扮馬員外妻，其上場詩云：

我這嘴臉實是欠，人人讚我能嬌豔；只用一盆淨水洗下來，倒也開的胭脂花粉店。[159]

《水滸全傳》第八十二回描寫淨色的妝扮有「顏色繁過」之語，副淨有「隊額角塗一道明戧，劈面門搭兩色蛤粉」之語。[160]由這些記載可見所謂「臉譜」在宋元已逐漸形成。

4. 樂曲與科白

以上所談的，雖然都和搬演有關，但真正構成搬演要素的，卻是樂曲和科白。所謂科白就是科汎和賓白，科汎是指舞臺上的動作而言。所謂「樂曲」，包括音樂成分和曲辭而言。樂曲和科白的密切結合，於是推動了戲曲情節的進展。

元雜劇是屬於詞曲系的戲曲，[161]有宮調和隸屬於宮調之下的曲調。根據王靜安《宋元戲曲考》的分析，其曲調的淵源，可考的有大曲、唐宋詞和諸宮調；其他顯然也有胡樂的成分，如【忽都白】、【呆骨朵】、【者刺古】、【阿納忽】等即是；此外，流行在元代的「時新小曲」，自然也會被雜劇所吸收。元燕南芝菴《唱論》

[158] 〔元〕李壽卿：《說鱄諸伍員吹簫》，收入〔明〕臧晉叔編：《元曲選》，頁六四七。

[159] 〔元〕李行甫：《包待制智賺灰闌記》，收入〔明〕臧晉叔編：《元曲選》，頁一一〇八。

[160] 〔元〕施耐庵、〔明〕羅貫中著：《水滸全傳》，第八十二回〈梁山泊分金大買市　宋公明全夥受招安〉，頁一〇二七。

[161] 就曲辭而分，我國古典戲劇可別為詞曲系和詩讚系兩個系統：詞曲系如宋元南戲、元雜劇、明清傳奇；詩讚系如皮黃和地方戲劇。說唱文學亦然，前者如唱賺、諸宮調；後者如陶真、彈詞。

云：

大凡聲音，各應於律呂，分於六宮十一調，共計十七宮調：仙呂調唱清新綿邈。南呂宮唱感嘆傷悲。中呂宮唱高下閃賺。黃鍾宮唱富貴纏綿。正宮唱惆悵雄壯。道宮唱飄逸清幽。大石唱風流醞藉。小石唱旖旎嫵媚。高平唱條物（拗）滉漾。般涉唱拾掇坑塹。歇指唱急並虛歇。商角唱悲傷宛轉。雙調唱健捷激裊。商調唱悽愴怨慕。角調唱嗚咽悠揚。宮調唱典雅沉重。越調唱陶寫冷笑。[162]

可見元曲的宮調各具聲情。這十七宮調被元雜劇所採用的只有五宮四調，即：黃鍾宮、正宮、仙呂宮、南呂宮、中呂宮、大石調、商調、越調、雙調。元雜劇一本四折，每折使用一個宮調，宮調的運用，也有慣例：首折必用仙呂宮，二折多數用南呂或正宮，三、四折大致用中呂、雙調；各宮調的首曲幾乎一定：仙呂【點絳唇】、南呂【一枝花】、正宮【端正好】、中呂【粉蝶兒】、雙調【新水令】、黃鍾【醉花陰】、大石【六國朝】、商調【集賢賓】、越調【鬪鵪鶉】。套數的組織也相當嚴密：一套只能押一個韻部，而那些曲牌該在前，那些曲牌該在後，那些必須連用，那些可以互相借宮，都有一定的規矩。譬如仙呂【點絳唇】後必接用【混江龍】，絕無例外；【點絳唇】、【混江龍】、【油葫蘆】、【天下樂】、【那吒令】、【鵲踏枝】、【寄生草】七曲連用者甚多，元劇套一百三十九式中，其例有六十二；【村裏迓鼓】、【元和令】、【上馬嬌】三曲須連用，或【上馬嬌】後更接【游四門】、【勝葫蘆】，此五曲自成一組，因其為仙呂與商調兩收之曲，腔板與仙呂宮其他諸牌調稍異，故劇套於【點絳唇】等四曲或七曲之後，接用此一組者多在劇情轉變之際。[163]可見元雜劇音

---

[162] 〔金元〕芝菴：《唱論》，《中國古典戲曲論著集成》第一冊，頁一六〇－一六一。

[163] 詳見鄭師因百：《北曲套式彙錄詳解》（臺北：藝文印書館，一九七三）。

樂的規律極為森然謹嚴。芝菴《唱論》云：

> 歌之格調：抑揚頓挫，頂疊垛換，縈紆牽結，敦拖嗚咽，推題丸轉，捶欠遏透。
> 歌之節奏：停聲，待拍，偷吹，拽棒，字真，句篤，依腔，貼調。
> 凡歌一聲，聲有四節：起末，過度，搵簪，攧落。
> 凡歌一句，聲韻有一聲平，一聲背，一聲圓，聲要圓熟，腔要徹滿。
> 凡一曲中，各有其聲：變聲，敦聲，杌聲，啀聲，困聲，三過聲；有偷氣，取氣，換氣，歇氣，就氣；愛者有一口氣。[164]

可見元曲的歌唱非常的講究，已經到了純藝術化的地步。《青樓集》中的歌妓，像順時秀「姿態閑雅，雜劇為閨怨最高，駕頭諸旦本亦得體」；劉時中待制嘗以『金簧玉管，鳳吟鸞鳴』擬其聲韻。」賽簾秀「聲遏行雲，乃古今絕唱。」王玉梅「善唱慢詞，雜劇亦精緻，身材短小，而聲韻清圓。」朱錦繡「雜劇旦末雙全，而歌聲墜梁塵。」趙真真「善雜劇，有繞梁之聲。」都是明顯的例證。[165]

元雜劇的伴奏樂器，根據周貽白《中國戲劇史》的研究，有三絃、琵琶、笙、笛、鑼、鼓、板等，其對於舞臺的音響效果也已經注意到。[166]馮氏〈古劇四考跋〉就元雜劇列舉十種：《馮玉蘭》首折的「雞聲」、《漢宮秋》四折的「雁聲」、《梧桐雨》首折的「鸚鵡聲」、《竇娥冤》三折的「風聲」、《趙禮讓肥》次折的「鑼鼓聲」

[164] 〔金元〕芝菴：《唱論》，《中國古典戲曲論著集成》第一冊，頁一五九—一六〇。
[165] 〔元〕夏庭芝：《青樓集》，《中國古典戲曲論著集成》第二冊，頁二〇、二六、二九、三一。
[166] 周貽白：《中國戲劇史》，頁二二九—二三〇。

和「打哨聲」、《來生債》四折的「音樂聲」、《燕青博魚》三折的「更鼓聲」、《楚昭公》三折的「兵卒吶喊聲」、《薦福碑》三折的「雷聲」。[167]這些「聲音」，當然可以強化劇情，幫助演出。

至於賓白和曲辭在雜劇中的配合，大多是交互使用，也說是「曲白相生」；但也有重疊或相輔的情形。所謂重疊，即是賓白與曲辭所表現的意義相同，曲辭不過是再用歌唱表白一番而已。所謂相輔，即是曲辭所說明的事件或思想，有一部分和賓白相同，但另有開展。這三種形式和講唱文學韻散結構的方式是一樣的。大抵說來，賓白的作用在於推動關目，使觀眾易於了解劇情的發展。而由於當時的劇場大多是開放式的，觀眾來去自如，為了使晚到的觀眾也可以了解劇情的前因後果，所以賓白常有前後重複的現象。賓白有獨白、對白、帶白、滾白之分。帶白夾於樂曲之間，滾白則用滾唱的方式表白。以其押韻與否，又有韻白與口白之別；韻白用以敘事或作為淨丑嗽唱，口白則用以對話或表白。凡是韻白，都可以看作是保留講唱文學的遺跡。而曲辭的用途，則(1)為對話之代用。(2)表白劇中人物的心意，用為抒情、願望、抱負、企圖、想像的寫照。(3)表現事態，或用之表示事件的過去、現在，或為他人之形容，或說明自己現狀及動作等。(4)用以描寫四周的景象。這四種作用中，以作為一種內心的語言為主要。曲辭中聲調的平仄陰陽、韻腳的和諧、句子的形式，以及領字、增字、減字、增句、減句等等的變化都要講求，也就是說，它要做到語言旋律與音樂旋律的密切結合，渾融如一。元雜劇的曲辭，由於運用襯字、對比之辭、疊字疊韻，以及狀聲字、俗語、成語和諺語，所以顯得活潑流利、明白顯豁。

曲辭和賓白應當和音樂配合，表情動作尤其要和鑼鼓相應。中國戲曲的表情動作，俗稱「身段」，在元雜劇

[167] 馮沅君：〈古劇四考跋〉，《古劇說彙》，「一九　做場考：效果」，頁七七－七八。

中則稱「科汎」，簡稱「科」。拿馬致遠《漢宮秋》第一折為例：「黃門取圖看科」，168則作觀賞美人圖的表情；「做謝恩科」，則作拜謝的動作。《藍采和》雜劇末折【梅花酒】有「論指點誰及，做手兒無敵，識緊慢遲疾」169之語，「做手兒」即「做工」，可見元雜劇的表情動作必與音樂曲辭相配合。

《輟耕錄》卷二十五「院本名目」條云：

其間副淨有散說，有道念，有筋斗，有科汎，教坊色長魏武劉三人鼎新編輯，魏長於念誦，武長於筋斗，劉長於科汎，至今樂人皆宗之。170

可見「念誦」、「科汎」、「筋斗」三項在院本中已經成為副淨的專門技藝。元雜劇中像《㷱青博魚》第二折「做打楊衙內科，楊衙內打筋斗科。」《襄陽會》第一折淨白：「我打的筋斗，他調的百戲。」171《黃花峪》第一折：「酒也賣不成，整嚷了這一日，收了鋪兒，往鐘鼓司學行金斗去來。」172其中「金斗」即「筋斗」，這些都是明言筋斗的例子。又《氣英布》第四折「正末扮探子執旗打搶背上」的「搶背」，周貽白《中國劇場史》謂：「今日皮黃劇班仍存其式，即以肩背斜翻著地之謂。如《八大鎚》劇中王佐斷臂時，即有此一舉。他如武劇中敗將下場皆用此式，蓋亦『筋斗』之類。」173則元雜劇的「筋斗」已不限於淨色。《太和正音譜》的「雜劇十二

168〔元〕馬致遠：《漢宮秋》，收入〔明〕臧晉叔編：《元曲選》，頁三。
169〔元〕無名氏：《漢鍾離度脫藍采和》，收入隋樹森編：《元曲選外編》，頁九八〇。
170〔元〕陶宗儀：《南村輟耕錄》，卷二十五「院本名目」條，頁三〇六。
171〔元〕高文秀：《劉玄德獨赴襄陽會》，收入隋樹森編：《元曲選外編》，頁一四五。
172〔元〕無名氏：《魯智深喜賞黃花峪》，收入隋樹森編：《元曲選外編》，頁九三八。

科」中有「鐵刀趕棒」（即「脫膊雜劇」）一科，顯然是武劇性質；所以元雜劇的表演，已經融入了武術的成分。

宋雜劇金院本的本質務在滑稽，[174]由副淨「發喬」，副末「打諢」。這種滑稽的表演，在元雜劇裡，主要由淨腳擔任。淨腳的科汎往往是「喬」，道念往往是既「諢」且「砌」。所謂「插科打諢」就是指淨腳做些滑稽的動作和說些可笑的言語，引人興會，發人一粲。所謂「喬禮拜」（見《伊尹耕莘》[175]）、「喬驅老遞書」（《劉弘嫁婢》[176]）、「喬嘴臉」（《西廂記》[177]）、「喬軀老」（《爭報恩》[178]），以及習見的「喬趨蹌」都是由淨腳表演的滑稽動作；所謂「插科使砌」、「酹酢詞源諢砌聽」（《張協狀元》[179]）、「習行院，打諢通禪」（《藍采和》[180]），以及習見的「諢科」大都是由淨腳道念的可笑言語。

(二)搬演過程

如果把元人雜劇的搬演當作一個實體來看待的話，那麼上文所描述的，便是它的橫剖面；而下文所要描述

[173] 周貽白：《中國劇場史》（長沙：湖南教育出版社，二〇〇七），頁六一。

[174] 〔宋〕吳自牧：《夢粱錄》卷二十〈妓樂〉條云：「（雜劇）大抵全以故事，務在滑稽，唱念應對通編。」頁三〇九。

[175] 〔元〕鄭德輝：《立成湯伊尹耕莘》，收入隋樹森編：《元曲選外編》，頁五二三。

[176] 〔元〕無名氏：《施仁義劉弘嫁婢》，收入隋樹森編：《元曲選外編》，頁八一六。

[177] 〔元〕王實甫：《崔鶯鶯待月西廂記》，收入隋樹森編：《元曲選外編》，頁三一七。

[178] 〔元〕無名氏：《爭報恩三虎下山》，收入〔明〕臧晉叔編：《元曲選》，頁一五九。

[179] 錢南揚校注：《永樂大典戲文三種校注》，頁二。

[180] 〔元〕無名氏：《藍采和》，收入隋樹森編：《元曲選外編》，頁九七一。

的，便是它的縱剖面。了解了縱橫兩個剖面，然後對於這個實體才有真切的認識。

1. 搬演前

就專駐一地的營業性劇團來說，元雜劇在搬演之前和現在演戲一樣，也要做一番廣告，招徠觀眾。《藍采和》雜劇首折賓白：

> 俺在這梁園棚勾闌裏做場，昨日貼出花招兒去，兩個兄弟先收拾去了。[181]

又杜善夫〈莊家不識构闌〉般涉調【耍孩兒】套云：

> 正打街頭過，見吊個花碌碌紙榜，不似那答兒鬧穰穰閒人多。[182]

所謂的「花招兒」和「花碌碌紙榜」顯然就是戲曲演出的廣告，這廣告是演出的前一日張貼的，其內容料想即是元雜劇的「題目正名」和主演者的藝名；[183]張貼廣告之後就要收拾劇場。《藍采和》雜劇首折【天下樂】云：

> （末云）王把色，你將旗牌、帳額、神幀、靠背，都與我掛了者！（淨云）我都掛了。（末唱）一壁將牌額題，一壁將靠背懸。（云）有那遠方來看的見了呵，傳出去說，梁園棚勾欄裡末尼藍采和做場哩。（唱）

---

181 同上註，頁九七一。

182 〔元〕杜善夫：〈莊家不識构闌〉，收入隋樹森編：《全元散曲》，頁三一一。

183 《宦門子弟錯立身》科白云：「（看招子介，白）且入茶坊裏問個端的。」完顏壽馬因戀女伶王金榜，到處找她，後因看演戲的「招子」才找到了她，可見「招子」上有伶人的名字，名字自然用「藝名」，有如許堅之藝名為「藍采和」。錢南揚校注：《永樂大典戲文三種校注》，頁二四二。

我則待天下將我的名姓顯。[184]

可見收拾劇場包括懸掛旗牌、帳額、神幀、靠背等物。所謂「將牌額題」，大概有如元雜劇壁畫中的「大行散樂忠都秀在此做場」的題額，所以藍采和說「待天下將我的名姓顯」。

戲曲開演之時，將勾欄之門打開，並有人在門口唱叫，以招徠觀眾，觀眾付了錢就得入場。《藍采和》雜劇首折賓白云：

（淨）我方才開了勾欄門，有一個先生坐在樂牀上。[185]

杜善夫〈莊家不識构闌〉【耍孩兒】套【六煞】、【五煞】云：

【六煞】見一個人手撐椽做的門。高聲的叫「請！請！」道：「遲來的滿了無處停坐。」說道：「前截兒院本《調風月》，背後么末敷演《劉耍和》。」高聲叫：「趕散易得，難得的粧哈。」

【五煞】要了二百錢放過咱，入得門上個木坡。[186]

所云「么末」是元雜劇的俗稱；[187]「趕散」，又稱「打散」，是元雜劇收場後的額外表演；「粧哈」，又作「粧

---

184 〔元〕無名氏：《藍采和》，收入隋樹森編：《元曲選外編》，頁九七二。

185 同上註，頁九七一－九七二。

186 〔元〕杜善夫：〈莊家不識构闌〉，收入隋樹森編：《全元散曲》，頁三一。

187 《錄鬼簿》賈仲明於高文秀之弔詞云：「除漢卿一個，將前賢疏駁，比諸公么末極多。」又於石君寶弔詞云：「共吳昌齡么末相濟」。按高文秀雜劇作品，據《錄鬼簿》著錄，多達三十本，僅次於關漢卿，居元人第二位；吳昌齡、石君寶

喝」，即觀眾的喝采。

有時伶人將所能演的劇目貼出，供觀眾來選擇，所以觀眾有時也有「點戲」的權利。《青樓集》云：

小春宴，姓張氏，自武昌來浙西。天性聰慧，記性最高，勾闌中作場，常寫其名目，貼於四周遭梁上，任看官選揀需索。近世廣記者，少有其比。[188]

《藍采和》雜劇首折云：

（鍾云）我特來看你做雜劇，你做一段甚麼雜劇我看？（末云）師父要做甚麼雜劇？（鍾云）但是你記的，數來我聽。（末云）我數幾段師父聽咱。

【油葫蘆】甚雜劇請恩官望著心愛的選。（鍾云）你這句話敢忒自專麼？（末唱）俺路歧每怎敢自專？這的是才人書會劃新編。（鍾云）既是才人編的，你說我聽。（末唱）我做一段于祐之《金水題紅怨》，張忠澤《玉女琵琶怨》。（鍾云）你做幾段脫剎雜劇。（唱）做一段《老令公刀對刀》，《小尉遲鞭對鞭》，或是《三王定政臨虎殿》。（鍾云）不要，別做一段。（末唱）都不如《詩酒麗春園》。

【天下樂】或是做《雪擁藍關馬不前》。（鍾云）別做一段。（末唱）小人，其實本事淺，感謝看官相可憐。[189]

各十本，所以說「么末相濟」。可見么末為元雜劇之俗稱。

[188] 〔元〕夏庭芝：《青樓集》，《中國古典戲曲論著集成》第二冊，頁三八－三九。

所云「才人」是宋元時編撰劇本、賺詞、詞話等與藝人搬演的人，他們是書會的成員，那時在大都、杭州、永嘉等地都有所謂的「書會」。

2. 搬演形式

我國古典戲曲的每一個單位叫做一本，元雜劇每一本分作四個段落，明代中葉以後，每一個段落叫做「一折」。每折包括曲子一套及若干賓白和科汎；四折連貫，表演一個完整的故事。有時還加上一個楔子或兩個楔子，以補不足；如果四折加楔子還不夠用，則可以再作一本或若干本，譬如《西廂記》有五本共二十折，《西遊記》有六本共二十四折；但這應當是元明之間的事，因為這兩個長篇北曲，其實並不是王實甫和吳昌齡所作。

就劇本來觀察，元雜劇在「總題」[190]之後，腳色上場便算開演，其後一折接著一折，直到第四折的「題目正名」便算結束。但事實上首折腳色搬演之前，似乎還有諸如「開呵」、「致語」和「吹曲破斷送」、「饒曲」的節目；末折之後尚有「打散」的餘興；折與折之間，更非一氣連演，而是夾演其他伎藝；甚至於每一折演出的過程中，也偶爾出現「按喝」的情形。

宋元伎藝上演之前皆有所謂「致語」或「開呵」；《東京夢華錄》卷九〈宰執親王宗室百官入內上壽〉第五盞御酒下有「小兒班首入，進致語，勾雜劇入場」[191]之語，史浩採蓮舞、花舞、劍舞、漁父舞尚存其例。《水滸全傳》第五十一回云：

---

189 〔元〕無名氏：《藍采和》，收入隋樹森編：《元曲選外編》，頁九七二。

190 「總題」之名，見於鄭因百師：〈元雜劇的結構〉，《景午叢編》，上編，頁一九〇—一九八。如《漢宮秋》即是《破幽夢孤雁漢宮秋》，乃取自「正名」而來。

191 〔宋〕孟元老：《東京夢華錄》，頁五四。

看戲臺上卻做「笑樂院本」，……院本下來，只見一個老兒裹著磕腦兒頭巾……開呵道：「老漢是東京人氏，白玉喬的便是。如今年邁，只憑女兒秀英歌舞吹彈，普天下伏侍看官。」鑼聲響處，那白秀英早上戲臺，參拜四方。[192]

徐渭《南詞敘錄》云：

宋人凡勾欄未出，一老者先出，夸說大意，以求賞，謂之「開呵」。今戲文首一出，謂之「開場」，亦遺意也。[193]

按《水滸全傳》第八十二回描寫御筵伶官獻藝云：

方當酒進五巡，正是湯陳三獻。教坊司鳳鸞韶舞，禮樂司排長伶官。朝鬼門道，分明開說：頭一箇裝外的……第二箇戲色的……第三箇末色的……第四箇淨色的……第五箇貼淨的……這五人引領著六十四回隊舞優人，百二十名散做樂工。搬演雜劇，裝孤打攛，箇箇青巾桶帽，人人紅帶花袍。吹龍笛，擊鼉鼓，聲震雲霄。彈錦瑟，撫銀箏，韻驚魚鳥。悠悠音調繞梁飛，濟濟舞衣翻月影。吊百戲眾口諠譁，縱諧語齊聲喝采。裝扮的是太平年萬國來朝，雍熙世八仙慶壽。搬演的是玄宗夢游廣寒殿，狄青夜奪崑崙關。也有神仙道侶，亦有孝子順孫。觀之者真可堅其心志；聽之者足以養其性情。[194]

[192] 〔元〕施耐庵、〔明〕羅貫中著：《水滸全傳》，第五十一回〈插翅虎枷打白秀英　美髯公誤失小衙內〉，頁六四二。

[193] 〔明〕徐渭：《南詞敘錄》，《中國古典戲曲論著集成》第三冊，頁二四六。

[194] 〔元〕施耐庵、〔明〕羅貫中著：《水滸全傳》，第八十二回〈梁山泊分金大買市　宋公明全夥受招安〉，頁一〇二七。

這是記載搬演雜劇的情形，其中「禮樂司排長伶官，朝鬼門道，分明開說」，應當有如隊舞之致語勾隊，或如說唱之開呵。《雍熙樂府》卷十七【醉太平】詠〈風流樂官〉云：「開呵時運寬，發焰處堪觀。」[195]可證。又《夢粱錄》卷二十〈妓樂〉條，謂宋雜劇之搬演，「先吹曲破斷送，謂之『把色』。」[196]而《藍采和》雜劇中亦有所謂「王把色」，當是在雜劇腳色開演之前，擔任「吹曲破斷送」的人。按南戲《張協狀元》首先由末色說唱本事，接著由生腳踏場，「後行子弟饒個【燭影搖紅】斷送」，[197]生唱罷之後，才自道履歷，進入正戲。所謂「燭影搖紅」當是曲破牌名，因為它不在正戲之中，是額外演唱的「饒曲」，故云「斷送」。《藍采和》雜劇有「王把色」，則其演出當亦有斷送「饒曲」之事。

上文所舉《水滸全傳》第五十一回白秀英說唱諸宮調《豫章城雙漸趕蘇卿》，又云：

> 那白秀英唱到務頭，這白玉喬按喝道：「雖無買馬博金藝，要動聰明鑑事人。看官喝采，道是去過了，我兒且回一回。下來便是襯交鼓兒的院本。」[198]

而雜劇上演至相當階段，有時亦有所謂「按喝」，如《司馬相如題橋記》第四折，正末扮司馬相如唱越調【鬪鵪鶉】，僅唱「巍巍乎魏闕天高」一句，即作：

---

[195] 〔明〕郭勳輯：《雍熙樂府》，《四部叢刊續編》集部（上海：商務印書館，一九三四年據上海涵芬樓借北平圖書館藏明嘉靖刊本景印），卷十七，頁一一。

[196] 〔宋〕吳自牧：《夢粱錄》，卷二十〈妓樂〉條，頁三〇九。

[197] 錢南揚校注：《永樂大典戲文三種校注》，頁一三。

[198] 〔元〕施耐庵、〔明〕羅貫中著：《水滸全傳》，第五十一回〈插翅虎枷打白秀英　美髯公誤失小衙內〉，頁六四二。

外按喝上云：「雜劇四折，正當關鍵之際，單看那司馬相如儒雅風流……遂了丈夫之志……所以後人做出這本雜劇，單表那百世高風，觀者不可視為尋常，好雜劇，上雜劇……做雜劇猶攛梭織錦，一段勝如一段，又如桃李芬芳，單看那收園結果，囑咐你末尼用心扮唱，盡依曲意。」[199]

然後正末扮的司馬相如再接唱「蕩蕩乎皇圖麗藻」。可見「按喝」猶如「開呵」（喝、呵通），亦係伶人誇說劇情大意，設為求賞之地。

我國戲曲的表演，自古以來皆與歌舞雜技並陳：漢代百戲中的《東海黃公》是屬於故事性的小戲，雜於歌舞和雜技中演出；唐代的參軍戲也在宴會中隨同歌舞和雜技演出；宋代的雜劇則夾於隊舞中表演，金代的院本亦可夾入說唱諸宮調。元雜劇亦然。按臧懋循改訂《臨川四夢》第二十五折〈寇間〉眉批云：

臨川此折在〈急難〉後，蓋見北劇四折止旦末供唱，故臨川于生旦等曲皆接踵登場，不知北劇每折間以爨弄隊舞吹打，故旦末常有餘力；若以概施南曲，將無唐文皇追宋金剛，不至死不止乎。[200]

臧氏此說，尚有以下諸佐證：《馬可波羅遊記》記元世祖舉行大朝宴的景況：

宴罷散席後，各種各樣人物步入大殿。其中有一隊喜劇演員和各種樂器的演奏者。還有一班翻筋斗和變戲法的人，在陛下面前殷勤獻技，使所有列席旁觀的人，皆大歡喜。這些娛樂節目演完以後，大家才分

[199] 〔元〕無名氏：《司馬相如題橋記》，王季思編：《全元戲曲》第七冊（北京：人民文學出版社，一九九〇年），頁三九〇—三九一。

[200] 〔明〕湯顯祖撰，〔明〕臧懋循訂：《臨川四夢》（明末吳郡書業堂翻刊六十種曲本，現藏國家圖書館），卷下，頁二三。

散離開大殿，各自回家。[201]

由這段資料，隱然可以看出戲曲與吹打、百戲同時相間演出。杜善夫〈莊家不識構闌〉【耍孩兒】套【六煞】有云：「前截兒院本《調風月》，背後么末敷演《劉耍和》。」[202]么末即雜劇，可知當時勾欄演劇，前半打院本，後半做雜劇。又據胡忌〈高安道〈嗓淡行院〉散曲箋注〉，[203]知此曲所嘲當時行院演劇，依次包含清唱、舞蹈、雜伎、院本、北曲雜劇與打散等六種體例，亦可證元雜劇的搬演，並非單純做場。上文所引《水滸全傳》第八十二回伶官御前承應，雜劇之後又云：

須臾間，八箇排長簇擁著四箇金翠美人，歌舞雙行，吹彈並舉。[204]

也是雜劇、歌舞同時先後獻藝。明顧起元《客座贅語》云：

南都萬曆以前，公侯與縉紳及富家，凡有宴會小集，多用散樂，或三四人，或多人，唱大套北曲。……若大席，則用教坊打院本，乃北曲大四套者，中間錯以撮墊圈、舞觀音，或百丈旗，或跳隊子。[205]

---

[201] 陳開俊等人合譯：《馬可波羅遊記》（福州：福建科學技術出版社，一九八一），第二卷第十三章〈大汗召見貴族的儀式以及和貴族們的大朝宴〉，頁一〇〇。

[202] 〔元〕杜善夫：〈莊家不識構闌〉，收入隋樹森編：《全元散曲》，頁三一。

[203] 胡忌：〈元代演劇史料——高安道〈嗓淡行院〉散曲箋注〉，《宋金雜劇考》（北京：中華書局，二〇〇八），頁二四七－二五九。

[204] 〔元〕施耐庵、〔明〕羅貫中著：《水滸全傳》，第八十二回〈梁山泊分金大買市　宋公明全夥受招安〉，頁一〇二七。

所云「北曲大四套」的「院本」，自然指北雜劇；可見明代萬曆以前，北雜劇的搬演，每折間仍然參合「爨弄隊舞吹打」，也因此，通本四折由一腳獨唱，既得休息，自有餘力。

元雜劇一本四折全由一種腳色獨唱，由正末獨唱的叫「末本」，正旦獨唱的叫「旦本」；其例外之作甚少。[206]但一種腳色獨唱是否即一人獨唱，則尚無定論。其關鍵所在，乃是一個劇團是否只有一位正末或正旦。從上文對於元代劇團的考察，似乎只有一位正末或正旦的可能性較大，這在元雜劇劇本中也可以得到佐證。譬如《元刊雜劇・薛仁貴》，正末在楔子扮薛大伯、首折扮杜如晦、次折扮孛老、三折扮拔末，而四折則云「重扮孛老」；《元曲選・張生煮海》，正旦首折扮龍女，次折則云「改扮仙姑」；《黃粱夢》，正末首折扮鍾離昧，楔子則云「改扮高太尉」，次折「改扮院公」，三折「改扮樵夫」，四折「改扮邦老」、更云「正末下改扮鍾離」；《柳毅傳書》，正旦扮龍女，次折則云「改扮電母」；《碧桃花》，正旦扮碧桃，次折則云「改扮嬤嬤」；凡此皆可見元雜劇之正末或正旦不止扮飾一個人物，而由「改扮」或「重扮」之語觀之，則雖人物不同，而俱由同一「正末」或「正旦」扮演則無可疑。由於元劇搬演時折間參合歌舞、雜技，所以「改扮」人物，自然綽有餘裕。但是《元曲選》無名氏《硃砂擔》，楔子、首折正末扮王文用，三折扮太尉神；而次折由扮王文用之正末獨唱，卻另有正末扮飾之太尉神同場出現；除非刊本有誤，否則一個劇團非止一位正末，一本雜劇非止一人獨唱；但這只是孤例，又是無名氏之作，難以說明元雜劇的現象。因此，元雜劇應當由一人獨唱，但可以扮飾一個至四個的同性別人物。《青樓集》中，像珠簾秀、朱錦繡、燕山秀等，都是「旦末雙全」的演員，則一人又可以兼演旦、末了。

---

[205]〔明〕顧起元：《客座贅語》（北京：中華書局，一九八七），卷九「戲劇」條，頁三〇三。

[206]例外之作只有《貨郎旦》、《張生煮海》、《生金閣》三本；《西廂記》、《東牆記》雖亦有例外，但有明人竄改之嫌。

元雜劇由於限定一人獨唱，因此作者筆墨只能集中此人，其他腳色遂無從表現；有時劇中的主要人物卻不任唱，而改由其他次要人物任唱，因而顯得本末倒置，喧賓奪主；又有時為湊足套式，只好唱些不必要的曲文，難免浪費筆墨之譏。其限定四折，又使得關目的安排和推展，形成了起承轉合的刻板形式。這都是元雜劇由於體製規律所產生的缺憾。

元雜劇開場的腳色照例由次要腳色擔任，明刊元雜劇大半為「沖末」，猶如南戲傳奇之「副末開場」。開場腳色上場先念「定場詩」，定場詩多數為五、七言四句，一則用以安靜劇場，二則用以表現人物之身分和心志；然後以賓白自我介紹並導引全劇關目之端緒。同時出場之人物如果在二人以上，則由其中年輩高者一一向觀眾介紹，尤其更說出自己所作所為。這種方式可以說，只是將說唱文學的第三人稱改作第一人稱，以符合所謂「代言體」而已。

每一折開頭都先由次要腳色以賓白科汎敷演，關目的進展往往見之於此。然後主唱的正末或正旦才出場，[207]以賓白提端，即接唱曲文。此下乃由正末或正旦當場，配合其他腳色，以曲、白、科汎敷演劇情。套曲唱罷，正末或正旦即下場；其他腳色或又以賓白、科汎敷演一些簡單情事，然後下場，一折便算結束。腳色上下場，視其情形分量，或用上下場詩，或者省略。

元雜劇在每折套曲的中間，或者前後，有時可以插唱小曲一兩支。這一兩支小曲不必與本套同宮調，也不必同韻，反而是全不相同的居多。這些「插曲」大多數由淨或搽旦之類的不正經腳色來唱。所以元雜劇的所謂「獨唱」是專指唱套曲而言。

---

[207] 主唱的正末或正旦最後出場，則亦有充分休息的時間，故一人獨唱當有餘力。

在元雜劇的每一折中，其實都包含好幾個場次，就拿所熟知的《元曲選・竇娥冤》第二折為例：開首至賽盧醫下場以前為一場，由淨賽盧醫與副淨張驢兒以賓白演對手戲，敘張驢兒向賽盧醫強索毒藥事。其次卜兒蔡婆上場至正旦竇娥上場之前為一場，由卜兒、孛老、副淨以賓白演蔡婆生病思想吃羊肚兒湯。其次正旦上場至【隔尾】為一場，由正旦唱曲表現婦女操守之典型；南呂【一枝花】、【梁州第七】加上【尾聲】即可成套，此於【梁州第七】之後接用【隔尾】，有承上啟下之作用，故【隔尾】一曲上以結束竇娥之持湯上場、譏評婦人心志，下以開啟藥殺孛老之端緒。故其下一場乃以【賀新郎】、【鬪蝦䗫】二曲加上賓白、科汎敷演意外藥殺孛老，而【隔尾】一曲又上以結束張驢兒對竇娥之要脅，下以開啟昏官審案之端緒。最後一場乃以【牧羊關】、【罵玉郎】、【感皇恩】、【採茶歌】、【黃鍾尾】五曲加上賓白、科汎敷演竇娥終於在黑暗的政治社會和傳統的倫理道德之下屈服，承認藥殺公公；其中【罵玉郎】、【感皇恩】、【採茶歌】三曲音程緊密銜接，必須連用，故用以主寫嚴刑逼供。可見《竇娥冤》的第二折分析開來共有五個場面，而以誤殺孛老與嚴刑逼供為主幹。閱讀或評讀元雜劇都應當注意到其場面的安排。

3. 收場與打散

說唱文學在結束時有所謂「收呵」，隊舞也有「放隊」，元雜劇則有「收場」與「打散」，較之為複雜。「收場」是指雜劇的結尾，「打散」則是雜劇搬演後的餘興。雜劇的「收場」普通是念誦，例作詩云或詞云。其內容或就全劇本事之提綱而加以斷決，或作泛泛之讚頌語；形式多用七言句，或用五言句與讚十字；最後再接以題目正名。本事提綱者如《馮玉蘭》：

（金御史云）你一行聽老夫下斷。〔詞云〕都則為你父親除授泉州，黃蘆蕩暮夜停舟。巡江官相邀共飲，出妻子禮意綢繆。你母親遭驅被擄，全家兒惹禍招憂。單撇下鋼刀一口，積屍骸鮮血交流。老夫奉朝命江南巡撫，路途間訪出情由。將賊徒問成死罪，登時決不待深秋。馮小姐雖能雪恨，奈餘生無管無收。請夫人同車載去，赴京都擇配公侯。這的是金御史秋霜飛白簡，才結末了「馮玉蘭夜月泣江舟」。

題目　金御史清霜飛白簡
正名　馮玉蘭夜月泣江舟[208]

泛泛之讚頌者如《倩女離魂》：

〔詩云〕鳳闕詔催徵舉子，〈陽關曲〉慘送行人。調素琴王生寫恨，迷青瑣倩女離魂。

題目　調素琴王生寫恨
正名　迷青瑣倩女離魂[209]

上面所舉的兩個例子，恰好都將「題目正名」點明出來，這種「宣念」劇名與說唱文學每一段終了多要繳題目很相近。「題目正名」的作用，除了寫在「花招」上以為廣告外，料想在雜劇結束之時，也要宣念一番。所謂「詩云」、「詞云」的念誦語，有些並非在套曲之後，而是在【尾聲】之前，如《青衫淚》、《魔合羅》、《張生煮海》等莫不如此；也有不用念誦語而直以【尾聲】結束的，如《對玉梳》，但這種情形很少。

雜劇的「收場」，另外還有一種形式，那是用「散場曲」。鄭因百師〈論元雜劇散場〉云：

[208]〔元〕無名氏：《馮玉蘭夜月泣江舟》，收入〔明〕臧晉叔編：《元曲選》，頁一七五五。

[209]〔元〕鄭光祖：《迷青瑣倩女離魂》，收入〔明〕臧晉叔編：《元曲選》，頁七一九。

《元刊雜劇三十種》本的《單刀會》、《貶夜郎》、《東窗事犯》；《元曲選》本的《氣英布》、《倩女離魂》。以上五劇，在第四折套曲之後，都有與本折套曲同宮調而換韻，或者宮調及韻全不相同的曲子兩三支。前者如《單刀會》第四折雙調【新水令】套用車遮韻，套後有【沽美酒】、【太平令】二曲，宮調雖同而改支思韻。後者《貶夜郎》第四折雙調【新水令】套用先天韻，套後有仙呂【後庭花】、【柳葉兒】二支改車遮韻。《東窗事犯》第四折正宮【端正好】套用真文韻，套後亦有仙呂【後庭花】、【柳葉兒】二曲改皆來韻。《氣英布》第四折黃鍾【醉花陰】套用魚模韻，套後有借雙調【側磚兒】、【竹枝兒】、【水仙子】三曲改江陽韻。《倩女離魂》第四折黃鍾【醉花陰】套用庚青韻，套後亦有借雙調【側磚兒】、【竹枝歌】（即【竹枝兒】）、【水仙子】三曲，前兩曲改支思韻，後一曲又改真文韻。

這些在第四折套後饒出來的曲子，根據《北詞廣正譜》之說，就是作「散場」用之曲。因百師又云：

散場是附在雜劇劇尾，即第四折之後的東西，也有曲子，也有賓白科介（《元刊三十種》本無賓白科介是全本照例如此），或用以完成劇情，或是另起餘波，其性質作用與楔子非常相近，而決不是所謂插曲。所用唱詞，都是照例帶用的曲牌。（【沽美酒】例帶【太平令】，【後庭花】例帶【青哥兒】或【柳葉兒】，【側磚兒】例帶【竹枝歌】，甚少例外。）這些曲子與第四折所用套曲，宮調異同均可，但必須換韻，所換之韻，只限一次。《倩女離魂》劇散場曲換韻二次，乃是因為【側磚兒】、【竹枝歌】二曲為時本所加，並非原文。每種雜劇，不一定有散場，正如每種雜劇不一定有楔子。而散場較楔子似乎更為次要，所以元刊本雜劇，於各劇楔子曲文，都詳細載出；而於各劇散場，或者載出曲文，或者只注散場二字。[210]

按《元刊雜劇三十種》，注有「散場」二字的，只有《拜月亭》、《氣英布》、《薛仁貴》、《介子推》、《霍光鬼諫》、《竹葉舟》、《博望燒屯》七種。可見散場曲乃可有可無之物。

至於「打散」，則是以歌舞為餘興，所舞之曲牌例用【鷓鴣天】。按高安道〈嗓淡行院〉【哨遍】套，其【耍孩兒】【一煞】中有云：

打散的隊子排，待將回數收。211

又夏伯和《青樓集》紀魏道道云：

勾欄內獨舞【鷓鴣】四篇打散，自國初以來無能繼者。212

按〈嗓淡行院〉【哨遍】套又有「四覷兒喬彎紐」，213則「四篇」當係「四覷」。《風月紫雲亭》雜劇於「卜兒云下」，全劇已終，而其下又有【鷓鴣天】一曲：

玉軟香嬌意更真，花攢柳寸是消魂。半生碌碌忘丹桂，千里侵侵覓彩雲。鸞鍵破，鳳釵分，世間多少斷腸人。風流公案風流傳，一度搬著一度新。214

210 鄭師因百：〈論元雜劇散場〉，《景午叢編》，上編，頁一九九—二〇四。
211 〔元〕高安道：〈嗓淡行院〉，收入隋樹森編：《全元散曲》，頁一一一一。
212 〔元〕夏庭芝：《青樓集》，《中國古典戲曲論著集成》第二冊，頁二四。
213 〔元〕高安道：〈嗓淡行院〉，收入隋樹森編：《全元散曲》，頁一一一〇。
214 〔元〕石君寶：《諸宮調風月紫雲亭》，收入隋樹森編：《元曲選外編》，頁三五四。

這應當是保存「打散」、「舞【鷓鴣】」的一個例證。由這支曲文看來，顯然是劇外人口吻，以此為餘興，用以遣散觀眾，故云「打散」。「打散」的形式根據上文，應當有「獨舞」和「排隊子」而舞兩種。「打散」也許是劇場慣例，有如開場之「吹曲破斷送」，故劇本皆予省略。

「打散」之後，元雜劇的搬演便算真正結束了。

四、有關元人雜劇搬演的四個問題

北曲雜劇是元代的代表文學，現存元劇一百六七十種，其文學價值有口皆碑；但其舞臺藝術，由於代遠年湮，已經曚昧難明。為此，上一節〈元人雜劇的搬演〉一文，試圖通盤探討此一問題，以期撥雲見日。爾後涉獵所及，綜合時賢論證，參以己見，又有所修正、補充和發現。所修正的是，元雜劇的主奏樂器是「笛」，所謂「絃索調」是明初以後的現象，非元劇之本然。所補充的有二，其一，早期的元劇有與院本同臺前後演出的現象；其二，元劇主唱的正末、正旦皆可男女反串。所發現的是最為學者所迷惑的「題目」與「正名」之分別與關係。[215]請從「題目正名」說起。

---

[215] 近人著述中涉及本文所提出之四問題，著者所知者有：周妙中：〈關於元曲中三個問題〉，《文學遺產增刊》第二輯（北京：作家出版社，一九五六），頁二一四－二二三；胡仲實：〈「題目正名」考〉，《戲曲研究》第四輯（一九八一年四月），頁一五四－一六一；徐扶明：《元代雜劇藝術》（臺北：學海出版社，一九九七）；李大珂：〈曲海摭拾（二則）〉，《戲曲研究》第四輯（一九八一年四月），頁一六二－一七二；劉念茲：〈平陽戲考〉，《戲曲研究》第一輯（一九八〇年），頁七九－一〇〇；啟功：〈論元代雜劇的扮演問題〉，《文學遺產增刊》第一輯（北京：作家出版社，一九五

(一)「題目」、「正名」之分別與關係及其作用

元雜劇劇本在最開頭和最末後，都有一行內容相同的所謂「總題」，[216]在末後的總題之前，則有「題目」、「正名」，這是一般都知道的體製規律。但是，何謂「題目」？何謂「正名」？它們之間是否有關係，它們究竟是一物之異名、還是根本不同的兩樣東西；它們除了給劇本提供「總題」之外，對於戲曲的搬演是否有所作用。凡此都為學者所疑惑而未得確解的問題。

為了解決「題目」、「正名」所引起的這一連串問題，最原始和最直接的資料，應當是《元刊雜劇三十種》。但由於它只是提供觀眾在劇場中便覽，有如《綴白裘》一樣，所以賓白省略，錯字別字缺字不及訂補，連版本也是雜湊「大都」、「古杭」兩地而成。也因此，它絕不是元雜劇的精刊本。然而，以其是唯一的元刊本，只好仍先根據它來作一番觀察。若依其「題目」、「正名」之有無及其版式情況，則有以下九種情形：

1. 題目正名清楚分別各占兩句的劇本：《薛仁貴》、《遇上皇》、《博望燒屯》、《東窗事犯（大都）》、《霍光鬼諫（古杭）》、《替殺妻》、《焚兒救母（古杭）》等七種。

五），頁二八六－二九六；胡忌：〈北曲雜劇演唱人性別的討論〉，《文學遺產增刊》第一輯（北京：作家出版社，一九五五），頁二九七－三〇三；楊蔭瀏：《中國古代音樂史稿》（臺北：丹青出版社，一九八五）等。其中有論證材料和方法與本人不盡相同而結論大抵相近者；有材料大抵相同而方法、觀點不同，以致結論大相逕庭者；而本文所涉及之層面則較諸家為詳盡而完備。為避免行文煩瑣，本文不及一一評述諸家得失。

[216] 元雜劇的體製中沒有「總題」這一名詞，因為它置於劇本的前後，事實上是雜劇正式的劇名，鄭師因百先生〈元雜劇的結構〉一文乃名之為「總題」，見《景午叢編》，上編，頁一九〇－一九八。

2. 題目正名清楚分別而四句不明所屬的劇本：《老生兒》一種。

3. 題目正名清楚分別各占一句的劇本：《三奪槊（古杭）》、《周公攝政（古杭）》、《竹葉舟》、《氣英布》等四種。

4. 但有題目而用以統攝四句的劇本：《單刀會（古杭）》、《任風子》、《追韓信》等三種。

5. 但有題目而止一句的劇本：《看錢奴》一種。

6. 但有正名而用以統攝四句的劇本：《趙氏孤兒》、《汗衫記（大都）》等二種。

7. 但有正名而用以統攝二句的劇本：《七里灘》、《調風月》、《鐵拐李》等三種。

8. 但有正名而用以統攝八句的劇本：《紫雲庭（古杭）》一種。

9. 題目正名俱無的劇本：《貶夜郎（古杭）》、《楚昭王（大都）》、《西蜀夢（大都）》、《陳摶高臥》、《介子推》、《拜月亭》、《魔合羅》、《范張雞黍》等八種。

以上三十種中有八種無題目、正名，占百分之二十七，幾乎教人誤以為題目、正名在元雜劇的體製規律中，乃可有可無之物，有如「散場」二字，[217]但仔細觀察，八種中除《范張雞黍》一種外，其餘七種乃因劇情結束之後，其版面已無空白，就偷工減料予以省略；事實上它應當是具備的。它所以可被省略，大概和賓白一樣，都是用來宣念的，觀眾耳聞即曉，不似曲文必須按對劇本方能知解。而《看錢奴》之所以但有題目而止一句，也因為版面除劇末總題外止剩一行，故予以減省；否則就要另起一版。

---

[217] 《元刊雜劇三十種》，注有「散場」二字的，只有《拜月亭》、《氣英布》、《薛仁貴》、《介子推》、《霍光鬼諫》、《竹葉舟》、《博望燒屯》七種；另一種《汗衫記》注「出場」二字，應當也屬於「散場」性質。可見「散場」之是否註明無關緊要。有關「散場」的討論，詳見前文〈元人雜劇的搬演〉之「收場與打散」，及鄭師因百：〈論元雜劇散場〉，《景午叢編》，上編，頁一九九－二〇四。

對於但有題目而用以統攝四句或二句的劇本和但有正名而用以統攝四句或二句的劇本，鄭師因百（騫）的《校訂元刊雜劇三十種》和徐沁君的《新校元刊雜劇三十種》，都為它們補上「正名」或「題目」。亦即但有題目四句的，即將後兩句補上「正名」；但有「正名」二句或四句的，即將首句或前兩句補上「題目」。[218]也就是都認為「題目」和「正名」是元雜劇的固定體製，其所以缺少，乃是刊本的疏漏，因而一一校訂補正。但是從刊本版面的處理觀察，但有題目或但有正名的，顯然不是「疏漏」。茲按照《元刊雜劇三十種》之版式舉例如下：[219]

---

[218] 《元刊雜劇三十種・紫雲庭》一劇作：

象板銀鑼可意娘　玉鞭驕馬畫眉郎（驕原作嬌）
兩情迷到忘形處　落絮隨風上下狂（忘形原作志刑）
靈春馬適意悞功名　韓楚蘭守志待前程
小秀才琴書青瑣幃　諸宮調風月紫雲庭

鄭因百師《校訂元刊雜劇三十種》訂前四句為「詩曰」，後四句各分兩句為「題目」、「正名」。隋樹森《元曲選外編》與徐沁君《新校元刊雜劇三十種》俱同鄭師。此劇「正名」作八句，誠為孤例，前四句與後四句為相異之兩部分，甚為顯然；故分前四句為「詩曰」，證以元劇體製，當可從；但析後四句為「題目」、「正名」各二句，衡以《元刊雜劇三十種》情況，不如保持「正名」為佳。

[219] 所引劇目為〔元〕紀君祥：《趙氏孤兒》，〔元〕岳伯川：《岳孔目借鐵拐李還魂》，〔元〕馬致遠：《馬丹陽三度任風子》，〔元〕金仁傑：《蕭何月夜追韓信》，見於《元刊雜劇三十種》上、中、下冊，收入《古本戲曲叢刊四集》（上海：上海商務印書館，一九五八年據北京圖書館藏本影印），無頁碼。

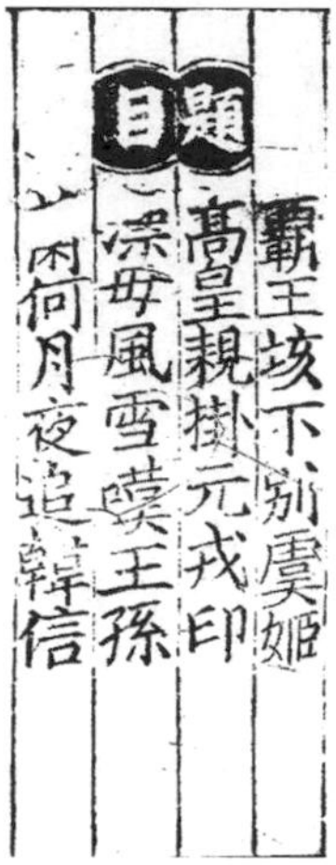

題 目

霸王垓下別虞姬
高皇親掛元戎印
漂母風雪嘆王孫
蕭何月夜追韓信

為神仙休了腳頭妻
菜園中摔殺親兒死
王祖師雙赴玉虛宮
馬丹陽三度任風子

題目

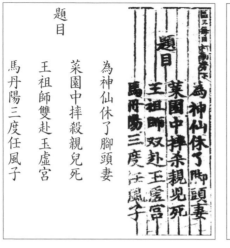

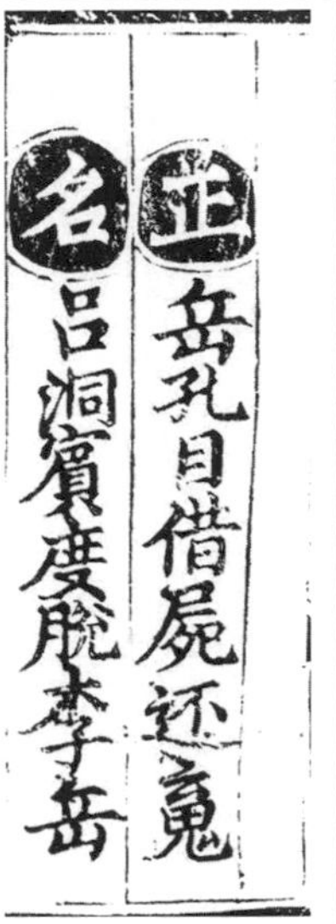

正名

岳孔目借屍還魂
呂洞賓度脫李岳

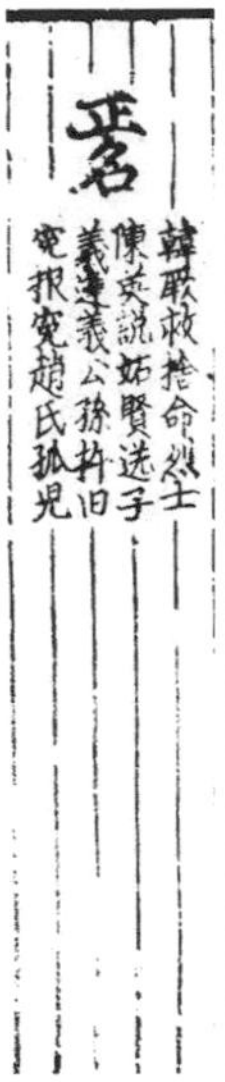

正名

韓厥救捨命烈士
陳英說妬賢送子
義逢義公孫杵臼
冤報冤趙氏孤兒

上例的「題目」、「正名」皆用以統攝其下之語句絕對無疑，則何能謂之各有所「遺漏」？而就此觀之，則「題目」與「正名」簡直一回事，根本無從分別；不過它們如果真沒有分別，又何以有十一個劇本同時並見，而分得清清楚楚？這十一個劇本，依題目、正名之排列格式，有以下五類，舉例如下：[220]

一

題目 白袍將朝中隱福 黑心賊雪上加霜
正名 唐太宗招賢納士 薛仁貴衣錦还鄉

題目 白袍將朝中隱福 黑心賊雪上加霜
正名 唐太宗招賢納士 薛仁貴衣錦還鄉

二

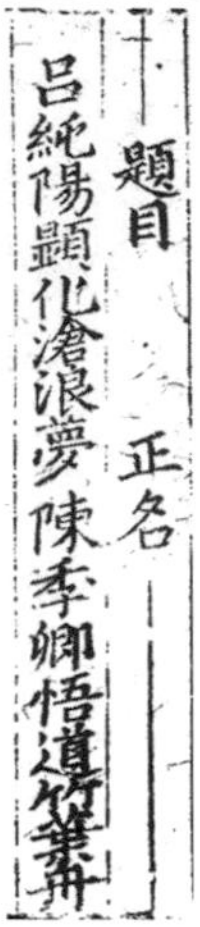

題目 正名
呂純陽顯化滄浪夢 陳季卿悟道竹葉舟

題目 正名
呂純陽顯化滄浪夢 陳季卿悟道竹葉舟

220 所引劇目為〔元〕張國賓：《薛仁貴衣錦還鄉》，〔元〕范康：《陳季卿悟道竹葉舟》，〔元〕金仁傑：《東窗事犯》，〔元〕楊梓：《霍光鬼諫》，〔元〕無名氏：《小張屠焚兒救母》，見於《元刊雜劇三十種》中、下冊，收入《古本戲曲叢刊四集》，無頁碼。

三

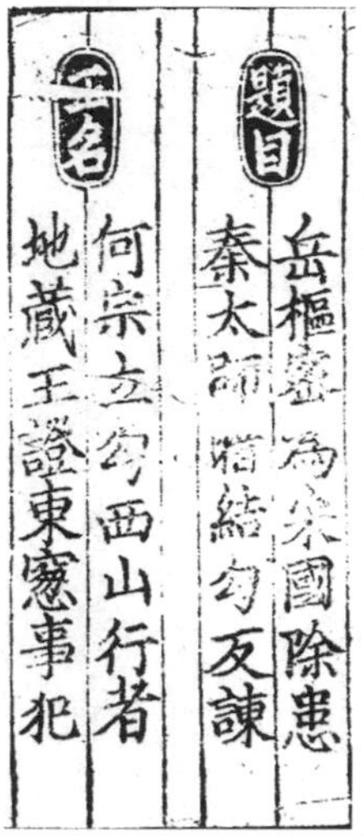
題目
岳樞密為宋國除患
秦太師暗結勾反諫
正名
何宗立勾西山行者
地藏王證東窗事犯

題目

岳樞密為宋國除患

秦太師暗結勾反諫

正名

何宗立勾西山行省

地藏王證東窗事犯

四

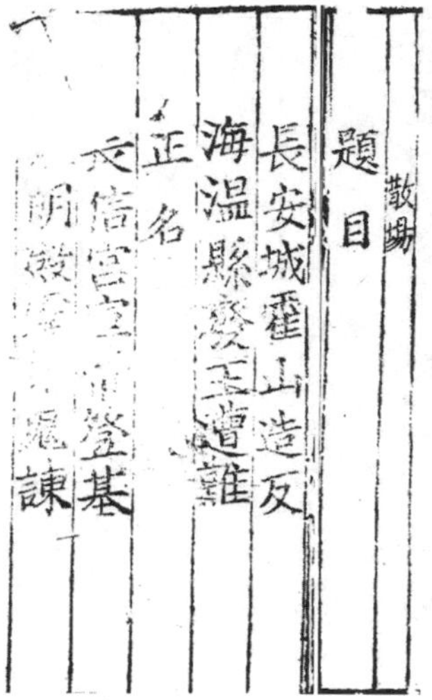
散場
題目
長安城霍山造反
海温縣燹王遭難
正名
[illegible]
[illegible]

題目

長安城霍山造反
海溫縣廢王遭難
正名
長信宮宣帝登基
承明殿霍光鬼諫

五

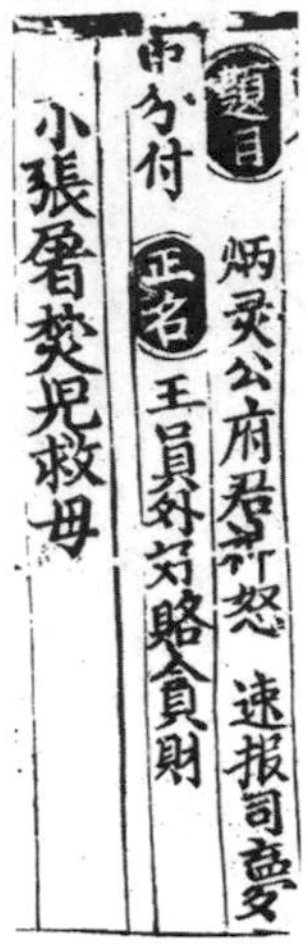

題目 炳靈公府君神怒 速報司
夢中分付 正名 王員外好賂貪
財 小張屠焚兒救母

這五種形式的第一和第五式，都是為了遷就版面、節省篇幅，因為非如此就刊刻不下而非另闢一版不可；所以第二三四等三種，可以說是它的基本形式。從這三種基本形式，不是很清楚的告訴我們，題目和正名是「涇渭分明」的嗎？

如此一來，若據前者立論，則題目、正名沒有分別，為一物之異名；若據後者立論，則題目、正名「壁壘分明」，顯然是相抗衡的兩樣東西。而若偏執一隅，不相上下，那就要擾攘不休，教人莫知所從了。

我們且再就抄本宋元南曲戲文和明刊的元代北曲雜劇來考察：

《永樂大典戲文三種》，卷首末色上場之前都有「題目」，《張協狀元》作：

張秀才應舉往長安
王貧女古廟受飢寒
呆小二村沙調風月
莽強人大鬧五雞山

《宦門子弟錯立身》作：

衝州撞府粧旦色
走南投北俏郎君
戾家行院學踏爨
宦門子弟錯立身

《小孫屠》作：

李瓊梅設計麗春園
孫必達相會成夫婦

朱邦傑識法明犯法

遺盆吊沒興小孫屠[221]

不止如此，陸貽典鈔《元本琵琶記》在卷首末色上場之前，仍舊有：

極富極貴牛丞相

施仁施義張廣才

有貞有烈趙真女

全忠全孝蔡伯喈[222]

這四句顯然也是「題目」。可見卷首末色開場之前，必有「題目」四句是南戲的體製規律。南戲雖然止有「題目」而無「正名」，且置於卷首，但其內容形式實與北劇之「題目」、「正名」不殊；如果將以上所舉之四種南戲的題目，分其前兩句為題目，後兩句為正名，有如北劇規律，亦無不可。所以南戲之「題目」，可視同涵括北劇之「題目」、「正名」。[223]

---

[221] 錢南揚校注：《永樂大典戲文三種校注》，頁一、二一九、二五七。

[222] 〔明〕高明著，錢南揚校注：《元本琵琶記校注》（上海：上海古籍出版社，一九八〇年以陸貽典鈔本為底本），頁一。

[223] 元雜劇刊本之「題目」、「正名」，有的置於劇本開頭，如《顧曲齋》、《雜劇十段錦》、《柳枝集》、《酹江集》本等；有的置於劇本末尾，如《元刊雜劇》、《古名家雜劇》、息機子、《元曲選》、明抄本等。明清雜劇劇本亦如此，如《中山狼》、《不伏老》、《真傀儡》、《易水寒》等置於劇本之前，如《卓文君》、《沖漠子》、《誠齋雜劇》等置於劇本之後。置於劇本之前者會受南戲體例之影響，置於劇本之後者當為北劇之本然。

《元明雜劇》收有元明雜劇二十七種，雖版式行款殊不一致，但為明萬曆間刻本則無疑。其中二十五種之「題目」、「正名」及其所統攝之語句平均分配極為清楚，止有《單鞭奪槊》作：

題目正名　單雄信割禮斷義　尉遲恭單鞭奪槊

《還牢末》：

題目正名　烟花則說他人過　僧住賽娘遭折挫
　　　　　山兒李逵大報恩　鎮山孔目還牢末[224]

這種格式在《古名家雜劇》本《岳陽樓》也是如此；則明示「題目正名」為一物。而尤有甚者，《古名家雜劇》本《漢宮秋》、《青衫淚》，《顧曲齋》本《玉鏡臺》、《望江亭》、《㑇梅香》、《青衫淚》、《曲江池》、《倩女離魂》，《柳枝集》本《青衫淚》、《倩女離魂》、《牆頭馬上》，《酹江集》本《漢宮秋》、《李逵負荊》，則乾脆作「正目」，顯然是從「題目正名」四字省文而來。可見在編《古名家雜劇》的陳與郊和編《柳枝集》、《酹江集》的孟稱舜，以及顧曲齋主人王驥德的心目中，「題目」和「正名」是一回事，其間是沒有分別的。

然而臧懋循的《元曲選》一百種，則將「題目」、「正名」分得清清楚楚，而且皆置於卷末。這是否臧氏予以整理而劃一的呢？但無論如何，在他心目中，題目和正名應當是有分別的。

說到這裡，可見「題目」和「正名」有分別與沒有分別，各占「旗鼓相當」的勢力，難怪自古以來就是一

224 〔元〕尚仲賢：《尉遲恭單鞭奪槊》；〔元〕李致遠：《大婦小妻還牢末》，收入《元明雜劇二十七種》（南京：國學圖書館，一九二九年據清代錢塘丁氏八千卷樓明本影印），第一冊，頁二一一、第四冊，頁一六。

個搞不清的問題。

著者以為：「題目」、「正名」原本是有分別的東西，但因為涵義有寬窄與重疊，世人不明，乃逐漸混淆，以致糾纏不清；這種混淆不清的情形，在元代就已開其端。其過程應當是這樣子的：起先止有「題目」，其後為點出劇名，乃加注「正名」二字；「正名」本止加在最末一句，其後為求其勻稱，於是「題目」、「正名」所統攝之語句使之相等；「題目」、「正名」所統攝之語句既然相等，於是其輕重相稱，別無軒輊；再其後有強調「正名」者，於是泯除「題目」而止以「正名」出現。到了明代，「題目」、「正名」在元劇體製規律中，成為習慣口語，於是有的根本視為一物連書寫「題目正名」，甚至於有的乾脆省作「正目」。茲論述如下：

首先探討什麼叫做「題目」。翟灝《通俗編》云：

《南史・王僧虔傳》誡子曰：「往年取《三國志》聚床頭百日許，汝曾未窺其『題目』。」按：此與今作文者，先有題目意合；而古言題目，義各不同。《魏志・臧霸傳》注：「武帝百官名，不知誰撰，皆有『題目』，稱臧舜『才穎條暢，識贊時宜。』」此題目，猶品題也。《北史・念賢傳》：「行殿初成，未有『題目』，帝詔近侍各名之。」賢乃名為「圓極」，此題目，猶題識也。225

又《三國志・步騭傳》注：「(李)肅，字偉恭，……甄奇錄異，薦述後進，『題目』品藻，曲有條貫。」《晉書・山濤傳》：「濤所奏，甄拔人物，各為『題目』，時稱山公啟事。」《世說新語・政事》：「山司徒……凡所『題目』，皆如其言。」226所言「題目」，亦猶品題或品評。又宋邢昺《孝經正義》引鄭玄〈六藝論〉曰：「孔

225 〔清〕翟灝：《通俗編》，卷七〈文學〉「題目」條（北京：商務印書館，一九五九），頁一四六。
226 〔晉〕陳壽撰，〔劉宋〕裴松之注：《三國志》第五冊，卷五十二〈吳書七・步騭傳〉（北京：中華書局，一九七一），

子以六藝『題目』不同，指意殊別，恐道離散，後世莫知根源，故作《孝經》以總會之。」[227]楊萬里〈紅錦帶花〉詩：「後園初夏無『題目』，小樹微芳也得詩。」[228]則皆為書籍或詩文之標題。可見歷來經史詩文中之「題目」有品評、題識、標題三義。

而金院本名目中有「題目院本」二十種。所云「題目」當與元劇之「題目」有關。《新唐書・武平一傳》，平一上書云：

伏見胡樂施于聲律，本備四夷之數，比來日益流宕，異曲新聲，哀思淫溺。始自王公，稍及閭巷，妖伎胡人、街童市子，或言妃子情貌，或列王公名質，詠歌蹈舞，號曰「合生」。[229]

宋高承《事物紀原》卷九「合生」條節引〈武平一傳〉，並云：「即是合生之原，起自唐中宗時也。今人亦謂之『唱題目』。」[230]王國維《宋元戲曲考》因謂「題目院本」之「題目」，「即唱題目之略也。」[231]則「或言妃子情

---

[227]〔唐〕李隆基注，〔宋〕邢昺疏：《孝經注疏・孝經序疏》（臺北：藝文印書館，二〇一一年景印清嘉慶二十年（一八一五）江西南昌府學開雕本），頁二。

[228]〔宋〕楊萬里：〈紅錦帶花〉，辛更儒箋校：《楊萬里集箋校》，卷第三十一（北京：中華書局，二〇〇七），頁一六〇三。

[229]〔宋〕歐陽修、〔宋〕宋祁：《新唐書》第一四冊，卷一百一十九，列傳第四十四，〈武平一傳〉（北京：中華書局，一九七五），頁四二九五。

[230]〔宋〕高承撰，〔明〕李果訂，金圓、許沛藻點校：《事物紀原》，卷九〈博弈嬉戲部四十八〉「合生」條（北京：中華書局，一九八九），頁四九五。

頁一二三八；〔唐〕房玄齡等撰：《晉書》，卷四十三列傳第十三，〈山濤傳〉（北京：中華書局，一九七四），頁一二二六；余嘉錫箋疏：《世說新語箋疏》，卷上〈政事第三〉（臺北：華正書局，一九九一），頁一七〇。

貌，或列王公名質」，以胡樂來踏舞以「唱題目」的伎藝就叫「合生」。宋洪邁《夷堅志・支乙・卷六》「合生詩詞」條云：

江浙間路岐伶女，有黠慧知文墨，能於席上指物題詠、應命輒成者，謂之「合生」。其滑稽含玩諷者，謂之「喬合生」。蓋京都遺風也。232

關漢卿《金線池》雜劇第三折云：

(眾旦云) 俺們都依著姨姨的令行。
(正旦云) 酒中不許提著「韓輔臣」三字，但道著的，將大觥來罰飲一大觥。
(眾旦云) 知道。(正旦唱)
【醉高歌】或是曲兒中唱幾箇花名。(眾旦云) 我不省得。(正旦唱) 詩句裏包籠著尾聲。(眾旦云) 我不省得。(正旦唱) 續麻道字鍼鍼頂，(眾旦云) 我不省的。(正旦唱) 正題目當筵合笙。233

則「合生」亦作「合笙」，當是同音假借。由「正題目當筵合笙」，可見這種伎藝在元代仍然像宋代那樣「席上指物題詠」。《金線池》雜劇中「韓輔臣」三字應當就是「題目」，因為如果詠歌時題著這三字便要「犯題」，所

231 王國維：《宋元戲曲考》，《王國維戲曲論文集》(臺北：里仁書局，一九九八)，頁七一。
232 〔宋〕洪邁撰，何卓點校：《夷堅志》(北京：中華書局，一九八一)，頁八四一。
233 〔元〕關漢卿：《金線池》，〔明〕孟稱舜編著：《新鐫古今名劇柳枝集》，收入《古本戲曲叢刊四集》(上海：上海商務印書館，一九五八年據北京圖書館藏明萬曆刊本影印)，頁一九。

以說「不許題著」。則合生唱題目的「題目」，和我們今日作文的「題目」不殊。

以上對於「題目」的考述，可以得到一個小結論：對人物的「品評」而言，有如「才穎條暢，識贊時宜」的話語，可以說就是對人物格調或成就高下作綱領性的揭示；其次或「題識」或「標題」也都是就對象內涵以最簡單的話語所作的總提則。至於「唱題目」的「合生」，則是先提出所歌詠對象的「標題」，然後再借「題」發揮；在程序上正與前三者相反，而其「題目」之意義，實與前三者不殊。因此，無論「題目」這個詞彙如何運用意義，都沒有離開其為「內涵綱領」的意義。

其次考述「正名」之義。列舉有關資料如下：

《論語・子路》：「子曰：『必也正名乎？』」注：「正百事之名。」

《國語・晉語四》：「官方定物，正名育類。」注：「正名，正上下服位之名。」

《呂氏春秋・審分》：「正名審分。」

《禮記・祭法》：「黃帝正名百物，以明民共財。」

《荀子・正名》：「析辭擅作名，以亂正名。」

《管子・揆度》：「『何謂正名五？』對曰：『權也，衡也，規也，矩也，准也。此謂正名五。』」[234]

---

[234] 〔魏〕何晏集解，〔宋〕邢昺疏：《論語注疏》，卷十三〈子路第十三〉（臺北：藝文印書館，二〇一一年景印清嘉慶二十年（一八一五）江西南昌府學開雕本），頁一。徐元誥撰，王樹民、沈長雲點校：《國語集解》（北京：中華書局，二〇〇二），〈晉語四第十〉，頁三五〇。許維遹著，梁運華整理：《呂氏春秋集釋》，卷十五〈審分〉（北京：中華書局，二〇〇九），頁四三四。〔漢〕鄭玄注，〔唐〕孔穎達疏：《禮記注疏》，卷四十六〈祭法第二十三〉（臺北：藝文印書館，二〇一一年景印清嘉慶二十年（一八一五）江西南昌府學開雕本），頁一五。〔清〕王先謙集解，沈嘯寰、王星賢點校：

以上資料，前四條之「正名」，皆以「正」為動詞，以「名」為「正」之受詞，其義為「審定名分」；後二條之「正名」，皆以「正」為形容詞，以「名」為詞組之主體，其義為「真正之名分」或「正式之名稱」。

就元雜劇之「題目」、「正名」來衡量，無論「題目」、「正名」之平分統攝二句或四句，抑各自全部統攝二句或四句，其語句之內容，毫無疑問，皆為劇本情節之綱領。從上面對於「題目」、「正名」意義的考釋來觀察，顯然合於「題目」之義，而非「正名」所能涵括。雜劇的「正名」當取「正式之劇名」而非「審定劇名」之義，而斷無用作「正式之劇名」竟累贅至二句乃至四句者；但若用作劇情綱領的提示，則二句四句不為多。因此，元雜劇的所謂「題目」、「正名」，原本應當止有「題目」，因為「題目」不止是劇情的提綱，而且含有劇本「標題」之作用；《永樂大典戲文三種》但有「題目」而無「正名」，應當是保留劇本體製的原始形式。至於「題目」這一名稱的根源，可能從宋金雜劇院本「合生」之「唱題目」借用而來。而南戲之置於卷首，北劇之置於卷末，則可能是南北戲曲習慣不同使然。

然而「正名」又是怎麼來的呢？從《元刊雜劇三十種》來考察，在劇本前後作為劇名的「總題」，沒有不正是「題目、正名」的最後一句。[235]因此，「正名」應當原止是「題目」中的「標注」，起先應當止加在「題目」

《荀子集解》，卷十六〈正名篇第二十二〉（北京：中華書局，一九八八），頁四一四。黎翔鳳撰，梁運華整理：《管子校注》，卷第二十三〈揆度第七十八〉（北京：中華書局，二〇〇四），頁一三七三。

235 《元曲選》本《隔江鬥智》的題目是「兩軍師隔江鬥智」，正名是「劉玄德巧合良緣」；《誶范叔》的題目是「須賈大夫誶范叔」，正名是「張祿丞相報魏齊」；《雷澤遇仙》的題目是「玉女錦裙留秀士，雷郎花圃遇神仙」，正名是「跨鸞冉冉歸天去，後約瑤池二十年」；這三種劇本的劇名都出自「題目」，但那已經受過明人的手腳，不得作為憑準；何況這種情形止是極少數之例。因此劇名出自「正名」末句，應當是元雜劇的規律。

末句之上頭，甚至於止用較小之字體書寫，用以點明此句乃本劇之「正式劇名」；但因為「題目」的結構方式，如果兩句則為對聯，如果四句則為兩兩對仗的二聯，為了求其整齊美觀，乃將「正名」字體放大，如果是四句，則更提前一行書寫，務便與「題目」在款式上「勢均力敵」，久而久之，矇昧本然，習焉不察，而當人們再度追究起其間的異同與關係，就不明就裡而給弄胡塗了。「正名」既然是「正式劇名」之義，又早與「題目」等量齊觀，於是有人更看重了它，而棄置「題目」於不顧，這應當是何以有些劇本但有「正名」的原因。

至於「題目」、「正名」在元雜劇搬演中的作用，前文〈元人雜劇的搬演〉已經指出：其一為演出前作為「花招」上的廣告詞，其二為雜劇結束時用作宣念。關於後者，學者有不同的意見，尚值得進一步討論。首先把相關的劇本資料列舉如下：

1. 元刊本《霍光鬼諫》

【落梅風】滅九族誅戮了髫齔，斬全家抄估了事產。可憐見二十年公幹，墓頂上灘灘土未乾，這的是「承明殿霍光鬼諫」。

散場

題目　長安城霍山造反　　海溫縣廢王遭難

正名　長信宮宣帝登基　　承明殿霍光鬼諫

2.《元曲選》本《薛仁貴》

「詞云」末二句：若不是「徐茂功轅門比射」，怎顯得「薛仁貴衣錦還鄉」。

3.《元曲選》本《老生兒》

「詞云」末二句：因此上「指絕地苦勸糟糠妻」，不枉了「散家財天賜老生兒」。

4.元鈔本《破窯記》

寇準下斷：則為這「劉員外雲錦百尺樓」，結束了「呂蒙正風雪破窯記」。

5.明鈔本《東平府》

宋江斷語：這的是「呂彥彪打擂元宵節」，結束了「王矮虎大鬧東平府」。

6.《柳枝集》本《柳毅傳書》

洞庭君詞云：這的是「涇河岸三娘訴恨」，結束了「洞庭湖柳毅傳書」。

7.息機子本《東堂老》

東堂老斷語：這的是「西鄰友生不肖子」，結束了「東堂老勸破家子弟」。[236]

---

236 〔元〕楊梓：《霍光鬼諫》，見於《元刊雜劇三十種》中冊，收入《古本戲曲叢刊四集》，無頁碼。〔元〕張國賓：《薛仁貴衣錦還鄉》，收入〔明〕臧懋循：《元曲選》，頁二三一。〔元〕武漢臣：《散家財天賜老生兒》，收入〔明〕臧懋循：《元曲選》，頁二八五。〔元〕王實甫：《呂蒙正風雪破窯記》，《脈望館鈔校本古今雜劇》第四冊，收入《古本戲曲叢刊四集》（上海：上海商務印書館，一九五八年據北京圖書館藏本影印），頁二七。〔明〕無名氏：《王矮虎大鬧東平府》，《脈望館鈔校本古今雜劇》第七五冊，收入《古本戲曲叢刊四集》，頁二五。〔元〕尚仲賢：《柳毅傳書》見於《新鐫古今名劇柳枝集》第六冊，收入《古本戲曲叢刊四集》，頁二六。〔元〕秦簡夫：《東堂老勸破家子弟》，息機子本見於《脈望館鈔校本古今雜劇》第一七冊，收入《古本戲曲叢刊四集》，頁三四。

以上資料第一條在曲文的末句點出劇名，第二條之後，劇末的「斷語」、「詞云」，其括弧中的語句都與它們各自的「題目」、「正名」相同。又如前文〈元人雜劇的搬演〉所舉《馮玉蘭》「詞云」與《倩女離魂》「詩云」亦然。

徐扶明的《元代雜劇藝術》，認為：

> 就舞臺演出程序而言，題目正名應該放在正戲開演之前，「報幕」式地向觀眾介紹劇情提要，使觀眾預先對即將演出的劇目內容有所了解。就劇作家寫雜劇劇本而言，可以一開頭就在劇本前面寫上題目正名；也可以在劇本寫成後，再在劇末加上個題目正名。因為題目正名畢竟不是劇本固定的組成部分，只供介紹劇情，宣傳廣告之用。[237]

因此他反對上面所舉之例係雜劇結束時，將題目正名用作「宣念」，有如說唱文學每一段終了，多要「繳題目」一樣。

徐氏的說法似乎言之成理，但我們要考慮的是：如果「題目、正名」用作「報幕」，何以《元刊雜劇三十種》沒有一種將它置於卷首，而全部置於卷後？如果說以上所舉的九個例子，都已經在斷云、詞云、詩云中「宣念」了題目正名，那麼卷末再書明「題目」、「正名」，豈不是疊床架屋，多此一舉？是又不然，因為在「斷云」等之中宣念是保存實際演出的形式，而題目、正名既然用作劇情提要與花招廣告，則仍有清楚揭櫫的必要；對於那些沒有明白有如「斷云」等之中宣念題目、正名的劇本，在「打散」之時，也應當根據題目、正名作「繳題目」的宣念。因為「繳題目」是說唱和戲曲演出的必備程式之一。明宦官劉若愚《酌中志》記載明代宮廷演

---

[237] 徐扶明：《元代雜劇藝術》（上海：上海文藝出版社，一九八一），頁三一五。

出水傀儡開場情況云：

另有一人執鑼在旁，宣白題目，贊傀儡登臺道揚喝采，或《英國公三敗黎王》故事，或《孔明七擒七縱》，或《三寶太監下西洋》，《八仙過海》，《孫行者大鬧龍宮》之類。[238]

又清毛奇齡《西河詞話》云：

少時觀《西廂記》，[239]見每一劇末必有【絡絲娘煞尾】一曲，于扮演人下場後復唱，且復念正名四句。[240]

可見明人演出水傀儡，開場時先由一人執鑼宣念題目，其例有如南戲之置「題目」於卷首；而北劇之演出，則明末猶然於扮演人下場後，「復念正名四句」。所云「正名」自然是一般所謂「題目、正名」的省語。由此可證，北劇的題目、正名在散場後宣念，是劇場搬演的慣例。那麼南戲劇本卷首先「題目」再接以「虛籠大意」和「櫽括本事」之詞二闋，顯然是在正戲開演之前，先向觀眾做劇場提要和主題說明，這種體例一直持續到後來的傳奇。而北劇則照例在劇末用「斷云」、「詞云」、「詩云」作劇情總結，再接以題目、正名。北劇的「斷云」等有如南戲的兩闋詞，而「題目、正名」正等於南戲的「題目」。其間的作用俱相同，而一置於前，一置於後，正是

[238]〔明〕劉若愚：《酌中志》，卷十六，〈內府衙門職掌〉（北京：中華書局，一九八五），頁一一一－一一二。

[239]毛奇齡，字大可，號西河，浙江蕭山人，生於明熹宗天啟三年（一六二三），卒於清聖祖康熙五十五年（一七一六）；明亡時已二十二歲。既云「少時觀《西廂記》」，則時當明末崇禎間。

[240]〔清〕毛奇齡：《西河詞話》，《景印文淵閣四庫全書》第一四九四冊，卷二（臺北：臺灣商務印書館，一九八三年據國立故宮博物院藏本影印），頁九，總頁五六〇。

南北戲劇分野使然。南戲之兩闋詞不容置於卷末，猶如北劇之斷云等不容置於卷首；同理，南戲卷首之「題目」與北劇卷末之「題目、正名」不容易位亦然。

㈡伴奏樂器、樂隊組織及其所處之位置

元雜劇的伴奏樂器、樂隊組織及其所處之位置，也是一個常被誤解而值得再探索的問題。魏良輔《曲律》云：

> 北曲與南曲，大相懸絕，有磨調、弦索調之分。北曲字多而調促，促處見筋，故詞情多而聲情少；南曲字少而調緩，緩處見眼，故詞情少而聲情多。北力在弦索，宜和歌，故氣易粗；南力在磨調，宜獨奏，故氣易弱。[241]

這段常被學者所引用的話語，也被王世貞的《曲藻》所抄襲。[242] 魏氏又云：

> 北曲以遒勁為主，南曲以宛轉為主，各有不同。至於北曲之弦索，南曲之鼓板，猶方圓之必資於規矩，

[241] 〔明〕魏良輔：《曲律》，《中國古典戲曲論著集成》第五冊（北京：中國戲劇出版社，一九五九），頁七。

[242] 〔明〕王世貞《曲藻》：「凡曲，北字多而調促，促處見筋；南字少而調緩，緩處見眼。北則辭情多而聲情少，南則辭情少而聲情多。北力在弦，南力在板。北宜和歌，南宜獨奏。北氣易粗，南氣易弱。此吾論曲三昧語。」《中國古典戲曲論著集成》第四冊，頁二七。著者有〈魏良輔之「水磨調」及其《南詞引正》與《曲律》辨之，原刊《文學遺產》二〇一六年第四期，頁一三五－一五二。收入拙著《海內外中國戲劇史家自選集・曾永義卷》（鄭州：大象出版社，二〇一七），頁四一六－四四六。

其歸重一也。243

據此可以看出明代這位改革崑腔創出水磨調的大音樂家，所持南北曲異同的觀念。北曲既然「力在弦索」為絃索調，它的伴奏自然以絃樂為主。何良俊《曲論》云：

鄭德輝雜劇，《太和正音譜》所載總十八本，然入絃索者惟《㑳梅香》、《倩女離魂》、《王粲登樓》三本。今教坊所唱，率多時曲，此等雜劇古詞，皆不傳習，三本中獨《㑳梅香》頭一折【點絳唇】尚有人會唱，至第二折「驚飛幽鳥」，與《倩女離魂》內「人去陽臺」、《王粲登樓》內「塵滿征衣」，人久不聞，不知絃索中有此曲矣。244

可見何良俊所處的嘉靖年間，北曲已經非常衰微，而那時的北曲確是用絃索來伴奏。何良俊又說：

絃索九宮之曲，或用滚絃、花和、大和釤絃，皆有定則。245

雖不詳究竟，但以絃樂為主則無可疑。就因為明人一再說北曲以絃樂為主，所以周貽白的《中國戲劇史》，便進一步根據元無名氏《藍采和》雜劇和清初毛奇齡《西河詞話》，認為元雜劇的伴奏樂器是：三絃、琵琶、笙、鑼、鼓、板。他把何良俊所說的「釤絃」當作「三絃」，並云：

243 〔明〕魏良輔：《曲律》，《中國古典戲曲論著集成》第五冊，頁六。

244 〔明〕何良俊：《曲論》，《中國古典戲曲論著集成》第四冊，頁六－七。

245 同上註，頁一一。

若和今之皮黃劇「場面」相比較，其相去似不甚遠了。[246]

前文〈元人雜劇的搬演〉逕取周氏之說，未曾細加考索；而仔細想想，周氏在材料運用上，實犯了「古今一例」的毛病。因為北曲在明中葉以後幾成絕響，何能根據明清人的說詞而論斷北曲在胡元鼎盛時的現象。所以若重新探索這個問題，應當從最直接而可靠的資料入手。

元無名氏《藍采和》第四折提到雜劇伴奏樂器的有以下兩支曲子：

【慶東原】那裏每人烟閙是樂聲響里，是一火村路歧。料應在那公科地，持著些刀鎗劍戟，鑼板和鼓笛。更有那帳額牌旗，行院每是誰家，多管是無名器。

【川撥棹】你待著我做雜劇，扮興亡貪是非，待著我擂鼓吹笛，打拍收拾。莫消停般勤在意，快疾忙莫遲疑。[247]

可見所用的樂器是鼓、笛、鑼、板，板也就是拍。再參證山西省洪趙縣廣勝寺「大行散樂忠都秀在此作場」的元雜劇演出場面壁畫，所用的樂器雖然沒有鑼，但正是鼓、笛、板三種樂器。這三種樂器，至多再加上「鑼」而為四種，才真正是元雜劇演出時的伴奏樂器。很明顯的是以「笛」這種管樂器為主奏，而以鼓和鑼板為節奏，其間根本無所謂「絃索」，則北曲乃至北劇的演奏與演唱，元明兩代是大異其趣的。傳世的元雜劇，明刊本較之元刊本多了好些襯字，應當是由管樂改為絃樂的緣故；因為絃樂字多而猶能搶帶得及。

---

[246] 周貽白：《中國戲劇史》，頁二三〇。

[247] 〔元〕無名氏：《漢鍾離度脫藍采和》，收入隋樹森編：《元曲選外編》，頁九七九、九八〇。

徐大椿《樂府傳聲・源流》云：

宮調既殊，排場亦異，然當時之唱法，非今日之唱法也。北曲如董之《西廂記》，僅可以入絃索，而不可以協簫管。其曲以頓挫節奏勝，詞疾而板促。至王實甫之《西廂記》，及元人諸雜劇，方可協之簫管，近世之所宗者是也。[248]

所云《董西廂》為諸宮調說唱文學，而王《西廂》則為元雜劇，前者入絃索，後者協簫管。所謂「簫管」當指吹奏樂器而言。則徐氏認為北曲之說唱與雜劇不同，雜劇當以吹奏樂器伴奏，元代與清代都如此。其說雜劇之用管樂器伴奏，正與事實相合。

而這種鼓笛板為一組的伴奏，在南宋亦有其例，周密《武林舊事》卷四〈鼓板〉條云：

衙前一火：鼓兒尹師聰，拍張順，笛楊勝、張師孟。[249]

又元至治本《全相平話三國志》，其中桃園結義一圖繪有樂隊四人：一人打鼓，一人吹笛，一人雙手打腰鼓，一人執拍板。雖然多了一面腰鼓，但仍不出鼓笛板的範疇。由此可見，元雜劇的伴奏樂隊，與當時民間的一般樂團不殊。而樂隊中司笛的人，當時叫「把色」。耐得翁《都城紀勝》「瓦舍眾伎」條云：

其先吹曲破斷送，謂之「把色」。[250]

---

[248] 〔清〕徐大椿：《樂府傳聲》，《中國古典戲曲論著集成》第七冊（北京：中國戲劇出版社，一九五九），頁一五七。

[249] 〔宋〕周密：《武林舊事》，卷四，頁四〇五。

吳自牧《夢粱錄》卷二十「妓樂」條云：

> 先吹曲破斷送，謂之「把色」。[251]

高安道般涉調【哨遍】〈嗓淡行院〉，【耍孩兒】云：

> 吹苗（當為「笛」之誤）的把瑟歪著尖嘴，擂鼓的撅丁瘤著左手。[252]

高安道將「吹笛的把瑟」和「擂鼓的撅丁」對舉，撅丁又稱「厥」、「厥子」、「撅徠」，[253]是當時伎樂人家男子的通稱；則「把瑟」亦必為人物之名。撅丁之職司為「擂鼓」，把瑟之職司為「吹笛」。而「把瑟」證以《都城紀勝》和《夢粱錄》，當係「把色」之同音異寫，則其職當係以笛吹曲破斷送，而所以名之為「把色」，蓋為「把笛之腳色」之省語。曲破為大曲入破以後之段落，[254]所吹奏的曲破因是戲外的樂器演奏，用來額外奉送觀眾，

---

[250] 〔宋〕耐得翁：《都城紀勝》，「瓦舍眾伎」條，頁九六。

[251] 〔宋〕吳自牧：《夢粱錄》，卷二十「妓樂」條，頁三〇九。

[252] 〔元〕高安道：〈嗓淡行院〉，收入隋樹森編：《全元散曲》，頁一一一〇。

[253] 周密《武林舊事》卷十「官本雜劇」中稱「厥」的，有「趕厥夾六麼、趕厥胡渭州、看燈胡渭州三厥、趕厥石州、雙厥送、雙厥投拜」等六目，據胡忌《宋金雜劇考》，宋雜劇之「厥」，即金元時之「厥子、撅徠、撅丁、厥丁」，皆為當時伎樂人家男子之稱，「厥」成「撅」後加「丁、徠、子」，皆為詞尾。

[254] 唐宋大曲之結構，依其節拍之形式，前為散序未有拍，次為排遍始有拍，末為入破拍急而有舞；截取其入破以後則稱「曲破」。

所以叫「斷送」。把色吹奏曲破斷送，為宋金雜劇院本的情形，到了元雜劇則應當吹笛來伴奏劇中套曲，所以《藍采和》雜劇中有「王把色」，王惲《秋澗先生大全集》卷七十〈樂籍殷氏釀金疏〉亦有「鼓笛場中，何堪把色」之語。[255]

北劇在元代既然以笛為主奏的管樂來伴奏，那麼究竟從什麼時間才開始逐漸加入絃樂而終於成為明代的「絃索調」呢？根據清葉夢珠《閱世編》卷十所引陳臥子（名子龍），是由明太祖洪武間中州藩王府的樂工參合北方民歌和邊疆音樂而創造出來的。[256]但元人用「絃索」伴奏則早有其例，如元無名氏般涉調【耍孩兒】套〈拘刷行院〉有以下的話語：

> 【九煞】有玉簫不會品，有銀箏不會搊。
> 【八煞】青歌兒怎地彈，白鶴子怎地謳。[257]

此套曲最早見於楊朝英的《朝野新聲太平樂府》，《太平樂府》有至正辛卯（一三五一）春陶子晉序，已屬元末。這套曲用以描述樂戶妓女的醜態，其時代雖無法肯定，但應當不會太早，而從中已可看出妓女唱曲時有吹有彈，吹的就是玉簫，彈的就是銀箏。又楊維楨（元成宗元貞二年至明太祖洪武三年，一二九六－一三七〇）《鐵崖先生古樂府》有〈李卿琵琶引〉與〈張猩猩胡琴引〉[258]歌詠擅長琵琶和胡琴的樂工。又元末明初賈仲明《金童玉

---

[255] 〔元〕王惲：《秋澗先生大全集》，收入《元人文集珍本叢刊》第二冊（臺北：新文豐出版社，一九八五年景印元至治刊本之明刊修補本），頁一，總頁二七二。

[256] 〔清〕葉夢珠著，來新夏點校：《閱世編》（上海：上海古籍出版社，一九八一），頁二二一。

[257] 〔元〕無名氏：〈拘刷行院〉，收入隋樹森編：《全元散曲》，頁一八二一－一八二三。

女》雜劇第一折【青歌兒】云：

> 呀爭如俺花穠、花穠柳重，更和這雨魂、雨魂雲夢，月戶雲牕錦綉擁。你看那香溫玉軟叢叢，珠圍翠繞重重，鼉皮鼓兒鼕鼕，刺古笛兒喁喁，琵琶慢撚輕攏。[259]

雖然是描寫歌舞場面，但可見其管絃合奏。只是以上所引的資料，都無法看出是雜劇的伴奏，所以雜劇用琵琶、三絃等絃樂來伴奏，應當是入明以後的現象比較可靠。

其次討論樂隊所處的位置。元劇中有所謂「樂床」，很容易令人「顧名思義」，但事實上和樂隊演奏的位置無關。《藍采和》雜劇說鍾離權到達梁園棚內藍采和那一班演劇的勾欄，見到「樂床」就坐下，王把色向他說：

> 這個先生，你去那神樓上或腰棚上看去，這裡是婦人做排場的，不是你坐處。[260]

又〈嗓淡行院〉【七煞】云：

> 坐排場眾女流，樂床上似獸頭，欒睃來報是些十分醜。一箇箇青布裙緊緊的兜著奄老，皂紗片深深的裹著額樓。棚上下把郎君溜，喝破子把腔兒莽誕，打訛的將納老胡颩。[261]

---

[258] 〔元〕楊維楨：《鐵崖先生古樂府》，收入《萬有文庫》第二集四六九冊，卷之二，〈李卿琵琶引〉、〈張猩猩胡琴引〉（上海：商務印書館，一九三七），頁二一—二二。

[259] 〔明〕賈仲明：《鐵拐李度脫金童玉女》，《元明雜劇》，收入《古本戲曲叢刊四集》（上海：上海商務印書館，一九五八年據北京圖書館及大興傅氏藏明萬曆繼志齋刊本影印），無頁碼。

[260] 〔元〕無名氏：《漢鍾離度脫藍采和》，收入隋樹森編：《元曲選外編》，頁九七一。

由「這裡是婦人做排場的，不是你坐處。」「坐排場眾女流，樂床上似獸頭。」可見所謂「樂床」是指女演員「做排場」時所坐的地方。那麼「做排場」與「坐排場」又是怎地一回事呢？它們之間是否有分別呢？元夏伯和《青樓集》「趙梅哥」條云：

張繼娶和當當，雖貌不揚而藝甚絕；在京師曾接司燕奴排場，由是江湖馳名。[262]

《雍熙樂府》卷九南呂【一枝花】套〈贈歌妓〉【梁州】云：

楊柳細腰肢嫋娜，櫻桃小檀些娘，畫堂深別是風光，叢林中獨占排場。歌一聲嬌滴滴皓齒歌……彈一曲嫩纖纖尖指彈……舞一遍俏盈盈細腰舞……[263]

商政叔南呂【一枝花】套〈嘆秀英〉【梁州第七】云：

生把俺殃及做頂老，為妓路剗地波波。忍恥包羞排場上坐：念詩執板，打和開呵。[264]

睢玄明般涉調【耍孩兒】〈詠鼓〉【二煞】云：

---

[261]〔元〕高安道：〈嗓淡行院〉，收入隋樹森編：《全元散曲》，頁一一一〇。
[262]〔元〕夏庭芝：《青樓集》，《中國古典戲曲論著集成》第二冊，頁三三。
[263]〔明〕郭勳編：《雍熙樂府》，《四部叢刊續編》集部，卷九，南呂【一枝花】套曲，【梁州】，〈贈歌妓〉（上海：上海書店，一九三四年景明嘉靖刻本），頁五七。
[264]〔元〕商政叔：〈嘆秀英〉，收入隋樹森編：《全元散曲》，頁一一九。

……排場上表子偷睛望，恨不得街上行人將手拖。但場戶闌珊了些兒箇，恨不得添五千串拍板，一萬面銅鑼。[265]

由《青樓集》「在京師曾接司燕奴排場」與《雍熙樂府》「叢林中獨占排場」的所謂「接排場」、「占排場」都是「做排場」的意思，「做排場」亦即「大行散樂忠都秀在此作場」的「作場」或《藍采和》雜劇所云「你做場作戲也則是謊人錢里」的「做場」；[266]「作場」和「做場」顯然是「做排場」的省文，它們都是指戲曲的搬演，有歌有彈有舞。其次〈嘆秀英〉和〈詠鼓〉的所謂「排場上坐」和「排場上」則都是指「坐排場」，她們坐在樂床上可以「棚上下把郎君溜」（〈嗓淡行院〉），也可以「將街上行人偷睛望」，可見她們是坐在舞臺之上的某個位置，這個位置是可以向棚上棚下、甚至於街上張望的。她們看觀眾，觀眾當然也看她們，所以高安道嘲笑她們說：「坐排場眾女流，樂床上似獸頭。」[267]則這些女演員坐在樂床上，事實上就是為了「亮相」並等待散場演

[265] 〔元〕睢玄明：〈詠鼓〉，收入隋樹森編：《全元散曲》，頁五四八。

[266] 「做排場」亦省作「做場」或「作場」，尚有以下諸例：《漢鍾離度脫藍采和》雜劇第一折：「這裡是婦人做排場的。」「這是婦人做排場在這裡坐。」「你這等每日做場，則為你那火院，幾時是了。」「今日攬了俺不會做場。」第四折「他每小時的每便做場，我們與他擂鼓。」《永樂大典戲文三種．宦門子弟錯立身》：「前日有東平散樂王金榜來這裡做場。」「老漢在河南府做場。」「如今年紀老大，只靠一女王金榜作場為活。本來是東平人氏，如今將孩兒到河南府作場多日。」《青樓集》：「小春宴，姓張氏。自武昌來浙西。天性聰慧，記性最高，勾闌作場。」除戲曲之外，一般技藝的表演亦稱「作場」，如陸游〈捨舟步歸〉四絕之一云：「斜陽古柳趙家莊，負鼓盲翁正作場；死後是非誰管得，滿村聽說蔡中郎。」

[267] 〔元〕高安道：〈嗓淡行院〉，收入隋樹森編：《全元散曲》，頁一一一〇。

出；不過她們在「坐排場」時，也可以作劇外的「念詩執板，打和開呵」。

由以上可見，所謂「樂床」並非樂隊奏樂的地方，而是女演員用以「亮相」並等待散場的座位。那麼演奏鼓笛板的樂師們，他們的位置又在哪裡呢？從「大行散樂忠都秀在此作場」的元劇演出壁畫，他們共有三人，站立在場上劇中人物的背後、舞臺的幕前，執板在左、司鼓在右、吹笛在中。如果壁畫所描繪的是戲曲正在演出的一個場次，那麼這就是樂隊的位置；但從畫面人物上妝及排列整齊的樣子看來，又似乎是演出之前的「參場」或演出之後的「謝幕」；很難據以說明樂隊的正確位置。而《永樂大典戲文三種．張協狀元》在開場時有云：

> 後行腳色，力齊鼓兒，饒個攛掇；末泥色，饒個踏場。[268]

所云「後行腳色」即接云「力齊鼓兒，饒個攛掇」，則顯然指樂隊，「攛掇」亦作「攛斷」，[269]即演奏之義；「饒個攛掇」即額外演奏一段音樂。樂隊而謂之「後行腳色」，其「後行」當指所處之位置。這「後行」的意義，有兩種可能性，其一是猶如今日平劇舞臺面上之分前場、後場（亦稱外場、內場）之「後場」；其二是猶如現在偶戲因伴奏樂隊在幕後而稱作後場之「後場」。證以《清明上河圖》之演劇場面，則伴奏在舞臺面之正後方，「守舊」（即今之舞臺間隔前後場之大幕）之前，與元劇壁畫相合；但若從元劇本考察，則又不然。請先列舉相關資料如下：

---

268 錢南揚校注：《永樂大典戲文三種校注》，頁四。

269 朱有燉《神仙會》雜劇第四折【十棒鼓】：「祝壽聲高，鼕鼕地鼓兒攛掇好。」

《楚昭公》第三折【迎仙客】：（內發喊科）（正末唱）腦背後鬧炒炒的起軍卒。

《來生債》第四折【沈醉東風】：（內動樂聲科）（正末云）是好樂聲也。（唱）我則聽的聒耳笙歌奏管絃，那一派仙音得這韻遠。

《梧桐雨》楔子：（內作鸚鵡叫云）。

《薦福碑》第三折：（內做雷響科）（云）兀的雷響，天下雨也。我開了這門試看咱。好大雨也呵！

《趙禮讓肥》次折正末唱【脫布衫】：見騰騰的鳥起林梢。（內僂儸打鼓科）（唱）聽鼕鼕的鼓振山腰。（敲鑼科）（唱）瑲瑲的一聲鑼響。（打哨科）（唱）颼颼的幾聲胡哨。（眾僂儸出圍住科）

《竇娥冤》第三折：（內做風科）。

《馮玉蘭》首折：（內作雞叫科）。

《張協狀元》第二十三折：（淨在戲房作犬吠）。[270]

以上所顯示的「音響」都發自於「內」，其中包括音樂的演奏。《張協狀元》已明白指出自「戲房」發聲，而《趙禮讓肥》中的眾僂儸，先前在「內」打鼓、敲鑼，其後則「出」而圍住正末所扮飾之趙禮，則打鼓、敲鼓的「內」，自然指「戲房」而言。如此說來，元雜劇的伴奏樂隊，自劇本觀之，應當是處在「戲房」之「內」了。

[270] 〔元〕鄭廷玉：《楚昭公疏者下船》，〔元〕劉君錫：《龐居士誤放來生債》，〔元〕白樸：《唐明皇秋夜梧桐雨》，〔元〕馬致遠：《半夜雷轟薦福碑》，〔元〕秦簡夫：《宜秋山趙禮讓肥》，〔元〕關漢卿：《感天動地竇娥冤》，〔元〕無名氏：《馮玉蘭夜月泣江舟》，收入〔明〕臧晉叔編：《元曲選》，頁二八四、三一二、三五一、五九〇、九九一、一五一一、一七四〇。錢南揚校注：《永樂大典戲文三種校注》，頁一二〇。

也許因為我們今日所看到的《清明上河圖》都是摹本，不是明代的仇英就是清院本，已非宋張擇端之舊，所以不能據以說明宋元演劇現象，而元劇壁畫又因為是「參場」和「謝幕」性質，所以也不是實際演出的情形。但無論如何，元劇搬演時，其樂隊所處之位置與今日之所謂「場面」是不相同的。

至於樂隊的成員，應當有三人到六人。鼓、笛、板是基本樂器，則起碼三人。《藍采和》雜劇還說到「鑼」，《武林舊事》記載兩位笛師，《三國志平話》多畫了一面腰鼓，則隨時可以增加一人而為四人，如果全部用上也不超過六人。這樣的樂隊應當足以應付元雜劇的場面了。

(三)雜劇與院本合演到院本融入雜劇中

在前文〈元人雜劇的搬演〉中曾論述元雜劇的搬演，並非單純作場，含有清唱、舞蹈、雜伎、院本與打散等五種外加因素，而且四折也非一氣演完，每折間實參合「爨弄隊舞吹打」。其中與院本合演一事，有進一步說明的必要。金元間杜仁傑般涉調【耍孩兒】套〈莊家不識構闌〉云：

【六煞】見一個人手撐椽做的門。高聲的叫「請！請！」道：「遲來的滿了無處停坐。」說道：「前截兒院本《調風月》，背後么末敷演《劉耍和》。」高聲叫：「趕散易得，難得的粧哈。」

【三煞】念了會詩共詞，說了會賦與歌，無差錯。唇天口地無高下，巧語花言記許多。臨絕末，道了低頭撮腳，爨罷將么撥。[271]

---

271 〔元〕杜善夫：〈莊家不識構闌〉，收入隋樹森編：《全元散曲》，頁三一。

【六煞】一曲描述勾欄中人招攬觀眾的情形，其中「說道：『前截兒院本《調風月》，背後么末敷演《劉耍和》』」，可見勾欄中將要演出的是：前半段為「院本」，其劇目為「調風月」；後半段為「么末」，其劇目為「劉耍和」。院本為金元院本無疑，關漢卿有《詐妮子調風月》雜劇，或即由院本改編。而所謂「么末」，《錄鬼簿》賈仲明於高文秀之弔詞有云：

> 除漢卿一個，將前賢疏駁，比諸公么末極多。

又於石君寶弔詞云：

> 共吳昌齡么末相濟。[272]

按高文秀雜劇作品，據《錄鬼簿》著錄三十本，僅次於關漢卿，居元人第二位，故賈氏云「除漢卿一個」，「比諸公么末極多」；吳昌齡、石君寶雜劇各著錄十本，所以說「么末相濟」。則「么末」為元雜劇之俗稱無疑。高文秀有《黑旋風敷演劉耍和》雜劇，或即所演出者。可見杜仁傑之時，院本與雜劇同臺前後演出。

【三煞】一曲當為描述開場誇說大意的「開呵」，其中「爨罷將么撥」，也是說院本演完將有接演雜劇。「將么撥」之「么」即上文之「么末」，為雜劇之俗稱無疑，而「爨罷」之「爨」，則為院本之一種，因用為院本之俗稱。元陶宗儀《輟耕錄》卷二十五「院本名目」條云：

---

272 〔明〕賈仲明增補本：《錄鬼簿》，王鋼校訂：《校訂錄鬼簿三種》（鄭州：中州古籍出版社，一九九一），頁一三五、一四七。

> 院本則五人：一曰副淨，古謂之參軍；一曰副末，古謂之蒼鶻，鶻能擊禽鳥，末可打副淨，故云；一曰引戲；一曰末泥；一曰孤裝。又謂之「五花爨弄」。或曰：宋徽宗見爨國人來朝，衣裝鞋履巾裹，傅粉墨，舉動如此，使優人效之以為戲。[273]

所云「五花」，當即副淨、副末、引戲、末泥、孤裝五腳色。所云「爨弄」，唐人稱演戲為「弄」，如「弄參軍」、「弄假婦人」；而「弄」所以加「爨」而為「爨弄」，大概如陶氏所云，因為院本的演出是模仿爨國人之妝扮和舉動的緣故。院本名目中有「諸雜院爨」一百零七種，胡忌《宋金雜劇考》說那是宋金雜劇院本某幾部分的混合名稱。因之，「爨」作為「院本」之俗稱亦自然無疑。那麼「爨罷將么撥」也就是「院本演完之後接演雜劇」了；它正好與前文「前截兒院本《調風月》，背後么末敷演《劉耍和》」相為呼應。

另外尚有兩段資料可以旁證這種院本雜劇合演的情形。張炎【蝶戀花】〈題末色褚伴良寫真〉云：

> 濟楚衣裳眉目秀，活脫梨園、子弟家聲舊。諢砌隨機開笑口，筵前戲諫從來有。　戛玉敲金裁錦繡，引得傳情，惱得嬌娥瘦。離合悲歡成正偶，明珠一顆盤中走。[274]

這首詞的前半闋正說明宋金雜劇院本「副末」與「副淨」打諢諷諫的任務，而後半闋則說明與旦腳合演的情形，頗有元雜劇「軟末尼」的韻味。張炎生於宋理宗淳祐八年（一二四八），約卒於元仁宗延祐末年（約一三二〇），他所描寫的「褚伴良」，正是兼抱了院本和雜劇的末色。又《太和正音譜》云：

---

273 〔元〕陶宗儀：《南村輟耕錄》，卷二十五「院本名目」條（北京：中華書局，一九九七），頁三〇六。

274 〔宋〕張炎：《山中白雲詞》，《景印文淵閣四庫全書》第一四八八冊（臺北：臺灣商務印書館，一九八三），頁五一〇。

丹丘先生曰：雜劇院本，皆有「正末」、「付末」、「狚」、「孤」、「靚」、「鴇」、「猱」、「捷譏」、「引戲」九色之名。[275]

無論朱權丹丘先生所說的「九色之名」是否正確，而他將雜劇院本的腳色合論，正如同張炎將院本雜劇末色的技藝同說一樣，都是因為院本和雜劇有同臺前後演出的形式。後來崑劇和亂彈也有同臺演出現象，凡此都和劇種遞嬗演變有密切的關係。

就因為院本和雜劇曾經同臺前後演出，所以後來有些南北戲劇也有夾雜院本演出的情形。譬如王實甫《西廂記》第三本第四折中，當張生因相思成病時，「有潔引太醫上「雙鬭醫」科範了」之語；[276]而《輟耕錄》「院本名目」在諸雜大小院本分目中正有「雙鬭醫」一本；[277]南戲《宦門子弟錯立身》也有「叫大行院來，做些院本解悶」和「末稟院本」之語；[278]明朱有燉《呂洞賓花月神仙會》雜劇第二折更有「淨同捷譏、付末、末泥上，相見科，做院本長壽仙獻香添壽，院本上」[279]而具備院本全文的情形。而劉兌《嬌紅記》上下卷二本八折中，竟插入院本七處之多：

1. 院本（無名）：見上本第一折。申純初訪王通判家，以院本為家宴中餘興上演。
2. 院本《說仙法》：見上本第二折。申純遊承天寺一場中上演。

---

[275] 〔明〕朱權：《太和正音譜》，《中國古典戲曲論著集成》第三冊，頁五三。

[276] 〔元〕王實甫：《崔鶯鶯待月西廂記》，收入隋樹森編：《元曲選外編》，頁二九五。

[277] 〔元〕陶宗儀：《南村輟耕錄》，卷二十五「院本名目」條，頁三〇八。

[278] 錢南揚校注：《永樂大典戲文三種校注》，頁二五四。

[279] 〔明〕朱有燉：《呂洞賓花月神仙會》，見於《脈望館鈔校本古今雜劇》第三七冊，收入《古本戲曲叢刊四集》，頁七。

3. 院本（無名）：見上本第三折。在申純遊街之一場中上演。
4. 院本《店小二哥》：見上本第四折。在申純與王通判一同旅行之一場中上演。
5. 院本（無名）：見下本第一折。在申純登第後，王通判祝賀一場中上演。
6. 院本《黃丸兒》：見下本第三折。在申純臥病召醫者診療之一場中上演。
7. 院本《師婆旦》：見下本第四折。在申純臥病招巫降神之一場中上演。[280]

其中《黃丸兒》和《師婆旦》俱見《輟耕錄》「院本名目」。[281]據此可見院本在雜劇中實有滑稽歌舞以調劑場面之效，而院本也終於為北曲雜劇所取容了。

㈣主唱者的性別

元雜劇由正末主唱的叫「末本」，由正旦主唱的叫「旦本」。然而元雜劇究竟是由一種腳色主唱全劇呢？還是由一位演員充任主唱腳色而主唱全劇呢？我們知道演員、腳色、劇中人物三者之間的關係是：由演員充任腳色扮飾劇中人物。腳色有象徵演員技藝、地位及劇中人物類型的作用。一種腳色可由數位演員充任，一位演員只要多才多藝也可以充任數種腳色；因此，由一種腳色主唱全劇和由一位演員充任主唱腳色以主唱全劇，在實質上並不相同。關於這個問題，在前文〈元人雜劇的搬演〉中，已經詳予討論，結論是由一位演員充任正末或正旦主唱全劇。因為誠如上文所云元雜劇並非四折一氣演完，所以由一人主唱全劇並非氣力難支，而是頗有餘

[280]〔明〕劉兌：《新編金童玉女嬌紅記》，收入《古本戲曲叢刊初集》第十七冊（上海：上海商務印書館，一九五四年據北京圖書館藏日本景印宣德（一四三五）中刊本），頁九、一五、二四、二七、五一、六九、七七。

[281]〔元〕陶宗儀：《南村輟耕錄》，卷二十五「院本名目」條，頁三〇八。

裕。

至於主唱演員性別的問題，詳見前文〈男扮女妝與女扮男妝〉一文，結論是：戲曲的搬演，男女互為反串，已經相當的古遠；而男扮女妝似較女扮男妝為尤早。男扮女妝發端於漢代，成於曹魏，盛於明清；女扮男妝始見唐代，盛於元明。有明一代介於胡元與滿清之間，故前半承胡元之習，後半開滿清之風氣。就因為男女互為反串，歷朝歷代極為平常，所以在前文〈元人雜劇的搬演〉中未予討論。但近人葉玉華〈說北曲雜劇係由女性演唱〉一文，竟認為元代的北雜劇「當初是用女子扮演唱曲的」，其主要的證據是明萬曆間沈璟《博笑記》「假婦人」一劇中的一支曲子北仙呂【寄生草】，此曲由小旦唱，劇中淨、小丑向小旦說：

你方才數的都是南戲，怎倒把北曲唱他？

丑接著說：

你每說差了，他雖是男，如今要他去扮女，正該北曲。[282]

可見充任小旦腳色的是一位男性演員，因他扮飾劇中的女性人物就「正該北曲」，所以葉氏據此推論元代的北曲應當由女性演唱。其實葉氏運用資料也犯了「古今一例」的毛病；因為明代中葉之後即使果真由女性唱北曲，也未必能肯定元代非如此不可。前文〈男扮女妝與女扮男妝〉已略加辨正，今補充說明如下：

《藍采和》雜劇開場正末賓白云：

[282]〔明〕沈璟：《博笑記》，《古本戲曲叢刊初集》，卷下，頁四—五。

小可人姓許名堅，樂名藍采和，渾家是喜千金，所生一子是小采和，媳兒藍山景，姑舅兄弟是王把色，兩姨兄弟是李薄頭。俺在這梁園棚勾欄裏作場。[283]

此劇將藍采和寫成一個作場的優伶，他是這個家庭劇團的首領人，自居末泥色，獨唱全劇。又《青樓集》小玉梅「嫁末泥安太平」，簾前秀「末泥任國恩之妻也」。[284]又《宦門子弟錯立身》演完顏壽馬（生）迷戀女戲子王金榜（旦），要入贅王家，其中一段是：

（末白）不爭你要來我家，我孩兒要招個做雜劇的。（生唱）
【金蕉葉】子這撇末區老賺，我學那劉耍和行蹤步跡。敢一個小哨兒喉咽韵美，我說散嗽咳呵如瓶貯水。
（末白）你會甚雜劇？（生唱）
【鬼三臺】我做《硃砂擔浮漚記》，《關大王單刀會》，做《管寧割席》破體兒，《相府院》扮張飛，《三奪槊》扮尉遲敬德，做《陳驢兒風雪包待制》，吃推勘《柳成錯背妻》，要扮宰相做《伊尹扶湯》，學子弟做《螺螄末泥》。[285]

【金蕉葉】一曲說的是搬演雜劇的歌唱、賓白和身段。【鬼三臺】一曲舉出金元雜劇九種，其中有名氏五種：《關大王單刀會》，關漢卿撰，有《元刊雜劇三十種》本；《管寧割席》，關漢卿撰，賈仲明本《錄鬼簿》卷上

283 〔元〕無名氏：《漢鍾離度脫藍采和》，收入隋樹森編：《元曲選外編》，頁九七一。
284 〔元〕夏庭芝：《青樓集》，《中國古典戲曲論著集成》第二冊，頁三〇、三九。
285 錢南揚校注：《永樂大典戲文三種校注》，頁二四三－二四四。

著錄；《相府院》，花李郎撰，曹寅本《錄鬼簿》卷上著錄，作「莽張飛大鬧相府院」；《三奪槊》，尚仲賢撰，有《元刊雜劇三十種》本，「奪槊」原誤作「脫槊」；《伊尹扶湯》，元末楊維楨《鐵崖先生古樂府》卷之十四〈宮詞〉：「開國遺音樂府傳，《白翎》飛上十三絃；大金優諫關卿在，《伊尹扶湯》進劇編。」[286]則為金元雜劇，此「關卿」非「關漢卿」。無名氏四種：《硃砂擔滴水浮漚記》，有《古今雜劇》本，「硃」原誤作「米」，「擔」原誤作「糖」；《陳驢兒風雪包待制》、《柳成錯背妻》（原奪「妻」字）、《螺螄末泥》（原誤作「羅帥」），俱見《太和正音譜》著錄。可見完顏壽馬所能演唱的都是金元雜劇。

以上所舉許堅、安太平、任國恩、完顏壽馬等四人皆為男性無疑，他們都充任末尼色主唱金元北劇；若此，焉能說北曲雜劇由女性主唱？《太和正音譜》「雜劇院本腳色」云：

> 正末，當場男子謂之「末」。末，指事也；俗謂之「末尼」。[287]

則明初北劇之正末尚明言為「當場男子」，亦可證一例由女性演唱之非是。雖然，元雜劇的演唱主要由歌妓擔任，則是不爭的事實，因此女扮男妝尤多，已詳拙作〈男扮女妝與女扮男妝〉，茲不更贅。

餘言

以上所提出的四個問題，雖然是針對前文〈元人雜劇的搬演〉所作的補充、修正和發現，但事實上也是學者或持續爭論或疑惑未解的問題，爰就個人所見，予以論述，尚祈方家有以教之，則至所企盼。

---

[286] 〔元〕楊維楨：《鐵崖先生古樂府》，收入《萬有文庫》第二集四六九冊，卷之十四〈宮詞〉，頁一二七。

[287] 〔明〕朱權：《太和正音譜》，《中國古典戲曲論著集成》第三冊，頁五三。

五、戲曲表演藝術之內涵與演進

緒論

著者認為，若論發展完成之戲曲藝術本質，也就是大戲之藝術質性，則其第一要件是在演員充任腳色妝扮人物以代言搬演故事。由於其美學基礎是歌舞樂，又在狹隘劇場上演出，所以只能寫意不能寫實，由此而產生「虛擬、象徵、程式」的表演藝術基本原理，虛擬以抽象見於身段動作，象徵以具象見於服飾道具，程式則對虛擬、象徵形成規範並予以制約，並從而衍生為歌舞性、節奏性與誇張性、疏離性且投入性之藝術諸質性。更由於戲曲受到其他構成因素的影響，而呈現了另一些現象，如因受講唱文學藝術之影響，而有關目呈現之敘述性與關目布置之延展性；又如受政令與儒家思想之影響，而有教化娛樂性。

然而戲曲有小戲大戲之別，小戲既為戲曲之雛型，大戲既為戲曲之成立；則其間自有精粗繁簡與幼稚成熟之異，也就是說其構成戲曲藝術之內涵要件必有所增長，其展現之藝術性度必有所提升，其間應當是逐漸演進的。而這逐漸演進的戲曲藝術內涵要件及其藝術性度，雖然存在於戲曲劇種的內外在結構之中，[288]外在結構定於劇種發展完成的體製規律，以此作為戲曲的載體；內在結構則在外在結構的制約下，經由劇作家之巧思妙運，呈現其個人的藝術修為。然而真正將戲曲藝術在舞臺上展現出來的，則是充任腳色行當扮飾劇中人物的演員。

[288] 拙作：〈論說戲曲之內在結構〉，《藝術論衡》復刊第六期（二〇一四年十二月），頁一－四七。

因此，若欲探討「戲曲之表演藝術」，必須同時考量戲曲之藝術本質與演員之藝術修為。其各自之發展完成，即是其藝術內涵與「演進歷程」。

(一)戲曲藝術本質之內涵與演進

在前文〈戲曲藝術之本質〉所論述的戲曲諸本質藝術中，對於每一質性的藝術演進歷程，或有已大體論及者，但尚有待補充者仍多，現在列舉其本質藝術內涵之重要質性，並對其「演進歷程」簡要說明如下：

1. 故事

戲曲搬演之故事見於「劇目」，即所謂「本事」。就地方小戲劇目觀之，其內容主要是鄉土人物日常生活中的世態情誼和倫理道德，透過家族、鄰里和親友間各種親疏遠近的關係，淋漓盡致的表現出來。其描寫家庭生活瑣事，或出以夫妻間的小小勃谿，或出以婆媳或親家間的糾葛；其形容各行各業之遭遇甘苦者，或如農民災旱之逃荒，或如趕腳、長工、賣藝、塾師之勞碌奔波；其流露男女愛情之溫馨與堅執者，則或抒發青春爛漫的情懷，或傾訴互相愛慕的率真，或流露相憐相惜的至意，更有熱烈衝破禮教一往無悔的至情；而最發人深省與快感者，則莫過於以現實生活瑣事為基礎，展現人性中貪婪、慳吝、奸詐、虛偽的種種行為，言語舉止雖謔而不虐，而意識自在其中。凡此也正是小戲質樸無華的思想基礎。[289]大戲就歷代劇種觀之，其題材不外取諸載籍傳說，亦即歷史故事與民間傳說，更往往改編前人創作，偶然也取諸耳聞目睹，作者機杼獨運的很少。若就金

---

[289] 張紫晨：《中國民間小戲》（杭州：浙江教育出版社，一九九六年），歸納十三個類型。頁九五—一〇〇。又，曾永義、施德玉著：《地方戲曲概論》，第肆章〈地方小戲之劇目題材與文學特色〉（臺北：三民書局，二〇一一年），頁二七一—三四二。

元北曲雜劇而言，則多公案劇、水滸劇與鬼魂報冤劇，以見當時政治社會之黑暗與昏亂，傳達庶民痛苦呻吟與憤懣不平；又多士子與妓女戀愛劇，以「正言若反」之筆，反映當時樂戶歌妓之生活與落魄士子遭遇之不堪。若就宋元南戲與明清傳奇觀之，除南戲多士子負心戲，以反映當時因科舉得意贅入豪門之現象外，大抵十戲九相思，多描述青年男女花前月下之堅定愛情與夫妻家庭之悲歡離合，亦兼及歷史人物之忠奸善惡，以傳達倫理道德教化之旨趣。若就明清南雜劇來看，由於士大夫化很深，則以文人故事為多，用以宣洩不遇之牢騷，甚至於藉題諷刺，流於詬詈。而其寫梁山莫不心歸朝廷，其寫歌妓無非節烈堅貞；但也不乏士大夫賞心樂事之風雅。至於近代地方大戲，從其四大腔系所演劇目看來，由於梆子腔與皮黃腔有血緣關係，所演劇目雖所屬劇種多少有所變化，但性質皆相近，可以秦腔和漢劇觀其梗概，亦即大抵為歷代故事之袍帶戲與民間傳說之家庭、戀愛故事戲。而崑山腔與弋陽腔同屬南曲戲文之腔調劇種，則其劇目弋陽腔及其變異之青陽腔、高腔自以元明南戲為主要，此可以河北高腔和江西青陽腔為代表；而崑腔劇目，則合元明南戲與明清傳奇劇目，此可以江蘇崑劇為代表。[290]

可見戲曲之故事，小戲簡單，大戲繁複；雖各有共性，但大戲尚有因時代因劇種之別。而由此所產生的文學，一般說來，小戲唱詞只以歌謠小調為載體，造語俚俗白描，每每滑稽詼諧而機趣橫生，有濃厚的鄉土性格，流露庶民百姓的心聲；但也因流播，時空改變，而有諸多的變異性。大戲的唱詞載體，有詩讚系、詞曲系，兩者的音樂相對應為板腔體與曲牌體，可以合稱為詩讚系板腔體、詞曲系曲牌體。大抵說來，詞曲系曲牌體人工制約性大，曲文出諸士大夫之手者多，所以，較諸詩讚系板腔體的梆子腔、皮黃腔劇種要來得優雅。但像青陽

---

[290] 拙著：《地方戲曲概論》，第伍章〈地方大戲之劇目題材與文學特色〉，頁三四三－四四八。

腔、高腔等弋陽腔流派的劇種，由於流行於庶民百姓中，相對於崑腔流派劇種之演於堂會與紅氍毹之上，就顯得樸質得多。

2. 歌舞樂

從先秦兩漢「戲劇」與「戲曲小戲」劇目之考述，[291]窺見歌舞樂融合的藝術，當可視為戲曲之源頭。

《呂氏春秋》卷五〈仲夏記・古樂〉所記「葛天氏之樂」，[292]為初民狩獵之歌舞，亦即後世所謂之「踏謠」。又《周禮・春官宗伯下・大司樂》有「以樂舞教國子舞〈雲門〉、〈大卷〉、〈大咸〉、〈大磬〉、〈大夏〉、〈大濩〉、〈大武〉。」[293]可見其「樂舞」合用。又云：「乃奏黃鍾歌大呂舞〈雲門〉以祀天神；乃奏大簇歌應鍾舞〈咸池〉以祭地示；乃奏姑洗歌南呂舞〈大磬〉以祀四望；乃奏蕤賓歌函鍾舞〈大夏〉以祭山川；乃奏夷則歌小呂舞〈大濩〉以享先妣；乃奏無射歌夾鍾舞〈大武〉以享先祖。凡六樂者，文之以五聲，播之以八音。」[294]由「其奏」可見其八音之器樂，由「其歌」可見其五聲之歌唱，由「其舞」可見其舞蹈之容止。所以《周禮》用以祭享天神、地示、四望、山川、先妣、先祖的所謂「六樂」是合歌舞樂而用之的。又《周禮・春官宗伯下・小師》「掌教鼓鼗柷敔塤簫管弦歌。」[295]〈瞽矇〉「掌播鼗柷敔塤簫管弦歌」，[296]皆可見其歌樂之結合。

---

[291] 拙作：〈先秦至唐代「戲劇」與「戲曲小戲」劇目考述〉，《臺大文史哲學報》第五九期（二〇〇三年十一月），頁二一五—二六六。

[292] 〔秦〕呂不韋輯，〔漢〕高誘注：《呂氏春秋》（上海：上海古籍出版社，一九八九年），頁四三。

[293] 〔漢〕鄭玄注：《周禮》，收入《聚珍仿宋四部備要》經部第九、一〇冊（臺北：中華書局，一九六五年據永懷堂本校印），頁五。

[294] 同前註，頁六。

又《禮記・郊特牲》所云之「蜡」，乃天子為了酬謝與農事有關的八位神靈而舉行的祭祀。八位神靈是：先嗇（如神農氏）、司嗇（如后稷）、農（田畯）、郵表畷（田畯於井間所舍之處）、貓、虎、坊（所以畜水所以障水）、水庸（所以泄水亦所以受水）。[297]祭祀這八位神靈誠如蘇軾《東坡志林》卷二所言是在行「戲禮」。[298]但據《周禮・春官宗伯》，掌祭祀者應為巫覡而非如東坡所云之倡優。這種蜡既是行「戲禮」，從中亦可看出有妝扮、有口白（「土返其宅」等祝詞），[299]有儀式動作。

根據《論語・鄉黨》「鄉人儺」、[300]《呂氏春秋・季冬記》「大儺」，[301]以及《周禮・夏官司馬》「方相氏」[302]所記載，近年成為顯學的「儺」，果然有成為「儺儀戲劇」的跡象。「儺」是古代的一種風俗，迎神以驅逐疫鬼。儺禮一年數次，大儺在臘日前舉行。有儺舞，舞者頭戴面具，手執戈盾斧劍等兵器，作驅逐撲打鬼怪之狀；有儺聲，為驅逐疫鬼時的呼號之聲。

方相氏顯然有扮飾，其驅疫的過程已具簡單的情節，已具「演故事」的條件，可以算是「戲劇」。[303]

---

[295] 同前註，頁八。

[296] 同前註，頁九。

[297] 〔漢〕鄭玄注：《禮記》，收入《聚珍仿宋四部備要》經部第九、一〇冊（臺北：中華書局，一九六五年據相臺岳氏家塾本校印），頁七。

[298] 〔宋〕蘇軾：《東坡志林》，收入《唐宋史料筆記叢刊》，卷二（北京：中華書局，一九八一年），頁二六。

[299] 《禮記・郊特牲》，同前註，頁七。

[300] 〔宋〕朱熹：《四書章句集注》（臺北：長安出版社，一九九一年），頁一二一。

[301] 〔秦〕呂不韋輯，〔漢〕高誘注：《呂氏春秋》，頁八五。

[302] 〔漢〕鄭玄注：《禮記》，頁七。

在商周之際，已有手執雉翟而舞的「文舞」和手執干戈而舞的「武舞」。如歌頌周朝統治者如何有秩序，如何使天下安和樂利的〈韶舞〉便是文舞；而《史記・樂書》中所記載的〈大武〉之樂，[304]便是武舞。

〈大武〉之樂，據說是周公攝政六年之時，在宗廟演奏，以象武王伐紂之事。從記載裡，可見它不再是初民祭祀時所操的自然韻律之舞。賓牟賈和孔子對於這支〈大武〉之樂所作的解釋，都極富象徵的意義。譬如樂舞中何以有「永歎、淫液」的歌聲，賓牟賈的解釋是：武王的軍士們希望趕緊起兵伐紂，恐怕稍遲就失去良機，所以發出這樣的聲音。對於舞者「總干而立」、「發揚蹈厲」的動作，孔子的解釋是：舞者持著干盾，如山而立，穩然不動，那是象徵武王伐紂，軍容威嚴，以待諸侯之至；舞者舉起衣袂，頓足蹈地，面有怒容，那是象徵姜太公助武王伐紂，奮發威勇，希望速成翦商之志。其中「成」是樂章的意思，六成，則有六個樂章；「夾振」是兩人拿著鈴鐸為舞隊按節奏的意思。表演〈大武〉的隊舞，顯然是合「歌舞樂」一起表演的，也就是三者之間是密切結合而相應的。舞蹈的內容雖然尚不能明白的來敘述故事，以致孔子和賓牟賈所感受的意見頗為相左，但其以動作象徵故事，則是很顯然的。因此，我們可以說，周初中國的歌舞樂已經合而為一，且具有象徵的意義。而這「象徵的意義」實為表達「武王伐紂」的故事，所以已具「戲劇」的意義。[305]

---

303 陳多：《劇史新說・古儺略考》（臺北：學海出版社，一九九四年），有云：「方相即是蚩尤，諸多惡鬼和神荼、鬱壘等又是蚩尤政治、戰鬥生涯中的敵或友。所以我更相信儺祭中驅疫逐鬼的內容是以黃、蚩之爭為原型作出的變形反映。」可備一說。頁四七。

304 〔漢〕司馬遷撰，〔日〕瀧川龜太郎考證：《史記會注考證》，卷二十四〈樂書第二〉（臺北：大安出版社，一九九八年），頁二一一—二一二。

305 陳多：《劇史新說・先秦古劇考略》，以〈大武〉為古歌舞劇，並分北征、滅商、慶成、綏萬邦、告廟、狩四方共六場

如果〈大武〉之樂因為有《史記‧樂書》的記載而可以斷為已屬「戲劇」，那麼《周禮》的其他六樂〈雲門〉、〈大卷〉、〈大成〉、〈大磬〉、〈大夏〉、〈大濩〉也可能連類相及同屬一系列的「戲劇」也說不定。而〈大武〉的年代在周初（西元前一一一一年），較諸希臘戲劇[306]還早五百年，只是其「成熟度」或尚未能與希臘戲劇相提並論而已。

其次《史記‧滑稽列傳》所記載的「優孟衣冠」，說楚樂人優孟扮成故楚令尹孫叔敖的樣子，藉歌舞來諷諫楚莊王，莊王乃召孫叔敖子，封之寢丘四百戶。古優的職務是以歌舞娛樂人主，而往往於滑稽詼諧中寓諷諫之義。「優孟衣冠」可以說是啟俳優妝扮之端，只是他載歌載舞之際，還是就本人口吻來述說的，並非代作孫叔敖之言，也就是敘述的方法尚非是「代言體」。而且優孟只在模擬孫叔敖的言談舉止，並非演故事，他與楚莊王的對答也沒有演故事的情味，所以「優孟衣冠」最多只能說是「化裝歌舞」，不能說是「戲劇」。[307]

若謂先秦文獻，可以合戲曲雛型小戲之命義「演員合歌舞以代言體演故事者」，則為《九歌》。著者考察《九歌》，則〈東皇太一〉、〈雲中君〉、〈少司命〉、〈河伯〉等四篇皆以巫代言歌舞；〈湘君〉、〈湘夫人〉、〈大司命〉、〈東君〉、〈山鬼〉、〈國殤〉等六篇皆以巫覡代言對口歌舞。《九歌》所祭之神鬼，如所祭者為男性，則由覡扮尸而以巫祭之；如為女性，則由巫扮尸而以覡祭之。《九歌》諸神鬼，只有〈湘夫人〉和〈山鬼〉屬女性。[308]

詮釋，可備參考。頁六二一。

[306] 學者認為希臘悲劇成於西元前五三四年，喜劇成於西元前五〇一年。

[307] 陳多：《劇史新說‧先秦古劇考略》舉「優孟衣冠」，認為優孟和莊王都在演戲。頁八八－九三。

[308] 將《九歌》當作戲劇，早有人說過。王國維《宋元戲曲考‧上古至五代之劇》，認為與《九歌》相關的巫覡，「或偃蹇以象神，或婆娑以樂神，蓋後世戲劇之萌芽，已有存焉者矣！」（臺北：里仁書局，一九九三，頁七）。聞一多《神話與

由《九歌・山鬼》既已知其歌舞樂的結合，又由「子慕予」、「余處幽篁」、「孰華予」、「君思我」等語，可見此篇為極明顯之代言體，則「巫」必扮「山鬼」，「覡」必扮「公子」對歌對舞。如果現代的《王小趕腳》（山東五音戲）、《王二姐思夫》（東北二人轉）、《小放牛》（河北梆子）、《桃花過渡》（臺灣車鼓戲）等是被學者公認的「小戲」，那麼〈山鬼〉應當也當之無愧。因為它們的故事性儘管薄弱，但畢竟在「演故事」，而這也是小戲的「特質」之一。就《山鬼》而言，人間的公子和深山中的女鬼彼此相傾相慕，可望而不可即，思情繾綣，相約會而不能會合，終於懷憂而別的情景，豈不也具有情人相慕欲約會而不得會合，終於惆悵各自歸的「情節」，而其對歌對舞，豈不也充分顯現「二小戲」的模式？也就是說，《山鬼》實質上已是具備「演員合歌舞樂以代言演故事」的「戲曲」條件，由於其情節簡單，歌舞樂的藝術尚屬鄉土巫術，所以止能稱為「小戲」；而這樣的「小戲」是以「巫覡妝扮歌舞」為主要元素運用代言演故事，在原始宗教的祭祀場合孕育而形成，又以其合諸小戲十篇演於沅湘之野，故可稱之為「小戲群」。[309]而若謂《九歌》之歌詞文雅，不符歌舞小戲質樸無華的特

詩・九歌古歌舞劇懸解》分析詮釋《九歌》的結構，把它當作和今日歌舞劇相類似的作品（北京：古籍出版社，一九五六，頁三〇五—三三四）。郭沫若《屈原賦今譯・九歌解題》雖然不太同意聞氏之說，但也承認其中的〈湘君〉、〈湘夫人〉是「戲劇式的寫法」，其謂：「〈東皇太一〉、〈禮魂〉這兩首，聞一多認為是序曲和終曲，其他九首，是原始歌劇，都是表演來祭東皇太一的。說法很新穎，但他對於歌辭唱法的推想，卻很難同意。」（北京：人民文學出版社，一九五三，頁三七—三八）。陳多、謝明〈先秦古劇考略〉更說：「我們覺得如果把《九歌》當成詩而不是當成劇本來讀，恐怕是困難的。《九歌》作為劇本，聞書已作精透形象的舉例，大家可以參考。」（《劇史新說》，頁一〇〇）。林河〈九歌與沅湘的儺〉，認為「《九歌》是古儺發展到高級階段的產物，而《九歌》則是儺戲見於史籍的最早記載。」（《中華戲曲》第一二期，一九九二年三月），其說可取。

309 《九歌》其他篇章是否也可以如同〈山鬼〉視之為小戲，請俟之他日，作詳密之考述。

質，則應是經過如屈原之文人潤飾或重新創作的結果。這樣的結果也使《九歌》在文學藝術上大大的提升，只是其故事情節尚屬簡單，未能臻於「大戲」耳。

若以《九歌》為戲曲小戲之成立，則迄今約兩千五百年。

著者從兩漢魏晉南北朝與戲劇、戲曲相關文獻中，可考得：《總會仙倡》、《烏獲扛鼎》、《巴渝舞》、《古掾曹》、《鄭叔晉婦》、《文康樂》、《天台山伎》、《慈潛忿爭》等八個戲劇劇目，和《東海黃公》、《歌戲》、《遼東妖婦》等三個戲曲小戲劇目。

至於唐代的戲劇則有《蘭陵王》、《蘇幕遮》、《弄孔子》、《鉢頭》、《樊噲排君難》等五個劇目和《西涼伎》、《鳳歸雲》、《義陽主》、《旱稅忤權奸》、《麥秀兩歧》等五個戲曲小戲劇目外，尚有由優人所演出的宮廷小戲「參軍戲」和由庶民百姓搬演的鄉土小戲「踏謠娘」，以及兩漢以後傀儡百戲所演化而來的唐傀儡戲。對此著者已有相關論述。[310]

由以上對於戲劇和戲曲劇目之考述中，可概見戲曲美學基礎中之歌舞樂三要素，已經結合運用，但其歌不過歌謠小調，舞不過鄉土踏舞，樂多為打擊節奏。其歌樂之結合尚是土腔俚曲自然之節奏與自然之韻律，其舞

---

[310] 拙作：〈參軍戲及其演化之探討〉，《臺大中文學報》第二期（一九八八年十一月），頁一三五－二二五，後收入拙著：《參軍戲與元雜劇》（臺北：聯經出版事業公司，一九九二）。拙作：〈唐戲「踏謠娘」及其相關問題〉，一九八六年十月發表於香港浸會書院「國際唐代文學研討會」，收入《唐代文學研討會論文集》（臺北：文史哲出版社，一九八七），頁一二五－一四八。拙作：〈中國歷代偶戲考述〉（上）、（下），《戲曲學報》第七期（二〇一〇年六月），頁一－五四；第八期（二〇一〇年十二月），頁二一－六一，後收入拙著：《戲曲與偶戲》（臺北：國家出版社，二〇一三），頁五五六－六八二。

亦止於自然之律動而未及顯示肢體之語言。

若單就歌樂之關係以成就戲曲之所以為「曲」而言，則著者已有〈論說「歌樂之關係」〉[311]評論之，歸納其從創作觀察所得「歌樂關係」之演進歷程如下：

1.從群體創作而源生之號子、歌謠、小調。
2.以新詞套入號子、歌謠、小調之腔型。
3.采詩訂譜、選詞配樂：如《漢書・禮樂志》、《漢書・李延年傳》之西漢樂府詩。
4.倚譜配詞：如《新唐書・劉禹錫傳》、宋姜夔【霓裳中序第一】〈序〉、宋周密【醉語花】〈序〉之所敘者。
5.倚聲填詞：如唐王維【渭城曲】、宋張耒〈賀方回樂府〉、宋黃庭堅【漁家傲】〈序〉、宋劉辰翁【酹江月】〈自注〉、宋張炎《詞源》卷下、宋姜夔【滿江紅】〈序〉、清李漁《閒情偶寄・詞曲部・音律第三》之所敘者。
6.摘遍：如宋沈括《夢溪筆談・樂律一》、民國王國維《宋元戲曲考・宋之樂曲》等之所敘者。
7.自度曲：如宋姜夔【長亭怨慢】〈序〉之所序者。

從以上歌樂關係之演進「七部曲」看來，其第一、二部曲可謂係「小戲」現象，而第三部曲以上，可謂已進入「大戲」階段；而「大戲」之詞曲系曲牌體必為「倚聲填詞」；「大戲」之詩讚系板腔體，可施以「選詞配樂」或「倚譜配詞」；因之，兩者間「曲」之精緻度自有高下。

而若謂「歌舞樂」之終於融為一體，亦即演員之唱腔既以其歌聲傳達唱詞之情境，其肢體語言之舞容，亦

[311] 拙作：〈論說「歌樂之關係」〉，《戲劇研究》第一三期（二〇一四年一月），頁一－六〇。

同時用以詮釋唱詞之情境，而器樂則對其歌聲舞容予以襯托、渲染、強化和描述；其間歌舞樂三者，嚴絲合縫，渾然如一，不可有任何細微之疏離；則有待於戲曲大戲體製劇種之明清傳奇。亦即腔調劇種之崑山水磨調管絃擊樂合奏，演員乃克於完成。至若體製劇種之宋元南曲戲文，其成立之初，尚止於歌舞之結合，其器樂僅止於打擊節奏；而金元北曲雜劇合以鼓笛板，其表演又已講求「格範」（科汎，今之所謂「程式」），則應介於戲文與傳奇之間。

3. 劇場

「劇場」是指戲曲演出的場所，包括演員表演的「舞臺」和觀眾觀賞的「看席」。劇場的體製結構有所不同，則戲曲演出的場合、觀眾及其所表演的題材內容、思想情感和藝術屬性就會有所差異。也就是說劇場與戲曲之間有密切的互動關係。其不同的劇場體製也必然呈現不同的戲曲類型。[312]中國戲曲最早的劇場形式是在平地上的廣場，如葛天氏之樂、漢代角觝戲、唐代「踏謠娘」都是在「場」上演出，表演者在場中央，觀眾或是在四周站立圍觀，或是在臺觀上居高臨下觀看。或如「宛丘」，四面高、中間低。[313]漢文帝時始有「露臺」，[314]北魏有佛寺劇場。[315]

---

312 拙作：〈戲曲劇場的五種類型〉，《戲曲研究》第八十八輯（二〇一三年九月），頁二六五—二八五。

313 《詩經・陳風・宛丘》：「坎其擊鼓，宛丘之下。無冬無夏，值其鷺羽。」〔清〕阮元校勘：《十三經注疏》第二冊（臺北：藝文印書館，一九八九），頁二五〇。

314 〔漢〕班固：《漢書》（臺北：鼎文書局，一九九七），卷四〈文帝紀贊〉云：「嘗欲作露臺，召匠計之，直百金。上曰：百金，中人十家之產也。吾奉先帝宮室，常恐羞之，何以臺為？」頁一三四。

315 〔北魏〕楊衒之著，韓結根譯注：《洛陽伽藍記》（臺北：錦繡出版事業公司，一九九二），卷一〈景樂寺〉：「至于六

而神廟劇場起步於北宋，普及於金元，明中葉以後著手改革，發展到清代更趨完善。至於北宋以後的「瓦舍勾欄」，打野呵的「野臺」，官府或豪門堂會的「氍毹」，宮廷慶賞的三層舞臺，以及清代酒館、茶園中的「戲園」或「戲館」，都已見前文〈戲曲藝術之本質〉（頁一六一—二〇），此不更贅。

像這樣的中國歷代傳統劇場，如果結合戲曲演出而言，應當就有廣場踏謠、高臺悲歌、氍毹宴賞、宮中慶賀、勾欄獻藝等五種類型。亦即歷代小戲必演於廣場；寺廟劇場和沿村轉疃的野臺都屬於高臺；宋元以後之樂棚、勾欄，以及清代的戲園、戲館等戲曲演出的營業場所都以「勾欄」概括之；而舉凡筵席間的戲曲演出，則以「氍毹」稱之，因為皆演之於那塊紅氍毹之上；至於宮廷劇場，那自然是專用來服務帝后王公的演出。再就以其劇場類型所搬演之戲曲特色而言，則廣場者不外踏謠，高臺者易於悲歌，氍毹者總為宴賞；宮廷演出每為慶賀，勾欄做場自然以藝售人。所以傳統劇場與戲曲的密切互動關係，應當有這五種類型。

(1)廣場踏謠

中國歷代小戲，像戰國楚地沅湘之野的《九歌》、西漢《東海黃公》、曹魏《遼東妖婦》、唐代「參軍戲」與「踏謠娘」，乃至於宋金雜劇院本、雜扮、明人過錦戲，都屬小戲的範圍。其中除「參軍戲」與宋金雜劇院本中的「正雜劇」含有宮廷小戲的成分外，其餘無不起自民間。而近代的小戲更無不形成於鄉土，考察其根源，則有歌舞、曲藝、雜技、宗教活動、偶戲、多元因素等六條線索可以追尋。其中以鄉土歌舞最為主要。

齋，常設女樂：歌聲繞梁，舞袖徐轉，絲管寥亮，諧妙入神。以是尼寺，丈夫不得入。得往觀者，以為至天堂。及文獻王薨，寺禁稍寬，百姓出入，無復限礙。後汝南王悅復修之。悅是文獻之弟，召諸音樂，逞伎寺內。奇禽怪獸，舞抃殿庭，飛空幻惑，世所未睹。異端奇術，總萃其中：剝驢投井，植棗種瓜，須臾之間，皆得食之。士女觀者，目亂睛迷。」頁八〇。

鄉土歌舞是指滋生於鄉土的山歌里謠雜曲小調和舞蹈，及所謂「踏歌」或「踏謠」，以此而加上簡單的情節和妝扮，以代言體搬演，即形成鄉土小戲。由鄉土歌舞所形成的小戲，往往以花鼓戲、秧歌戲、花燈戲、採茶戲作為共名，腳色以二小（小丑、小旦）或三小（小生、小旦、小丑）為主，劇目大多反映鄉土生活的片段，偏重歌舞，並以手帕、傘、扇為主要道具，每每男扮女妝，除地為場作為表演之所。

小戲在鄉土以「踏謠」演出，其「謠」可以說是「滿心而發，肆口而成」的即景即情的即興語言；其「踏」可以說是應和語言情境的肢體傳達。所以歌者可以在基本腔型中，循著語言所產生的旋律和所激發的情境，由歌者自由運轉，運轉之巧妙與否，端賴歌者修為高低；同理舞態可以在基本步法中，循著語言所激發的情境，由舞者自由律動，律動之巧妙與否，端賴舞者修為的高低。而小戲的「踏謠」是集於演員一身的，所以小戲的藝術性格，其巧妙與否，實繫於演員即興的能力。

也因為小戲以鄉土各種生活瑣事為內容，流露鄉土情懷，展現庶民所傳承的思想觀念。因為它是「滿心而發，肆口而成」，所以就文學而言，其最大的特色是語言的豐富活潑所展現在敘事、寫景、抒情等方面不假造作的機趣橫生。[316]

(2)高臺悲歌

戲曲由小戲發展為綜合藝術的大戲之後，其在寺廟劇場或野地高臺演出的戲曲，基本上以適應庶民大眾品味為依歸。以腔系論，有弋陽腔、梆子腔兩大腔系。就因為於高臺演唱，所以腔調自邈高亢。兩大腔系亦不能免俗。

[316] 拙著：《地方戲曲概論》，第參章第一節〈近現代地方小戲形成之徑路〉詳論之，頁二一九—二四一。

弋陽腔在明代五大腔系中，流播最廣，以其俚俗「其調喧」而最為撼動人心，最為廣大群眾所喜愛；也因此始終為士大夫所倡導的崑山水磨調所欲抗衡而實質上望塵莫及。而也由於其庶民的活力非常強大，所以也往徽池雅調、青陽腔、高腔、京腔不斷的發展，迄今猶然潛伏流播於各地方劇種之中。

著者在〈弋陽腔及其流派考述〉已舉出弋陽腔的特色如下：

其一，鑼鼓幫襯，不入管絃。

其二，一唱眾和。

其三，音調高亢。

其四，無須曲譜。

其五，鄙俚無文。

其六，曲牌聯套多雜綴而少套式。

其七，曲中發展出滾白和滾唱。[317]

以上這七點弋陽腔的特色，可以說都是因為它保持了戲文初起時，運用里巷歌謠、村坊小曲，以鑼鼓為節、不和管絃所衍生出來的現象；但也由於它又吸收了北曲曲牌，從中又生發了滾白和滾唱，為後來的青陽腔提供了極為開闊的天地。而若與崑山水磨調比較，則兩者判若兩途。也難怪一為文人雅士所賞心悅目，一為廣大群眾所喜聞樂見。

乾隆間弋陽腔改名稱高腔，又進入北京京化而「更為潤色」，逐漸與原本世俗的弋陽腔大異其趣，而改稱

[317] 拙作：〈弋陽腔及其流派考述〉，《臺大文史哲學報》第六五期（二〇〇六年十一月），頁三九－七二；又收入拙著：《戲曲腔調新探》（北京：文化藝術出版社，二〇〇九），頁一三七－一六八。

「京腔」。乾隆末京腔也傳到揚州。李斗《揚州畫舫錄》[318]卷五所云「花部為京腔、秦腔、弋陽腔、梆子腔、羅羅腔、二簧調，統謂之亂彈。」[319]可見乾隆間，京腔與弋陽腔已判然有別，同為花部亂彈諸腔之一。但無論如何，京腔畢竟源自弋腔，所以京腔的腔板，也要講究弋腔的菁華。

對於梆子腔系，著者有〈梆子腔系新探〉。[320]其中提到：

舊屬秦地的陝甘一帶，早在嬴秦時李斯上秦始皇書中就說：「夫擊甕叩缶，彈箏搏髀，而歌呼嗚嗚，快耳目者，真秦之聲也。」[321]這裡的「秦聲」不止和李振聲「嗚嗚若聽函關署」[322]完全相同，也和陸次雲在〈圓圓傳〉所說的李自成唱西調「繁音激楚，熱耳酸心」[323]宛然相合，更和嚴長明在《秦雲擷英小譜》中所說英英鼓腹「洋洋盈耳；激流波，遶梁塵，聲振林木，響遏行雲，風雲為之變色，星辰為之失度」，[324]以及今日秦腔之激

---

318 其序署乾隆。

319 〔清〕李斗：《揚州畫舫錄》，收入《清代史料筆記叢刊》，卷五，「新城北錄下」（北京：中華書局，一九六〇），頁一〇七。

320 拙作：〈梆子腔系新探〉，《戲曲本質與腔調新探》（臺北：國家出版社，二〇〇七），頁二一八—二七二。又收入拙著：《戲曲腔調新探》（北京：文化藝術出版社，二〇〇九），頁一六九—二〇一。

321 〔秦〕李斯：〈諫逐客書〉，收入〔日〕瀧川龜太郎考證：《史記會注考證》，卷八十七〈李斯列傳第二十七〉，頁六—一一。

322 〔清〕李振聲：《百戲竹枝詞》，收入路工編選：《清代北京竹枝詞（十三種）》（北京：北京古籍出版社，一九八二），頁一五七。

323 〔清〕陸次雲：〈圓圓傳〉，收入〔清〕張潮編：《虞初新志》，卷十一（北京：北京出版社，二〇〇〇），頁三下。

324 〔清〕嚴長明：《秦雲擷英小譜》，道光癸巳（一八三三）世楷堂刊光緒補刊俞樾續本，現藏臺灣大學總圖書館善本書

昂慷慨，高亢悲涼如出一轍。可見由方音方言為基礎形成的「秦聲、秦腔」歷經兩千數百年，而風格特色，猶然一脈相傳。[325]

(3) 氍毹宴賞

說到「氍毹宴賞」就必須說到「折子戲」。「折子戲」其實為中國戲曲演出的古老傳統，這種傳統見諸先秦

室，卷首有清王昶（一七二五—一八〇六）序文。通行本《秦雲擷英小譜》是光緒年間葉德輝的重刊本，收入沈雲龍主編：《近代中國史料叢刊續輯》第七輯第七〇冊（臺北：文海出版社，一九七四年據光緒丁未（一九〇七）九月長沙葉德輝刊本影印），卷首增列葉德輝〈重刊《秦雲擷英小譜》序〉、王昶序文之後復增徐晉亨〈題詞〉十二首，上述引文見通行本，頁一一一。

[325] 有關梆子腔源生之說，劉文峰：〈多源合流・分支發展——梆子戲源流考〉，《中華戲曲》第九輯（一九九〇年三月），舉諸家源流之說如下：1.先秦燕趙悲歌之遺響：持此說者有清人楊靜亭《都門紀略・詞場門序》、徐慕雲《中國戲劇史》、王紹猷《秦腔記聞》、焦文彬《秦聲初探》等四家。2.唐代梨園樂曲：持此說者有清嚴長明《秦雲擷英小譜》、田益榮〈秦腔史探源〉、范紫東〈法曲之源流〉等三家。3.由民間俗曲說唱發展而成：持此說者有墨遺萍〈蒲劇小史〉、張庚、郭漢城《中國戲曲通史》、寒聲〈論梆子戲的產生〉、楊志烈〈秦腔源流淺識〉等四家。4.由鐃鼓雜劇孕育而成：持此說者有劉鑒三〈蒲劇源流簡介〉一家。5.由元雜劇發展而成：持此說者有焦循《花部農譚・序》、張守中〈試論蒲劇的形成〉、王澤慶〈從河東文物探蒲劇源流〉等三家。6.由弋陽腔衍變而成：持此說者有劉廷璣《在園雜志》、周貽白《中國戲曲史長編》二家。7.由西秦腔發展而來，而西秦腔則出自吹腔（隴東調）：持此說者有流沙〈西秦腔與秦腔考〉一家。8.劉文峰本人之意見：土戲→亂彈→梆子腔→山陝梆子→秦腔。以上諸家皆不明「腔調」源生之理，及其與載體之關係、流播所產生之種種變化，頁一六四—一七四。對此拙作：〈論說「腔調」〉，《中國文哲研究集刊》第二〇期（二〇〇二年三月），論之已詳，因之，除第一說差可採得根本外，其餘皆置之可也。頁一一一—一一二。該文亦收入前揭二書《戲曲腔調新探》，頁一一—九三；《從腔調說到崑劇》，頁二一一—一七八。

至唐代的「戲曲小戲」和宋金雜劇院本四段中的「段」、北曲雜劇四折每折作獨立性演出的「折」，以及明清民間小戲與南雜劇之一折短劇。其緣故是中國有以樂侑酒的傳統禮俗，也有家樂的傳統，而明代的家樂又特別繁盛。以樂侑酒，其所演出的戲曲勢必不能冗長；而北劇南戲演全本的時間，北劇要一個下午或一個晚上，南戲傳奇則要兩個晝夜或三個晝夜。都非「侑酒」所容許，因而採取傳統的片段性演出。在明正德嘉靖間，北劇南戲刊本就有摘套與散齣的現象，如《盛世新聲》、《雍熙樂府》等。明萬曆以後，「折子戲」已經發展完成，從此進入了黃金時代，迄今不衰。[326]

「氍毹宴賞」的家樂，明萬曆後，像張岱家那樣畜養家班的，其知名者起碼有三十八家，[327]清代家樂可考者更有四十八家，[328]可見其繁盛。

像這種供「氍毹宴賞」的家樂戲曲演出，戲曲體製除了往「短劇」、「折子戲」的路上走之外，既其以作「宴賞」而言，必須講究歌聲舞容，不止表演之藝術務求精緻，即其題材與文學，亦必力求優雅。不難想像其文士化是達到何等的高度。

---

[326] 拙作：〈論說「折子戲」〉，《戲劇研究》創刊號（二〇〇八年一月），頁一－八一；後收入拙著：《戲曲之雅俗、折子、流派》（臺北：國家出版社，二〇〇九），頁三三一－四四五。

[327] 張發穎：《中國家樂戲班》（北京：學苑出版社，二〇〇二），頁三一－五六。柯香君：《明代戲曲發展之群體現象研究》（彰化：彰化師範大學國文研究所博士論文，二〇〇七），根據張發穎：《中國家樂戲班》、劉水雲：《明清家樂研究》（上海：上海古籍出版社，二〇〇五）、楊惠玲：《戲曲班社研究：明清家班》（廈門：廈門大學出版社，二〇〇六）三書整理為〈明代私人家樂一覽表〉，計得明代家樂共一百零一家，更見其繁盛。頁三五五－三六五。

[328] 吳新雷主編：《中國崑劇大辭典》（南京：南京大學出版社，二〇〇二），頁二〇八－二一四。

(4)宮中慶賀

宮廷演劇，逢年過節及萬壽日必有應景的搬演，平日內廷娛樂，除傳奇、雜劇外，還徧及打稻、過錦、傀儡及雜耍把戲。內廷演劇的特色是排場豪華而熱鬧，因為行頭不虞匱乏，由御用監、內宮監、司設監、兵仗局等供應；二是演員眾多，鐘鼓司的編制就有二、三百人，加上教坊司所屬的樂戶，就成千累萬。

清人趙翼《簷曝雜記》所記內府戲班在熱河行宮所演出的「大戲」，「舞臺闊九筵，凡三層」，舞臺「高下分九層，列坐幾千人，而臺仍綽有餘地。」[329]若此，當我們閱讀《也是園》雜劇中的教坊劇和出自內府的釋道劇以及歷史故事劇，對於其排場的豪華，人物的眾多，就不會感到奇怪了。但對這樣的演出內容和形式，如果欲求其思想情感與文學藝術，恐怕就要教人失望了。

(5)勾欄獻藝

中國戲曲就現存者而言，其足以為代表性者，腔系為崑山腔系、皮黃腔系，劇種亦為其相對應之崑劇與皮黃戲。這兩種劇種均以在營利為目的之勾欄式劇場為主要演出場所。

像崑劇、京劇這樣戲曲大戲，分析其構成共有故事、詩歌、音樂、舞蹈、雜技、說唱文學敘述方式、演員充任腳色扮飾人物、代言體、狹隘劇場等九個因素；它是綜合的文學和藝術。也因為這樣的戲曲大戲，主要演出於營利為目的的勾欄式劇場之中，必須以藝術造詣贏得觀眾的讚賞，才能討得生活；所以其劇場藝術的累積所形成的質性，也就成為中國戲曲所有劇種的基本質性和共性。

對於像崑劇、京劇那樣的戲曲大戲之藝術本質，著者已有專文詳論。[330]

---

329 〔清〕趙翼撰，曹光甫校點：《趙翼全集》，第三冊卷一「大戲」條（南京：鳳凰出版社，二〇〇九年依嘉慶十七年（一八一二）湛貽堂原刊全集本為底本校點），頁九。

然而戲曲源遠流長，其間儘多變化而一脈相承，其舞臺藝術畢竟極為高妙而完整，其文學價值亦可與詩詞並觀，是我國貴重的文化資產，無容置疑。尤其其虛擬象徵程式的表演藝術原理，所產生的歌舞、節奏、寫意、誇張、疏離且投入的藝術特質，更為舉世所罕見而珍惜；所以代表中國戲曲文學藝術最優雅和最精緻結合的崑劇，已被聯合國視為人類共同的文化資產，我們焉能不更加努力的予以維護和發揚。

又如果再從戲班的視角來觀察，誠如上文〈戲曲藝術之本質〉所云：也可以因為演出劇場和觀賞對象的不同，擔任演出的劇團及其演出的戲曲性質也就有別。其劇團大概分作四類：鄉土小戲湊合的戲班，演出廣場踏謠；民間職業戲班，演出高臺悲歌和勾欄獻藝；內廷承應的戲班演出宮中慶賀；豪門家樂演出氍毹宴賞。職業戲班以營利為目的，元代的職業戲班是以家庭成員為基礎組成的，明代以後，打破了這種家庭式的規模，成為由社會成員組成的職業團體，有的招收貧苦人家的子弟加以訓練，有的吸收各地的職業演員組成，也有從私人家樂轉入的。職業戲班有的固定在某地演出，也有的跑碼頭巡迴各地表演，視演出的場合和性質來決定戲碼。時間短，可以演片斷的散齣和折子戲；時間長，可以演連本戲；像廟會那般的大場面，就演出熱鬧通俗的戲。職業戲班是戲曲演出的骨幹，它承載著戲曲的藝術，也承載著戲曲的發展。

宮廷戲班由於資源豐富，演員、服裝、道具都十分充足，主要演出人物眾多、排場豪華的戲，以配合宮廷宴會慶賞的富貴氣象。演員本由樂戶優伶或宮廷太監擔任，後來也引進民間藝人，使宮廷戲曲和民間戲曲能有交流的機會。宮廷戲曲的品味原本是比較守舊的，透過民間藝人，把最符合大眾流行的新戲帶入宮廷，如果能獲得帝王的喜愛，更能推動民間戲曲的蓬勃發展。另一方面，宮廷戲班對服裝、道具的考究，也因為這種交流

---

330 拙作：〈論說「京劇流派藝術」之建構〉，《中國文哲研究通訊》第十九卷第一期（二〇〇九年三月），頁一一七－一五五，後收入拙著：《戲曲之雅俗、折子、流派》，頁四八九－五四九。

傳入民間，帶動戲曲藝術的進步。

私人家樂演唱戲曲，始於宋、興於元，到了明代以後，蔚為風氣。家樂的設置有的是豪門貴族為了爭強鬥勝，也有的是主人熱愛戲曲，以此自娛娛人。家樂的成員或是府中原有的家僮丫鬟，或是招收職業戲班的演員，也有買來的貧寒子弟。演員的訓練有的是聘請教師，如果主人精通此道，也會親手調教。由於家樂演出多是飲宴時藉以添酒助興，所以適合小規模的演出，講求精緻典雅，並且注重演員技藝的精湛。

㈡戲曲演員之基本藝術修為與演進

戲曲藝術雖然有劇種外在結構之體製規律和劇作家排場布置之內在結構的制約，但是真正具象呈現在舞臺上的，則是透過演員充任腳色扮飾人物的「四功五法」。因之論戲曲演員之藝術修為，可以簡約之為「四功五法」，亦即指「唱做念打」四功、「手眼身髮步」五法。其中「手眼身髮步」五法可以說是四功中「做打」，尤其是「做」的更切實而細緻的說明。其「髮」又作「法」，應是「髮」的音同訛變；因為若作「法」，則與「五法」之「法」重複，無特殊之意義可言，而「髮」之為「甩髮」，則是相當重要的「做工」。

仔細分析四功之「唱」，自然指戲曲演員唱曲之藝術修為。其修為可以說總體呈現在其「唱腔」之中。而「唱腔」之構成在於歌者一己之音色、咬字吐音之口法和達意傳情行腔之能力，再依循音樂家所詮釋譜成之音符，襯托以演奏家之器樂，始克完成。因之，唱腔必因之而各具特色。其特色實由人聲音質性，即音色之不同、口法吞吐、字音準確能力之良窳，口法運轉行腔，傳情動人能力之高低，簡單的說就是由音色、咬字、行腔三要素所構成。

其次，四功之「做」，實指演員「肢體語言」表現之優劣。包含臉部表情之核心「眉目」，手腳、身體之舞蹈動作，乃至於頭髮、帽翅、雉尾之甩擺，都要從中傳達人物之思想情感。

其三，四功之「念」，即曲唱之外的所有賓白。元雜劇的賓白，就其有韻無韻分，有散白與韻白兩大類。散白包括：(1)獨白：一人敘述自身的經歷或心事。(2)對白：二人或二人以上的對話。(3)分白：二人各說各的，但又互有呼應。(4)同白：二人或二人以上，同時說話。(5)重白：一人說的話，另一人重複一遍；或者兩人同時各說各的，但他們說的話卻是一樣的。(6)帶白：即帶云，主唱腳色自己在歌唱中帶入說白。(7)插白：即插話。主唱腳色正在歌唱，旁的腳色插入說白，借以引發主唱腳色下邊的歌唱。(8)旁白：即背云，後世戲曲稱為背供。即是在劇中兩人或數人對話之際，其中有一人要表白自己的心事，不使對方知道，但又必須讓觀眾了解，也就採用這種旁白方式。(9)內白：即內云。是前臺演員與後臺演員，一呼一應，後世戲曲行話稱為「搭架子」。(10)外呈答云：這裡的「外」，本身是劇外人而不是劇中人，但卻置身於場上，竟可與劇中花面腳色一再對話，甚至給以評論或譏嘲。韻白包括：(1)詩對的賓白，含上場對聯、上場詩、下場對聯、下場詩，上下場對聯都是兩句，字數不定，一人獨念；上場詩大都四句，間或八句，字數不定，一人獨念；下場詩都是四句，字數不定，有一人獨念，也有兩人或三人同時下場分念。(2)類似快板、順口溜之類：這類韻白大都出於花面腳色的插科打諢。其念唱好像京劇的乾板或乾牌子，乾板又叫念板也叫數板；乾牌子如【撲燈蛾】、【金錢花】、【雜板令】、【馬夫贊】等等，因為只念不唱，故云。[331] (3)另外還有一種詩讚詞的韻白：元雜劇中時有整段七言或十言詩讚體的唱念詞（間有五、八、九等雜言），或稱「詩云」、「詞云」，或謂「訴詞云」、「斷云」，有時直書「云」，其作用在敘述和總結，也有作為形容的。[332]以上計散白、韻白十有三種，可見元雜劇賓白的豐富性，這些種類的

---

[331] 以上散白、韻白之種類及說明見徐扶明：《元代雜劇藝術》，第十一章〈賓白〉（臺北：學海出版社，一九九七），頁二六二－二六八。

賓白除詩讚詞外，大抵皆被後世戲曲所採用。

明人論賓白，徐渭《南詞敘錄》謂「唱為主，白為賓，故曰：『賓白』，言其明白易曉也。」[333]凌濛初《譚曲雜劄》引李詡《戒菴漫筆》謂「兩人對說曰『賓』，一人自說曰『白』」，[334]王驥德《曲律・論賓白第三十四》：「賓白，亦曰『說白』。有『定場白』，初出場時，以四六飾句者是也。有『對口白』，各人散語是也。」[335]由上述元人雜劇之十三種散白、韻白看來，知所見不全。

其四，四功之「打」，指雜技、武術、對陣等舞蹈化之舉止表演。如果戲曲中的「做」是先秦的「文舞」，那麼「打」就是「武舞」。凡「武舞」皆有濃厚的「特技」性。

以上戲曲表演藝術所謂的「四功」，其「功法」都不是「一蹴可幾」的。譬如小戲劇種，其「唱」，止於歌謠自然語言旋律的「滿心而發，肆口而成」。其「做」，止於肢體的自然律動，而無虛擬性的詮釋意義。其「念」，止於日常生活的語言口白，而無音樂性的韻律美聽。其「打」，止於抒發性的跳擲，而無曲線性的舞蹈美感。

1.大戲之「唱」

而到了大戲，北曲雜劇之「唱」為一人獨唱，其淵源固然既遠且深，直從說唱文學而來。但北劇曲辭可為

---

332 作敘述者如孟漢卿《魔合羅》第三折旦「訴詞云」，作總結者如關漢卿《竇娥冤》第四折「詞云」，作形容者如楊顯之《瀟湘雨》第四折「解子云」。

333 〔明〕徐渭：《南詞敘錄》，《中國古典戲曲論著集成》第三冊，頁二四六。

334 〔明〕凌濛初：《譚曲雜劄》，《中國古典戲曲論著集成》第四冊，頁二五九。

335 〔明〕王驥德：《曲律》，《中國古典戲曲論著集成》第四冊，頁一四〇—一四一。

對話之代用，可表白劇中人物之心意，用為抒情、願望、抱負、企圖、想像之寫照；可表明事態，或用之表示事件之過去、現在；或為他人之形容，或說明自己現狀及動作等；可用以描寫四周之景象。可見北雜劇雖然師承說唱文學一人獨唱的規律，然而由於由說唱之敘述改為戲劇妝扮之代言體，因而可以發揮的餘地就較說唱為多；所以在「一人獨唱」的基礎上，元雜劇還是有進一步的發展和提升的。[336]

金元北曲雜劇「唱」的藝術修為，見於金元間人燕南芝菴的《唱論》：

> 歌之格調：抑揚頓挫，頂疊垛換，縈紆牽結，敦拖嗚咽，推題丸轉，捶欠遏透。
>
> 歌之節奏：停聲，待拍，偷吹，拽棒，字真，句篤，依腔，貼調。
>
> 凡歌一聲，聲有四節：起末，過度，搵簪，攧落。
>
> 凡歌一句，聲韻有一聲平，一聲背，一聲圓。聲要圓熟，腔要徹滿。
>
> 凡一曲中，各有其聲：變聲，敦聲，杌聲，啀聲，困聲，三過聲；有偷氣，取氣，換氣，歇氣，就氣；愛者有一口氣。[337]

以上詞義頗有深奧難解者，但由其舉六種行腔方式以為「歌之格調」，舉八種停頓方式以為「歌之節奏」；又說明「歌一聲」、「歌一句」、「歌一曲」所應注意的種種要件和方法，乃至於氣息轉換的技法，都可以看出北曲之歌唱藝術，已到了極高的境界。

元人周德清《中原音韻・作詞十法》提出了所謂「務頭」：

---

[336] 拙作：〈元雜劇體製規律的淵源與形成〉，《臺大中文學報》第三期（一九八九年十二月），頁二〇三—二五二。

[337] 〔金元〕芝菴：《唱論》，《中國古典戲曲論著集成》第一冊，頁一五九—一六〇。

> 要知某調、某句、某字是務頭，可施俊語於其上，後註於定格各調內。[338]

論「務頭」的人已多，著者亦有說：從字面看，所謂「務頭」，「務」者「必」也，「頭」者詞尾也，是指曲中必須講究的地方；從內涵實質說，亦即聲情、詞情必須練達，使之務必相得益彰的地方。如就某字而言，即句中之眼目；如就某句而言，即曲中之警句；如就某調而言，即套中之主曲。可見周德清對於曲唱已講究歌樂的嚴絲合縫，聲詞的相互生發。[339]

由宋姜夔【滿江紅】〈序〉之論音律，可見宋詞所講求之譜律已超出平仄而論四聲；又據張炎《詞源》卷下記其先人寄閒翁之進一步分辨陰陽；皆可見宋詞之「倚聲填詞」，聲律已講求精細。至若宋元南曲戲文，則《全宋詞》載宋末張炎《山中白雲詞》卷五【滿江紅】詞題云：

> 《韞玉傳奇》，惟吳中子弟為第一流；所謂識拍、道字、正聲、清韻、不狂，俱得之矣。作平聲【滿江紅】贈之。[340]

按明葉盛《菉竹堂書目》作《東嘉韞玉傳奇》。由「東嘉」二字冠於「傳奇」名「韞玉」之前，明其來自永嘉。而此南曲戲文以「吳中子弟」所演出者為第一流，因為他們的技藝已達到「識拍道、字正、聲清、韻不狂」（亦可作「識拍、道字、正聲、清韻、不狂」），可見其歌唱講究節奏有致，咬字吐音純正，四聲精準，韻協不亂的

---

338 〔元〕周德清：《中原音韻》，《中國古典戲曲論著集成》第一冊，頁二三六。

339 拙作：〈論說「歌樂之關係」〉，《戲劇研究》第一三期（二〇一四年一月），頁一－六〇。

340 唐圭璋編：《全宋詞》，第五冊（北京：中華書局，一九九八），頁三四九五。

藝術技法。

而到了改良崑山腔為水磨調使明代新南戲蛻變為明清傳奇的魏良輔，對於「曲唱」，他首先指出「字清」的主張，其《曲律》云：

五音以四聲為主，四聲不得其宜，則五音廢矣。平上去入，逐一考究，務得中正，如或苟且舛誤，聲調自乖，雖具繞梁，終不足取。其或上聲扭做平聲，去聲混作入聲，交付不明，皆做腔賣弄之故，知者辨之。341

「五音」指宮商角徵羽，亦指喉牙唇齒舌；前者構成音樂旋律，後者係聲母之發音部位為語言旋律所由生。魏氏特別重視平上去入四聲的準確性，方能字清意明，方能確實做到語言旋律與音樂旋律的融合無間。

魏氏這裡所謂「五音以四聲為主」，明白的指出音樂宮商角徵羽的旋律，是由語言的四個聲調來決定的。也就是說魏氏認為詞樂配合的關係，不再是「依腔傳字」，亦即按照腔調來傳達字音。這也是何以許多譜律家斤斤計較平仄四聲乃至於聲調之陰陽的緣故。就中沈寵綏《度曲須知》卷上〈四聲批窾〉就說得很仔細。342

也就因為以四聲陰陽來作為行腔的基礎，所以四聲陰陽便和「腔格」有極密切的關係。王季烈《螾廬曲談》卷三〈論四聲陰陽與腔格之關係〉云：

同一曲牌之曲，而宮譜彼此歧異，不能一致者，因其曲中各字之四聲陰陽，彼此不同故也。故分別四聲

341 〔明〕魏良輔：《曲律》，《中國古典戲曲論著集成》第五冊，頁五。

342 〔明〕沈寵綏：《度曲須知》，《中國古典戲曲論著集成》第五冊，頁二〇〇。

陰陽，為製譜者最要之事。343

於是王氏接著詳細列舉四聲陰陽腔格南北曲之工尺譜法，以見四聲陰陽與腔格之密切關係。344

但不止如此，沈寵綏《度曲須知・曲運隆衰》：

嘉隆間有豫章魏良輔者，流寓婁東、鹿城之間。生而審音，憤南曲之訛陋也，盡洗乖聲，別開堂奧，調用水磨，拍捱冷板，聲則平上去入之婉協，字則頭腹尾音之畢勻，功深鎔琢，氣無煙火，啟口輕圓，收音純細。所度之曲，則皆「折梅逢使」、「昨夜春歸」諸名筆；採之傳奇，則有「拜星月」、「花陰夜靜」等詞。要皆別有唱法，絕非戲場聲口。腔曰「崑腔」，曲名「時曲」；聲場稟為曲聖，後世依為鼻祖。蓋自有良輔，而南詞音理，已極抽秘逞妍矣。345

沈氏又於〈絃索題評〉裡有云：

我吳自魏良輔為「崑腔」之祖，而南詞之布調收音，既經創闢，所謂「水磨腔」、「冷板曲」，數十年來，遐邇遜為獨步。346

---

343 王季烈：《螾廬曲談》，頁一六上。

344 同上註，頁一六下－一九上。

345 〔明〕沈寵綏：《度曲須知》，《中國古典戲曲論著集成》第五冊，頁一九八。

346 同上註，頁二〇二。

可見這種「水磨調」的特質是「聲則平上去入之婉協，字則頭腹尾音之畢勻，功深鎔琢，氣無煙火，啟口輕圓，收音純細」。因為魏氏創闢布調收音之法，又「拍捱冷板」，所以也叫「冷板曲」；因為它「調用水磨」，所以也叫「水磨調」。

像這樣的「水磨調」，豈不是在講究「字音」的整體結構嗎？亦即一字之音的聲調平上去入和一字之音的聲母、介音、母音、韻尾的字頭、字腹、字尾嗎？所以魏良輔的「水磨調」，事實上是在「以字音定腔」，如此一來，就將音樂旋律與語言旋律完全融合起來，不止是成就了最精緻優美的歌唱藝術，而且充分發揮了我中華民族語言的優美質性。而此際，其作為腔調載體的曲牌，其建構也到了最細緻嚴苛的程度，亦即正字律、正句律、長短律、平仄聲調律、音節單雙律、協韻律、對偶律、句中語法律等「八律」俱全，缺一不可。[347]

魏良輔之後的曲論家，如潘之恒《鸞嘯小品‧正字》之論述「正字取音」的技巧，[348]王驥德《曲律》之解析「四聲特性」，[349]沈寵綏《度曲須知‧字母堪刪》之體悟崑腔「切法即唱法」，[350]徐大椿《樂府傳聲》之講究

---

[347] 拙作：〈論說「建構曲牌格律之要素」〉，《中華戲曲》第四十四期（二〇一一年十二月），頁九八－一三七。

[348] 〔明〕潘之恒：《鸞嘯小品》，收入汪效倚輯注：《潘之恒曲話》（北京：中國戲劇出版社，一九八八），「夫曲先正字，而後取音。字訛則意不真，音澀則態不極。……吐字如串珠，於意義自會；寫音如霏屑，於態度愈工。令聽者淒然感泣訴之情，愋然見離合之景，咸於曲中呈露。……奏曲而無音，非病音也，態不浹也。同音而無字，非病字也，意不融也。故欲尚意態之微，必先字音之辨。」頁二六。

[349] 〔明〕王驥德《曲律》：「平聲聲尚含蓄，上聲促而未舒，去聲往而不返，入聲則逼側而調不得自轉矣。」收入《中國古典戲曲論著集成》第四冊，頁一〇五。

[350] 〔明〕沈寵綏《度曲須知》：「予嘗考字於頭腹尾音，乃恍然知與切字之理相通也。蓋切法，即唱法也。曷言之？切者，以兩字貼切一字之音，而此兩字中，上邊一字，即可以字頭為之，下邊一字，即可以字腹、字尾為之。如『東』字之頭

「口法技巧」，351也都與魏氏有進一步的呼應和發揮。

至於「曲唱」之「行腔」，魏良輔《曲律》則提出無論長腔、短腔、過腔，都要臻於「純正」，如此合「字清」、「腔純」、「板正」，就可以唱出每支曲牌的「曲名理趣」。352其後潘之恒《鸞嘯小品‧敘曲》進一步提出「尚清」、「尚亮」、「尚潤」、「尚簡捷」、「尚節奏」的主張。353而清末王德暉、徐沅澂合著之《顧誤錄》所標示之腔

為「多」音，腹為「翁」音，而「多」、「翁」兩字，非即「東」字之切乎？「簫」字之頭為「西」音，腹為「鏖」音，而「西」、「鏖」兩字，非即「簫」字之切乎？「翁」本收鼻，「鏖」本收嗚，則舉一腹音，尾音自寓，然恐淺人猶有未察，不若以頭、腹、尾三音共切一字，更為圓穩找捷。」收入《中國古典戲曲論著集成》第五冊，頁二二三—二二四。

351 〔清〕徐大椿《樂府傳聲》中論及口法之技法相關者有〈五音〉、〈四呼〉、〈陰調陽調〉、〈出聲口訣〉、〈聲各有形〉、〈喉有中旁上下〉、〈鼻音閉口音〉、〈歸韻〉、〈收聲〉、〈交代〉、〈出音必純〉等十一章，其〈出聲口訣〉云：「喉舌齒牙唇，謂之五音；開齊撮合，謂之四呼。欲正五音而不從喉舌齒牙唇處著力，則其音必不真；欲準四呼而不習開齊撮合之勢，則其呼必不清。所以欲辯真音，先學口法。口法真，則其字無不真矣。」收入《中國古典戲曲論著集成》第七冊，頁一五九。

352 〔明〕魏良輔《曲律》：「生曲貴虛心玩味，如長腔要圓活流動，不可太長；短腔要簡徑找絕，不可太短。至如過腔接字，乃關鎖之地，有遲速不同，要穩重嚴肅，如見大賓之狀。」「曲須要唱出各樣曲名理趣，宋元人自有體式。如，【玉芙蓉】、【玉交枝】、【玉山供】、【不是路】要馳驟。【針線箱】、【黃鶯兒】、【江頭金桂】要規矩。【二郎神】、【集賢賓】、【月雲高】、【念奴嬌序】、【刷子序】要抑揚。【撲燈蛾】、【紅繡鞋】、【麻婆子】雖疾而無腔，然而板眼自在，妙在下得勻淨。」收入《中國古典戲曲論著集成》第五冊，頁五、六。

353 〔明〕潘之恒《鸞嘯小品》：「甚矣，吳音之微而婉，易以移情而動魄也。音尚清而忌重，尚亮而忌澀，尚潤而忌纇，尚簡捷而忌漫衍，尚節奏而忌平鋪。有新腔而無定板，有緣聲而無轉字，有飛度而無稽留。」收入汪效倚輯注：《潘之恒曲話》，頁八。

圓、板正、字真，[354]則止是魏氏之唾餘。

而若就「歌樂呈現之關係」來觀察，則誠如著者〈論說「歌樂之關係」〉所云：有朗誦、吟詠、依腔傳字、依聲行腔、依字定腔等五種類型。[355]其運用到戲曲來，則小戲為前三種，而大戲為後二種；惟「依字定腔」，必在崑山水磨調興起之後，乃克運用。

而笠翁曲論，對於「曲唱」的主張，見於其《閒情偶寄》五卷〈演習部・授曲第三〉，提出六款，依次為：「解明曲意」、「調熟字音」、「字忌模糊」、「曲嚴分合」、「鑼鼓忌雜」、「吹合宜低」，[356]可說是將曲辭、字音、曲調、配器各方面的關合都顧到了。

清人黃旛綽《梨園原》更有〈曲白六要〉，六要即：音韻、句讀、文義、典故、五聲、尖團。[357]此六要中之文義、典故，提醒演員在曲唱賓白時，首先要先弄清楚自己所唱之辭與所念之白的意義情境，才能藉其聲口詮釋傳達，而有精當的表演來感染觀眾。其他音韻、句讀、五聲、尖團都關涉咬字吐音，能明確掌握，方能有準確的語言旋律，從而發為美妙動人的歌聲。而由其「六要」合論曲白，可見黃氏一方面認為曲白同關音韻之道，一方面也說明在他心目中曲白同等重要。

---

[354] 〔清〕王德暉、徐沅澂：《顧誤錄》，〈度曲十病〉、〈度曲八法〉、〈學曲六戒〉，收入《中國古典戲曲論著集成》第九冊（北京：中國戲劇出版社，一九五九），頁五六－六三。

[355] 拙作：〈論說「歌樂之關係」〉，《戲劇研究》第一三期（二〇一四年一月），頁二二三－二二七。

[356] 〔清〕李漁：《閒情偶寄》，《中國古典戲曲論著集成》第七冊，頁九七－一〇四。

[357] 〔清〕黃旛綽：《梨園原》，《中國古典戲曲論著集成》第九冊，頁一六－二〇。

民國齊如山《國劇藝術彙考》第五章〈歌唱〉認為京劇的「歌唱」有四級：

第一級為正式歌唱，有樂器伴奏者，如唱皮黃腔、南北曲、南梆子、四平調、慢二六、南鑼、銀絞絲、大缸調、吹腔等。

第二級歌唱，如念引子、念詩、叫板、念對頭、對乾板等。

第三級歌唱，如一切話白都是。

第四級歌唱，凡因笑、哭、嗔、怒、憂、懼、恨、歎，以至咳嗽等發出來的聲音，都須有歌的意義。[358]

因為齊氏認為戲曲是「無聲不歌」的。

2. 戲曲之「做」

戲曲演員之「做工」根源於歌舞。在宋金南北戲劇未成立之前，歷代許多戲劇和小戲劇目，以舞蹈為其主要構成因素，如先秦天子為酬謝與農事有關的八位神靈而舉行的「蜡祭」，和方相氏頭戴面具，手執戈盾斧劍等兵器，作驅逐撲打鬼怪之狀的「儺祭」。周初歌頌周朝之統治如何有秩序，如何使天下安和樂利的〈韶舞〉與象徵武王伐紂、周召分陝而治的〈大武〉之樂，春秋楚優孟的化妝歌舞，屈原《九歌》的小戲群；西漢「角觝戲」中的《東海黃公》、《巴渝舞》，東漢《鄭叔晉婦》，三國《遼東妖婦》和《慈潛訟閱》，曹魏《遼東妖婦》，晉代《文康樂》，蕭梁《上雲樂》，唐代參軍戲、《蘭陵王》、《蘇幕遮》、《撥頭》（撥亦作缽、鉢）、《樊噲排君難》、《西涼伎》、《鳳歸雲》、《義陽主》等等都是如此。可見戲曲之歌與舞早就結合而為戲曲的基礎。因此，戲曲所

---

358 齊如山：《國劇藝術彙考》，《齊如山全集》（臺北：聯經出版事業公司，一九七九），頁三四五一－三四七二。

以「無動不舞」，也因其來有自；戲曲之重視「科介」便也很自然。[359]

戲曲「科介」實由「格範」與「開呵」二語之「訛變」而來。亦即「格範」二字之「格」與「科」既音近亦形近，「範」與「泛」為同音；從而由「格範」產生「訛變」而為「科範」、「科泛」。而「開呵」之「開」，因省文而為「开」，又因形近而訛變為「介」。[360]

由金元北曲雜劇與宋元南戲的「科介」，可見演員之身段動作已形成法式規範，而且在表演藝術中，已相當講究。如夏庭芝《青樓集》記「順時秀」：

> 雜劇為閨怨最高，駕頭、諸旦本亦得體。[361]

元人《張光弼詩集》卷三〈輦下曲〉云：

> 教坊女樂順時秀，豈獨歌傳天下名。意態由來看不足，揭簾半面已傾城。[362]

又元無名氏《藍采和》雜劇首折【混江龍】云：

---

[359] 拙作：〈先秦至唐代「戲劇」與「戲曲小戲」劇目考述〉，《臺大文史哲學報》第五九期（二〇〇三年十一月），頁二一五—二六六；收入拙著：《戲曲與歌劇》（臺北：國家出版社，二〇〇四），頁三七三—四五六。

[360] 著者有〈從格範、開呵、穿關說到程式〉，《戲曲研究》第六八輯（二〇〇五年九月），頁九三—一〇六。

[361] 〔元〕夏庭芝著，孫崇濤、徐宏圖箋注：《青樓集箋注》（北京：中國戲劇出版社，一九九〇），頁一〇二。

[362] 〔元〕張昱：《張光弼詩集》，收入《四部叢刊續編》集部第一四〇冊，卷三〈輦下曲〉（臺北：臺灣商務印書館，一九六六年據上海涵芬樓借常熟瞿氏鐵琴銅劍樓藏明鈔本），頁一七。

> 試看我行針步線，俺在這梁園城一交卻又早二十年。[363]

又元無名氏《宦門子弟錯立身》戲文第十二出宦門子弟完顏馬所唱【金蕉葉】：

> 我學那劉耍和行蹤步跡。[364]

以上順時秀「意態由來看不足」，藍采和之「行針步線」和完顏馬所學金院本「三傑」長於科泛之劉耍和「行蹤步跡」，都可見元代南北戲曲之演員已相當重視「科汎」之身段舞蹈，而且有一定之表演程式，即所云之「行針步線」與「行蹤步跡」，教坊色長劉耍和的「科汎」就是當時演員要學習的典範。[365]

到了明代新南戲，李開先《詞謔・詞樂》云：

> 顏容，字可觀，鎮江丹徒人，……乃良家子，性好為戲。每發場，務備極情態，喉音響喨，又足以助之。嘗與眾扮《趙氏孤兒》戲文，容為公孫杵臼，見聽者無戚容。歸即左手捋鬚，右手打其兩頰盡赤，取一穿衣鏡，抱一木雕兒，說一番，唱一番，哭一番，其孤苦感愴，真有可憐之色，難已之情。異日再演此戲，千百人哭皆失聲。歸，又至鏡前，含笑深揖曰：「顏容，真可觀矣！」[366]

---

[363] 〔元〕無名氏：《漢鍾離度脫藍采和》，收入姜亞沙、經莉、陳湛綺主編：《中國古代雜劇文獻輯錄㈢》（北京：全國圖書館文獻縮微複製中心，二〇〇六年影印《新續古名家雜劇》曲叢宮集第四目），頁二九七。

[364] 錢南揚校注：《永樂大典戲文三種校注》，頁二四四。

[365] 〔元〕陶宗儀：《南村輟耕錄》，卷二十五「院本名目」云：「其間副淨有散說，有道念，有筋斗，有科汎。教坊色長魏、武、劉三人鼎新編輯，魏長於念誦，武長於筋斗，劉長於科汎，至今樂人皆宗之。」頁三〇六。

可見顏容這位戲文表演藝術家，多麼重視其表演情態的動人。他對於自己的表演身段舞容，是多麼嚴格要求。潘之恒《鸞嘯小品》卷之二〈技尚〉謂梁溪鄒迪光家班對於演出的講求是「拜趨必簡，舞蹈必揚，獻笑不排，賓白有節。必得其意，必得其情。」為的是「升於風雅之壇，合於雍熙之度。」以達到「清貴之獨尚」的境地。[367]演出之身段舉止中規中矩可想。

對於演員「做工」的講求，最為精到的莫過於清人黃旛綽《梨園原》的〈身段八要〉：辨八形、分四狀、眼先引、頭微晃、步宜穩、手為勢、鏡中影、無虛日。其中：

辨八形：身段中有八形，須細心分清。

貴者：威容、正視、聲沉、步重。
富者：歡容、笑眼、彈指、聲緩。
貧者：病容、直眼、抱肩、鼻涕。
賤者：諂容、邪視、聳肩、行快。
癡者：呆容、呆眼、口張、搖頭。
瘋者：怒容、定眼、啼笑、亂行。
病者：倦容、淚眼、口喘、身顫。
醉者：困容、模眼、身軟、腳硬。

---

[366]〔明〕李開先：《詞謔》，《中國古典戲曲論著集成》第三冊，頁三五三—三五四。

[367]〔明〕潘之恒：《鸞嘯小品》，汪效倚輯注：《潘之恒曲話》，頁三〇。

分四狀：四狀為喜、怒、哀、驚。

喜者，搖頭為要。俊眼、笑容、歡聲。

怒者，怒目為要。皺鼻、挺胸、聲恨。

哀者，淚眼為要。頓足、呆容、聲悲。

驚者，開口為要。顏赤、身顫、聲竭。

但凡兒童有事物觸心，則面發其狀，口發其聲，喜、怒、哀、驚現於面，歡、恨、悲、竭發於聲。

眼先引：凡作各種狀態，必須用眼先引，故昔人有曰：「眼靈睛用力，面狀心中生。」

頭微晃：方顯活潑，然只能微晃，不可大晃及亂晃也。

步宜穩：臺步不可大，盡人皆知矣，然而亦不可過小，需求適中，以穩為要，雖於極快、極忙時，亦要清楚。

手為勢：凡形容各種形狀，全賴以手指示。

鏡中影：學者宜對大鏡演習，自觀其得失，自然日有進益。

無虛日：言其日日用功，不可間斷；間斷一日，則三日不能復原，學者切記。[368]

其所謂「身段八要」，可以說梨園行演員，從日常演出實踐中所獲之心得，是他們共同體會出來的結晶。由此也可見其用來描摹各種人物類型的狀態和油然從心中湧現的情感，令人感到惟妙惟肖。

---

[368] 〔清〕黃旛綽：《梨園原》，《中國古典戲曲論著集成》第九冊，頁二一〇—二一一。

3. 演員之「念白」

就戲曲文學而言，關鍵在曲文和賓白。小戲賓白但講求明白如話即可，大戲則不如此。但誠如李漁《閒情偶寄》卷三〈賓白第四〉開宗所言：「自來作傳奇者，止重填詞，視賓白為末著。常有《白雪》、《陽春》其調，而《巴人》《下里》其言者，予竊怪之。」[369]重視賓白，應始於明人王驥德《曲律・論賓白第三十四》：

賓白，亦曰「說白」。有「定場白」，初出場時，以四六飾句者是也。有「對口白」，各人散語是也。定場白稍露才華，然不可深晦。……對口白須明白簡質，用不得太文字；凡用之、乎、者、也，俱非當家。……句字長短平仄，須調停得好，令情意宛轉，音調鏗鏘，雖不是曲，卻要美聽。諸戲曲之工者，白未必佳，其難不下於曲。[370]

所論「賓白」，雖著眼文學手法，但須明白簡質，令情意宛轉、音調鏗鏘，卻也是戲曲演員臨場所要講求和呈現的。

又明人淩濛初《譚曲雜劄》云：

古戲之白，皆直截道意而已；惟《琵琶》始作四六偶句，然皆淺淺易曉。蓋傳奇初時本自教坊供應，此外止有上臺抅攔，故曲白皆不為深奧。其間用詼諧曰「俏語」，其妙出奇拗曰「俊語」。自成一家言，謂

---

[369] 〔清〕李漁：《閒情偶寄》，《中國古典戲曲論著集成》第七冊，頁五一。

[370] 〔明〕王驥德：《曲律》，《中國古典戲曲論著集成》第四冊，頁一四〇－一四一。

之「本色」，使上而御前、下而愚民，取其一聽而無不了然快意。今之曲既鬥靡，而白亦競富。甚至尋常問答，亦不虛發閑語，必求排對工切。是必廣記類書之山人，精熟策段之舉子，然後可以觀優戲，豈其然哉？又可笑者：花面丫頭，長腳髯奴，無不命詞博奧，子史淹通，何彼時比屋皆康成之婢、方回之奴也？總來不解本色二字之義，故流弊至此耳。[371]

凌氏真是透徹道出了《琵琶記》以後明人新南戲和傳奇在賓白上用四六文、用故典藻語的大弊病。

到了清人李漁《閒情偶寄》更加重視「賓白」。他首先強調「賓白一道，當與曲文等視。」要能曲白相生，「常有因得一句好白而引起無限曲情，又有因填一首好詞，而生出無窮話柄者。」[372]於是他便以「聲務鏗鏘」、「語求肖似」、「詞別繁減」、「字分南北」、「文貴潔淨」、「意取尖新」、「少用方言」、「時防漏孔」等來說明創作賓白所應當注意的八件事。其中所謂「漏孔」，即指賓白之「前是後非，有呼不應，自相矛盾」之弊病。[373]他更在五卷〈演習部・教白〉中強調演員臨場賓白時要「高低抑揚」、「緩急頓挫」恰到好處，他說「吾觀梨園之中，善唱曲者，十中必有二三；工說白者，百中僅可一二。」[374]也因此，後來梨園界也有「千金說白三兩唱」之說，用來說明「賓白」全憑演員功力修為，沒有曲唱那樣有管絃鑼鼓幫襯，所以其難度反而高得多。

清人黃旛綽《梨園原》更有「六要」，以同論「曲白」，可見在其心目之中，曲白之道不殊，而且也同等重

---

[371]〔明〕凌濛初：《譚曲雜箚》，《中國古典戲曲論著集成》第四冊，頁二五九。

[372]〔清〕李漁：《閒情偶寄》，《中國古典戲曲論著集成》第七冊，頁五一－五二。

[373] 同上註，頁六〇。

[374] 同上註，頁一〇四。

要。對此已見上文。

4. 演員之「打」

戲曲四功中之「打」，源於雜技。表現角觝競技的周代戲禮〈大武〉和〈蚩尤戲〉已見其端；張衡〈西京賦〉中所見漢武帝時的角觝戲《總會仙倡》、《烏獲扛鼎》、《巴渝舞》、《東海黃公》已為戲劇或戲曲劇目。東漢時《鄭叔晉婦》、三國時《遼東妖婦》、《慈潛訟鬩》，以及唐代《蘭陵王》、《撥頭》、《樊噲排君難》及參軍戲等，皆含有「角觝」遺風。宋孟元老《東京夢華錄》卷七〈駕登寶津樓諸軍呈百戲〉，所述「百戲」內容即頗繁複，有裝神弄鬼者，有武打戰陣者，有馬上雜耍特技者；此時雜劇尚穿插於歌舞雜技中演出。[375]至金元院本，則「霸王院本」、「沖撞引首」中〈打三十〉、〈打謝樂〉、〈打八哥〉、〈三打步〉、〈羅打〉、〈小鬥摑〉等顯然以武術演出為主；至北曲雜劇，則所謂「綠林雜劇」與「脫膊雜劇」顯然為融入武術而以之為主的雜劇類型。也因此院本三傑魏、武、劉中的「武」已以「筋斗」為長；蓋以「筋斗」為武術表演的特技，而戲曲武術中除徒手空拳的「手把子」外，其使用各種武器道具的「朴刀使棒」也習見於元人雜劇中。

明人張岱《陶庵夢憶》卷六所記〈目連戲〉更簡直是漢角觝的再現：

> 余蘊叔演武場搭一大臺，選徽州旌陽戲子剽輕精悍，能相撲跌打者三四十人，搬演目連，凡三日三夜。四圍女臺百什座。戲子獻技臺上，如度索舞絙、翻桌翻梯、觔斗蜻蜓、蹬罈蹬臼、跳索跳圈，竄火竄劍之類，大非情理。凡天神地祇、牛頭馬面、鬼母喪門、夜叉羅剎、鋸磨鼎鑊、刀山寒冰、劍樹森羅、鐵城血澥，一似吳道子《地獄變相》，為之費紙札者萬錢，人心惴惴，燈下面皆鬼色。戲中套數，如《招五

---

[375] 〔宋〕孟元老：《東京夢華錄》，頁四二—四五。

方惡鬼》、《劉氏逃棚》等劇，萬餘人齊聲吶喊，熊太守謂是海寇卒至，驚起，差衙官偵問，余叔自往復之，乃安。[376]

像這種目連戲的演出，尚且如同搬演雜耍特技，重在武術的表演。

傳奇中凡兩軍交戰，只記「戰介，交鋒介」，也有注「調戰科」，如《玉鏡記》第三十六出、《南柯記》第二十九出、《千金記》第三十出等等；但傳奇中腳色沒像京劇有「武行」，所以這種「交戰」，應當也只是簡單的舞蹈為之，不會有繁雜的程式。

但京劇有「武行」、「上下手行」。武行有會陣、鑽烟筒、起打、過合、拉開、亮住、追過場、耍下場、打搶背、架住、幾股當、結攢、聯環、打出手等等程式，上下手行更要拼命翻跟斗，使得舞臺熱鬧非凡。京劇可以說把「打」的藝術，發揮到了極致。[377]

(三)戲曲演員之完美藝術修為

雖然一個演員具備「唱做念打」四功，便算有了戲曲表演藝術的修為和涵養；但若要真正成為一位在藝術上完美無缺的演員，還要有以下訴諸先天與後天的三個進程和條件。其一為演員、腳色、人物的融合，其二為色藝雙全，其三為形神合一。論述如下：

376 〔明〕張岱：《陶庵夢憶》，頁四七—四八。

377 以上參見齊如山：《國劇藝術彙考》，《齊如山全集》，頁三四三一—三四三六。

1. 演員腳色人物之融合

演員必須充任腳色，具有腳色基本的「四功五法」的底子，來扮飾人物，才能搬演。因為戲曲腳色只是一種符號，必須通過演員扮飾人物才能具體顯現出來。它對於劇中人物來說，是象徵其所具備的類型和性質；對於演員來說，是說明所應具備的藝術造詣和在劇團中的地位。[378]

地方戲曲小戲初成之時，未有腳色；逐漸分男女兩腔，或有分工而未定，彼此可以兼代。進而由男女兩腔形成小丑小旦之二小戲，又進而有加一小丑或小旦或小生之三小戲。[379]

戲曲腳色有專稱和俗稱，專稱之生旦淨末丑，皆由俗稱字音、字形之省文與音同、音近之訛變為符號化而來。劇種之有腳色，始於唐代宮廷官府優伶小戲「參軍戲」之參軍與蒼鶻，為俗稱；宋金雜劇院本有「五花爨弄」，副淨、副末為主而兼以引戲、末尼、裝孤（或裝旦），引戲為俗稱，裝孤裝旦為半俗稱，末尼、副淨、副末為符號化專稱。由淨末之有「副」，已初見腳色之分化。

戲曲腳色以生旦淨末丑雜為六大綱，其分化情況如下：

(1)生行

南戲：生

傳奇：生、小生

崑曲：老生、冠生、小生（巾生、黑衣、靴皮、雉尾）

皮黃：鬚生：唱工、作派

---

[378] 拙作：〈中國古典戲劇腳色概說〉，《國立編譯館館刊》第六卷第一期（一九七七年六月），頁一三五－一六五。

[379] 拙著：《地方戲曲概論》，第拾章第三節〈戲曲腳色可注意之現象〉，頁八二三－八二六。

武生：長靠、短打
武老生：長靠、短打
紅生（一名紅淨）
小生：扇子生、雉尾生、唱工小生

(2)旦行

宋雜劇：旦
南戲：旦、貼（占）
元雜劇：①正旦、外旦、小旦、老旦（見於《元刊雜劇三十種》者，下同。）
②正旦、副旦、貼旦、小旦、外旦、大旦、二旦、老旦、旦兒、駕旦、搽旦、色旦、魂旦、眾旦、林旦、岳旦（見於《元曲選》者，下同。）
傳奇：旦、貼（占）、小旦、小貼、老旦、老貼
崑曲：正旦、貼旦、老旦、作旦、刺殺旦、閨門旦
皮黃：青衣（正旦）、花旦、花衫、老旦、彩旦（丑旦）、刀馬旦、閨門旦、玩笑旦、潑辣旦、武旦、貼旦

(3)淨行

宋雜劇：副淨（次淨、付淨、副靖）
南戲：淨
元雜劇：①淨、外淨、二淨
②淨、副淨、董淨、薛淨、胡淨、柳淨、高淨

傳奇：淨、副淨（付淨）、大淨、中淨、小淨
崑曲：正淨、白淨、副淨
皮黃：正淨、副淨、武淨

⑷末行
宋雜劇：末（末泥）、副末（次末）
南戲：末、外
元雜劇：①正末、外末、駕末、外孤、小末、孤末、眾外
②正末、沖末、外、小末（小末尼）、副末
傳奇：末、副末（付末）、小末、外、小外
崑曲：末、外
皮黃：併入生行

⑸丑行
南戲：丑
元雜劇：丑、劉丑、張丑（見於《元曲選》）
傳奇：丑、小丑
崑曲：丑
皮黃：文丑、武丑

⑹雜、眾

皮黃之眾又分：流行、武行、上下手

從以上可見，由於戲曲內容藝術的由簡趨繁，腳色的類別名目也隨著孳乳複雜起來。唐參軍戲只有二色，宋金雜劇院本衍為「五花」；元雜劇則有三綱十三目（以元刊本為準）。宋元南戲為五類七目，明傳奇則演為六門二十目，至於清皮黃更有七行三十三目。

又腳色之孳乳而複雜，約有四條線索可循：其一由其地位分，以資鑑別其在該行中之輕重：如傳奇之生、小生，旦、貼旦，末、副末、小末、小外，淨、副淨，丑、小丑；元雜劇之正旦、外旦，正末、外末，淨、外淨、二淨，崑曲之正淨、副淨。其二用以說明所扮飾人物之身分或性情：如《元曲選》之老旦、小旦、大旦、二旦、駕旦、搽旦、色旦、魂旦、林旦、岳旦、董淨、薛淨、胡淨、柳淨、高淨，元刊本之駕末、外孤、孤末，傳奇之老旦，崑曲之老生、小生、老旦、作旦、刺殺旦、閨門旦，皮黃之鬚生、武生、武老生、小生、花旦、老旦、閨門旦、刀馬旦、玩笑旦、潑辣旦、武旦、文丑、武丑。其三再由其所專精之技藝分：如皮黃之唱工鬚生、作派鬚生、長靠武生、短打武生、長靠武老生、短打武老生、唱工小生。其四由所扮飾之特徵分：如崑曲之冠生、巾生、黑衣、靴皮、雉尾，皮黃之扇子生、雉尾生、紅生、青衣、花衫、彩旦。以上可見：元雜劇、明傳奇腳色分化之理是由前面兩條線索，皮黃則兼具後面三條線索。而到了崑曲、皮黃，無論其分化之理如何，事實上腳色皆與其技藝密切結合。

戲曲演員既然必須充任腳色扮飾人物，則所充任之腳色不同，其所應先修為之功法自然不同，所要呈現之人物類型亦自有別。因之諺云：「生旦有生旦之曲，淨丑有淨丑之腔。」[380]

李漁《閒情偶寄・聲容部・習技第四》說其對姬妾如何調教，首先要使之識字習「文藝」，其次使之知音弄

[380] 拙作：〈中國古典戲劇腳色概說〉，《國立編譯館館刊》第六卷第一期（一九七七年六月），頁一三五—一六五。

「絲竹」，終於使之演劇能「歌舞」；也就是在演劇之前，要先有解文知音的基礎工夫；然後又要「因材施教」，經「取材」、「正音」、「習態」然後完成。他說的是如何訓練姬妾為演員以自娛，其實其施教「三部曲」也可看作古代演員「養成教育」的三步驟。其「一曰取材」云：

> 取材維何，優人所謂「配腳色」是已。喉音清越而氣長者，正生、小生之料也；喉音嬌婉而氣足者，正旦、貼旦之料也，稍次則充老旦；喉音清亮而稍帶質樸者，外末之料也；喉音悲壯而略近噍殺者，大淨之料也。至於丑與副淨，則不論喉音，只取性情之活潑，口齒之便捷而已。[381]

因為戲曲以唱曲最為主要，故演員之配置行當，自以其天生音色之質性為基準。

其「二曰正音」云：

> 正音維何？察其所生之地，禁為鄉土之言，使歸《中原音韻》之正者是已。鄉音一轉而即合崑調者，惟姑蘇一郡。一郡之中，又止取長、吳二邑，餘皆稍遜，以其與他郡接壤，即帶他郡之音故也。[382]

因為崑山水磨調以吳音為基礎，故吳音之語言旋律，即為水磨之腔；倘若字音不以吳音為準，則其腔必不純。所以李漁認為演員如非吳人，就要設法逐漸矯正其唱詞之字音。而他是以《中原音韻》為基準的。

其「三曰習態」云：

---

381 〔清〕李漁著，汪巨榮校，盧壽榮注：《閒情偶寄》（上海：上海古籍出版社，二〇〇〇），頁一七五—一七六（《中國古典戲曲論著集成》第七冊只收〈詞曲部〉、〈演習部〉兩部）。

382 同上註，頁一七六。

> 場上之態，不得不由勉強，雖由勉強，卻又類乎自然，此演習之功之不可少也。生有生態，旦有旦態，外末有外末之態，淨丑有淨丑之態，此理人人皆曉。……男優妝旦，勢必加以扭捏，不扭捏不足以肖婦人；女優妝旦，妙在自然，切忌造作，一經造作，又類男優矣。[383]

其所謂「態」指場上之身段舞容，各門腳色皆有其各自之修為，因以呈現其所扮飾人物之類型與質性。

而戲曲的行當藝術化，實以「折子戲」為極致；在「折子戲」裡，其各門腳色所專屬劇目之藝術特色，實有其他行當所不可逾越者。因此戲曲行當藝術便與演員修為有不可分割的關係。因之有所謂「行當功」，是該行當刻畫人物，表演故事所必需具備的表演基本功。如「老生」行，應具備髯口功、甩髮功等。「武生」行應具備腿功、腰功、把子功、毯子功等。「小生」行應具備圓場功、水袖功、扇子功、翎子功等。旦行「青衣」應具備水袖功、圓場功、腰功等；「花旦」應具備手絹功、水袖功、臺步功、雲帚功等；「老旦」行應具備搶背、屁股坐子、僵屍等。「淨行」中「銅錘花臉」應具備圓場功、水袖功、臺步功、髯口功等。丑行中「文丑」應有臺步功、搶背、撲虎、扇子功等；「武丑」應有頂功、矮子功、吃火吐火等絕活、佛珠功等。[384]此外，演員悲歡哭笑的情緒，也因各行當而有別，單以劇中「笑聲」為例：

花臉要潤而宏　武花臉要寬而放　老生要堅而永　武生要剛而脆

老外要莊而穆　小生要柔而鍊　窮生要呆而戚　武小生要堅而脆

---

383 同上註，頁一七八。

384 關於行當功，詳余漢東編著：《中國戲曲表演藝術辭典》「行當功」條（武漢：湖北辭書出版社，一九九四），頁五七七。

方巾丑要冷而雋　武丑要鍊而促　小丑要駭而諧　老旦要柔而緩

青衣要靜而婉　閨門旦要輕而倩　花旦要脆而媚　彩旦要呆而散[385]

因為各門腳色皆有各自的專長藝術，所以一個演員一般只能演好一種腳色，如果跨行兼抱已屬不容易，至若「文武崑亂不擋」，那真是不世出的「角兒」了。

2. 演員之色藝兼具

戲曲演員雖然技藝為重，但如果生旦扮相俊美而「色藝雙全」，也才容易出類拔萃，為世所重。元人胡祗遹〈黃氏詩卷序〉首先提出「九美說」：

女樂之百伎，惟唱說焉。一姿質濃粹，光彩動人；二舉止閑雅，無塵俗態；三心思聰慧，洞達事物之情狀；四語言辨利，字句真明；五歌喉清和圓轉，累累然如貫珠；六分付顧盼，使人解悟；七一唱一說，輕重疾徐中節合度，雖記誦嫻熟，非如老僧之誦經；八發明古人喜怒哀樂、憂悲愉佚、言行功業，使觀聽者如在目前，諦聽忘倦，惟恐不得聞；九溫故知新，關鍵詞藻，時出新奇，使人不能測度為之限量。九美既具，當獨步同流。[386]

黃氏所從事的雖是說唱，但說唱的進一步發展就成為戲曲；像金元北曲雜劇那樣的戲曲，其實是說唱「一變」

[385] 齊如山：《國劇藝術彙考》，《齊如山全集》，頁三四六二。

[386] 〔元〕胡祗遹：〈黃氏詩卷序〉，《紫山大全集》卷八，收入〔清〕紀昀等總纂，王雲五主持：《四庫全書珍本》四集第一二二六冊（臺北：臺灣商務印書館，一九七三），頁一三。

過來，與說唱尤為接近。所以以這「九美」來論戲曲，也大抵可以相通達。

此「九美」中的前三美姿質、舉止、心思，說的是一個人的容貌、儀態、聰慧，三者合而為「色」；其他語言、歌喉、分付、說唱、技巧、溫故六者合而為「藝」；具此「九美」乃能「色藝雙全」，成為傑出的說唱或戲曲表演藝術家。因此，元末夏庭芝〈青樓集志〉云：「天下歌舞之伎，何啻億萬，而色藝表表在人耳目者，固不多也。」[387]可見他也講究歌伎之「色藝表表」，而從他所記的一百十七名女伶中，約可歸納為「姿色美、風神美、慧性美」三種類型。[388]有些女伶更具備重疊性之美，例如小玉梅「姿格嬌冶，資性聰明。雜劇能迭生按之，號小技。」[389]但女伶中也有無法「色藝雙全」的，例如：

朱錦繡：雜劇旦末雙全，而歌聲墜梁塵，雖姿不逾中人，高藝實超流輩。

和當當：雖貌不揚，而藝甚絕。

陳婆惜：聲遏行雲，然貌微陋，而談笑風生。

米里哈：歌喉清宛，妙入神品。貌雖不揚，而專工貼旦雜劇。[390]

---

[387] 〔元〕夏庭芝著，孫崇濤、徐宏圖箋注：《青樓集箋注》，頁四四。

[388] 具有姿色美者，如聶檀香「姿色嫵媚，歌韻清圓」。具有風神美者，如天然秀「丰神靚雅，殊有林下風致，才藝尤度越流輩。」具有慧性美者，如顧山山「資性明慧，技藝絕倫」。歸納《青樓集》女伶之美，詳李惠綿：《元明清戲曲搬演論研究：以曲牌體戲曲為範疇》（臺北：文史哲出版社，一九九八），頁三〇—三一。

[389] 同上註，頁三二。

[390] 同上註，頁三二。

由此看來，女伶未能「色藝雙全」雖然遺憾；但一技出眾，畢竟亦能使人觀賞，而絕無藝拙劣而色出眾者能擅場舞臺；則就表演藝術而言，色較諸藝，仍遜一籌。

明人潘之恒《鸞嘯小品》卷之二〈仙度〉謂「楊姬行六，子字，更名曰起超」者，真有「仙度」，其說云：

人之以技自負者，其才、慧、致三者，每不能兼。有才而無慧，其才不靈。有慧而無致，其慧不穎。穎之能立見，自古罕矣！楊之仙度，其超超者乎！賦質清婉，指距纖利，辭氣輕揚，才所尚也，而楊能具其美。一目默記，一接神會，一隅旁通，慧所涵也，楊能蘊其真。見獵而喜，將乘而蕩，登場而從容合節，不知所以然，其致仙也，而楊能以其閑閑而為超超，此之謂致也。所以靈其才，而穎其慧者也。余始見仙度于庭除之間，光耀已及于遠；既覩于壇坫之上，佳氣遂充于符。三遇于廣陌之野，縱橫若有持，曼衍若有節也。西施淡粧，而矜豔者喪色。仙乎仙乎！美無度矣！而淺之乎？余以「度」字也。仙仙乎！其未央哉！391

潘氏真是把歌姬楊六捧上天，因為她才慧致三美兼具，因而散發著攝人的華彩，其表演藝術無論在什麼場合，都讓人有色藝俱全，望之若神仙的丰韻。

清人李漁《閒情偶寄》卷三〈聲容部〉，雖然說的是以他如何養成家中姬妾成為他生活享受的「真美人」為指標，但綜觀其以肌膚、眉眼、手足、態度論「選姿第一」，以盥櫛、薰陶、點染論「修養第二」，以首飾、衣衫、鞋襪論「治服第三」，以及文藝、絲竹、歌舞論「習技第四」，392其實也可以看出他如何栽培女伶，使之能

391 〔明〕潘之恒：《鸞嘯小品》，汪效倚輯注：《潘之恒曲話》，頁四二。

392 汪巨榮校，盧壽榮注：《閒情偶寄》，頁一三〇－一七九。

夠「色藝雙美」的方法和歷程；因為他家中的姬妾，實際上也是他家庭戲班行走江湖的演員。

乾隆間的文人每每以花鳥來品評戲曲演員的色藝，譬如擷芳道人〈消寒新詠序〉云：

鐵橋山人與其友石坪居士、問津漁者，寓三益山房。誦讀之餘，欲為消寒之計，乃以花比色，以鳥比聲，托物賦形，分題合詠，不覺積日成編矣。……夫有色者知其為花，有聲吾知其為鳥，固已。然天地如此其大也，……何在無花與鳥？何在非色與聲？花不必其為花，鳥不必其為鳥——愛花者見之謂之花也，愛鳥者見之謂之鳥也。色不必其為色，聲不必其為聲——目遇之而成色，皆可以色色之也；耳得之而成聲，皆可以聲聲之也。只在解人自得耳。[393]

擷芳道人這段序文說得「天花亂墜」，好像其託之花鳥，別有深意，但其實不過風雅文人對戲曲演員一番評頭論足的遊戲而已。他們以花比演員之色，以鳥之聲比演員之藝，而每位演員的色藝各有不同，因之所比擬的花鳥也各有差異。例如：

范二官：有聲有色，卓卓冠時者也。彼其格高態老，非梅花、白鶴不足以方之。

王百壽官：嗚呼！嫩白含香，茶中玉茗；清歌按節，海上青鸞。非今日之百壽耶？[394]

就其所詠者觀之，無不因所屬之花鳥描寫而以見戲曲演員之色藝。由此也可見其時對演員的品鑑是色藝兼顧的，

---

[393] 〔清〕鐵橋山人撰，周育德校刊：《消寒新詠》（北京：中國戲曲藝術中心，一九八六年據乾隆乙卯年（一七九五）三益山房外編本點校），頁一。

[394] 同上註，頁一一、一四。

而其「藝」是以歌唱為主要的，這也是戲曲之所以以「曲」名的緣故。

3. 演員之形神如一

戲曲表演藝術之最高境界，則莫過於演員此時此際通過腳色所具之藝術修為，而與劇中人物達到形神如一之境地。

形神如一之觀點，最早見於典籍《荀子集解・卷十一・天論篇第十七》：

> 形具而神生，好惡喜怒哀樂藏焉，夫是之謂「天情」；耳目鼻口形能各有接而不相能也，夫是之謂「天官」。心居中虛以治五官，夫是之謂「天君」。[395]

可見「天君」主宰各具其用的「天官」，產生各種不同的「天情」。這裡的「天情」即是自然心靈生發的精神，「天官」是自然形成的四肢五竅百骸，「天情」是形神，亦即「天君」主宰「天官」感應外物而反射的種種現象。所以《淮南子・卷十四・詮言訓》也說：

> 神貴於形也，故神制則形從，形勝則神窮。[396]

而《史記・太史公自序》則說：

> 凡人所生者神也，所托者形也。神大用則竭，形大勞則敝，形神離則死。[397]

[395]〔清〕王先謙集解，沈嘯寰、王星賢點校：《荀子集解》（北京：中華書局，一九八八），頁三〇九。

[396]〔漢〕高誘注：《淮南子》（上海：上海書店出版社，一九八六年據世界書局《諸子集成》本影印），頁二四九。

史公說出了形神關係的密切，它們之間是互相依存與生發的，兩者都要善於保養，是不可以大用與大勞而致使相離的，否則便只有死亡。著者認為「人生苦樂的根源，總結起來是形神相親與不相親。形神相親則表裡如一，所行遂其所志，其樂自然泄泄而融融；形神不相親則中外衝突，所行逆其所志，其苦自然悽愴而涕下。形神既然不可分離，就應當使之相親而不使之衝突。」[398]由此引申於戲曲演員的舞臺藝術，如能與所扮飾的人物「形神相親」，乃至於「形神如一」，則焉能不動人十分。《世說新語・巧藝第二十一》云：

顧長康畫人，或數年不點目精。人問其故，顧曰：「四體妍蚩本無關於妙處，傳神寫照正在阿堵中。」[399]

眼睛是靈魂之窗，一個人的精神華采完全由此流露出來。所以欲寫照而傳神，只在畫中之眼目一點，於是畫中人物頓然形神如一，奕奕動人。戲曲表演藝術之寫照在於演員之模擬塑造人物，而其是否神彩動人，則在於是否與人物完全合一。

然而戲曲藝術之呈現，畢竟由唱做念打，唱念有聲情，做打有肢形，演員與人物間，必由形似而神似而形神如一。亦即有其精進之歷程。對此，湯顯祖「由藝入道」說，蓋可以稱是。他在〈宜黃縣戲神清源師廟記〉中對宜黃子弟說：

---

397 〔日〕瀧川龜太郎考證：《史記會注考證》，卷一三〇〈太史公自序第七十〉，頁一四。

398 拙作：〈形神相親〉，《臺灣日報》一九八二年九月十四日，後收入拙著：《蓮花步步生》（臺北：正中書局，一九八四），頁二〇七—二〇九。

399 余嘉錫撰，周祖謨、余淑宜整理：《世說新語箋疏》（臺北：華正書局，一九九一），頁七二二。

> 汝知所以為清源祖師之道乎？一汝神，端而虛。擇良師妙侶，博解其詞而通領其意。動則觀天地人鬼世器之變，靜而思之。絕父母骨肉之累，忘寢與食。少者守精魂以修容，長者食恬淡以修聲。為旦者常自作女想，為男者常欲如其人。其奏之也，抗之入青雲，抑者如絕絲，圓好如珠環，不竭如清泉。微妙之極，乃至有聲而無聲，目擊而道存，使舞蹈者不知情之所自來，賞歎者不知神之所自止。若觀幻人者之欲殺偃師，而奏〈咸池〉者之無怠也。若然者，乃可為清源祖師之弟子。[400]

由此可知：湯氏認為戲曲演員要達成藝術的至高境界「道」，首先要聚精會神、專心一意的向師友大自然人生百態去模擬揣想學習以求神似，一旦登場，更要使歌聲微妙之極，舞態出諸天韻，從而使觀賞者油然進入神往的勝境，如此才算完成。

潘之恒《鸞嘯小品》卷之二更以「神合」作「諸子之評」來表彰票友中的「諸子名家士」，他說：

> 神何以觀也？蓋由劇而進於觀也，合於化矣！然則劇之合也有次乎？曰：有。技先聲，聲先神。神之合也，劇斯進已。會之者固難，而善觀者尤鮮。余觀劇數十年，而後發此論也。其少也，以技觀進退武步，俯仰揖讓，具其質爾。非得嘹亮之音，飛揚之氣，不足以振之。及其壯也，知審音而後中節合度者，可以觀也。然質以格囿，聲以調拘。不得其神，則色動者形離，目挑者情沮。微乎！微乎！生於千古之下，而游於千古之上，顯陳迹於乍見，幻滅影於重光，非旃、孟之精通乎造化，安能悟世主而警凡夫？所謂以神求者以神告，不在聲音笑貌之間。今垂老，乃以神遇。然神之所詣，亦有二途：以摹古者遠志，以

---

[400] 〔明〕湯顯祖：〈宜黃縣戲神清源師廟記〉，徐朔方箋校：《湯顯祖詩文集》第三十四卷〈玉茗堂文之七——記〉（上海：上海古籍出版社，一九八二），頁一一二八。

寫生者近情。要之知遠者降而之近，知近者溯而知遠，非神不能合也。吳儂之寓秦淮者，坐進此道，吾以觀微得之。甚矣！劇之難言！何惑乎秦漢之君褰裳濡足也。[401]

由此可見，潘氏在數十年的觀劇經驗裡，分析了他自我的進境歷程，首先是少年時的「觀技」，但觀其表相的身段與歌唱；其次壯年的「審音」，但聽其中節合度否；最後是老年的「合神」，終於達到官知止而神欲行的化境。這三種歷程，如果拿來用作演員藝術修為的三進境，也是很合適的。潘氏所記傑出演員筠雪，就是達到「合神」的境地。其《鸞嘯小品》卷之三〈筠喻・評曰〉：

筠雪之為劇也，韻既朗閑，情亦蕩譎。不誠而嚴，不律而逸。氣和調肅，神凝志一。其為音也，乍揚若抑；其為步也，進三退一；其為態也，當境以出，其來也若飛而集，其去也若滅而入；其為度也，百不爽失。人謁其長，神效其力。起金風有作容，儷仙度而讋魄，真有愧於丈夫，而開劇之內則。羌感夫禮魂，而心乎為國者哉！[402]

潘氏自注：「是日演《連環記》，筠雪為貂蟬。」[403]可見所評正是筠雪演《連環記》貂蟬時的觀感。她的表演正超出程式的制約，流露不凡的情韻；她的唱腔，舞姿都已出神入化，而又能不失法度。

又如張岱《陶庵夢憶》卷六之記〈彭天錫串戲〉：

401 〔明〕潘之恒：《鸞嘯小品》，汪效倚輯注：《潘之恒曲話》，頁四七。

402 〔明〕潘之恒：《鸞嘯小品》，汪效倚輯注：《潘之恒曲話》，頁一二四。

403 同上註。

彭天錫串戲妙天下，然齣齣皆有傳頭，未嘗一字杜撰。曾以一齣戲，延其人至家，費數十金者，家業十萬，緣手而盡。三春多在西湖，曾五至紹興，到余家串戲五六十場，而窮其技不盡。天錫多扮丑淨，千古之奸雄佞幸，經天錫之心肝而愈狠，借天錫之面目而愈刁，出天錫之口角而愈險。設身處地，恐紂之惡不如是之甚也。皺眉眡眼，實實腹中有劍，笑裡有刀，鬼氣殺機，陰森可畏。蓋天錫一肚皮書史，一肚皮山川，一肚皮機械，一肚皮磥砢不平之氣，無地發洩，特於是發洩之耳。余嘗見一齣好戲，恨不得法錦包裹，傳之不朽；嘗比之天上一夜好月，與得火候一杯好茶，只可供一刻受用，其實珍惜之不盡也。桓子野見山水佳處，輒呼「奈何！奈何！」真有無可奈何者，口說不出。[404]

彭天錫的技藝所以如此活靈活現，令人讚嘆不已，其故是他能傳承前輩精華，又能飽讀書史、閱歷山川以厚實修養，所以能使形神如一，達到出神入化的境地。

此外如侯方域《壯悔堂文集》卷五〈馬伶傳〉，焦循《劇說》卷六引錄之〈商小玲〉，也都可見一個成功的戲曲演員，無不達到形神如一的境界。

若此，或問：形神如一，是否演員因為過於投入人物而破壞戲曲「寫意」之本質？答案是：根本不會，因為寫意非寫實，形神如一必然遺形而取神，其神之華彩已足以引人入勝，又何有於寫實之形跡可言？

結語

總上所論，可知戲曲演員之表演藝術內涵，根源於構成戲曲之元素及其所形成之戲曲質性。雖然戲曲有大

---

[404] 〔明〕張岱：《陶庵夢憶》，頁四七。

戲小戲之精粗、劇種各自之差別，但就演員之藝術修為而言，前賢所歸納之「四功五法」，實為此中之不二法門。所謂「四功」即「唱做念打」，「唱念」在咬字吐音與行腔，講究字清腔純板正，行腔在傳情動人，其間則有賴於天然音色之質性與口法之運轉。「做打」則在手眼身髮步「五法」之造詣，以肢體語言行精妙之姿韻。也就是說戲曲演員表演藝術之基本修為不外「歌」與「舞」，而歌舞性也正是戲曲之藝術本質。而演員之進入戲曲藝術，莫不因材質而以腳色分科，資質出類拔萃者，則可以兩門三門抱，其不世出者則可以「文武崑亂不擋」。

戲曲由於歷代劇種之遞嬗與發展，其藝術之內涵與輕重，自然有所演進與變異。譬如小戲基本在「踏謠」，腳色由不明顯到二小三小；北曲雜劇由說唱藝術一變而來，重在歌唱，身段動作尚且在於配搭歌唱，但已具科汎程式，腳色末旦之命義止於獨唱全劇之男女主腳，淨腳但為插科打諢，無男女性別之分。直到傳奇才發展為歌舞樂融而為一之綜合藝術，其做工已極精緻，但源自武術雜技之「打」，則有待於京劇之完成。余漢東《中國戲曲表演藝術辭典》，將京崑兩劇種「做打」之表演藝術分為：（數字為條目數）

一、戲曲行當分為：生（二十八）、旦（十五）、淨（十）、丑（十）、其他（二十六）等六綱八十九目。

二、戲曲形體部位表演藝術分為：手法（九十六）、腿功（四十二）、步法（六十六）、眼神（三十四）、頸部（十三）、腰功（十一）、身法（十一）、身段術語（十五）等八綱二百八十八目。

三、戲曲跳轉表演藝術分為五十八目。

四、戲曲毯子功表演藝術分為：毯子功術語（六十九）、小筋斗（五十四）、長筋斗（四十二）、軟筋斗（四十九）、高臺筋斗（十八）、走跤（二十九）、彈板筋斗（九）等七綱二百七十目。

五、戲曲服飾表演藝術分為：旦行水袖（三十）、蟒袍褶（二十一）、大帶（七）、大靠（五）等四綱六十三目。

六、戲曲盔帽翎髮表演藝術分為：盔帽（九）、翎子（十四）、辮髮（十六）等三綱三十九目。

七、戲曲髯口表演藝術分為四十八目。

八、戲曲道具表演藝術分為：馬鞭（二十九）、扇子（二十一）、雲帚（十五）、水旗（十二）、大旗（四）、皂隸板（五）、笏（四）、龍套旗（三）、椅技（二十三）、桌技（十八）、盤技（六）、燈（六）、長綢（十一）、筆（三）、佛珠（八）、印（二）、手帕（六）、箱（二）等十八綱一百七十八目。

九、戲曲把子功表演藝術分為：單槍（五十八）、雙槍（三十七）、單刀（四十一）、雙刀（二十八）、劍術（二十三）、棍術（三十）、錘技（二十一）、大刀（三十六）、匕首（四）、圈技（十七）、武打（九十）、出手（七十四）等十二綱四百五十九目。

十、戲曲舞臺調度表演藝術分為：八十五目。

十一、戲曲排演術語分為：一百二十目。[405]

以上計十一大類五十五綱一千六百九十七目，其中縱使扣除行話術語（計二百零四目），尚得一千四百九十三目，即此可見發展完成後之戲曲表演藝術，光就「做、打」而言，已是精細之極，是以教人琳瑯滿目如萬花筒矣。

然而縱使戲曲表演藝術已如此教人眼花撩亂，若論其表演藝術之境界，則文人眼中，莫不以形神俱化為至尚；而其「藝」術縱然妙絕，若其「色」不相稱，亦終非完美。因此完美之戲曲表演藝術家，既要得之於人又要得之於天，乃能「色藝雙全」、「形神合一」而成為世人稱道、仰望難於世出的典範。[406]

---

405 余漢東編著：《中國戲曲表演藝術辭典》（武漢：湖北辭書出版社，一九九四）。

406 本文完稿於二〇一四年三月八日午後，時寒窗春雨。

六、論說「京劇流派藝術」之建構

緒論

1. 戲曲之雅俗推移與京劇成立發展之概況

清乾隆間，戲曲史上有所謂「花雅爭衡」，指的是北京劇壇雅部崑腔與花部亂彈間的競爭與消長。而事實上，戲曲自大戲「南戲北劇」成立以後，戲曲的發展就是雅俗間的爭衡遞進與交融蛻變的歷程。著者因有〈論說「戲曲雅俗之推移」〉[407]，大意謂：元代北劇是雅，南戲是俗。這種觀念直到祝允明（明英宗天順四年至世宗嘉靖五年，一四六〇－一五二六）、楊慎（明孝宗弘治元年至世宗嘉靖三十八年，一四八八－一五五九）生存的年代，北劇已衰、南戲海鹽腔正盛行時尚且如此。而若論南戲海鹽、崑山、餘姚、弋陽四大聲腔，則海鹽、崑腔是雅，餘姚、弋陽是俗。後來崑山取海鹽而代之，弋陽合餘姚為一派。於是由萬曆間至清康熙間，崑弋並列為一雅一俗。弋陽腔在北京逐漸雅化，康熙間改稱京腔，與崑腔爭衡；乾隆間，盛於崑腔。乾隆四十四年（一七七九）蜀伶魏長生入都，梆子與京腔、崑腔競奏，若論雅俗，則京、崑較之皆屬雅，而俗之梆子為盛。乾隆五十五年（一七九〇）以後徽班接續晉京，從此至民國八年（一九一九），百三十年間，戲曲雅俗之爭衡推移，又可分為嘉慶之崑腔、徽調，道光間之崑腔、皮黃，同光間俗部京劇獨霸、雅部崑劇衰落。至清末民初，京朝

[407] 分別收錄於《戲劇研究》第二期，頁一－四八；第三期，頁二四九－二九六。

派與海派京劇對峙，若論雅俗，則京朝派為雅，海派為俗。

然而雅俗爭衡之結果，崑弋合流產生崑弋腔，京梆而為京梆子，崑梆而為崑梆子，西皮、二黃更為皮黃，京派、海派亦為名家如梅蘭芳等所兼容並取。可見皆歸交融。

至於南戲北劇間。其逐漸交化而終於產生新劇種之情況，著者於《明雜劇概論》、〈論說「戲曲劇種」〉、〈再談戲文與傳奇之分野及其質變過程〉[408]中已詳細論述。結論是：以戲文為母體，於元代開始北曲化，元末開始文士化，至明嘉靖末崑山水磨調化而三化完成，乃蛻變而為「傳奇」。以北雜劇為母體，於元代開始文士化，明初開始南曲化，至明嘉靖末崑山水磨調化而三化完成，乃蛻變而為「南雜劇」，其三折以下者又稱「短劇」。

由以上可見南戲北劇以下的戲曲發展徑路，也和其他中國文學體類一樣，都是經由雅俗爭衡遞進與交融蛻變而律動前進的。

而若論京劇的淵源醞釀形成，一般都以前述花雅爭衡為淵源和進京的徽班為醞釀的溫床。至其形成的時間，自以一九九九年修訂，中國戲劇出版社的《中國京劇史》[409]最為可據，其大要如下：

乾隆五十五年（一七九〇）三慶班入都。到嘉慶八年（一八〇三）和春班成立，與活躍於北京舞臺上的三慶、四喜、春臺，合稱四大徽班，頗有壓倒一切劇種、戲班之勢。因為徽班有二黃、崑腔、吹腔、高撥子等豐富優美的聲腔曲調、擁有眾多題材廣泛、通俗易懂的劇目，藝人廣汲博取表演出色，自能出類拔萃。道光間漢

[408] 拙著：《明雜劇概論》（臺北：臺灣學海出版社，一九九九）；拙作：〈論說「戲曲劇種」〉，收入《論說戲曲》，頁二三九－二八五；拙作：〈再談戲文與傳奇之分野及其質變過程〉，原載《臺大中文學報》第二〇期（二〇〇四年六月），頁八七－一三〇，收入《戲曲與歌劇》，頁七九－一二三。

[409] 馬少波等主編，北京藝術研究所、上海藝術研究所組織編著：《中國京劇史》（北京：中國戲劇出版社，一九九九）。

調著名演員米應先、余三勝、王洪貴、李六、龍德雲等入京加強了徽班的陣容和光彩，奠定以生腳為主演的局面。同時改造並提高西皮、二黃聲腔曲調，使聲腔旋律豐富，使唱腔板式完備。在平板二黃基礎上繁衍出搖板、散板、導板、滾板、快三眼以及反二黃等板式，西皮發展為二六板、流水板、散板、搖板、原板、慢板。譚鑫培並且統一演唱語言聲調，在舞臺上以中原音韻（即中州韻）唱念，以湖北省的湖北音為舞臺語言聲調。至此，京劇的形成，應當是道光二十年（一八四〇）左右的事，距徽班進京約五十年。其代表性演員是「老生前三傑」，即余三勝（一八〇二－一八六六）、程長庚（一八一二－一八八二）、張二奎（一八一四－一八六四）。這時舞臺布局、腳色分行、表演程式都已規範化。

京劇於道光二十年（一八四〇）完成後，到民國六年（一九一七）這六七十年間，是京劇由形成發展到成熟的階段。也由於京劇的成熟，才能發展為流派藝術；而從此也才展開了流派藝術逐漸紛呈與京劇發展成熟進而為鼎盛的局面。

2. 流派與京劇藝術成長

因為「京劇流派是京劇藝術發展到比較成熟階段後的產物」[410]，也是「一定時代和社會的產物」[411]；所以京劇流派與京劇藝術成長相表裡，自然是學者公認的事實。譬如：

1. 許朝增〈藝無止境——談流派的形成、繼承和發展〉云：

藝術流派屬於戲曲美學的範疇。流派不斷出現，是劇種在藝術上日趨發展成熟的重要標志，也是一個藝

---

410 《中國京劇史》，頁六七六。

411 《中國京劇史》，頁六七七。

術家成熟的標志。重要流派的創始者常常代表這個劇種某個發展階段的最高水平。[412]

2.江東吳〈論戲曲流派〉云：

以京劇為代表的戲曲藝術，在其發展過程中產生各種流派，又對擴大劇種影響，促進戲曲藝術的進一步繁榮，起了推動作用；流派紛呈成了戲曲興旺的一種標志。[413]

3.王志超〈審美創造與藝術流派京劇表演藝術二題〉云：

京劇流派紛呈，有目共睹。二百年的京劇發展史，同時又是京劇流派合與分的辨證統一過程，雜交優生的統一過程，標準化與多樣化的藝術統一過程。[414]

4.王政〈京劇唱腔流派的發展〉云：

流派藝術是京劇藝術的精髓，也是京劇藝術發展的標志；它與京劇藝術同步出現，在短短的兩百年京劇發展史中，誕生過許多形成自己流派的藝術家。[415]

---

[412] 許朝增：〈藝無止境——談流派的形成、繼承和發展〉，《戲曲文學》一九九五年第二期，頁二三。

[413] 江東吳：〈論戲曲流派〉，《黃梅戲藝術》一九九六年第二期，頁八三。

[414] 王志超：〈審美創造與藝術流派京劇表演藝術二題〉，《藝術百家》一九九六年第三期，頁六〇。

[415] 王政：〈京劇唱腔流派的發展〉，《中國京劇》一九九六年第四期，頁一四。

5.王安祈〈京劇梅派藝術中梅蘭芳主體意識之體現〉云：

> 京劇的繁榮鼎盛以「流派紛呈」為標誌，一部京劇史的發展，幾乎可以「流派的演進」為主軸重心，流派藝術實為京劇之主要內涵。[416]

舉此五家已可以概見「京劇流派」與京劇藝術之內涵、京劇史之發展有極為密切的關係；因此「京劇流派」可說是「京劇研究」中極為緊要的問題，相關論著也已繁篇累牘。但是其根本性之問題，如「流派名義」、「流派構成條件」、「流派建構之背景因素」、「流派建構之基礎要素」、「流派建構獨特風格與群體風格之歷程」等，不是未暇論及，就是論而未詳，或異說紛紜，難斷所從。以致專業辭書如《中國戲曲曲藝辭典》[417]、《中國大百科全書・戲曲曲藝卷》[418]、《京劇知識詞典》[419]、《中國戲曲表演藝術辭典》[420]、《中國曲學大辭典》[421]、《京劇文化詞典》[422]等均未就「京劇流派」作詞條解釋；專書如《京劇兩百年史話》[423]、《京劇兩百年概觀》[424]、《北京

[416] 王安祈：〈京劇梅派藝術中梅蘭芳主體意識之體現〉，載於王瑷玲主編：《明清文學與思想中之主體意識與社會——文學篇》（臺北：中央研究院中國文哲研究所，二〇〇四），頁七〇五—七六二。

[417] 上海藝術研究所編：《中國戲曲曲藝辭典》（上海：上海辭書出版社，一九八一）。

[418] 中國大百科全書出版社編：《中國大百科全書・戲曲曲藝卷》（北京：中國大百科全書出版社，一九八三）。

[419] 吳同賓等主編：《京劇知識詞典》（天津：天津人民出版社，一九九〇）。

[420] 余東漢編著：《中國戲曲表演藝術辭典》（武漢：湖北辭書出版社，一九九四）。

[421] 齊森華等主編：《中國曲學大辭典》（杭州：浙江教育出版社，一九九七）。

[422] 黃鈞等主編：《京劇文化詞典》（上海：漢語大詞典出版社，二〇〇一）。

[423] 蘇移：《京劇兩百年概觀》（北京：北京燕山出版社，一九八九）。

戲劇通史》[425]、《清代京劇文學史》[426]、《清代戲曲發展史》[427]等亦均未就「京劇流派」提出說明。也因此著者乃不揣謭陋，就上面所提出諸問題，陳述個人的看法，並藉此就正方家。

(一)「流派」之名義與構成之條件

1. 諸家對「流派」名義與構成要件之看法

論「流派」需先正其名義，次需分析其構成條件，且先看諸家說法：

(1)《辭海・流派》：

水之支流曰流派。張文宗〈詠水〉詩：「探名資上善，流派表靈長。」今謂一種學術因徒眾傳授互相歧異而各成派別者亦曰流派。按此與「流別」略同。[428]

(2)《漢語大詞典》：

(1)水的支流。唐張文琮〈咏水〉……元李好古《張生煮海》第二折：「望黃河一股兒渾流派。高冲九曜，遠映三臺，上連銀漢，下接黃埃。」(2)文藝、學術方面的派別。宋程大昌《演繁露・摴蒱》：「摴

---

[424] 毛家華編：《京劇兩百年史話》（臺北：行政院文建會出版，一九九五）。

[425] 周傳家等編著：《北京戲劇通史》（北京：北京燕山出版社，二〇〇一）。

[426] 顏全毅：《清代京劇文學史》（北京：北京出版社，二〇〇五）。

[427] 秦華生等編著：《清代戲曲發展史》（北京：旅遊教育出版社，二〇〇六）。

[428] 熊鈍主編：《辭海》，中冊（臺北：臺灣中華書局，一九八〇），頁二六六三。

蒲之名，至晉始著。不知起於何代，要其流派，必自博出也。」……[429]

舉此二家代表性之辭書，可以確知「流派」之本義為江河之支流；其引申義則《漢語大詞典》指為文藝、學術之派別較為周延。而《辭海》指出「因徒眾傳授互相歧異」亦自可取；所引「張文宗」當作「張文琮」，唐貞觀中官治書侍御史。由此可知，京劇作為藝文之一種，是可以產生流派的。

以下再取學者之說來觀察，錄之如下：

(1)吳岫明〈簡論唱腔流派的繼承和發展〉云：

戲曲的藝術流派，一般以唱、做的特點來區分，但又以唱為主。唱腔流派是體現一個劇種發展的標志，也可以說是劇種音樂的精華。……

一個唱腔流派的形成，它總是由師承關係、嗓音條件、擅演劇目、腳色行當、氣質性格，以及藝術修養等諸方面因素的凝聚和匯合。特別在旋律上、潤嗓上，音域、音色、音量上，吐字、唱法和行腔韻味的特點上，具有異常鮮明的藝術個性及特徵。這種藝術特徵，往往成為一種藝術手法，使人一聽就清，一辨就明，而在實際運用中又有其一定的可變性和靈活性。同時，這種風格和特徵，已為本劇種的其他演員所承襲，變化運用，又為廣大觀眾所熟悉和歡迎，並為之傳唱。這可以說就是唱腔藝術流派。……唱腔流派的個性愈鮮明，而局限性也就更突出地表現出來，這正標志著演員的唱腔藝術已發展到相當成熟的階段。[430]

---

[429] 羅竹風主編：《漢語大詞典》，第五冊（上海：漢語大詞典出版社，一九九〇），頁一二六六。

[430] 吳岫明：〈簡論唱腔流派的繼承和發展〉，《南京藝術學學院學報・音樂及表演版》一九九四年第一期，頁四七。

(2)黃傳正〈建國後形成的京劇流派〉云：

照一般說法，形成京劇流派需要具備以下幾個條件：一是流派代表人物的藝術造詣深，富於創新精神，有獨到藝術個性；二要擁有一批「立得住」的首演劇目；三要得到大部分京劇觀眾（不是所有的京劇觀眾）承認，並有一些演員追隨演員學演；這樣才能成為獨樹一幟的表演流派。[431]

(3)沈鴻鑫〈天才的種子與特殊的土壤——麒派之型〉云：

任何藝術流派的形成都具有深刻的原因，當然它是某一位藝術家實踐與創造的結晶；然而它又不僅僅是某一位藝術家的個人行為，它與整個時代，與藝術家所處的文化氛圍，與具體劇種發展狀況，都有著密切關係。[432]

(4)方同德〈戲曲流派——分割性與審美思維〉云：

不少人談及戲曲流派，……僅僅是演員的表演，……獨取其「唱」作為形成流派的唯一標準，目前京劇界流行的一些流派，除個別流派以外，實際上只是唱腔藝術的特徵區分。……

嚴格地說，現代戲曲的所謂「流派」，其實只是某些劇種在特定的歷史條件下演員的唱或演的風格呈現。[433]

---

[431] 黃傳正：〈建國後形成的京劇流派〉，《中國京劇》一九九四年第一期，頁三八。

[432] 沈鴻鑫：〈天才的種子與特殊的土壤——麒派之型〉，《上海戲劇》一九九四年第六期，頁一一。

[433] 方同德：〈戲曲流派——分割性與審美思維〉，《中國戲劇》一九九五年第一〇期，頁一五。

(5)江東吳〈論戲曲流派〉云：

一個演員在長期的藝術實踐中，根據自身條件，揚長避短，形成一種異於他人的、獨特的演唱風格。……只有當這種風格不僅令觀眾傾倒，而且更為同行們所欽羨推崇，以致一批人而不是幾個人不是競相學習，拜師求教，追隨仿效，一傳再傳，個人風格發展成為一種群體風格，凝聚成某種有形無形的風格群體，廣為流行。至於此，才可認為一種流派形成了。[434]

(6)張文君〈論京劇音樂形成的三個階段〉云：

在區分京劇流派時，似乎也主要以其唱腔的風格特徵為標準。……事實上，京劇藝術發展至今天，的確已經形成了以「唱」為中心的藝術風貌。[435]

2.《中國京劇史》對「流派」名義與構成條件之看法

以上六家是單篇論文學者，對京劇流派名義和構成條件的看法，以下再舉最具權威性的《中國京劇史》，引錄或撮要其看法。該書以第二十一章四十頁的篇幅論述京劇流派，其要義是：

(一)流派的含義：

文藝學上所講的風格，是指藝術家在他的創作中所體現出來的獨特的個性和方式。……文藝學上所講的

[434] 江東吳：〈論戲曲流派〉，《黃梅戲藝術》一九九六年第二期，頁八四。

[435] 張文君：〈論京劇音樂形成的三個階段〉，《雲南藝術學院學報》二〇〇三年第二期，頁五六。

流派，是指在一定的歷史時期內，具有大致相同或相近的美學思想、文藝見解、創作個性和藝術風格的作家和藝術家，自覺或不自覺的結合在一起，以其理論主張和創作實踐，在文藝範圍內，甚至在整個社會上產生一定影響的藝術現象。簡而言之，文藝流派是指具有相同風格的作家群或藝術家群。[436]京劇藝術領域內所講的流派，實際上是指流派創始人在他們的唱腔和表演中，在他們所獨創的劇目中，在他們所塑造的一系列的人物形象中，所體現出來的不同的藝術個性和鮮明風格；……以其獨特的音調和色彩，給觀眾以不同的審美享受，而得到觀眾的承認、同行的讚許和後學的模仿。其中特別是由於後學的師承、學習和模仿，使得流派創始人的藝術，得以推廣開來，流傳下去，從而形成流派藝術。[437]

(二)京劇流派的形成：

1. 京劇流派形成的客觀條件

其一，京劇流派是京劇藝術發展到比較成熟階段後的產物。[438]其二，京劇流派從一定的意義講，是一定的時代和社會的產物。[439]其三，地理環境、人文背景對京劇流派形成的影響。[440]其四，同行間的藝術競爭也是流派的重要條件[441]。

---

[436] 《中國京劇史》，第四編〈京劇的鼎盛時期〉，頁六七四。

[437] 同前註，頁六七五。

[438] 同前註，頁六七六－六七七。

[439] 同前註，頁六七七－六八一。

[440] 同前註，頁六八一－六八三。

[441] 同前註，頁六八三－六八四。

2. 京劇流派形成的主觀條件

其一，扎實的基本功和熟練的技術、技巧。[442]其二，高尚的道德情操，深厚的生活積累和豐富的藝術修養。[443]其三，善於揚長避短、露秀藏拙。[444]其四，富於革新精神，各有代表劇目。[445]其五，要有一個志同道合，配合默契的創作集體。[446]其六，要有本派的傳人和觀眾。[447]

3. 著者對「流派」名義與構成條件之看法

以上所舉諸家：吳氏對於流派的見解很可取，不止指出其核心在「唱」，而且也關涉到其他延伸的相關條件；尤其謂其運用中有一定的可變性和靈活性，更具慧眼。但若謂所有「戲曲」皆有流派，則事實不然，倘改作「詩讚系板腔體戲曲」，則可以免去語病。

黃氏所舉出的三個條件，果然是京劇流派所必須具備，但不夠具體，也未盡周延。

沈氏所留意到的「藝術流派」，自然包括「京劇流派」。而他論其形成卻重在背景環境：時代、文化、劇種。

方氏所指出對流派的區分，以「唱腔藝術」為基準，是說明了現代一般人對「流派」分野的共識；他「嚴格地」為流派所下的定義，也頗為言簡意賅。

---

[442] 同前註，頁六八五。
[443] 同前註，頁六八五—六九〇。
[444] 同前註，頁六九〇—六九一。
[445] 同前註，頁六九一—六九三。
[446] 同前註，頁六九三—六九六。
[447] 同前註，頁六九六—六九七。

江氏對於「流派形成」的重要看法是：個人風格發展為群體風格，廣為流行。其條件，江氏更周密思考，製表如下：

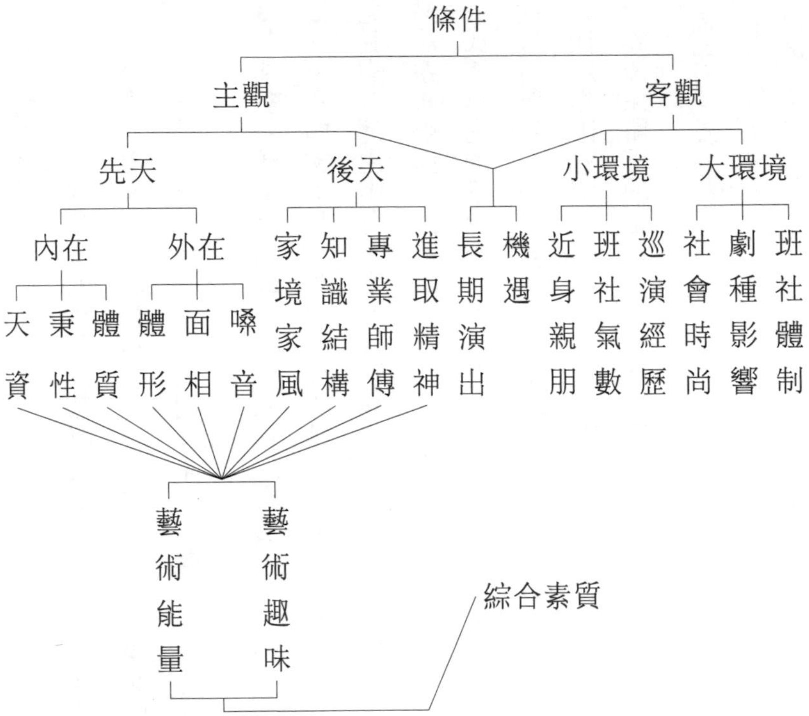

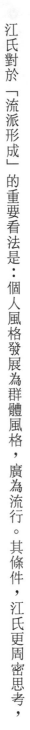

從其所舉客觀條件和大小環境、先天後天諸因素看來，對於演員開宗立派的種種制約，確實都言之成理，可見演員開宗立派是多麼的困難！

至於專書《中國京劇史》對「流派的含義」、「流派的形成」的論述，因為皆出自名家手筆，堪稱確當不易之論；尤其對於「形成」的主客觀因素，皆舉例說明，更能教人首肯。但如果將「流派」建構之因素及其形成之背景，以不同的考量和觀點，將「流派」建構之基礎、建構之過程、建構之完成，建構風格之完成，作縱剖面之觀照；則似可作另類，乃至更為清楚之論述，著者就是有這樣的企圖。

《中國京劇史》於一九九〇年九月全書上中下卷四冊修訂版出書之後，二〇〇四年元月臺灣里仁書局出版林幸慧《京劇發展 V.S. 流派藝術》，以第一章論〈流派形成的基礎〉，其目如下：〈腳色與流派〉、〈表演藝術在戲曲中的重要性〉、〈板腔體的特質〉；以第二章論〈流派形成的條件〉，其目如下：〈京劇之前的演員派別觀念〉、〈表演的風格化——兼論師承與個性〉、〈專有劇目與固定合作者〉、〈藝術傳承〉。此書為臺灣清華大學中國文學研究所王安祈教授所指導的碩士論文，洪惟助教授和著者忝為口試委員，非常的欣賞，認為以碩士論文在前人基礎上而有此見解，誠屬不易，尤其能從「板腔體的特質」論流派形成的基礎，實能言人所未能言，若較諸同年三月所出版駱正《中國京劇二十講・京劇的劇目與流派》，其理論就要翔實得多。

這些學者和專書所敘列有關京劇流派的論述，可見繁簡深淺有別，也有「共識」也有「歧見」；「共識」實為基礎，「歧見」卻不衝突而可互補有無。其中江東吳〈論戲曲流派〉之「成因」，看似面面俱到，卻不知「流派」並非所有「戲曲劇種」所能具有；所列「條件」雖多而體系井然，卻無本末輕重主從之別，因之，本人認為：在前賢論述之前提下，對於「京劇流派之建構」，尚有從不同角度不同觀點來論述的必要。

著者認為，如果給「京劇流派藝術」下個定義，可以這麼說：它是先由京劇演員開創，被觀眾所喜愛認可的獨特表演風格，後來被共鳴模擬，終於薪傳有人而成群體風格，流行於劇壇的一種京劇表演藝術。它是隨著開創者的成熟而建立，隨著徒眾的薪傳而完成。其本身雖是綜合性錯雜縱橫的有機體，但經仔細分析，也自有其建構的共同背景因素，有其建構的共同基本因素和個別基本因素；個別基本因素，事實上就是京劇流派藝術成立的基礎；更有其建構發展為獨立風格的歷程，最後則由獨立風格進而為群體風格，流播劇壇，於是「流派」才真正完成。

以下著者擬以此觀念為綱領，布其節目，論述如下：

(二)京劇流派藝術建構之共同背景因素

任何一位創立京劇流派藝術的演員，都必須在京劇藝術的共同背景之下，營造個人堅實的基本藝術修為和個人藝術特色。其共同背景應當包含以下三個因素：其一，戲曲寫意程式和演員腳色化的表演方式；其二，詩讚系板腔體的藝術特質；其三，京劇進入成熟鼎盛期才是流派藝術建立和完成的時機。

1. 戲曲寫意程式性和演員腳色化之表演方式

京劇是戲曲的一個劇種，自然具有戲曲的共性：以歌舞樂為美學基礎，其本身皆不適宜寫實，如此加上狹隘的劇場，自然產生「虛擬象徵」非寫實而為寫意性表演的藝術原理，而為了使虛擬象徵達到優美的藝術化，使演員的唱做念打有所遵循的規範，使觀眾有便於溝通聆賞的媒介，宋元間形成了所謂「格範」（訛變作「科汎」），就是今日取義模式規範的「程式」；用此「程式」對「虛擬象徵」有所制約，然後戲曲表演的藝術原理才算完成，並從中衍生了歌舞性、誇張性與疏離且投入的質性。[448]

而戲曲又有腳色，必須演員充任腳色扮飾人物，才算完成。腳色既象徵演員在劇團中的地位和所具備的行當藝術修為，同時也象徵劇中人物的類型和質性。[449]戲曲演員就在腳色行當的藝術修為下，依循唱做念打手眼身髮步的程式，服飾化妝皆按規範，音樂節奏亦有模式，將戲曲情節展現出來。所以充任任何腳色門類的演員，只要上臺演出，都必須要有這些合規中矩的功底。

而演員的功底越深厚，也越能在腳色行當程式中別有生發；因為其間自有生發的空間。如果演員能在其空間生發，遊刃有餘，這便說明演員有發揮自我特色的能力。

京劇舞臺上有成就的演員，莫不堅持長期鍛鍊。他們「拳不離手，曲不離口。」「夏練三伏，冬練三九。」即使成名之後，也未敢稍懈。歐陽予倩說梅蘭芳「在成名之後，也從來沒有間斷過學習；吊嗓子、練武功是每天必須堅持的功課。」也因為他的功底深厚、技藝精湛，對程式的運用達到「隨心所欲不逾矩」的境地，才能在傳統的基礎上，進行新的藝術創造。[450]梅蘭芳說：

> 如果眼界不廣，沒有消化若干傳統的藝術成果，在自己身上就不可能具備很好的表現手段，也就等於憑空「創造」，這不但是藝術進步過程中的阻礙，而且是很危險的。[451]

梅大師的「經驗之談」正說明了扎根傳統程式的深厚功底，才能生發出新鮮的藝術來。

---

[448] 詳見前文〈戲曲藝術之本質〉。

[449] 詳見《戲曲學》第五〈腳色論〉。

[450] 《中國京劇史》，中卷，頁六八五。

[451] 中國戲劇家協會編：《梅蘭芳文集．要善於辨別精粗善惡》（北京：中國戲劇出版社，一九六二），頁四六。

2. 詩讚系板腔體之藝術特質

中國說唱和戲曲文學就唱詞分，有詩讚系和詞曲系，詩讚系指像詩那樣的七言句和像讚那樣的十言句；七言有四三、三四單式、雙式音節兩種形式，十言有三三四、三四三雙式、單式兩種音節形式，句式較固定。詞曲指像詞、曲那樣的長短句，三字到七字的句子，各有二一、一二，二二一、一三，三二、二二三、二二二、三三，三四、四三兩種單式、雙式音節形式，其間因長短而變化多端。詩讚以上下兩句為基本單元，沒有嚴格的平仄律，上句仄韻，下句平韻，句句押韻。詞曲則以詞牌曲牌制約，有一定的字數、句數、句長、韻長、句式，還講求平仄聲調律、協韻律、對偶律和句中語法律，從而使詞調曲調性格鮮明。兩系先天制約性寬嚴不同，所以歌詩讚系者可自由發揮的空間很大，可以充分運轉口法，顯現一己的特色；反之歌詞曲系者可自由發揮的空間很小，其口法已大抵為格律所拘，可靈動變化者少，所以難以顯現一己的特色。但也由於詩讚系講究自然音律，人工音律的規範不多，所以趨於俚俗粗陋；而詞曲系人工音律規範嚴謹，自然音律空間狹小，所以高雅精細。

中國歌唱音樂，基本建構在宮調、曲牌、腔調、板眼、音色、口法之上，音色、口法因人而異可以不論。如以詞曲系而言，必須配搭宮調、曲牌、腔調、板眼四者，因曲牌必有所從屬之宮調，必有所以承載之腔調與所以節奏快慢之板眼，因可簡稱「曲牌體」；如以詩讚系而言，則但須所以承載之腔調與所以節奏快慢之板眼即可，因此簡稱「板腔體」。也因為曲牌體的人工制約高，所以較高雅；板腔體的人工制約低，所以較低俗。也因此，詞曲系唱詞必配曲牌體音樂；詩讚系唱詞必配板腔體音樂。

就中國說唱種類而言，唐詞文、變文，宋陶真，元馭說，明詞話、彈詞、寶卷，清彈詞、鼓詞都是詩讚系板腔體，其讚體應始於明《成化說唱詞話》。其為詞曲系曲牌體者，如宋金諸宮調、宋覆賺。就中國戲曲劇種藝術而言，宋元南曲戲文、金元北曲雜劇、明清傳奇、明清南雜劇都屬詞曲系曲牌體；清代地方戲曲中如皮黃腔系、梆子腔系劇種皆屬詩讚系板腔體，京劇是以西皮二黃為主腔的多腔調劇種，唱詞主要是整齊的七言句和十言句，音樂是以上下對句為基本單位，一般運用中庸速度的上下樂句「原板」為基準，進行各種不同音高、旋律、節奏、速度、力度的變奏，形成一個個新的曲調。

㈠就正二黃腔而言，其聲情比較平和穩重深沉，落腔多在板上，宜於抒情，表現沉思、憂傷、感傷、悲憤等情緒，多用於悲劇，其板式有：

1. 原板：一板一眼，2/4板式。
2. 慢板：一板三眼，4/4板式，板起板落，也稱三眼或正板，比慢板稍快的叫中三眼或中板，再快些的叫快三眼，中三眼和快三眼又可統稱快三眼。
3. 散板與搖板：二者差不多，節奏自由，可根據唱詞情節自由發揮。散板多表達悲傷、痛苦、憤慨情緒，其伴奏節奏與唱腔一致，即所謂「慢拉慢唱」；而搖板是「緊拉慢唱」，胡琴的節奏比唱腔節奏要快，搖板多用於激動或緊張和抒情。
4. 滾板：又叫「哭板」，也屬散板類型，常用於哭述時，在唱腔上一個字追著一個字唱。
5. 導板：也是散板形式。只有一個上句，列在一個正式唱段前面作為引導，故名「導板」，訛變為「倒板」。善於表現激動情緒，經常接碰板「回龍」以補足一個下句，再接唱原板或慢板等。
6. 頂板：不是單獨板式，代表一種開唱形式，即開唱時無過門，鼓點打「多羅」之後，立即開唱。
7. 碰板：不是單獨板式，代表一種開唱形式，即開場時只有很短的胡琴引奏。

二黃腔尚有「反二黃」、「二黃平板」（或稱平板二黃和四平調）、「嗩吶二黃」三種變調。

㈡反二黃：把正二黃的曲調降低四度來唱，胡琴定一・五絃。調門低，唱腔活動音區就寬，起伏大，曲調性強，多表現悲壯、慷慨、蒼涼、淒楚等情緒。它也有原板、導板、回龍、慢板、快三眼、散板、搖板等形式。

(三)二黃平板：胡琴定絃與正二黃同，過門與二黃原板相同，唱腔內部結構與二黃有異。其上下句落音、節奏、某些音程的跳動都與西皮腔調類似。一些行腔用自然七聲級遞進，曲調流暢平滑，因又稱四平調。其一、五、二、六各種調式綜合使用很靈活，又像正二黃。因此四平調是兼有西皮、二黃兩種風格的腔調。其板式只有原板、慢板兩種，另外還有反四平。由於四平調曲調和節奏靈活，任何複雜不規則的唱詞都可以用它來唱。

(四)嗩吶二黃：用嗩吶代替胡琴的二黃，其腔調結構與二黃一樣，只是行腔受伴奏影響而渾厚古樸、氣勢磅礡，調門較高。其板式有導板、回龍、原板、散板，無慢板、搖板。

西皮腔在胡琴上定六・三絃，其曲調活潑跳躍，剛勁有力，唱腔明朗、輕快，適合表現歡樂、堅毅和憤怒的情緒，其板式如下：

(一)正西皮：

1. 原板：各種板式之基礎，一板一眼，2/4 拍，常用於敘事、抒情、寫景。
2. 慢板：又稱慢三眼、一板三眼，4/4 拍，曲調抒情優美，常用作戲曲中重要唱段。
3. 散板和搖板：同二黃之「慢拉慢唱」和「緊拉慢唱」，表現深沉或激動的情緒，喜悅或悲傷均可。
4. 二六：從原板發展出來，一板一眼，2/4 拍，比原板緊湊。字多腔少。快速二六，近似流水，1/4 拍，表達語言通暢，是京劇唱腔中最靈活的板式，使用率高，多用於說理、寫景，抒發快慰得意、匆忙或急切之情。
5. 流水：1/4 拍，由二六板進一步緊縮而成。敘述性強，表現輕快、慷慨、激昂情緒。
6. 快板：與流水一樣，只是節奏更快。
7. 導板：為散板上句的變化形式，用於開始處，感情多激昂奔放、悠揚、充沛。

8.回龍：是附屬在散板、哭頭、二六、快板等句子後面的拖腔，表達委婉，意猶未盡情緒的腔，字數不超過四—五個。例如：導板—哭板—回龍。

㈡反西皮：發展較晚，只有散板、搖板、二六幾種板頭和並非完全是正西皮的轉調。多用於生離死別，哭祭亡靈等極悲痛的情境。

㈢南梆子：胡琴定六・三絃。腔調結構與西皮原板、二六大致相同。只有導板、原板兩種。傳統戲中只有旦腳、小生能唱，宜含蓄跌宕、細膩柔美之情。

㈣娃娃調：小生、老生、老旦都有此腔調。小生的是從老生西皮原板、慢板發展出來的慢三眼形式，曲調高昂華麗。[452]

像以上所介紹的京劇二黃西皮及其變調板式，可見腔調本身有其聲情特色，板眼形式也有其節奏模樣；京劇演員必須熟悉其規格唱法，然後「熟能生巧」的從其自由的空間變化建立起自己的特色來。這就要憑藉其天生的音色和其口法運轉的後天修為了。

至於詞曲系曲牌體，雖然所要承載的腔調，也同樣有其聲情特色，但其腔調只一種，如崑山水磨調；其板式也比較少，如崑腔只有一板一眼、一板三眼、流水板、散板、底板、頭板等六種而已。歌者在其腔板之間固亦有發揮的空間，但由於其口法受制於曲牌格律，所以相對詩讚系板腔體，其自由度就大減折扣了。

3.京劇進入成熟鼎盛期才是流派藝術建立和完成之時機

上文說過，道光二十年前後，至民國六年七十年間，是京劇成熟的時期，其代表性人物是「後三傑」，即孫菊仙（一八四一—一九三一）、譚鑫培（一八四九—一九一七）、汪桂芬（一八六〇—一九〇九）。這時戲班由

[452] 見駱正：《中國京劇二十講》第二講〈京劇概論・唱腔〉（桂林：廣西師範大學出版社，二〇〇四），頁二〇—二四。

「集體制」向「名角挑班制」過度。據道光二十五年（一八四五）刊本《都門紀略》[453]，程長庚那時已為三慶班首席老生、領班人，他以程章圃司鼓，汪桂芬操琴，「為自用場面之漸」[454]，可以視做「名角制」的萌芽。光緒二十二年（一八九六）譚鑫培通過宮中總管太監的介紹，首度以臺柱名義聘請鼓師李奎林（李五）、琴師孫佐臣（後換梅雨田）、小鑼汪子良、月琴浦長海、絃子錫子剛等，私人聘用著名一時的場面藝人，可以說是京劇班「名角制」形成的一個標幟。這時觀眾群擴大，演出場所發展為王府戲臺、會館戲臺、飯莊戲臺、城市戲臺，票房、票友增加，培養京劇藝術人才的「科班」如雨後春筍。同治六年（一八六七）京劇開始南下上海演出，藝人演出水準高超，腳色行當齊備，經過多年與徽班和直隸梆子班合演吸收其藝術，於光緒中葉形成南派京劇，與「京派」或「京朝派」對稱，由北京南下的「皮黃戲」，這時才被上海人稱作「京劇」，而上海人自稱「南派京劇」。「南派京劇」講求身段強烈誇張、唱腔靈活流暢、劇目趣味翻新、舞臺聲光新奇，同治末女伶女班出現，光緒末流入北京，北京人對之，因又有「海派」之稱。

辛亥革命前後，從光緒二十六年（一九〇〇）到民國七年（一九一八），興起京劇改良理論的文章，大部分見於《新小說》、《寧波白話報》、《月月小說》、《揚子江白話報》、《安徽俗話報》、《中國日報》、《中國白話報》、《二十世紀大舞臺》，其主要觀點為：攻擊京劇「傷風敗俗、煽惑愚民」，提高京劇的藝術社會功能，京劇新戲應觀眾審美需要，京劇應講求西方的悲劇美學。其代表劇目為《博浪錐》、《黑籍冤魂》、《維新夢》等。此時代表性人物上海以汪笑儂為主要，北京以梅蘭芳為翹楚。

---

[453] 楊靜亭編，張琴等增補：《都門紀略》（揚州：廣陵書社，二〇〇三），頁六一。

[454] 陳彥衡：《舊劇叢談》，收錄於張次溪編纂：《清代燕都梨園史料》，下冊（北京：中國戲劇出版社，一九八八），頁八七二。

民國六年（一九一七）前後到二十六年（一九三七）前後，既是倡導京劇改革之際，也是京劇鼎盛時期。此時隨著戲曲觀的進一步明確，更重視新戲所反映的時代內容和思想；「捧角」風氣促成演員地位的提升；文人學者參預京劇的編導演評工作，促進藝術與文化素質的提高。從而也產生了京劇藝術美的新標準：一是由生腳為主變為生旦並重，二是強調戲曲的文學性，三是強調京劇藝術的整體性，四是相互競爭，務求新奇。於是這時期的流派藝術特別發達，其生行流派的發展，促進了京劇藝術的進一步繁榮，其旦行流派的蓬勃興盛是本時期最引人注目的成就；其京劇音樂伴奏和舞臺美術的新發展，如出現打人物、打感情的鼓師和輔弼演員成為流派創始人的琴師；如時裝戲的人物造型、化妝與服飾接近現實生活、舞臺美術吸收話劇之為寫實布景與燈光；如古裝戲的頭飾、戲衣、道具、布景，乃至出諸畫幕機關，無不使人琳瑯滿目，於是使京劇遍及全國，梅蘭芳更使之流向世界。此時期之代表人物有「前四大鬚生」，即余叔岩（一八九〇－一九四三）、言菊朋（一八九〇－一九四二）、高慶奎（一八九〇－一九四二）、馬連良（一九〇一－一九六六）；「南麒北馬關外唐」，即麒麟童周信芳（一八九五－一九七五）、馬連良、唐韻笙（一九〇三－一九七〇）；「後四大鬚生」，即馬連良、譚富英（一九〇六－一九七七）、楊寶森（一九〇九－一九五八）、奚嘯伯（一九一〇－一九七七）；武生楊小樓（一八七八－一九三八）；「四大名旦」，即梅蘭芳（一八九四－一九六一）、尚小雲（一八九九－一九七六）、程硯秋（一九〇四－一九五八）、荀慧生（一九〇〇－一九六八），淨行金少山（一八九〇－一九四八）、郝壽臣（一八八六－一九六一）、侯喜瑞（一八九二－一九八三），丑行文丑蕭長華（一八七八－一九六七）、武丑王長林（一八五八－一九三一）等。這京劇鼎盛時期的流派，不只發展到行當齊全，而且紛呈鬥豔，各競所長。[455]

[455] 以上參考《中國京劇史》，頁一二九－三八四。

而若論在京劇成熟鼎盛時，直接促成京劇流派藝術之建立與完成的背景因素，應當是以下三種。

其一是清末民初京劇改良運動，確立了京劇在藝術文化上的地位；其後甚至於被推為「國劇」。藝術本身的地位被如此推崇，藝人的地位從傳統的「樂戶」、「戲子」，被視為「表演藝術家」，則其發揮一己藝術修為的意願，也自然竭心盡力而後止。而這種「竭心盡力」，正是朝著流派藝術的建立提升和完成而奔赴。

其二「名角挑班制」促成「演員中心」的藝術團體。中國戲曲中的金元北曲雜劇，因以劇作家為中心，所以重文學而輕藝術；傳名者也以作家為主鮮見演員；明清傳奇文學藝術並重，作家與演員大抵旗鼓相當。晚清皮黃戲成立以來，其「堂名」制已啟名角開戶授徒和號召觀眾之現象，至「名角挑班」而名角之地位與日俱重，以致整個藝術團體以名角為核心，其個人之藝術修為無時無刻不在淬勵，則其開宗立派而終於完成獨特風格特色，亦自不難。

其三文人之加入擁護，以編導講評之實務參與，不止更加確立京劇藝術文化之地位，從而各競爾能的提升了流派藝術各自的境界，而且更加的展現了各自的特色。他們幾乎可以說是京劇流派藝術得以發展完成的催化劑。

(三)京劇流派藝術建構之基礎——唱腔

上文從三方面說明京劇流派藝術建構背景，其寫意程式演員腳色化的表演方式，是作為戲曲劇種之一的「共性」，在此「共性」制約之下，仍有許多由此而自我生發的空間；這空間就可創出自己的特色；其詩讚系板腔體的藝術特質，較諸詞曲系曲牌體有更多的自由可以發揮一己的特殊風格；而京劇藝術如非發展到成熟鼎盛時期，其藝術既未臻堅實，就很難水到渠成的建構其進一步以演員特色為號召的流派藝術，遑論完成獨特的風格為群體風格。所以沒有這三方面作背景、作前提，流派藝術就無法在京劇裡起步建構，那麼在此三背景之下，流派藝術又如何在京劇中發其端作為基礎，然後由此基礎累積能量而逐次建構成立呢？這個「端」就是「唱腔」。

1.「腔調」之要義

戲曲藝術「唱做念打」，唱曲為重，所以前文說過，一般人也就以「唱腔」作為京劇流派藝術分野的基礎。但是什麼是「唱腔」呢？顧名思義應指歌者用自己的發聲器官，將承載腔調的樂曲運轉出來的歌聲。這就關涉到語言腔調、語言腔調之構成、腔調憑藉之各式載體之音樂化、歌者嗓音之天然質地、歌者口法之構成及其運轉之方式與能力等複雜問題。這些複雜問題要說清楚，並非易事。

著者曾有〈中國詩歌中的語言旋律〉[456]與〈論說「腔調」〉[457]，其大要如下：

腔調就是方音以方言為載體之「語言旋律」。腔調有別，乃因方音方言各有特質。

構成腔調之因素，也同時是促成腔調內在變化之元素，包含字音之構成、聲調之配搭、韻腳的布置、句長、音節形式、複詞結構、詞句結構、意象情趣的感染力等八項。

腔調之呈現必借助載體，腔調與載體，猶刀刃之與刀體。刀刃之鋒利與否，取決於刀體之質性為石、鉛、銅、鐵、鋼等。腔調載體依其性質大約有方言、號子、歌謠、小調、詩讚、曲牌、套數等，方言、號子、歌謠三者為自然語言旋律，曲牌、套數則講究人工語言旋律，小調、詩讚則介其間；越偏向人工，對歌者制約越大；越偏向自然，則歌者可發揮的空間越大；因之載體不同，腔調之精粗亦隨之有差；腔調又因伴奏樂器由打擊樂、管樂、絃管、管絃合奏而迭易名稱，其藝術亦因之而有所成長和變化。

---

456 拙作：〈中國詩歌中的語言旋律〉，《詩歌與戲曲》（臺北：聯經出版事業公司，一九八八），頁一－四七。原載於《鄭因百先生八十壽慶論文集》（下）（臺北：臺灣商務印書館，一九八五），頁八七五－九一五。

457 拙作：〈論說「腔調」〉，收入《從腔調說到崑劇》，頁二一－一八〇。

腔調借助於載體之音樂化而終於呈現出來，必經由歌者天然嗓音、咬字吐音之口法、行腔運轉之能力與技巧而後完成。

咬字吐音口法正確，必能字正腔圓。亦即每發一個字音，必辨明掌握使不失分毫，如發音部位，輔音之為雙唇、唇齒、舌頭、舌根、捲舌，元音之為舌面前中後，及其高、半高、中、半低、低等部位；如發音方法，輔音之為塞、擦、塞擦、鼻、邊、清、濁、送氣、不送氣，元音之為開、齊、合、撮。而人發音之器官，主要是喉頭、聲帶、口腔和鼻腔，經由不同的發音器官，所發的音，自然有不同的音色。

我國字音的內在構成元素雖有必備的元音、聲調和可有可無的介音、韻尾和聲母，但它作為語言發出聲音來，便和任何語言一樣，一個字音就又包含了音色、音長、音高、音強等四個構成因素。音色取決於發音器官的特質，因人而異；音長起於音波震動時間的久暫，久生長音，暫生短音；音高起於音波震動的快慢，快則音高，慢則音低；音強起於音波震動幅度的大小，大就強，小就弱。另外，中國語言尚有其音波運行方式之「聲調」不可忽略。所以中國語言每發一字音就會有長短、高低、強弱、平仄和音色等五個因素。這五個因素的交替運作就會產生語言旋律。

然而一字一音無論如何是單薄的，難於產生豐富的語言旋律；所以必須累字成詞，累詞成句，累句成章，累章成篇，然後不止其內容思想和情趣才能表達豐富，而且由於字詞章句的累增，其間語言旋律，也就變化多端、騰挪有致起來。而歌者就是在運用其音色和口法、行腔之修為將歌詞之語言旋律和意趣情韻，藉由腔調傳達出來。

2.「腔調」之流播質變與歌者「唱腔」之提升腔調

而若論「腔調」之流派，主要因流播產生的變化，其次為隨歌者唱腔而提升，著者〈論說「腔調」〉「促使腔調變化的緣故」已有詳細說明。就前者而言，如因人口遷徙，戲路隨商路，官員鄉班隨官員宦遊，或其他原因，腔調流播至某地與某地腔調結合而產生質變者有四種情形：本身保持強勢者、變為弱勢者、兩者勢均力敵者、仍保持原汁原味者。另外有發生重大質變者，有因管絃樂器加入伴奏而變化易名者，有因合流產生新腔者。就後者而言如弋陽腔在北京因「三腔三調」之歌唱方式而變為「京腔」，又如弋陽腔進入城市後將原本八個韻頭的「高腔」唱法降為四個韻頭的「四平腔」，以適應城市人的聽覺。

而腔調藉由藝術家歌者之「唱腔」是可以提升其藝術品味的。明吳肅公《明語林》卷十「巧藝」條云：

> 祝希哲，少度新聲，傅粉登場，即梨園子弟，自謂弗及。[458]

明徐復祚《曲論》云：

> 祝希哲，名允明，長洲人。生而右手指枝，因自號「指枝生」。為人好酒色六博，不修行檢，常傅粉黛，從優伶間度新聲。俠少年好慕之，多齎金從遊，允明甚洽。[459]

清錢謙益《列朝詩集小傳》丙集「祝京兆」條云：

> 祝允明，字希哲，長洲人。……好酒色六博，善度新聲，少年習歌之，間敷粉登場，梨園子弟相顧弗如也。[460]

---

[458] 〔明〕吳肅公：《明語林》，收入《四庫全書．子部》第二四五冊（臺南：莊嚴文化，一九九五），頁七一。

[459] 〔明〕徐復祚：《曲論》，收入《中國古典戲曲論著集成》第四冊，頁二四三。

這三條資料大同小異，頗相沿襲。可見祝允明不止會唱曲還會演戲。他演起戲來，連梨園子弟也自嘆弗如。而他所度的「新聲」，當時的少年都喜歡學習來歌唱。問題是他所「度」的「新聲」究竟是什麼？從祝允明是長洲人，長洲與崑山同屬蘇州府看來，應當就是「崑山腔」。如此說來，祝氏對「崑山腔」的改革是可能而且是盡力的。而他的「新聲」是經由「度」來創新的，則自然是憑藉他個人的「唱腔」對「崑山腔」在藝術境界的提升；也許他也是通過創製新曲牌來達成改進的目的，但無論如何，這新曲牌還是崑山腔的載體。而祝允明「度新聲」之際，既已有一群少年「習歌之」，甚至「好慕之，多齎金從遊，允明甚洽。」則儼然有後來像京劇那樣的「流派」徒眾了。[460]

又從拙文〈從腔調說到崑劇〉可知魏良輔之創發崑山水磨調，是在舊有之崑山腔基礎之上，與同道切磋琢磨，廣汲博取，並在樂器上有所增益，一方面強化音樂功能，二方面也解決了北曲崑唱的扞格，三方面應和了當時南戲雅化的趨勢，從而成就了「聲則平上去入之婉協，字則頭腹尾音之畢勻，功深鎔琢，啟口輕圓，收音純細」，而傳衍迄今的中國音樂之瑰寶「水磨調」。魏良輔也成為崑曲清唱的一派宗師。[461]

又從拙文〈海鹽腔新探〉可知海鹽腔之見於記載，早在南曲戲文初成的南宋中晚葉，亦即寧宗時音樂家循王張鎡曾到海鹽，由他和他的家樂以唱腔提升過，又於元代中晚葉被海鹽人楊梓父子以唱腔提升過；其載體前者為詞調或戲文，後者為南北散曲或戲文。[462]

---

[460] 〔清〕錢謙益：《列朝詩集小傳》，收入周駿富輯：《明代傳記叢刊》第一一冊（臺北：明文出版社，一九九一），頁三三九。

[461] 拙作：〈從腔調說到崑劇〉，收入《從腔調說到崑劇》，頁一八一－二六〇。

[462] 拙作：〈海鹽腔新探〉，收入《戲曲本質與腔調新探》，頁一一二－一四四。

由以上所舉之例，可見地方腔調皆可透過藝術家之「唱腔」提升腔調之藝術水準。

3. 西皮、二黃腔藝術之提升

以上所述，詞曲系曲牌體的崑山、弋陽、海鹽三腔，皆可因流播質變和歌者唱腔提升，而產生地域的流派和藝術性的宗師，更何況制約性不高的詩讚系板腔體的西皮、二黃腔？所以皮黃戲成立之時的老生「前三傑」，也都以地域性分派，即程長庚之為安徽人而立「徽派」，余三勝之為湖北人而立「漢派」，張二奎之為北京人而為「京派」。直到老生「後三傑」之首譚鑫培，才將表演藝術發展到一個新高峰，創立了以個人唱腔風格為標幟的「譚派」，成為一代宗師。[463]

我們且先來看看早期的二黃腔和西皮腔的品味。清乾隆間李調元《雨村劇話》云：

> 「胡琴腔」起於江右，今世盛傳其音，專以胡琴為節奏，淫冶妖邪，如怨如訴，蓋聲之最淫者，又名「二簧調」。[464]

又道光二十五年（一八四五）楊靜亭《都門雜詠》「黃腔」云：

> 時尚黃腔喊似雷，當年崑弋話無媒。而今特重余三勝，年少爭傳張二奎。[465]

---

463 《中國京劇史》，頁六七六。

464 〔清〕李調元：《劇話》，《中國古典戲曲論著集成》第八冊，卷上（北京：中國戲劇出版社，一九五九），頁四七。

465 〔清〕楊靜亭編，張琴等增補：《都門紀略》（揚州：廣陵書社，二〇〇三），頁六二三。

又道光三十年（一八五〇）葉調元《漢口竹枝詞・詠戲劇五首》，其二云：

> 月琴弦子與胡琴，三樣和成絕妙音。啼笑巧隨歌舞變，十分悲切十分淫。[466]

其三云：

> 曲中反調最淒涼，急是西皮緩二黃。倒板高提平板下，音須圓亮氣須長。[467]

由所云「如怨如訴」、「喊似雷」、「十分悲切十分淫」、「淒涼」、「緩急」諸語，皆可見腔調原本的性格特色，尤其「喊似雷」更可得知，尚未經歌唱藝術家雕琢。

而每位京劇藝術家都有自己的嗓音、口法和行腔修為，他們就憑藉這先天的嗓音和後天淬礪的口法、行腔修為去提升西皮二黃的藝術質地，創造出自己的藝術特色。

在「前三傑」時代，已能就嗓音特色，講究咬字發音口法。如程長庚嗓音弘亮可「穿雲裂石」，音韻優美能「餘音繞梁」，「熔崑弋聲容於皮黃中」（《燕塵菊影錄》），故其「字眼清楚，極抑揚吞吐之妙。」（《梨園舊話》）[468]

---

[466] 〔清〕葉調元：《漢口竹枝詞》，收入雷夢水等編：《中華竹枝詞》第四冊「湖北」條（北京：北京古籍出版社，一九九七），頁二六二八－二六二九。

[467] 同前註。

[468] 《中國京劇史》，第十一章〈生行演員〉，頁三九一。

余三勝不僅將徽漢二腔熔於一爐，並且創製「花腔」，一破「喊似雷」的質直。在舞臺語言的字音、聲調上，也將漢調和北京的語言相結合，創造京劇舞臺上的字音、聲音新規範[469]。

張二奎則行腔不喜曲折而字字堅實，顛撲不破，吸收京腔和梆子腔特點，多用北京字音特點，創造出一種重氣噴字的唱法，對一個重點唱句的末一兩個字，以足實的氣息噴出。給人痛快淋漓的感覺。[470]

譚鑫培雖名列程門，唱腔實宗余派，程長庚曾對他說：

> 子唱武小生所以不能得名者，以子貌寢而口大如豬喙也，今懸髯於吻，則疵瑕盡掩，無異易容。更佐以歌喉，當無往不利。惟子聲太甘，近於柔靡，亡國之音也。我死後，子必獨步，然吾恐中國從此無雄風也。[471]

在宗師程長庚的心目中，譚鑫培天生的長短處一覽無餘，而他綜合前三傑菁華，將老生唱腔「花腔化」，改變「直腔直調」、「高音大嗓」的傳統；他不但創造了閃板、耍板技巧，還創造了許多能傳達人物內心深處的花腔巧腔，從而刻畫人物性格與流露思想情感，他在唱念上更統一了京劇聲韻，使之規範化，以湖廣音為聲，以中州音為韻的法則。他為「演人」而運用四功五法的程式，使戲與技密切結合。達到他那個時代，京劇舞臺藝術的最高水平。[472]

[469] 同前註，頁三八九。
[470] 同前註，頁三九八。
[471] 穆辰公：《伶史》，卷一〈譚鑫培本紀第五〉（北京：漢英圖書館，一九一七），頁一〇。
[472] 《中國京劇史》，第十一章〈生行演員〉，頁四一七—四一八。

在四大名旦中，梅蘭芳很重視腔調板式的創作，除繼承傳統外，還在古裝新戲與傳統劇目中編製過大量新穎的、在藝術上具有獨特個性的腔調板式。某些罕用的傳統腔調板式如反四平，由於他的創新而在舞臺上廣為流行。他的演唱風格，咬字清晰，音色明朗圓潤，與婉轉嫵媚的唱腔相互輝映，更顯得流利甜美。[473]梅蘭芳〈悼念王少卿〉云：

京劇的各種腔調，雖然有板位嚴謹地管住它，但這裡的快慢分寸，抑揚頓挫，還是要由演員根據劇情的要求來靈活運用，不是千篇一律的。[474]

梅氏正道出了歌者歌唱時，其行腔是有相當自由的空間的。[475]

程硯秋重視吐音的出字、歸韻、收聲諸法，又務使字的頭腹尾過度隱而不顯，發聲則建立在氣息支持的基礎上，以「主音」獲得良好的共鳴位置，因而高低音圓轉自如，上下統一，便更擅長在高音上用「腦後音」將音量控制到如細如絲的程度，以表現人物內心的某些特殊感情。行腔則圓渾含蓄，柔中含剛，一氣呵成，極盡抑揚頓挫之能事。他唱腔則堅持傳統「字正腔圓」的原則，用中州韻湖廣音，以字行腔，既要使字音不倒，又必須使旋律流暢而自然傳情。因此他能在悲劇中流露出一股哀怨激越之情，以雄渾氣勢，震撼觀眾心靈。[476]

由以上所舉諸名家，可以概見在西皮二黃腔調板式基礎上，諸家是如何本其嗓音運用與創造出其特殊口法

---

[473]《中國京劇史》，第三十二章〈旦行演員〉，頁一二四九。
[474]中國戲劇家協會編：《梅蘭芳文集》，頁二五九。
[475]《中國京劇史》，第三十二章〈旦行演員〉，頁一二四九。
[476]同前註，頁一二六四—一二六五。

以行腔，從而建構其唱腔之獨特風格，有了此獨特風格，所欲開創的流派藝術，就有了頗為穩固的基礎。

(四)京劇流派藝術完成獨特風格與群體風格之歷程

京劇演員在開創其獨特的唱腔之際和其後，又要不停的由主客觀環境中，接納吸收對自己表演藝術有益的滋養，直到有一天形成了獨特的表演風格，其所開創的流派藝術也才真正建立起來。也就是說，京劇流派藝術形成獨特的表演風格，開創的演員是要經過層層磨礪的。其層層磨礪的過程大概是：其一，經名師指點，轉益多師，成就所長。其二，在班社中掛頭牌，由名角配搭演出，組織專屬團體，開創專屬劇目。其三，演員透過腳色創造了獨特鮮明的劇中人物；也因而發展新行當、新妝扮、新程式。其四，流派藝術由獨特風格到群體風格。依次論述舉例如下：

1.經名師指點，轉益多師，成就所長

京劇藝術，演員從投入到有所成就，如果說沒有經過名師指點是不可能的。而京劇流派藝術之開宗者不止如此，還要能轉益多師，像蜜蜂採百花之粉以釀成一家之蜜一般。這釀成的「一家之蜜」，便是開宗者走上自身獨特風格的開端。

如譚鑫培十六歲時拜程長庚、余三勝為師，又受教於柏如意，乃「善武技而多內功。悟空之棒，傳自少林。石郎之刀，故老云實授于米崑家之祝翁者，能一箭步至檐端，飛行無滯[477]。」後又與著名武生俞菊笙、武老生楊月樓等經常同臺演出，從中獲益匪淺。使他武功深厚，在表演上手法快捷，刀槍棍棒純熟，時稱「單刀叫天

[477] 鳴盧主人：《聞歌述憶》，收入張次溪輯：《清代燕都梨園史料正續編》，下冊，頁一一二四。

兒」。[478]

又如余叔岩幼從吳聯奎學老生，後拜譚鑫培為師，他又多方虛心求教，姚增祿、李順亭、錢金福、王長林、田桐秋、陳德霖、鮑吉祥等人，都是他請益的良師；王榮山、貫大元等人，都是他交流藝術的益友。業餘譚派老生研究家王君直和陳彥衡在唱念方面對他幫助最大。使得他終能發揮譚派菁華，又能文武崑亂不擋，唱念格調清雅，韻味純厚，於四聲、尖團、轍口、上口、三級韻、用嗓、發音、擻音、氣口等方面都掌握分毫不差，運用自如，成一家之功果而與楊小樓、梅蘭芳在當時京劇界鼎足而三。[479]

又如言菊朋民國以後，任職蒙藏院，好聽京劇，常出入戲場茶園，常至票房彩唱，與梨園界廣有交往，曾從名票紅豆館主（溥侗）和名琴師陳彥衡學習演唱，因時與錢金福、王長林學身段武功，又得到楊小樓、王瑤卿指導。專學譚鑫培，被譽為「譚派名票」。[480]

又如高慶奎，幼年從賈麗川學老生，十二歲登臺。十八歲變嗓與賈洪林研究唱做，與李鑫甫練武功，學把子。在其青年時代，京劇老生藝術除譚鑫培、汪桂芬、孫菊仙三大派外，另有汪笑儂、王鳳卿、劉鴻升、賈洪林等亦領一時風騷。高慶奎乃博采眾長，初宗譚派。後來根據本身嗓音特色，吸收孫菊仙、劉鴻升實大聲洪的特點，融會貫通，形成具有獨特風格的高派。[481]

又如馬連良，八歲入喜連成科班，從茹萊卿學武小生，後從葉壽善、蔡榮桂、蕭長華學老生。十一歲同時

---

[478] 《中國京劇史》，第三編〈人物（上）〉，頁四一四－四一五。
[479] 《中國京劇史》，第六編〈人物（中）〉，頁一一二九－一一三一。
[480] 同前註，頁一一三五。
[481] 同前註，頁一一三八。

又學老旦、丑、小生，有時扮龍套。十四歲開始主演老生，十五歲變嗓後，時常觀摩譚鑫培所演劇目，獲益良多。後又坐科三年以上，每日清晨喊嗓、練念白、回家吊嗓，堅持不輟，不動煙酒，嚴格律己。富連成社科班每天演出日場，他晚間看戲，向前輩學習，二十一歲初演於上海，標以譚派鬚生。當時變嗓尚未恢復，嗓音較低，但已讚聲四起。辭去富連成社搭班演出期間，為追摹譚派藝術，時常求教王瑤卿，兼容並蓄與不斷舞臺實踐，終於在二十四歲多演出《打登州》、《白蟒臺》等戲，發出創新的光彩，被觀眾譽為獨樹一幟[482]。

又如梅蘭芳，出身名伶世家，家學淵源，而又轉益多師：青衣師事吳菱仙、陳德霖，花衫、花旦受教於王瑤卿、路三寶，崑曲得益於丁蘭蓀、喬蕙蘭、陳嘉梁，武功就學於錢金福、茹萊卿等。他勤學苦練，尊重傳統而又致力革新，終於打破旦行界限，融青衣、花旦、刀馬旦為一體，並兼擅崑曲、皮黃，成為一代旦腳藝術的高峰。[483]

又如尚小雲，原名德泉，字綺霞。幼與三弟尚嵩霞同授李春福門下，學老生，十一歲多入三樂科班，習武生；因扮相俊美、嗓音暢朗改從孫怙雲學習青衣，自此易名「尚小雲」。吳順林教以青衣開蒙戲，又經名旦唐竹亭、張芷荃、戴韻芳指導。岳父李壽山和喬蕙蘭授以崑劇。乃造就嗓音剛健清亮、舉止穩重端莊之獨特風格，為當時青衣行青年中的佼佼者。[484]

又如荀慧生，幼年家貧，被賣梆子戲班「小桃紅」，再賣於梆子花旦戲師龐啟發家為「私房徒弟」。龐延請綽號「菜墩子」的為他練功授戲。他腳腕綁沙袋、腳底綁木蹺，苦練跪圓場，走矮步。夏穿棉衣，冬著單衣，

[482] 《中國京劇史》，第六編〈人物（中）〉，頁一一四〇—一一四一。
[483] 同前註，頁一二四四—一二四八。
[484] 同前註，頁一二五一—一二五二。

頭頂大碗，足履冰地。點香火頭練轉眼珠。凡翻跌騰撲、耍水袖、扇子、手絹、辮子、翎子、水髮等功，件件苦練不輟，這樣日復日，連年復連年，荀慧生練出一身扎實的基本功。唱念做打無一不精。後隨師入京，拜老十三旦侯俊山為師，又與老元元紅、水上漂、蓋三省、十二紅、十三紅、十六紅、崔靈芝等名藝人切磋，受益很多。乃入正樂科班，與尚小雲、趙桐珊並稱「正樂三絕」。[485]

由上舉諸名家在其成名之前的履歷看來，無不在個人勤奮學習的前提下，受名師啟蒙指點，又能廣汲博取，彙聚而成就一家所長。物理不殊，於京劇名家之建派端始，皆可看出此種現象。

2. 班社中掛頭牌，名角配搭同演，組織創作團體，開創專屬劇目

大抵說來，京劇流派藝術的開創者，在名師指點，轉益多師，於四功五法等功底深厚之後，又能從唱腔創發一己獨特之所長；在此基礎上如能自組班社，或於班社中掛頭牌主演，充分彰顯演員中心之特質，整個班社分腳配搭，如綠葉之映襯紅花，自然有充分機會突出與磨練一己獨特之所長；而倘若能更受文人劇作家、劇評家之青睞以及琴師、鼓佬之烘焙，乃至梳頭者、檢場者之點綴，從而與名角同場切磋琢磨，相得益彰，則流派之建立庶幾可待矣！而此時不只有擅長劇目，更將開創新劇目而有專屬劇目。

京劇形成之初，沿襲徽班演員居於班社群體之中的「群體制」，戲金講包銀，每月固定，與班主賺賠無關。直到光緒初年，楊月樓由上海回京，搭入「三慶班」，即能叫座，遂與班主商妥，改為「分成」，從此轉為「戲分制」，演員於是在班社中異動頻繁，名角突出受重視，成為班社的中心。

名角成為班社的中心，其實早在群體制、包銀制時期就已顯現。京劇前三傑之程長庚、余三勝、張二奎於

---

[485] 同前註，頁一二六九－一二七〇。

道光二十五年（一八四五）分別為三慶班、和春班、四喜班之首席老生並為領班人。他們事實上雖已為班社的核心人物，但尚不能稱之為「名角挑班制」。

「名角挑班制」顧名思義這位挑班的演員必為傑出的京劇表演藝術家，受到觀眾廣大熱烈的歡迎。而他為了展現其技藝，也必須在班社中有一個配搭的團隊，來共同創作共同完成。這使得京劇舞臺面貌一新。

名角挑班制，始自譚鑫培於光緒二十一年（一八九五）創建同春班，爾後歷數十年不稍衰。486而其最具「團隊精神者」，莫過於四大名旦。

以編劇而論，梅蘭芳有齊如山、許姬傳，程硯秋有羅癭公、金仲蓀、翁偶虹，荀慧生有陳墨香、陳水鍾，尚小雲有清逸居士。他們之間形成了互相默契，劇作家對於名角藝術風格和特色有深切了解，乃為他們「量身訂製」。以便充分發揮其藝術之獨特風格，對名角開創流派藝術有極為積極的作用。

如齊如山自民國以來，為梅蘭芳編劇三十餘種，包括《牢獄鴛鴦》、《一縷麻》、《嫦娥奔月》、《黛玉葬花》、《千金一笑》、《天女散花》、《童女斬蛇》、《麻姑獻壽》、《紅線盜盒》、《上元夫人》、《西施》、《洛神》、《太真外傳》、《俊襲人》、《宇宙鋒》、《鳳還巢》、《木蘭從軍》、《春秋配》等，對於梅蘭芳梅流派藝術成長，有不可忽視的貢獻。

陳墨香從一九二四年到一九三五年間，就專為荀慧生寫了四十五部戲，其中如《荀灌浪》、《霍小玉》、《釵頭鳳》、《棒打薄情郎》、《紅樓二尤》等，皆為荀派名劇。荀慧生在《編劇瑣談》中說：「我當時和陳墨香合作，真像刀對鞘一樣，彼此知心，互相啟發。」而程硯秋在年輕時，他的恩師羅癭公發現他有多方面才能，便為他

---

486 《中國京劇史》，第二編〈京劇逐漸成熟〉，頁一五一－一五二。

寫了《梨花記》、《花舫緣》、《風流棒》等具有喜劇色彩的劇目；又為他寫了《青霜劍》、《金鎖記》等悲劇。特別是《紅拂記》一劇的成功，為程派藝術奠定了基礎。羅氏去世後，金仲蓀接續為程硯秋編劇，他發現程硯秋的氣質和風格，更適合表演剛烈悲壯的人物，於是透過《梅妃》、《文姬歸漢》、《荒山淚》、《春閨夢》等劇，更展現了程派鮮明的風格。[487]

音樂之作者，特別是琴師、鼓師對於京劇流派也有相當大的影響。因為彼此之間可以達到高山流水、知己知音的境界，所以流派創始人大都有專門的琴師和鼓師。如譚鑫培的琴師梅雨田、孫佐臣，鼓師李奎林；梅蘭芳的琴師徐蘭沅、王少卿；程硯秋的鼓師白登雲、琴師周長華；余叔岩的鼓師杭子和、琴師李佩卿，馬連良的琴師李慕良，楊小樓的鼓師鮑桂山，楊寶森的琴師楊寶忠等等，他們之間使演唱和伴奏嚴絲合縫，渾然一體，而且往往還擔任或參與編腔的設計工作，從而創造和發展了流派的唱腔藝術。《梅蘭芳文集．悼念王少卿》云：

> 少卿所設計的新腔，基本上都是能夠適用的，並且還有突出的地方。例如《生死恨》三場，他主張用【四平調】，有人認為這種調子不適用悲劇的高潮中；而他很堅決，同時他對編劇執筆的許姬傳同志說：「請您在寫詞兒的時候，盡量用長短句，越是參差不齊，越能出好腔。」劇詞編成之後，經他在唱腔的安排上很巧妙的把反調與正調交錯使用，表達出韓玉娘如泣如訴的哀怨情緒，連我這個扮演者都被這種淒楚婉轉的唱腔所感動了。[488]

可見演員和琴師、鼓師間相得益彰的關係，不止是主客間的襯托而已。[489]

---

[487] 以上三段參考《中國京劇史》，第四編〈京劇的鼎盛時期〉，頁六九三－六九四。

[488] 中國戲劇家協會編：《梅蘭芳文集》，頁二一五九。

而每一位流派藝術的開創者，對於傳統劇目，固能以一己體悟和詮釋的不同生發新鮮的品味和意涵；但真正重要的是那些經過他們反覆淬礪，而終於蘊蓄自家藝術菁華的代表性劇目。如梅蘭芳的《宇宙鋒》、《貴妃醉酒》、《霸王別姬》、《鳳還巢》；程硯秋的如前所述；荀慧生的《紅樓二尤》、《紅娘》、《香羅帶》、《勘玉釧》；尚小雲的《漢明妃》、《乾坤福壽鏡》、《雙陽公主》、《秦良玉》；余叔岩的《搜孤救孤》、《戰太平》、《斷臂說書》、《盜卷宗》；高慶奎的《哭秦廷》、《逍遙津》、《贈綈袍》、《斬黃袍》；馬連良的《甘露寺》、《借東風》、《蘇武牧羊》、《十老安劉》；言菊朋的《臥龍吊孝》、《讓徐州》、《天雷報》、《法場換子》；麒麟童周信芳的《徐策跑城》、《追韓信》、《清風亭》、《四進士》；楊小樓的《長坂坡》、《霸王別姬》、《鐵籠山》、《甘寧百騎劫魏營》……等等，正是從這些代表劇目，流派藝術家塑造了各自鮮明而動人的人物形象，從而發揮了他們各自的藝術風格。[490]

流派藝術家在舞臺上的演出所以能完美成功，除了本人有很高藝術修養外，有許多出色的同臺演出者，也是極重要的條件。如余叔岩之與王長林演《瓊林宴》、《翠屏山》，與錢金福演出《寧武官》、《定軍山》，與程繼先同演《鎮潭州》；馬連良與譚富英、張君秋、裘盛戎等人合演《秦香蓮》、《趙氏孤兒》、《青霞丹雪》、《官渡之戰》、《海瑞罷官》、《狀元媒》；周信芳與汪笑儂演《受禪臺》、《獻地圖》，與歐陽予倩演《黛玉葬花》、《寶蟾送酒》、《鴛鴦劍》。又如楊小樓與王瑤卿共同創造性的修改，豐富了《長坂坡》的藝術，而成了「活趙雲」；與梅蘭芳合作而提煉出了精品《霸王別姬》；與郝壽臣同演，也使《連環套》、《野猪林》成為不凡的劇目。也就因為有好的搭檔演員，不止彼此可以切磋技藝，而且默契十足，自然可以達到相得益彰的演出效果。

---

[489] 以上名角之鼓師琴師見《中國京劇史》，第四編〈京劇的鼎盛時期〉，頁六九四－六九五。

[490] 同前註，頁六九二。

在名角同臺演出或相磋相得之外，同行間的藝術競爭也會使流派藝術進一步各展所長。如四大名旦的獨家戲，出現了傳誦一時的「四紅」、「四口劍」、「四反串」劇目。所謂「四紅」是梅蘭芳的《紅線盜盒》、程硯秋的《紅拂傳》、尚小雲的《紅綃》、荀慧生的《紅娘》；「四口劍」是梅蘭芳的《一口劍》、程硯秋的《青霜劍》、尚小雲的《峨嵋劍》、荀慧生的《鴛鴦劍》；「四反串」是指旦腳反串小生戲，梅蘭芳有《木蘭從軍》、程硯秋有《賺文娟》、尚小雲有《珍珠扇》、荀慧生有《大英傑傳》。這些劇目顯然是有意的「打擂臺」。此外又如：梅演《太真外傳》、程演《梅妃》、尚演《漢明妃》、荀演《斬戚姬》，也是為了互相媲美。又如程演《紅拂傳》、荀演《卓文君》，尚也演《卓文君》，都以私奔相競爭。又如梅演《汾河灣》、程演《柳迎春》；梅演《貞娥刺虎》、程演《費宮人》，也都有比個高下的用意。也因為名角有如四大名旦間用相近劇目的競爭，就使得彼此的流派藝術在各展才華的同時，別出心裁，花樣翻新，而苦心孤詣的使各自的藝術流派展現了互不相掩蓋的光華。[491]

3.演員透過腳色創造獨特鮮明之劇中人物

凡是京劇流派藝術家，對於所扮飾的人物，無不作深入的探索以挖掘其底蘊，從而既疏離以觀照人物，且投入以呈現人物，終於塑造出獨特之藝術形象，成就一家之藝術風格。

譬如梅蘭芳在半個世紀的舞臺生活中，創造了多種婦女形象。其中有大膽反抗昏君佞臣的趙豔容（《宇宙鋒》），為追求愛情自由勇於同邪惡鬥爭的白娘子（《金山寺》、《斷橋》），隨父莫勇復仇的漁家姑娘蕭桂英（《打漁殺家》），在戰爭中飽受苦難的韓玉娘（《生死恨》），楚楚可憐絕世超塵的林黛玉（《黛玉葬花》），以及各具丰標的巾幗英雄梁紅玉（《抗金兵》）、穆桂英（《穆柯寨》、《穆桂英掛帥》）。各極韻致的宮廷美人西施（《西施》）、

[491]《中國京劇史》，第四編〈京劇的鼎盛時期〉，頁六八三－六八四。

虞姬（《霸王別姬》）、楊玉環（《貴妃醉酒》）等。這些性格鮮明的藝術形象，在在體現了中國婦女各種美好的品德與個性，有的端莊淑靜，有的英武豪放，有的嬌態活潑，有的聰慧機敏……而其融化於美的形象特徵則一。梅蘭芳運用了他功底深厚而出以美妙絕倫的唱做念打將人物的形象塑造得栩栩如生，將人物的心靈雕鏤得絲絲入微；整體展現了豐富的思想情感，在自然和諧的節奏中，流露樸質中的俏麗，嫵媚中的大方。[492]

又如荀慧生也強調「演人不演行」。他繼承行當表演藝術的菁華，卻能突破其限制。他根據人物與劇情的需要進行藝術的加工，在塑造諸多少女、少婦藝術形象的長期實踐中，逐漸形成能適應廣大市民的審美情趣，具有生活化、大眾化特徵，以及細膩、逼真、貼切、諧趣見長的俏麗俊拔、清秀優美的藝術風格。他對於自己的代表作，不斷的進行推陳出新，去蕪存菁的努力，希望能達到無懈可擊的境地。如使《紅娘》突出了紅娘的俠肝義膽。《金玉奴》將大團圓改以「棒打」、「辭歸」作結。《卓文君》加強了女主人公反抗禮教的內容。都使人物倍加生鮮活色。[493]

又如麒麟童周信芳也在所演劇目中塑造了不少有血有肉的典型人物，如抨擊了袁世凱竊國的《宋教仁》，與蓋叫天、杜韡卿同演的《蕭何月下追韓信》中的蕭何、《六國拜相》的蘇秦、《臥薪嚐膽》中的句踐，以及《文天祥》、《史可法》，他在惡劣的政治環境下，大無畏的要以鬚眉畢張的歷史人物來「藉古諷今」，藉此來澆胸中塊壘。[494]

而京劇流派藝術家，為了成功的塑造人物，連帶的也在表演藝術技法上有諸多的創發。這些創發性的藝術

492 《中國京劇史》，第六編〈人物（中）〉，頁一二四七—一二四九。

493 同前註，頁一二七四。

494 同前註，頁一一四七—一一四九。

技法，也自然的給流派藝術著上了鮮明的標記。

譬如梅蘭芳為了劇中人物，突破了傳統正工青衣專重唱工、疏於身段表情的局限，把花旦、刀馬旦的行當修為融合運用，完成了乃師王瑤卿開端的「花衫」腳色藝術之新行當。他又為了與劇目人物相應而編創新舞蹈，如《天女散花》的綢舞，《麻姑獻壽》的袖舞，《黛玉葬花》的鋤舞，《廉錦楓》的刺蚌舞，《霸王別姬》的劍舞。這些舞蹈或取材於武功，或取材於旦腳舞蹈身段，或取自其他藝術，或直接提鍊於生活；也因此改變了旦腳傳統的化妝方式，音樂也以二胡相輔助京胡伴奏來彰顯旦腳的唱腔。[495]

又如尚小雲當年轟動九城的《摩登伽女》是根據古印度佛教傳統故事編成。尚小雲飾鉢吉帝，著西方美人妝，歌唱皮黃腔，跳英格蘭女兒舞，真是別開生面的大突破。又其《相思寨》飾廣西土司女兒雲韡娘，時人曾嘯宇〈觀尚藝人小雲演雲韡娘歌〉云：

> 尚郎明慧誇才妙，描模儀態神彌肖。
> 倏爾長裙拖地重，梟娜西子浣溪湄。
> 忽焉羽冠轆轤劍，婉嫿將軍來酣戰。

這齣戲，以少數民族少女妝扮，出現在京劇舞臺上，也是令人刮目相看的。而尚小雲唱腔高亢圓亮，有穿雲裂石之勝，韻白京白兼擅，做工端莊優美而勇健挺拔；他為了表演帶有俠氣的婦女形象，在表演上也就因人設事。如《御碑亭》裡孟月華途中遇雨在泥濘中的「滑步」；《失子驚風》中胡氏的瘋步和袖舞；《昭君出塞》裡邊

---

[495] 同前註，頁一二四八—一二四九。

唱邊舞的趟馬；都合乎劇情，取材生活，呈現的又是豐富的藝術美感。至於一九三〇年演的《峨嵋劍》時，有「唱腔新穎，崑亂兼備，服裝奇特，琳琅璀璨，幻術布景，皆用五色電光，令觀者如置身龍宮天闕」的評語，乃因為適應排演新戲，突顯新人物，不得不在唱腔、表演、服裝、布景方面有相對應的改革。[496]

4. 流派藝術由獨特風格到群體風格

一位京劇流派藝術家，在初出道時即能受名師指導，打下四功五法程式化的深厚基礎，充分發揮所選擇的行當藝術特色，進一步又能轉益多師，兼容並取，甚至於跨行博採，文武崑亂不擋，尤其在唱腔上成就一己特色，則庶幾已具流派藝術開派宗師的先決要件。倘能更上層樓，在班社掛頭牌，或自己挑班創立班社，則班社演戲以之為中心，名角紛紛與之配搭，既與名角相互切磋，又且相得益彰；倘更能以自家為核心，組織合作團隊，有著名編劇深知自家短長特質，為之量身訂製寫下所專屬的劇本；也有在音樂唱腔上可以與之商榷為之創製的鼓師和琴師，使聲情和詞情舞容融合到最美妙的境地；或者也有最好的行頭師傅和化妝師，為之裝點打扮到最切合劇中人物的形象；而在此時此境之下，又能運用一己之靈心慧性去觀照體會劇中所扮飾人物的質性，既疏離且又投入的在自家藝術創造中呈現出來，使之獨此一家不作第二人想；於是觀眾欣之賞之，蜚聲宇內，論者肯定；那麼自家之獨特藝術風格可以說即此開創了；而所謂某「流派藝術」，也可以宣布從此建立了。

但是流派藝術，必須要有長年擁護的觀眾和薪火相繼的傳人，將宗師獨特的風格化為群體的風格，才算真正完成；否則也不過像夜空彗星，一閃即逝而已。

譬如譚鑫培所創立的老生譚派藝術，確立了以湖廣音為主，協以中州韻的京劇聲韻體系；他在唱腔上，根

---

[496] 《中國京劇史》，第六編〈人物（中）〉，頁一二五五－一二五七。

據自己的嗓音條件，集諸家之長，融會貫通，避開傳統單純追求高音大嗓的唱法，從時尚的翻高音、拉長腔、唱悲調中擺脫出來，在曲折婉轉、迴盪抑揚上下功夫，創出了超越他人的新腔。同時為塑造人物形象、生動表現人物思想感情提供了富有魅力的音樂手段。在京劇史上，譚派是影響最大的京劇流派。辛亥革命後學譚的如余叔岩、言菊朋、王又宸、高慶奎，稍後馬連良、譚富英、楊寶森、奚嘯伯等初皆以唱譚派名滿南北，或在譚派基礎上發展成各自的流派。[497]所以譚派可說是第一個真正發展完成的京劇流派藝術，因為在他之前的京劇「前三傑」，尚且以地域名，未能具備流派藝術完整的條件。

又如金秀山所創立的銅錘花臉金派藝術，唱腔洪亮圓潤，剛中帶柔，具有膛音；念白實大聲洪；做工氣度宏偉，臺步穩練，落落大方；以此擅長表現《二進宮》之徐延昭，《白良關》之尉遲恭，《沙陀國》之李克用等年齡較大，資望較高之剛直人物，他的弟子除子金少山外，還有郎德山、納紹先等。而銅錘花臉如郭厚齋、增長勝、安樂亭等，亦皆宗金派。[498]

又如「前四大鬚生」余叔岩之余派藝術，他的嗓音在蒼音沙音中有股清淳、甜洌韻味，唱腔不尚花俏，講求精巧細膩，剛勁委婉，於樸實中見華麗，淡雅中見濃豔。他通音韻，五音四呼，出聲歸韻，四聲尖團，字準音實，清純自然。念白抑揚有致，節奏緊湊；其武功身段功架扎實；皆與人物思想情感融而為一，後學者演《空城計》、《捉放宿店》、《搜孤救孤》、《擊鼓罵曹》、《問樵鬧府》、《戰太平》等戲，大抵宗余派。其弟子有吳彥衡、楊寶忠、王少樓、譚富英、陳少霖、李少春、孟小冬等。[499]

---

[497] 《中國京劇史》，第三編〈人物（上）〉，頁四一四－四一九。

[498] 同前註，頁五五一－五五二。

[499] 《中國京劇史》，第四編〈京劇的鼎盛時期〉，頁六九九－七〇〇。

又如跨越前後四大鬚生之馬連良之馬派藝術，其嗓音清柔圓潤，甜滑明澈；唱腔流暢，寓巧於圓，簡樸中見俏麗；念白摻入京音者，見生活氣息。做工瀟灑飄逸，傳神以刻畫人物；因之突破唱工做工衰派老生之程式界限，全部融入人物之塑造中，以見其自然灑脫之藝術真實美。其戲路廣博，常演者近百出，且排演不少新戲，尤擅長老戲新編；成功塑造一系列人物，如宋士杰、諸葛亮、蘇武、蕭恩、張元秀、程嬰、寇準、馬義等，所創新腔，風靡一時，傳唱不衰。收徒甚多，南北各地都有馬派傳人；早期弟子即有言少朋、王金璐、王和霖、周嘯天、遲金聲、李慕良等，較著名者有馬長禮、張學津、馮志孝、梁益鳴等。[500]

又如在余叔岩、言菊朋、高慶奎、馬連良號稱「前四大鬚生」的同時，尚有「南麒北馬關外唐」之稱，即上海的麒麟童周信芳、北京馬連良、東北唐韻笙。周信芳因七歲登臺即聲譽卓著，有「七齡童」之稱，後諧音改作「麒麟童」，其流派亦稱「麒派」。麒派獨特風格，實博採譚鑫培、孫菊仙、汪桂芬、王鴻壽諸家之長，並借鑑花旦馮子和、花臉劉永春等表演藝術，加以融合貫通變化而成。其嗓音沉厚中帶有沙音，乃採用字重腔清之法，但求悅耳，以爭聲情並茂，念白以大量口語摻雜韻白之中，見其生動自然之醇厚韻味。又將唱念結合使用，以念帶唱，唱中加念，頗為別致。其唱念做打均緊密結合人物思想情感，既重體驗的真實與深刻性，又重表現的鮮明準確性，從而塑造了《四進士》的宋士杰，《清風亭》的張元秀，《烏龍院》的宋江，《打漁殺家》的蕭恩、《義責王魁》的王忠、《海瑞上疏》的海瑞等宛然在目的人物，其傳人有高百歲、陳鶴峰、李少春、李和曾、徐敏初等，其子周少麟尚能繼其衣缽。[501]

又如四大名旦之首梅蘭芳的梅派，嗓音甜亮、吐字清晰，行腔圓潤流暢、韻味醇厚；在創製新腔方面曲精

[500] 《中國京劇史》，第四編〈京劇的鼎盛時期〉、第六編〈人物（中）〉，頁七〇一－七〇二，一一四五。

[501] 《中國京劇史》，第四編〈京劇的鼎盛時期〉，頁七〇二－七〇四。

意遂，俏麗樸質，不務花俏；能汲取崑腔梆子腔，以及其他行當唱腔，使之融洽和諧。在念白方面，重四聲，究五音，使之剛奇無棱、柔而不弱，婉轉圓潤而韻味醇厚。在做表舞蹈方法，亦能在傳統基礎上，借助其他劇種優點，創造不少舞臺新程式，使之在刻畫人物與美化舞臺形象上獲得巨大成功。梅派之創立，扭轉了以往京劇舞臺以「生」為主的局面，開拓了「生旦並重」的新紀元。於是與梅蘭芳同時的程硯秋、徐碧雲，稍晚的張君秋、李世芳、華慧麟、言慧珠、李玉茹，均師事之。各地票界亦有「漢口梅蘭芳」南鐵生，「南京梅蘭芳」楊畹農，「山東梅蘭芳」王振祖，均是在梅蘭芳影響之下受群眾歡迎的藝人[502]。

又如四大名旦之程硯秋之程派，創造性地練出「腦後音」，為旦腳唱腔開闢了新領域。其唱腔重在氣口吐字之口勁，形成以腔就字之唱法，迂迴曲折，似斷又續，長於表達悽楚哀怨的情感，另一方面用丹田氣結合腦後音，收斂而拔高唱腔，形成特有的內強而外弱，內剛而外柔，聲雖悶而能達遠，音雖幽而韻味厚的特點，一時舉為「新聲」。在念白方面，四聲不倒，尖團不混，五音分明。以氣催字，重放緊收。噴口字，口勁充足；切音字，反切分明。收放抑揚，極富音樂性。於行當專工青衣，在京劇界以擅演悲劇執牛耳。其傳人中著名者有高華（高寶秋）、陳麗芳、趙榮琛、新艷秋、王吟秋、李世濟、侯玉蘭、李薔華等。[503]

以上所舉不過犖犖大者，其他由個人獨特風格而有其傳人，蔚為群體風格之流派尚多；凡此皆已見諸《中國京劇史》，不更贅敘。

---

[502] 同前註，頁七〇八－七一〇。

[503] 同前註，頁七一二－七一三。

結語

總上所論，可知中國戲曲自南戲北劇成立以後，乃至於花部亂彈，都是在雅俗爭衡推移、交融合一的徑路中進展，皮黃戲就在花雅爭衡中，於進京的徽班中孕育成立，時間約在清道光二十年（一八四〇）前後；咸豐間皮黃戲外傳至天津，同治中由天津傳至上海，「皮黃戲」乃被外埠觀眾稱作「京劇」。「京劇」之成熟在光緒至民初，也由於京劇的成熟才能發展為流派藝術；從此流派藝術紛采競呈，至民國二十六（一九三七）年間，成為京劇鼎盛的局面。而流派藝術於此階段，固然與京劇成長相表裡，同時也是京劇藝術的具體內涵。

從六位學者論文和專書《中國京劇史》對「流派」之名義與構成條件的論述，可見要使名義準確和條件周延並不容易，就中以《中國京劇史》最值得參考。

而著者認為，所謂「京劇流派藝術」，是京劇演員所創立表演藝術的獨特風格，被觀眾所喜愛認可，所共鳴模擬，終於薪傳有人而成群體風格，流行劇壇的一種京劇表演藝術。它是隨著開創者的成熟而建立，隨著徒眾的薪傳而完成。

京劇流派藝術本身雖是綜合性錯綜複雜的有機體，但也必然有其建構的共同背景因素，有其建構的共同基本因素和個別因素；也有其建構為獨特風格的歷程，最後則由獨特風格發展為群體風格，流行劇壇，於是流派才算完成。

任何一位創立京劇流派藝術的演員，都必須在京劇藝術的共同背景之下，營造個人堅實的基本藝術修為和個人藝術特色；其共同背景應當包含以下三個因素：其一，戲曲寫意程式和演員腳色化的表演方式；其二，詩讚系板腔體的藝術特質；其三，京劇進入成熟鼎盛期才是流派藝術建立和完成的時機。

因為寫意程式和演員腳色化的表演方式，是戲曲劇種的共性，在此「共性」制約之下，演員仍有許多由此而自我生發的空間，這空間就可以創出自己的特色，其詩讚系板腔體的藝術特質，較諸詞曲系曲牌體有更多的自由可以發揮一己的特殊風格；而京劇藝術如非發展到成熟鼎盛時期，其藝術既未臻堅實，就很難水到渠成的建構其進一步以演員特色為號召的流派藝術，遑論完成由獨特風格為群體風格。所以沒有這三方面作背景、作前提，流派藝術就無法在京劇裡起步建構。

在此三背景之下，高明的京劇演員就能憑藉其先天的嗓音和後天淬礪的口法和行腔修為去提升西皮二黃板腔的藝術質地，創造出自己唱腔的藝術特色，這種具有自己特色的「唱腔」，就是京劇演員開創流派藝術的基礎。而京劇演員在開創其獨特的唱腔之際和其後，又要不停的由主客觀環境中，接納吸收對自己表演藝術有益的滋養。直到有一天形成了獨特的表演風格，其所開創的流派藝術也才真正建立起來。也就是說，京劇流派藝術形成獨特的表演風格，開創的演員是要經過層層磨礪的，其層層磨礪的過程大抵是：其一，經名師指點，轉益多師，成就所長；其二，在班社中掛頭牌，名角配搭同演，組織創作團體，開創專屬劇目；其三，演員透過腳色創造獨特鮮明之劇中人物，也因而創發了新行當、新妝扮、新程式；其四，流派藝術由獨特風格到群體風格。經過這四段進階，京劇的流派藝術才算真正的完成。

目前京劇也和一般傳統表演藝術一樣，大大失去了昔日的光彩，群眾已不再將之融入生活娛樂之中。雖尚有不少流派傳人活躍舞臺，但能再自創一派的演員已鳳毛麟角。這是時勢使然，我們也毋須面對無可奈何的事實而徒感神傷。

二〇〇八年四月七日夜

次日予偕戲曲學院京劇團赴北京上海蘇州廈門巡演拙編崑劇《孟姜女》並舉辦座談會，至四月二十日結束返臺

批評論

一、論說「拗折天下人嗓子」

引言

明代戲曲作家湯顯祖以「四夢」著名，尤其以《牡丹亭》最為出色，但也因此遭受最多的批評。這也說明了「盛名所至，謗亦隨之」，正是古今一轍的「人情世故」。

湯顯祖《牡丹亭》最受推崇的是詞采高妙，最受非議的是韻律多乖。他和並世曲家沈璟，正成了鮮明的對比。王驥德《曲律》卷四〈雜論第三十九下〉云：

> 臨川之於吳江，故自冰炭。吳江守法，斤斤三尺，不欲令一字乖律，而毫鋒殊拙。臨川尚趣，直是橫行，組織之工，幾與天孫爭巧；而屈曲聱牙，多令歌者齰舌。吳江嘗謂：「寧協律而不工，讀之不成句，而謳之始協，是為中之之巧。」曾為臨川改易《還魂》字句之不協者，呂吏部玉繩（原注：鬱藍生尊人）

以致臨川，臨川不憚，復書吏部曰：「彼惡知曲意哉！余意所至，不妨拗折天下人嗓子。」其志趣不同如此。鬱藍生謂臨川近狂，而吳江近狷，信然哉！❶

所云臨川即湯顯祖，吳江即沈璟，鬱藍生即呂天成。湯氏《玉茗堂尺牘》卷一有〈答呂玉繩〉書，並無是說，但於卷三〈答孫俟居〉書，則有是語：

弟在此自謂知曲意者，筆懶韻落，時時有之，正不妨拗折天下人嗓子。兄達者，能信此乎？❷

據此，則王氏或為誤記。又呂天成《曲品》卷上亦言及此事，❸其中「是為中之之巧」作「是曲中之工巧」，疑

---

❶〔明〕王驥德：《曲律》，《中國古典戲曲論著集成》第四冊（北京：中國戲劇出版社，一九五九），頁一六五。

❷〔明〕湯顯祖：〈答孫俟居〉，《玉茗堂尺牘》之三，收於徐朔方箋校：《湯顯祖詩文集》，卷四六（上海：上海古籍出版社，一九八二），頁一二九九。

❸〔明〕呂天成撰，吳書蔭校注：《曲品校注》，卷上（北京：中華書局，一九九〇）：吾友方諸生曰：「松陵具詞法而讓詞致，臨川妙詞情而越詞檢。」善夫，可謂定品矣！乃光祿嘗曰：「寧律協而詞不工，讀之不成句，而謳之始叶，是曲中之工巧。」奉常聞之，曰：「彼惡知曲意哉！予意所至，不妨拗折天下人嗓。」此可以覩兩賢之志趣矣。予謂：「二公譬如狂、狷，天壤間應有此兩項人物。不有光祿，詞硎不新；不有奉常，詞髓孰抉？倘能守詞隱先生之矩矱，而運以清遠道人之才情，豈非合之雙美者乎？而吾猶未見其人；東南風雅蔚然，予且旦暮遇之矣。予之首沈而次湯者，挽時之念方殷，悅耳之教寧緩也。略具後先，初無軒輊。允為上之上。」」（頁三七）所云松陵、光祿、詞隱先生俱指沈璟，臨川、奉常、清遠道人俱指湯顯祖，方諸生則指王驥德。由呂氏之語，可見他主張「以臨川之筆協吳江之律」，用意在調和兩家的衝突。

此句當作「是為曲中之工巧」。就因為王驥德這段話，自吳梅以下的學者便認為湯、沈二氏主張不同，水火不能相容，萬曆劇壇有臨川與吳江二派之爭。然而本文要進一步探討的是：何以《牡丹亭》會有「屈曲聱牙，多令歌者齚舌」的非議，何以湯氏會有「拗折天下人嗓子」的憤慨，湯氏果然不懂韻律嗎？湯、沈二氏果然「故自冰炭」嗎？萬曆劇壇果然臨川、吳江壁壘分明嗎？請先從諸家對《牡丹亭》韻律的非議談起。

(一)諸家對《牡丹亭》韻律的非議

沈璟因為改易《牡丹亭》字句作《同夢記》，為「串本《牡丹亭》」以牽就他所講究的韻律，❹被湯氏狠狠地說了一句「彼惡知曲意哉」之後，也不甘示弱地寫了一套南商調【二郎神】套以論製曲，對湯氏頗寓譏刺。茲錄之如下：

【二郎神】何元朗，一言兒啟詞宗寶藏。道欲度新聲休走樣。名為樂府，須教合律依腔。寧使時人不鑒賞，無使人撓喉捩嗓。說不得才長，越有才，越當著意斟量。

【前腔】參詳。含宮泛徵，延聲促響，把仄韻平音分幾項。倘平音窘處，須巧將入韻埋藏。這是詞隱先生獨秘方，與自古詞人不爽。若遇調飛揚，把去聲兒，填他幾字相當。

【囀林鶯】詞中上聲還細講，比平聲更覺微茫，去聲正與分天壤，休混把仄聲字填腔。析陰辨陽，卻只

❹〔明〕詞隱先生編著，鞠通生重定：《南詞新譜》（北京：中國書店，一九八五），卷十六越調過曲【蠻山憶】引沈璟《同夢記》注云：「即串本《牡丹亭》」，其眉批云：「前《牡丹亭》二曲從臨川原本，此一曲沈松陵串本備寫之，見湯沈異同。」

有那平聲分黨。細商量，陰與陽還須趁調低昂。

【前腔】用律詩句法須審詳，不可廝混詞場。【步步嬌】首句堪為樣，又須將【懶畫眉】推詳。休教鹵莽，試一比類，當知趨向。豈荒唐，請細閱《琵琶》，字字平章。

【啄木鸝】中州韻，分類詳。正韻也因他為草創。今不守正韻填詞，又不遵中土宮商。製詞不將《琵琶》倣，卻駕言韻依東嘉樣。這病膏肓，東嘉已誤，安可襲為常。

【前腔】北詞譜，精且詳。恨殺南詞偏費講。今始信舊譜多訛，是鯫生稍為更張。改絃又非翻新樣，按腔自然成絕唱。語非狂，從教顧曲，端不怕周郎。

【金衣公子】奈獨力怎隄防，講得口唇乾，空鬧攘，當筵幾曲添惆悵。怎得詞人當行，歌客守腔，大家細把音律講。自心傷，蕭蕭白髮，誰與共雌黃。

【前腔】曾記少陵狂，道細論詩，晚節詳。論詞亦豈容疏放。縱使詞出繡腸，歌稱遶梁，倘不諧律呂也難褒獎。耳邊廂，訛音俗調，羞問短和長。

【尾聲】吾言料沒知音賞，這流水高山逸響，直待後世鍾期也不妨。[5]

沈璟這套曲子真是「苦心孤詣」，說得很自信，卻也很無奈，而字裡行間顯然都因湯顯祖而發。他的製曲理論是從聲調、韻腳、譜律三方面講求。在聲調方面，他分辨平上去三聲，平聲須分陰陽，上去聲要嚴格釐清不可混作仄聲，入聲可作平聲用，遇有拗句應特別留意不可誤作律句。在韻腳方面，他主張要依據《中原音韻》和《洪

---

[5]〔明〕沈璟【二郎神】套收在所著《博笑記》卷首，又收入〔明〕馮夢龍《太霞新奏》。引文依據徐朔方輯校：《沈璟集》下冊（上海：上海古籍出版社，一九九一），頁八四九—八五〇。

武正韻》，切忌混押。在譜律方面，他希望能遵循他編訂的《南詞全譜》。他開宗明義就說：「名為樂府，須教合律依腔。」甚至說：「寧使時人不鑒賞，無使人撓喉捩嗓。」而曲中話語，諸如「說不得才長，越有才，越當著意斟量。」「東嘉已誤，安可襲為常。」「縱使詞出繡腸，歌稱遶梁，倘不諧律呂也難褒獎。」則隱然在指斥湯氏但恃才情，不諧音律。

沈璟《南九宮十三調曲譜》附錄謂「凡不知宮調及犯各調者，皆附於此。」計錄十八劇四十五調，其屬於《還魂記》者，有引子【宴蟠桃】、過曲【桃花紅】、【步金蓮】、【疏影】等四調。又於仙呂過曲【月上五更】引《還魂記》曲文為式，其眉批云：「掩風二字改作平去二音，乃叶。」尾批云：「用韻甚雜。」蓋以《中原音韻》為度，則混用魚模、齊微、支思三韻。其後沈璟之侄沈自晉《廣輯詞隱先生增定南九宮詞譜》更錄湯顯祖「臨川四夢」十五支為調式，❻如卷十六越調過曲【番山虎】，眉批云：「重相見三字須仄平平方叶」，卷二十二雙調過曲【孝白歌】，眉批云：「兩新字俱改仄聲乃叶。」卷二十三仙呂入雙調過曲【桂月鎖南枝】，眉批云：「種字、盡字俱改平聲乃叶，王字改仄乃叶。」又【錦香花】、【錦水棹】眉批云：「二曲字句未悉合，以詞佳錄之。作者若用其曲名，各從本調填詞，不可依此平仄。」又【風送嬌音】，眉批云：「韻亦雜。」蓋律以《中原音韻》，則庚青、真文混用。可見沈家叔侄對於湯顯祖劇作，即使錄為法式，尚不忘挑剔其平仄韻叶。

❻ 沈自晉所錄十五曲為：卷一仙呂過曲【月上五更】、【望鄉歌】，卷三羽調近詞【四季花】，卷十二南呂過曲【朝天懶】，卷十四黃鍾引子【翫仙燈】，卷十六越調過曲【番山虎】、【蠻山憶】，卷十八商調過曲【黃鶯玉肚兒】，卷二十二雙調過曲【孝白歌】，卷二十三仙呂入雙調過曲【桂月鎖南枝】、【柳搖金】、【錦香花】、【錦水棹】、【風送嬌音】，卷二十五不知宮調之【步金蓮】。

沈氏之後，論曲者亦每謂湯顯祖不諧音律。其中批評最甚的是臧懋循，其《元曲選・序》云：

湯義仍《紫釵》四記，中間北曲，駸駸乎涉其藩矣，獨音韻少諧，不無鐵綽板唱大江東去之病。南曲絕無才情，若出兩手，何也？

又其《元曲選・序二》云：

新安汪伯玉《高唐》《洛川》四南曲，非不藻麗矣，然純作綺語，其失也靡。山陰徐文長《禰衡》《玉通》四北曲，非不伉傸矣，然雜出鄉語，其失也鄙。豫章湯義仍，庶幾近之，而識乏通方之見，學罕協律之功，所下句字，往往乖謬，其失也疏。❼

臧氏對湯顯祖的北曲雖然稍作肯定，但對其南曲和音律則認為一無是處，連湯氏的才情都加以否定。這樣的論斷，即使並時的王驥德都不同意。其《曲律》卷四〈雜論第三十九下〉云：

（吳興臧博士）又謂「臨川南曲，絕無才情。」夫臨川所詘者法耳，若才情，正是其勝場，此言亦非公論。（頁一七〇）

王氏謂「臨川所詘者法耳」，這裡所說的「法」，又是指什麼樣的具體內容呢？王氏《曲律》卷四云：

臨川湯奉常之曲，當置「法」字無論，盡是案頭異書。……使其約束和鸞，稍閒聲律，汰其賸字累語，

❼〔明〕臧懋循：《元曲選》第一冊（北京：中華書局，一九八九），頁一－二。

規之全瑜，可令前無作者，後鮮來喆，二百年來，一人而已。（頁一六五）

客問今日詞人之冠，余曰：「於北詞得一人，曰高郵王西樓，……於南詞得二人，曰吾師山陰徐天池先生，……曰臨川湯若士，婉麗妖冶，語動刺骨，獨字句平仄，多逸三尺，然其妙處，往往非詞人工力所及。惜不見散套耳。」（頁一七〇）

又其卷二〈論須識字第十二〉云：

識字之法，須先習反切。蓋四方土音不同，其呼字亦異，故須本之中州。……至於字義，尤須考究；作曲者往往誤用，致為識者訕笑。如梁伯龍《浣紗記》【金井水紅花】曲「波冷濺芹菜，濕裙靸」，靸字，法用平聲。然靸，箭袋也。若衣衩之衩，屬去聲。……近日湯海若《還魂記》【懶畫眉】「睡荼抓住裙衩線」，亦以衩字作平音，皆誤。（頁一一九）

可見臨川所詘的「法」，在王驥德眼中是「臢字累語」和「字句平仄」的訛誤，以及字音字義的偶然錯失。所謂「臢字累語」指的應當是過多的襯字和溢出本格的語句，而「字句平仄」則應當是聲調律的問題。

此外，如沈德符《萬曆野獲編》卷二十五「詞曲」條云：

湯義仍「《牡丹亭》夢」一出，家傳戶誦，幾令《西廂》減價。奈不諳曲譜，用韻多任意處，乃才情自足不朽也。❽

❽〔明〕沈德符：《萬曆野獲編》，收入《元明史料筆記叢刊》（北京：中華書局，一九五九），頁六四三。

則指湯氏不遵循譜律製曲，又混用韻部。再如張琦《衡曲麈譚》云：

近日玉茗堂杜麗娘劇，非不極美，但得吳中善按拍者調協一番，乃可入耳。惜乎摹畫精工，而入喉半拗，深為致慨。若士茲編，殆陳子昂之五言古耶？❾

則謂湯氏《牡丹亭》所以「入喉半拗」，乃因為不講求平仄律。再如黃圖珌《看山閣集閒筆》云：

宋尚以詞，元尚以曲，春蘭秋菊，各茂一時。其有所不同者：曲貴乎口頭言語，化俗為雅；詞難於景外生情，出人意表，字字清新，筆筆芳韻，方為絕妙好辭，其聲諧法嚴處，不過取平仄二聲，較曲而有平上去入，有開發收閉、有陰陽清濁、有呼吸吐茹，審五音之精微，協六律於調暢，務在窮工辯別，刻意探求，稍有錯誤，致不叶調。如玉茗之《牡丹亭》，詞雖靈化，而調甚不工，令歌者低眉蹙目，有礙於喉舌間也。蓋曲之難，實有與詞倍焉。❿

黃氏生於康熙三十九年，著有《雷峰塔》等傳奇。其「曲律觀」較諸明人又更精微，除平上去入四聲外，復顧及開發收閉、陰陽清濁、呼吸吐茹等發聲的方法；以此來衡量《牡丹亭》，自然要說「調甚不工」了。

到了近世曲學名家吳梅，對於《牡丹亭》曲律，又作了進一步的批評。其《顧曲麈談・論南詞作法》云：

---

❾〔明〕張琦：《衡曲麈譚》，收入《中國古典戲曲論著集成》第四冊，頁二七五。

❿〔清〕黃圖珌：《看山閣集閒筆》，收入《中國古典戲曲論著集成》第七冊（北京：中國戲劇出版社，一九五九），頁一三九。

「玉茗堂四夢」，其文字之佳，直是趙璧隋珠，一語一字，皆耐人尋味。惟其宮調舛錯，音韻乖方，動輒皆是。一折之中，出宮犯調，至少終有一二處。學者苟照此填詞，未有不聲律怪異者。若士家藏元曲至多，但取腕下之文章，不顧場中之點拍。若士自言曰：「吾不顧捩盡天下人嗓子。」噫！是何言也！故讀「四夢」者，但學其文，不可效其法。尤西堂目「四夢」為南曲之野狐禪，洵然！《牡丹亭・冥誓》折所用譜曲，有仙呂者，有黃鍾宮者，強聯一處，雜出無序。《納書楹》節去數曲。始合管絃。以若士之才而疏於曲律如是，甚矣填詞之難也。板式緊密處，皆可加襯字；板式疏宕處，則萬萬不可。湯臨川作《牡丹亭》，不知此理，任意添加襯字，令歌者無從句讀。……此由於不知板也。⓫

又其《曲學通論・作法下》云：

往往有標名某宮某曲，而所作句法全非本調者。令人無從製譜，此不得以不知音三字諉罪也。此誤，《牡丹亭》最多。多一句、少一句，觸目皆是。故葉懷庭改作集曲。

尾聲結束一篇之曲，須是愈著精神。末句，尤須以極俊語收之方妙。凡北曲煞尾定佳，作南曲者往往潦草收場。徒取收場，戲曲中佳者絕少。惟湯若士「四夢」中尾聲首首皆佳，顧又多襯字。⓬

由以上二條評論，可見吳梅認為《牡丹亭》在曲律上有出宮犯調、聯套無序、句法錯亂和襯字失度等毛病。則

⓫ 吳梅：《顧曲麈談》，收入王衛民編校：《吳梅全集・理論卷上》（石家莊：河北教育出版社，二〇〇二年），頁六三一六四。

⓬ 吳梅：《曲學通論・作法下》，收入王衛民編校：《吳梅全集・理論卷上》，頁一九三。

《牡丹亭》在曲律上的缺失，看樣子是「越來越嚴重」的。這是什麼緣故呢？是否越往後的曲學家越精於曲律，也因此執法越嚴呢？還是其間隱藏著某種道理呢？且留待下文來揣測和說明。

(二)湯顯祖對諸家非議的反應

湯顯祖在其詩文集卷四十四〈答王澹生〉中說到他年輕時曾在友人家中評論王世貞的文章，王世貞聽到後微笑道：「隨之。湯生標塗吾文，他日有塗湯生文者。」果然，湯顯祖的《牡丹亭》就一再被「標塗」，其指謫音律乖舛者有如上述，其對劇本修改者有「呂改本《牡丹亭》」、⑬「沈改本《同夢記》」、⑭「臧改本《牡丹亭》」、⑮「徐改本《丹青記》」、⑯「碩園改本《牡丹亭》」、⑰「馮改本《風流夢》」⑱等六種，其中「呂改本」

⑬ 「呂改本《牡丹亭》」，一般都根據湯顯祖之說（見下文所引〈答凌初成〉與〈與宜伶羅章二〉），認為係呂玉繩所改，實係湯氏誤記，詳下文。

⑭ 「沈改本《同夢記》」，即沈璟改本，亦稱《合夢記》，又名「串本《牡丹亭》」，全本已佚，惟《南詞新譜》殘存兩曲，一為《牡丹亭》第四十八齣〈遇母〉中之【番山虎】，一為第二齣〈言懷〉中之【真珠簾】。【番山虎】改動較大，【真珠簾】止改動字句。

⑮ 「臧改本《牡丹亭》」，徐扶明《牡丹亭研究資料考釋》按云：臧懋循，字晉叔，號顧渚，長興人。萬曆八年進士，曾任南京國子監博士，湯顯祖之友。「臧改本《還魂記》」對原著作了這樣幾種主要改動。第一，刪併場子。如把原著中〈悵眺〉、〈肅苑〉、〈慈戒〉、〈訣謁〉、〈虜諜〉、〈道覡〉、〈診祟〉、〈拾畫〉、〈旁疑〉、〈歡撓〉、〈詗藥〉、〈淮警〉、〈僕偵〉、〈禦淮〉、〈淮泊〉、〈索元〉等齣，加以刪併，由原著五十五齣，刪併成三十六折。因為他恐原本太長，梨園難以演出。第二，調換場次。如把原著第二十五齣〈憶女〉，移置改本〈魂游〉（原著第二十七齣）之後。因為中間插入一齣老旦戲，可以節主角杜麗娘「上場大數之勞」。第三，改動曲詞。原著共四百零三曲，改本只有一百九十五曲。有的是因原曲「煩

冗」，「蓋厭人矣！並刪」。有的是因原曲無好腔，「與其厭聽，不若去之」。有的是因原曲「不合調」，「姑為改竄，庶歌者舌本不至太強耳」。

⑯「徐改本《丹青記》」，徐扶明考釋云：承吳曉鈴先生函告：「周越然曾藏有《丹青記》一部，二卷五十五齣，署湯顯祖撰，陳繼儒批評，徐肅穎刪潤，蕭儆書校閱，明萬曆間刊本，半頁九行，行二十四字，小字雙行，字數同。首著清遠道人題詞，附圖四十二頁。」吳先生係據手鈔《言言堂所藏曲目》，而周藏《丹青記》下落不明。之所以改題《丹青記》，是因原著第一齣〈標目〉落場詩，有「杜麗娘夢寫丹青記」句。

⑰「碩園改本《牡丹亭》」，徐扶明考釋按云：徐日曦，原名日靈，自署碩園居士，浙江西安人，明天啟年間進士。……碩園本《牡丹亭》，全本四十三齣，比原著少十二齣。他是怎樣刪定的呢？第一，刪全齣，如〈悵眺〉、〈勸農〉、〈慈戒〉、〈虜諜〉、〈道覡〉、〈繕備〉、〈詗藥〉、〈禦淮〉、〈聞喜〉九齣，都被刪掉了。第二，併齣，如〈腐嘆〉、〈延師〉、〈閨塾〉，併為〈閨塾〉；〈肅苑〉、〈驚夢〉，併為〈驚夢〉。第三，刪曲，如〈鬧殤〉刪七支，〈尋夢〉刪八支，〈冥判〉刪十支等等。第四，移動場次，如〈訣謁〉（原為第二十一齣）移在〈診祟〉（原為第十八齣）之前。很明顯，碩園本改動得比較大。

⑱「馮改本《風流夢》」，徐扶明考釋按云：馮夢龍（一五七四—一六四六），字猶龍，別署龍子猶、顧曲散人、墨憨齋主人等，長洲人。……他改編的《風流夢》，對《牡丹亭》作了種種改動。第一，刪掉，如〈勸農〉、〈虜諜〉、〈詗藥〉、〈淮警〉、〈如杭〉、〈僕偵〉、〈急難〉、〈淮泊〉、〈榜下〉、〈聞喜〉。第二，合併，如合〈言懷〉、〈悵眺〉為〈二友言懷〉，合〈腐嘆〉、〈延師〉為〈官舍延師〉，合〈詰病〉、〈道覡〉為〈慈母祈福〉，合〈拾畫〉、〈玩真〉為〈初拾真容〉，合〈移鎮〉、〈禦淮〉為〈杜寶移鎮〉，等等。第三，分拆，如分〈鬧殤〉為〈中秋泣夜〉、〈謀厝殤女〉。第四，改寫，如〈傳經習字〉（突出春香鬧學），〈情郎印夢〉（重在柳、杜印夢），〈石姑阻歡〉（以春香代小姑姑），等等。《曲海總目提要》卷九「風流夢」條云：「劇中與原稿大異者，柳夢梅說夢一段，移至第八折內，在麗娘夢後，改名夢梅，二夢暗合，似有關目，至二十六折夫妻合夢，柳生、麗娘各說一夢，與前照應，亦與原稿婚走不同。梅花觀中小道姑，改為侍兒春香，

應為「沈改本」之誤。徐扶明《牡丹亭研究資料考釋》「呂改本《牡丹亭》」條按云：

呂胤昌，字麟趾，號玉繩，又號姜山，浙江餘姚人。他是呂本的孫子，呂天成（鬱藍生）的父親，湯顯祖同年進士。湯顯祖〈寄呂麟趾三十韻有序〉云：「麟趾，姚江相國孫，予齊年好友也。」（《玉茗堂詩》卷九）根據王驥德《曲律》記載，呂玉繩曾把沈璟改本《還魂記》寄給湯顯祖。王驥德與呂天成是好友，記呂玉繩事，當不會有誤。我們知道呂玉繩也曾把沈璟的《曲論》寄給湯顯祖（見《玉茗堂尺牘》卷四〈答呂姜山〉）。可見，呂玉繩常在沈、湯之間起著橋梁作用。那麼，就很可能是湯顯祖把沈改本誤為呂改本。〈重刻清暉閣批點牡丹亭原刻凡例〉又把呂改本誤為呂天成改本，一誤再誤。徐朔方校注本《牡丹亭》附錄「關於版本的說明」，亦沿此凡例之誤。近承朔方同志函告：「此是二十年前舊作。不僅無呂天成改本，也無他老子呂玉繩改本。湯氏本人說遇有呂家改本，此乃沈璟改本之誤。」[19]

學者既有共識，則實際之改本應有五種。這五種改本中，湯顯祖所及見的，就其詩文集的「跡象」看來，應當只有被誤為呂氏改本的沈璟改本。而後出的臧改本、碩園改本、馮改本三種，真是對《牡丹亭》「大刀闊斧」的在「整肅」，如果湯顯祖得能一一寓目，未知更要作何感想。因為他對並時之人的非議和刪改，已經大為不堪了。

因小姐夭亡，情願出家，與石道姑侍奉香火，亦似關目緊湊。」此劇之所以名為《三會親風流夢》，正因為劇中有夢感、魂交、還陽新婚三部曲。第二十六折〈夫妻合夢〉：「（生）我和你先因夢感，後遇魂交，如今是第三次了。」眉批：「敘出三會親來，針線不漏。」

[19] 徐扶明：《牡丹亭研究資料考釋》（上海：上海古籍出版社，一九八七），頁五四－五五。

上文曾提到湯顯祖〈答孫俟居〉書，這封信可以說是湯氏對沈璟非議並改訂其《牡丹亭》的直接反應。現在把全文鈔錄如下：

> 兄以二夢破夢，夢竟得破耶？兒女之夢難除，尼父所以拜嘉魚，大人所以占維熊也。更為兄向南海大士祝之。《曲譜》諸刻，其論良快。久玩之，要非大了者。莊子云：「彼烏知禮意。」此亦安知曲意哉！其辨各曲落韻處，麤亦易了。周伯琦作《中原韻》，而伯琦於伯輝、致遠中無詞名。沈伯時指樂府迷，而伯時於花菴、玉林間非詞手。詞之為詞，九調四聲而已哉？且所引腔證，不云未知出何調犯何調，則云又一體又一體。彼所引曲未滿十，然已如是，復何能縱觀而定其字句音韻耶？弟在此自謂知曲意者，筆懶韻落，時時有之，正不妨拗折天下人嗓子。兄達者，能信此乎？何時握兄手，聽海潮音，如雷破山，砉然而笑也。[20]

孫俟居名如法，與顯祖為同年進士。如法無子，以弟之子為後，故云「向南海大士祝之」，見《餘姚縣志》卷二十三。所云「二夢」，因《牡丹亭》有〈驚夢〉、〈尋夢〉二出，「曲譜諸刻」指沈璟《南九宮十三調曲譜》。又「周伯琦」當作「周德清」，因德清為《中原音韻》作者；「伯輝」當作「德輝」，因鄭德輝與馬致遠齊名。又「玉林」應為「玉田」之誤，花菴、玉田指黃昇、張炎。

從這封信仔細推敲，可見湯顯祖講究的是「曲意」而非「曲律」。他認為「曲律」是無法定出絕對標準的，所以他批評沈氏《曲譜》，每有曲牌不明、犯調不清的現象，甚至「又一體」滋生繁多，又如何有必然的「定

---

[20]〔明〕湯顯祖：〈答孫俟居〉，《玉茗堂尺牘》之三，收於徐朔方箋校：《湯顯祖詩文集》，第四六卷，頁一二九九。

律」可供人遵循！也因此他但憑自家深切了然的「曲意」揮灑，無視於沈氏「規格」，而若欲斤斤然以沈氏「規格」來範疇他，那就只好教天下人的嗓子都拗折了。他對於「格律家」顯然很鄙薄，因為作《樂府指迷》的沈義父和作《中原音韻》的周德清都非詞曲能手，這言外之意豈不是在揶揄沈璟也一樣短於才華嗎？

湯氏讀了沈璟《曲譜》，反應如此；再讀其《唱曲當知》，又是如何呢？其《玉茗堂尺牘》之四〈答呂姜山〉云：

> 寄吳中曲論良是。「唱曲當知，作曲不盡當知也。」此語大可軒渠。凡文以意趣神色為主。四者到時，或有麗詞俊音可用。爾時能一一顧九宮四聲否？如必按字摸聲，即有窒滯迸拽之苦，恐不能成句矣。弟雖郡住，一歲不再謁有司。異地同心，惟與兒輩時作螿溪之想。[21]

由「唱曲當知」一語，知道呂氏寄給顯祖的「吳中曲論」，指的就是沈璟的《唱曲當知》。《唱曲當知》今已不傳。「唱曲當知，作曲不盡當知也」，這句話應當是呂氏信上說的，所以顯祖才會大樂，有深獲我心之感。而由「凡文以意趣神色為主」，可見湯氏所講求的「曲意」，就是曲的「意趣神色」，這和公安三袁的「獨抒性靈」頗為接近，所以自然都「不拘格套」。湯氏以為「意趣神色」四樣具備時，筆下就可能有「麗詞俊音」可用；而這「麗詞」所附有的「俊音」是無須一一顧及宮調聲律的，否則詞情、聲情反致扭曲衝突而不自然。據此可見，湯氏並非不在乎聲韻，只是他要琢磨的是「麗詞」中的「俊音」，這「俊音」並非格律所能完全達成。

湯氏在知道他的《牡丹亭》遭受改竄後，有三段文字表達他的感想。其〈答凌初成〉有云：

---

[21] 〔明〕湯顯祖：〈答呂姜山〉，《玉茗堂尺牘》之四，收於徐朔方箋校：《湯顯祖詩文集》，詩文卷四七，頁一三三七。

不佞《牡丹亭記》，大受呂玉繩改竄，云便吳歌。不佞啞然笑曰：「昔有人嫌摩詰之冬景芭蕉，割蕉加梅，冬則冬矣，然非王摩詰冬景也。其中駘蕩淫夷，轉在筆墨之外耳。若夫北地之於文，猶新都之於曲。餘子何道哉！」[22]

又其《詩文集》卷四十九〈與宜伶羅章二〉有云：

章二等安否？近來生理何如？《牡丹亭記》，要依我原本，其呂家改的，切不可從。雖是增減一、二字以便俗唱，卻與我原做的意趣大不相同了。[23]

又其《詩文集》卷十九〈見改竄牡丹詞者失笑〉一詩云：

醉漢瓊筵風味殊，通仙鐵笛海雲孤。總饒割盡時人景，卻媿王維舊雪圖。[24]

以上三段文字，凌初成即凌濛初，羅章二是宜黃伶人。文中北地指李夢陽，新都指楊慎。呂玉繩竄改《牡丹亭》一事是湯顯祖的誤會，事實上出自沈璟之手，已見前文。沈璟所以竄改《牡丹亭》，「云便吳歌」。看樣子顯祖本來就不為「崑山水磨調」而創作，他只要表達「意趣神色」，必須「通仙鐵笛」才能傳播他的特殊風味；所以他

---

[22] 〔明〕湯顯祖：〈答凌初成〉，《玉茗堂尺牘》之四，收於徐朔方箋校：《湯顯祖詩文集》，卷四七，頁一三四五。

[23] 〔明〕湯顯祖：〈與宜伶羅章二〉，《玉茗堂尺牘》之六，收於徐朔方箋校：《湯顯祖詩文集》，卷四九，頁一四二六。

[24] 〔明〕湯顯祖：〈見改竄牡丹詞者失笑〉，《玉茗堂詩》之十四，收於徐朔方箋校：《湯顯祖詩文集》，卷一九，頁八〇三。

見了改本，就不禁啞然失笑，認為等同「割蕉加梅」、「削足適履」。為此他特別囑咐羅章二切不可用改本搬演。然而在他心靈之中，其實也免不了傷感的。其詩文集卷十八〈七夕醉答君東二首〉之二云：

玉茗堂開春翠屏，新詞傳唱《牡丹亭》。傷心拍遍無人會，自掐檀痕教小伶。㉕

他也許拍遍欄杆，也許拍遍檀板，而普天之下竟無人會得。若此，焉能不傷心！而無人會得的，應當是他的「曲意」吧！這「曲意」至少包括他要表達的「生死至情」的主題思想和「以意趣神色為主」的文學觀念，以及他「麗詞俊音」巧妙融合、不假造作的文學技法，他要使之天衣無縫、自然妙成。而他既能「自掐檀痕教小伶」，又誰能說他不懂音樂呢？

(三)湯顯祖不懂音律嗎？

湯顯祖既然能夠教導年小的伶人唱曲，又在所著《紫簫記》第六齣〈審音〉，敘鮑四娘傳授霍小玉唱曲，借四娘之口，暢論曲律，舉出「音同名不同」，也就是同調異名的曲牌四十五對；又舉出「名同音不同」，也就是異調同名的曲牌有五個，說「唱的不得廝混」；還舉出「字句多少都唱得」，也就是可以增減字句的曲牌八個，最後說「中間還有道宮高平歇指，又有子母調一串驪珠，休得拗折嗓子。」㉖若此，如果說他不明樂理不懂音

㉕〔明〕湯顯祖：〈七夕醉答君東二首〉，《玉茗堂詩》之十三，收於徐朔方箋校：《湯顯祖詩文集》，第一八卷，頁七三五。

㉖《紫簫記》第六齣〈審音〉有云：「只要在行。郡主端坐，聽俺道來。唱有三緊：一要調兒記得遠；二要板兒落得穩；【四娘】說那裏話？三要聲兒唱得滿。【小玉】調兒有許多？【四娘】一時數不起，略說大數：黃鍾二十四章，正宮二

律是不可能的。尤其他自己也說「休得拗折嗓子」，那麼又為什麼並時曲家以至於民國吳梅，都異口同聲指斥他

十五章，大石調二十一章，小石調五章，仙呂四十二章，中呂三十二章，南呂三十一章，雙調一百章，越調二十五章，商調十六章，商角調六章，般涉調八章，共三百三十五章。從軒轅黃帝制律一十七宮調，至今留傳一十二調。中間又有音同名不同的，例如：【一枝花】便是【占春魁】，【陽春曲】便是【喜春來】，【拋毬樂】便是【彩樓春】，【鬥蝦蟆】便是【草池春】，【六么遍】便是【柳梢青】，【昇平樂】便是【賣花聲】，【沽美酒】便是【瑤林宴】，【漢江秋】便是【荊襄怨】，【採茶歌】便是【楚江秋】，【乾荷葉】便是【翠盤秋】，【知秋令】便是【梧葉兒】，【荊山玉】便是【側磚兒】，【小沙門】便是【禿廝兒】，【憨郭郎】便是【蒙童兒】，【村裏秀才】便是【伴讀書】，【殿前歡】便是【鳳將雛】，【掛玉鉤】便是【挂搭沽】，【醉娘子】便是【醉也摩挲】，【喬木查】便是【銀漢槎】，【調笑令】便是【含笑花】，【耍孩兒】便是【魔合羅】，【也不羅】便是【野落索】，【播鼓體】便是【催花樂】，【靈壽杖】便是【呆骨朵】，【鸚鵡曲】便是【黑漆弩】，【滴滴金】便是【甜水令】，【陣陣贏】便是【得勝令】，【柳營曲】便是【寨兒令】，【急曲子】便是【急捉令】，【歸塞北】便是【望江南】，【玄鶴鳴】便是【哭皇天】，【初問占】便是【卜金錢】，【撥不斷】便是【續斷絃】，【臉兒紅】便是【麻婆子】，【淩波仙】便是【水仙子】，【潘妃曲】便是【步步嬌】，【相公愛】便是【駙馬還朝】，【紅衲襖】便是【紅錦袍】，【女冠子】便是【雙鳳翹】，【朱履曲】便是【紅繡鞋】，【三臺印】便是【鬼三臺】，【小拜門】便是【不拜門】，【朝天子】便是【謁金門】，【壽陽曲】便是【落梅風】，【折桂令】便是【步蟾宮】。郡主，又有名同音不同的，假如：黃鍾雙調都有【水仙子】，仙宮正宮都有【端正好】，中呂越調都有【鬥鵪鶉】，中呂南呂都有【紅芍藥】，中呂雙調都有【醉春風】，唱的不得廝混。又有字句多少都唱得的，相似：【端正好】，【貨郎兒】，【混江龍】，【後庭花】，【青哥兒】，【梅花酒】，【新水令】，【折桂令】，這幾章都增減唱得。中間還有道宮高平歇指，又有子母調一串驪珠，休得拗折嗓子。郡主，你明日要嫁個折桂枝的姐夫。俺先唱個【折桂令】你聽。」徐朔方箋校：《湯顯祖全集㈢》（北京：北京古籍出版社，一九九九），頁一七三六－一七三七。

調乖韻舛呢？從上文引述的〈答孫俟居〉書和〈答呂姜山〉書，我們已經可以體會到他所講求的「曲律」，和沈璟為首的「格律派」是不同類型的，是在不同基礎上立論的。他要講求的是「麗詞俊音」的冥然會合、相得益彰。其〈答淩初成〉書有這樣的話語：

> 不佞生非吳越通，智意短陋，加以舉業之耗，道學之牽，不得一意橫絕流暢於文賦律呂之事。獨以單慧涉獵，妄意誦記操作。層積有窺，如暗中索路，闖入堂序，忽然靁光得自轉折，始知上自葛天，下至胡元，皆是歌曲。曲者，句字轉聲而已。葛天短而胡元長，時勢使然。總之，偶方奇圓，節數隨異。四六之言，二字而節，五言三，七言四，歌詩者自然而然。乃至唱曲，三言四言，一字一節，故為緩音，以舒上下句，使然而自然也。獨想休文聲病浮切，發乎曠聰；伯琦四聲無入，通乎朔響。安詩填詞，率履無越。不佞少而習之，衰而未融。乃辱足下流賞，重以大製五種，緩隱濃淡，大合家門。至於才情，爛熳陸離，嘆時道古，可笑可悲，定時名手。㉗

這段話接續上文所引，就是〈答淩初成〉書的全文。此書主要表達湯氏個人體悟的音律觀念。值得注意的是：第一，他首先聲明自己不是江浙人，對於樂律也沒有專精的研究。第二，由於他自己多年的探討，體悟到所謂「曲」，不過是「句字轉聲而已」，也就是說曲之為歌，只是將語言旋律轉化為音樂旋律罷了；而歷代歌曲所以有別，乃時間推移環境變化的緣故。第三，他顯然已注意到音節形式的問題。所云「四六之言，二字而節」即是說四言詩的音節形式為二二，六言詩則為二二二。所云「五言三，七言四」即是說五言詩在第三字作頓，音

㉗ 〔明〕湯顯祖：〈答淩初成〉，《玉茗堂尺牘》之四，收於徐朔方箋校：《湯顯祖詩文集》，第四七卷，頁一三四五。

節形式為三二；七言詩在第四字作頓，音節形式為四三。這是吟詠詩歌自然而然的現象。至於唱曲，三四言的短句就要一字一節，故作緩音來紓解上下的長句，這是使之如此，自然也會如此。第四，他對於沈約四聲八病之說、周德清《中原音韻》北曲無入聲之論，一般人作詩製曲都遵守不敢逾越，而自己雖然年輕時學過，可是直到老邁也未能完全了悟。

我們再來看湯顯祖的一篇〈董解元西廂題辭〉：

余於聲律之道，瞠乎未入其室也。《書》曰：「詩言志，歌永言，聲依永，律和聲。」志也者，情也。先民所謂發乎情，止乎禮義者，是也。嗟乎！萬物之情各有其志。董以董之情而索崔、張之情於花月徘徊之間，余亦以余之情而索董之情於筆墨煙波之際。董之發乎情也，鏗金戛石，可以如抗而如墜。余之發乎情也，宴酣嘯傲，可以以翱而以翔。然則余於定律和聲處，雖於古人未之逮焉，而至如書之所稱為言為永者，殆庶幾其近之矣。㉘

從這篇題辭可以清楚看出，湯顯祖所講求的是純任自然的文學觀，認為發自胸中最真摯的感受所流諸筆墨的必能使詞情與聲情相得益彰。所謂詩言志的「志」，就是胸中最真摯的感受，也就是湯氏的「情」；而「情」之所之，其語言旋律自然與意義境界冥然契合，這也就是《書》所言「歌永言，聲依永。」他自己認為頗能洞燭此中三昧。至於所謂「聲律之道」、所謂「定律和聲」，細繹湯氏之意，則彼皆人工所為，已失自然，他既不屑為，當然就要「瞠乎未入其室」，也自然「於古人未之逮焉」。

㉘〔明〕湯顯祖：〈董解元西廂題辭〉，收於徐朔方箋校：《湯顯祖詩文集》，第五〇卷〈補遺〉，頁一五〇二—一五〇三。

湯顯祖不只於戲曲講求自然，即使文章亦講求自然。〈合奇序〉云：

予謂文章之妙不在步趨形似之間。自然靈氣，恍惚而來，不思而至。怪怪奇奇，莫可名狀。非物尋常得以合之。蘇子瞻畫枯株竹石，絕異古今畫格。乃愈奇妙。若以畫格程之，幾不入格。米家山水人物，不多用意。略施數筆，形象宛然。正使有意為之，亦復不佳。故夫筆墨小技，可以入神而證聖。自非通人，誰與解此。㉙

若此，則湯氏於整個文學藝術莫不講求「自然」，若欲以人為的「格式」來局限，就無法達到「奇妙」的境地。而這種奇妙的境地，是可以「入神而證聖」的，也惟有「通才」才能了解，也惟有「通人」才辦得到。我們也知道湯氏是自許為「通人」的。

從湯氏體悟的音律觀念看來，他所講求的其實是「自然音律」而非「人工音律」。所謂「人工音律」是經由人們的體悟逐漸約定俗成終於制定的韻文學的體製規律。體製規律是由字數、句數、句長、句式、語長、聲調、韻協、對偶等八個因素所構成。就詩詞曲而言，可以說規律越來越謹嚴。譬如聲調，古詩不講求，近體詩產生平仄律，詞仄聲分上去入，北曲平聲又別陰陽而入聲消失。所謂「自然音律」，是指人工音律之外，無法訴諸人為科範的語言旋律。丁邦新先生〈從聲韻學看文學〉一文中，稱「人工音律」為「明律」，「自然音律」為「暗律」。他對於「暗律」有極其精闢的見解，他說：

暗律是潛在字裏行間的一種默契，藉以溝通作者和讀者的感受。不管散文、韻文，不管是詩是詞，暗律

㉙〔明〕湯顯祖：〈合奇序〉，《玉茗堂文》之五，收於徐朔方箋校：《湯顯祖詩文集》，第三二卷，頁一〇七八。

> 可以說無所不用。它是因人而異的藝術創造的奧秘，每個作家按照自己的造詣與穎悟來探索這一層奧秘。有的人成就高、有的人成就低。㉚

可見自然音律的道理是相當奧秘而不可明確掌握的。而我們可以斷言的是，文學成就越高的作家，越能掌握自然音律，使得聲情與詞情相得益彰。譬如杜甫自稱「晚節漸於詩律細」，除了在恪守格律中更求精緻的「四聲遞換」㉛外，也從突破格律中更求精緻。茲舉其〈夔州歌〉之一為例：

> 中巴之東巴東山，江水開闢流其間；白帝高為三峽鎮，瞿塘險過百牢關。㉜

此詩首句七字全用平聲，而且除了「之」字外，都是響亮字，如此一來，使得聲情極度壯闊飛揚；緊接著「江水開闢流其間」，亦屬不合平仄律的拗句，在音節處的「水」、「闢」用上去聲，好似江水即將阻於巴山，而「闢」字的去聲之後，又連用「流其間」三平聲字，則江水似乎豁然貫通了。於是乎江水奔騰如雷、無阻無礙的聲勢和境界，皆可從中求之了；而末後兩句，不止回復拘守格律，使聲情穩諧，而且運用對偶，使意象凝重，由此而強化了白帝城之高與瞿塘峽之險。杜甫頗有這種拗絕，蓋以其悟性之明敏，故能巧妙的調和人工音律與自然音律，從而推陳出新，別開境界。因此我們不能以一般七絕「清麗圓熟」的標準來衡量它。同樣的，詞中

㉚ 丁邦新：〈從聲韻學看文學〉，《中外文學》四卷一期（一九七五年一月），頁一三一。

㉛ 所謂「四聲遞換」，譬如杜甫〈曲江二首〉之一「一片花飛減卻春」，八句中有四句遞用平上去入四聲；其出句句末字，正好是「春」、「眼」、「翠」、「樂」平上去入。這種手法頗見於杜甫晚年詩作中。

㉜ 〔唐〕杜甫：〈夔州歌〉，收入〔清〕彭定求等編：《全唐詩》，卷二二九（北京：中華書局，一九六〇），頁二五〇七。

的蘇軾，晁補之批評他「多不諧音律」、「自是曲子中縛不住者」。而如果我們仔細考量，東坡之精緻處，何止不讓周美成而已；他的「不諧音律」處，其實正是他擅於掌握自然音律之高人一等的手法。[33]而這種手法是難於被咬定格律不放鬆的譜法家所理解的。我想湯顯祖的遭遇，大抵也如此。

著者有〈中國詩歌中的語言旋律〉一文，[34]詳論詩詞曲中的人工音律與自然音律。指出「拗句」、「選韻」、「詞句結構」、「意象情趣的感染力」都屬「自然音律」的範圍，都是格律家說不出道理而其實是構成語言旋律的重要因素。所以如果只「斤斤於曲家三尺」，也未必能使聲情詞情完全相得益彰。

著者另有〈「九宮大成北詞宮譜」的又一體〉一文，[35]以其仙呂調隻曲為例，檢視《九宮大成》之「又一體」滋生繁多的原因，發現有「誤於句式所產生的又一體」，有「誤於正襯所產生的又一體」，有「因增減字所產生的又一體」，有「因攤破所產生的又一體」，又有「合乎本格而誤置的又一體」和「併入么篇而不自知所產生的又一體」。也就是說，譜律家於「曲理」未盡了了。若此，所制定的「格律」焉能一一教人遵循？

於此，我們再來回顧一下諸家對湯顯祖不守「曲律」的非議：沈璟譏刺他韻協不謹嚴四聲不諧調。臧懋循說他北曲「音韻少諧」。王驥德說他「詘於法」，包括「贕字累語」和「字句平仄」的訛誤，以及字音字義的偶然錯失。沈德符指他不遵循譜律製曲和混用韻部。張琦指他不講求平仄律以致「入喉半拗」。黃圖珌也批評他「調甚不工，令歌者低眉蹙目。」到了吳梅更認為《牡丹亭》在曲律上有出宮犯調、聯套失序、句法錯亂和襯

[33] 拙作：〈也談蘇軾【念奴嬌】赤壁詞的格式〉一文論及其事，載《臺大中文學報》第五期（一九九二年五月），頁一二五—一三八；收入拙著：《參軍戲與元雜劇》（臺北：聯經出版事業公司，一九九二），頁三三九—三五六。

[34] 拙作：〈中國詩歌中的語言旋律〉，《詩歌與戲曲》（臺北：聯經出版事業公司，一九八八）。

[35] 拙作：《九宮大成北詞宮譜》的又一體〉，《參軍戲與元雜劇》，頁三一五—三三八。

字無度等毛病。

綜觀這些「非議」，無不就「人工音律」的立場出發，而誠如上文所云，《曲譜》所制定的格律，未必可完全遵守，而湯顯祖重視「自然音律」，使之與「人工音律」巧妙諧調，若一味以「人工音律」來衡量，就難免有時格格不入了；更何況「譜律」越來越森嚴，執此以考究諸家，何人能逃避批評？請看王驥德《曲律》卷四〈雜論第三十九下〉，有云：

詞隱傳奇，要當以《紅蕖》稱首。其餘諸作，出之頗易，未免庸率。然嘗與余言，歉以《紅蕖》為非本色，殊不其然。生平於聲韻、宮調，言之甚悉，顧於己作，更韻、更調，每折而是，良多自恕，殆不可曉耳。（頁一六四）

王驥德對沈璟頗為心儀，對他都有如此批評，何況其他！可見「詞隱」講了一輩子格律，不止因之「文采不彰」，而且也落得嚴於責人卻「良多自恕」的批評。王氏《曲律》卷四又說到「詞隱《南詞韻選》，列上上、次上二等。所謂上上，亦第取平仄不訛，及遵用周韻者而已，原不曾較其詞之工拙；又只是無中揀有，走馬看錦，子細著鍼砭不得。」接著舉友人吳興關仲通「帙中人所常唱而世皆賞以為好曲者，如『窺青眼』、『暗想當年羅帕上曾把新詩寫』、『因他消瘦』、『樓閣重重東風曉』、『人別後』諸曲」，加以仔細的「評頭論足」，其中提到諸曲語句，有云：

詞隱亦以為「不思量寶髻」五字當改作仄仄仄平平，「花堆錦砌」當改作去上去平，「怕今宵琴瑟」，琴字當改作仄聲，故止列次上。（頁一七四—一七五）

像這些「人所常唱而世皆賞以為好曲者」，譜律家如沈璟、王驥德者，執其「斤斤三尺之法」以衡量，而竟亦紕纇繁多，則曲壇並世無出其右的湯顯祖，既享盛名，「樹大招風」，焉能不受較諸他人為多的非議？

我們於此又再進一步回顧南戲初起時的情況。徐渭《南詞敘錄》云：

今南九宮不知出於何人，意亦國初教坊人所為，最為無稽可笑。……「永嘉雜劇」興，則又即村坊小曲而為之，本無宮調，亦罕節奏，徒取其畸（當為「疇」之誤）農、市女順口可歌而已，諺所謂「隨心令」者，即其技歟？間有一二叶音律，終不可以例其餘，烏有所謂九宮？必欲窮其宮調，則當自唐宋詞中別出十二律、二十一調，方合古意。是九宮者，亦烏足以盡之？多見其無知妄作也。[36]

可見南曲戲文初起時只是雜綴時曲小調搬演，根本無宮調聯套之事，而且「順口可歌」即可，亦無所謂譜律與韻書限韻。慢慢的，應當是從北曲雜劇取得師法吧！經過音樂家和譜律家的琢磨研究，才逐漸訂出許多規矩來。所以如果拿出後世形成制定的森嚴「法律」，去挑剔前代作品的話，那麼《琵琶記》只好是「韻雜宮亂」了。張師清徽（敬）《明清傳奇導論》一書，於三編第一章〈明代傳奇用韻的研究〉中，以《六十種曲》為範圍，以《中原音韻》為標準，考察明人傳奇用韻的情況，發現「十九韻部中，除了東鍾、江陽、蕭豪三部沒有和其他韻部發生糾葛的表現之外，其餘十六部……相互間的鉤籐纏繞，不一而足，令人耳迷目亂。統計下來，共得三十八目，一千一百四十七條。……犯韻最多的是支思、齊微、魚模，這一項有三百一十七條；真文、庚青一百四十三條次之；先天、寒山、桓歡一百三十八條又稍次之。」則明人於傳奇之用韻，幾乎無一人無毛病。這是

---

[36]〔明〕徐渭：《南詞敘錄》，《中國古典戲曲論著集成》第三冊（北京：中國戲劇出版社，一九五九），頁二四〇。

什麼緣故呢？因為傳奇作者製曲大抵「隨口取協」，除了沈璟等譜律家外，未有人以北曲晚期形成的韻書《中原音韻》作為押韻的依據，而若以《中原音韻》為「斤斤三尺」加以衡量，則焉能不犯韻乃至出韻者？明乎此，那麼《牡丹亭》在那「譜律」尚未建立絕對權威的時代，湯氏創作時保有南戲「遺習」也就很自然的了。而如果欲以沈璟所認定的譜律，乃至於往後因戲曲之演進更轉趨森嚴的律法來「計較」《牡丹亭》，則其格格不入也自是意料中事了。而如果拘泥譜律之聲韻格式打成曲譜，再以《牡丹亭》之曲詞以就此曲譜，則焉能不拗盡天下人嗓子？

(四)《牡丹亭》乃為宜伶而作

湯氏所以「拗折天下人嗓子」，除了他講究「自然音律」，不完全符合吳江律法外，應當也和他所說的「不佞生非吳越通」有關。也就是說，他不懂崑山水磨調，他的《牡丹亭》不是崑山水磨調劇本。袁宏道評《玉茗堂傳奇》云：

> 詞家最忌弋陽諸本，俗所謂過江曲子是也。《紫釵》雖有文采，其骨格卻染過江曲子風味，此臨川不生吳中之故耳。[37]

「臨川不生吳中」，所以所撰《紫釵記》染有弋陽腔過江曲子風味，則《牡丹亭》何獨不然？凌濛初《譚曲雜箚》云：

---

[37] 獨深居點定：《玉茗堂傳奇》（明崇禎刻本），卷首〈集諸家評語〉。轉引自徐扶明：《牡丹亭研究資料考釋》，頁八三－八四。

近世作家如湯義仍，頗能模仿元人，運以俏思，儘有酷肖處，而尾聲尤佳。惜其使才自造，句腳、韻腳所限，便爾隨心胡湊，尚乖大雅。至於填調不諧，用韻龐雜，而又忽用鄉音，如「子」與「宰」叶之類，則仍拘於方土，不足深論，止作文字觀，猶勝依樣畫葫蘆而類書填滿者也。義仍自云：「駘蕩淫夷，轉在筆墨之外。」佳處在此，病處亦在此。彼未嘗不自知，只以才足以逞而律實未諳，不耐檢核，悍然為之，未免護前。況江西弋陽土曲，句調長短，聲音高下，可以隨心入腔，故總不必合調，而終不悟矣。而一時改手，又未免有斲小巨木、規圓方竹之意，宜乎不足以服其心也。㊳

凌氏批評其「填調不諧，用韻龐雜」，與並時格律家如出一口，緣故他也站在崑山水磨調的立場。而他指出「江西弋陽土曲，句調長短，聲音高下，可以隨心入腔，故總不必合調。」豈不是說湯氏諸劇正為弋陽腔之曲嗎？也因此若以崑山水磨調來考究，自然「總不合調」了。

然而，湯顯祖「臨川四夢」是否即為弋陽腔而創作呢？按湯氏〈宜黃縣戲神清源師廟記〉云：

此道有南北。南則崑山之次為海鹽，吳浙音也。其體局靜好，以拍為之節。江以西弋陽，其節以鼓，其調諠。至嘉靖而弋陽之調絕，變為樂平，為徽青陽。我宜黃譚大司馬綸聞而惡之。自喜得治兵於浙，以浙人歸教其鄉子弟，能為海鹽聲。大司馬死二十餘年矣，食其技者殆千餘人。㊴

對於湯氏這段話，徐扶明《牡丹亭研究資料考釋》「凌濛初評牡丹亭」條按語云：

㊳〔明〕凌濛初：《譚曲雜劄》，收入《中國古典戲曲論著集成》第四冊，頁二五四。

㊴〔明〕湯顯祖：〈宜黃縣戲神清源師廟記〉，收入徐朔方箋校：《湯顯祖詩文集》，第三四卷，頁一一二八。

湯顯祖〈宜黃縣戲神清源師廟記〉云：「至嘉靖而弋陽之調絕，變為樂平，為徽青陽。」就是說，這時在江西弋陽地區，弋陽腔已不流行了，而流傳到江西樂平地區（屬饒州府），變為樂平腔；流傳到皖南，變為青陽腔。那麼，湯顯祖在萬曆年間，在鄰近弋陽的臨川創作《牡丹亭》，還會用弋陽腔嗎？值得懷疑。[40]

徐氏的「懷疑」是有道理的，但湯氏縱使不用弋陽腔，也未必就用崑山腔，這從他被吳江派諸家批評不合律，就可以想見。對於湯氏〈廟記〉這段話，葉德均《戲曲小說叢考》之〈明代南戲五大腔調及其支流〉一文云：

這裡的「弋陽之調絕」，曾經引起近人不少的誤會，其中最顯著的是青木正兒《中國近世戲曲史》所說「弋陽腔嘉靖間成絕響」。這說法顯然和事實不符，弋陽腔在明代始終沒有絕響，……可是，弋陽腔在嘉靖間並不是沒有改革，而是確有不小的變化。按湯顯祖的原文是說，這時樂平腔等聲勢浩大，弋陽腔也就有了變化，原來的舊調就絕響了。這時全部的情況是：在江西省內有新興的樂平腔、宜黃腔；省外也有新生的徽州腔、青陽腔等；而老腔調中的崑山腔正逐漸發展著，餘姚腔雖開始沒落還有一定的影響，和弋陽腔對峙的海鹽腔這時還有相當雄厚的力量。在這種客觀形勢下，那簡單樸素的弋陽腔就有一蹶不振之勢。它為了生存，就非改革不可了。[41]

可見弋陽腔在湯顯祖時代縱然未至完全絕響，但已到了一蹶不振，非改革不可的地步。湯顯祖在這種情況下，

[40] 徐扶明：《牡丹亭研究資料考釋》，頁八六－八七。

[41] 葉德均：《戲曲小說叢考》（臺北：文史哲出版社，一九八九），頁三三三－三三四。

應當不會再用弋陽腔來創作。那麼他是用什麼腔調呢？葉德均在〈明代南戲五大腔調及其支流〉一文中和徐朔方在《湯顯祖集・宜黃縣戲神清源師廟記》的「箋」裡，共同的看法是用「宜黃腔」。鄭仲夔《冷賞》卷四〈聲歌〉條云：

宜黃譚〔大〕司馬綸，殫心經濟，兼好聲歌。凡梨園度曲皆親為教演，務窮其妙，舊腔一變為新調。至今宜黃子弟咸尸祝譚公惟謹，若香火云。[42]

譚綸因為厭惡由弋陽腔變化的樂平腔、徽調和青陽腔，而愛好「清柔婉折」的海鹽腔，所以把海鹽伶人帶到宜黃去，宜黃人因而受到感染，「舊腔」為此「一變為新調」，這種「新調」，就是「宜黃腔」。可見宜黃腔就是以海鹽腔為基礎，經過宜黃原本流行的腔調弋陽、樂平的影響而形成的。而湯氏調演唱宜黃腔的子弟「殆千餘人」，可見他那個時代，宜黃腔的盛行。若此，湯氏戲曲焉能與宜黃腔無關？范文若《夢花酣傳奇・序》云：

且臨川多宜黃土音，腔板絕不分辨，襯字、襯句湊插乖舛，未免拗折人嗓子。[43]

范氏雖然不出吳江譜律家口胳，但已明白指出湯顯祖與宜黃腔的密切關係。而葉德均、徐朔方兩先生更從湯氏詩文集加以考察，徐氏云：

據詩〈寄呂麟趾三十韻〉：「曲畏宜伶促」、〈帥從升兄弟園上作四首〉之三：「小園須著小宜伶」、〈寄

[42] 〔明〕鄭仲夔：《冷賞》（北京：中華書局，一九九一），頁六二。
[43] 〔明〕范文若：《夢花酣傳奇》（臺北：天一出版社，一九八三），頁一。

生腳張二恨吳迎旦口號二首〉之一：「暗向清源祠下咒，教迎啼徹杜鵑聲。」〈送錢簡棲還吳二首〉之一：「離歌分付小宜黃」、〈遣宜伶汝寧為前宛平伶李襲美朗中壽〉、〈九日遣宜伶赴甘參知永新〉、〈唱二夢〉：「宜伶相伴酒中禪」及《尺牘》之回復甘義麓：「弟之愛宜伶學二夢」等，知玉茗堂曲之演唱者實為宜伶。明乎此，乃恍然於《尺牘》之四〈答凌初成〉云「不佞生非吳越通，智意短陋」；又云「不佞《牡丹亭記》，大受呂玉繩改竄，云便吳歌」；是原不為崑山腔作也。[44]

我們如果再加上湯氏之為宜黃縣戲神作廟記，以及上文所引《尺牘》〈與宜伶羅章二〉之囑其搬演《牡丹亭》務依原本看來，更可以證明湯氏《牡丹亭》原是為宜伶之宜黃腔作不為吳人之崑山腔作。若此，如以崑山水磨調格律來苛責湯顯祖，豈不是「牛頭不對馬嘴」嗎？[45]

---

[44] 徐朔方箋校：《湯顯祖詩文集》（上海：上海古籍出版社，一九八二），頁一一二九。

[45] 胡忌、劉致中合著《崑劇發展史》第二章第五節〈湯顯祖和牡丹亭〉有云：《玉茗堂四夢》開始演唱的聲腔，到底為海鹽腔還是崑山腔，或是「弋陽化之海鹽腔」。我們認為，這個問題較為複雜，研究清楚並不容易，但總的看來，湯顯祖的劇作在臨川、宜黃一帶演出，因為該地區當時是盛行海鹽腔，所以「宜伶」演的「四夢」應是海鹽腔。不過，萬曆三十年左右，崑山腔已經取代海鹽腔的地位，很快流行各地，「宜伶」學唱崑山腔演「四夢」也是社會風氣使然。特別是原來的海鹽腔和崑山腔的差異不大，戲曲演員並唱這兩種聲腔不難，「四夢」在舞臺上演出成功，最終還得歸功於崑山腔。湯顯祖另有〈唱二夢〉詩：「半學儂歌小楚天，宜伶相伴酒中禪。纏頭不用通明錦，一夜紅氍四百錢。」所謂宜伶相伴，「半學儂歌」，大概就是指演員從海鹽腔基礎上習唱崑山腔的這一過程。「儂歌」無疑是吳儂軟語「氣若轉絲」的崑山腔。

胡劉二氏的看法是可取的，但這只能說《牡丹亭》也被宜伶用崑山腔演唱過，可能演唱的正是「云便吳歌」的沈氏串本

餘論

湯顯祖為有明一代最受矚目的戲曲家，是不爭的事實。他受批評緣於不守吳江律法，他受推崇由於曲詞高妙傑出。而由上文論述，我們知道，湯顯祖的戲曲觀，乃至於文學藝術觀，無不以自然臻於高妙。所以他所顧及的不完全是譜律家斤斤三尺的「人工音律」，而重視的是「歌永言，聲依永」，發乎「情志」的「自然音律」；加上他的《牡丹亭》根本不為水磨調而創作，只為宜伶傳習的「宜黃腔」而施之歌場；所以如果執著於考究聲調律、協韻律，乃至於宮調聯套等律則來衡量《牡丹亭》，甚至於以此等律法打成的工尺譜來歌唱《牡丹亭》，則自然要平仄失調、韻協混押、宮調錯亂、聯套失序，終至「拗折天下人嗓子」。而我們也知道，音律之道玄妙無比，高才穎悟者，自能運用靈動，隨心所欲；如若欲執以為是之「不二法」以「吹毛求疵」，則盡古今之律法家，亦必「作法自斃」。因之，我們於明清戲曲論者所嘵嘵不休的「《牡丹亭》音律」也就不必重視了。

對於湯顯祖《牡丹亭》「不合音律」、「拗折天下人嗓子」，也有「通達」的看法。焦循〈歲星記序〉云：

論曲者，每短《琵琶記》不諧於律，惜未經高氏親授之耳。湯若士云：「不妨天下人拗折嗓子。」此諢語也。豈真拗折嗓子耶？[46]

也說不定，而絕不能因此否定湯顯祖《牡丹亭》原是為宜伶宜黃腔而創作的事實。又湯氏「四夢」原用宜黃腔演唱，更有確鑿證據，參見拙作：〈海鹽腔新探〉，收入《戲曲本質與腔調新探》（臺北：國家出版社，二〇〇七），頁一二五—一二七。

[46] 〔清〕焦循：〈歲星記序〉，《劇說》，收入《中國古典戲曲論著集成》第八冊，校勘一六，頁二一九。

《琵琶記》為文人化的「南戲」作品，如果拿水磨調曲律來衡量，焉能免於「不諧於律」之譏？而高則誠自有其「彼時自家」之音律，豈能為吳江譜律家所能了然？同理，《牡丹亭》協宜黃腔之律無意協崑山腔之律，雖不合吳優之口而自有宜伶演唱，又豈是吳江譜律家所能了然？又毛先舒《詩辯坻》卷四〈詞曲〉「曲至臨川」條云：

曲至臨川，臨川曲至《牡丹亭》，驚奇瓌壯，幽艷淡沲，古法新製，機杼遞見，謂之集成，謂之詣極。音節失譜，百之一二；而風調流逸，讀之甘口，稍加轉換，便已爽然。雪中芭蕉，政自不容割綴耳。「不妨拗折天下人嗓子」，直為抑臧作過矯語。今唱臨川諸劇，豈皆嗓折耶？而世之短湯者，遂謂其了不解音；又有劣手，鋪詞全乖譜法，借湯自解，擬托後塵。矉里之形，政資一噱。[47]

毛氏所謂「抑臧作過矯語」，亦為誤傳，實湯氏為沈璟而發，已見前文。雖然毛氏在〈與李笠翁論歌書〉中說到「以文章論，則晉叔為臨川之罪人；若以音律論，則晉叔乃古人之功臣也。」[48]但是這裡說《牡丹亭》「風調流逸，讀之甘口，稍加轉換，便已爽然。」卻能觸及湯氏調適人工音律與自然音律，使聲情詞情自然冥合的底蘊。

而其實湯顯祖對戲曲藝術是極其重視的。除了上文所述，湯氏在《紫簫記》第六齣〈審音〉中借鮑四娘之口以表現其曲學外，他又在〈宜黃縣戲神清源師廟記〉中，勉勵「宜伶」如何效法清源祖師之道，他說：

[47] 〔清〕毛先舒：《詩辯坻》，收入郭紹虞編選，富壽蓀校點：《清詩話續編》下冊（上海：上海古籍出版社，一九八三），頁九二。

[48] 〔清〕毛先舒：《韻白》，收入《四庫全書存目叢書》經部小學類第二一七冊（臺南：莊嚴文化出版社，一九九七年據北京圖書館藏清康熙刻思古堂十四種書本影印），頁二一〇，總頁四五四。

一汝神，端而虛。擇良師妙侶，博解其詞，而通領其意。動則觀天地人鬼世器之變，靜則思之。絕父母骨肉之累，忘寢與食。少者守精魂以修容，長者食恬淡以修聲。為旦者常自作女想，為男者常欲如其人。其奏之也，抗之入青雲，抑之如絕絲，圓好如珠環，不竭如清泉。微妙之極，乃至有聞而無聲，目擊而道存。使舞蹈者不知情之所自來，賞嘆者不知神之所自止。若觀幻人者之欲殺偃師而奏〈咸池〉者之無怠也。若然者，乃可為清源祖師之弟子。進於道矣。㊾

由這段話，可見湯顯祖認為演員對於戲曲藝術的造詣，首先要聚精會神、專心致力，不可懈怠；然後要選擇良師益友，研讀了解劇本詞意，體察省思萬事萬物；扮飾生旦各如其分，使自我完全融入其中，而觀賞者「不知神之所自止。」尤其對於歌唱要達到「抗之入青雲，抑之如絕絲，圓好如珠環，不竭如清泉。微妙之極」的境地。這樣才能算是清源祖師的好弟子。若此，再加上他能「自掐檀痕教小伶」的事實看來，如果說他不重視戲曲藝術，不懂得戲曲音樂，無論如何是不能教人首肯的。只是他講究的，不是吳江譜律家的法度罷了。

著者曾在有限的時間裡，以鄭因百（騫）師《北曲新譜》和吳瞿安《南詞簡譜》就《牡丹亭》稍作「檢視」，初步獲得印象是：湯氏於北曲，頗能遵循元人律法，無論聲調律與協韻律皆然，即使於增句律則或變化律則亦然。㊿刊本或今人校注本，或有誤「帶白」於曲詞正文中者，以致舛律頗甚，則為刊印與校注者之過，與湯氏無關。因此，臧懋循謂「湯義仍《紫釵》四記，中間北曲，駸駸乎涉其藩矣」，是有見地而可信的。其中道

㊾〔明〕湯顯祖：〈宜黃縣戲神清源師廟記〉，收入徐朔方箋校：《湯顯祖詩文集》，第三四卷，頁一一二八。

㊿著者有〈北曲格式變化的因素〉一文詳論其事，原載《古典文學》第一輯（臺北：臺灣學生書局，一九七七），頁二一一—二三二；收入拙著：《說俗文學》（臺北：聯經出版事業公司，一九八四）。

理是北曲此其時也已盛極而衰，律法既成，湯氏含茹英華，自然容易循規蹈矩。但是萬曆間，「南戲傳奇」與盛，正是「百花齊放、百鳥爭鳴」各競爾能的時候，縱使水磨調為多數文人所喜愛，然而未定於一尊，湯氏又崇尚自然，馳騁自家才氣於聲情詞情之冥然融合，因之律以《南詞簡譜》，未能盡合，正如明清譜律家眾口一詞所指責者。也因此，若就譜律家的立場，必須改訂字句，方能供水磨調演唱，多少是有道理的。而上文所舉沈自晉《南詞新譜》以湯氏「四夢」十五曲為調式，其眉批中雖於湯氏平仄韻協有所修正；但亦有加以讚美者，如卷一【望鄉歌】，云：「電閃、帝女去上聲，砥柱、兩在上去聲俱妙。」卷十八【黃鶯玉肚兒】，云：「小事、你意俱上去聲，妙。」則《牡丹亭》既可以入譜律之法式，又有美妙之聲調，焉能說湯氏於體製格律一無了然？而萬曆以後，水磨調起碼在貴族文士的「紅氍毹」之上，擅場二百餘年，《牡丹亭》也因為崑山水磨調的傳唱而推廣宇內，聲名遠播，歷久不衰。則當年為湯顯祖所深惡之「沈改本《同夢記》」，乃至於往後之「臧改本《牡丹亭》」、「徐改本《丹青記》」、「碩園改本《牡丹亭》」、「馮改本《風流夢》」等，事實上反倒是湯氏《牡丹亭》之「功臣」了。然而葉堂《納書楹曲譜》所以能為「四夢」作全譜，豈非湯氏與詞情相得益彰之聲情，雖未必全合人工音律，而亦自然可以入樂嗎？李鱀平〈藤花亭曲話序〉云：

> 予觀《荊》、《劉》、《拜》、《殺》暨玉茗諸大家，皆未嘗斤斤求合於律。俗工按之，始分出襯字，以為不可歌。其實，得國工發聲，愈增韻折也。故曲無定，以人聲之抑揚抗墜以為定。[51]

我想以《牡丹亭》這樣不世出的戲曲作品，於「宜伶」演唱之外，只要得「國工發聲」有如葉堂者，則何腔不

---

[51] 〔清〕李鱀平：〈藤花亭曲話序〉，〔清〕梁廷柟：《藤花亭曲話》，收入《中國古典戲曲論著集成》第八冊（北京：中國戲劇出版社，一九五九），頁二三七。

能「愈增韻折」，不能發其「抑揚抗墜」，何須斤斤於三尺者必削足而後能耶？

最後要補充說明的是，湯顯祖和沈璟儘管對於戲曲理論，尤其是音律的主張不相同，但實際上並沒有達到像王驥德所謂「故自冰炭」的程度。湯顯祖在〈答孫俟居〉書中說到沈璟「《曲譜》諸刻」，不諱言「其論良快」；在〈答呂姜山〉書中，也說「吳中曲論良是」。雖然湯氏有許多批評的話，但起碼也承認沈氏有可取的地方。至於沈璟之對湯顯祖，除了以吳江之律要來範疇湯氏外，對湯氏其實是極佩服的。沈自晉《重定南九宮詞譜・凡例》云：

> 前輩諸賢，不暇論。新詞家諸名筆（原注：如臨川、雲間、會稽諸家），古所未有。真似寶光陸離，奇彩騰躍。及吾蘇同調（原注：如劍嘯、墨憨以下），皆表表一時。先生亦讓頭籌（原注：見《墜釵記》【西江月】中推稱臨川云），予敢不稱膺服。[52]

所云「先生」即指沈璟，因為沈自晉這部書的全稱是《廣輯詞隱先生增定南九宮詞譜》。右引〈凡例〉中，最可注意的是原注中「見《墜釵記》【西江月】中推稱臨川云」這句話，是用來證據「先生亦讓頭籌」的。沈氏《墜釵記》有順治七年鈔本，為傅惜華舊藏；《古本戲曲叢刊初集》據姚華所藏康熙鈔本影印，無【西江月】一詞，但沈自晉所云應屬不虛。又王驥德《曲律》卷四〈雜論第三十九下〉有云：

> 詞隱《墜釵記》，蓋因《牡丹亭》記而興起者，中轉折極佳，特何興娘鬼魂別後，更不一見，至末折忽以

---

[52] 〔明〕沈自晉：《南詞新譜》（《重定南九宮詞譜》），收於《善本戲曲叢刊》第三輯（臺北：臺灣學生書局，一九八四年據清順治乙未（一六五五）刊本影印），頁二三。

成仙會合，似缺鍼線。余嘗因鬱藍之請，為補又二十七盧二舅指點修煉一折，始覺完全。今金陵已補刻。

（頁一六六）

若此，可見沈氏對湯氏戲曲文學的成就是極推崇的，尤其對湯氏《牡丹亭》倍感興趣，一則改編為《同夢記》，一則仿作為《墜釵記》。從這些跡象看來，他們之間是不可能「勢同水火」的。戲曲史上有所謂「臨川派」、「吳江派」壁壘分明之說，恐怕也是因緣王驥德「故自冰炭」一語，所衍生出來的吧！關於這個問題，周育德《湯顯祖論稿．也談戲曲史上的湯沈之爭》一文，已詳列資料，說明被畫為「吳江派」的呂天成、王驥德、馮夢龍等人對湯顯祖都有極高的評價，對沈璟於肯定之外，也有不少微詞；而被畫為「臨川派」的凌濛初和孟稱舜對湯、沈二氏也各有「不滿意」的批評。據此，則臨川、吳江如何能壁壘分明，甚至於那裡有什麼臨川派、吳江派？[53]周氏既已言之甚詳，這裡就不多說了。

---

[53] 沈自晉《望湖亭》第一齣【臨江仙】曲云：「詞隱登壇標赤幟，休將玉茗稱尊。鬱藍繼有槲園人。方諸能作律，龍子在多聞。　香令風流成絕調，幔亭彩筆生春。大荒巧構更超群。鯫生何所似，顰笑得其神。」依次舉出呂天成（鬱藍）、葉憲祖（槲園）、王驥德（方諸）、馮夢龍（龍子）、范文若（香令）、袁于令（幔亭）、卜世臣（大荒）、沈自晉（謙稱為鯫生）等人在沈璟（詞隱）旗幟下，休要使湯顯祖（玉茗）唯我獨尊。這支儼然「點將錄」的曲子，大概是所謂「吳江派」的由來了；但所謂「臨川派」卻未見有相等的「名單」。而從他們各自的實際言論，卻未「壁壘分明」，所以所謂吳江派、臨川派姑妄言之姑聽之可也，不必過分當一回事。

二、散曲、戲曲「流派說」之溯源、建構與檢討

引　言

本文之「散曲」但指相對於「戲曲」之南北小令、帶過集曲與散套而言；「戲曲」並非指其本義「永嘉戲曲」，即戲曲史上之宋元南曲戲文，簡稱戲曲、戲文與南戲；而是用指王國維《宋元戲曲史》以來，今日學界之共識，用為中國古典戲劇之總稱，包含小戲、大戲、偶戲。小戲屬戲曲之雛型，只具源生地之特色；偶戲中之布袋戲在臺灣民間雖以外江派指稱李天祿、北管派指稱許王、五洲派指稱黃海岱，另有潮調派之鍾任璧、泉閣派之黃順仁，以此作為臺灣布袋戲藝術分野之類型，但除此之外，偶戲流派並不為歷來學者所論述。「戲曲流派」之說，只見於戲曲發展成熟而為綜合文學藝術之大戲劇種。大戲劇種又分兩大類型，一為詞曲系曲牌體，含宋元南曲戲文、金元北曲雜劇、明清傳奇、南雜劇；一為詩讚系板腔體，為清代亂彈、皮黃、京戲及相關體系之地方大戲。至於「散曲」，則體近詩詞，因之亦有如唐詩、宋詞之論流派。

論「戲曲流派」，近代文學史家、戲曲史家，皆以明萬曆間呂天成、王驥德所引發之所謂「湯沈文律之爭」為起點，而又多進一步各據所見有所建構和增益。及門鍾雪寧《所謂「湯沈之爭」的形成與發展》和〈明代戲曲流派說」源流與演繹之探索〉[54]對此論之已詳。

[54] 鍾雪寧：《所謂「湯、沈之爭」的形成與發展》（臺北：國立臺灣大學中國文學研究所碩士論文，一九九五）。鍾雪寧：〈明代戲曲流派說」源流與演繹之探索〉，《中國文學研究》第三八期（二〇一四年七月），頁一五五－一九九。

但是，對於「散曲、戲曲流派說」，雪寧論文之外，尚有許多可論述之空間，譬如就「溯源」而言，宋金元三代是否已有跡象可尋；明人在「湯沈論爭」之前，是否已有前奏曲；而「湯沈論爭」的實際情況究竟如何？何以近現代學者熱衷於參與「流派說」，其現象如何？又何以論說紛紜而莫衷一是？「流派」到底為何物？「散曲」、「戲曲」又應如何建構流派？而詞曲系曲牌體戲曲劇種和詩讚系板腔體戲曲劇種之質性有何異同？何以前者建立流派之基準只能出諸「唱詞之詞與律」，而後者則何以出諸演員之「唱腔」？而以演員之「唱腔」為基準之詩讚系板腔體戲曲劇種，演員又如何以一己「唱腔」之特色為基準，在何種條件下逐漸建構完成屬於自己之「流派藝術」？而對於詞曲系曲牌體戲曲劇種，又可以採取何種「分類法」，以利學者之論述？凡此都是本文所要探討的問題。以下對此等問題，逐一論述。

(一)散曲、戲曲「流派說」溯源

首先說明什麼叫「流派」。

《辭海・流派》：

水之支流曰流派。張文宗〈咏水〉詩：「探名資上善，流派表靈長。」今謂一種學術因徒眾傳授互相歧異而各成派別者亦曰流派。按此與「流別」略同。[55]

55 熊鈍主編：《辭海》（臺北：臺灣中華書局，一九八〇），中冊，頁二六六三。

《漢語大詞典》：

(1)水的支流。唐張文琮〈咏水〉……元李好古《張生煮海》第二折：「望黃河一股兒渾流派。高沖九曜，遠映三臺，上連銀漢，下接黃埃。」(2)文藝、學術方面的派別。宋程大昌《演繁露・摴蒱》：「摴蒱之名，至晉始著。不知起於何代，要其流派，必自博出也。」[56]

舉此二家代表性之辭書，可以確知「流派」之本義為江河之支流；其引申義則《漢語大詞典》指為文藝、學術之派別較為周延。而《辭海》指出「因徒眾傳授互相歧異」亦自可取；所引「張文宗」當作「張文琮」，唐貞觀中官治書侍御史。由此可知，文藝、學術各有流派已為共識，而且來源甚古，班固《漢書・藝文志》分先秦學術流派為儒、道、陰陽、法、名、墨、縱橫、雜、農九家，戰國時儒家又有八派，以孟子、荀子兩派為主要。其後文學史家論唐詩而有宮體、田園、邊塞、社會諸體，論明代文壇而有茶陵、前後七子與公安、竟陵等派。而戲曲為綜合性之文學與藝術，自亦不能免俗。

1.宋金元散曲、戲曲流派說

(1)金院本魏武劉三家說

從文獻考查，戲曲之分派早見於金院本。元陶宗儀（一三一六－？）《輟耕錄》卷二十五「院本名目」條云：

其間副淨有散說，有道念，有筋斗，有科汎，教坊色長魏武劉三人鼎新編輯。魏長於念誦，武長於筋斗，劉長於科汎，至今樂人皆宗之。[57]

---

[56] 羅竹風主編：《漢語大詞典》（上海：漢語大詞典出版社，一九九〇），第五冊，頁一二六六。

[57] 〔元〕陶宗儀：《南村輟耕錄》，收入《元明史料筆記叢刊》，卷二十五「院本名目」條（北京：中華書局，一九九七），

魏、武、劉於念誦、筋斗、科泛各擅一長，則金院本之講求表演藝術可知，而他們各為樂人所效法，則其分宗立派亦可想。

(2)宋元書會之分派

至於宋元戲曲之南戲北劇，其屬固定劇場之商業演出者，大抵搬演於「瓦舍勾欄」。在「瓦舍勾欄」又有所謂「書會」，實為民間文藝家之行會組織，其成員被稱作才人或先生，他們替表演藝術家即樂戶伎人編寫演出的底本，諸如劇本、話本、曲詞、隱語等等。

元代北劇南戲作家所組織的書會，有自立門戶的現象。賈仲明（一三四三—一四二二）〈書《錄鬼簿》後〉云：

> 余因雨窗逸興，觀其前代故元夷門高士醜齋繼先鍾君所編《錄鬼簿》，載其前輩玉京書會燕趙才人，四方名公士夫，編撰當代時行傳奇、樂章、隱語、比詞源諸公卿士大夫，自金之解元董先生，并元初漢卿關己齋叟已下，前後凡百五十一人，編集于簿。[58]

則元代在大都有「玉京書會」，關漢卿等「燕趙才人」，應為「玉京書會」中成員。而高文秀「都下人號小漢卿」、楊顯之「與漢卿莫逆交」、梁進之「與漢卿世交」、費君祥「與關卿交」、沈和「江西稱為蠻子關漢卿」，[59]則他們都可能是「志同道合的作家群」。

頁三〇六。

[58] 引自《錄鬼簿》提要〉，《中國古典戲曲論著集成》第二冊（北京：中國戲劇出版社，一九五九），頁九七。

[59] 〔元〕鍾嗣成：《錄鬼簿》，《中國古典戲曲論著集成》第二冊，頁一五七、一一一、一一四、一一六、一二一。

又鍾嗣成（約一二七九—約一三六〇）《錄鬼簿・李時中》「《開壇闡教黃粱夢》」下注云：「第一折馬致遠，第二折李時中，第三折花李郎學士，第四折紅字李二。」[60]賈仲明補【凌波仙】挽詞云：「元貞書會李時中、馬致遠、花李郎、紅字公，四高賢合捻《黃粱夢》。東籬翁頭折冤，第二折商調相從，第三折大石調，第四折是正宮，都一般愁霧悲風。」[61]則馬致遠、李時中、花李郎、紅字李二，都應屬「元貞書會」。

又《錄鬼簿》於蕭德祥下補賈仲明【凌波仙】挽詞云：

武林書會展雄才，醫業傳家號復齋。戲文南曲衠方脈，共傳奇樂府諧。治安時何地無才。人間著，《鬼簿》載，共弄玉同上春臺。[62]

則蕭德祥為「武林書會」成員，他不止編撰北曲雜劇，而且編南曲戲文。

編撰南曲戲文的作家有「書會」組織，早見於南宋戲文《張協狀元》，其開首謂：「《狀元張協傳》，前回曾演，汝輩搬成。這番書會，要奪魁名」之語；其第二出生唱【燭影搖紅】，云：「九山書會，近日翻騰，別是風味。」[63]可以想見「書會」之性質已演變成文人編撰民間通俗文學的組織，其所謂「近日翻騰」，即指「日前

---

[60] 同上註，頁一一七。

[61] 《中國古典戲曲論著集成》所收《錄鬼簿續編》只參照天一閣賈仲明增補本做注，但是並無完整刊印挽詞。《歷代曲話彙編・唐宋元編》，將賈仲明增補的【凌波仙】弔詞增列於鍾嗣成《錄鬼簿》的正文之中，同時呈現鍾氏原文及賈氏增補的內容。引文見〔元〕鍾嗣成：《錄鬼簿》，收於俞為民、孫蓉蓉主編：《歷代曲話彙編・唐宋元編》（合肥：黃山書社，二〇〇六），頁三四六。

[62] 〔元〕鍾嗣成：《錄鬼簿》，收於俞為民、孫蓉蓉主編：《歷代曲話彙編・唐宋元編》，頁三八六。

將劇本修改重編」；而由「要奪魁名」之語，也可見書會彼此之間有所競爭。

又《清平山堂話本‧簡貼和尚》一般認為是宋人話本，其最後一段云：

> 一個書會先生看見，就法場上做了一隻曲兒，喚作【南鄉子】。[64]

可知書會的成員稱為「書會先生」。這種「書會」，又如：宋永嘉書會編撰《白兔記》、元人戲文《小孫屠》題「古杭書會」編撰、元戲文《宦門子弟錯立身》題「古杭才人新編」。[65]才人也是書會中的成員，有如「書會先生」。又《水滸全傳》第一百十四回云：「看官聽說：這回話，都是散沙一般，先人書會流傳，一個個都要說到，只是難做一時說。」又云：「這西湖景致，自東坡稱讚之後，亦有書會吟詩和韻，不能盡記。」[66]

又《寒山堂新定九宮十三攝南曲譜》卷首〈譜選古今傳奇散曲集總目〉中《風風雨雨鶯燕爭春記》原注云：「劉一捧著。史九敬先壻。」而同書《董秀英花月東牆記》下注云：「九山書會捷譏史九敬先著。」而《西池宴王母瑤臺會》下之注則云：「前明官鈔本也。原題敬先書會合呈。」《荊釵記》下注亦云：「吳門學究敬先書會柯丹邱著。」《張協狀元傳》下注亦云：「吳中九山書會著。」[67]

---

63 錢南揚：《永樂大典戲文三種校注》（臺北：華正書局，二〇〇三），頁二。

64 作者不詳：〈簡貼和尚〉，收入《清平山堂話本》（上海：上海古籍出版社，一九九三年《古本小說集成》本第一七種），頁三三。

65 錢南揚：《永樂大典戲文三種校注》，頁二五七、二一九。

66 〔元〕施耐庵集撰，〔明〕羅貫中纂修：《水滸全傳》（臺北：聯經出版事業公司，一九九〇），頁一三九三、一三九九。

67 〔清〕張大復：《寒山堂新定九宮十三攝南曲譜》，《續修四庫全書》第一七五〇冊（上海：上海古籍出版社，二〇〇二

又《蘇小卿西湖柳記》：《傳奇彙考標目》作《蘇小卿怨楊柳》，題「書會李七郎」編撰，並注云：「杭州人。」當是古杭書會才人。68《伍倫全備忠孝記》第一齣【鷓鴣天】云：「書會誰將雜曲編，南腔北曲兩皆全。」69

又周密（一二三二—一二九八）《齊東野語》卷二十「隱語」條云：

古之所謂廋詞，即今之隱語，而俗所謂謎。……有以今人名藏古人名者云：「人人皆戴子瞻帽（原注仲長統），君實新來轉一官（原注司馬遷），門狀送還王介甫（原注謝安石），潞公身上不曾寒（原注溫彥博）。」……然此近俗矣。若今書會，所謂謎者，尤無謂也。70

從這些資料已大體可以看出宋、元書會應當相當的普遍。而鍾嗣成《錄鬼簿》一書，記錄了「前輩已死名公才人，有所編傳奇行於世者」五十六人、「方今已亡名公才人，余相知者，為之作傳，以凌波曲弔之」者十九人、「已死才人不相知者」十一人、「方今才人相知者，紀其姓名行實并所編」者二十一人、「方今才人，聞名而不相知者」四人，這總計一百十一人中，大多數是被他稱為「傳奇」的元雜劇作家，自然多半是出諸書會的才人。

年影印中國藝術研究院藏鈔本），頁六四四、六四六、六四三、六四四。

68 〔清〕無名氏：《傳奇彙考標目》，《中國古典戲曲論著集成》第七冊（北京：中國戲劇出版社，一九五九），頁二五〇注七所云「別本第四」。

69 〔明〕丘濬：《重訂附釋注伍倫全備忠孝記》（臺北：天一出版社，一九八五年《全明傳奇》本），頁一a。

70 〔宋〕周密：《齊東野語》，收入《百部叢書集成》第四六輯第二〇函，卷二〇（臺北：藝文印書館，一九七〇年影印《學津討原》本），頁一四b—一六b。

由鍾氏簡單的小傳，所謂才人雖然也有一部分是低級官吏、醫生、術士、商人、演員，同樣略無功名品位可言，但其才情人格則都是高尚的。

根據以上文獻，可知宋元之書會有九山、永嘉、古杭、元貞、武林、玉京、敬先等，其間各據地域所屬門派以爭奇逞勝，「要奪魁名」也是很自然的現象。

(3)元人貫雲石、鄧子晉、楊維楨之散曲風格說

元人論曲以曲文為基準論諸家風格，首見貫雲石（一二八六－一三二四）《陽春白雪》序〉：

> 蓋士嘗云：「東坡之後，便到稼軒。」茲評甚矣。然而，北來徐子芳滑雅，楊西庵平熟，已有知者。近代疏齋媚嫵，如仙女尋春，自然笑傲；馮海粟豪辣灝爛，不斷古今心事，又與疏翁不可同古共談。關漢卿、庾吉甫，造語妖嬌，適如少美臨杯，使人不忍對殢。僕幼學詞，輒知深度如此。年來職史，稍稍遐頓，不能追前數士，愧已。澹齋楊朝英，選詞百家，謂《陽春白雪》，徵僕為之一引。吁！《陽春白雪》，久亡音響，評中數士之詞，豈非《陽春白雪》也耶？客有審僕曰：「適先生之評，未盡選中，謂他士何？」僕曰：「西山朝來有爽氣。」客笑，澹齋亦笑。[71]

《陽春白雪》所選作家八十餘人，貫氏謂「選詞百家」，蓋舉成數。由貫序觀之，直以「曲」為「詞」，故隱然以北曲作家承接東坡、稼軒之後。其所評諸家風格甚有見地，尤其揭櫫「豪辣灝爛」一端，則唯曲中足以當之。「西山朝來有爽氣」，元曲之共同特色便是一股「爽氣」流貫其間，貫氏身為元曲名家，故所論自非泛泛之語。

---

[71] 〔元〕楊朝英：《陽春白雪》（上海：商務印書館，一九三六），頁一－一二。

楊朝英（約一二八五－一三五五）另有散曲選集《太平樂府》，鄧子晉（生卒不詳）序之云：

澹齋楊君有選集《陽春白雪》，流行久矣；茲又新選《太平樂府》一編，分宮類調，皆當代朝野名筆，而不複出諸編之所載者。且以燕山卓氏北腔韻類冠之，期於朔南同調，聲和氣和，而為治世安樂之音，不徒羨乎秦青之喉吻也。昔酸齋貫公與澹齋游，曰：「我酸則子當澹。」遂以號之，常相評今日詞手，以馮海粟為豪辣浩爛，乃其所畏也。是編首采海粟所和白仁甫黑漆弩為之始，蓋嘉其字按四聲，字字不苟，辭壯而麗，不淫不傷。澹齋刪存之意，亦知樂府之所本與！遂為之序。72

可見楊氏選集的標準既重音律，又重辭格；他和貫氏皆以馮海粟的「豪辣灝爛」為典範，那些四聲失調，粗俗淫靡之作，並非他們心目中的「樂府」，自然在刪除之列。

另外，楊維楨（一二九六－一三七〇）《東維子文集》也有兩段論散曲的文字。其〈周月湖今樂府序〉云：

士大夫以今樂成鳴者，奇巧莫如關漢卿、庾吉甫、楊澹齋、盧疏齋；豪爽則有如馮海粟、滕王霄，醞藉則有如貫酸齋、馬昂父。其體裁各異，而宮商相宜，皆可被於絃竹者也。繼起者不可枚舉，往往泥文采者失音節，諧音節者虧文采，兼之者實難也。夫詞曲本古詩之流，既以樂府名編，則宜有風雅餘韻在焉。苟專逐時變，競俗淺，不自知其流於街談市諺之陋，而不見夫錦臟繡腑之為懿也，則亦何取於今之樂府，可被於絃竹者哉？73

---

72 〔元〕楊朝英：《朝野新聲太平樂府》（臺北：世界書局，一九六八），頁一－二。

73 〔明〕楊維楨：《東維子文集》，《四部叢刊初編縮本》第七九冊（臺北：臺灣商務印書館，一九六五年據上海商務印書

可見楊氏認為曲既當講求文采，亦當諧調音節，而像關氏等人才是曲家的典範。其說與鄧氏序《太平樂府》之意相似，只是他更明白指出曲宜有「風雅餘韻」，而對於「街談市諺」之俚曲則更加鄙薄，尤見士大夫的傳統氣息而已。他在〈沈氏今樂府序〉中更強調這種觀念，因為在楊氏眼中，當時的曲運已見衰颯，緣故是「小葉俳輩」的時新小曲，「往往流於街談市諺之陋」。由此也可見為什麼元曲到了後來不是淪於粗鄙，便趨於穠麗的緣故。文士之曲自易趨於穠麗，市井之曲自易趨於卑俗；而元曲之爽氣，楊氏之時恐難尋覓矣。[74]

由以上貫、鄧、楊三家之論，可見其所揭櫫之「風格」有：

貫雲石：滑雅、平熟、媚嫵、豪辣灝爛、妖嬌。

鄧子晉：壯麗。

楊維楨：奇巧、豪爽、醞藉、雄渾、豪俊、鄙野。

據此三家之論，可見元人已講求文采、音節，亦即以詞、律為基準所形成之風格，來對當時之散曲作家分門別派。

(4)明初《太和正音譜》之元曲「體式」論與雜劇「良家」、「戾家」說

署為朱權（一三七八－一四四八）之《太和正音譜》定「樂府體式」十五家：

①丹丘體：豪放不羈。

②宗匠體：詞林老作之調。

③黃冠體：神遊廣漠，寄情太虛，有餐霞服日之思，名曰「道情」。

館縮印江南圖書館藏鳴野山房舊鈔本影印），卷一一，頁七五。

74 〔明〕楊維楨：《東維子文集》，《四部叢刊初編》第七九冊，卷一一，頁七六。

④承安體：華觀偉麗，過於泆樂。承安，金章宗正朔。又曰「不諱體」。
⑤盛元體：快然有雍熙之治，字句皆無忌憚。
⑥江東體：端謹嚴密。
⑦西江體：文采煥然，風流儒雅。
⑧東吳體：清麗華巧，浮而且艷。
⑨淮南體：氣勁趣高。
⑩玉堂體：公平正大。
⑪草堂體：志在泉石。
⑫楚江體：屈抑不伸，攄衷訴志。
⑬香奩體：裙裾脂粉。
⑭騷人體：嘲譏戲謔。
⑮俳優體：詭喻嬉虐，即「嬉詞」。75

所謂「體式」就是劉勰《文心雕龍》所說的「體性」，也就是司空圖《詩品》所說的「品」，都是指「風格」而言。《文心》分體為八，《詩品》析品為二十四。《文心》分體的標準兼具遣詞造句的特色和所表現的風調氣味，《詩品》析品的方法全用韻語體貌，攝其精神。但《正音》則丹丘、宗匠、黃冠、玉堂、草堂、騷人、俳優諸體，俱就典型之作家身分以見作品之風調；承安、盛元二體，乃就時代風氣以見作品的內容和特色；江東、

75 〔明〕朱權：《太和正音譜》，《中國古典戲曲論著集成》第三冊，頁一三－一四。

西江、東吳、淮南四體，則就地域習染以見作品的格調。只有楚江純就作家遭遇，香奩單從作品內容以見特質。雖然「樂府」（曲）分體之說始見於此，但其分類方法實嫌複沓與繁瑣。任訥《散曲概論》卷二，更以黃冠、承安、玉堂、草堂、楚江、香奩、騷人、俳優等八體為散曲內容之分類，而以丹丘、宗匠、盛元、江東、西江、東吳、淮南七體為派別之分類。[76]按《太和正音譜》有〈雜劇十二科〉，乃就雜劇之內容而分類，對此樂府而既稱「體式」，則應當指風格而言，只是其中草堂、香奩、黃冠三體的說明偏向內容而已。

細按此十五體，就其風格而言，可以大別為三類：

①豪放不羈、氣勁趣高、公平正大、華觀偉麗。

②端謹嚴密。

③清麗華巧、文采煥然。

上文歸納貫、鄧、楊三人所得，則所謂豪辣灝爛、豪爽、雄渾、豪俊、壯麗俱屬第一類，平熟、醞藉屬第二類，媚嫵、妖嬌、奇巧、滑雅則屬第三類。

《正音譜》另有〈古今群英樂府格勢〉，錄有「元一百八十七人」，「國朝一十六人」。元一百八十七人中有評論者只二十七人，國朝十六人則俱有評論。評論的方法採象徵的批評，有如皇甫湜（七七七—八三五）〈論業〉以諸多的譬喻象徵來總結文論。又有詳略之分，如元代被評論的二十七人中，馬東籬等十二人有定論有說明；國朝十六人中王子一（生卒不詳）等四人亦然；其他則但有定論而無說明。所謂「定論」，即是用一四言句作為其曲格的象徵；所謂「說明」，即是就此「定論」加以發揮。如其評馬東籬（一二五〇—一三二一）云：

[76] 任中敏：《散曲概論》，收於任中敏編著，曹明升點校：《散曲叢刊》第三冊（南京：鳳凰出版社，二〇一三），頁一〇八七—一〇八八。

馬東籬之詞，如朝陽鳴鳳。其詞典雅清麗，可與靈光、景福兩相頡頏。有振鬣長鳴，萬馬皆瘖之意。又若神鳳飛鳴於九霄，豈可與凡鳥共語哉？宜列群英之上。[77]

所謂「朝陽鳴鳳」就是「定論」，所謂「其詞典雅清麗」諸語就是「說明」。

若就《正音譜》評論〈古今群英樂府格勢〉的標準來觀察，則不外從詞藻和風骨兩方面著眼。對於詞藻講求「典雅清麗」，對於風骨則主張「磊塊勁健」或「俊逸超拔」。馬東籬所以「宜列群英之上」，乃是因為「其詞典雅清麗」，風骨之磊塊勁健「有振鬣長鳴，萬馬皆瘖之意」，俊逸超拔「又若神鳳飛鳴於九霄」。其他若張小山（一二七〇－一三三九）「其詞清而且麗，華而不艷。」李壽卿（生卒不詳）「其詞雍容典雅。」張鳴善（生卒不詳）「藻思富贍，爛若春葩。」王實甫（一二六〇－一三三六）「鋪敘委婉，深得騷人之趣。極有佳句，若玉環之出浴華清，綠珠之採蓮洛浦。」鄭德輝（一二六四－？）「其詞出語不凡，若咳唾落乎九天，臨風而生珠玉。」劉東生（生卒不詳）「鎔意鑄詞，無纖翳塵俗之氣。」谷子敬（生卒不詳）「其詞理溫潤，如璆琳琅玕，可薦為郊廟之用。」皆從詞藻的「典雅清麗」立論。若白仁甫（一二二六－約一三〇六）「風骨磊塊，詞源滂沛，若大鵬之起北溟，奮翼凌乎九霄，有一舉萬里之志。」喬夢符（一二八〇－一三四五）「若天吳跨神鰲，噀沫於大洋，波濤洶湧，截斷眾流之勢。」宮大用（約一二六〇－約一三三〇）「其詞鋒穎犀利，神彩燁然，若揵翮摩空，下視林藪，使狐兔縮頸於蓬棘之勢。」則從風骨的磊塊勁健予以揄揚。若張小山「有不吃煙火食氣」，「若被太華之仙風，招蓬萊之海月。」李壽卿「變化幽玄」，「非神仙中人，孰能致此。」則從風骨之俊逸超拔稱美。至於費唐臣（生卒不詳）「神風聳秀，氣勢縱橫；放則驚濤拍天，斂則山河倒影，自是一般氣象。」白無

[77]〔明〕朱權：《太和正音譜》，《中國古典戲曲論著集成》第三冊，頁一六。

咎（生卒不詳）「子然獨立，巋然挺出；若孤峰之插晴昊，使人莫不仰視也。」王子一「風神蒼古，才思奇瑰；如漢庭老吏判辭，不容一字增減，老作！其高處，如披琅玕而叫閶闔者也。」此三家之風骨，亦如馬東籬之兼具磊塊勁健與俊逸超拔。78

就因為《正音譜》認為有「文章」乃得稱「樂府」，詞藻講求「典雅清麗」，所以對於以本色質樸見長的作家，便不能欣賞。其謂「關漢卿之詞，如瓊筵醉客。」並云：「觀其詞語，乃可上可下之才。蓋所以取者，初為雜劇之始，故卓以前列。」79他的意思是因為關漢卿是「初為雜劇之始」，所以才破格「卓以前列」；否則以他那樣「可上可下之才」，不止不會「前列」為第十名，而是根本不取的。其實雜劇之始不可能為關氏一人所獨創，只要稍具戲曲史常識的人便會了然；而關漢卿是否只是「可上可下之才」，只要讀過他劇本的人，就會有明確的判斷。

劉熙載（一八一三—一八八一）《藝概》：

> 《太和正音譜》諸評，約之只清深、豪曠、婉麗三品。清深如吳仁卿之「山間明月」也，豪曠如貫酸齋之「天馬脫覊」也，婉麗如湯舜民之「錦屏春風」也。80

其所約取之《太和正音譜》三品：「清深」、「豪曠」、「婉麗」，自有見地，但只就散曲家舉例，且除貫雲石之外，俱非名家。

---

78 同上註，頁一六—一八、二二。

79 同上註，頁一七。

80 〔清〕劉熙載：《藝概》，《中國古典戲曲論著集成》第九冊（北京：中國戲劇出版社，一九五九），頁一一七。

今人田同旭《元雜劇通論》第九章〈風格流派論〉云：

> 以朱權評語為據，十二家中，有幾家藝術風格相類，其實是可以合之并論的，如馬致遠、張小山、鄭光祖等皆為清麗；白樸、喬吉、費唐臣、白無咎等皆為豪放；李壽卿、王實甫、宮大用、張鳴善等皆為婉麗；關漢卿自成一體，其風格可理解為自然而有韻味，令人神往傾倒，即本色。[81]

則田氏對《太和正音譜》之〈古今群英樂府格勢〉又約之為清麗、豪放、婉麗、本色四派。只是清麗之於婉麗，豪放之於本色，有時實難分野。

又《太和正音譜》所載，雜劇有「良家」、「戾家」說，據《太和正音譜‧雜劇十二科》之後，有這樣兩段議論：

> 雜劇，俳優所扮者，謂之「娼戲」，故曰「勾欄」。子昂趙先生曰：「良家子弟所扮雜劇，謂之『行家生活』，娼優所扮者，謂之『戾家把戲』。良人貴其恥，故扮者寡，今少矣，反以娼優扮者謂之『行家』，失之遠也。」或問其何故哉？則應之曰：「雜劇出於鴻儒碩士、騷人墨客所作，皆良人也。若非我輩所作，娼優豈能扮乎？推其本而明其理，故以為『戾家』也。」關漢卿曰：「非是他當行本事，我家生活，他不過為奴隸之役，供笑獻勤，以奉我輩耳。子弟所扮，是我一家風月。」雖是戲言，亦合於理，故取之。
>
> 良家之子，有通於音律者，又生當太平之盛，樂雍熙之治，欲返古感今，以飾太平。所扮者，隋謂之「康衢戲」，唐謂之「梨園樂」，宋謂之「華林戲」，元謂之「昇平樂」。[82]

---

[81] 田同旭：《元雜劇通論》（太原：山西教育出版社，二〇〇七），頁四一五。

關漢卿「躬踐排場，面傅粉墨，以為我家生活，偶倡優而不辭。」[83]他是否曾說那樣「勢利」的話，已無佐證，姑且置疑。

而由這些話語，我們可以看出，雜劇已由庶民的手中轉入貴族文士之手。更有甚者，《正音譜》在〈群英所編雜劇〉章中「娼夫不入群英四人」項下云：

> 子昂趙先生曰：娼夫之詞，名曰「綠巾詞」。其詞雖有切者，亦不可以樂府稱也，故入於娼夫之列。娼夫自春秋之世有之。異類托姓，有名無字，趙明鏡訛傳趙文敬，非也；張酷貧訛傳張國賓，非也。自古娼夫，如黃番〔幡〕綽、鏡新磨、雷海青之輩，皆古之名娼也，止以樂名稱之耳；亙世無字。[84]

這是什麼話，真個勢利至極。一再引用趙宋宗室、國亡而仕胡元的「子昂趙先生」之語，並且肆意更改趙文敬和張國賓的名字為「趙明鏡」與「張酷貧」，貴族權勢的惡劣氣氛充斥篇章；即此又教人頗覺與寧獻王朱權的身分相脗合，但獻王門下客耳濡目染，未始不會沾染如此貴族氣息。而明代的戲曲從此喪失篇章之中的清剛之氣，與涵蘊作品中的鮮活生機；除了文學演進與時代演進的自然影響之外，和《正音譜》的這番議論不能說沒有關係。而其所謂「行家」與「戾家」之分，亦明顯可看出彼時雜劇演員身分有此「兩派」之別。

2. 明人散曲、戲曲流派說之前奏

(1)何、王「《拜月》、《琵琶》優劣說」

---

[82]〔明〕朱權：《太和正音譜》，《中國古典戲曲論著集成》第三冊，頁二四－二五。

[83]〔明〕臧懋循輯：《元曲選》第一冊，〈序二〉（北京：中華書局，一九八九），頁三。

[84]〔明〕朱權：《太和正音譜》，《中國古典戲曲論著集成》第三冊，頁四四。

明人壁壘分明之「戲曲流派論」，可說以何良俊、王世貞的「《拜月亭》、《琵琶記》優劣論」為前奏曲。何良俊（一五〇六－一五七二）《四友齋曲論》云：

《拜月亭》是元人施君美所撰，……余謂其高出於《琵琶記》遠甚。蓋其才藻雖不及高，然終是當行。其〈拜新月〉二折，……正詞家所謂「本色語」。85

揣摹其意是因為《琵琶》雖「才藻富麗」，而缺少如《拜月》之「蒜酪風味」；86再者，因他主張「寧聲叶而辭不工，無寧辭工而聲不叶」的「入律」說，又為《琵琶記》所不如者。故云《拜月亭》「高出於《琵琶記》遠甚」。

而王世貞（一五二六－一五九〇）《曲藻》卻說：

《琵琶記》之下，《拜月亭》是元人施君美撰，亦佳。元朗謂勝《琵琶》，則大謬也。中間雖有一二佳曲，然無詞家大學問，一短也；既無風情，又無裨風教，二短也；歌演終場，不能使人墮淚，三短也。87

王氏更認為：

則成所以冠絕諸劇者，不唯其琢句之工、使事之美而已，其體貼人情，委曲必盡，描寫物態，仿佛如生；

85 〔明〕何良俊：《曲論》，《中國古典戲曲論著集成》第四冊，頁一二。
86 同上註，頁一一。
87 〔明〕王世貞：《曲藻》，《中國古典戲曲論著集成》第四冊，頁三四。

問答之際，了不見扭造：所以佳耳。至於腔調微有未諧，譬如見鍾、王跡，不得其合處，當精思以求諧，不當執末以議本也。（頁三三）

可見王氏批評《拜月亭》之「三短」和揄揚《琵琶記》之「佳處」，主要是以「重詞采而輕音律」為立論依據的。

「《琵琶》、《拜月》優劣論」自從何元朗、王世貞開啟「戰端」之後，執此為「論題」者頗見其人，有王驥德（約一五六〇—一六二三）《曲律・雜論第三十九上》，[88]沈德符（一五七八—一六四二）《顧曲雜言・拜月亭》，[89]臧懋循（一五五〇—一六二〇）《元曲選・序》，[90]徐復祚（一五六〇—約一六三〇）《曲論》，[91]呂天成（一五八〇—一六一八）《曲品》卷下，[92]李調元（一七三四—一八〇二）《雨村曲話》，[93]梁廷枏（一七九六—一八六一）《曲話》卷五，[94]姚燮（一八〇五—一八六四）《今樂考證》引沈德符（景倩）[95]等八家。由這八家

---

[88]〔明〕王驥德：《曲律》，《中國古典戲曲論著集成》第四冊，頁一四九、一五一。

[89]〔明〕沈德符：《顧曲雜言》，《中國古典戲曲論著集成》第四冊，頁二一〇。

[90]〔明〕臧懋循輯：《元曲選》，第一冊，〈元曲選序〉，頁三。

[91]〔明〕徐復祚：《曲論》，《中國古典戲曲論著集成》第四冊，頁二三五—二三六。

[92]〔明〕呂天成：《曲品》，《中國古典戲曲論著集成》第六冊，頁二二四。

[93]〔清〕李調元：《雨村曲話》，《中國古典戲曲論著集成》第八冊（北京：中國戲劇出版社，一九五九），頁一六、一七。

[94]〔清〕梁廷枏：《曲話》，《中國古典戲曲論著集成》第八冊，頁二九三。

[95]〔清〕姚燮：《今樂考證》，《中國古典戲曲論著集成》第一〇冊（北京：中國戲劇出版社，一九五九），頁一九一—一九二。又見於〔明〕沈德符：《萬曆野獲編》，第二五卷〈詞曲〉「拜月亭」條（北京：中華書局，一九五九年），頁六

中，可見以「《拜月》勝《琵琶》」的擁何派有沈德符、徐復祚、姚燮三家；以「《琵琶》勝《拜月》」的擁王派有王驥德、李調元、《談詞定論》三家；堪稱旗鼓相當、勢均力敵；而呂天成不置可否，臧懋循責何、王二家均將贋本以為論據，則何能辨彼此優劣；梁廷柟謂「作曲各得其性之所近」，倘論者各阿附所好，「必膠一己偏執之見」，則徒增紛擾而已。看來何王之爭，不過是文學品味，各執所好而已，實在無多大意義。但其各執詞、律之良窳為優劣之觀點，則實開其後所謂「湯沈論爭」之端緒。

(2)南北曲異同說

甲、南北曲異同說家數

中國由於大江天塹所限，地分南北，氣候、風物、人情、習俗等等便有了南北之異，而其由人聲為基礎所產生的歌曲更有明顯的現象。

古人對於南北曲異同之論述，可說相當的「熱門」。有以下二十五家：

胡侍（生卒不詳）《真珠船》卷三[96]；康海（一四七五－一五四〇）《沜東樂府・序》[97]；張祿（一四七九－？）《詞林摘艷・南九宮引》[98]；劉良臣（一四八二－一五五一）〈西郊野唱引〉[99]；楊慎（一四八八－一五

四五－六四六。

[96] 〔明〕胡侍：《真珠船》，收入俞為民、孫蓉蓉主編：《歷代曲話彙編：明代編》第一集（合肥：黃山書社，二〇〇九），頁二〇七。

[97] 〔明〕康海：《沜東樂府》，收入俞為民、孫蓉蓉主編：《歷代曲話彙編：明代編》第一集，頁二三六。

[98] 〔明〕張祿：《詞林摘艷》，收入俞為民、孫蓉蓉主編：《歷代曲話彙編：明代編》第一集，頁二四〇－二四一。

[99] 〔明〕劉良臣：〈西郊野唱引〉，《劉鳳川遺書》，收入俞為民、孫蓉蓉主編：《歷代曲話彙編：明代編》第一集，頁二

五九）《詞品・北曲》[100]；魏良輔（生卒不詳）《曲律》[101]；李開先（一五〇二—一五六八）〈喬龍谿詞序〉[102]；梁辰魚（約一五二〇—一五九二）〈《南西廂記》敘〉[103]；徐渭（一五二一—一五九三）《南詞敘錄》[104]；王世貞（一五二六—一五九〇）《曲藻》[105]；周之標（生卒不詳）《吳歈萃雅・序》[106]；姚弘宜（生卒不詳）〈《鶴月瑤笙》敘〉[107]；王驥德（約一五六〇—一六二三）《曲律》〈總論南北曲第二〉、〈雜論第三十九上〉、〈雜論第三十九下〉等[108]；徐復祚（一五六〇—約一六三〇）《曲論》[109]；陳所聞（一五六五—一六〇四？）《南宮詞紀・凡例》[110]；呂天成（一五八〇—一六一八）《曲品》[111]；沈寵綏（？—一六四五）《度曲須知・律曲前言》[112]；張

四九。

[100] 〔明〕楊慎：《詞品》，收入俞為民、孫蓉蓉主編：《歷代曲話彙編：明代編》第一集，頁二五四。

[101] 〔明〕魏良輔：《曲律》，《中國古典戲曲論著集成》第五冊，頁七。

[102] 〔明〕李開先：〈喬龍谿詞序〉，《李中麓閒居集》，收入俞為民、孫蓉蓉主編：《歷代曲話彙編：明代編》第一集，頁四〇〇—四〇一。

[103] 〔明〕梁辰魚：〈《南西廂記》敘〉，收入俞為民、孫蓉蓉主編：《歷代曲話彙編：明代編》第一集，頁四七五。

[104] 〔明〕徐渭：《南詞敘錄》，《中國古典戲曲論著集成》第三冊，頁二四〇—二四二。

[105] 〔明〕王世貞：《曲藻》，《中國古典戲曲論著集成》第四冊，頁二七。

[106] 〔明〕周之標：《吳歈萃雅》，收入俞為民、孫蓉蓉主編：《歷代曲話彙編：明代編》第一集，頁四一五。

[107] 〔明〕姚弘宜：〈《鶴月瑤笙》敘〉，收入俞為民、孫蓉蓉主編：《歷代曲話彙編：明代編》第一集，頁五八四。

[108] 〔明〕王驥德：《曲律》，《中國古典戲曲論著集成》第四冊，頁五六—五七、一四六、一四八、一四九、一五九—一六〇、一八〇。

[109] 〔明〕徐復祚：《曲論》，《中國古典戲曲論著集成》第四冊，頁二四六。

琦（約一五八六—？）《衡曲麈譚・作家偶評》[113]；許宇（生卒不詳）《詞林逸響・凡例》[114]；山樓（生卒不詳）〈小令跋〉[115]；徐士俊（一六〇二—一六八二後）《盛明雜劇》序〉[116]；笠閣漁翁（一六一〇—一六八〇）《笠閣批評舊戲目》[117]；王德暉（生卒不詳）、徐沅澂（生卒不詳）《顧誤錄・南北曲總說》[118]；姚燮（一八〇五—一八六四）《今樂考證・南北曲》[119]。

由以上所錄二十五家之論南北曲異同，可知看法大抵相同（詳見文後附錄）。多數都從南北地域不同，音聲亦因之受物候感染而懸殊，所謂「燕趙悲歌，吳儂軟語。」其所用語詞，雖然有別，但語義近似，其相對應之詞，如胡侍之「舒雅宏壯」與「淒婉嫵媚」，劉良臣之「剛勁樸實」與「優柔齷齪」，李開先之「舒放雄雅」與「淒婉優柔」，徐渭之「北鄙殺伐之音，壯聲狠戾」，姚弘誼之「壯以厲」與「嘽以緩」，王驥德之「北沉雄」與

110 〔明〕陳所聞：《南宮詞紀》，收入俞為民、孫蓉蓉主編：《歷代曲話彙編：明代編》第二集，頁三九三。
111 〔明〕呂天成：《曲品》，《中國古典戲曲論著集成》第六冊，頁二〇九。
112 〔明〕沈寵綏：《度曲須知》，《中國古典戲曲論著集成》第五冊，頁三一五。
113 〔明〕張琦：《衡曲麈譚》，《中國古典戲曲論著集成》第四冊，頁二六八—二六九。
114 〔明〕許宇：《詞林逸響》，收入俞為民、孫蓉蓉主編：《歷代曲話彙編：明代編》第二集，頁四五九。
115 〔明〕山樓：〈小令跋〉，收入俞為民、孫蓉蓉主編：《歷代曲話彙編：明代編》第三集，頁七〇〇。
116 〔清〕徐士俊：〈《盛明雜劇》序〉，收入俞為民、孫蓉蓉主編：《歷代曲話彙編：清代編》第一集（合肥：黃山書社，二〇〇八），頁一一一—一一二。
117 〔清〕笠閣漁翁：《笠閣批評舊戲目》，《中國古典戲曲論著集成》第七冊（北京：中國戲劇出版社），頁三〇九。
118 〔清〕王德暉、徐沅澂：《顧誤錄》，《中國古典戲曲論著集成》第九冊，頁六五。
119 〔清〕姚燮：《今樂考證》，《中國古典戲曲論著集成》第一〇冊，頁一六—一七。

「南柔婉」，徐復祚之「硬挺直截」與「委婉清揚」，王德暉、徐沅澂之「遒勁」與「圓湛」。也就是說都認為南北曲一剛一柔，大異其趣。然而竟有康海謂「南詞主激越，其變也為流麗；北曲主慷慨，其變也為樸實。」其說居然也有潘之恒附和。[120]真不知所謂「激越」與「慷慨」如何分別，又如何產生樸實、流麗之差異。也難怪王驥德在引述之餘，並不苟同其說。

此外，如張祿論之以聲調入聲之有無，楊慎論之以俗曲鄭衛之音與雅樂士大夫之曲，徐渭論之以北有宮調南有四聲，王驥德論之以尋根溯源，呂天成論之以南戲北劇體製規律；則稍能旁顧南北曲之其他分野。

乙、王世貞南北曲異同說應本自魏良輔

而在諸家「南北曲異同說」中，最可注意而論說最為完備且為諸家一再引用的是王世貞，但王氏之說卻與魏良輔之說相雷同，先錄二家之說如下：

魏良輔《曲律》：北曲與南曲，大相懸絕，有磨調、絃索調之分。北曲字多而調促，促處見筋，故詞情多而聲情少。南曲字少而調緩，緩處見眼，故詞情少而聲情多。北力在絃索，宜和歌，故氣易粗。南力在磨調，宜獨奏，故氣易弱。近有絃索唱作磨調，又有南曲配入絃索，誠為方底圓蓋，亦以坐中無周郎耳。[121]

---

[120] 〔明〕潘之恒：《亘史》，收入俞為民、孫蓉蓉主編：《歷代曲話彙編：明代編》第二集，〈雜篇卷之八〉「北曲」條：「《沜東樂府・序》云：『（詞曲）其實詩之變也。宋元以來益變益異，遂有南詞北曲之分。然南詞主激越，其變也為流麗；北曲主慷慨，其變也為樸實。惟樸實，故聲有矩度而難借；惟流麗，故唱得宛轉而易調。此二者，詞曲之定分也。』」即完全引用康海《沜東樂府・序》所言。頁一九九。

[121] 〔明〕魏良輔：《曲律》，《中國古典戲曲論著集成》第五冊，頁七。

王世貞《曲藻》：凡曲：北字多而調促，促處見筋；南字少而調緩，緩處見眼。北則辭情多而聲情少，南則辭情少而聲情多。北力在弦，南力在板。北宜和歌，南宜獨奏。北氣易粗，南氣易弱。此吾論曲三昧語。[122]

他們皆從字調之促緩、辭情聲情之多少，與絃板之異、宜於和歌或獨奏之別，以及氣之粗弱等方面詳述南北曲之異同。只是令人可疑的是，兩人論述之語言雖有散整之不同，但語意竟如出一轍，而王氏謂「此吾論曲三昧語」，且王驥德亦明白引述王氏之說，梁辰魚、王德暉、徐沅澂雖亦有雷同之語，但未知所據何自。難道會是魏氏抄襲王氏而略變其語嗎？或者竟是王氏竊取魏氏之說，而以其「嘉靖七子」首領筆法，加以工整駢儷化而成的呢？對此，雖不是「千古疑案」，但應有辨明是非，還其本原的必要。

以下，且列舉前提資訊來嘗試破解這一疑義：

①李開先生於明孝宗弘治十五年，卒於穆宗隆慶二年（一五〇二－一五六八）。世宗嘉靖八年（一五二九）進士。年四十（一五四一）以太常寺少卿辭官歸里，寄情於聲歌。所著《詞謔》應成於返鄉之後。其中〈詞樂・彈唱〉記述所知歌唱家與彈奏家，謂「太倉魏上泉」屬「長於歌劣於彈」之列，又謂「魏良輔兼能醫」。[123]良輔號上泉。

②何良俊生於明武宗正德元年，卒於穆宗隆慶六年（一五〇六－一五七二）。所著《四友齋叢說・正俗二》

---

[122]〔明〕王世貞：《曲藻》，《中國古典戲曲論著集成》第四冊，頁二七。

[123]〔明〕李開先：《詞謔》，《中國古典戲曲論著集成》第三冊，頁三五四。

舉當時諺語「十誑」，謂「九清誑，不知腔板再學魏良輔唱。」[124]

③梁辰魚約生於明武宗正德十五年，卒於神宗萬曆二十年（約一五二〇—一五九二）。承魏良輔衣缽，以水磨調歌所著《浣紗記》，使南戲蛻變為體製劇種「傳奇」，而腔調劇種「崑劇」亦因以成立。其生年較王世貞早六年，其《南西廂記・敘》所云南北曲異同之說，明顯引自魏良輔所論之語。

④王世貞生於明世宗嘉靖五年，卒於神宗萬曆十八年（一五二六—一五九〇）。嘉靖二十六年（一五四七）進士。所著《弇州山人四部稿》有萬曆五年（一五七七）王氏世經堂刊本，分賦、詩、文、說四部。《說部》中有《藝苑卮言》八卷，又附錄二卷，為雜論詩文詞賦之作。專門論詞曲者，集中在〈附錄一〉（《弇州山人四部稿》卷一百五十二），有人摘此，另刊行世，其論詞者題作《詞評》，論曲者題作《詞藻》。

而太倉魏良輔其人，絕非如蔣星煜、朱愛群所主張之生於明弘治二年（一四八九）九月十五日，江西新建縣沙田魏村的一個世代書香之家，於嘉靖五年（一五二六）中進士授戶部主事，嘉靖三十一年（一五五二）九月為山東左布政使，卒於嘉靖四十五年（一五六六）四月初九享年七十六歲的魏良輔。[125]對此流沙〈魏良輔的生平及其他〉辨之已詳。[126]著者《從腔調說到崑劇》亦據流氏之說，謂創發水磨調之太倉魏良輔與顯宦之豫章

[124] 〔明〕何良俊：《四友齋叢說》，《元明史料筆記叢刊》（北京：中華書局，一九五九），頁三三三。

[125] 蔣星煜：〈魏良輔之生平及崑腔的發展〉，《戲劇藝術》一九七八年第一期，頁一二八。蔣星煜：〈關於魏良輔與「骷髏格」、《浣紗記》〉，《江西師範學報》一九八〇年第二期，頁六一—六四。朱愛群，江西省文化廳廳長，二〇〇〇年十二月，著者為文建會傳藝中心舉辦「兩岸小戲大展暨學術會議」曾邀請來臺與會，〈曲聖魏良輔〉一文為朱氏當面所贈稿本；本文對豫章宦魏良輔之簡介即據該文所述。

[126] 案徐朔方有〈論曲家魏良輔不是那當官的魏良輔〉見《戲曲研究》第一六輯，一九八五年；收入《徐朔方集》頁三二〇—

魏良輔係同姓同名之二人，不可混作一人。[127]

雖然歌唱家魏良輔生卒年不詳，但由李開先與何良俊所記，加上魏氏「主崑之宗」創發「水磨調」是在嘉靖三十八年（一五五九），[128]其年輩當與李開先、何良俊約略同時；且已可知梁辰魚師承其衣缽，且曾引述其南北曲異同之論，又年長於王世貞六歲；則魏氏亦當長於梁氏，且有南北曲異同之論無疑。也就是魏氏較之生於嘉靖五年（一五二六）之王世貞亦應為前輩。而據李開先《詞謔》所云，魏氏至晚在嘉靖十九年（一五四〇）以後，就可能以「唱」顯聲名；且其創發水磨調既在嘉靖三十八年（一五五九）左右，其後則如何良俊《四友齋叢說》所云，聲名藉甚，且入諺語。而那時王世貞極可能只在弱冠之年，最多也只在而立和不惑之間。那時王氏無論如何，宦途、文名皆未到鼎盛時候，他致力於此猶恐不及，又如何能使他顧及被他視之為遊戲筆墨，但置於其《四部稿》附錄的《曲藻》呢？也就是說，類似《曲藻》之類的曲話，必是其大功大名顯著以後的「閒筆」。

再就魏良輔、王世貞的專業成就來說，魏氏一生以歌唱名家，對於南北曲的體會精深而辨其異同，是很自然的事；而王氏《曲藻》不過是雜記四十一條，其中又有一部分轉錄前人論述，此外不過是對於作家、作品，略作評述而已。就中只有「南北曲異同說」和反對何良俊「《琵琶記》、《拜月亭》優劣論」為後人注意以外，實在看不出王氏對南北曲有什麼了不起的認知和修為；如果不是因他「才學富贍」、「操文章之柄」，「《弇州四部》

三二二。但其論述不如流沙詳審，詳見流沙：《明代南戲聲腔源流考辨》（臺北：財團法人施合鄭民俗文化基金會，一九九九），頁四五一－四六一。

[127] 拙著：《從腔調說到崑劇》（臺北：國家出版社，二〇〇二），「有關魏良輔的三個問題」，頁二二三－二二六。

[128] 參見拙著：《從腔調說到崑劇》，「魏良輔如何創發『水磨調』」，頁二二七－二三九。

之集盛行海內」，使人不敢不重視；否則像《曲藻》那樣的著作，實在是「棄之可也」。然而魏良輔之《曲律》（別本作《南詞引正》），其中論歌唱之種種法度，若非長年力行者焉能有此？以此而若謂魏良輔襲取王世貞之說，其誰肯信？

可知無論從年輩、從戲曲修為、從曲壇聲名來觀察判斷，魏良輔絕不可能襲取王世貞「南北曲異同」之說，那麼就只有一個結論：王世貞《曲藻》之「凡曲：北字多而調促」一條，是就魏良輔《曲律》之「北曲與南曲，大相懸絕」一條，刪節整齊駢偶化而來；只是他一時忘了註明是本於魏氏之說。而魏氏之「南北曲異同說」，實為明二十四家中論述最為周延而中肯者。若此，曲以地域分，實有南、北二派。

(3)明人「當行本色論」

明人對「當行本色」之論述亦甚為熱門，起碼有十五家之多，他們大抵以「詞、律」為論述基準，從中也似乎可見出其對曲家分門別派之意念，但由於昧於「當行」、「本色」之名義，因之各自競鳴，莫衷一是。著者有〈從明人「當行本色」論說「評騭戲曲」應有之態度與方法〉論及「本色」、「當行」之名義與定位，並對明人「當行本色論」逐家予以述評。[129]獲得以下結論：

總結兩宋之前有關「本色」、「當行」的本義和引申義，可知其用於文學批評，「當行」已偏於指稱擅長藝文修為之作家，而「本色」則偏於指稱作品應有之風貌。

而通過明人單以「本色」論曲者李開先（一五〇二—一五六八）、唐順之（一五〇七—一五六〇）、徐渭（一五二一—一五九三）、王世貞（一五二六—一五九〇）、湯顯祖（一五五〇—一六一六）等五家和以「當行」、

[129] 拙作：〈從明人「當行本色」論說「評騭戲曲」應有之態度與方法〉，高雄中山大學中文系《文與哲》第二六期（二〇一五年六月），頁一一—八三。

「本色」同論曲者何良俊（一五〇六－一五七二）、臧懋循（一五五〇－一六二〇）、沈璟（一五五三－一六一〇）、王驥德（約一五六〇－一六二三）、徐復祚（一五六〇－約一六三〇）、馮夢龍（一五七四－一六四六）、沈德符（一五七八－一六四二）、呂天成（一五八〇－一六一八）、淩濛初（一五八〇－一六四四）、祁彪佳（一六〇二－一六四五）等十家觀之，則：

何良俊旨在論「本色語」，即戲曲之是否「本色」由語言決定。「本色語」也是「俊語」，要姿媚蘊藉、簡淡可喜。因此他認為懂得用「俊語」來填詞的「作家」，便是「當行家」。所見不免拘泥於一隅，離「本色」、「當行」之涵意實偏且遠。

臧懋循則認為「本色」是語言要合乎當地腔口，情節緊湊不枝蔓。又將曲家分作「名家」、「行家」。名家只要文采爛然即可，行家則要兼具「情詞穩稱」、「關目緊湊」、「音律諧叶」和「摹擬曲盡」四要件。他在時人中，可以說是把「當行」發揮得最透徹的理論家。

沈璟卻拿「本色語」和「方言」類比，用來指稱白描的俗語；而把懂得「細把音律講」的作家稱作「當行」。所論也止於「一廂情願」。

而王驥德則將「本色」、「當行」關合論述，他認為「本色」應當在「淺深、濃淡、雅俗之間」用得恰到好處，而不是過分的「倚綺」或「尚質」。能如此，便是「本色語」、「當行曲」，也才是「曲家語」。能作出「本色語」的曲家，便是「當行家」。他可以說是把「本色語」說得最恰當的人；但論「當行」則未盡得體，其「本色」也止於「造語」之一偏。

徐復祚則將「當行」、「本色」，「當行本色」、「本色當行」皆用作同義互文，並指音律和造語；淩濛初亦說「不貴藻麗」為「當行」，又謂其「當行者曰本色」；其見解有如何良俊、徐復祚之視「當行」、「本色」為一體之兩面，而皆就造語而言。凌氏以元曲「古調」為準繩。而馮夢龍居然把「當行」和「本色」認為「詞家二種」，亦即是「曲詞的兩種類型」。其所謂「當行」指的是「組織藻繪而不涉於詩賦」，「本色」指的是「常談口語而不涉於粗俗」，都是指「造語」而言。此數家亦皆流於偏執。

沈德符所謂的「本色」、「當行」，可以看出「本色」是指作品應具的風貌；「當行」是指作家應有的手法。呂天成可以說與沈德符「英雄所見」，而且論述得更加周到得體。其以「當行」為作法，已顧及關目排場；而以「本色」單就「填詞」而言，且要講究其「機神情趣」。而祁彪佳之論「本色」認為曲詞之「輕爽穩貼」為戲曲應具有的精神面貌，此點與沈、呂二家近似，而他竟單以賓白之運用得體為「當行」，未知何所據而云然。

至於李開先等四家：

李開先先將戲曲作家分為曲家與詞家二派，曲家用「本色語」，講求聲口相應、明白易知，當以金元為風範。否則，便是講究藻飾的詞家之曲。

徐渭亦以「本色」為不施文采的白描自然，才是戲曲的「本體正身」，他是對時人之崇尚《香囊》之時文氣而發；但如同李開先，都止就語言風格而論。

而王世貞則將本色指向造語之「雄爽疏俊」外，亦兼顧協韻聲情之美妙可詠。但他卻又自相矛盾的認為「本色過多」為曲家之弊，則又似以「本色」為造語之「白描質樸」。可見其於「本色」並非有真知卓見。

湯顯祖則不單講「本色」，而講「真色」，即以「真情」為本色，故能「入人最深」，因之也不在乎語言是否白描。

至此，我們再回顧對「本色」、「當行」之本義、引申義的探究，我們知道：其用於文學批評，「本色」應是指稱作品所屬體類應具有的品調風貌；「當行」則應指稱作家對所屬體類應具有的創作修為，和批評家對所論體類應具有的認知。

然而從上文對十四位明代曲論家所運用的批評術語「本色」、「當行」、「本色當行」、「當行本色」的分析，可見明人所謂的「本色」、「當行」，其較接近本義和引申義者，除沈德符之論「當行」外，大抵皆以「本色」論戲曲之「造語」；雖然何良俊、王驥德、凌濛初皆把「當行」用來指稱作家，但那也僅在說明能用「本色語」的作家，即為「當行家」。

明人對於「本色語」的看法，除了王世貞以「秀麗雄爽」兼聲情之美，湯顯祖以能感人的真情來定位「本色」外，大抵都主張以元人為典範，反對語言的藻麗，以排除《香囊記》對時人的影響。但沈璟以方言俚語為尚，不免落入掤拽牽湊；應當如王驥德在淺深、濃淡、雅俗之間用得恰到好處，為最得體。

至於沈璟以「細把音律講」的作家當作「當行家」，是因為他以格律派領袖自居；祁彪佳單以「賓白運用得體」為當行，卻不免偏狹。應當以臧懋循兼具「情詞穩稱」、「關目緊湊」、「音律諧叶」、「摹擬曲盡」四要件最為周延。

但臧氏之論，若比起呂天成《曲品》卷下所記之「南劇十要」，則又瞠乎其後。呂氏云：

我舅祖孫司馬公謂予曰：「凡南劇，第一要事佳，第二要關目好，第三要搬出來好，第四要按宮調、協音律，第五要使人易曉，第六要詞采，第七要善敷衍——淡處作得濃，閑處作得熱鬧，第八要各角色派得勻妥，第九要脫套，第十要合世情、關風化。持此十要以衡傳奇，靡不當矣。」但今作者輩起，能無集乎大成，十得六者，便為璣璧；十得四五者，亦稱翹楚；十得二三者，即非碔砆。具隻眼者，試共評之。[130]

可見呂天成《曲品》是有意要執此「十要」以評論南戲、傳奇的。但從《曲品》觀之，他似乎也沒能做到。

總此可見，明人論「本色」真得其義的，不過一位王驥德；論「當行」最為周延的，也只一位臧懋循。緣故是明人治學不精嚴，名實未審之前，即隨意生發以為銓衡，因此難免以偏概全，各是其是、各非其非，畢竟如瞎子摸象，攪亂是非，終究不得「真象」。

其實若以「本色」、「當行」、「當行本色」、「本色當行」來論戲曲，那麼「本色」可以說就是戲曲作品本身所應具有而呈現於外的韻調面貌，包括其體製、音律、語言、內容、風格等方面的總體呈現。因之，明人雖以王驥德曲詞之「造語」觀念為主，而不止於此；「當行」是指劇作家與批評家所應具備的能力修為，含本事動人、主題嚴肅、結構謹嚴、曲文高妙、音律諧美、賓白醒豁、人物鮮明、科諢自然等八端之整體創作條件。因之明人雖以臧懋循所論為主，但不止於此。著者前舉之〈從明人「當行本色」論說「評騭戲曲」應有之態度與方法〉已詳論其事。

至於王驥德之以「本色語」、「當行曲」為「曲家語」，講究「摛華掞藻」者為「詞家語」。[131]馮夢龍以「詞家有當行、本色二種。當行者，組織藻繪而不涉於詩賦；本色者，常談口語而不涉於粗俗。」[132]凌濛初以「不貴藻麗」為當行，以「其當行者曰本色」，[133]將當行、本色視為同名異實，皆用以反對時人「藻麗」之風。則似

[130] 〔明〕呂天成：《曲品》，《中國古典戲曲論著集成》第六冊，頁二一三。
[131] 〔明〕王驥德：《曲律》，《中國古典戲曲論著集成》第四冊，〈雜論第三十九上〉，頁一七〇。
[132] 〔明〕馮夢龍評選，俞為民校點：《太霞新奏》，收於《馮夢龍全集》第一四集（南京：江蘇古籍出版社，一九九三），頁二一〇。
[133] 〔明〕凌濛初：《譚曲雜箚》，《中國古典戲曲論著集成》第四冊，頁二五三。

皆以當行、本色為基準來分辨曲的類別，但由於所持「名義」皆不明，則總體而言，明人所論之「本色當行」，就「流派說」而言，可謂無甚意義。

3. 呂天成、王驥德「吳江、臨川冰炭說」之建立與評議

明代戲曲作家湯顯祖以「四夢」著名，尤其以《牡丹亭》最為出色，但也因此遭受最多的批評。這也說明了「盛名所至，謗亦隨之」，正是古今一轍的「人情世故」。

湯顯祖《牡丹亭》最受推崇的是詞采高妙，最受非議的是韻律多乖。他和並世曲家沈璟，正成了鮮明的對比。對湯沈之鮮明對比首先提出立說的是呂天成，相為呼應的是王驥德。

(1)呂天成、王驥德與沈自晉之說

呂天成《曲品》卷上：

> 吾友方諸生曰：「松陵具詞法而讓詞致，臨川妙詞情而越詞檢。」善夫，可謂定品矣！乃光祿嘗曰：「寧律協而詞不工，讀之不成句，而謳之始叶，是曲中之工巧。」奉常聞之，曰：「彼惡知曲意哉！予意所至，不妨拗折天下人嗓。」此可以觀兩賢之志趣矣。予謂：二公譬如狂、狷，天壤間應有此兩項人物。不有光祿，詞硎不新；不有奉常，詞髓孰抉？倘能守詞隱先生之矩矱，而運以清遠道人之才情，豈非合之雙美者乎？而吾猶未見其人；東南風雅蔚然，予且旦暮遇之矣。予之首沈而次湯者，挽時之念方殷，悅耳之教寧緩也。略具後先，初無軒輊。允為上之上。[134]

134〔明〕呂天成：《曲品》，《中國古典戲曲論著集成》第六冊，卷上，頁二一三。

所云松陵、光祿、詞隱先生俱指沈璟，臨川、奉常、清遠道人俱指湯顯祖，方諸生則指王驥德。由呂氏之語，可見他主張「以臨川之筆協吳江之律」，用意在調和兩家的衝突。

王驥德《曲律》卷四〈雜論第三十九下〉云：

> 臨川之於吳江，故自冰炭。吳江守法，斤斤三尺，不欲令一字乖律，而毫鋒殊拙；臨川尚趣，直是橫行，組織之工，幾與天孫爭巧，而屈曲聱牙，多令歌者齚舌。吳江嘗謂：「寧協律而不工。讀之不成句，而謳之始協，是為中之之巧。」曾為臨川改易《還魂》字句之不協者，呂吏部玉繩（原注：鬱藍生尊人）以致臨川，臨川不懌，復書吏部曰：「彼惡知曲意哉！余意所至，不妨拗折天下人嗓子。」其志趣不同如此。鬱藍生謂臨川近狂，而吳江近狷，信然哉！（頁一六五）

所云臨川即湯顯祖，吳江即沈璟，鬱藍生即呂天成。湯氏《玉茗堂尺牘》卷一有〈答呂玉繩〉書，並無是說，但於卷三〈答孫俟居〉書，則有是語：

> 弟在此自謂知曲意者，筆懶韻落，時時有之，正不妨拗折天下人嗓子。兄達者，能信此乎？[135]

據此，則王氏或為誤記。又其中「是為中之之巧」，據上舉呂天成《曲品》之作「是曲中之工巧」，知此句當作「是為曲中之工巧」。

就因為有呂王二氏之說，尤其是王驥德「臨川之於吳江，故自冰炭」之語，加上王氏以下論說，其《曲律》

---

[135] 〔明〕湯顯祖：〈答孫俟居〉，《玉茗堂尺牘》，收於徐朔方箋校：《湯顯祖全集》，詩文卷四六（北京：北京古籍出版社，一九九九），頁一三九二。

卷四〈雜論第三十九下〉又云：

自詞隱作詞譜，而海內斐然向風。衣鉢相承，尺尺寸寸守其矩矱者二人：曰吾越鬱藍生，曰檇李大荒逋客。鬱藍《神劍》、《二媱》等記，并其科段轉折似之；而大荒《乞麾》至終帙不用上去疊字，然其境益苦而不甘矣。(頁一六五)

詞隱之持法也，可學而知也；臨川之脩辭也，不可勉而能也。大匠能與人規矩，不能使人巧也。其所能者，人也；所不能者，天也。(頁一六六)

若此，則王氏既以「持法」與「脩辭」區分沈璟與湯顯祖之異同，又舉鬱藍生（呂天成）和大荒（卜世臣，生卒不詳）為沈氏傳人。甚至於沈璟之侄沈自晉（一五八三－一六六五）在所撰《望湖亭》第一齣【臨江仙】亦說：

詞隱登壇標赤幟，休將玉茗稱尊。鬱藍繼有槲園人。方諸能作律，龍子在多聞。香令風流成絕調，幔亭彩筆生春。大荒巧構更超群。鯫生何所似，顰笑得其神。[136]

依次舉出呂天成（鬱藍）、葉憲祖（槲園，一五六六－一六四一）、王驥德（方諸）、馮夢龍（龍子）、范文若（香令，一五九〇－一六三七）、袁于令（幔亭，一五九九－一六七四）、卜世臣（大荒）、沈自晉（謙稱為鯫生）等人在沈璟（詞隱）旗幟下，休要使湯顯祖（玉茗）唯我獨尊。這支儼然「點將錄」的曲子，大概是所謂「吳江

[136] 〔明〕沈自晉：《望湖亭》，《古本戲曲叢刊》二集（上海：商務印書館，一九五五年據長樂鄭氏藏明末刊本影印），頁一。

派」的由來。可見與湯沈二氏並世曲家呂天成、王驥德、沈自晉都有如此這般的說法，則自吳梅以下的學者，如青木正兒、周貽白、俞為民、郭英德等，焉能不認為湯沈因主張不同，水火不能相容，導致萬曆劇壇形成臨川與吳江二派之爭？但事實上真是如此嗎？且看以下現象：

湯顯祖在〈答孫俟居〉書中說到沈璟「曲譜諸刻」，不諱言「其論良快」；在〈答呂姜山〉書中，也說「吳中曲論良是」。[137]雖然湯氏有許多批評的話，但起碼也承認沈氏有可取的地方。至於沈璟之對湯顯祖，除了以吳江之律要來範疇湯氏外，對湯氏其實是極佩服的。沈自晉《重定南詞全譜‧凡例》云：

> 前輩諸賢，不暇論。新詞家諸名筆（原注：如臨川、雲間、會稽諸家），古所未有。真似寶光陸離，奇彩騰躍。及吾蘇同調（原注：如劍嘯、墨憨以下），皆表表一時。先生亦讓頭籌（原注：見《墜釵記》【西江月】中推稱臨川云），予敢不稱膺服。[138]

所云「先生」即指沈璟，因為沈自晉這部書的全稱是《廣輯詞隱先生增定南九宮詞譜》。上引〈凡例〉中，最可注意的是原注中「見《墜釵記》【西江月】中推稱臨川云」這句話，是用來證據「先生亦讓頭籌」的。沈氏《墜釵記》有順治七年鈔本，為傅惜華舊藏；《古本戲曲叢刊初集》據姚華所藏康熙鈔本影印，無【西江月】一語，但沈自晉所云應屬不虛。又王驥德《曲律》卷四〈雜論第三十九下〉有云：

---

[137] 〔明〕湯顯祖：〈答孫俟居〉，《玉茗堂尺牘》，收於徐朔方箋校：《湯顯祖全集》，詩文卷四六，頁一三九二；〈答呂姜山〉，《玉茗堂尺牘》，收於徐朔方箋校：《湯顯祖全集》，詩文卷四四，頁一三〇一。

[138] 〔明〕沈自晉：《南詞新譜》（《重定南九宮詞譜》），收於《善本戲曲叢刊》第三輯（臺北：臺灣學生書局，一九八四年據清順治乙未（一六五五）刊本影印），頁三三。

詞隱《墜釵記》，蓋因《牡丹亭》記而興起者，中轉折極佳，特何興娘鬼魂別後，更不一見，至末折忽以成仙會合，似缺鍼線。余嘗因鬱藍之請，為補又二十七齣二舅指點修煉一折，始覺完全。今金陵已補刻。（頁一六六）

若此，可見沈氏對湯氏戲曲文學的成就是極推崇的，尤其對湯氏《牡丹亭》倍感興趣，一則改編為《同夢記》，一則仿作為《墜釵記》。從這些跡象看來，他們之間是不可能「勢同水火」的。戲曲史上有所謂「臨川派」、「吳江派」壁壘分明之說，恐怕也是因緣王驥德「故自冰炭」一語，所衍生出來的吧！關於這個問題，周育德《湯顯祖論稿・也談戲曲史上的湯沈之爭》一文，[139]已詳列資料，說明被畫為「吳江派」的呂天成、王驥德、馮夢龍等人對湯顯祖都有極高的評價，對沈璟於肯定之外，也有不少微詞；而被畫為「臨川派」的淩濛初和孟稱舜對湯、沈二氏也各有「不滿意」的批評。據此，則臨川、吳江如何能壁壘分明，甚至於哪裡有什麼臨川派、吳江派？周氏既已言之甚詳，這裡就不多說了。何況縱使吳江派有沈自晉的「點將錄」，但卻從未見「臨川派」有相對等的「名單」；可見「臨川」壓根無派可言，則又如何「壁壘分明」對立相爭呢？也就是說「湯沈之爭」不過是王驥德以一己之見造設出來的而已。

(2)「拗折天下人嗓子」評議

著者對此吳江、臨川二派分立勢同水火說，已有〈論說「拗折天下人嗓子」〉、〈再說「拗折天下人嗓子」〉、

[139] 案一九八一年徐朔方已在〈湯顯祖和沈璟〉中提到湯沈論爭事，《文學評論叢刊》第九輯；收入《徐朔方集》第一卷，頁五一九－五三九；但周氏所論精審而證據豐富，詳見周育德：《湯顯祖論稿・也談戲曲史上的湯沈之爭》（北京：文化藝術出版社，一九九一），頁二六四－二八〇。

〈再探戲文和傳奇的分野及其質變過程〉、〈《牡丹亭》排場的三要素〉、〈《牡丹亭》是「戲文」還是「傳奇」〉等與之相關的論文詳論其事。[140]

在〈論說「拗折天下人嗓子」〉中先舉諸家對《牡丹亭》之非議，次舉湯顯祖對諸家非議的反應，也論及《牡丹亭》實為宜伶歌場而作，並探究湯顯祖不懂音律嗎？

對此音律問題，著者從湯氏所體悟的觀念看來，他所講求的其實是「自然音律」而非「人工音律」。所謂「人工音律」是經由人們的體悟逐漸約定俗成終於制定的韻文學的體製規律。體製規律是由字數、句數、長短、句式、聲調、韻協、對偶、語法等八個因素所構成。就詩詞曲而言，可以說規律越來越謹嚴。譬如聲調，古詩不講求，近體詩產生平仄律，詞仄聲分上去入，北曲平聲又別陰陽而入聲消失。所謂「自然音律」，是指人工音律之外，無法訴諸人為科範的語言旋律。丁邦新先生〈從聲韻學看文學〉一文中，稱「人工音律」為「明律」，「自然音律」為「暗律」。他對於「暗律」有極其精闢的見解，他說：

> 暗律是潛在字裏行間的一種默契，藉以溝通作者和讀者的感受。不管散文、韻文，不管是詩是詞，暗律可以說無所不用。它是因人而異的藝術創造的奧秘，每個作家按照自己的造詣與穎悟來探索這一層奧秘。

---

[140] 拙作：〈論說「拗折天下人嗓子」〉，《王叔岷先生八十壽慶論文集》（臺北：大安出版社，一九九三），頁三七九－四〇六。拙作：〈再說「拗折天下人嗓子」〉，二〇〇四年發表於中央研究院中國文哲研究所主辦「湯顯祖與《牡丹亭》國際學術研討會」，後收入拙著：《戲曲與歌劇》（臺北：國家出版社，二〇〇四），頁二九一－三七二。拙作：〈再探戲文和傳奇的分野及其質變過程〉，《臺大中文學報》第二〇期（二〇〇四年六月），頁八七－一三三。拙作：〈《牡丹亭》排場的三要素〉，《湯顯祖研究通訊》總第一一期（二〇一〇年四月），頁一－一一。拙作：〈《牡丹亭》是「戲文」還是「傳奇」〉，《戲曲研究》第七九輯（二〇〇九年九月），頁七〇－九七。

有的人成就高、有的人成就低。[141]

可見自然音律的道理是相當奧秘而不可明確掌握的。而我們可以斷言的是，文學成就越高的作家，越能掌握自然音律，使得聲情與詞情相得益彰。著者有〈中國詩歌中的語言旋律〉一文，[142]詳論詩詞曲中的人工音律與自然音律。指出「拗句」、「選韻」、「詞句結構」、「意象情趣的感染力」都屬「自然音律」的範圍，都是格律家說不出道理而其實是構成語言旋律的重要因素。所以如果只「斤斤於曲家三尺」，也未必能使聲情詞情完全相得益彰。

著者另有〈《九宮大成北詞宮譜》的又一體〉一文，[143]以其仙呂調隻曲為例，檢視《九宮大成》之「又一體」滋生繁多的原因，發現有「誤於句式所產生的又一體」，有「誤於正襯所產生的又一體」，有「因增減字所產生的又一體」，有「因攤破所產生的又一體」，又有「合乎本格而誤置的又一體」和「併入么篇而不自知所產生的又一體」。也就是說，譜律家於「曲理」未盡了了。若此，所制定的「格律」焉能一一教人遵循？

於此，我們再來回顧一下諸家對湯顯祖不守「曲律」的非議：沈璟譏刺他韻協不謹嚴四聲不諧調。臧懋循說他北曲「音韻少諧」。王驥德說「詘於法」，包括「賸字累語」和「字句平仄」的訛誤，以及字音字義的偶然錯失。沈德符指他不遵循譜律製曲和混用韻部。張琦指他不講求平仄律以致「入喉半拗」。黃圖珌也批評他「調

[141] 丁邦新：〈從聲韻學看文學〉，《中外文學》四卷一期（一九七五年一月），頁一三一。

[142] 拙作：〈中國詩歌中的語言旋律〉，《鄭因百先生八十壽慶論文集》（臺北：臺灣商務印書館，一九八五），頁八七五－九一五；收入拙著：《詩歌與戲曲》（臺北：聯經出版事業公司，一九八八），頁一－四七。

[143] 拙作：〈《九宮大成北詞宮譜》的又一體〉，《陳奇祿院士七秩榮慶論文集》，收入拙著《參軍戲與元雜劇》一書。

甚不工，令歌者佶屈聱牙。」到了吳梅更認為《牡丹亭》在曲律上有出宮犯調、聯套失序、句法錯亂和襯字無度等毛病。

綜觀這些「非議」，無不就「人工音律」的立場出發，而誠如上文所云，曲譜所制定的格律，未必可完全遵守，而湯顯祖重視「自然音律」，使之與「人工音律」巧妙諧調，若一味以「人工音律」來衡量，就難免有時格格不入了；更何況「譜律」越來越森嚴，執此以考究諸家，何人能逃避批評？王驥德《曲律》卷四〈雜論第三十九下〉：

〈詞隱〉生平於聲韻、宮調，言之甚毖，顧於己作，更韻、更調，每折而是，良多自恕，殆不可曉耳。（頁一六四）

王驥德對沈璟頗為心儀，對他都有如此批評，何況其他！

又，拙作〈再說「拗折天下人嗓子」〉，首先歸納「諸家」非議《牡丹亭》的大要：

其一謂其句字平仄四聲不合聲調律：有沈璟、沈自晉、臧懋循、王驥德、黃圖珌（一七〇〇—一七七一後）等。

其二謂其韻協混用不合協韻律：有沈璟、沈自晉、馮夢龍、臧懋循、沈德符、淩濛初、葉堂（生卒不詳）、李調元等。

其三謂當汰其賸字累語：王驥德、范文若、張大復（約一五五四—一六三〇）。

其四謂其宮調舛錯、曲牌訛亂、聯套失序：吳梅（一八八四—一九三九）、王季烈（一八七三—一九五二）。

其五謂其不協吳中拍法：王驥德、張琦（約一五八六—？）、臧懋循、沈寵綏、萬樹（一六三〇—一六八八）。

以上五條，前四條可以說是「因」，後一條可以說是「果」；而無論是「因」是「果」，其實都是站在以崑山水磨調作為腔調的「傳奇」律法之基準來論說的。

但我們要弄清楚所謂「崑腔」，就其廣義而言實包括「崑山土腔」、「崑山腔」、「水磨調」三個演進階段，而今日之所謂「崑腔」、「崑曲」、「崑劇」之腔調自是專就「水磨調」而言。即就「崑劇」而言，亦有廣狹二義，廣義指「水磨調」創發之前用崑山腔歌唱的「南戲」和其後用「水磨調」歌唱的「戲曲」，其狹義自是今日專指用「水磨調」歌唱的戲曲。[144]

而「腔調」是方言的語言旋律，作為內部構成成分並影響「腔調」的因素有字音的內在要素、聲調的組合、韻協的布置、語言的長度、音節的形式、意義的形式、詞句結構的方式等七種，這七種因素固然影響自然音律，同時也是憑藉作為人工音律的要件。而我們知道「崑山水磨調」是經由像魏良輔那樣不世出的音樂家和像梁辰魚那樣傑出的戲曲音樂文學家，用極為敏銳的感悟力和極為精細的分析力所創造出來的，也就是他們除了掌握自然音律的奧妙之外，同時也運用人工音律的成果，將語言旋律與音樂旋律的配搭達到融合無間的境地。也因此在適應「崑山水磨調」的戲曲作品中，自然要講究「字音內在要素」等七項因素；也因此，曲牌規律化，字數、語句長短外，聲調律、協韻律、對偶律，乃至於曲牌性格的選擇、曲牌聯綴間板眼過脈的靈動、宮調笛色的考量，也都隨著崑山腔、崑山水磨調的藝術提升而越來越考究，否則聲情詞情間便會扞格不適，甚至於歌唱時產生拗喉捩嗓的現象。

---

144 拙作：〈從崑腔說到崑劇〉，《臺靜農先生百歲冥誕學術研討會論文集》（臺北：國立臺灣大學中文系編印，二〇〇一），收入拙著：《從腔調說到崑劇》，頁一八二—二六〇。

然而根據顧起元《客座贅語》145可以考見崑山水磨調真正崛起而逐漸稱霸歌場與劇壇是在萬曆以後；請看用水磨調歌唱的「傳奇」劇本，皆為萬曆以後刊本，亦可證明此種現象。而湯顯祖《牡丹亭》是在萬曆二十六年戊戌（一五九八）秋天，146湯氏四十九歲時寫成的。雖然那時崑山水磨調已流布廣遠，也有流布到宜黃的跡象147，但湯顯祖在〈答凌初成〉書中有「不佞生非吳越通」148的話語，所以他寫作《牡丹亭》乃至「四夢」時，不理會吳門諸譜律家為水磨調所講究的格律，是很自然的事；亦即就體製劇種而言，他尚屬宋元戲文進化至明初，經北曲化和文士化的「新戲文」而非進一步經崑山水磨調化、呂天成《曲品》中所謂之「新傳奇」，也就是現在戲曲史所說的「傳奇」149。就腔調劇種而言，如用「崑山水磨調」來歌唱，尚無法避免「拗喉捩嗓」的毛

145 〔明〕顧起元：《客座贅語》卷九「戲劇」條：「南都萬曆以前，公侯與縉紳及富家，凡有宴會小集，多用散樂；或三四人，或多人唱大套北曲；樂器用箏纂、琵琶、三絃子、拍板。若大席，則用教坊打院本：乃北曲大四套者，中間錯以撮墊圈、舞觀音，或百丈旗，或跳隊子。後乃變而用南唱：歌者袛用一小拍板，或以扇子代之；間有用鼓板者。今則吳人益以洞簫及月琴，聲調屢變，益發悽惋，聽者殆欲墮淚矣。大會則用南戲：其始止二腔，一為弋陽，一為海鹽。弋陽則錯用鄉語，四方士客喜閱之；海鹽多官語，兩京人用之。後則又有四平，乃稍變弋陽，而令人可通者。今又有崑山，較海鹽又為清柔而婉折，一字之長，延至數息。士大夫稟心房之精，靡然從好，見海鹽等腔，已白日欲睡，至院本北曲，不啻吹篪擊缶，甚且厭而唾之矣。」（北京：中華書局，一九八七），頁三〇三。

146 見徐朔方：《湯顯祖年譜》（上海：上海古籍出版社，一九七九），頁一三八。

147 湯顯祖〈唱二夢〉詩：「未學儂歌小楚天，宜伶相伴酒中禪。纏頭不用通明錦，一夜紅氍四百錢。」所謂「宜伶相伴」，「未學儂歌」，大概是指演員從海鹽腔或宜黃腔的基礎上習唱崑山腔的情況。「儂歌」指的就是吳儂軟語的崑山腔。

148 〔明〕湯顯祖：〈答凌初成〉，《玉茗堂尺牘》，收於徐朔方箋校：《湯顯祖全集》，詩文卷四七，頁一四四二。

149 《牡丹亭》尚屬「新戲文」，即就其第二齣但由生腳開場「言懷」，但用一支引子與一支集曲組場來觀察，與「傳奇」之

病。亦即如果他堅持用「新戲文」的體製格律去創作，而不拘於吳江三尺之法，則自然不合乎崑山水磨調之板眼而難於歌唱了。

著者關於《牡丹亭》的另外兩篇：〈《牡丹亭》排場的三要素〉、〈《牡丹亭》是「戲文」還是「傳奇」〉，前者藉用構成排場三要素之「關目布置」、「腳色運用」、「套式建構」，說明其全劇之內在結構「排場藝術」未臻妥貼，尚多新南戲之習染；後者旨在說明由「南戲」蛻變為「傳奇」所需之「三化」：北曲化、文士化、崑山水磨調化，《牡丹亭》尚缺少崑山水磨調化，因從文獻考查，有清楚的證據：

其一，萬時華（一五九〇—一六三九）《溉園詩集》卷三〈棠溪公館同舒苞孫夜酌二歌人佐酒〉云：

野館清宵倦解裝，村名猶識舊甘棠。松鄰古屋□華□，虎印前溪月影涼。寒入短裘連大白，人翻新譜自宜黃。酒闌宜在嵩山道，並出車門夜未央。[150]

其二，熊文舉（一五九五—一六六八）《雪堂先生詩選・宜伶秦生唱《紫釵》、《玉合》，備極幽怨，感而贈之》，其第五首云：

淒涼羽調咽霓裳，欲譜風流筆硯荒；知是清源留曲祖，湯詞端合唱宜黃。

必用大場應之，顯然有很大差別。也就是說《牡丹亭》尚保持戲文開場模式。

150 〔明〕萬時華：《溉園詩集》，收入《叢書集成》（上海：上海書店，一九九四），續編輯部第一七七冊，見中研院文哲所參考室《豫章叢書》，頁六七四。然此版本第三句字跡不甚清晰，經請教江西藝術研究所研究員蘇子裕先生，所提供資訊為江西省圖書館藏一九二三年南昌退廬刻本得知內容為「松鄉古屋霜華淨」。

詩有注云：

> 宜黃有清源祠，祀灌口神，義仍先生有記。予擬《風流配》，填詞未緒。[151]

以上兩段資料，萬時華，字茂先，明萬曆間江西南昌人，以文名聞海內幾數十年。熊文舉，江西新建人，明崇禎進士。他們兩人皆籍隸江西南昌府（新建為屬縣），所言「人翻新譜自宜黃」和「知是清源留曲祖，湯詞端合唱宜黃」自是可以據以說明，海鹽腔流傳到江西宜黃後，終於被融入江西宜黃土腔而流傳在外被稱為「宜黃腔」；而湯顯祖「臨川四夢」用宜黃腔歌唱，其江西同鄉已如是說，且此處「宜伶」自是湯氏詩文集中一再提及的「宜伶」，都是指宜黃地方唱宜黃腔的伶人，今人實可不必再為「四夢」是否曾用宜黃腔演唱而爭論不休了。甚至於宜黃腔之所以能流播馳名，實有賴於其「載體」「四夢」之盛名。

熊文舉詩第三首云：

> 「四夢」班名得得新，臨川風韻幾沉淪。為君掩抑多情態，想見停毫寫照人。

按萬曆四十二年（一六一四），湯顯祖派遣宜伶赴安徽宣城梅鼎祚（一五四九—一六一五）家鄉演出，梅氏〈答

---

[151] 國內館藏（中研院、臺大圖書館）熊文舉：《雪堂先生詩選》，據清初刻本，首都圖書館藏，收入《四庫禁毀叢刊補編》第八十二冊（北京：北京出版社，二〇〇五），收有《雪堂先生詩選》四卷、《恥廬近集》二卷，然首頁卷首寫「以上原缺」；翻檢原書，並無此詩，此據蘇子裕：《中國戲曲聲腔劇種考・海鹽腔源流考論》（北京：新華出版社，二〇〇一），頁一四；並請教蘇先生所據文獻來源為《雪堂先生詩選》之三《侶鷗閣近集》卷一，清康熙刻本，江西省圖書館藏善本書。

湯義仍〈宜伶來三戶之邑，三家之村，無可援助。然吳越樂部往至者，未有如若曹之盛行，要以《牡丹》、《邯鄲》傳重耳。〉云：「正可說明這種現象。」❶152也就是說《牡丹亭》等「四夢」原本用「宜黃腔」來歌唱，尚為未及崑山水磨調化，而實為明人之「新南戲」。

附記：關於〈「拗折天下人嗓子」評議〉本人有「詳本」與「略本」；「詳本」見《「戲曲歌樂基礎」之建構》(《戲曲學》(四))末章。此章論流派，連類相及，故簡約為「略本」，讀者鑑之。

(二)近現代詞曲系曲牌體「散曲、戲曲流派說」之建構與開展

1. 近現代「散曲流派說」之建構與開展

(1)任訥《散曲概論》豪放、清麗、端謹三派說

近人對於散曲的分派，大抵承襲宋詞，只舉豪放與清麗二端，任訥《散曲概論》更將端謹一派鼎足為三，他說：

> 元曲之文章，本以用意遣辭，兩俱豪放不羈者為主，其餘者雖概目之為別調可也。惟曲之為事，境界廣闊，而方法放任，……倘用意方面，較豪放為平實，為和易近人，而不作恣肆放誕，且遣辭又多用循循

❶152 案徐朔方於《湯顯祖年譜》(一九五六)中已主張「四夢」乃為宜黃腔而作，著者於〈論說「拗折天下人嗓子」〉(一九九三)亦認同其說。徐氏又有〈再論湯顯祖戲曲的腔調問題〉(一九八一年《戲劇論叢》第三期，收入《徐朔方集》頁四二八—四三五)，而蘇子裕此文所據資料十分確鑿，故引其說。詳見蘇子裕：《中國戲曲聲腔劇種考・海鹽腔源流考論》，頁一四。

規矩之文言者，則聽其為端謹嚴密之一派；倘遣辭方面，較豪放為渲染，為煥然成采，（前一種雖多用文言，但不必即煥然成采；此種煥然成采，但不必即用文言。）而不俚質白描，且用意仍清疏瀟灑者，則聽其為清麗華巧之一派。三派鼎立，分別在詞意之收放與文質之間。……元人散曲之中，豪放最多，清麗次之，端謹較少。明人散曲，大抵與之相反，多者少之，而少者多之。若清麗則仍屬居中，然在明人心目中，端謹者不以為端謹，而正以為清麗。實則其詞麗而不清者居多，有時且非曲之麗，而實為詩詞之麗，又甚瑣屑餖飣，一切迥非元曲比。[153]

可見任氏所分的元人散曲三派是以「用意遣辭」為基準，而以「豪放不羈」為主流，其次為清麗華巧，其次為端謹嚴密。明人之曲則大抵相反，而每以端謹為清麗，實則其麗不清者居多，每落入詩詞之麗，甚至瑣屑餖飣而不自知。茲舉元人散曲數例如下：

王和卿【醉中天】彈破莊周夢，兩翅架東風。三百座名園一採一箇空，難道是風流孽種。唬殺尋芳的蜜蜂。輕輕搧動。把賣花人、搧過橋東。

盧摯【蟾宮曲】想人生七十猶稀，百歲光陰，先過了三十，七十年間，十歲頑童，十載尪羸。五十歲，除分晝黑，剛分得、一半兒白日。風雨相催，兔走烏飛。仔細沉吟，都不如快活了便宜。

徐再思【蟾宮曲】平生不會相思，才會相思，便害相思。身似浮雲，心如飛絮，氣若游絲。空一縷、餘香在此，盼千金、遊子何之。證候來時，正是何時？燈半昏時，月半明時。

---

153 任中敏：《散曲概論》，收於任中敏編著，曹明升點校：《散曲叢刊》第三冊，頁一〇八八－一〇八九。

庾天錫【蟾宮曲】環滁秀列諸峰。山有名泉，瀉出其中。泉上危亭，僧仙好事，締構成功。四景朝暮不同。宴酣之樂無窮。酒飲千鐘。能醉能文，太守歐翁。

張可久【折桂令】對青山、強整烏紗。歸雁橫秋，倦客思家。翠袖殷勤，金杯錯落，玉手琵琶。人老去、西風白髮。蝶愁來、明日黃花。回首天涯。一抹斜陽，數點寒鴉。[154]

前三曲用意遣詞明白醒豁、機趣橫生，為詩詞中未見之語言，未見之疏朗鮮活，自是元人散曲「豪放不羈」之主流。後二曲任訥謂庾詞意亦不俗，通篇脫胎於古文（按：即歐陽修〈醉翁亭記〉），但較之盧、張，則顯覺平穩，而趣味為遜，故當為端謹一派。而張詞多用對仗，意趣瀟灑，不因藻翰而傷縟，則分明為清麗一派。

元代的散曲家，據《全元散曲》有二百十三人。這些作家以時代分，可以分作前後二期：前期從金末到元大德年間（約一二三四－一三〇〇），約六十餘年，相當於鍾嗣成《錄鬼簿》的「前輩名公」時代。後期從大德間至元末（一三〇〇－一三六七）六十餘年，相當於《錄鬼簿》作者鍾嗣成的時代。茲將元人散曲作家，依豪放與清麗，大致分派如下：

①前期作家

清麗派：元好問（一一九〇－一二五七）、楊果（一一九五－一二六九）、王修甫（金末－一二七三）、商挺（一二〇九－一二八八）、胡祗遹（一二二七－一二九五）、徐琰（？－一三〇一）、鮮于樞（一二四六－一三〇二）、王嘉甫（生卒不詳）、王惲（一二二七－一三〇四）、盧摯（一二四二－一三一四）、荊幹臣（生卒不詳）、關漢卿（生卒不詳）、白樸（一二二六－約一三〇六）、高文秀（生卒不詳）、王實甫（一二六〇－一三三六）、

[154] 隋樹森編：《全元散曲》（北京：中華書局，二〇〇〇），頁四一、一一四、一〇五一、二二三、七〇六。

于伯淵（生卒不詳）、王廷秀（生卒不詳）、王伯成（生卒不詳）、趙明道（生卒不詳）、珠簾秀（生卒不詳）、鮮于必仁（生卒不詳）。

豪放派：劉秉忠（一二一六－一二七四）、杜仁傑（約一二〇一－一二八二）、王和卿（生卒不詳）、盍西村（生卒不詳）、張弘範（一二三八－一二八〇）、劉因（一二四九－一二九三）、不忽木（一二五五－一三〇〇）、彭壽之（生卒不詳）、陳草庵（一二四五－約一三三〇）、姚燧（一二三八－一三一三）、庾天錫（生卒不詳）、馬致遠（一二五〇－一三二一）、鄧玉賓（生卒不詳）、姚守中（生卒不詳）、阿里西瑛（生卒不詳）、馮子振（一二五三－一三四八）、白賁（生卒不詳）、貫雲石（一二八六－一三二四）、張養浩（一二七〇－一三二九）。

②後期作家

清麗派：鄭光祖（一二六四－？）、曾瑞（生卒不詳）、喬吉（一二八〇－一三四五）、王元鼎（生卒不詳）、薛昂夫（一二六七－一三五九）、吳弘道（生卒不詳）、趙善慶（生卒不詳）、馬謙齋（生卒不詳）、張可久（約一二七〇－約一三四八）、沈禧（生卒不詳）、任昱（生卒不詳）、徐再思（生卒不詳）、孫周卿（生卒不詳）、顧德潤（生卒不詳）、王曄（生卒不詳）、呂止庵（生卒不詳）、查德卿（生卒不詳）、吳西逸（生卒不詳）、朱庭玉（生卒不詳）、李致遠（生卒不詳）、宋方壺（生卒不詳）、周德清（一二七七－一三六五）、汪元亨（生卒不詳）。

豪放派：睢景臣（生卒不詳）、周文質（？－一三三四）、趙禹圭（生卒不詳）、劉時中（生卒不詳）、阿魯威（生卒不詳）、高安道（約一三二一－？）、張鳴善（生卒不詳）、楊朝英（約一二八五－一三五五）、王舉之（一二九〇－一三五〇？）、鍾嗣成（約一二七九－約一三六〇）、劉伯亨（生卒不詳）、劉庭信（生卒不詳）、湯式（生卒不詳）。

作家的分派只是舉其大略的風格，若仔細品味，則往往一個作家本身就兼有清麗與豪放兩種不同的格調。豪放派，在元人中，當以馬致遠、張養浩為代表；清麗派，則當以張可久、喬吉為翹楚。張可久前文已舉例，茲舉馬、張、喬三家各一曲為例，以見其一斑：

馬致遠雙調【夜行船】《秋思套》【離亭宴煞】

蛩吟罷一覺纔寧貼。雞鳴時萬事無休歇。（爭名利）何年是徹；看密匝匝、蟻排兵。亂紛紛、蜂釀蜜。急攘攘、蠅爭血。裴公綠野堂，陶令白蓮社，愛秋來時那些。和露摘黃花，帶霜分紫蟹，煮酒燒紅葉。想人生、有限杯，渾幾個、重陽節。人問我、頑童記者。便北海、探吾來。道東籬、醉了也。

張養浩【十二月帶堯民歌】

從跳出功名火坑，來到這花月蓬瀛。守著這良田數頃，看一會雨種煙耕。到大來心頭不驚，每日家（直）睡到天明。見斜川雞犬樂昇平，繞屋桑麻翠煙生。杖藜無處不堪行，滿目雲山畫難成。泉聲，響時仔細聽，轉覺柴門靜。

喬吉【折桂令】〈丙子遊越懷古〉

蓬萊老樹蒼雲，禾黍高低，狐兔紛紜。半折殘碑，空餘故址，總是黃塵。（東晉亡也）再難尋個右軍。（西施去也）絕不見甚佳人。海氣長昏。啼鴂聲乾，天地無春。[155]

馬致遠【煞尾】一曲自以意境之超逸蕭爽取勝，張養浩的【十二月帶堯民歌】亦以疏朗脫俗為高，從用意遣辭

[155] 隋樹森編：《全元散曲》，頁二六九－二七〇、四一八－四一九、六〇二－六〇三。

看，此三曲皆為豪放無疑。至若喬吉【折桂令】則造語雅麗而意趣悲涼，兼有清麗、豪放之長，似可以看作是「豪麗」的作品。

任氏論明人散曲流派，謂明代未有崑腔水磨調以前，北曲為盛。湯氏、朱有燉端謹有餘，腐濫居多。此後有康海（一四七五－一五四〇）、馮惟敏（一五一一－一五七八）、王磐（約一四七〇－一五三〇）、沈仕（一四八八－一五六五）四家，而「康、馮之為豪，王、沈之為麗，則又其大概一致者耳。」崑腔水磨調創發後南曲盛、北曲衰，則文章以梁辰魚、韻律以沈璟為首，而合豪放、清麗者為施紹莘（一五八一－約一六四〇）。清人散曲則沈謙（一六二〇－一六七〇）、吳綺（一六一九－一六九四）、陳維嵋（生卒不詳）、蔣士銓（一七二五－一七八五）、吳錫麒（一七四六－一八一八），承沈璟、梁辰魚之餘風，好為南曲，是為「南曲派」。朱彝尊（一六二九－一七〇九）、厲鶚（一六九二－一七五二）、劉熙載（一八一三－一八八一）、許光治（？－一八五五）等，倡導喬夢符（一二八〇－一三四五）、張小山（一二七〇－一三三九）之清麗，好為北曲，是為「騷雅派」。而徐大椿（一六九三－一七七一）、鄭板橋（一六九三－一七六五）之警醒頑俗，有功於世道人心，是為「道情派」。[156]

(2)李昌集《中國古代散曲史》因時制宜分派說

任氏之後，其弟子李昌集《中國古代散曲史》更以史家眼光，仔細探究元明清三代散曲，而予「因時制宜，隨意賦形」之分流別派。其大意為：

元初散曲分三流：志情、花間、市井。

[156] 參見任中敏：《散曲概論》，收於任中敏編著，曹明升點校：《散曲叢刊》第三冊，頁一〇九四－一一〇四。

其「志情」散曲之主題，為感嘆人間繁華相替，榮辱變遷；或抒發散誕逍遙之山林泉石情興。如：

劉因黃鍾【人月圓】茫茫大塊洪鑪裏，何物不寒灰。古今多少，荒煙廢壘，老樹遺臺。太行如礪，黃河如帶，等是塵埃。不須更嘆，花開花落，春去春來。

劉秉忠雙調【蟾宮曲】梧桐一葉初彫，菊綻東籬，佳節登高。金風颯颯，寒雁呀呀，促織叨叨。滿目黃花衰草，一川紅葉飄飄。秋景蕭蕭，賞菊陶潛，散誕逍遙。[157]

其「花間」散曲指以「閒情」為基本題材的文學。如：

楊果越調【小桃紅】採蓮湖上棹船迴，風約湘裙翠。一曲琵琶數行淚，望君歸，芙蓉開盡無消息。晚涼多少，紅鴛白鷺，何處不雙飛。[158]

其「市井」散曲指以生活題材和具有市井趣味的文學。如：

徐琰雙調【蟾宮曲】〈沐浴〉酒初醒、褪卻殘粧，炎暑侵肌，粉汗生香。旋摘花枝，輕除蹀躞，慢解香囊。移蘭步、行出畫堂，浣冰肌、初試蘭湯。回到閨房，換了羅裳。笑引才郎，同納新涼。[159]

可見李昌集對元初散曲的三種分流是以「題材」為基準。但對於元前期散曲則別為「豪放之潮與雅化之

[157] 隋樹森編：《全元散曲》，頁七二—七三、一一五。
[158] 隋樹森編：《全元散曲》，頁七。
[159] 隋樹森編：《全元散曲》，頁八一一。

流」；於元後期則就「傷感文學的波動與形式美的強化」兩方面論說；於明前期散曲則謂「北沉雄南柔婉」，於晚明散曲則謂有「濃豔」與「流麗」二流；於清初散曲則分「詞味之曲」與「曲味之曲」。[160]也就是說李氏對於散曲之分流別派乃「因時制宜，隨意賦形」，或就風格，或就內容形式，或就體類特色論說。並沒有像乃師一樣具始終如一的基準。

(3)羊春秋《散曲通論》由內容、語言、風格分派說

一九九二年十二月湖南長沙市岳麓書社出版羊春秋《散曲通論》，其第九章〈流派說〉分三節：內容的言志與言情，語言的本色與文采，風格的豪放與清麗。顯然以內容、語言、風格各為標準。各分言志、言情，本色、文采，豪放、清麗兩派。

對於分派的前提，羊氏認為若像王夫之所云：「立一門庭，則但有其局格，更無性情，更無興會，更無思致」而使那些「才不敏，學不充，思不精，情不屬」的庸人來依傍以互相抬高身價是沒有意義的。但是若像他所認定的條件，則是可行的。他說：

> 至於有著共同的文學主張，共同的藝術追求，共同的審美趣味，自然而然地形成自己的藝術流派，不是黨同伐異，以自縛縛人；而是領異標新，以自立立人。不是畫地自封，夜郎自大，唯我獨尊，唯我獨秀；而是互相比較、互相競爭、互相批評，發揚其真的、善的、美的，屏棄其假的、惡的、醜的，是可以提

[160] 李昌集：《中國古代散曲史》（北京：華東師範大學出版社，一九九一），下編第一章第二節〈元初散曲三流〉、第二章〈元前期散曲的豪放之潮與雅化之流〉、第三章〈元後期傷感文學的波動與形式美的強化〉、第四章第三節〈南北曲體之分格與曲壇上的南、北二流〉，頁三一七－三五五、三六九－三七八。

高文學藝術的創作水平與鑒賞能力的。或者由研究者依據他們不同的內容、風格和語言，區分其藝術流派，以窮其源委，別其異同，論其得失，亦可以成為後學之津梁，宏揚先哲之業績，也是有積極意義的。161

由此可知，羊氏認為分宗主派的可行方式，可由兩方面進行，一是並世作家在共同藝術主張、追求和共同的審美趣味之下自然的互相歸趨而終於結合；一是由研究者就其內容、風格和語言來加以區分。就其前者而言，可說在理論上完美無缺，但實質上則千古難求；就其後者而言，則誠如他自己說的：

然而自元迄清，作品逾萬，作家近千，這樣一個龐大的作家群，要區分其藝術流派，並得到學術界的公認，難度的確是很大的。（頁三六五）

也因為研究者要從浩如煙海的曲籍中去為作家區分流派有極大的難度，而研究者為了行文敘述的方便，又不得不勉強予以分派歸類，於是難免各有所見，產生分歧；也不免標新立異，別開基準；而或者有見其小，詳分支派；或者但見其大，舉其主流。終於各逞芬采，無有是非可言。羊氏對於元明清散曲的分派，據他自己說，是有感於任訥《散曲概論》之稍嫌繁多而「以簡御繁，以粗求細，只分本色派與文采派，或豪放派與清麗派，便可以包舉三代，囊括百家。」（頁三六六）

2. 近現代詞曲系曲牌體「戲曲流派說」之建構與發展

(1)吳梅《中國戲曲概論》吳江、臨川、崑山三家說

161 羊春秋：《散曲通論》（長沙：岳麓書社，一九九二），頁三六五。

戲曲流派論之建構，可說起源於吳梅（一八八四—一九三九）《中國戲曲概論》，其〈元人雜劇〉章云：

> 嘗謂元人劇詞，約分三類：喜豪放者學關卿，工鍛鍊者宗實甫，尚輕俊者號東籬。[162]

可見瞿安以「劇詞」為基準，分元雜劇為三派，即以關漢卿為代表之豪放派，以王實甫為代表之鍛鍊派，以馬致遠為代表之輕俊派。

其〈明人傳奇〉章云：

> 若夫作家流別，約分四端。自《琵琶》、《拜月》出，而作者多喜拙素。自《香囊》、《連環》出，而作者乃尚詞藻。自《玉茗四夢》以北詞之法作南詞，而偭越規矩者多。自詞隱諸傳，以俚俗之語求合律，而打油釘鉸者眾。於是矯拙素之弊者用駢語，革辭采之繁者尚本色。正玉茗之律，而復工於琢詞者，吳石渠、孟子塞是也。守吳江之法，而復出以都雅者，王伯良、范香令是也。（頁一五一）
>
> 有明曲家，作者至多，而條別家數，實不出吳江、臨川、崑山三家。（頁一五三）

若據瞿安前後兩段論述觀之，前段蓋指有明一代之新南戲與傳奇而言，他分為以高明《琵琶記》、施惠《拜月亭》為代表之「拙素」，以邵粲《香囊》、王濟《連環》為代表之「詞藻」，以湯顯祖《玉茗四夢》為代表之「琢詞踰矩」，以沈璟詞隱諸傳為代表之「俚俗合律」等四種「作家流別」；而這四種「作家流別」之外，就瞿安之意而言，實另有舉吳炳《粲花五種》、孟稱舜《詅癡符》為代表，而以臨川為主調適吳江「正玉茗之律，而復工

162 吳梅：《中國戲曲概論》，收於王衛民編：《吳梅戲曲論文集》（北京：中國戲劇出版社，一九八三），頁一三七。

於琢詞」者，以及以吳江為主而調適臨川「守吳江之法，而復出以都雅」，舉王驥德《題紅記》、范文若《鴛鴦棒》為代表者。則瞿安論有明一代之「廣義傳奇」，實有六派。

而瞿安後段所論，實指崑山水磨調創興後之「狹義傳奇」而言，亦即此體製劇種之「傳奇」，若就腔調劇種而言，則皆為「崑劇」。其吳江、臨川二派如前所述，崑山派則單舉梁辰魚一人。

可見瞿安傳奇流派之說，實以呂天成、王驥德之吳江、臨川二派說為根據，並進一步予以「前推」與「後續」。其「前推」之論崑山水磨調成立以前劇壇，亦本明代諸家之論「本色當行」，其「後續」之論晚明諸家實亦本呂天成所云「守詞隱先生之矩矱，而運以清遠道人之才情」之所謂「雙美說」。[163]

瞿安又云：

臨川近狂，吳江近狷，自是定論。……於是為兩家之調人者，如吳石渠之《粲花五種》，孟稱舜之《嬌紅》、《節義》；此以臨川之筆，協吳江之律也。自詞隱作譜，海內承風，……如呂勤之《烟鬟閣》十種，卜大荒之《乞麾》、《冬青》，王伯良之《男后》、《題紅》，范文若之《鴛鴦》、《花夢》，皆承詞隱之法。而大荒《冬青》，終帙不用上去疊字，勤之《神劍》、《二媱》等記，並轉折科介，亦效吳江，其境益苦矣，此又以寧庵之律，學若士之詞也。他若馮猶龍之《雙雄》、《萬事》，史叔考之《夢磊》、《合紗》，徐復祚之《紅梨》、《宵光劍》，沈孚中之《綰春》、《息宰》，協律修辭，並臻美善，而詞藻豔發，更推孚中，斯又非前人所及矣。……惟崑山一席，不尚文字，伯龍好遊，家居絕少，吳中絕技，僅在歌伶。（頁一五二—一五三）

[163]〔明〕呂天成：《曲品》，《中國古典戲曲論著集成》第六冊，頁二一三。

再從瞿安出以己見所舉的吳江、臨川、崑山三派「點將錄」看來，真正可以具家數成流派的只有「吳江」一派；其他可以說都是調和吳江「斤斤三尺律法」和臨川「意趣神色」、「麗詞俊音」而成，合乎呂天成所謂的「雙美」之說。

縱觀瞿安之論明人傳奇流派，實已「捉襟見肘」，已經頗為勉強。

(2)青木正兒《中國近世戲曲史》之「吳江派」與「臨川派」，《元人雜劇序說》之「本色派」與「文采派」吳梅舉吳江、臨川、崑山，但為條別明曲之「家數」，稱之為「三家」。至青木正兒（一八八七－一九六四）《中國近世戲曲史》（一九三〇）則明定為「吳江派」與「臨川派」，而將呂天成所謂「守詞隱先生之矩矱，而運以清遠道人之才情」與瞿安所云「以臨川之筆協吳江之律」之調和者謂之「玉茗堂派」。[164]青木氏並將三派之成員分屬為：

吳江派：沈璟、顧大典、葉憲祖、卜世臣、呂天成、王驥德、馮夢龍、范文若、袁于令、沈自晉（頁一五七－一七〇、二一二－二二三）

臨川派：湯顯祖（頁一七〇－一八三）

玉茗堂派：阮大鋮、吳炳、李玉（頁二二四－二四一）

青木氏云：

其（吳炳）作風力追湯顯祖，顯祖以後為第一人，然亦曾就葉憲祖正法，乃兼臨川與吳江之長者。今人

[164]〔日〕青木正兒原著，王古魯譯著，蔡毅校訂：《中國近世戲曲史》（北京：中華書局，二〇一〇），頁二二四。

吳梅氏曰：「正玉茗之律，而復工於琢詞者，吳石渠、孟子塞是也。守吳江之法，而復出以都雅者，王伯良、范香令是也。」又曰：「於是為兩家之調人者，如吳石渠之《粲花五種》……此以臨川之筆，協吳江之律也。」（《中國戲曲概論》卷中）其論最為剴切。范文若出吳江直系而兼臨川之筆；吳炳則出於臨川派而學吳江之法者。（頁二三一）

據此可見青木氏之「傳奇流派說」，實出瞿安之論。而其臨川一派但舉湯氏一人，蓋以湯氏才情、文學，無人可望其項背，更無人可以衣缽傳承，只好令其「孤獨」。而其所謂「玉茗堂派」，乃用湯氏堂號，則實質意義與「臨川派」何殊，何不如用「文律雙美派」更為貼切，但如此一來，又與「吳江」、「臨川」之為派，名義不相稱。可見分派之說，往往令人「技窮」。

青木氏對於元雜劇同樣有分派之說，其《元人雜劇序說．作家作風》分為「本色」與「文采」二派，云：

大約曲詞素樸多用口語者為本色派，曲詞藻麗比較的多用雅言者為文采派，定義如此。而概觀這兩派，則文采派僅致力於曲詞之藻繪，拙於劇之結構排場者為多；本色派寧致力於結構排場，曲詞平實素樸者為多。……如果更仔細的觀察，則本色、文采二派中，也自有種種的趣致。[165]

青木氏所分之「本色」、「文采」二派，實本王驥德《曲律．論家數第十四》：

曲之始，止本色一家，觀元劇及《琵琶》、《拜月》二記可見。自《香囊記》以儒門手腳為之，遂濫觴而

[165]〔日〕青木正兒著，隋樹森譯：《元人雜劇概說》（北京：中國戲劇出版社，一九五七），頁四九－五〇。

有文詞家一體。近鄭若庸《玉玦記》作，而益工修詞，質幾蓋掩。夫曲以模寫物情，體貼人理，所取委曲宛轉，以代說詞，一涉藻繢，便蔽本來。然文人學士，積習未忘，不勝其靡，此體遂不能廢。（頁一二一—一二二）

可見青木氏不過將王氏之「文詞」改作「文采」而已。但青木氏又將之細分作五種類型，並列舉其代表作家如下表：

本色	豪放激越派（關漢卿之流）	高文秀、紀君祥、王仲文、康進之、李文蔚、楊梓、朱凱、蕭德祥
	敦樸自然派（鄭廷玉之流）	武漢臣、岳伯川、孟漢卿、李直夫、李行道、張國賓、秦簡夫
文采	溫潤明麗派（楊顯之之流）	石君寶、戴善甫、尚仲賢、吳昌齡
	綺麗纖穠派（王實甫之流）	白樸、張壽卿、鄭光祖、喬吉、李好古
	清奇輕俊派（馬致遠之流）	李壽卿、石子章、宮天挺、范康、羅本

對此，青木氏解釋道：

曲詞最俚質而無修飾者為敦樸自然派；恰像用口語說話似的，極自然的作著曲詞，而在這種地方，具有妙味。豪放激越派是在質樸之中，具有豪爽之致，以氣力勝者。溫潤明麗派是以本色為主而兼有文采者，一面用著口語，一面做著美麗的曲文。綺麗纖穠派最富藻彩，在口語之中，比較的多雜雅言以為修飾。清奇輕俊派亦多雅言，但其修飾不那樣的惹人注目，而具有清疎之感。（頁五一）

可見青木氏是以「曲詞」外表的質性和內在的意境作為基準對元雜劇予以分類的。但他以曲詞外表質性之為「本色」和「文采」作為對比的兩種類型，再進一步以其各自產生「本色」或「文采」的深淺和呈現的意義情趣又分作兩類和三類。其所云之「本色」如就文學藝術而言，並非直指口語白描，對此著者在論明人「本色當行」說裡，166已辨析清楚。若就青木氏之意，不如改作「樸質派」或「白描派」較為貼切。

王季思（一九〇六－一九九六）於一九六四年發表〈元人雜劇的本色派和文采派〉，167其對元劇之分類，與青木氏相同，所不同者，不過解說方式不盡相同而已。

(3)周貽白《中國戲劇史長編》之「崑山派」、「臨川派」、「吳江派」、「介於臨川、吳江兩派之間者」、「不屬於三派者」

青木氏之後，近代戲曲史大師周貽白（一九〇〇－一九七七），相關專著凡七大種：

①《中國戲劇史略》（一九三六年商務印書館）
②《中國劇場史》（一九三六年商務印書館）
③《中國戲劇小史》（二十世紀四〇年代永祥書局）
④《中國戲劇史》三卷本（一九五三年中華書局）
⑤《中國戲劇史講座》（一九五八年中國戲劇出版社）
⑥《中國戲劇史長編》（一九六〇年人民文學出版社）

166 參見拙作：〈從明人「當行本色」論說「評騭戲曲」應有之態度與方法〉，《文與哲》第二六期（二〇一五年六月），頁一－一八四。

167 王季思：〈元人雜劇的本色派和文采派〉，《學術研究》一九六四年第三期，頁七三－九〇。

⑦《中國戲曲發展史綱要》(一九七九年上海古籍出版社)

可見周氏一生以「中國戲曲史」研究為志業。他對於中國之「戲劇」或「戲曲」二詞，終於以「戲曲」作為定位。這七部書誠如其公子周華斌於二〇〇四年三月上海書店出版社再版《中國戲劇史長編》之〈再版序〉所云：

七種專著撰寫於不同的歷史時期，繁簡有異，視角也不盡相同，但是有幾個基本觀點始終沒有改變：一，戲劇為綜合性藝術，場上重於案頭；二，戲劇為民族性藝術，強調民間創造；三，戲劇為社會性藝術，探索其歷史的演進規律。這七種專著中，最為詳備，最能代表他學術成就的，當屬《中國戲劇史長編》。168

周貽白在《長編》中對於湯、沈以後的傳奇家作了這樣的說明和分派：

明代的傳奇，從作家和作品方面看來，不能說不興盛，但以整個戲劇言之，寫作者的態度，不但忽視了戲劇本身所具作用，而且離開了舞臺。對於演出時的排場和關目，似乎無人論及，故作品雖多，不能充分流行的原因也在此。因之，戲劇本身在明代雖然有了一些進步，但所謂流派，不過推進了文詞和聲韻兩個部份，以言發展，實未免失之畸形。然而，以後的劇作者卻形成各自的信念，分成幾派作風：如修辭上私淑臨川者，則有吳炳、孟稱舜、阮大鋮等人；格律上瓣香吳江者，則有呂天成、葉憲祖、王驥德、馮猶龍、范文若、袁晉、卜世臣、沈自晉、汪廷訥等人。而取經《香囊》、《玉玦》一類作風，以堆垛藻繪見長，相當於梁伯龍《浣紗記》者，則有梅鼎祚、張鳳翼、屠隆等人，即世所謂崑山一派。這些人雖未明張旗鼓，自標派系，但在個人的作品裡，固仍表明著各自的趣向。(頁三二三—三二四)

168 周貽白：《中國戲劇史長編》(上海：上海書店，二〇〇四)，頁二。

可見周氏將吳梅所分的臨江、吳江、崑山三派，又進一步從作家作品中去揣摩各自「表明的趣向」，而出以周氏一己之意的將之歸入三派之中。三派如前文所敘，除吳江一派有沈自晉自張旗鼓外，其他二派是果然如周氏所云，並未「明張旗鼓」。

對於這樣的「三派」，周氏後來在所著《中國戲曲發展史綱要》又加以修改，並增加兩派而成為「五派」：

①崑山派：鄭若庸、梁辰魚、梅鼎祚、許自昌、屠隆、張鳳翼

②臨川派：湯顯祖、吳炳、孟稱舜、阮大鋮

③吳江派：沈璟、顧大典、沈自晉、卜世臣、王驥德、袁晉、馮夢龍

④介於臨川、吳江兩派之間者：汪廷訥、范文若、葉憲祖

⑤不屬於三派者：徐復祚、陸采、史槃、陳與郊[169]

對此，周氏說：

所謂派別，也不一定都是確鑿不移，彼此毫無通融餘地。這種分別，只能說是這班作家在文詞或音律上有偏主某一方面的趨勢，或從作品來看，或當時已有定評，大致如此而已。至於要拿現代眼光來衡量這些作家和作品，或從其人的身份行為而立論，或從其作品故事內容來研究其思想意識，當然可以列為許多專題，此處暫不煩絮。（頁二九五－二九六）

[169] 周貽白：《中國戲曲發展史綱要》（上海：上海古籍出版社，一九七九），頁二九五－二九六。

可見周氏分派的兩個基準是：其一，作家在文詞、音律上有偏主的趨勢，其二，作家之作品在當時已有定評。而他也承認，基準可以不只這兩個，譬如或從作家之身分行為，或從作品故事內容所產生之思想意識來作分派的基礎，自然會產生不同的面貌。則周氏的見解，可謂是明達的。

(4)葉長海《曲律研究》之「道學派」、「文辭派」、「崑山派」、「吳江派」、「越中派」

在大戲曲史家周貽白先生之後，一九八三年葉長海《王驥德曲律研究》，留意到作家創作意圖與作品內容思想，以及作家間意趣較為接近者之互相切磋與影響，將明人丘濬以後之廣義傳奇，分為：

①道學派：丘濬
②文辭派：邵燦
③崑山派（駢綺派）：鄭若庸、張鳳翼、梅鼎祚、許自昌、屠隆
④吳江派（格律派）：沈璟、顧大典、呂天成、卜世臣、馮夢龍
⑤越中派：王驥德、史槃、王澹、葉憲祖、祁彪佳、孟稱舜[170]

葉氏所以較諸前人增加「越中派」，只因為王驥德《曲律》說「吾越故有詞派」；又所以去「臨川派」，是因為「像湯顯祖那樣的戲劇創作風格與精神，在他同時並沒有第二人，在他以後，也無人真正掌握。」[171]也就是說，因為臨川太「孤獨」，也就成不了「派」。可是他所舉的道學派和文辭派也都只各舉一人，即丘濬、邵燦，則又如何解釋呢？且文辭、駢綺都講究詞藻，其間實在很難有絕對的分野；而五派分立，三派以地域名，一派以思

[170] 葉長海：《王驥德曲律研究》（上海：中國戲劇出版社，一九八三），頁一五一一九。
[171] 葉長海：《王驥德曲律研究》，頁一六。

想名，一派以文辭名，明顯不在同一基準。凡此都不免牽強。

對於散曲、戲曲作家作品的分門別派，其困難的原因，除了上文羊春秋《散曲通論》所言之外，另一是建立分類基準的不容易。

(5)俞為民《明清傳奇考論》之「五倫派」、「臨川派」、「吳江派」、「蘇州派」

一九九三年出版之俞為民《明清傳奇考論．明清戲曲流派的畫分》[172]提出他劃分戲曲流派的兩個標準：

一是看其有無共同或相近的思想傾向，一是看其藝術上有無共同或相近的創作主張和風格。……前輩學者們對於明清戲曲流派的畫分，大都囿於藝術主張和藝術風格上的共同點，以某一藝術主張或藝術風格作為畫分流派的唯一標準。如把凡是擁護湯顯祖的重才情輕格律的作家都畫為臨川派，而把凡是擁護沈璟的嚴守格律、推崇本色的作家都畫為吳江派，沒有揭示臨川派和吳江派形成的社會根源，也沒有檢查這些作家在思想上的傾向如何，尚祇是根據這些作家在藝術上某些個相同點加以簡單地歸類，這難免會牽強附會；把某些思想傾向不同而藝術上有某些共同點的作家歸納在一起，這樣畫分流派，僅僅是一些作家的湊合。[173]

俞氏於是以所主張的兩個標準為前提，給明代劇壇劃分了四個流派：

其一以丘濬《伍倫記》為代表作的「五倫派」，羽翼為邵燦《香囊記》、沈齡《龍泉記》；以及如陳羆齋《躍鯉記》、姚茂良《雙忠記》、沈受先《三元記》、沈鯨《尋親記》、金懷玉《忠孝記》等教忠教孝的劇作。

---

[172] 俞為民：《明清傳奇考論》（臺北：華正書局，一九九三），頁二五－六四。

[173] 俞為民：《明清傳奇考論》，頁二七－二八。

其二以湯顯祖「四夢」為代表作的「臨川派」，羽翼為王驥德《題紅記》、馮夢龍《風流夢》、孟稱舜《貞文記》、《嬌紅記》、吳炳《粲花五種曲》；以及王玉峰《焚香記》、高濂《玉簪記》、薛近兗（一說徐霖）《繡襦記》等。

其三以沈璟之主張曲律、推崇本色為首的「吳江派」，羽翼為卜世臣、汪廷訥、葉憲祖、顧大典、呂天成、沈自晉等人。

其四以明末清初李玉為代表人物之蘇州派作家群，謂之「蘇州派」，羽翼有張大復、朱㿥、朱佐朝、葉時章、丘園、畢魏等人。[174]

俞氏對其所以如此分派作頗為詳細的說明，大抵言之成理，頗能自圓其說。但其說也不免和他主張的兩個標準有不周全的現象。譬如他自己說：

> 由於吳江派的代表作家沈璟及其他成員在思想上沒有明確的主張和傾向，故以畫分流派的兩個標準來衡量，吳江派的存在不十分明顯；但在當時的曲壇上，確實存在著這一創作流派，而且在當時就已經為戲曲批評家們所注意。（頁四八）

所謂當時批評家指的就是前文所舉王驥德《曲律》和沈自晉《望湖亭》中列述的以「詞隱登壇標赤幟」的麾下追隨者呂天成、葉憲祖、王驥德、馮夢龍、范文若、袁于令、卜世臣等人。而俞氏卻將王驥德、馮夢龍歸入「臨川派」，見解明顯與沈璟的姪子沈自晉不同。

---

[174] 以上詳見俞為民：《明清傳奇考論》，頁二一九—六四。

又呂天成明明主張「守詞隱先生之矩矱，而運以清遠道人之才情」的所謂「雙美說」，王驥德、孟稱舜、吳炳等人也都有相同的傾向，將他們歸諸「臨川派」或「吳江派」都會失之於「偏」；他們其實是追求「詞律雙美」的「調和派」。而「蘇州派」清楚的以「地域」為依據；即使「臨川」、「吳江」二派之命名，也有可能誤人以「地域」為歸趨；且「五倫」實標舉戲曲之教化功能，請問自高明《琵琶記》以「不關風化體，縱好也徒然」為創作旨趣後，「寓教於樂」的創作豈不車載斗量。俞氏又以「追求愛情」為「臨川派」共同的思想傾向，然而「十部傳奇九相思」，則臨川旗下豈不人滿為患？可見俞氏用其所主張的兩個標準來劃分戲曲流派，有時也要落入模稜兩可和捉襟見肘的現象。

(6)郭英德《明清傳奇史》之「臨川派」、「吳江派」、「文詞派」、「詞律雙美派」、「蘇州派」

一九九九年八月郭英德出版《明清傳奇史》，其第八章〈沈璟和吳江派〉，列舉「前期吳江派嫡傳」有王驥德、卜世臣、汪廷訥、葉憲祖等人；「前期吳江派羽翼」有史槃、顧大典、徐復祚、許自昌、祁彪佳等人；「後期吳江派作家」有馮夢龍、范文若、袁于令、沈自晉等人。[175]其第九章〈傳奇文體規範的成熟〉第一節論述「湯沈之爭」之「合律依腔與意趣神色」，王驥德、呂天成詞律「合則并美，離則兩傷」的「雙美說」，並認為「文辭與音律兼美，便成為傳奇規範，成為文人傳奇創作的不二法門。」[176]郭氏雖不明言「流派」，但已可見其間有沈璟重音律、臨川重詞趣、王呂二氏之詞律雙美三種分野。其第十章〈曲海詞山，於今為烈〉以梅鼎祚、屠隆為「文詞派」餘裔。其第十三章〈李玉和蘇州派〉，據吳新雷之說，李玉之羽翼有朱佐朝、朱素臣（㿥）、畢萬後（魏）、葉雉斐（時章）、張大復（彝宣）、朱雲從、薛既揚（旦）、盛際時、陳二白、陳子玉、過孟起、盛國

---

[175] 詳見郭英德：《明清傳奇史》（南京：江蘇古籍出版社，一九九九），頁一九二—二一六。

[176] 詳見郭英德：《明清傳奇史》，頁二二五—二二八。

琦。張庚、郭漢城《中國戲曲通史》補充丘園、馬佶人、路惠期三人。顏長珂、周傳家《李玉評傳》又補充朱英、王續古、鄭小白、毛鐘紳、王鳴九、劉方、鄒玉卿、周杲等八人。[177]則郭氏所舉之明清戲曲流派有：臨川派、吳江派、文詞派、詞律雙美派、蘇州派等。郭氏並沒有立論「標準」，只是隨傳奇發展情勢論說而已。

此外，一九九四年三月許金榜出版《中國戲曲文學史》，以沈璟為「吳江派」旗手，以湯顯祖為「臨川派」領袖，以吳炳、孟稱舜屬「臨川」。[178]一九九五年九月羅曉帆出版《中國戲曲演義》，僅提及〈湯顯祖揮筆成「四夢」，沈伯英改戲起爭端〉，[179]皆未見新義。

(7)徐朔方《湯顯祖評傳》、《明代文學史》但舉「吳江派」

而戲曲流派說到了一九九三年七月徐朔方先生出版《湯顯祖評傳》開始提出疑義，他認為戲曲流派的論者在邏輯和概念上混亂，而且沒有言之成理的區分標準，所以將「格律派」的沈璟和「文采派」的湯顯祖對立起來是很奇怪的事。[180]他在二〇〇六年六月出版，與孫秋克合著的《明代文學史》，又強調了這個觀點，他只勉強承認吳江派的存在：

吳江派事實上成為崑腔的正宗。除了沈璟之外，著名的作家有呂天成、葉憲祖、顧大典、馮夢龍、范文若、卜世臣、沈自晉等，他們被稱為「吳江派」，其實也只是一個相對的概念。吳江派的成員與沈璟都有

[177] 詳見郭英德：《明清傳奇史》，頁二五二－二六〇、三五二－三八三。

[178] 詳見許金榜：《中國戲曲文學史》（北京：中國文學出版社，一九九四），頁二八一－三一六。

[179] 詳見羅曉帆：《中國戲曲演義》（上海：上海文藝出版社，一九九五），頁二三五－二四九。

[180] 徐朔方：《湯顯祖評傳》（南京：南京大學出版社，一九九三），頁二一八－二一九。

或深或淺、或這或那的關係，但這並不表明他們從戲劇觀到創作風格與沈璟完全一致。[181]

由此也可見徐氏論流派的「標準」，除了並世作家要彼此有關係之外，戲劇觀和創作風格更要一致。若以此條件來檢驗明代曲家，恐怕無一可以成派；也難怪徐氏要說「所謂玉茗堂派僅僅存在於戲曲史研究者的主觀想像之中。」

(8)朱萬曙《明清戲曲論稿》以「三要素」否定「流派說」

接著二〇〇七年十二月朱萬曙出版《明清戲曲論稿》，於〈明代戲曲無流派論〉更明白完全否定明代戲曲流派之說。[182]他的基本觀念如下：

> 我們可以對「文學流派」作這樣的理解，它須具備三個要素：第一，它必須是由處於同一時期的作家組成的，而不是不同時期作家組成的；第二，屬於某一流派的作家或者文學見解相同或相近，或者作品風格相近相似，而不能把那些地域相同或僅僅有聯繫的作家看成同一流派；第三，屬於某一流派的作家是「自覺或不自覺的結合起來」的，無論自覺還是不自覺，他們都有結合的過程，不結合，也就談不上流派。這三個要素又是緊密關聯的統一體，不可缺少，只有同時具備了，才能叫文學流派。（頁一九六－一九七）

朱氏認為「流派論」的前提要先具備「三要素」：同一時期的作家、作家要具相同或相近似的風格和文學見解，作家要自覺或不自覺的結合在一起。

---

[181] 詳見徐朔方、孫秋克合著：《明代文學史》（杭州：浙江大學出版社，二〇〇六），頁三八－五八。

[182] 朱萬曙：《明清戲曲論稿》（合肥：安徽大學出版社，二〇〇八），頁一五九－二〇九。

朱氏以此三要素來檢驗明代的所謂「戲曲流派」，不止「臨川」、「崑山」一一崩解，就是被徐朔方勉強認同的「吳江派」也因「主要文學見解無法相同」，其流派亦難成立。至於所謂「越中派」，亦「只不過是王驥德為褒揚『吾越』而把這些作家捏合在一起而已。」因為他們「沒有相同相近的文學見解和創作風格」，「這些作家除王、呂外並沒有多少聯繫。」[183]也就是說在朱萬曙的標準下，明代戲曲家是不存在流派的。

(三)詩讚系板腔體「戲曲流派說」之建構與著者對「流派說」的檢討與看法

1. 詩讚系板腔體「戲曲流派說」之建構

民國以來，學者正攘攘於「散曲、戲曲流派說」之際，說唱與戲曲就歌樂雅俗分成「兩大系統」，其一為屬於「雅」系統之「詞曲系曲牌體」，另一為屬於「俗」系統之「詩讚系板腔體」。屬於後者之鼓詞、彈詞說唱，與戲曲之京劇、評劇、越劇也都在藝術方面自然而然的產生了各競爾能、爭奇鬥勝的「流派」。其中尤以「京劇流派」為舉世所注目，甚至於可以說，晚清民初的京劇發展史，就是「流派起伏」的變遷史。對此，著者已有〈論說「京劇流派藝術」之建構〉，全文約兩萬七千字，詳論其事，茲舉其綱目如下，以見內容概略：

一、緒論

(一)戲曲雅俗推移與京劇成立發展之概況

(二)流派與京劇藝術成長

二、「流派」之名義與構成之條件

[183] 朱萬曙：《明清戲曲論稿》，頁一九七—二〇〇。

㈠諸家對「流派」名義與構成要件的看法
㈡《中國京劇史》對「流派」名義與構成條件的看法
㈢著者對「流派」名義與構成條件的看法

三、京劇流派藝術建構之共同背景因素
㈠戲曲寫意程式性和演員腳色化的表演方式
㈡詩讚系板腔體的藝術特質
㈢京劇進入成熟鼎盛期才是流派建立和完成的時機

四、京劇流派藝術建構之基礎——唱腔
㈠「腔調」之要義
㈡「腔調」之流播質變與歌者「唱腔」之提升「腔調」
㈢西皮、二黃腔藝術之提升

五、京劇流派藝術完成獨特風格與群體風格之歷程
㈠經名師指點轉益多師成就所長
㈡班社中掛頭牌，名腳配搭同演，組織創作團體，開創專屬劇目
㈢演員透過腳色創造獨特鮮明之劇中人物
㈣流派藝術由獨特風格到群體風格

六、結論 184

本文的〈結論〉如下：

中國戲曲自南戲北劇成立以後，乃至於花部亂彈，都是在雅俗爭衡推移、交融合一的徑路中進展，皮黃戲就在花雅爭衡中，於進京的徽班中孕育成立，時間約在清道光二十年（一八四〇）前後；咸豐間皮黃戲外傳至天津，同治中由天津傳至上海，「皮黃戲」乃被外埠觀眾稱作「京劇」。「京劇」之成熟在光緒至民初，也由於京劇的成熟才能發展為流派藝術；從此流派藝術紛采競呈，至民國二十六年（一九三七）間，成為京劇鼎盛的局面。而流派藝術於此階段，固然與京劇成長相表裡，同時也是京劇藝術的具體內涵。

從六位學者論文和專書《中國京劇史》對「流派」之名義與構成條件的論述，可見要使名義準確和條件周延並不容易，就中以《中國京劇史》最值得參考。

而著者認為，所謂「京劇流派藝術」，是京劇演員所創立表演藝術的獨特風格，被觀眾所喜愛認可，所共鳴模擬，終於薪傳有人而成群體風格，流行劇壇的一種京劇表演藝術。它是隨著開創者的成熟而建立，隨著徒眾的薪傳而完成。

京劇流派藝術本身雖是綜合性錯綜複雜的有機體，但也必然有其建構的共同背景因素，有其建構的共同基本因素和個別因素；也有其建構為獨特風格的歷程，最後則由獨特風格發展為群體風格，流行劇壇，於是流派才算完成。

任何一位創立京劇流派藝術的演員，都必須在京劇藝術的共同背景之下，營造個人堅實的基本藝術修為

---

184 拙作：〈論說「京劇流派藝術」之建構〉，《中國文哲研究通訊》第一九卷第一期（二〇〇九年三月），頁一一七－一五五。收入拙著：《戲曲之雅俗、折子、流派》（臺北：國家出版社，二〇〇九），頁四八九－五四九。

和個人藝術特色；其共同背景應當包含以下三個因素：其一，戲曲寫意程式和演員腳色化的表演方式；其二，詩讚系板腔體的藝術特質；其三，京劇進入成熟鼎盛期才是流派藝術建立和完成的時機。因為寫意程式和演員腳色化的表演方式，是戲曲劇種的共性，在此「共性」制約之下，演員仍有許多由此而自我生發的空間，這空間就可以創出自己的特色，其詩讚系板腔體的藝術特質，較諸詞曲系曲牌體有更多的自由可以發揮一己的特殊風格；而京劇藝術如非發展到成熟鼎盛時期，其藝術既未臻堅實，就很難水到渠成的建構其進一步以演員特色為號召的流派藝術，遑論完成由獨特風格為群體風格。所以沒有這三方面作背景、作前提，流派藝術就無法在京劇裡起步建構。

在此三背景之下，高明的京劇演員就能憑藉其先天的嗓音和後天淬礪的口法去提升西皮二黃板腔的藝術質地，創造出自己唱腔的藝術特色，這種具有自己特色的「唱腔」，就是京劇演員開創流派藝術的基礎。而京劇演員在開創其獨特的唱腔之際和其後，又要不停的由主客觀環境中，接納吸收對自己表演藝術有益的滋養。直到有一天形成了獨特的表演風格，其所開創的流派藝術也才真正建立起來。也就是說，京劇流派藝術形成獨特的表演風格，開創的演員是要經過層層磨礪的，其層層磨礪的過程大抵是：其一，經名師指點，轉益多師，成就所長；其二，在班社中掛頭牌，名腳配搭同演，組織創作團體，開創專屬劇目；其三，演員透過腳色創造獨特鮮明之劇中人物，也因而創發了新行當、新妝扮、新程式；其四，流派藝術由獨特風格到群體風格。經過這四段進階，京劇的流派藝術才算真正的完成。[185]

可見就「京劇藝術」而言，其「流派」是可以建立的。

[185] 拙作：〈論說「京劇流派藝術」之建構〉，《戲曲之雅俗、折子、流派》，頁五四七－五四九。

2. 著者對「散曲、戲曲流派說」之檢討與看法

⑴著者對「散曲、戲曲流派說」之檢討

綜觀以上的論述，可以看出以下六種現象：

其一，金院本藝術魏、武、劉三家已成典範，教坊師承有人，在院本藝術上顯然已各成流派。宋元書會如九山、永嘉、古杭、元貞、武林、玉京、敬先等各自集結之才人先生創作俗文學作品與戲曲劇本，彼此競爭，各立山頭，儼然也有「流派」的模樣。元明間趙孟頫、關漢卿、朱權將演員分為「良家子弟」、「戾家子弟」，以致演出之雜劇藝術也有兩種類型，也有「流派」的況味。這三種現象以表演藝術、作家團體、演員身分為基準，在民間自然形成，而毫無「流派意識」，但可以視之為「戲曲流派」的端倪或先聲。

其二，元代以後，文人因為在學術上受先秦諸子九流、儒家八派之說，在文學上受唐詩、宋詞分派之論的影響，其論述散曲或戲曲也自然有分門別派的趨向。據著者觀察，元人貫雲石、鄧子晉、楊維楨三人，蓋以散曲語言之質性與情境為基準論元人散曲作家的風格，有滑雅、平熟、媚嫵、妖嬌等，而以馮海粟之「豪辣灝爛」為正格。

《太和正音譜．樂府體式》十五家蓋以詞藻與風骨為基準論諸家風格。則蒙元與朱明之初，曲家已嘗試建立基準以論述散曲、劇曲之風格，則「流派意識」已宛然存在。

其三，明嘉靖間何元朗、王世貞引發「《拜月》、《琵琶》優劣論」，各有附從，堪稱旗鼓相當，就其見解之異同觀察，實已開明人詞律輕重論之爭端。

又因為南北曲之消長與文化差異而盛行「南北曲異同說」，諸家論述雖有繁簡，而看法大抵相近。其中王世貞、魏良輔二人論述最為周詳，只是其文字雖工散有別而語意雷同，經著者稍作檢驗，認為當是王氏襲魏氏而

整齊其行文而來。

明人論「當行本色」者有十五家，其中，王驥德、沈德符於「本色」之命義，臧懋循、呂天成於「當行」之修為大抵可取；其他則或掠得其偏，或混淆當行與本色，或胡亂瞎說。試想以此論明人戲曲，如何能真正辨其優劣？因為所謂「本色」應指戲曲所呈現之「真面目」，較諸詩詞，則曲與戲曲自具特有之品調風貌；而「當行」則指劇作家和評論家應具有對曲和戲曲之創作或批評之全方位修為；然而明人所論之「當行」、「本色」則均未能全然洞悉於此。

以上三論，可謂係明人論曲較具體系者，三論所涉及之詞律優劣，南北曲聲情異同之對比，「當行」與「非當行」、「本色」與「非本色」所產生之良窳，已顯然以二元相對作為散曲、戲曲論述之基礎，亦已隱然有二派正反之分野。

其四，萬曆間呂天成、王驥德引發吳江沈璟與臨川湯顯祖重格律與尚詞趣之論爭，王氏甚至謂湯沈有如「冰炭」，而且王氏已略及沈璟之衣缽傳遞，有呂天成、卜世臣；沈氏之侄自晉，更有如點將，高舉「吳江派」之纛，不使臨川湯氏專美，於是呂天成又出而調停，有詞律並重之「雙美說」。他們雖然沒有明白說出「流派」，而且湯沈之間又頗能相互欣賞，沒有「勢同水火」的現象；但從王、呂、沈的言論裡，實質上確已為萬曆劇壇劃分吳江、臨川二派對峙的氛圍，也難怪民國以來學者在吳瞿安倡導之下，所謂「流派說」，就成為文學史家、戲曲史家熱門的論題。也因此若論「流派說」之初步建構完成，則應始於萬曆間呂、王二氏的「湯沈冰炭說」。

其五，經著者從各種角度考察，湯顯祖因論曲尚趣，他不是不懂音律，只是他相信自己能掌握自然音律之聲情與詞情之冥然契合，所以若驗以沈璟所講求之人工格律，確實有諸多不合；然而也絕非「拗折天下人嗓子」，觀《牡丹亭》之傳唱古今便可以得知。而《臨川四夢》也的確有歌以「宜黃腔」的證據，也就是湯氏所創作之「四夢」，若就劇種而論，尚屬明人「新南戲」，尚未臻於歌以「崑山水磨調」之「傳奇」；所以驗諸「傳奇」格律有如著者所謂建構曲牌之「八律說」[186]就會有所舛誤。

其六，吳瞿安以後之論曲諸家，其進一步之明人傳奇分派說，各有開展，各有論述，可以看出諸家論述明人傳奇作家作品之思維，有助於我們對明代曲壇之認識與了解，但卻因為難於建立論述之絕對基準，所以各難以自圓其說，終至徐朔方先生首先發難，朱萬曙繼以所建「三要素說」，完全予以崩解。至此，似乎擾攘一世紀的明代傳奇分派說，看似終歸寂滅！

(2)著者對「散曲、戲曲流派說」之看法

然而難道散曲、戲曲之分派根本沒有意義嗎？其建構之基準真的無法設立嗎？到底什麼緣故使百年之分派說難於突破盲點而導致失敗呢？

對於著者所提出的這三個問題，首先可以明確回答的是建構戲曲流派之基準是可以絕對設立的。由上文著者所論及之詩讚系板腔體戲曲劇種「京劇」之流派建構便可獲得肯定答案，也就是說「京劇流派」之建構，由於京劇以演員藝術為中心，其藝術良窳之根據在一己「唱腔」特色是否迷人，從而逐漸依附種種條件，流派藝術就自然形成。所以演員「唱腔」就成為建構詩讚系板腔體系統之說唱和戲曲藝術流派之不二法門。法門單一，立論就有理可循，也就是說執此而皆準，就不會枝蔓歧異、捉襟見肘，有如上世紀論說明人傳奇流派的現象。

那麼是否也可以以演員「唱腔」為基準來論述詞曲系曲牌體系統之說唱和戲曲流派呢？就著者看來，卻又不可。理由是：

---

[186] 拙作：〈論說「建構曲牌格律之要素」〉，《中華戲曲》第四四期（二〇一一年十二月），頁九八—一三七。

中國說唱和戲曲文學就唱詞分，有詩讚系和詞曲系統，詩讚系指像詩那樣的七言句和像讚那樣的十言句；七言有四三、三四單式、雙式音節兩種形式，十言有三三四、三四三雙式、單式兩種音節形式，句式較固定。詞曲指像詞、曲那樣的長短句，三字到七字的句子，各有一二、二一，二二、一三，三二、二三，二二二、三三，三四、四三兩種單式、雙式音節形式，其間因長短而變化多端。詩讚以上下兩句為基本單元，沒有嚴格的平仄律，上句仄韻，下句平韻，句句押韻。詞曲則以詞牌曲牌制約，有一定的字數、句數、句長、韻長、句式，還講求平仄聲調律、協韻律和對偶律，甚至於句中語法律，從而使詞調曲調性格鮮明。兩系先天制約性寬嚴不同，所以歌詩讚系者可自由發揮的空間很大，可以充分運轉口法，顯現一己的特色；反之歌詞曲系者可自由發揮的空間很小，其口法已大抵為格律所拘，可靈動變化者少，所以難以顯現一己的特色。但也由於詩讚系講究自然音律，人工音律的規範不多，所以趨於俚俗粗陋；而詞曲系人工音律規範嚴謹，自然音律空間狹小，所以高雅精細。

可見因為詞曲系曲牌體之曲牌所含「八律」對於唱詞語言旋律的制約性非常大，不像詩讚系板腔體那樣有許多讓歌者之口法、行腔得以舒展騰挪的廣闊空間，所以曲牌體的歌者所唱出的「聲情」，就會共性多而個性少；相反的板腔體的歌者的一己唱腔，就容易具有獨特性。有了「獨特性」，其開宗立派的旗幟自然容易鮮明。而更何況，詞曲系散曲、戲曲，以作家為中心，世俗所重也在其文學成就；演員尚且在樂戶戾家中浮沉，焉能被重視而以之為論述之基準！

那麼詞曲系曲牌體之散曲、戲曲難道就沒有像詩讚系板腔體那樣的絕對基準嗎？答案也應該是肯定的。鄙意以為，曲牌之「八律」既然因其對歌者「唱腔」之制約性大，雖然無法由此而產生流派，但是否卻可由此看出劇作家對詞、律功底之修為所產生的不同表現呢？若以此來為詞曲系曲牌體之散曲、劇曲分門別派，豈不也就設立了其絕對的基準呢？請先看著者在〈論說「歌樂之關係」〉[187]所繪製的一張圖表：

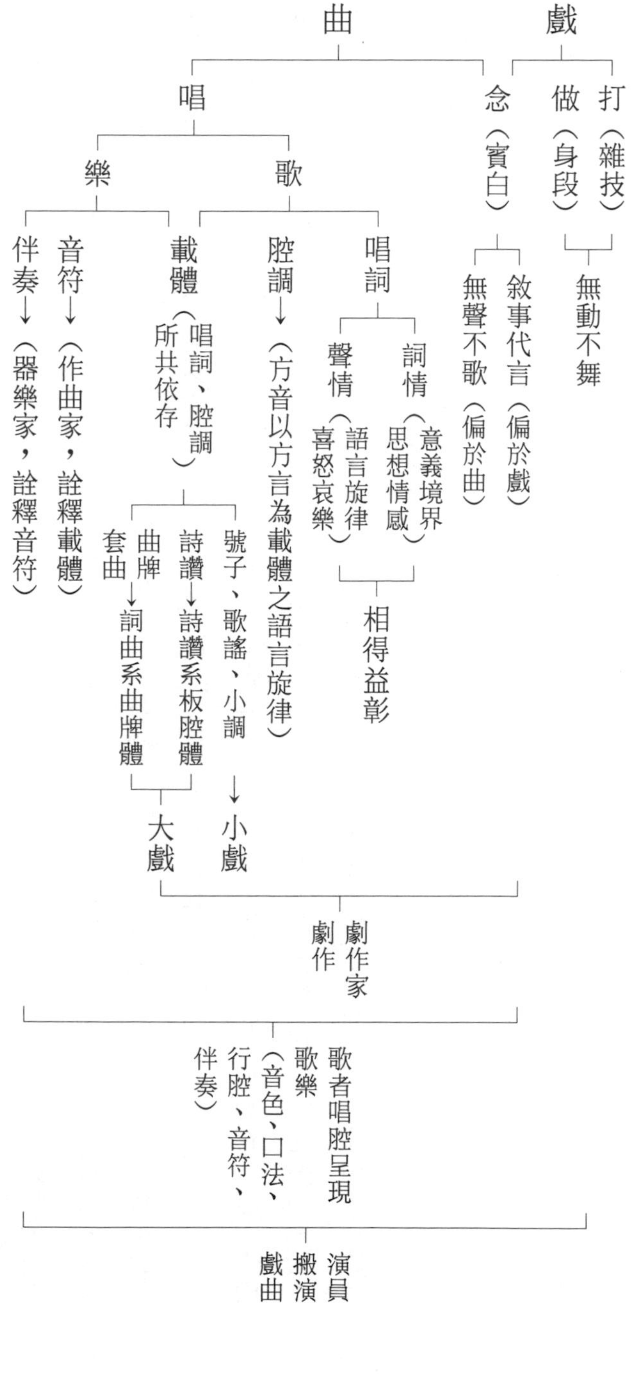

[187] 拙作：〈論說「歌樂之關係」〉，《戲劇研究》第一三期（二〇一四年一月），頁一—六〇。

這張圖表呈現戲曲表演藝術所構成之元素和其間之系統關係。戲曲之表演藝術在「唱做念打」，而戲曲之所以為「戲曲」，明示其以「曲」為重，而曲之主體在「唱」，「唱」必兼「歌」、「樂」，而以「歌」為核心，「樂」為其呈現之襯托。而「歌」之內涵，更有「唱詞」、「腔調」及其共同之載體；「腔調」則為方音以方言為載體之語言旋律，為一方群眾聲情之共性，因地而異，所謂「南腔北調」。而唱詞內涵詞情與聲情，其載體以大戲而言則有「詩讚系」與「詞曲系」，詩讚為七言十言之詞句，詞曲為具「八律」之「曲牌」；詞情與聲情必須相得益彰乃能真正而充分地彰顯戲曲之文學和藝術。所以其「詞情」所用之語言質性與呈現技巧、情境表現在劇作家的文學修為上；其「聲情」來自唱詞之語言旋律和依存於載體「曲牌」所規定之人工音律，亦有賴於劇作家的音律修為。也就是說詞曲系曲牌體戲曲文學、藝術表現的最根本所在即為受曲牌制約的唱詞。「唱詞」中之「詞律」互相制約，又互相依存，它們融而為一體，則必「雙美」同具而相得益彰，如若有「偏」，則必有「失」，偏「詞」者必失「律」，偏「律」者必失「詞」，都非佳作，更遑論為「無懈可擊」之妙品。所以如以「曲牌」中之詞、律為絕對基準來論述作家作品之分野，進而歸併為流派，就不會有上述諸家難於自圓其說的弊病，這「弊病」也就是論者難以突破的盲點。

而其實以「詞、律」作為流派劃分的基準，正是上述元明以來曲論家無形中所共具的原則。他們無不或從「詞」之「造語」，或從「律」之「聲韻」著眼；當然兼顧「造語」、「聲韻」者亦不乏其人。所以如以「詞、律」為絕對「基準」，在邏輯上其分門別派應有以下「四派」：

詞律
- 擅詞輕律
- 重律拙詞
- 詞律雙美
- 詞律兩拙

這四派中之前三派其實和萬曆間劇壇的現象頗為相合，只是近代曲論家，皆以「臨川」天工化成，高不可攀為絕無僅有，並世獨尊；其實只要擅詞而輕律者皆可屬之；而若為論述之方便，何妨就其「詞」再分為駢綺、藻麗、清麗、本色、質樸等。至於重律拙詞者，自以沈璟為代表；而當時所謂之「吳江派」，如呂天成、王驥德，自應歸諸如吳炳、陳與郊等「詞律雙美」之列。而詞律兩拙者則棄之唯恐不及，遑論其成派！

而若再追根究柢探索曲論家何以好將作家作品分門別派之故，不過只為了研究論述方便著想而採取的措施。也因此，若為了研究論述方便，何妨因緣情勢，隨論說之需要，先設立論說之簡單基準，然後分派分類，提綱挈領以幫助敘述之明白曉暢，舉例如下：

其一，以「時代體製劇種」為基準：

- 體製劇種
  - 詩讚系板腔體
    - 梆子戲
    - 皮黃戲
    - 京劇
  - 詞曲系曲牌體
    - 宋元南曲戲文
    - 金元北曲雜劇
    - 明清傳奇
    - 明清雜劇

體製劇種乃對於腔調劇種而言，前者以其體製規律之不同為分野，後者以其用以歌唱之腔調之差異而有別。著者有〈論說「戲曲劇種」〉詳論其事。[188]

其二，就語言所含質性與色澤而分：

- 語言
  - 白描
  - 文采
  - 本色

[188] 拙作：〈論說「戲曲劇種」〉，《論說戲曲》（臺北：聯經出版事業公司，一九九七），頁二三九－二八五。

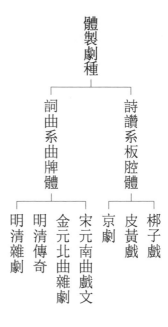

就戲曲所用之語言而言，其運用口語、俗語不假雕琢者為「白描派」，其運用雅言麗詞者為「文采派」。其「生旦有生旦之口，淨丑有淨丑之腔，人物之不同有如其面，具各自之口脗」，使戲曲語言各如其分者為「本色自然派」。此方為「本色」之真諦，非如明人多誤以「本色」為俚語之白描。

其三，語言之方音以方言為載體所形成之地方語言旋律，亦即地方腔調，有南北之分。若以此分派，則有：

腔調

- 北曲
  - 豫州調
  - 小冀州調
  - 黃州調
  - 崑山水磨調
- 南曲
  - 海鹽腔　　青陽腔　　京腔
  - 崑山腔　　徽池雅調　高腔
  - 弋陽腔　　四平調　　梆子腔
  - 餘姚腔　　義烏調　　二黃腔
  - 崑山水磨調　太平調　西皮腔

其四，以戲曲劇本能否演出為基準者，能演出者為場上之曲，必合規中矩、講究排場、機趣橫生；不能演出者為案頭之書，但以詞采動人。既能演出，又宜於閱讀者為案頭場上兩兼其美。此與上舉以「詞律」為基準之流派互為呼應關鎖。

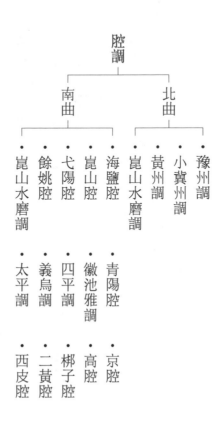

搬演
- 場上之劇
- 案頭之曲
- 案頭場上兩宜之戲曲

其五，以戲曲功能為基準者，亦即以戲曲為工具以達成其所欲完成之目的，有教化說、娛樂說、寓教於樂說、主情說、抒憤諷刺說、游藝說。

功能
- 教化
- 娛樂
- 寓教於樂
- 主情
- 抒憤諷刺
- 游藝

其六，以戲曲產生之地域為分野，或作家籍貫為歸趨，前者與腔調劇種具密切之關係。又有南北戲劇之分。

- 地域
  - 北劇
    - 平陽雜劇（山西）：鄭光祖、吳昌齡、李壽卿、劉唐卿、狄君厚、石君寶、孔文卿、李行甫、羅貫中
    - 真定雜劇（河北）：白樸、李文蔚、尚仲賢、李好古、戴善甫、史敬先、王伯成、高茂卿、劉君錫
    - 東平雜劇（山東）：高文秀、康進之、武漢臣、岳伯川、張壽卿、賈仲明
    - 大都雜劇（北京）：王實甫、關漢卿、馬致遠、楊顯之、紀君祥、王仲文、費唐臣、張國賓、孟漢卿、曾瑞卿、秦簡夫
    - 中州雜劇（汴京）：鄭廷玉、宮天挺、鍾嗣成
    - 杭州雜劇（浙江）：楊梓、金仁傑、陳以仁、蕭德祥、朱士凱、王日華、李唐賓、谷子敬、王子一
  - 傳奇
    - 吳江：沈璟、呂天成、葉憲祖、王驥德、馮夢龍、范文若、袁于令、卜世臣、沈自晉
    - 蘇州：李玉、朱崇臣、朱佐朝、畢魏、葉時章、張大復、丘園
    - 越中：史槃、王澹、祁彪佳、孟稱舜

其七，以演員之藝術特色為基準，唯詩讚系板腔體有之，舉京劇為例：

- 京劇演員
  - 譚派：譚鑫培、余叔岩、言菊朋、王又宸、高慶奎、馬連良、譚富英、楊寶森、奚嘯伯等
  - 余派：余叔岩、吳彥衡、楊寶忠、王少樓、譚富英、陳少霖、李少春、孟小冬等
  - 馬派：馬連良、言少朋、王金璐、王和霖、周嘯天、遲金聲、李慕良、馬長禮、張學津、馮志孝、梁益鳴等
  - 麒派：周信芳、高百歲、陳鶴峰、李少春、李和曾、徐敏初、周少麟等
  - 梅派：梅蘭芳、徐碧雲、張君秋、李世芳、華慧麟、言慧珠、李玉茹等
  - 程派：程硯秋、高華、陳麗芳、趙榮琛、新艷秋、王吟秋、李世濟、侯玉蘭、李薔華等
  - 尚派：尚小雲、尚長麟、雪豔琴、趙嘯瀾等
  - 荀派：荀慧生、童芷苓、李玉茹、趙燕俠、許翰英、吳素秋等
  - 金派：金秀山、金少山、郎德山、納紹先、郭厚齋、增長勝、安樂亭等

其八，以作家之出身為基準，雜劇、傳奇有別。

作家
- 雜劇
  - 良家
  - 戾家
- 傳奇
  - 名家
  - 行家

其九，以作家歸屬之書會為基準：

書會
- 玉京書會：關漢卿、白樸、楊顯之
- 元貞書會：馬致遠、李時中、花李郎、紅字李二
- 九山書會：史九敬先
- 永嘉書會
- 武林書會

其十，以劇作的題材內容為基準：

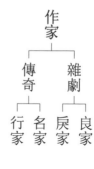

題材內容
- 歷史劇
- 社會劇
- 家庭劇
- 愛情劇
- 仕宦劇
- 佛道劇
- 神怪劇

其十一，以風格為基準：

風格
- 豪放
- 婉約
- 端謹

以「風格」為基準分派者，由上文所舉，可知皆以詞曲系曲牌體之戲曲劇種為對象。但由於「風格」之內涵，極為錯綜複雜，它含有作品所呈現的意趣面貌和流露的藝術技法，更涵蓋作家的修養、思想和情感，如此綜合而成的風神品調，其結果必然有如「人心不同，各如其貌，各具華采。」至多只能求其「類型相近」，只能「物以類聚」那樣的予以概括劃分。何況用來呈現「風格」之語辭極難精確，如以具體事物作為比興象徵，有時不免如《太和正音譜》所列之「體式」，令人揣想聯翩反而落入捉風捕影；如用過於浮泛之語辭概括，以詞為例，如「豪放」之蘇軾（既豪且放）、「婉約」之周邦彥（既婉且約），則又將置「豪而不放」之辛棄疾、「放而不豪」之朱敦儒或「婉而不約」之韋莊、「約而不婉」之溫庭筠於何地。可見以「風格」為流派之分野，每每失之見仁見智，或顧此失彼之病。更何況成就高之作家，實多能隨物賦形，各具品格，有如關漢卿，既能寫豪辣灝爛之《單刀會》，亦能寫旖旎嫵媚之《詐妮子》，復能寫風流蘊藉之《玉鏡臺》，更能寫本色自然之《竇娥冤》、《救風塵》，又如何能以「豪放」一格制約呢？

結　語

總而言之，詞曲系曲牌體戲曲之分派說，不過是戲曲史家為論述方便所作的劃分，本身不止難有定準，而且也難具絕對的意義。以上所列十一種不同基準之分類法，不過提供參考，或者可以作為論述之便而已。而由此亦可見，戲曲流派之分野基準，實難執其一以定其餘。

但誠如著者所論，若欲擇其一以為「戲曲流派」之共同基準，亦非全然不可；則當就「詞曲系曲牌體劇種」、「詩讚系板腔體劇種」分別以其文學與藝術之核心為基準，然後由此所得之「流派」乃能堅實而顛撲不破。而其核心為何？鄙意以為由於「詞曲系曲牌體劇種」如金元雜劇、宋元南戲、明清傳奇、明清南雜劇，皆以劇作家為中心，重其唱詞文采與曲牌格律之修為；而「詩讚系板腔體劇種」如京劇、評劇、越劇等，皆以演員為中心，重其表演藝術之修為。而兩者之修為，又實各以「詞、律」、「唱腔」為核心，所以若能將兩體系分別以「詞、律」、「唱腔」為唯一基準來分門別派，就應當沒有被「崩解」的可能。當然，這只是就「戲曲」之為綜合文學和藝術而說，它是無法像朱萬曙就一般思想家和文學家結合成派的「三要素」來論說的。

二〇一五年二月二十二日午後五時
是夜邀洪國樑、徐富昌、洪泰雄至興隆寓所小酌春酒
二〇一五年十二月三日略作修改

附錄

(一)「《拜月》、《琵琶》優劣說」引文

王驥德（約一五六〇—一六二三）《曲律・雜論第三十九上》：「《拜月》語似草草，然時露機趣，以望《琵琶》，尚隔兩塵；元朗以為勝之，亦非公論。」[189]「弇州謂：『《琵琶》「長空萬里」完麗而多蹈襲』，似誠有之。元朗謂其：『無蒜酪氣，如王公大人之席，駝峰、熊掌，肥腯盈前，而無蔬、筍、蜆、蛤，遂欠風味。』余謂：使盡廢駝峰、熊掌，抑可以羞王公大人耶？此亦一偏之說也。」

沈德符（一五七八—一六四二）《顧曲雜言・拜月亭》云：「何元朗謂：《拜月亭》勝《琵琶記》。而王弇州力爭，以為不然。此是王識見未到處。《琵琶》無論襲舊太多，與《西廂》同病，且其曲無一句可入絃索者。《拜月》則字字穩帖，舉彈搊膠粘，蓋南詞全本可上絃索者惟此耳。」[190]

臧懋循（一五五〇—一六二〇）《元曲選・序》：「何元朗評施君美《幽閨》遠出《琵琶》上，而王元美目為好奇之過。夫《幽閨》大半已雜贋本，不知元朗能辨此否？元美，千秋士也，予嘗於酒次論及《琵琶》【梁州序】、【念奴嬌序】二曲，不類永嘉口吻，當是後人竄入。元美尚津津稱許不置，又惡知所謂《幽閨》者

---

[189] 〔明〕王驥德：《曲律》，《中國古典戲曲論著集成》第四冊，頁一四九、一五一。

[190] 〔明〕沈德符：《顧曲雜言》，《中國古典戲曲論著集成》第四冊，頁二一〇。

哉！」[191]

徐復祚（一五六〇—約一六三〇）《曲論》云：「何元朗謂施君美《拜月亭》勝於《琵琶》，未為無見。《拜月亭》宮調極明，平仄極叶，自始至終，無一板一折非當行本色語，此非深於是道者不能解也，弇州乃以『無大學問』為一短，不知聲律家正不取於宏詞博學也；又以『無風情、無裨風教』為二短，不知《拜月》風情本自不乏，而風教當就道學先生講求，不當責之騷人墨士也。用脩之錦心繡腸，果不如白沙鳶飛魚躍乎？又以『歌演終場不能使人墮淚』為三短，不知酒以合歡，歌演以佐酒，必墮淚以為佳，將【薤歌】、【蒿里】盡侑觴具乎？」[192]

呂天成（一五八〇—一六一八）《曲品》卷下：「《拜月》，云此記出施君美，亦無的據。元人詞手，制為南詞，天然本色之句，往往見寶，遂開臨川玉茗之派。何元朗絕賞之，以為愈於《琵琶》，而《談詞定論》則謂次之而已。」[193]

李調元（一七三四—一八〇二）《雨村曲話》：「《琵琶記》，元末永嘉高則誠撰。……此曲體貼人情，描寫物態，皆有生氣，且有裨風教，宜乎冠絕諸南曲，為元美之亟贊也。」「《拜月亭》，元施君美撰。何元朗謂勝《琵琶》，卻無裨風教，不似《琵琶》能使人墮淚也。」[194]

梁廷枏（一七九六—一八六一）《曲話》卷五：「何元朗評施君美《幽閨記》，稱其『遠出《琵琶》上』。王

---

[191] 〔明〕臧懋循輯：《元曲選》，第一冊，〈元曲選序〉，頁三。

[192] 〔明〕徐復祚：《曲論》，《中國古典戲曲論著集成》第四冊，頁二三五—二三六。

[193] 〔明〕呂天成：《曲品》，《中國古典戲曲論著集成》第六冊，頁二二四。

[194] 〔清〕李調元：《雨村曲話》，《中國古典戲曲論著集成》第八冊，頁一六、一七。

元美譏之，以為『元朗好奇之過』。臧晉叔則以《琵琶》【梁州序】、【念奴嬌序】二曲不類永嘉口吻，意為後人竄入，謂『元朗稱許《琵琶》，自不識所謂《幽閨》』。不知作曲各得其性之所近，閱曲者亦嘉其性之所近。即如若士之才，不可一世，而《紫釵》一記，亦長於北而短於南。倘必膠一己偏執之見，輾轉譏彈，務求必勝，亦古人之不幸也。」[195]

姚燮（一八〇五—一八六四）《今樂考證》引沈德符（景倩）云：「何元朗謂《拜月亭》勝《琵琶記》，而王弇州力爭，以為不然；此是王識見未到處。《琵琶》無論襲舊太多，與《西廂》同病，且其曲無一句可入弦索者；《拜月》則字字穩帖，與彈搊膠粘，蓋南詞全本可上弦索者惟此耳。至於〈走雨〉、〈錯認〉、〈拜月〉諸折，俱問答往來，不用賓白，固為高手。即旦兒『髻雲堆』小曲，模擬閨秀嬌憨情態，活脫逼真。《琵琶》〈咽糠〉、〈描真〉亦佳，終不及也。向曾與王房仲談此曲，渠亦謂乃翁持論未確，且云：『不特別詞之佳，即如聶古、陀滿爭遷都，俱是兩人胸臆見解，絕無奏疏套子，亦非今人所解。』余深服其言。若《西廂》，才華富贍，北詞大本未有能繼之者，終是肉勝於骨，所以讓《拜月》一頭地。元人以鄭、馬、關、白為四大家，而不及王實甫，有以也。《拜月亭》後小半已為俗工刪改，非復舊本矣。今細閱〈拜新月〉以後，無一詞可入選者，便知此語非謬。」[196]

(二)「南北曲異同說」引文

胡侍（生卒不詳）《真珠船》卷三：「北曲音調，大都舒雅宏壯，真能令人手舞足蹈，一唱三嘆。若南曲則

---

195 〔清〕梁廷柟：《曲話》，《中國古典戲曲論著集成》第八冊，頁二九三。

196 〔清〕姚燮：《今樂考證》，《中國古典戲曲論著集成》第一〇冊，頁一九一—一九二。又見於〔明〕沈德符：《萬曆野獲編》（北京：中華書局，一九五九年），第二五卷〈詞曲〉，「拜月亭」條，頁六四五—六四六。

淒婉嫵媚，令人不歡，直顧長康所謂老婢聲耳。故今奏之朝廷郊廟者，純用北曲，不用南曲。」[197]

康海（一四七五－一五四〇）《沜東樂府・序》：「（詞曲）其實詩之變也。宋元以來益變益異，遂有南詞北曲之分。然南詞主激越，其變也為流麗；北曲主慷慨，其變也為樸實。惟樸實，故聲有矩度而難借；惟流麗，故唱得宛轉而易調。此二者，詞曲之定分也。」[198]

張祿（一四七九－？）《詞林摘豔・南九宮引》：「曲分南北，自有樂府來已有之矣。曰南北調者，豈亦南北人所操之音樂不同，故調亦異耶？然北曲無入聲字，分入聲於三聲。世之人不識此意，乃曰固不厭合，殊為可笑。若南詞則四聲俱備，今之歌者，或北調誤作入聲，或南詞卻改為平、上、去者。是此歌之大病，因表而出之。」[199]

劉良臣（一四八二－一五五一）〈西郊野唱引〉：「《西郊野唱》，北樂府者，今所謂金、元曲也。蓋是體始於金，而盛於元，故云。北方風氣剛勁，人性樸實，詩變之極，而為此音，亦氣機之自然爾。歌唱之餘，真足以助英夫壯士之氣，而非優柔齷齪者之所知也。正德以來，南詞盛行，遍及邊塞，北曲幾泯，識者謂世變之一機，而漸迓之。迓之，誠是也。」[200]

楊慎（一四八八－一五五九）《詞品・北曲》：「《南史》蔡仲熊曰：『五音本在中土，故氣韻調平。東南

[197] （明）胡侍：《真珠船》，收入俞為民、孫蓉蓉主編：《歷代曲話彙編：明代編》第一集，頁二〇七。
[198] （明）康海：《沜東樂府》，收入俞為民、孫蓉蓉主編：《歷代曲話彙編：明代編》第一集，頁二三六。
[199] （明）張祿：《詞林摘豔》，收入俞為民、孫蓉蓉主編：《歷代曲話彙編：明代編》第一集，頁二四〇－二四一。
[200] （明）劉良臣：〈西郊野唱引〉，《劉鳳川遺書》，收入俞為民、孫蓉蓉主編：《歷代曲話彙編：明代編》第一集，頁二四九。

土氣偏詖，故不能感動木石。』斯誠公言也，近世北曲雖皆鄭、衛之音，然猶古者總章北里之韻，梨園教坊之調，是可證也。近日多尚海鹽南曲，士大夫稟心房之精，從婉孌之習，風靡如一，甚者北土亦移而耽之。更數十年，北曲亦失傳矣。白樂天詩：『吳越聲邪無法用，莫教偷入管絃中。』東坡詩：『好把鶯黃記宮樣，莫教絃管作蠻聲。』」[201]

魏良輔（生卒不詳）《曲律》：「北曲與南曲，大相懸絕，有磨調、絃索調之分。北曲字多而調促，促處見筋，故詞情多而聲情少；南曲字少而調緩，緩處見眼，故詞情少而聲情多。北力在絃索，宜和歌，故氣易粗；南力在磨調，宜獨奏，故氣易弱。近有絃索唱作磨調，又有南曲配入絃索，誠為方底圓蓋，亦以坐中無周郎耳。」[202]

李開先（一五〇二—一五六八）〈喬龍谿詞序〉：「北之音調舒放雄雅，南則淒婉優柔，均出於風土之自然，不可強而齊也。故云『北人不歌，南人不曲』。其實歌曲一也，特有舒放雄雅、淒婉優柔之分耳。吳歈、楚些，及套、散、戲文等，皆南也。〈康衢〉、〈擊壤〉、〈卿雲〉、〈南風〉、《三百篇》，下逮金元套、散、雜劇，皆北也。」[203]

梁辰魚（約一五二〇—約一五九二）《南西廂記》敘：「樂府變而為詞，詞變而為曲，故曲雖盛於元，而猶以《西廂》壓卷。實甫而下，作者繽紛，其餘不足觀也已。姑蘇李日華氏，翻為南曲，蹈襲句字，割裂詞

---

[201] 〔明〕楊慎：《詞品》，收入俞為民、孫蓉蓉主編：《歷代曲話彙編：明代編》第一集，頁二五四。

[202] 〔明〕魏良輔：《曲律》，《中國古典戲曲論著集成》第五冊，頁七。

[203] 〔明〕李開先：〈喬龍谿詞序〉，《李中麓閒居集》，收入俞為民、孫蓉蓉主編：《歷代曲話彙編：明代編》第一集，頁四〇〇—四〇一。

理，曾不堪與天池作敵，而列諸眾之末者，豈成其賤工之誚耶！凡曲，北字多而調促，促則辭情多而聲情少；南字少而調緩，緩則辭情少而聲情多。李氏無乃欲便庸人之謳而快里耳之聽也，議者又何足深讓乎？特採存之，以成全刻。若曰：毀西子之妝，令習倚門；碎荊山之玉，飾成花勝。繩以攏易，則予誠不得為之解矣。仇池外史梁伯龍題。」204

徐渭（一五二一—一五九三）《南詞敘錄》：「今之北曲，蓋遼、金北鄙殺伐之音，壯偉狠戾，武夫馬上之歌，流入中原，遂為民間之日用。宋詞既不可被絃管，南人亦遂尚此，上下風靡，淺俗可嗤。然其間九宮、二十一調，猶唐、宋之遺也，特其止於三聲，而四聲亡滅耳。至南曲，又出北曲下一等，彼以宮調限之，吾不知其何取也。或以則誠『也不尋宮數調』之句為不知律，非也，此正見高公之識。夫南曲本市里之談，即如今吳下「山歌」、北方【山坡羊】，何處求取宮調？必欲宮調，則當取宋之《絕妙詞選》，逐一按出宮商，乃是高見。彼既不能，盍亦姑安於淺近。大家胡說可也，奚必南九宮為？

南曲固無宮調，然曲之次第，須用聲相鄰以為一套，其間亦自有類輩，不可亂也。如【黃鶯兒】則繼之以【簇御林】，【畫眉序】則繼之以【滴溜子】之類，自有一定之序，作者觀於舊曲而遵可也。

南之不如北有宮調，固也；然南有高處，四聲是也。北雖合律，而止於三聲，非復中原先代之正，周德清詳訂，不過為胡人傳譜，乃曰《中原音韻》，夏蟲、井蛙之見耳！

胡部自來高於漢音。在唐，龜茲樂譜已出開元梨園之上。今日北曲，宜其高於南曲。

有人酷信北曲，至以伎女南歌為犯禁，愚哉是子！北曲豈誠唐、宋名家之遺？不過出於邊鄙裔夷之偽造耳。

204 〔明〕梁辰魚：《南西廂記》敘〉，收入俞為民、孫蓉蓉主編：《歷代曲話彙編：明代編》第一集，頁四七五。

夷狄之音可唱，中國村坊之音獨不可唱？原其意，欲強與知音之列，而不探其本，故大言以欺人也。

中原自金、元二虜猾亂之後，胡曲盛行，今惟琴譜僅存古曲。餘若琵琶、箏、笛、阮咸、響從之屬，其曲但有【迎仙客】、【朝天子】之類，無一器能存其舊者。至於喇叭、嗩吶之流、并其器皆金、元遺物矣。樂之不講至是哉！」[205]

王世貞（一五二六－一五九〇）《曲藻》：「凡曲，北字多而調促，促處見筋；南字少而調緩，緩處見眼，北則辭情多而聲情少，南則辭情少而聲情多。北力在弦，南力在板。北宜和歌，南宜獨奏。北氣易粗，南氣易弱。此吾論曲三昧語。」[206]

周之標（生卒不詳）《吳歈萃雅・序》：「夫歌以詠言，古今并尚，聲惟應律，正變難齊。是以絲竹較肉，孟嘉致美於自然；囀喉激聲，繁欽獨推夫妙伎。曲之興也，其來遠矣。惟地異風殊，人分語別。南方水土和柔，音則清舉而佻巧；北地山川重厚，語則沉濁而鈍訛。譬之涇渭判流，澠淄各味者也。」[207]

姚弘宜（生卒不詳）《鶴月瑤笙》敘》：「今之曲實北狄戎馬之音，而金、元之遺致也。按昔有董生者，實首其事，而雜劇、傳奇，往往流籍人間。要以柔綽之風，寫綺靡之語，加深切之思，發艷麗之詞，使人動魄驚心，摧情飛色。顧關、陝、伊、洛，其聲壯以厲，有劍拔弩張之勢；吳、楚、閩、粵，其聲嘽以緩，有偎香倚玉之懷，夫亦風氣使然也。」[208]

---

[205]（明）徐渭：《南詞敘錄》，《中國古典戲曲論著集成》第三冊，頁二四〇－二四二。

[206]（明）王世貞：《曲藻》，《中國古典戲曲論著集成》第四冊，頁二七。

[207]（明）周之標：《吳歈萃雅》，收入俞為民、孫蓉蓉主編：《歷代曲話彙編：明代編》第一集，頁四一五。

[208]（明）姚弘宜：《鶴月瑤笙》敘》，收入俞為民、孫蓉蓉主編：《歷代曲話彙編：明代編》第一集，頁五八四。

王驥德（約一五六〇—一六二三）對於南北曲不同的風貌也作多方面的探索。他首先在〈總論南北曲第二〉一則裡，考證「曲之有南北，非始今日也。」而是自古已然。他接著說：「以辭而論，則宋胡翰所謂：晉之東，其辭變為南、北；南音多艷曲，北俗雜胡戎。以地而論，則吳萊氏所謂：晉、宋、六代以降，南朝之樂，多用吳音；北國之樂，僅襲夷虜。以聲而論，則關中康德涵所謂：南詞主激越，其變也為流麗；北曲主忼慨，其變也為朴實。惟朴實故聲有矩度而難借，惟流麗故唱得宛轉而易調。吳郡王元美謂：南、北二曲，譬之同一師承，而頓、漸分教；俱為國臣，而文、武異科。北主勁切雄麗，南主清峭柔遠。北字多而調促，促處見筋；南字少而調緩，緩處見眼。北辭情少而聲情多，南聲情少而辭情多。北力在絃，南力在板。北宜和歌，南宜獨奏。北氣易粗，南氣易弱。此其大較。康，北人，故差易南調，似不如王論為確。」（頁五六—五七）這段話引述諸家言論從各方面說明南北曲的異同，其中尤以王元美之說最為中肯，但王氏之論，其實原本魏良輔《曲律》，只是稍異字句而已。

伯良在〈雜論第三十九上〉中，也屢次談到自己對於南北曲異同的見解，他說：「南、北二調，天若限之。北之沉雄，南之柔婉，可畫地而知也。北人工篇章，南人工句字。工篇章，故以氣骨勝；工句字，故以色澤勝。」（頁一四六）又〈雜論第三十九下〉云：「北劇之於南戲，故自不同。北詞連篇，南詞獨限。北詞如沙場走馬，馳騁自由；南詞如揖遜賓筵，折旋有度。連篇而蕪蔓，獨限而跼蹐，均非高手。韓淮陰之多多益善，岳武穆之五百騎破兀朮十萬眾，存乎其人而已。」（頁一五九—一六〇）這是伯良心領神會之言，所謂「以氣骨勝」、「以色澤勝」，所謂「北詞連篇」、「南詞獨限」，確係不易之論。此外他又認為「南北二曲，用字不得相混。」「北曲方言時用，而南曲不得用。」「南曲之必用南韻也，猶北曲之必用北韻也；亦由丈夫之必冠幘而婦人之必笄珥也。」[209] 也都道出了南北曲因「土氣」不同所產生的差異。

不止如此，連通俗小曲，也有南北之分：「北人尚餘天巧，今所流傳〈打棗竿〉諸小曲，有妙入神品者；南人苦學之，決不能入。蓋北之〈打棗竿〉，與吳人之山歌，不必文士，皆北里之俠，或閨閫之秀，以無意得之，猶《詩》〈鄭〉、〈衛〉諸風，脩〈大雅〉者反不能作也。」（頁一四九）他把北方的〈打棗竿〉諸小曲和南方的山歌拿來和《詩經》的鄭衛之風相提並論，這種見解不止超越時人，也可見「曲」在他心目中的地位。

徐復祚（一五六〇—約一六三〇）《曲論》：「我吳音宜幼女清歌按拍，故南曲委婉清揚；北音宜將軍鐵板歌『大江東去』，故北曲硬挺直截。今學士大夫凡為文章、騷、賦、銘、誄、詩、詞，所斤斤奉若三尺，不敢一字相假者，非沈約《四聲韻》乎？其金、元詞曲、傳奇、樂府，始宗周德清《中原音韻》，特作詞人與歌工集之耳，學士大夫不知也。然二公之韻，大有可商。……大率吾輩為唐律、絕句，自應用唐韻；為古體，自應用古韻；若夫作曲，則斷當從《中原音韻》，一入沈約四聲，如前所拈出數處，不但歌者棘喉，聽者亦自逆耳。」[210]

陳所聞（一五六五—一六〇四？）《南宮詞紀・凡例》：「北曲盛於金、元，南曲盛於國朝，南曲實北曲之變也。律呂、宮調、對偶格式，及諸名家品詞大旨，具載《北記》，茲不復贅。」[211]

呂天成（一五八〇—一六一八）《曲品》：「自昔伶人傳習，樂府遞興。爨段初翻，院本繼出；金元創名雜劇，國初沿作傳奇。雜劇北音，傳奇南調。雜劇折惟四，唱惟一人；傳奇折數多，唱必勻派。雜劇但摭一事顛末，其境促；傳奇備述一人始終，其味長。無雜劇則孰開傳奇之門？非傳奇則未暢雜劇之趣也。傳奇既盛，雜劇寖衰，北里之管絃播而不遠，南方之鼓吹簇而彌喧。」[212]

[209]〔明〕王驥德：《曲律》，《中國古典戲曲論著集成》第四冊，頁一四八、一八〇。

[210]〔明〕徐復祚：《曲論》，《中國古典戲曲論著集成》第四冊，頁二四六。

[211]〔明〕陳所聞：《南宮詞紀》，收入俞為民、孫蓉蓉主編：《歷代曲話彙編：明代編》第二集，頁三九三。

沈寵綏（？—一六四五）《度曲須知．律曲前言》：「北曲以遒勁為主，南曲以宛轉為主。北曲字多而調促，促處見筋，詞情多而聲情少；南曲字少而調緩，緩處見眼，詞情少而聲情多，故有磨腔弦索之分焉。」[213]

張琦（約一五八六—？）《衡曲麈譚．作家偶評》：「自金、元入中國，所用胡樂，嘈雜緩急之間，詞不能按，乃更為新聲以媚之，作家如貫酸齋、馬東籬輩，咸富於學，兼喜聲律，擅一代之長，昔稱『元曲』，非虛語也。大江以北，漸染胡語；而東南之士，稍稍變體，別為南曲，高則誠氏赤幟一時，以後南詞漸廣，二家鼎峙。大抵北主勁切雄壯，南主清峭柔脆。北字多而調促，促處見筋；南字少而調緩，緩處見眼。各有三昧，難以淺窺，譬之同一師承，而頓、漸分受，不可同日語也，乃制曲者往往南襲北辭，殊為可笑。」[214]

許宇（生卒不詳）《詞林逸響．凡例》：「南詞雖由北曲而變，然簫管獨與南詞合調，則廣收博採，大半用南，間附北曲之最傳者，亦云絃索不可變焉耳。」[215]

山樓（生卒不詳）〈小令跋〉：「東坡所謂『近部作得小詞，令東州壯士抵掌頓足以為節』者，其『大江東去』乎？後人好吹，以為失辭之體。然柳七郎風味，固不可聰明迫脅得也。屠赤水宜於南，不宜於北；湯若士宜於北，不宜於南。南北之不可兼，亦猶秦越人之不必相語耳。要之唐伯虎乞食蕭寺，發響遏雲；倘但制科七牘，共寂寞桃花庵矣。琅邪都會齊區，名滿天下，料必有奇響異韻與大海相激搏，八十頂大頭巾，恐竹箭不足盡東南也。」[216]

---

[212]〔明〕呂天成：《曲品》，《中國古典戲曲論著集成》第六冊，頁二〇九。

[213]〔明〕沈寵綏：《度曲須知》，《中國古典戲曲論著集成》第五冊，頁三一五。

[214]〔明〕張琦：《衡曲麈譚》，《中國古典戲曲論著集成》第四冊，頁二六八—二六九。

[215]〔明〕許宇：《詞林逸響》，收入俞為民、孫蓉蓉主編：《歷代曲話彙編：明代編》第二集，頁四五九。

徐士俊（一六〇二—一六八二後）《盛明雜劇》序〉：「余俯仰詞壇，大約元人傳十之七，明人傳十之三；元人歌寡而曲繁，明人歌存而曲快。歌曲者，南與北之辨也。氣陽，則出於嘽諧慢易，寬裕肉好而為南；氣陰，則流於噍殺猛起，奮末廣賁而為北。聲音之道，接於隱微，信哉！今之所謂南者，皆風流自賞者之所為也；今之所謂北者，皆牢騷骯髒、不得於時者之所為也。」[217]

笠閣漁翁（一六一〇—一六八〇）《笠閣批評舊戲目》：「《拜月》、《荊釵》，元之南曲也。北音為曲，南音為歌。北人不歌，南人不曲。北力在弦，南力在板。南便獨奏，北便和歌。北氣易粗，南氣易弱。北字多而調促，促處見筋；南字少而調緩，緩處見眼。北舞情多而聲情少，南舞情少而聲情多。」[218]

王德暉、徐沅澂《顧誤錄・南北曲總說》：「曲源肇自《三百篇》，〈國風〉〈雅〉〈頌〉，變為五言七言，詩詞樂章，化為南歌北劇。自元以填詞制科，詞章既夥，演唱尤工，往代末之逾也。迨至世換聲移，風氣所變，北化為南。蓋詞章既南，則凡腔調與字面皆南，韻則遵洪武，而兼祖中州。腔則有海鹽、義烏、弋陽、青陽、四平、樂平、太平之分派。嘉隆間，有豫章魏良輔，憤南曲之陋，別開堂奧，謂之『水磨腔』、『冷板曲』，絕非戲場聲口；腔名『崑腔』曲名『時曲』，歌者宗之，於今為烈。至北曲之被弦索，始於金人完顏，勝於婁東，然巧於彈頭，未免疏於字面，而又弦繁調促，向來絕鮮名家。邇來詞人頗懲紕謬，厘聲析調，務本中原各韻，於是弦索之曲，始得於南曲並稱盛軌。於今為初學淺言之：南曲務遵《洪武正韻》，北曲須遵《中原音韻》，字面

[216] 〔明〕山樓：〈小令跋〉，收入俞為民、孫蓉蓉主編：《歷代曲話彙編：明代編》第三集，頁七〇〇。

[217] 〔清〕徐士俊：〈《盛明雜劇》序〉，收入俞為民、孫蓉蓉主編：《歷代曲話彙編：清代編》第一集，頁一一一—一一二。

[218] 〔清〕笠閣漁翁：《笠閣批評舊戲目》，《中國古典戲曲論著集成》第七冊（北京：中國戲劇出版社），頁三〇九。

庶無遺憾。唱法北曲以遒勁為主，南曲以圓湛為主。北曲字多而調促，促處見筋，詞情多而聲情少；南曲字少而調緩，緩處見眼，詞情少而聲情多，故有磨腔、弦索之分焉。至於南曲用五音，北曲多變宮、變徵。南曲多連，北曲多斷。南曲有定板，北曲多底板。南曲多於正字落板，而襯字亦少。北曲襯字甚多，皆可一望而知者也。」[219]

姚燮（一八〇五－一八六四）《今樂考證・南北曲》：「王驥德云：『曲之有南、北，非始今日也。關西胡鴻臚侍《珍珠船》引劉勰《文心雕龍》，謂：塗山歌於「候人」，始為南音；有娀謠於「飛燕」，始為北聲；及夏甲為東，殷氂為西。古四方皆有音，而今歌曲但統為南、北，如〈擊壤〉、〈康衢〉、〈卿雲〉、〈南風〉，《詩》之二〈南〉，漢之樂府，下逮關、鄭、白、馬之撰，詞有雅、鄭，皆北音也；〈孺子〉、〈接輿〉、〈越人〉、〈紫玉〉、吳歈、楚艷，以及今之戲文，皆南音也。豫章左克明《古樂府》載：晉馬南渡，音樂散亡，僅存江南吳歌，荊、楚西聲。自陳及隋，皆以〈子夜〉〈歡聞〉〈前溪〉〈阿子〉等曲屬吳，以〈石城〉、〈烏栖〉、〈估客〉、〈莫愁〉等曲屬西。蓋吳音故統東南；而西曲則後之，人概目為北音矣。以辭而論，則宋胡翰所謂：晉之東去，辭變為南、北；南音多豔曲，北俗雜胡戎。以地而論，則吳萊氏所謂：晉、宋六代以降，南朝之樂，多用吳音；北國之樂，僅襲夷虜。以聲而論，則關中康德涵所謂：南辭主激越，其變也為流麗；北曲主忼慨，其變也為朴實。惟朴實，故聲有矩度而難借；惟流麗，故唱得宛轉而易調。吳郡王元美謂：南、北二曲，譬之同一師承，而頓、漸分教；俱為國臣，而文、武異科。北主勁切雄麗，南主清峭柔遠。北字多而調促，促處見筋；南字少而調緩，緩處見眼。北辭情少而聲情多，南聲情少而辭情多。北力在絃，南力在板。北宜和歌，南宜獨奏。北氣易粗，南氣易弱。此其大較。康北人，故差易南調，似不如王論為確。』」[220]

---

[219] 〔清〕王德暉、徐沅澂：《顧誤錄》，《中國古典戲曲論著集成》第九冊，頁六五。

三、從明人「當行本色」論說「評騭戲曲」應有之態度與方法

緒論：「當行本色」名義之定位

中國戲曲的批評並不發達，縱觀元明清三代，其建構理論而自成體系的專門著作很少，所論述的面向也僅於唱曲的方法，如金元人芝菴《唱論》和明人魏良輔《曲律》，沈寵綏《絃索辨訛》、《度曲須知》，徐大椿《樂府傳聲》，以及王德暉、徐沅澂《顧誤錄》等；其於演員表演藝術之心得體驗者，只有清人黃旛綽等之《梨園原》；而對於條列理論以探討南北曲作法的，也只有元人周德清和明人王驥德。周德清《中原音韻・作詞十法》論及平仄聲調律、協韻律、造語之造字遣詞與曲譜之雛型。王驥德《曲律》四十論中的三十八論，雖然論述頗為周延，但卻顯得支離破碎，難於統整。而真正觀照戲曲之全貌並建構可引人入勝之批評論與培育論的，也只有清人李漁《閒情偶寄》中之〈詞曲部〉所論之結構、詞采、音律、賓白、科諢、格局，〈演習部〉所論之選劇、變調、授曲、教白、脫套等。但若仔細考量，光憑《笠翁劇論》實在還不足以完整的作為評騭中國戲曲應具有的態度和方法。

220 〔清〕姚燮：《今樂考證》，《中國古典戲曲論著集成》第一〇冊，頁一六一一七。

至於呂天成《曲品》卷下，雖然引其舅公孫月峰有批評論〈南戲十要〉，祁彪佳〈曲品敘〉和高奕《新傳奇品・序》有評曲標準，皆但舉數語為觀點，未及發揮，更未明旨趣，較諸《笠翁劇論》更微不足道。

體系頗為專精的《笠翁劇論》尚未能作為評騭戲曲的準則，那麼其他的論曲著作呢？其他的曲學論著，見諸元明清三代者雖然成書者也有數十家之多，但不是著錄劇目、敘述題材內容、割裂拾綴前人文獻雜說，就是編為曲譜、選取名作佳篇，或對劇作評等論第，其涉及批評見解者，則大抵隱匿於曲話式之評點，其真知灼見，必須要有披沙淘金的功夫才能獲得一二。此一二之吉光片羽更往往出諸印象式之點綴，若無豐富之聯想與敏銳之觸發，則終究莫知所云。譬如：

(1)鍾嗣成《錄鬼簿》之評論元曲諸家零碎散見，至多可歸納為重其筆力，賞其新奇，講究自然清麗而忌蹈襲與斧鑿，至於所謂「節要」、「排場」則偶然點綴一提而已。

(2)賈仲明【淩波仙】弔詞有評論者十七家，綜合其觀點為：重視作家地位、風格，作品之語言、音律、關目。

(3)朱有燉《誠齋雜劇・序文》亦偶涉戲曲批評，綜合其論述，他認為應具俊逸天才、講究清新風格，尚須注意其關目詳細、用韻穩當、音律和暢、對偶整齊、韻少重複，詞語整齊、引事得當，方能達到「詩人之賦麗以則」的境地。

舉此已可概見其餘。也就是說元明清的曲論家，絕大多數為「曲話式」，將其論曲觀點零碎的隨意點撥，如果不仔細予以綜合，則難於見其整體概念。

而再綜觀元明清三代戲曲之批評，對於劇作之論衡，大抵集中在《琵琶記》、《西廂記》、《拜月亭》、《臨川四夢》與《長生殿》等少數名作，由此而產生《琵琶記》、《拜月亭》之優劣論，沈璟之格律派與湯顯祖之詞采派，以及綿亙明清兩代之「當行本色論」等論題。

而「當行」、「本色」可以說是明人論曲最主要的共用術語，關涉戲曲評論極大，但明人治學往往囫圇吞棗，其「當行本色論」參與「爭執」者二三十家，其中不乏名公士夫、一時俊彥，其論說雖有略得「當行」、「本色」之義者，卻無一人完全真正了解其中之真諦，其故乃因為人人可以以己意論說，甚至有近於胡說者；也因此使得明人論曲每每偏執一隅，難窺全豹，於戲曲作品之良窳與文學、藝術上之總體成就，也就難有準確的公正論斷。而著者以為，如果能考察「當行」、「本色」之真正意涵，據此對於中國戲曲之評騭就會有正確的態度和方法。因此乃敢以〈從明人「當行本色」論說「評騭戲曲」應有之態度與方法〉作為論題，以探討評騭中國戲曲應遵循的途徑。

下文據此論述，請先就「當行本色」之名義予以定位。

題目之「當行本色」，實含「當行」、「本色」、「當行本色」、「本色當行」四組術語。這四組術語為明人論曲所習見，見諸朱權、李開先、何良俊、徐渭、王世貞、湯顯祖、臧懋循、沈璟、王驥德、徐復祚、馮夢龍、沈德符、呂天成、凌濛初、祁彪佳等十五家。另有唐順之雖以「本色」論詩文，實亦可用之於曲，因之一併論列。若此，就有十六家。

而近世學者以之為論題加以探討者，見諸繁篇累牘。及門中即有侯淑娟《明代戲曲本色論》、[221]蔡孟珍〈曲論中的「當行本色」說〉、[222]廖藤葉〈明代劇論中的當行本色論〉、[223]李惠綿〈當行本色論〉，[224]可見其為熱門論

[221] 侯淑娟：《明代戲曲本色論》（臺北：東吳大學中國文學研究所碩士論文，一九九二）。

[222] 蔡孟珍：〈曲論中的「當行本色」說〉，《中國學術年刊》第一四期（一九九三年三月），頁三三三－三六四。

[223] 廖藤葉：〈明代劇論中的當行本色論〉，《大陸雜誌》八七卷五期（一九九三年十一月），頁二一六－二三三。

題之「一斑」。

一九八四年二月三日，著者在《臺灣日報・副刊》的專欄裡，也曾以〈當行本色〉為題，將此四字引申為人們安身立命的典則，有云：

> 明人以「當行本色」論曲，大抵說來，「本色」就文詞出發，「當行」則有「作法」、「聲韻」、「文詞」之別。就「本色」而言，沈璟主張「俚俗」，徐渭、徐復祚、凌濛初、馮夢龍大抵相近，都主張「質樸」，何良俊則進一步主張「淡淨蘊藉」，呂天成則主張「機神情趣」。其實「淡淨蘊藉」和「機神情趣」正是「質樸」的潛在內涵，而「俚俗」則是外現的面貌；潛在的內涵和外現的面貌，如果過分的話，無疑的，都有傷「質樸」的本然。所以說，明人論曲的所謂「本色」，可以歸納為「質樸」二字。為什麼曲要以「質樸」為「本色」呢？因為曲原來是「滿心而發，肆口而成」的文學；演之於場上的戲曲，更講究「耳聞即詳」；所以自然不假藻繢雕琢。
>
> 至於「當行」，無論從作法、聲韻、文詞的角度來看，都應當是真正的「行家」，然後才能使戲曲文學和藝術俱臻佳妙。所以必須「當行」的劇作家，才能使戲曲顯現「本色」；而如果不能使戲曲顯現「本色」的作家，也絕然不是「當行」。
>
> 然而曲的「本色」，是否如明人一般的說法就是「質樸」呢？如果把「質樸」講作「本來面目」，就大抵

---

224 李惠綿：〈論「當行本色」在戲曲批評中的意義〉，《臺大中文學報》第一一期（一九九九年五月），頁二八七—三三八，後收入李惠綿：《戲曲批評概念史考論（增訂本）》，〈當行本色論〉（臺北：國家出版社，二〇〇九），頁二一八—三〇四。

不差；如果當作「俚俗白描」的話，那就有待商榷。因為我們知道生旦淨末丑是戲曲腳色的五大綱行，它們有各自不同的技藝，扮飾各種不同的人物類型，所謂「生旦有生旦之口，淨丑有淨丑之腔。」彼此的聲腔口脗假借不得，否則就凌亂不堪而不知伊於胡底了。所以王驥德主張淺深、濃淡、雅俗各得其宜才是真「本色」，這應當是最切中合適的說法。

如此一來，若引申「當行本色」的意義，那麼「當行」可以說在自己那一行裡很「入行」、很「在行」，很能「克盡厥職」；「本色」可以說自己為人處事、安身立命，所表現的是「真面目」、「真性情」、「真本事」。一個「當行本色」的人，必能克盡厥職而以真面目真性情待人。人人能夠「當行本色」，必能各安其分、各盡其能，社會上也必能充滿坦誠真摯、和諧敦睦的氣氛。假如「安身」而不「當行」，重則禍國殃民，輕則尸位素餐。君不見南宋權臣韓侂胄、史彌遠、賈似道者流，不學無術，以致喪權辱國，身死國滅；而清季重臣王文韶者流，貪圖祿位，八面玲瓏，無所建樹，乃有「琉璃蛋」之譏。假如立命不由「本色」，重則欺名盜世，輕則內外衝突。君不見唐代士子盧藏用隱居終南，乃作仕宦捷徑；而李白飛揚跋扈，竟然愧對葛洪。則吾輩「安身立命」之道，實捨「當行本色」莫由。[225]

可見「本色」、「當行」蘊含頗為豐富的引申義，如果不探究其本義，就像明人那樣隨意拿來作論曲的術語，就不免因各自觸發聯想的語意有別而「各說各話」，有的甚至於不免粗糙淺陋之譏；因之著者所以重拈此論題，先述明人各自之要義，再綜合論評，一者以此見明人治學之荒誕，一者也實在「本色」足以呈現曲之特質，「當行」實為劇作家與劇評家所應有之修為；實有進一步論說闡發之必要。

---

[225] 〈當行本色〉一文收於拙著：《清風・明月・春陽》（臺北：光復書局，一九八八），頁一五三—一五七。

為此，請先探索「本色」、「當行」之本義與元代以前引申義之概說。

1.「本色」之名義

「本色」始見《晉書・天文志》「七曜」：

凡五星有色，大小不同，各依其行而順時應節。……不失本色而應其四時者。[226]

又見劉勰（約四六五—五二〇）《文心雕龍・通變第二十九》：

夫青生於藍，絳生於蒨，雖踰本色，不能復化。[227]

又唐崔令欽（生卒不詳）《教坊記》：

【聖壽樂】舞衣襟，皆各繡一大窠，皆隨其衣本色製純縵衫。[228]

以上三條所云之「本色」，都可以看出是「本來顏色」的意思。清李漁《閒情偶寄・種植部・眾卉第四》所云：「綠者葉之本色」，[229]還是指同樣意思。

---

226 〔唐〕房玄齡等撰：《晉書》，《二十四史》第四冊（北京：中華書局，二〇〇八），卷十二〈志第二・天文中〉，頁三二一〇，總頁九二。

227 〔梁〕劉勰著，周振甫注：《文心雕龍注釋》（臺北：里仁書局，一九九四），頁五七〇。

228 〔唐〕崔令欽：《教坊記》，《中國古典戲曲論著集成》第一冊，頁一二。

229 〔清〕李漁著，汪巨榮、盧壽榮校注：《閒情偶寄》（上海：上海古籍出版社，二〇〇〇），頁三二六。

又《唐律》第一卷〈名例律〉第二十八條「工、樂、雜、戶人犯流罪」：

> 犯徒者，准無兼丁例加杖，還依本色。[230]

長孫無忌（五九四—六五九）《唐律疏義》曰：

> 還依本色者，工、樂還掌本業，……給使、散使各送本所。[231]

則唐人已有以「本色」稱所執掌之行業。

唐南卓（生卒不詳）《羯鼓錄》：

> 璡常戴砑絹帽打曲，上自摘紅槿花一朵，置於帽上簷處。二物皆極滑，久之方安。遂奏〈舞山香〉一曲，而花不墜落。本色所謂「定頭項」，難在不動搖。[232]

此「本色」蓋指技藝所具的修為。

又唐元稹（七七九—八三一）〈同州奏均田狀〉：

---

[230] 錢大群譯注：《唐律譯注》（南京：江蘇古籍出版社，一九八八），頁三九。

[231] 〔唐〕長孫無忌：《唐律疏義》，《文淵閣四庫全書》第六七二冊，卷三（臺北：臺灣商務印書館，一九八三年據國立故宮博物院藏本影印），頁二七，總頁六五。

[232] 〔唐〕南卓撰，〔清〕錢熙祚校：《羯鼓錄》（上海：古典文學出版社，一九五七），頁四。

臣今便於當州近城縣納粟，官為變碾，取本色腳錢。[233]

《宋史・食貨志》：

紹興十六年詔旨：絹三分折錢，七分本色；紬八分折錢，二分本色。[234]

《明史・食貨志》：

雲南以金、銀、貝、布、漆、丹砂、水銀代秋租，於是謂米麥為本色，而諸折納稅糧者，謂之折色。[235]

又《明史・食貨志》：

所收稅課，有本色，有折色。[236]

《清史稿・穆宗本紀一》：

---

[233] 〔唐〕元稹：〈同州奏均田狀〉，周相錄校注：《元稹集校注》中冊，卷三八（上海：上海古籍出版社，二〇一一），頁九九八。

[234] 〔元〕脫脫等撰：《宋史》，《二十四史》第一四冊，卷一七四（北京：中華書局，二〇〇八），志第一二七〈食貨上二〉，頁四二二一，總頁一一〇〇。

[235] 〔清〕張廷玉等撰：《明史》，《二十四史》第一九冊，卷七八，志第五四〈食貨志二〉（北京：中華書局，二〇〇八），頁一八九四－一八九五，總頁五一二三。

[236] 同上註，卷八一，志第五七〈食貨志五〉，頁一九七四，總頁五三三二。

[237]

以上由《明史》可知「本色」對「折色」而言；由元稹、《宋史》、《清史稿》，可知「本色」自唐至清指政府原定要徵收的田賦實物；則「折色」指可以折合銀錢的絹、紬、布、漆等等。

又宋孟元老（約一一〇三—一一四七）《東京夢華錄》卷五「民俗」：

其士農工商，諸行百戶，衣裝各有本色，不敢越外。謂如香舖裏香人即頂帽披背；質庫掌事即著皂衫角帶不頂帽之類。街市行人，便認得是何色目。[238]

此「本色」指各行業應穿著之衣裝服飾各有樣式；則服飾含有象徵人物身分之義。

又凌濛初（一五八〇—一六四四）《二刻拍案驚奇》卷十四：

丁惜惜又只顧把說話盤問，見說道，身畔所有，剩得不多，衜衜家本色，就不十分親熱得緊了。[239]

由此可見，「本色」在明代，民間用指某種行業人物的性行的共同模式。

由以上資料可知，「本色」是「本色」原本的命義，由此而用為百工的「本業」，謂所從事的行業；

[237] 趙爾巽等撰：《清史稿．本紀二十一．穆宗本紀一》（北京：中華書局，一九七六—一九七七），頁七八四。

[238] 〔宋〕孟元老：《東京夢華錄》（北京：中國商業出版社，一九八二），頁二九。

[239] 〔明〕凌濛初著，丁放鳴等標點：《二刻拍案驚奇》，卷十四〈趙縣君喬送黃柑　吳宣教干償白鏹〉（海口：海南出版社，一九九二），頁二二二。

進而為行業所應具備的修為，進而為行業所呈現的性情行為；乃至於政府徵收賦稅中用指最基本的米麥而言，因宋代「士農工商，諸行百戶，衣裝各有本色，不敢越外」，而以各所具服飾之様式顏色象徵其身分修為。則「本色」到宋代已引申為所應呈現的模式和所應具備的修為。

2.「當行」之名義

其次再看「當行」一詞：

「當行」一詞在宋代就已被應用到文學批評。趙令時（一〇六一—一一三四）《侯鯖錄》卷八，「黃魯直小詞」一條云：

黃魯直間為小詞，固高妙，然不是當行家語，乃著腔子唱好詩也。[240]

又南宋吳曾（生卒不詳）《能改齋漫錄》卷十六引晁補之（字無咎，一〇五三—一一一〇）之語：

蘇東坡詞，人謂多不諧音律。居士橫放傑出，自是曲子中縛不住者。黃魯直間作小詞，固高妙，然不是當行家語，乃著腔子唱好詩。[241]

金王若虛（一一七四—一二四三）《滹南詩話》卷中引晁無咎語：

「蘇東坡詞小不諧律呂，蓋橫放傑出，曲子中縛不住者。」其評山谷則曰：「詞固高妙，然不是當行家

[240]〔宋〕趙令時撰，孔凡禮點校：《侯鯖錄》（北京：中華書局，二〇〇二），頁二〇六。

[241]〔宋〕吳曾：《能改齋漫錄》（北京：中華書局，一九八五），頁四〇九。

語，乃著腔子唱好詩耳。」[242]

又劉克莊（一一八七—一二六九）【水龍吟】詞：

讓當行家，勒〈浯西頌〉，草〈淮南詔〉。[243]

又朱弁（一〇八五—一一四四）《曲洧舊聞》卷五：

東坡曰：「某雖工於語言，也不是當行家。」[244]

這五條資料中的「當行家」，明指為擅長某行業或是某種文藝修為的專家或作家。

又南宋岳珂（一一八三—一二四三）《愧郯錄》卷第十三「京師土木」條：

今世郡縣官府營繕創締，募匠庀役，凡木工率計，在市之樸斵規矩者，雖居楔之技無能逃。平時皆籍其姓名，鱗差以俟命，謂之當行。[245]

則南宋之工匠應官府之差役，亦謂之「當行」，也就是承值其所具之行業，應是引申義。

---

[242]〔金〕王若虛著，霍松林、胡主佑校點：《滹南詩話》（北京：人民文學出版社，一九六二），頁七〇。

[243]〔宋〕劉克莊著，辛更儒箋校：《劉克莊集箋校》第一五冊，卷一八九（北京：中華書局，二〇一一），頁七三三三。

[244]〔宋〕朱弁：《曲洧舊聞》，收於《全宋筆記》第三編第七冊（鄭州：大象出版社，二〇〇八），頁四四。

[245]〔宋〕岳珂：《愧郯錄》（北京：中華書局，一九八五），頁一一二。

3. 嚴羽始合「當行」、「本色」論詩

而南宋嚴羽（生卒不詳）《滄浪詩話・詩辨四》則始合「當行」、「本色」論詩：

> 大抵禪道惟在妙悟，詩道亦在妙悟。且孟襄陽學力下韓退之遠甚，而其詩獨出退之上者，一味妙悟而已。惟悟乃為當行，乃為本色。[246]

嚴氏以「當行」、「本色」互文，蓋以「當行」指詩人應具之修為，「本色」指詩作應有之品貌。然而「本色」之用於文學批評，實遠出於「當行」。上文節引之梁劉勰《文心雕龍・通變第二十九》云：

> 今才穎之士，刻意學文，多略漢篇，師範宋集；雖古今備閱，然近附而遠疏矣。夫青生於藍，絳生於蒨，雖踰本色，不能復化。……故練青濯絳，必歸藍蒨；矯訛翻淺，還宗經誥。斯斟酌乎質文之間，而檃括乎雅俗之際，可與言通變矣。[247]

劉氏以「漢篇」、「藍蒨」之「本色」、「質俗」，相對應於「宋集」、「青絳」之「踰本色」、「文雅」；可見他所謂的「本色」是指「質俗」而言。

又北宋陳師道（一〇五三—一一〇一）《後山詩話》云：

> 退之以文為詩，子瞻以詩為詞，如教坊雷大使之舞，雖極天下之工，要非本色。今代詞手，惟秦七、黃

---

[246] 〔宋〕嚴羽撰，郭紹虞校釋：《滄浪詩話校釋》（臺北：河洛圖書出版社，一九七九），頁一〇。

[247] 〔梁〕劉勰著，周振甫注：《文心雕龍注釋》，頁五六九—五七〇。

九爾，唐諸人不逮也。[248]

陳氏以退之「詩」、子瞻「詞」、雷大使「舞」皆不合唐詩、宋詞、宮舞所應具有的品調模樣，所以縱然極天下之工，終究「非本色」。

總結兩宋之前有關「本色」、「當行」的本義和引申義，可知其用於文學批評，「當行」已偏於指稱擅長藝文修為之作家，而「本色」則偏於指稱作品應有之風貌。

以下再來看看明人如何論述「當行」、「本色」。

(一)明人「當行本色論」述評

上面所舉明人十六家，只有寧獻王朱權（一三七八—一四四八）以「行家」、「戾家」論演員。其《太和正音譜・雜劇十二科》：

雜劇，俳優所扮者，謂之「娼戲」，故曰「勾欄」。子昂趙先生曰：「良家子弟所扮雜劇，謂之『行家生活』，娼優所扮者，謂之『戾家把戲』。良人貴其恥，故扮者寡，今少矣，反以娼優扮者謂之『行家』，失之遠也。」或問其何故哉？則應之曰：「雜劇出於鴻儒碩士、騷人墨客所作，皆良人也。若非我輩所作，娼優豈能扮乎？推其本而明其理，故以為『戾家』也。」關漢卿曰：「非是他當行本事，我家生活，他不過為奴隸之役，供笑獻勤，以奉我輩耳。子弟所扮，是我一家風月。」雖是戲言，亦合於理，故取

248 〔宋〕陳師道：《後山詩話》，收於〔清〕何文煥編：《歷代詩話》（北京：中華書局，一九八一），頁三〇九。

之。[249]

可見在寧獻王朱權身上，貴族的氣息十分嚴重，他眼中的樂戶伎人是卑微不足道的，他所引述的宋室貴冑趙孟頫，有可能和他一鼻孔出氣；但「倡優而不辭」的關漢卿，不會說出那樣的話語是可以肯定的。然而無論如何，北曲雜劇在寧王的明初時代已經文士化而且被貴族文人所接受而文學地位提升，也是可以斷言的。由此也可見，這時的搬演者，已有「行家」和「戾家」之分。其所謂「行家」是指稱所從事的演出工作者具有「當行本事」，「行家」顯指具備修為的演員而言。其說頗合「當行」之本義，但用指演員而非指作家。

其餘十五家，單以「本色」論述者有李開先、唐順之、徐渭、王世貞、湯顯祖五家；兼用「本色」、「當行」、「本色當行」、「當行本色」者有何良俊、臧懋循、沈璟、王驥德、徐復祚、馮夢龍、沈德符、呂天成、凌濛初、祁彪佳十家。茲分兩節評述如下：

1.明人單以「本色」論曲者

⑴李開先

李開先（一五〇二—一五六八）〈西野〈春遊詞〉序〉：

> 詞與詩，意同而體異。詩宜悠遠而有餘味，詞宜明白而不難知。以詞為詩，詩斯劣矣；以詩為詞，詞斯乖矣。……傳奇、戲文雖分南北，套詞小令雖有短長，其微妙則一而已。悟入之功，存乎作者之天資學力耳。然俱以金元為準，猶之詩以唐為極也。何也？詞肇於金，而盛於元。元不戍邊，賦稅輕而衣食足，

---

[249] 〔明〕朱權：《太和正音譜》，《中國古典戲曲論著集成》第三冊，頁二四—二五。

衣食足而歌詠作，樂於心而聲於口，長之為套，短之為令，傳奇、戲文於是乎侈而可準矣。……國初如劉東生、王子一、李直夫諸名家，尚有金元風格，迺後分而兩之，用本色者為詞人之詞，否則為文人之詞矣。[250]

這裡所謂的「詞」都是指「曲」，「傳奇」則指北曲雜劇而言，所以說要「宜明白而不難知」，要「以金元為準」，「樂於心而聲於口」；他認為長套、小令、北曲雜劇和南曲戲文都一樣，要像明初劉東生等人一樣，具有「金元風格」，如此才是「用本色的」曲家之曲；否則便是講究藻飾的詞家之曲。可見李開先「本色」之義在指「金元風格」，亦即曲極盛時代金元所具有的原本面貌和韻味，具體的說是造語要明白易懂，聲韻要「樂於心而聲於口」，那樣的自然流利。可見其所謂「本色」亦頗合原義。

(2)唐順之

唐順之（一五〇七－一五六〇）《唐荊川先生文集》卷七〈與洪方州書〉云：

近來覺得詩文一事，只是直寫胸臆，如諺語所謂開口見喉嚨者，使後人讀之，如真見其面目，瑜瑕俱不容掩，所謂本色。此為上乘文字。[251]

---

[250]〔明〕李開先：〈西野〈春遊詞〉序〉，《李中麓閒居集》之六，收於卜鍵箋校：《李開先全集》上冊（北京：文化藝術出版社，二〇〇四），頁四九四。

[251]〔明〕唐順之：《唐荊川先生文集》，《叢書集成續編》集部第一一六冊，卷七（上海：上海書店，一九九四），頁一七，總頁八八九。

又於卷七〈與茅鹿門主事〉云：

就文章家論之，雖其繩墨布置，奇正轉摺，自有專門法師；至於中一段精神命脈骨髓，則非洗滌心源，獨立物表，具今古隻眼者，不足以與此。今有兩人：其一人心地超然，所謂具千古隻眼人也；即使未嘗操紙筆呻吟，學為文章，但直攄胸臆，信手寫出，如寫家書，雖或疎鹵，然絕無煙火酸餡習氣，便是宇宙一樣絕好文字。其一人猶然塵中人也，雖其專學為文章，其於所謂繩墨布置，則儘是矣，然翻來覆去，不過是這幾句婆子舌頭語，索其所謂真精神與千古不可磨滅之見，絕無有也，則文雖工而不免為下格。此文章本色也。[252]

可見唐氏以「本色」論文章。具本色的文章，才是宇宙間絕好之文字。那就是「直攄胸臆，信手寫出」，使人「真見其面目」，此等作者必是「心地超然」之「千古隻眼人」。唐氏雖以本色論文章，其說亦何妨用來論戲曲，他的「本色」指的就是作品的「真面目」，也很切合「本色」之名義。

(3)徐渭

徐渭（一五二一—一五九三）《南詞敘錄》：

南戲要是國初得體。……《琵琶》尚矣，其次則《翫江樓》、《江流兒》、《鶯燕爭春》、《荊釵》、《拜月》數種，稍有可觀；其餘皆俚俗語也，然有一高處，句句是本色語，無今人時文氣。[253]

---

[252]〔明〕唐順之：《唐荊川先生文集》，卷七，頁一四—一五，總頁八七—八八。

可見徐氏對於明初南戲分作「尚矣」的《琵琶記》，其次稍有可觀的《翫江樓》等數種，和「皆俚俗語」的其餘。而他認為，縱使第三級的明初南戲，起碼都「句句是本色語」。其「本色」亦指「造語」而言，即便是「俚俗語」，也還較今人無「時文氣」而具有「本色」的高處。他應當是用來反對「以時文為南曲」的《香囊記》。因為「《香囊》乃宜興老生員邵文明作，習《詩經》，專學「杜詩」，遂以二書語句勻入曲中，賓白亦是文語，又好用故事作對子，最為害事。」所以「《香囊》如教坊雷大使舞，終非本色。」[254]

對於「本色」，徐氏在〈題崑崙奴雜劇後〉云：

> 梅叔《崑崙》劇已到鵲竿尖頭，直是弄把喜戲一好漢。尚可攛掇者，直撒手一著耳：語入要緊處，不可著一毫脂粉，越俗越家常越警醒，此纔是好水碓，不雜一毫糠衣，真本色。……至散白與整白不同，尤宜俗宜真，不可著一文字，與扭揑一典故事，及截多補少，促作整句。錦糊燈籠，玉鑲刀口，非不好看，討一毫明快，不知落在何處矣！此皆本色不足，仗此小做作以媚人，而不知誤入野狐，作嬌冶也。[255]

又云：

> 凡語入緊要處，略著文采，自謂動人，不知減卻多少悲歡，此是本色不足者，乃有此病；乃知梅叔造詣，

---

[253]〔明〕徐渭：《南詞敘錄》，《中國古典戲曲論著集成》第三冊，頁二四三。

[254] 同上註，頁二四三。

[255]〔明〕徐渭：〈題崑崙奴雜劇後〉，《徐文長佚草》，收於《徐渭集》第四冊，卷二（北京：中華書局，一九九九），頁一〇九三。

不宜隨眾趨逐也。點鐵成金石者，越俗越雅，越淡薄越滋味，越不扭捏動人越自動人。256

可見徐氏所強調的「真本色」是在「語入要緊處」，不可著一毫脂粉，不可略著文采，而要「越俗越家常」才能「越警醒」；「越俗越雅，越淡薄越滋味，越不扭捏動人越自動人。」則徐氏論造語之本色在不施文采的白描自然。

但他所謂的「本色」又似不單指「造語」。其《西廂》序〉云：

世事莫不有「本色」，有「相色」。本色猶俗言正身也，相色，替身也。替身者，即書評中「婢作夫人終覺羞澀」之謂也。婢作夫人者，欲塗抹成主母而多插帶，反掩其素之謂也。故余於此本中賤相色，貴本色；眾人嘖嘖者，我呴呴也。豈惟劇者，凡作者莫不如此。嗟哉！吾誰與語！眾人所忽，余獨詳；眾人所旨，余獨唾。嗟哉！吾誰與語！257

這段話一方面可與他反對時人劇作尚《香囊》之時文氣而講究造語之天然白描的主張相發明，從而認為那才是戲曲文學應具有的「本體正身」，凡是講求文字藻飾的都是「假相替身」；一方面也由此推廣而認為「凡作者莫不如此」的所有文學作品都應當具此「本色」。他所謂的「本色」已有所偏執。

(4)王世貞

256 同上註，卷二，頁一〇九三。

257 〔明〕徐渭：《西廂》序〉，《徐文長佚草》，收於《徐渭集》第四冊，卷一，頁一〇八九。

王世貞（一五二六－一五九〇）《曲藻》：

馬致遠〈百歲光陰〉，放逸宏麗而不離本色。押韻尤妙。長句如「紅塵不向門前惹，綠樹偏宜屋角遮，青山正補牆頭缺。」又如「和露摘黃花，帶霜烹紫蟹，煮酒燒紅葉。」俱入妙境。小語如「上床與鞋履相別」，大是名言。結尤疏俊可詠。元人稱為第一，真不虛也。[258]

此段王氏批評馬致遠散套〈百歲光陰〉，總體而言謂「放逸宏麗而不離本色」，又言及押韻之妙，疏俊可詠，則其所謂「本色」，除講造語之雄麗疏俊外，亦兼顧協韻聲情之美妙可詠。

又其評馮惟敏北曲云：

近時馮通判惟敏，獨為傑出：其板眼、務頭、攛搶、緊緩，無不曲盡，而才氣亦足發之；止用本色過多，北音太繁，為白璧微纇耳。[259]

此所云「本色過多」，亦即馮惟敏所作北曲，過分運用北方語言和聲調。又其評金鑾之北曲云：

金陵金白嶼鑾，頗是當家，為北里所貴。[260]

此所謂「當家」，即指「當行家」，亦即擅長北曲的名家。然而王氏既以元人北曲為「本色」之典範，卻又以「本

[258] 〔明〕王世貞：《曲藻》，《中國古典戲曲論著集成》第四冊，頁二八－二九。

[259] 同上註，頁三七。

[260] 同上註，頁三七。

色過多」為嫌，豈不自我矛盾。可見他所謂的「本色」語意不明，對於「當家」也含糊其詞。

(5)湯顯祖

湯顯祖（一五五〇—一六一六）《焚香記》〈總評〉：

其填詞皆尚「真色」，所以入人最深，遂令後世之聽者淚，讀者顰；無情者心動，有情者腸裂。何物情種，具此傳神手！[261]

湯氏之「真色」本於真情，故能傳神動人。則「真色」蓋指真情之本色，不在語言之白描。清人之用「本色」者僅見兩家，焦循（一七六三—一八二〇）《劇說》卷三：

笨庵孫原文《餓方朔》四齣，……悲歌慷慨之氣，寓於俳諧戲幻之中，最為本色。[262]

又陳棟（一七六四—一八〇二）《北涇草堂曲論》：

夫曲者曲而有直體，本色語不可離趣，矜麗語不可入深。元人以曲為曲，明人以詞為曲，國初介於詞曲之間，近人并有以賦為曲者。[263]

[261] 〔明〕湯顯祖：《焚香記》總評〉，《湯顯祖集》，卷五十〈補遺〉（臺北：洪氏出版社，一九七五），頁一四八六。

[262] 〔清〕焦循：《劇說》，收於俞為民、孫蓉蓉主編：《歷代曲話彙編：清代編》第三集，頁三九四。

[263] 〔清〕陳棟：《北涇草堂曲論》，收於俞為民、孫蓉蓉主編：《歷代曲話彙編：清代編》第三集，頁五三二一。

以上，焦循以「悲歌慷慨之氣，寓於俳諧戲幻之中」為「最本色」，陳棟以「本色語」相對於「矜麗語」，具本色語如元曲，方為道地之曲。他們所謂的「本色」顯然也以元人北曲的語言質性為「依歸」。

2. 明人兼用「本色」、「當行」論曲者

(1) 何良俊

何良俊（一五〇六——一五七二）《四友齋叢說・詞曲》：

> 金元人呼北戲為雜劇，南戲為戲文。近代人雜劇以王實甫之《西廂記》，戲文以高則誠之《琵琶記》為絕唱，大不然。……今二家之辭，即譬之李杜，……祖宗開國，尊崇儒術，士大夫恥留心詞曲，雜劇與舊戲文本皆不傳，世人不得盡見。雖教坊有能搬演者，然古調既不諧於俗耳。南人又不知北音；聽者既不喜，則習者亦漸少。而《西廂》、《琵琶記》傳刻偶多，世皆快覩。故其所知者，獨此二家。余所藏雜劇本幾三百種，舊戲文雖無刻本，然每見於詞家之書，乃知今元人之詞，往往有出於二家之上者。蓋《西廂》全帶脂粉，《琵琶》專弄學問，其本色語少。蓋填詞須用本色語，方是作家。苟詩家獨取李杜，則沈宋王孟韋柳元白，將盡廢之耶？[264]

可見何氏認為《西廂》全帶脂粉，過於豔麗；《琵琶》專弄學問，造作不自然，都不是雜劇、戲文作家所應用的「本色語」。而他謂「本色語」，從其下文「元人樂府，稱馬東籬、鄭德輝、關漢卿、白仁甫為四大家。馬之辭老健而乏滋媚，關之辭激厲而少蘊藉，白頗簡淡，所欠者俊語。當以鄭為第一。」[265]則鄭德輝所以在他心目

[264] 〔明〕何良俊：《四友齋叢說》，卷三十七〈詞曲〉（北京：中華書局，一九五九），頁三三七。

[265] 同上註，頁三三七。

中能居元人樂府四大家之第一，乃因他具有「俊語」，這種「俊語」也就是要兼具姿媚蘊藉的「本色語」，它不可過於老健，不可過於激厲，不可過於簡淡。

但他又說：「王實甫《絲竹芙蓉亭》雜劇仙呂一套，通篇皆本色語，殊簡淡可喜。其間如【混江龍】內『想著我懷兒中受用，怕甚麼臉兒上搶白！』【元和令】內『他有曹子建七步才，還不了龐居士一分債。』【勝葫蘆】內『兀的般月斜風細更闌人靜，天上巧安排。』【寄生草】內『你莫不一家兒受了康禪戒？』此等皆俊語也。」[266]則他所謂的「俊語」，豈不正是「詞殊簡淡可喜」的「本色語」？若此，何氏豈不與前文之評白仁甫「頗簡淡，所欠者俊語」相矛盾。

他又說「《㑳梅香》第三折越調，……止是尋常說話，略帶訕語，然中間意趣無窮，此便是作家也。」[267]又說「《虎頭牌》是武元皇帝事，……十七換頭【落梅風】云：『抹得瓶口兒淨，斟得盞面兒圓。望著碧天邊太陽澆奠。只俺這女真人無甚麼別咒願，則願我弟兄們早能勾相見。』此等詞情真語切，正當行家也。」[268]又說「《拜月亭》是元人施君美所撰。……余謂其高出於《琵琶記》遠甚，蓋其才藻雖不及高，然終是『當行』。」[269]

又說「《拜月亭・賞春》【惜奴嬌】如『香閨掩，珠簾鎮垂，不肯放燕雙飛。』〈走雨〉內『繡鞋兒分不得幫和底，一步步提，百忙裏褪了根兒。』正詞家所謂『本色語』。」[270]

---

[266] 同上註，頁三三九。
[267] 同上註，頁三三九—三四〇。
[268] 同上註，頁三四〇。
[269] 同上註，頁三四二。

綜合以上何氏論述看來，他所謂「本色」，只在說「本色語」，只就戲曲的語言來論述；而他所謂「本色語」，指的正是姿媚蘊藉、簡淡可喜、情真詞切、意趣無窮的「俊語」。懂得用這種「俊語」來填詞的，也才是他心目中的「作家」和「當行家」。則何氏對於「當行本色」之取義，已偏於「造語」之所謂「俊語」而言。

而若再從何氏舉《拜月亭》、《呂蒙正》、《王祥》、《殺狗》、《江流兒》、《南西廂》、《翫江樓》、《子母冤家》、《詐妮子》等九劇後說：「此九種，即所謂戲文，金元人之筆也。詞雖不能盡工，然皆入律，正以其聲之和也。夫既謂之辭，寧聲叶而辭不工，無寧辭工而聲不叶。」[271]此說顯然為後來沈璟所傳承。若此，何氏所講求的「俊語」，當如周德清的「務頭」，同要兼具造語與聲韻而言，是要講求聲情與詞情的。只是他論聲情的話語僅此一見。

至於何氏僅各一見的「當行」和「當行家」，明顯的可以看出，與朱權所謂的「行家」不殊，也正是他自己所說的「作家」，都是用來指稱懂得戲曲行道的作家而言。但其所謂「行道」，幾乎至多也止於兼具聲情和詞情的「俊語」而已。

(2)臧懋循

臧懋循（一五五〇—一六二〇）《元曲選・序二》：

曲本詞而不盡取材焉，如六經語、子史語、二藏語、稗官野乘語，無所不供其採掇，而要歸於斷章取義，

---

[270] 同上註，頁三四二。

[271] 同上註，頁三四三。

雅俗兼收，串合無痕，乃悅人耳。此則情詞穩稱之難。宇內貴賤、妍媸、幽明、離合之故，奚啻千百其狀；而填詞者必須人習其方言，事肖其本色，境無旁溢，語無外假；此則關目緊湊之難。北曲有十七宮調，而南止九宮，已少其半。至於一曲中有突增數十句者，一句中有襯貼數十字者，尤南所絕無，而北多以是見才。自非精審於字之陰陽，韻之平仄，鮮不劣調；而況以吳儂強效傖父喉吻，焉得不至河漢？此則音律諧叶之難。總之，曲有名家，有行家：名家者出入樂府，文彩爛然，在淹通閎博之士，皆優為之；行家者隨所粧演，無不摹擬曲盡，宛若身當其處，而幾忘其事之烏有。能使人快者掀髯，憤者扼腕，悲者掩泣，羨者色飛，是惟優孟衣冠，然後可與於此。故稱曲上乘首曰「當行」。[272]

臧氏所云之「本色」，指「境無旁溢，語無外假」，亦即語言要合乎當地腔口，情節亦要緊湊不枝蔓。則其「本色」蓋謂作家應具方言之能力與情節緊湊布置之修為。臧氏又就作品而分為名家與行家。名家指只要文采爛然的劇作家即可，若行家則要兼具他所說的「情詞穩稱」、「關目緊湊」、「音律諧叶」和「摹擬曲盡」四項之修為。有了這四項修為的作者才算是上乘的行家；則臧氏所謂之「當行」，可謂切合本義，只是他所舉的四項修為，尚不足以概括「當行」所應具備的全部要件。

(3)沈璟

沈璟（一五五三—一六一〇）商調【二郎神】套曲〈論曲〉，【黃鶯兒】一支：

---

[272]〔明〕臧懋循：《元曲選》，第一冊（北京：中華書局，一九八九），頁四。

> 奈獨立怎隄防，講得口唇乾空鬧攘。當筵幾度添惆悵。怎得詞人當行，歌客守腔，大家細把音律講。自心傷，蕭蕭白髮，誰與共雌黃？[273]

此曲「詞人當行，歌客守腔」互文，從下句「大家細把音律講」，可知沈氏認為當行的作家，必須講求音律。

又〈答王驥德之一〉：

> 所寄《南曲全譜》，鄙意僻好本色，殊恐不稱先生意指，何至慨焉辱許敘首簡耶！[274]

又〈答王驥德之二〉：

> 北詞去今益遠，漸失其真。而當時方言及本色語，至今多不可解。[275]

所言「本色語」與「方言」類比，可知指白描之俗語，此正是沈氏所好戲曲語言之「本色」。可見沈氏對於「當行」和「本色」的命義，已經有所偏執。

(4)王驥德

王驥德（約一五〇六？—一六二三）[276]《曲律・論家數第十四》：

---

[273] 〔明〕沈璟著，徐朔方輯校：《沈璟集》，下冊（上海：上海古籍出版社，一九九一），頁八五〇。

[274] 同上註，下冊，頁九〇〇。

[275] 同上註，下冊，頁九〇一。

曲之始，止本色一家，觀元劇及《琵琶》、《拜月》二記可見。自《香囊記》以儒門手腳為之，遂濫觴而有文詞家一體。近鄭若庸《玉玦記》作，而益工修詞，質幾蓋掩。夫曲以模寫物情，體貼人理，所取委曲宛轉，以代說詞，一涉藻績，便蔽本來。然文人學士，積習未忘，不勝其靡，此體遂不能廢，猶古文六朝之於秦漢也。大抵純用本色，易覺寂寥；純用文調，復傷琱鏤。《拜月》質之尤者，《琵琶》兼而用之，如小曲語語本色，大曲引子如「翠減祥鸞羅幌」、「夢遶春闈」，過曲如「新篁池閣」、「長空萬里」等調，未嘗不綺繡滿眼，故是正體。《玉玦》大曲，非無佳處；至小曲亦復填垛學問，則第令聽者憒憒矣！故作曲者須先認清路頭，然後可徐議工拙。至本色之弊，易流俚腐；文詞之病，每苦太文。雅俗淺深之辨，介在微茫，又在善用才者酌之而已。[277]

又《曲律．論曲禁第二十三》：

太文語（不當行）。（頁一三一）

又《曲律．論劇戲第三十》：

詞藻工，句意妙，如不諧里耳，為案頭之書，已落第二義；既非雅調，又非本色，掇拾陳言，湊插俚語，為學究、為張打油，勿作可也。（頁一三七）

[276] 王驥德生年不詳，詳見李惠綿：《王驥德曲論研究》，第一章〈王驥德生平著作考述．字號與生平〉一節，和〈附錄壹．王驥德年表初編〉（臺北：國立臺灣大學出版委員會，一九九二），頁五三－五六、二五九－二六九。

[277] 〔明〕王驥德：《曲律》，《中國古典戲曲論著集成》第四冊，頁一二一－一二二。以下引文頁碼標於句末括號內。

由這三段資料，可見王氏認為戲曲語言如果「太文」就不是「當行家」；如果「掇拾陳言，湊插俚語」，或者「為學究」之酸腐語，或者「為張打油」之故作詼諧，都不是戲曲的「本色語」。但也因為「本色之弊，易流俚腐；文詞之病，每苦太文」，所以他希望作者能善於斟酌運用雅俗淺深之際；要像《琵琶》那樣「小曲語語本色」，大曲則不忌「綺繡滿眼」，才是曲中「正體」。可見王氏心目中的「當行家」要像高明那樣將語言之「雅俗深淺」用得恰到好處才算數；而「本色語」，則指俚俗白描的語言。

又《曲律・雜論第三十九上》：

> 《西廂》組豔，《琵琶》修質，其體固然。何元朗並訾之，以為「《西廂》全帶脂粉，《琵琶》專弄學問，殊寡本色」。夫本色尚有勝二氏者哉？過矣！（頁一四九）
>
> 當行本色之說，非始於元，亦非始於曲，蓋本宋嚴滄浪之說詩。滄浪以禪喻詩，其言：「禪道在妙悟，詩道亦然。惟悟乃為當行，乃為本色。有透徹之悟，有一知半解之悟」。又云：「行有未至，可加工力；路頭一差，愈騖愈遠」。又云：「須以大乘正法眼為宗，不可令墮入聲聞辟支之果」。知此說者，可與語詞道矣。（頁一五二）
>
> 曲與詩原是兩腸，故近時才士輩出，而一搦管作曲，便非當家。汪司馬曲是下膠漆詞。弇州曲不多見，特《四部稿》中有一【塞鴻秋】、兩【畫眉序】，用韻既雜，亦詞家語，非當行曲。（頁一六二）
>
> （詞隱）《紅蕖》蔚多藻語，《雙魚》而後，專尚本色，蓋詞林之哲匠，後學之師模也。（頁一六四）
>
> 詞隱傳奇，要當以《紅蕖》稱首。其餘諸作，出之頗易，未免庸率。然嘗與余言，歉以《紅蕖》為非本色，殊不其然。生平於聲韻、宮調，言之甚悉，顧於己作，更韻、更調，每折而是，良多自恕，殆不可

曉耳。(頁一六四)

問體孰近?曰:「於文辭一家得一人,曰宣城梅禹金:摛華掞藻,斐亹有致;於本色一家,亦惟是奉常一人:其才情在淺深、濃淡、雅俗之間,為獨得三昧。餘則脩綺而非垛則陳,尚質而非腐則俚矣。」(頁一七〇)

李空同、何大復必不能曲,其時康對山、王渼陂皆以曲名,世爭傳播,而二公絕然不聞,以是知之。即弇州所稱空同「指冷鳳凰笙」句,亦詞家語,非曲家語也。(頁一七八)

世所謂才士之曲,如王弇州、汪南溟、屠赤水輩,皆非當行。(頁一八〇)

由以上王氏《曲律・雜論》所述及之「當行」、「本色」看來,其所謂「本色」乃指戲曲之語言文詞,要像湯顯祖那樣「淺深、濃淡、雅俗之間」用得恰到好處,而不是「非垛則陳」那樣的「脩綺」,也不是「非腐則俚」那樣的「尚質」。如果能如此,才算是「本色語」、「當行曲」,也才是「曲家語」;如講究「摛華掞藻」,便是「詞家語」。能作出「本色語」的曲家,便是「當行曲」。可見王氏之「當行」、「本色」,皆就曲之造語而論,與上文所舉《曲律》諸論中之見解是一致的。至其引滄浪語,以「悟」為「當行本色」,實屬故作「玄妙」,置之可也。

(5)徐復祚

徐復祚(一五六〇—約一六三〇)《曲論》:[278]

[278] 〔明〕徐復祚:《曲論》,《中國古典戲曲論著集成》第四冊,以下引文頁碼標於句末括號內。

《拜月亭》宮調極明，平仄極叶，自始至終，無一板一折非當行本色語，此非深於是道者不能解也。（頁二三五—二三六）

《琵琶》、《拜月》而下，《荊釵》以情節關目勝；然純是委巷俚語，粗鄙之極；而用韻卻嚴，本色當行，時離時合。（頁二三六）

《香囊》以詩語作曲，處處如煙花風柳。如「花邊柳邊」、「黃昏古驛」、「殘星破暝」、「紅入仙桃」等大套，麗語藻句，刺眼奪魄。然愈藻麗，愈遠本色。《龍泉記》、《五倫全備》，純是措大書袋子語，陳腐臭爛，令人嘔穢，一蟹不如一蟹矣。（頁二三六）

鄭虛舟若庸，余見其所作《玉玦記》手筆，……此記極為今學士所賞，佳句故自不乏。……獨其好填塞故事，未免開飣餖之門，闢堆垛之境，不復知詞中本色為何物，是虛舟實為之濫觴矣。（頁二三七）

自此吳江顧大典有《義乳》、《青衫》、《葛衣》等記，皆起流派，操吳音以亂押者；清峭拔處，各自有可觀，不必求其本色也。（頁二三七）

沈光祿璟著作極富，有《雙魚》、《埋劍》、《金錢》、《鴛被》、《義俠》、《紅蕖》等十數種，無不當行。《紅蕖》詞極贍，才極富，然於本色不能不讓他作。蓋先生嚴於法，《紅蕖》時時為法所拘，遂不復條暢；然自是詞家宗匠，不可輕議。（頁二四〇）

近日袁晉作為《西樓記》，調唇弄舌，驟聽之亦堪解頤，一過而嚼然矣。音韻宮商，當行本色，了不知為何物矣！（頁二四〇）

《西廂》……語其神，則字字當行，言言本色，可為南北之冠。（頁二四二）

由以上徐氏之論《拜月亭》「宮調極明，平仄極叶，自始至終，無一板一折非當行本色語」，又謂《荊釵》「以情節關目勝；然純是委巷俚語，粗鄙之極；而用韻卻嚴，本色當行，時離時合。」可知徐氏連用「當行本色」、「本色當行」，「當行」、「本色」同義互文。其義兼指宮調、平仄、韻叶等聲韻律以及詞句之語言不可像《香囊》所云「以詩語作曲」那樣的「麗語藻句」，否則「愈藻麗，愈遠本色」，而若越「飣餖堆垛」，也就越「不復知詞中本色為何物」。可見他所云之「本色」偏向指語言之「本色觀」，是接近王驥德的；但他又合「當行」而擴其義，及於平仄聲韻之講求。

(6)馮夢龍

馮夢龍（一五七四－一六四六）《太霞新奏》卷三，王伯良〈席上為田姬賦得鞋杯〉套後評：

律調既嫺，而才情足以配之。字字文采，卻又字字本色。此方諸館樂府，所以不可及也。[279]

又《太霞新奏》卷五，沈伯英〈問月下老〉散套後評：

〈問月下老〉題目好，全套俱本色流利。支思窄韻，能不犯齊微韻一字，非老手不能。（頁七七）

又《太霞新奏》卷八，卜大荒〈春景〉散套後評：

---

[279]〔明〕馮夢龍評選，俞為民校點：《太霞新奏》，收於《馮夢龍全集》第一四集（南京：江蘇古籍出版社，一九九三），頁四四。以下引文頁碼標於句末括號內。

春辭須芳華燦爛，即點染正不失當行。……然長套更不借一韻，不重一押，亦有可取。（頁一三四）

又《太霞新奏》卷十，龍子猶〈有懷〉散套後評：

子猶諸曲，絕無文采，然有一字過人，曰「真」。（頁一六六）

又《太霞新奏》卷十二，沈子勺〈離情〉散套後評：

詞家有當行、本色二種。當行者，組織藻繪而不涉於詩賦；本色者，常談口語而不涉於粗俗。若子勺「別風辭鸞」一套，可謂當行矣！（頁二一〇）

馮氏居然把「當行」、「本色」認為是「詞家二種」。其所謂「當行」，指的是戲曲語言「組織藻繪而不涉於詩賦」，所以子勺「別風辭鸞」一套，判定為「當行」之作；而點染春景的卜大荒，也「正不失當行」；其所謂「本色」，指的是戲曲文辭的「常談口語而不涉於粗俗」；所以沈伯英的〈月下問老〉流利自然便是「本色」。則馮氏對「當行」、「本色」之義，都就「語言」而言：可以藻麗，但不可近於詩賦；可以白描，但不可流入粗鄙。

(7)沈德符

沈德符（一五七八—一六四二）《顧曲雜言・太和記》：

向年曾見刻本《太和記》，按二十四氣，每季填詞六折，用六古人故事，每事必具始終，每人必有本末。

齣既蔓衍，詞復冗長，若當場演之，一折可了一更漏，雖似出博洽人手，然非本色當行。[280]

又〈雜劇〉：

北雜劇已為金元大手擅勝場，今人不復能措手。曾見汪太函四作，為《宋玉高唐夢》、《唐明皇七夕長生殿》、《范少伯西子五湖》、《陳思王遇洛神》，都非當行。惟徐文長渭《四聲猿》盛行，然以詞家三尺律之，猶河漢也。……近年獨王辰玉太史衡所作《真傀儡》、《沒奈何》諸劇，大得金元（蒜酪）本色，可稱一時獨步。（頁二一四）

又〈舞名〉：

唐人謂：「教坊雷大使舞，極盡巧工，終非本色。」蓋本色者，婦人態也。（頁二一九）

由沈氏〈舞名〉條所述觀之，其所謂之「本色」即指原本應有之模樣韻致。則〈雜劇〉條所論，辰玉（王衡）所撰南雜劇甚具元人北曲雜劇之風範。至其所云汪太函（道昆）雜劇四種合用「本色當行」，自指《太和記》既無元人風貌，亦不具元人手法。則沈氏之「當行本色」說，頗接近本義。亦即「當行」指作家之修為，「本色」指作品之表現。只是其用語甚簡略，必須揣摩乃能得之。

(8)呂天成

---

[280] 〔明〕沈德符：《顧曲雜言》，《中國古典戲曲論著集成》第四冊，頁二〇七。以下引文頁碼標於句末括號內。

呂天成（一五八〇—一六一八）《曲品》卷上：

觀傳奇，近時為盛。大江左右，騷雅沸騰；吳浙之間，風流掩映。第當行之手不多遇，本色之義未講明。當行兼論作法，本色只指填詞。當行不在組織餖飣學問，此中自有關節局概，一毫增損不得；若組織，正以蠹當行。本色不在摹勒家常語言，此中別有機神情趣，一毫妝點不來；若摹剿，正以蝕本色。今人不能融會此旨，傳奇之派，遂判而為二：一則工藻績少擬當行，一則襲樸澹以充本色。甲鄙乙為寡文，此嗤彼為喪質。殊不知果屬當行，則句調必多本色；果其本色，則境態必是當行。今人竊其似而相敵也，而吾則兩收之。即不當行，其華可擷；即不本色，其樸可風。進而有宮調之學，……又進而有音韵平仄之學，……又進而有八聲陰陽之學。[281]

又《曲品》卷下，〈神品二・拜月〉校正：

云此記出施君美筆，亦無的據。元人詞手，製為南詞，天然本色之句，往往見寶，遂開臨川玉茗之派。（頁二二四）

明人之論「當行本色」，呂氏可謂最為詳審。其所謂「當行」重在編撰傳奇之「作法」，其中關目情節之布置、排場冷熱之處理都要精細得體，如果刻意掇拾餖飣以炫耀學問，都稱不上真正的大手筆。其所謂「本色」，則明指單就「填詞」而言，而所填詞之語言要呈現其機神情趣，切忌有意妝點藻飾和摹勒家常，一切要出諸天然。

[281]〔明〕呂天成：《曲品》，《中國古典戲曲論著集成》第六冊，頁二一一—二一二。以下引文頁碼標於句末括號內。

他也指出時人有「工藻繢」的「擬當行」和「襲樸澹」的「充本色」，兩相嗤鄙；都非真「當行」、真「本色」。最後他也認為，即稱之為「曲」，也應當進一步講究宮調、音韻平仄、八聲陰陽的聲韻音律之學。

(9) 凌濛初

凌濛初（一五八〇－一六四四）《譚曲雜箚》：

曲始於胡元，大略貴當行不貴藻麗。其當行者曰「本色」。蓋自有此一番材料，其修飾詞章，填塞學問，了無干涉也。故《荊》、《劉》、《拜》、《殺》為四大家，而長材如《琵琶》猶不得與，以《琵琶》間有刻意求工之境，亦開琢句修詞之端，雖曲家本色故饒，而詩餘弩末亦不少耳。國朝如湯菊莊、馮海浮、陳秋碧輩，直闖其籓，雖無耑本戲曲，而製作亦富，元派不絕也。自梁伯龍出，而始為工麗之濫觴，一時詞名赫然。蓋其生嘉、隆間，正七子雄長之會，崇尚華靡；弇州公以維桑之誼，盛為吹噓，且其實於此道不深，以為詞如是觀止矣，而不知其非當行也。以故吳音一派，兢為勦襲。靡詞如綉閣羅幃、銅壺銀箭、黃鶯紫燕、浪蝶狂蜂之類，啟口即是，千篇一律。甚者使僻事，繪隱語，詞須累詮，意如商謎，不惟曲家一種本色語抹盡無餘，即人間一種真情話，埋沒不露已。至今胡元之竅，塞而未開，間以語人，如錮疾不解，亦此道之一大劫哉！[282]

可見凌氏以「不貴藻麗」為當行，又謂「其當行者曰『本色』」，則其所云「本色」與「當行」為異名同實，皆

282 〔明〕凌濛初：《譚曲雜箚》，《中國古典戲曲論著集成》第四冊，頁二五三。以下引文頁碼標於句末括號內。

用以反對時人「藻麗」之風。其用指戲曲語言亦明矣。

《譚曲雜劄》又云：

> 沈伯英審於律而短於才，亦知用故實、用套詞之非宜，欲作當家本色俊語，卻又不能，直以淺言俚句，棚拽牽湊，自謂獨得其宗，號稱「詞隱」。而越中一二少年，學慕吳趨，遂以伯英開山，私相服膺，紛紜競作。非不東鍾、江陽，韻韻不犯，一稟德清；而以鄙俚可笑為不施脂粉，以生梗雉〔稚〕率為出之天然，較之套詞、故實一派，反覺雅俗懸殊。使伯龍、禹金輩見之。益當千金自享家帚矣！（頁二五四—二五五）

《譚曲雜劄》又云：

> 《紅梨花》一記，其稱琴川本者，大是當家手，佳思佳句，直逼元人處，非近來數家所能。（頁二五五）

又云：

> 蓋傳奇初時本自教坊供應，此外止有上臺勾欄，故曲白皆不為深奧。其間用詼諧曰「俏語」，其妙出奇拗曰「俊語」。自成一家言，謂之「本色」。（頁二五九）

以上三條資料，可見號稱「詞隱」的本色派領袖，在凌氏眼中不過是以「棚拽牽湊」極不自然的「淺言俚句」來冒充，他根本不能作出「當家本色俊語」；也就是說戲曲當行家所用的「本色語」就是「俊語」。而這種「俊語」要出諸「天然」，要像元人那樣的「佳思佳句」。如果這種「妙出奇拗」的「俊語」能夠「自成一家言」，便是達到「本色」的境界。

又《南音三籟・凡例》：

曲分三籟，其古質自然，行家本色者為天；其俊逸有思，時露質地者為地。若但粉飾藻繢，沿襲靡詞者，雖名詞流，聲傳里耳，概謂之人籟而已。[283]

又《南音三籟》評祝枝山仙呂【八聲甘州】〈詠月〉為人籟，曰：

昔人以「長空萬里」與此套較優劣，云「覺此為色相。」不知律以古調本色，「長空萬里」未嘗不色相也。（頁一一）

又《南音三籟》評顧道行南呂【香遍滿】〈閨怨〉為地籟，總評曰：

至如「蘆花吹白上人頭」及「愁耽白苧秋」、「病怕黃昏後」等語，雖非曲家本色所尚，然自是詞家俊句，以視浮套懸殊也。（頁五二—五三）

又《南音三籟》以唐伯虎越調【亭前柳】〈瓶墜寶簪折〉為天籟，評曰：

今人專務藻繪，剗去本色，不若吳歌【掛枝兒】，反為近情。（頁九一）

---

283 〔明〕凌濛初著，孔祥義標點：《南音三籟》，收入安平秋、魏同賢主編：《凌濛初全集》第肆集（南京：鳳凰出版社，二〇一〇），頁三。以下引文頁碼標於句末括號內。

又《南音三籟》以馮海符商調【集賢賓】〈秋思〉為天籟，評曰：

此四曲句句本色，妙甚。（頁一〇一）

又《南音三籟》評《拜月亭》仙呂【上馬踢】套曲為天籟，其中【臘梅花】眉批曰：

如此等曲，不假藻繪，真率自然，所謂削膚見肉，削肉見骨者也。（頁一七二）

又《南音三籟》評《拜月亭・相逢》中呂【粉蝶兒】套曲為天籟，其中【耍孩兒】眉批曰：

「肯分地」，亦詞家本色語，猶云「恰好的」也。（頁二〇二）

又《南音三籟》評《紅梨記》越調【小桃紅】套曲為地籟，總評曰：

總評：用韻甚嚴，度曲婉轉處近自然，尖麗處復本色，非爛熟元劇者，不能有此。（頁二四七）

又《西廂記・凡例》：

但細味實甫別本，如《麗春堂》、《芙蓉亭》，頗與前四本氣韻相似，大約都冶纖麗。至漢卿諸本，則老筆紛披，時見本色。此第五本亦然。[284]

[284] 〔明〕凌濛初著，孔祥義標點：《西廂記》，收入安平秋，魏同賢主編：《凌濛初全集》第拾集，頁一。

又《琵琶記・凡例》：

曲中妙處，專取當行本色俊語，非取麗藻。285

從以上這些「評語」和〈凡例〉，也可見凌氏以「古質自然」為「行家本色」；其在《南音三籟》中，較之「俊逸有思，時露質地者」有「天籟」、「地籟」之別，更無論「但粉飾藻繢，沿襲靡詞」的「人籟」了。於是在他心目中，「本色」要以元曲「古調」為準地，縱使是「詞家俊語」也「非曲家所尚」。而當世作家，因「專務藻繪」，便「剗去本色」；而只要是「真率自然」、「不假藻繪」的本色語，無不句句「妙甚」；所以「曲中妙處，專取當行本色俊語，非取麗藻。」而「漢卿諸本，則老筆紛披，時見本色。」也因此「度曲婉轉處近自然，尖麗處復本色」的作家，自然「非爛熟元劇者，不能有此」。

總而言之，凌氏之「當行」、「本色」，亦盡在論說其與造語關係。他視「當行」為作出「本色語」的作家，而「本色語」是曲中講究的天然質樸的俊語，它不是硬湊出來的俚諺俗語，更不是文詞家的「藻繢語」。則凌氏所認知之「當行本色」，亦不過窺及一偏而已。

(10)祁彪佳

祁彪佳（一六〇二－一六四五）〈遠山堂曲品敘〉：

予素有顧悞之僻，見呂鬱藍《曲品》而會心焉。……韻失矣，進而求其調；調訛矣，進而求其詞；詞陋

285 同上，收入安平秋，魏同賢主編：《凌濛初全集》第拾集，頁二一三。

矣，又進而求其事。或調有合於韻律，或詞有當於本色，或事有關於風教，苟片善之可稱，亦無微而不錄。故呂以嚴，予以寬；呂以隘，予以廣；呂後詞華而先音律，予則賞音律而兼收詞華。[286]

這段話可見祁氏之戲曲批評：首在講求韻協，其次在曲調、在曲詞、在本事。其曲詞要能合乎本色。而其所謂「本色」，從其評諸劇之語觀之：如「詞極爽」（《睡鄉》頁一二）、「詞無腐病」（《蕉帕》頁一二）、「詞極輕爽，正於疏處更見才情」（《半繻》頁一五）、「以工麗見長，雖屬詞家第二義」（《玉玦》頁二〇）、「詞白穩貼，猶得與《荊》、《劉》相上下」（《雙盃》頁二五）、「幸其詞屬本色」（《檀扇》頁四三）、「此曲詞調朗徹，儘有本色，是熟於科諢排場者」（《釵釧》頁五五）、「曲雖多穉弱句，而賓白卻甚當行。其場上之善曲乎？」（《水滸》頁五九）、「就徐劇略演之，為齣止十八，其中數折，不失文長本色」（《女狀元》頁六二）、「前半與《精忠》同。後半稍加改擅，便失原本之色。不識音律者，誤人一至於此！」（《陰抉》頁九一）、「作者於崔、魏時事，聞見原寡，止從草野傳聞，雜成一記，即說神說鬼，去本色愈遠矣。調多不明，何以稱曲」（《磨忠》頁一〇九）、「方諸生精於曲律，其於宮韻平仄，不錯一黍。若是而復能作本色之詞，遂使鄭德輝《離魂》北劇，不能專美於前矣。白香山作詩，必令老嫗能解，此方諸之所以不欲曲為案頭書也」（《倩女離魂》）、「此亦非羅貫中傳內所載。鋤強抑暴，自是英雄本色。」（《黃花峪》）[287]

以上，由「詞屬本色」、「本色之詞」看來，其「本色」當就曲詞而言。再由「詞極爽」、「詞無腐病」、「詞極輕爽」、「以工麗見長，雖屬詞家第二義」、「詞白穩貼，猶得與《荊》、《劉》相上下」、「曲雖多穉弱句」諸語

[286] 〔明〕祁彪佳：《遠山堂曲品》，《中國古典戲曲論著集成》第六冊，頁五。

[287] 〔明〕祁彪佳：《遠山堂劇品》，《中國古典戲曲論著集成》第六冊，頁一六二、一八一。

揣摩，其所謂「本色之詞」，既非指酸腐或工麗，亦非屬俚俗孱弱，當為「輕爽穩貼」之語。再從「此曲詞調朗徹，儘有本色」、「文長本色」、「原本之色」、「說神說鬼，去本色愈遠矣」、「英雄本色」，則其「本色」一詞，又非單指戲曲之曲詞，而應指原本應具有之精神面貌而言；因之或指戲曲「詞調朗徹」，或指關目情節不可「說神說鬼」。至於「當行」一詞，於此則單指賓白之運用得體。則祁氏於「本色」之義雖未全然朗澈，但亦庶幾近之。至於「當行」則幾於無知。

3. 明人本色當行論總評

上面所舉何良俊等十家：

何良俊旨在論「本色語」，即戲曲之是否「本色」由語言決定。「本色語」也是「俊語」，要姿媚蘊藉、簡淡可喜。因此他認為懂得用「俊語」來填詞的「作家」，便是「當行家」。所見不免拘泥於一隅，離「本色」、「當行」之涵意實偏且遠。

臧懋循則認為「本色」是語言要合乎當地腔口，情節緊湊不枝蔓。又將曲家分作「名家」、「行家」。名家只要文采爛然即可，行家則要兼具「情詞穩稱」、「關目緊湊」、「音律諧叶」和「摹擬曲盡」四要件。他在時人中，可以說是把「當行」發揮得最透徹的理論家。

沈璟卻拿「本色語」和「方言」類比，用來指稱白描的俗語；而把懂得「細把音律講」的作家稱作「當行」。所論也止於「一廂情願」。

而王驥德則將「本色」、「當行」鬮合論述，他認為「本色」應當在「淺深、濃淡、雅俗之間」用得恰到好處，而不是過分的「倚綺」或「尚質」。能如此，便是「本色語」、「當行曲」，也才是「曲家語」。能作出「本色語」的曲家，便是「當行家」。他可以說是把「本色語」說得最恰當的人；但論「當行」則未盡得體，其「本色」也止於「造語」之一偏。

徐復祚則將「當行」、「本色」，「當行本色」、「本色當行」皆用作同義互文，並指音律和造語；凌濛初亦說「不貴藻麗」為「當行」，又謂其「當行者曰本色」；其見解有如何良俊、徐復祚之視「當行」、「本色」為一體之兩面，而皆就造語而言。凌氏以元曲「古調」為準繩。而馮夢龍居然把「當行」和「本色」認為「詞家二種」，亦即是「曲詞的兩種類型」。其所謂「當行」指的是「組織藻繪而不涉於詩賦」，「本色」指的是「常談口語而不涉於粗俗」，都是指「造語」而言。此數家亦皆流於偏執。

沈德符所謂的「本色」、「當行」，可以看出「本色」是指作品應具的風貌；「當行」是指作家應有的手法。呂天成可以說與沈德符「英雄所見」，而且論述得更加周到得體。其以「當行」為作法，已顧及關目排場；而以「本色」單就「填詞」而言，且要講究其「機神情趣」。而祁彪佳之論「本色」認為曲詞之「輕爽穩貼」為戲曲應具有的精神面貌，此點與沈、呂二家近似，而他竟單以賓白之運用得體為「當行」，未知何所據而云然。

至於李開先等四家：

李開先先將戲曲作家分為曲家與詞家二派，曲家用「本色語」，講求聲口相應、明白易知，當以金元為風範。否則，便是講究藻飾的詞家之曲。

徐渭亦以「本色」為不施文采的白描自然，才是戲曲的「本體正身」，他是對時人之崇尚《香囊》之時文氣而發；但如同李開先，都止就語言風格而論。

而王世貞則將本色指向造語之「雄爽疏俊」外，亦兼顧協韻聲情之美妙可詠。但他卻又自相矛盾的認為「本色過多」為曲家之弊，則又似以「本色」為造語之「白描質樸」。可見其於「本色」並非有真知卓見。

湯顯祖則不單講「本色」，而講「真色」，即以「真情」為本色，故能「入人最深」，因之也不在乎語言是否白描。

至此，我們再回顧本文開頭對「本色」、「當行」之本義、引申義的探究，我們知道：其用於文學批評，「本色」應是指稱作品所屬體類應具有的品調風貌；「當行」則應指稱作家對所屬體類應具有的創作修為。然而從上文對十四位明代曲論家所運用的批評術語「本色」、「當行」、「本色當行」、「當行本色」的分析，可見明人所謂的「本色」、「當行」，其較接近本義和引申義者，除沈德符之論「當行」外，大抵皆以「本色」論戲曲之「造語」；雖然何良俊、王驥德、淩濛初皆把「當行」用來指稱作家，但那也僅在說明能用「本色語」的作家，即為「當行家」。

明人對於「本色語」的看法，除了王世貞以「秀麗雄爽」兼聲情之美，湯顯祖以能感人的真情來定位「本色」外，大抵都主張以元人為典範，反對語言的藻麗，以排除《香囊記》對時人的影響。但沈璟以方言俚語為尚，不免落入掤拽牽湊；應當如王驥德在淺深、濃淡、雅俗之間用得恰到好處，為最得體。

至於沈璟以「細把音律講」的作家當作「當行家」，是因為他以格律派領袖自居；祁彪佳單以「賓白運用得體」為當行，卻不免偏狹。應當以臧懋循兼具「情詞穩稱」、「關目緊湊」、「音律諧叶」、「摹擬曲盡」四要件最為周延。

但臧氏之論，若比起呂天成《曲品》卷下所記之「南劇十要」，則又瞠乎其後。呂氏云：

我舅祖孫司馬公謂予曰：「凡南劇，第一要事佳，第二要關目好，第三要搬出來好，第四要按宮調、協音律，第五要使人易曉，第六要詞采，第七要善敷衍——淡處作得濃、閑處作得熱鬧，第八要各角色派得匀妥，第九要脫套，第十要合世情、關風化。持此十要以衡傳奇，靡不當矣。」但今作者輩起，能無集乎大成，十得六者，便為璣璧；十得四五者，亦稱翹楚；十得二三者，即非碔砆。具隻眼者，試共評之。[288]

可見呂天成《曲品》是有意要執此「十要」以評論南戲、傳奇的。但從《曲品》觀之，他似乎也沒能做到。

總此可見，明人論「本色」，就語言而言，真得其宜的，不過一位王驥德；論「當行」，就作家而言，最為周延的，也只一位臧懋循。緣故是明人治學不精嚴，名實未審之前，即隨意生發以為銓衡，因此難免以偏概全，各是其是、各非其非，畢竟如瞎子摸象，攪亂是非，終究不得「真象」。

其實若以「本色」、「當行」、「當行本色」、「本色當行」來論戲曲，那麼「本色」可以說就是戲曲作品本身所應具有而呈現於外的韻調面貌，雖以王驥德曲詞之「造語」觀念為主，而不止於此；「當行」是指劇作家所應具備的能力修為，雖以臧懋循所論為主，但不止於此。那麼，應當如何才算妥貼周全呢？鄙意認為欲知曲的真「本色」，應當從「曲」的特質說起。

(二)「本色」為「曲之本質」之總體呈現

1.前賢論詩詞曲之不同

而若論「曲之本質」，則當比較「詩詞曲之異」，以此來說明曲在韻文學中，如何從其近親兄弟「脫穎而出」。對此，臧懋循《元曲選・序二》云：

[288]〔明〕呂天成：《曲品》，《中國古典戲曲論著集成》第六冊，頁二一三。

所論詩變而詞，詞變而曲，其源本出於一。而變益下，工益難，何也？詞本詩而亦取材於詩，大都妙在奪胎而止矣。曲本詞而不盡取材焉，如六經語、子史語、二藏語、稗官野乘語，無所不供其採掇，而要歸於斷章取義，雅俗兼收，串合無痕，乃悅人耳。此則情詞穩稱之難。宇內貴賤、妍媸、幽明、離合之故，奚啻千百其狀；而填詞者必須人習其方言，事肖其本色，境無旁溢，語無外假；此則關目緊湊之難。北曲有十七宮調，而南止九宮，已少其半。至於一曲中有突增數十句者，一句中有襯貼數十字者，尤南所絕無，而北多以是見才。自非精審於字之陰陽，韻之平仄，鮮不劣調；而況以吳儂強效傖父喉吻，焉得不至河漢？此則音律諧叶之難。[289]

可見臧氏認為詩詞曲一脈相傳，但越變越難。曲較諸詩詞又有「情詞穩稱之難」、「關目緊湊之難」、「音韻諧叶之難」等三難。

明人王驥德《曲律・雜論第三十九下》：

晉人言：「絲不如竹，竹不如肉。」以為漸近自然。吾謂：詩不如詞，詞不如曲，故是漸近人情。夫詩之限於律與絕也，即不盡於意，欲為一字之益，不可得也。詞之限於調也，即不盡於吻，欲為一語之益，不可得也。若曲，則調可累用，字可襯增。詩與詞，不得以諧語方言入，而曲則惟吾意之欲至，口之欲宣，縱橫出入，無之而無不可也。故吾謂：快人情者，要毋過於曲也。（頁一六〇）

可見王驥德認為詩詞無論在體製格律或遣詞造句所受的拘限較諸曲為大，因此難於像曲那樣能夠暢快人情。

289 〔明〕臧懋循：《元曲選》第一冊，頁三一四。

又明末清初黃周星（一六一一—一六八〇）《製曲枝語》云：

詩降而詞，詞降而曲，名為愈趨愈下，實則愈趨愈難。何也？詩律寬而詞律嚴，若曲則倍嚴矣。按格填詞，通身束縛。蓋無一字不由湊泊，無一語不由扭捏而能成者。故愚謂曲之難有三：叶律，一也；合調，二也；字句天然，三也。嘗為之語曰：三仄更須分上去，兩平還要辨陰陽。詩與詞曾有是乎？[290]

又云：

愚謂曲有三難，亦有三易。三易者，可用襯字襯語，一也；一折之中，韻可重押，二也；方言俚語，皆可驅使，三也。是三者皆詩文所無而曲所有也。然亦顧其用之何如，未可草草。即如賓白何嘗不易，亦須順理成章，亦可動聽，豈皆市井遊談乎？[291]

可見黃氏是從聲韻規律和造語技巧來說明曲較諸詩詞之難易。從表相看，可以說言之成理；而其實詩詞曲之遞變，是韻文學自然演進的結果，其間實無難易之別。蓋出諸名家，則必無一字之湊泊，亦無一字之扭捏，而無不妙手天成；所以各為一代之文學。

又清康熙間田同之《西圃詞說》有以下三則：其一〈沈謙論詩詞曲不同〉：

承詩啟曲者，詞也；上不可以似詩，下不可似曲。然詩與曲又俱可入詞，貴人自運。

---

[290] 〔清〕黃周星：《製曲枝語》，收於俞為民、孫蓉蓉主編：《歷代曲話彙編：清代編》第一集，頁二二三。

[291] 同上註，頁二二三。

其二〈董文友論詩詞曲界限〉：

董文友《蓉渡詞話》曰：「詞與詩、曲，界限甚分，似曲不可，而似詩仍復不佳；譬如擬六朝文，落唐音固卑，侵漢調亦覺傖父。」

其三〈王士禎論詩詞曲不同〉：

或問詩詞曲分界，曰：「『無可奈何花落去，似曾相識燕歸來』，定非香奩詩；『良辰美景奈何天，賞心樂事誰家院』，定非草堂詞也。」[292]

所舉沈謙、董文友、王士禎三家，雖皆在說明詩詞曲當有分野，但皆未明白說出當如何分野，其界限與不同又在何處，如此，豈不等於「白說」。

對此，田氏本人則進一步說明〈詞曲之所以分〉：

或云：「詩餘止論平仄，不拘陰陽。若詞餘一道，非宮商調，陰陽協，則不可入歌固已。」第唐宋以來，原無歌曲，其梨園弟子所歌者，皆當時之詩與詞也。夫詩詞既已入歌，則當時之詩詞，大抵皆樂府耳，安有樂府而不叶律呂者哉？故古詩之與樂府，近體之與詞，分鑣並騁，非有先後。謂詩降為詞，以詞為詩之餘，詞變為曲，以曲為詞之餘，殆非通論矣。況曰填詞，則音律不精，性情不考，幾何不情文蹖盭，

[292] 以上三則引文見〔清〕田同之：《西圃詞說》，收於俞為民、孫蓉蓉主編：《歷代曲話彙編：清代編》第二集，頁二七九。

宮商偭背乎！於是知古詞無不可入歌者，深明樂府之音節也。今詞不可入歌者，音律未諳，不得不分此以別彼也。此詞與曲之所以分也。然則詞與曲判然不同乎？非也。不同者口吻，而無不同者諧聲也。究之近日填詞者，固屬模糊。而傳奇之作家，亦豈盡免於齟齬哉！[293]

田氏說了半天，也止在強調詩詞曲都是「樂府」，都要協和聲律。

再看乾嘉間陳棟《北涇草堂曲論》所云：

曲與詩餘，相近也而實遠。明人滯於學識，往往以填詞筆意作之，故雖極意雕飾，而錦糊燈籠，玉相刀口，終不免天池生所譏。間有矯枉之士，去繁就簡，則又滿紙打油，與街談巷語無異。夫曲者曲而有直體，本色語不可離趣，矜麗語不可入深。元人以曲為曲，明人以詞為曲，國初介於詞曲之間，近人并有以賦為曲者。賞音可覯，定不河漢余言。[294]

則陳氏所強調詞曲之異同在於語言之趣味。

又同光間楊恩壽（一八三五—一八九一）《詞餘叢話》卷一〈原律〉：

昔人謂「詩變為詞，詞變為曲，體愈變則愈卑。」是說謬甚。不知詩、詞、曲固三而一也，何高卑之有？風琴雅管，三百篇為正樂之宗，固已芝房寶鼎，奏響明堂；唐賢律、絕，多入樂府，不獨宋、元諸詞，喝唱則用關西大漢，低唱則用二八女郎也。後人不溯源流，強分支派。〈大雅〉不作，古樂云亡。自度成

---

[293] 同上註，頁二八一。

[294] 〔清〕陳棟：《北涇草堂曲論》，收於俞為民、孫蓉蓉主編：《歷代曲話彙編：清代編》第三集，頁五三二一。

腔，固不合拍；即古人遺製，循塗守轍，亦多聱牙。人援「知其當然、不知其所以然」之說以解嘲，今竝當然者亦不知矣。詩、詞、曲界限愈嚴，本真愈失。[295]

可見楊氏是反對臧氏「曲有三難」之說，而認為詩詞曲都屬音樂文學，三者同一，何高卑之有。但他除了頑固的「復古」觀念之外，於詩詞之明顯異同，實在沒有分辨的能力。

近人任訥《散曲概論・作法第七》對於詞曲分野也頗有精闢之論說：

若曲之判別於詞者，固不僅僅於句法，韻腳，材料之一則如話，一不如話也。同一話也，詞與曲之所以說者，其途逕與態度亦各異。曲以說得急切透徹，極情盡致為尚；不但不寬弛，不含蓄，且多衝口而出，若不能待者；用意則全然暴露於詞面，用比興者，並所比所興，亦說明無隱：此其態度為迫切，為坦率，可謂恰與詩餘相反也。（惟唐五代北宋詞之態度，猶多與曲相同者，如張耒之敘賀鑄《東山詞》有曰：「是所謂滿心而發，肆口而成，雖欲已焉，而不得者。」所謂「肆口而成」，欲已不得，金元好曲子正如此。）為欲極盡情致之故，乃或將所寫情致，引為自己所有，現身說法，如其人之口吻以描摹之；或明為他人之情致，則自己退居旁觀地位，以唱歎出之，以調侃出之：此其途逕為代言，為批評，亦皆詩餘中所不有者也。作曲者既已運用句法，韻腳，多採語料，倘又循是以得曲中說話之途逕與態度，則所作者，判別於詞，而得曲之根本也必矣。

總之：詞靜而曲動，詞斂而曲放，詞縱而曲橫，詞深而曲廣，詞內旋而曲外旋，詞陰柔而曲陽剛；詞以

[295] 〔清〕楊恩壽：《詞餘叢話》，《中國古典戲曲論著集成》第九冊，頁二三六—二三七。

婉約為主，別體則為豪放；曲以豪放為主，別體則為婉約；詞尚意內言外，曲竟為言外而意亦外。詞曲之精神如此，作曲者有以顯其精神，斯為合法也。

為便於彼此比較，益為著明起見，嘗就學作詞曲之進程上，畫分為四層步驟：初步妥溜，文理以外，句法，四聲，叶韻，俱能妥貼順溜之謂。詞與曲雖各妥溜其所妥溜，不必盡同，而首先必求此妥溜，則一也。次步在詞為清新，在曲為尖新。新，乃二者之所同，惟詞乃託體於渾穆，尖非其所宜，曲之感人在敏銳，尖正得其所也。三步在詞為沉鬱，在曲為豪辣。沉鬱者，情之所發，鬱勃而不能盡忍，鬱積而不能盡宣，語之所出，重不知其所負，深不知其所止，而詞既已成矣；豪辣者，尖新而能入於大方，情之熱烈，可以炙手，詞之所鞭策，痕圻立見，而曲既已成矣。四步於詞為可以入亦可以出者，有所為亦不必有所為者，其語觸著多而做作少者，難以名之，權曰空靈；於曲則為灝爛，蓋由險而趨平，由奇而入正，虛涵渾化，而超出於象外者，曲之高境也。此所比較，僅限於詩餘與曲文，其他附屬曲文之科介賓白，皆不與焉；蓋專為曲之基本說法，故即可當散曲之作法觀也。曲取「尖新」，見王驥德《曲律》。「豪辣」、「灝爛」，皆貫雲石《陽春白雪・序》中語。

又為簡易淺明計，嘗就詞曲之名稱立說，以見其精神與作法：雜劇則其精神端在內容之雜，傳奇則其精神端在情節之奇，或得其反義為不奇，至於散曲，則逕曰曲之精神在散，而曲之作法亦全在散也。蓋上文所謂動也，放也，橫也，廣也，外旋也，皆適符於散之義。作者需放開眼取材，得元人之光怪陸離，撒開手下筆，得元人之莽放恣肆；若一狃於尋常詞章之故態，或存雅俗之見，或懸純駁之分，則是有所拘執，而不能放也，散也，去作曲之法遠矣。然則問散曲之作法如何者，固可以一言以蔽之曰「散」耳。296

可見任氏論詞曲之別從取材、語言之運用、精神面貌、作法等方面論說，可謂切當不易而深中肯綮。

至於其他所舉數家，亦可概見，古人論曲之「本質」，皆經由與詩詞之比較來求得，所用方法雖然正確，但均比較片面而不夠周延，因此也難以從中看出「曲」的真正「本質」。

2. 曲之特質

著者認為：詩詞曲雖一脈相承，詞曲更如同胞兄弟，但由於時代不同，體製有別，於是其音律、語言、內容、表現方式、風格，亦隨之而有異。本節想從詩詞曲的簡單比較中，見出曲的特質，亦即「曲」所呈現整體風貌所具之「本色」。

(1)體製

詩有古、近體，近體又有律、排、絕三種，各有五七言，古體更有雜言。五絕最短，止四句二十字；古體可以自由展延，但最長的〈孔雀東南飛〉亦不過一千七百四十五字。詞有單調、雙調、三疊、四疊之分，而最長的【鶯啼序】止於二百四十字。散曲則短至十四字即可成篇的小【絡絲娘】，長則可以累數十調的長套，如劉時中正宮【端正好】〈上高監司〉套用三十四調，凡二千四百餘字。又曲有南北之分，帶過、集犯、聯套與合套之別，較之詩詞變化多方。

(2)音律

詩之古體只講求押韻，近體加上平仄和對偶，詞則分別四聲，曲更考究陰陽。詩的押韻是平聲與平聲押，上聲與上聲押，去聲與去聲押，入聲與入聲押，也就是四聲各自押韻，不能互相通融。詞則平聲獨用、入聲獨

296 任中敏：《散曲概論》，收於任中敏編著，曹明升點校：《散曲叢刊》下冊（南京：鳳凰出版社，二〇一三），頁一〇七一—一〇七二。

用，上去兩聲獨用、通用均可，詞中平仄通押的情形，只限於【西江月】、【渡江雲】、【虞美人】、【換巢鸞鳳】等少數例子，而曲則北曲平上去（無入聲）三聲通押，南曲押韻雖大致與詞相同，但平上去通押的情形較詞為多，則又近於北曲。所謂平仄通押或三聲通押，並不是平仄聲隨便押一個字就行，而是那一句該押平聲，那一句該押仄聲，仍有它一定的規律。由此可見曲在音律上有較詩詞謹嚴的一面，但也有較寬的一面；謹嚴的是平仄律，寬敞的是協韻律。

另外在句中的「音節形式」，詩和詞曲也有不同。茲先舉數例，再作說明。

搵、英雄淚。繫、斜陽纜。（辛棄疾【水龍吟】）

翠羽、搖風。寒珠、泣露。（貫雲石【蟾宮曲】）

殷勤、紅葉詩。冷淡、黃花市。（喬吉【雁兒落過得勝令】）

對人嬌、杏花。撲人飛、柳花。（白樸【慶東原】）

蔬圃、蓮池、藥闌。石田、茅屋、柴關。（張養浩【沈醉東風】）

長醉後、方何礙。不醒時、有甚思。（白樸【寄生草】）

疏星淡月、秋千院。愁雲恨雨、芙蓉面。（張可久【塞鴻秋】）

點秋江、白鷺沙鷗。不識字、烟波釣叟。（白樸【沈醉東風】〈漁夫〉）[297]

[297] 〔宋〕辛棄疾，鄧廣銘箋注：《稼軒詞編年箋注增訂本》（上海：上海古籍出版社，一九九八），【水龍吟】〈登建康賞心亭〉，頁三四；【水龍吟】〈過南劍雙溪橋〉，頁三三七。隋樹森編：《全元散曲》（北京：中華書局，二〇〇〇），頁三六七、六三三、二〇一、四一四、一九三、九二二、二〇〇。

上舉四言、五言、六言、七言各四例，分作兩種不同的音節形式，每種各有二例。即：四言有（二・二），（一・三）二式；五言有（二・三），（三・二）二式；六言有（二・二・二），（三・三）二式；七言有（四・三），（三・四）二式。每句的最後音節如果是偶數，則稱作「雙式句」；如果是單數，則稱作「單式句」。雙式句音節平穩舒徐，單式句音節則健捷激裊。四言詩的音節形式只用雙式，「對酒、當歌，人生、幾何」。五言詩只用單式，如「國破、山河在，城春、草木深」。七言詩亦只用單式，如「錦江春色、來天地，玉壘浮雲、變古今」。而詞曲則四言、五言、六言、七言各有單雙式，所以詞曲較詩更富音樂性。[298]按音節形式與意義形式不同，如「春水船如天上坐，老年花似霧中看。」音節形式止是四・三，而意義形式則為三・一・三，這一點要分清楚。

詞曲的音節形式雖然都有單式和雙式，但曲中更有襯字、增字、帶白、夾白、滾白。因此語言長度伸縮變化、語勢輕重交互傳遞，在節奏上又較詞更為流利活潑。茲舉數例說明如下。先舉正宮【叨叨令】三曲之前半段：

> 黃塵萬古長安路。折碑三尺邙山墓。西風一葉烏江渡。夕陽十里邯鄲樹。（無名氏）
>
> 想他腰金衣紫青雲路。笑俺燒丹煉藥修行處。俺笑他封妻蔭子叨天祿。不如逍遙散誕茅庵住。（楊朝英）[299]
>
> 見安排著車兒馬兒不由人熬熬煎煎的氣。有甚心情將花兒靨兒打扮的嬌嬌滴滴的媚。準備著被兒單枕兒冷則索昏昏沈沈的睡。從今後衫兒袖兒都扠濕重重疊疊的淚。（王實甫《西廂記・長亭送別》）[300]

[298] 見鄭師因百（騫）：〈詞曲的特質〉，《景午叢編》上編（臺北：中華書局，一九七二），頁五八－六五。

[299] 隋樹森編：《全元散曲》，頁一六六〇、一二九二。

[300] 〔元〕王實甫：《西廂記》，收入曾永義編注：《中國古典戲劇選注》（臺北：國家出版社，二〇〇七），頁四二一－四二二。

再舉關漢卿南呂【一枝花】〈不服老〉套之【尾曲】為例：

「我是箇蒸不爛、煮不熟、捶不扁、炒不爆」響噹噹一粒銅豌豆。〔恁子弟每〕「誰教你、鑽入他、鋤不斷、斫不下、解不開、頓不脫、」慢騰騰千層錦套頭。「我翫的是梁園月，飲的是東京酒。賞的是洛陽花，攀的是章臺柳。我也會圍棋、會蹴踘、會打圍、會插科、會歌舞、會吹彈、會嚥作、會吟詩、會雙陸。你便是落了我牙、歪了我嘴、瘸了我腿、折了我手，〔天賜與我〕這幾般兒歹症候，尚兀自不肯休。則除是閻王親自喚，神鬼自來勾，三魂歸地府，七魄喪冥幽。」〔天哪！〕那其間（攙）不向煙花兒路上走。[301]

上面【叨叨令】三曲，第一曲全同本格，一字不襯，讀來有如詩詞；第二曲每句句首加襯字，略近口語，較為流利；至若第三曲，襯字分布句中音步處，反較正字為多，於是語調騰挪變化、語勢輕重有致，曲的流利活潑便充分的表露出來。〈不伏老〉套【尾曲】中，本格正字、正句只有七言三句，但此曲中，加「　」符號的是「滾」，無韻的是「滾白」，有韻的是「滾唱」，都屬「增句」。加〔　〕符號的是「夾白」，其中「天哪！」一語，即夾白中的「帶白」。加（　）符號的是「增字」。此外在曲中還有「減字」、「減句」的情形。也就是因為曲的格式中本格之外尚且可以容納這許多因素，所以曲的格式便常變化多端，有時直教人墮入五里霧中，這是讀曲最感頭痛的事。

(3)語言

詩的語言大抵比較古樸典重，詞比較輕靈曼妙，曲則講求明白通俗、機趣橫生。因為曲盛行的元代，由於

---

301 隋樹森編：《全元散曲》，頁一七三。

外族文化的衝激和庶民階層的抬頭，所以充滿著鮮活的生命力，茲舉數例如下：

王和卿【醉中天】彈破莊周夢，兩翅架東風。三百座名園一採一箇空，難道是風流孽種。唬殺尋芳的蜜蜂。輕輕搧動。把賣花人、搧過橋東。

盧摯【蟾宮曲】想人生七十猶稀，百歲光陰，先過了三十，七十年間，十歲頑童，十載尫羸。五十歲、除分晝黑，剛分得、一半兒白日。風雨相催，兔走烏飛。仔細沉吟，都不如快活了便宜。

徐再思【蟾宮曲】平生不會相思，才會相思，便害相思。身似浮雲，心如飛絮，氣若游絲。空一縷、餘香在此，盼千金、遊子何之。證候來時，正是何時？燈半昏時，月半明時。[302]

轉調【貨郎兒第六轉】恰正好嘔嘔啞啞、霓裳歌舞。不提防撲撲突突、漁陽戰鼓。剗地裏出出律律紛紛攘攘奏邊書。急得個上上下下都無措。早則是喧喧嗾嗾。驚驚遽遽。倉倉卒卒。挨挨拶拶。出延秋西路。〔鑾輿後〕攜著個嬌嬌滴滴、貴妃同去。又只見密密匝匝的兵。惡惡狠狠的語，鬧鬧炒炒。轟轟剨剨。四下喳呼。生逼散恩恩愛愛。疼疼熱熱。帝王夫婦。〔霎時間畫就了這一幅〕慘慘淒淒絕代佳人絕命圖。（洪昇《長生殿》第三十八齣〈彈詞〉）[303]

上邊所舉的四支曲子，都是詩詞中所不能見到的，緣故是其所用的語言為詩詞中所沒有，也因此所產生的情味便和詩詞絕然不同。

(4)內容

---

302 隋樹森編：《全元散曲》，頁四一、一一一四、一〇五一。

303 〔清〕洪昇：《長生殿》，收入曾永義編注：《中國古典戲劇選注》，頁七五七。

文體不同，所表現的內容就有很大的差別。詩固然沒有不能表達的事物，但由於語言形式較為刻板，所以只長於抒情寫景，而短於記事說理；抒情亦宜於悲而不宜於喜。詞托體最為短小，更止於抒情寫景，而幾不能記事說理。而散曲之好處則在寫景之美，狀物之精，描寫人生動態、社會情事，能盡態極妍，形容畢肖。也就是說，散曲較之詩詞，是唯一能自由自在的表現各色各樣內容的韻文學。但是，曲畢竟是衰世文學，受到時代極其不良的影響。鄭師因百（騫）在〈詞曲的特質〉一文中說：

曲是元明兩朝的產物。凡是讀過歷史的人，都知道這兩朝的政治社會不怎麼清明健全，是中國文化的衰落時期。其情形大致有如下述：在上者的施為是凶暴昏虐，在下者的風氣是頹廢淫靡。政治的黑暗情形，社會畸形狀態，暴君之昏虐，特權階級如元之蒙古人，明之藩王及豪紳，與一部分疆臣吏胥之貪縱不法，使有心之士，對於現實生出一種厭惡恐怖與悲憫交織而成的苦悶。他們受不了這種苦悶，而又打不開它，於是頹廢下去。頹廢的結果便是淫靡。同時又有一般人，很熱中而久不得志。或者假撇清，滿心功名富貴，滿口山林泉石；或者怨天尤人，大發牢騷。旁人看去，則只見其鄙陋無聊。我以為曲有四弊：頹廢、鄙陋、荒唐、纖佻。頹廢與鄙陋如上所述。荒唐是由頹廢生出來的。人一頹廢了，就把是非真偽都不當回事，胡天胡地，信口雌黃。這種情形，在散曲裡較少，在劇曲裡頗多。……纖佻則是淫靡風氣的反映，是從抒寫男女之情上生出來的毛病。古今中外的文學，沒有不寫男女之情的，這是正當而優美的人類情感，無可非議。但在寫出來的時候，要寫得蘊藉深厚，若寫得太露太盡而流於纖佻輕薄，那就失去其正當優美。元明曲裡邊，每涉到男女之情，常是容易犯這種毛病，於是連累到整個的曲。[304]

[304] 鄭師因百（騫）：〈詞曲的特質〉，《景午叢編》上編，頁六二－六三。

就因為曲所受時代之毒頗深，產生許多不良現象。也因此，曲中作家，能表現出純正的思想、真摯的性情、雄闊的胸襟懷抱，亦即是曲中作品而能表現出作者人格和學問的，極為少見。曲之所以被認為「不登大雅之堂」，曲之所以始終止能望詩詞之項背，質其緣故，乃在於此「四弊」。雖然，如馬致遠、張養浩之散曲，則脫然於四弊之外，元人雜劇更以磅礴之筆曲盡社會人生；則曲之四弊亦猶日月之明，偶蝕其光而已。

(5)風格

詩詞曲在體製、音律、語言、內容等方面既然各自有別，那麼其綜合起來的性情品味，即所謂「風格」，自然有所不同。鄭因百師曾以翩翩佳公子喻詞、惡少喻曲，又以光、水為譬。[305]著者亦準此以說明詩詞曲風格之異同。

大抵說來，詩的風格較莊嚴、厚重而雄峻。譬之於男，則為彬彬君子；可以為雅士，飄逸而絕倫；可以為豪傑，氣吞其山河。譬之於女，則為大家閨秀，可以母儀天下，可以相夫教子。譬之於光，則或烈日當空，或陽春布澤；譬之於水，則或滄海波濤，或一碧萬頃。又或如崇山峻嶺，崖谷之犖确；又或如峰巒起伏，蒼翠之蜿蜒。

詞的風格較瀟灑而韶秀。譬之於男則為翩翩佳公子，可以乘時而超妙空靈，亦可以失意而委頓沉鬱；譬之於女，則為小家碧玉，雖丰姿可人，終無閨範氣象。譬之於光，則或夕陽晚照，或流光徘徊；譬之於水，則或澄湖漣漪，或碧潭寫影。又或如精金琅玕，綠疇平野。

曲的風格較輕俊而疏放。譬之於男則為五陵少年，裘馬輕肥、意氣縱橫；可以豪辣灝爛以致飛黃騰達，亦

---

[305] 詳見鄭師因百（騫）：〈詞曲的特質〉，《景午叢編》上編，頁五八－六五。

可以頹廢荒唐終於鄙陋纖佻。譬之於女，則為薛濤、李師師者流，雖然高雅俊賞，到底風塵中人。譬之於光，則繁星萬點，雖然閃閃灼灼，終覺熒熒寒微；而間或烈火熊熊，刺眼飛舞，亦可以致人焦頭爛額矣。譬之於水，則或長江波浪，或春水東流；或清溪潺潺，或飛瀑淙淙。又或如白璧而有瑕，平林而煙織，廣漠而風沙。

此外，就其表現方式來說，詩詞大抵採敘述口吻，主詞往往不明，故既質直而又委曲，深厚醞藉而有致。曲則或現身說法採用代言體，或旁觀唱嘆採用批評體，而無不滿心而發、肆口而成，雖欲已言而不得者。所以曲的表現有如汩汩然不竭的泉流。

3. 戲曲之基本認知

經由詩詞曲五方面的比較，對於曲的特質也有所認識之後，那麼就應當進一步對於以曲為主體的表演藝術「戲曲」同樣有基本而正確的認知，然後對於戲曲的評騭，也才有堅實的基礎。而如果一位劇作家或劇評家具有這些對「曲」或「戲曲」所應具備的正確認知和修為，那麼他對「曲」或「戲曲」就可謂「當行」了，而他本身也就是個「當行家」了。

著者認為欲作為「曲」或「戲曲」的「當行家」，起碼要對「曲」有如上述本質性的認知，而對於「戲曲」的基本認知，則起碼如下：

(1) 戲曲之民族、戲曲之國家

中華民族是戲曲的民族，中國迄今還是戲曲的國家；因為具有長遠的歷史和眾多的劇種。據拙作〈先秦至唐代「戲劇」與「戲曲小戲」劇目考述〉，[306]就中如《禮記・郊特牲》的先秦「蜡祭」，可見巫覡之賽社報神儀

---

[306] 拙作：〈先秦至唐代「戲劇」與「戲曲小戲」劇目考述〉，《臺大文史哲學報》第五九期（二〇〇三年十一月），頁二一五—二六六。

式，可以妝扮演故事產生「戲劇」；《周禮・夏官司馬》中殷商「方相氏」之驅儺，可見巫覡驅疫禳災儀式，亦可以妝扮演故事，產生戲劇。而《史記・樂書》的周初〈大武〉之樂，於宗廟祭祀時演出武王伐紂等故事，更為實質之「戲劇」，其年代距今三千一百餘年。至若《楚辭・九歌》巫覡之歌舞妝扮並代言以演故事，則直為「戲曲小戲」群矣，至今二千五百餘年。若此，中國戲劇、戲曲之源生，何必晚於西方戲劇！

宋金以後，歷代劇種以大戲為主流，皆一脈相承，有宋元南曲戲文、金元北曲雜劇、明清傳奇、明清南雜劇、清代亂彈京戲，以及近代地方戲曲。就地方戲曲而言，雖社會變遷急遽，凋零頗多，但起碼尚有大戲劇種兩百餘種，小戲劇種百餘種，偶戲劇種數十種；其與崑劇和京劇，仍然像歷朝歷代一樣，時至今日仍舊深入社會各階層，脈動著廣大群眾的心靈，闡發著共同的民族意識、思想、理念和情感。

(2) 戲曲小戲之質性

就戲曲表演藝術而言，其所謂「小戲」，就是「演員合歌舞以代言演故事」。[307]除上文言及的儺儀小戲外，歷代尚有宮廷官府演出的優伶小戲，如唐參軍戲和宋金雜劇院本；以及民間演出的鄉土小戲，如漢歌戲，唐踏謠娘，宋金雜班，明過錦戲。近代鄉土小戲則為演員少至一人或三兩人，情節極為簡單，藝術形式尚未脫離鄉土歌舞的小型戲曲之總稱；其具體特色是：一人單演的叫「獨腳戲」，小丑小旦合演的叫「二小戲」，加上小生或另一小旦或另一小丑的叫「三小戲」。劇種初起時女腳大抵皆由「男扮」；其妝扮歌舞皆「土服土裝而踏謠」，意思是穿著當地人的常服，用土風舞的步法唱當地的歌謠。因為是「除地為場」演出，所以叫做「落地掃」或「落地索」或「地蹦子」。其「本事」不過是極簡單的鄉土瑣事，基本上選用即興式的表演，以傳達鄉土情懷；

[307] 拙作：〈戲曲的淵源、形成與發展〉，《臺大中文學報》第一二期（二〇〇〇年五月），頁三六五—四二〇。

往往出以滑稽笑鬧。保持唐戲踏謠娘和宋金雜劇院本「雜班」的傳統。

(3)戲曲大戲之質性與藝術地位

其所謂「大戲」，即對「小戲」而言；也就是演員足以充任各門腳色扮飾各種類型人物，情節複雜曲折足以反映社會人生，藝術形式已屬綜合完整的大型戲曲之總稱。一九八二年，著者在〈中國古典戲劇的形成〉中，給「大戲」下了這樣的定義：「中國戲曲大戲是在搬演故事，以詩歌為本質，密切融合音樂和舞蹈，加上雜技，而以講唱文學的敘述方式，通過演員充任腳色扮飾人物，運用代言體，在狹隘的劇場上所表現出來的綜合文學和藝術。」[308]可見「綜合文學和藝術」的「大戲」是由故事、詩歌、音樂、舞蹈、雜技、講唱文學敘述方式、演員充任腳色扮飾人物、代言體、狹隘劇場等九個元素構成的。如果將「小戲」看作戲曲的雛型，那麼「大戲」就是戲曲藝術的完成。

也因為戲曲大戲是由上舉九個元素所構成的綜合文學和藝術，所以若論其質性，也應當由這九元素入手考察。而我們知道，歌舞樂是戲曲美學的基礎，本身皆不適宜寫實；如此加上狹隘的劇場作為表演空間，自然產生「虛擬象徵性」非寫實而為寫意性的表演藝術原理。而為了使「虛擬象徵性」達到優美的藝術化，使演員的唱做念打、手眼身髮步「四功五法」有所遵循的規範，使觀眾有便於溝通聆賞的媒介，就逐漸形成了宋元間所謂的「格範」（訛變為「科範」和「科泛」），這也就是今日取義模式規範的所謂「程式」；用此「程式性」對「虛擬象徵性」有所制約，然後戲曲的表演藝術原理「寫意性」才算完成，並從中衍生了歌舞性、節奏性、誇張性與疏離且投入性等戲曲大戲質性。

[308] 拙作：〈中國古典戲劇的形成〉，《中國國學》第一〇期（一九八二年九月），頁一六三—一八一。

而戲曲大戲又由於演出場合不同，劇場、劇團也跟著有所差異。此所以廣場廟會、勾欄營利、宮廷慶賀、堂會清賞，其所演出的內容和形式也自然各具特色；而說唱文學藝術對戲曲產生利弊相生的強力影響又為不爭的事實，因此而使戲曲成為「詩劇」，同時具有豐富的故事題材和音樂內涵，但也使戲曲有「自報家門」的尷尬，有濃厚的「敘述性」，從而促使其關目布置但有「展延性」而缺乏逆轉與懸宕，終不免刻板與冗煩之譏。加上明清兩朝律令森嚴，更使得題材不出歷史與傳說範圍，且層層相因蹈襲；功能止於「娛樂性」、「教化性」兼具的「寓教於樂」一途，而其在獎善懲惡之餘，必使得觀眾對劇中人物之「類型性」而愛憎判然；戲曲乃因此而很少能反映現實和寄寓深刻不俗的旨趣思想。

然而中國戲曲畢竟與希臘戲劇、印度梵劇同列為世界三大古劇，同為人類藝術文化的瑰寶。倘若再論其源遠流廣，儘多變化而綿延相承，迄今不衰；其舞臺藝術終於臻為高妙而完整，其文學價值可與詩詞並觀；則中國戲曲絕非希臘戲劇與印度梵劇所能望其項背。即戲曲的基本原理「寫意性」，其突破時空的制約，使場面可以自由流轉，也同樣不是西方劇場的「三一律」所能比擬。而中國戲曲演員，必須集歌唱家、舞蹈家、音樂家於一身的藝術修為，也自然為東方歌舞伎演員與西方歌劇演員所望塵莫及。所以代表中國戲曲文學藝術最優雅最精緻結合的崑劇，於二〇〇一年五月被聯合國教科文組織公布為首批「人類口述和非物質遺產代表作」，可以說是實至名歸。[309]

至於偶戲，發展至今已成為「大戲的縮影」，只是將真人改由偶人來扮演而已，高明的演師總會讓偶人栩栩如生。然而其歷史亦相當久遠：中國木偶原用於喪葬與辟邪，其進入歌舞百戲的時代在漢初（西元前二〇六

[309] 拙作：〈中國戲曲之本質〉，《世新中文研究集刊》創刊號（二〇〇五年六月），頁二三一六六；後收入拙著：《戲曲本質與腔調新探》（臺北：國家出版社，二〇〇七）。

年），迄今兩千兩百餘年；其用為說唱演述長篇故事見於盛唐玄宗時（七一二—七五五），迄今一千二百數十年；其傀儡戲與影戲多藝逞能，其極偶戲藝術文學之至者則在兩宋（九六〇—一二七八），當時傀儡論其操作有懸絲、水、杖頭、肉、藥發五種；影戲論其材質有手、紙、皮三種，迄今千餘年。西方有許多學者認為影戲始於中國宋代。而後起之秀布袋戲，百餘年來在臺灣有光輝燦爛之歲月。而今大陸之偶戲，諸多改良，無論懸絲傀儡、杖頭傀儡、布袋戲與影戲，皆能別開境界，融入生活、發皇國際，則中國為偶戲之古國與大國，誰曰不宜！[310]

如果能認知了解以上經由與詩詞比較之後，所呈現之曲的特殊韻調風貌，亦即「曲的特質」，同時對戲曲也有基本而正確的認知；那麼「曲之本色」也就在其中。而若能充分呈現這樣「本色」的曲或戲曲，也必然是文學的佳篇傑作。

(三)「當行」為創作與評騭戲曲應具備之態度與方法

那麼作為一位曲的「當行家」，又當如何呢？

鄙意以為「當行家」，從創作而言，固然要完全具備曲和戲曲的能力修為；而若從批評而言，又何嘗不也一樣要具備曲和戲曲的能力修為？因為沒有這種能力修為的人，既無法創作出合規中矩的佳曲佳劇，也必然無從對曲和戲曲有適切中肯的批評。所以對曲、戲曲的創作和批評，同樣都要完全具備相同的能力和修為。

戲曲在我國向來被視為小道末技，文人偶一為之，也只是作為遣興之具，像關漢卿、王驥德、李漁等人將

---

[310] 拙作：〈中國歷代偶戲考述〉（上）、（下），《戲曲學報》第七期（二〇一〇年六月），頁一—五三；第八期（二〇一〇年十二月），頁二一—六一。後收入拙著：《戲曲與偶戲》（臺北：國家出版社，二〇一三）。

戲曲作為專業的作家，為數不多；所以戲曲不列入傳統文學之林，而把戲曲當作一門學問來研究，更如鳳毛麟角。晚近學術昌明，戲曲在文學上的地位，才正式成為廣大的學者所共同承認。於是自從王國維的《曲學五書》之後，雖然研究我國戲曲的學者如雨後春筍，但對於劇作的欣賞評論，則名家如吳梅、王季烈諸賢，皆止於曲話式的品點，尚無方法可循，所以對劇作的優劣，便很難有客觀的論評。

前人論戲曲之書，除了明王驥德《曲律》、清李漁《劇論》外，不是偏論音律一隅，就是雜集不成系統的零金碎羽；所論及的也不過是戲曲的語言、韻律和風格，像徐復祚《曲論》之偶及情節關目，凌濛初《譚曲雜劄》之泛論戲曲搭架，已屬難能可貴。王驥德《曲律》分項論述，兼及散曲與戲曲，所論四十條中，專就戲曲而論的，只有〈論戲劇第三十〉、〈論賓白第三十四〉、〈論科諢第三十五〉、〈論落詩第三十六〉等四條，以及〈雜論第三十九上下〉中的一些隻言瑣語，這些論述，雖然頗可觀采，但尚不能使人很清楚的看出王驥德對戲曲所持的概念和主張。而李漁的《笠翁劇論》則理論謹嚴，系統分明，從結構、詞采、音律、賓白、科諢、格局等六方面論戲曲的創作，從選劇、變調、授曲、教白、脫套等五方面論戲曲的演習；層次井然，而觀點正確。有此一書，我國戲曲的理論，才真正建立起來。但是，光憑《笠翁劇論》中的觀點，來作為評騭我國戲曲的依據，則尚有所不足。

戲曲不止是文學的，而且是舞臺的。舞臺的藝術雖然不能完全由劇本表現出來，但大抵寄託在劇本之中；如果只有好的演員，而沒有好的劇本，也絕不會演出成功的戲曲。所以笠翁論戲曲便注意到屬於文學的詞采和賓白，同時也注意到屬於舞臺的音律結構、科諢和格局；而無論屬於文學的或舞臺的，都一齊具備在劇本之中。但《笠翁劇論》猶有可議之處，譬如〈結構第一〉中，「戒荒唐」、「審虛實」二項，其實是屬於戲曲素材的範圍；〈戒諷刺〉一項，則和戲曲的主題有關。其他「立主腦」、「脫窠臼」、「密針綫」、「減頭緒」四項，都屬於戲曲關目布置的問題，其〈格局第六〉中的「小收煞」、「大收煞」二項，按理應當置於〈結構第一〉之下，因為那也是屬於關目布置的項目。而論戲曲結構，除了關目的布置之外，應當還講求排場的處理和腳色的運用。《笠翁劇論》〈格局第六〉中有「出腳色」一項，說明出生旦腳色不宜在第四、五折之後，其他重要腳色不宜在第十折之後；但不及腳色的運用和勞逸均衡的問題。其論戲曲演習的〈選劇第一〉中，有「劑冷熱」一項，說明「冷中之熱，勝於熱中之冷；俗中之雅，遜於雅中之俗。」雖然已略涉排場冷熱兼劑的道理，但對於造成冷熱的重要因素：宮調聲情、套曲性質，則未嘗顧及。其〈詞采第二〉分「貴淺顯」、「重機趣」、「戒浮泛」、「忌填塞」四款，〈賓白第四〉分「聲務鏗鏘」、「語求肖似」、「詞別繁減」、「字分南北」、「文貴精潔」、「意取尖新」、「少用方言」、「時防漏孔」八款，皆已注意到語言所表現的情味和運用語言的技巧；但對於語言成分的掌握，以及語言所顯現的風格和內容情節的關係，則略而不聞。其〈音律第三〉分「恪守詞韻」、「凜遵曲譜」、「魚模當分」、「廉監宜避」、「拗句難好」、「合韻易重」、「慎用上聲」、「少填入韻」、「別解務頭」九款，所涉及的是聲韻的精微；但對於句式、主腔的分辨，宮調的運用，套式的配搭，集曲的組成，尤其聲情、詞情的渾融無間，亦皆未暇論及。而其〈科諢第五〉所分成的「戒淫褻」、「忌俗惡」、「重關係」、「貴自然」等四款，可以說是確當不易之論；至於〈格局第六〉所分五款中的「家門」、「沖場」二款，僅說明傳奇成規，可以說無關宏旨。此外關於戲曲思想的表達，故事題材的運用和剪裁，皆粗略而不精詳；而人物塑造的方法，更絲毫未嘗論及。所以說光憑《笠翁劇論》中的觀點，來作為欣賞評論我國戲曲的依據，尚有所不足。

此外上文所論臧懋循謂戲曲「行家」要兼具「情詞穩稱、關目緊湊、音律諧叶、摹擬曲盡」四要件，實已涉及詞采、關目、音律、人物塑造，而上文所論及之呂天成《曲品》卷下所云，其舅祖孫司馬所提評騭南劇之「十要」，[311]可以說「識逾時流」，在明人曲論中，實非「凡響」。只是他所論的第三要「搬出來好」、第七要「善敷衍」、第八要「各角色派得勻妥」都可歸併在「排場處理」之中；其第九要「脫套」就是後來笠翁所說的「脫窠臼」，也可合入第二要「關目好」。而更為可惜的是孫氏和臧氏一樣，都但舉綱目而未能進一步舉例說明；而無論如何，他們所舉的綱目已給我們許多的啟示。

我國戲曲歷經元明清三代，由成立，而發展，而完成，無論文學或藝術，都已經有很高的造詣。而戲曲是一種綜合的文學和藝術，尤其是中國的戲曲，任何一種前代或當代的文學，沒有不能涵容於戲曲的文學之中；也沒有任何一種前代或當代的技藝，不能表現於戲曲的藝術之中；所以評騭我國戲曲，首先要了解其構成的因素和產生的背景，然後從文學的和藝術的各方面進行探討，才能真正的鑑別出戲曲的價值和優劣。

著者鑑於近人評騭中國戲曲，或有未能真正了解其構成因素和產生背景，對於雜劇、傳奇等劇種的特質懵然不知，因此不免偏執一隅，以致牽強附會，雖然有時也能夠給中國戲曲注入一些新的文學情趣，但究竟難於教人首肯。也因此，著者不揣譾陋，謹就個人涉獵所得，提出評騭中國戲曲的態度和方法，就正於博雅君子；倘能因此而建立一套評騭中國戲曲的共同標準，則是區區莫大的期望。

1. 謹嚴而不拘泥之態度

欣賞評論我國戲曲所應具有的態度，就是要謹嚴而不拘泥。要達到這種態度的先決條件，則是對於我國戲曲要具有深厚的學養。對於戲曲文學、藝術的發展和完成要有清楚的認識，認識我國戲曲在體製、內容、音樂和表現方式上都不停的在變遷、不停的在改進：其韻文、散文交互使用，歌唱、賓白更相迭起；唱念與音樂、動作相應，音樂、舞蹈與詩歌相合，甚至於武術、雜技也加入了舞蹈的行列，於是而形成「唱做念打」兼備的

---

311 〔明〕呂天成：《曲品》，《中國古典戲曲論著集成》第六冊，頁二一二三。

綜合文學和藝術。這其間，詩讚系和詞曲系說唱文學的影響，𦎫樂、民歌、胡曲的注入和各種聲腔的消長，劇作家和演員的身分、觀眾的成員、劇場的形製、演出的場合等所構成的戲曲特質，漢魏六朝的百戲、隋唐的歌舞戲、宋雜劇、金院本、金元雜劇、宋元南戲、明清傳奇、南雜劇、短劇、清皮黃等劇種的傳承關係，以及戲曲的目的、所表現的思想內容，甚至於時代的政治社會環境，也都要能夠了然於胸中。有了這樣的學養基礎，才能真正的成為「當行家」，對於眼前的古典劇作，才能歷覽其各種層面和透視其隱涵的底蘊，其利弊瑕瑜，自然無所逃遁，戲曲的價值和優劣也才有公正的評斷。

有了深厚的學養基礎，在消極方面還要顧及兩點：那就是不偏執一隅和不牽強附會。固然學養基礎深厚，便很自然的能夠避免這兩種缺點，但或者有人昧於方法，有人拘於某種文學理論的影響，以致偏執一隅而無所知、牽強附會而不自覺。

所謂偏執一隅，是指欣賞評論劇本，光在某一方面或少數的幾方面進行討論，以此而作為論定劇作成就的高下。往昔中國的劇評家，泱大多數不是鑑賞詞采、就是講求音律，以至於明萬曆間，劇壇形成了標榜詞采、以湯顯祖為代表的臨川派和考究音律、以沈璟為主腦的吳江派。臨川譏吳江「毫鋒殊拙」，吳江誚臨川「詰曲聱牙」，各執一隅，自相冰炭，如此焉有是非可言。後來的吳炳和阮大鋮之流，也不過有意調和吳江和臨川，既重詞采，亦講音律而已。以詞采和音律作為欣賞劇作的品味、衡量劇作成就高下的標準，最多只是把劇作看成是一種音樂文學，和樂府、大曲、詞、散曲不殊，而戲曲恢宏的氣魄和多采多姿的舞臺生命，卻反而無從體察。晚近文學批評發達，所受西洋理論的薰陶尤多，於是我國戲曲中某劇的主題思想、結構形成、人物性情、以及究屬悲劇或喜劇等，往往成為欣賞論述的課題。論者也往往僅執其一以為評述的準繩，即遽爾斷定某劇為佳作，某劇為劣品。或有能兼顧數方面者，但多半仍未敢涉及寄託在劇本中的舞臺生命，以至於所見未全，結論不免偏差。

所謂牽強附會，是指論者以先入為主的觀念為基礎，然後搜羅劇本中可以比附的材料，不遵守邏輯的推理方式，強為證成其說。這種牽強附會的論證，給人的只是捉風捕影的感受，毫無動人的力量。而這種情形，主要出現在討論戲曲的主題思想上。前人對於文學的功能有美刺一說，認為詩文如此，戲曲也不能例外。而既要有所刺，則必然隱微其語，於是論者便挖空心思，以探索其旨。譬如高明寫作《琵琶記》，明明自己說傳奇「不關風化體，縱好也徒然」，他的目的是要人「只看子孝共妻賢」；可是有人卻要說：「《琵琶》一書，為譏王四而設，因其不孝於親，故加以入贅豪門，致親餓死之事。」何以知道呢？「因『琵琶』二字，有四『王』字冒於其上，則其寓意可知也。」[312]又如湯顯祖的《牡丹亭》，明明自己說其作劇所得的暗示是：「傳杜太守事者，彷彿晉武都守李仲文、廣州守馮孝將兒女事，予稍為更而演之。至於杜守收拷柳生，亦如漢睢陽王收拷談生也。」他是為了「白日消磨腸斷句，世間只有情難訴。」所以假藉《牡丹亭》告誡世人「但是相思莫相負」，表達的是死生不渝的至情；可是有人卻要說：「世或傳此劇為刺曇陽子而作。」[313]「或謂以王世貞師事曇陽子之

[312] 〔清〕李漁著，汪巨榮、盧壽榮校注：《閒情偶寄・詞曲部・結構第一・戒諷刺》，頁二〇－二一。又可參見〔明〕田藝衡：《留青日札》卷一九「琵琶記」一條所記：「高明者，溫州瑞安人，……因感劉後村之詩『死後是非誰管得，滿村爭唱蔡中郎』之句，乃作《琵琶記》。有王四者，以學聞，則誠與之友，善勸之，仕登第後，即棄其妻，而贅于太師不花家，則誠悔之，因作此記，以諷諫名之，曰『琵琶』者，取其上『四王』字，為『王四』云耳。元人呼『牛』為『不花』，故謂之『牛太師』，而伯喈曾附董卓，乃以之託名也。」收於《瓜蒂庵藏明清掌故叢刊》，卷一九（上海：上海古籍出版社，一九八五），頁六四二－六四三。

[313] 〔明〕徐樹丕：《識小錄》卷之四「湯若士《牡丹亭》」一條：「若士文章在我朝，指不能多屈，出其緒餘為傳奇，驚

故，作者或即以此詬世貞耶？」[314]可是曇陽事蹟與劇中情節根本不相類。凡此都不過是齊東野人之語，不值通人一笑。[315]近人討論古典戲曲，也不乏牽強附會，故作驚人之語的。譬如關漢卿的《竇娥冤》雜劇，有人說是旨在假藉竇娥表現堅貞的民族氣節。關漢卿運用的是借題發揮的方法，將在異族鐵蹄下的三種類型人物刻畫出來：有像竇娥那樣至死不屈、保持貞操、堅決要求復仇，具有民族氣節的烈士，有像張驢兒那樣為虎作倀、欺壓弱小、趁火打劫、泯滅良知的民族敗類，有像蔡婆那樣優柔寡斷、敵我不分、唯利是圖的異朝順民，此說見

才絕艷《牡丹亭》尤為膾炙。往歲聞之，文中翰啓美云，若士素恨太倉相公，此傳奇杜麗娘之死，更而生以況曇陽子，而平章則暗影相公也。按曇陽仙蹟，王元美為之作傳，亦既彰彰矣，其後太倉人更有異議云，曇陽入龕後，復生至嫁為徽人婦，其說暧昧不可知，若士則以為實，然耳聞若士死時，手足盡墮，非以綺語受惡報，則嘲詼仙真，亦應得此報也，然更聞若士具此風流才思，而室無姬妾，與夫人相莊至老，似不宜得此惡報，定坐嘲詼仙真耳。」收於《筆記小說大觀》四十編第三冊（臺北：新興書局，一九八五），頁六五三－六五四。

〔清〕朱彝尊著，姚祖恩編，黃君坦校點《靜志居詩話》，下冊卷一五「湯顯祖」條：「義仍填詞，妙絕一時，……其《牡丹亭》曲本，尤極情摯。……世或相傳云『刺曇陽子而作』。然太倉相君，實先令家樂演之，且云：『吾老年人，近頗為此曲惆悵。』相君雖盛德有容，必不反演之於家也。」（北京：人民文學出版社，一九九〇），頁四六一。

〔清〕吳翌鳳《鐙窗叢錄》卷二：「玉茗堂開春翠屏，新詞傳唱《牡丹亭》。傷心拍徧無人會，自掐檀槽教十伶。此湯義仍先生句也，義仍填詞妙絕古今，《牡丹亭》院本相傳為刺曇陽子而作，弇州四部稾有曇陽子傳，稱其得道仙去。」收於《叢書集成續編》子部第九一冊（上海：上海書店，一九九四），頁一一－一二，總頁一六二一。

[314] 〔清〕焦循《劇說》有辯證此事，收於俞為民、孫蓉蓉主編：《歷代曲話彙編：清代編》第三集，卷二，頁三五六－三五八。又「曇陽仙」一事，〔明〕沈瓚《近事叢殘》所記最詳（北平：廣業書社，一九二八），頁一〇四－一〇五。

[315] 可參王國維《錄曲餘談》辯證此事，見《王國維戲曲論文集》（臺北：里仁書局，二〇〇〇），頁三一三－三一四。

李東絲〈關漢卿底《竇娥冤》〉；[316]邵驥乃作〈《竇娥冤》是否有民族氣節問題〉一文以駁之。[317]如果像李氏那樣的附會法，那麼元雜劇中便有層出不窮的民族烈士，民族敗類和異朝順民。試問：竇娥守節不改嫁就算有民族氣節的話，那麼關氏另一本雜劇《望江亭》，其女主角譚記兒以寡婦之身改嫁，是否就失去了民族氣節？又有人說馬致遠的《漢宮秋》雜劇「是借歷史故事來指斥宋代亡國時候，皇帝的庸昏，文臣武將的無能、怕死又無氣節。」[318]可是《漢宮秋》和白樸的《梧桐雨》，無論題材、關目、結構都很相近，如果《漢宮秋》旨在指斥宋代的亡國君昏臣庸，那麼《梧桐雨》也就應當具有相同的主題思想。其實劇中的王昭君不過是遷就觀眾趣味美化的形象，以達成社會意識要求的人物化身而已。試看明傳奇《和戎記》及平劇《漢明妃》中的王昭君，豈不是又進一步把王昭君刻畫成理想中的完美典型了嗎？而劇中盛稱夷勢，期孤忠於弱女子，早已表現在石崇的〈王昭君詞〉中，不獨馬致遠的《漢宮秋》為然。由此可見，欣賞評論劇本過分的牽強附會，便容易掩蓋劇作的真面目，抹去劇作的真價值。這層迷霧也似的障礙，是應當首先袪除淨盡的。

有了深厚的學養基礎，在積極方面，欣賞評論我國戲曲，還可以發掘或注入新的文學生命力。文學固然有時空的制限，但偉大的作品則是超越時空而不朽的，它所呼喚的是人類亙古以來的共同心聲，它所流露的是宇

---

[316] 李東絲：〈關漢卿底《竇娥冤》〉，《關漢卿研究論文集》（上海：古典文學出版社，一九五八），頁二〇二—二一二。

[317] 邵驥：〈《竇娥冤》是否有民族氣節問題〉，《關漢卿研究論文集》，頁二一三—二一六。

[318] 此說見徐朔方：〈馬致遠的雜劇〉，《新建設》一九五四年十二月號所刊；一九九一年徐氏在《浙江學刊》又發表一篇同名論文，自言：「一九五四年我在《新建設》雜誌十二月號發表了一篇同名論文，片面強調馬致遠思想的積極一面而無視於作為世代累積型集體創作的金元雜劇（包括馬致遠在內）的獨特傳統。」刊於《浙江學刊》一九九一年第三期，頁五六—六三。

宙自然永恆的生命情趣；它流轉到那一個時代，就有那一個時代的意義；它傳播到那一個地域，就有那一個地域的特色。這種時代的意義和地域的特色，固然是當時和當地的人所注入的，但同時也是作品本身所蘊涵所反映的。所注入的既不牽強，所反映的也極自然；於是文學本身的生命力便如不竭的靈泉，汩汩然滋湧而出，而其潤澤我們人類的心靈，也將是汩汩然不竭的情趣。戲曲是文學的一環，其佳作良篇自然也蘊涵著無窮的文學生命力，我們如果以一顆活躍的心靈來鑑賞它，它自然也會回報我們以新鮮的情趣。能夠如此，我們欣賞評論我國戲曲，才能既謹嚴而又不流於拘泥。在謹嚴之中，我們看到了它本來的面目；在通達之際，我們也發現了它脫胎換骨的新貌。本來的面目，見其價值；脫換的新貌，使其不朽。這也是我們欣賞評論我國戲曲的主要目的。

2.具體而完備之方法

有了謹嚴而不拘泥的態度，然後可以進一步講求具體的欣賞評論方法。方法不止要盡量求其具體，而且要求其完備。文學的鑑賞雖然不能摒除訴諸感悟，但仍舊有法可循，譬如劉勰的《文心雕龍》就舉出了觀位體、觀置辭、觀通變、觀奇正、觀事義、觀宮商的所謂「六觀法」。戲曲較一般文學所具備的條件為多，也因此欣賞評論的方法所牽涉的方向也較廣，但以其頗有律則可循，所以較為具體而易於完備。著者從事我國戲曲有年，敢就戲曲構成之九元素：本事、歌、舞、樂、雜技、演員充任腳色扮飾人物、代言體、講唱文學敘述方式、狹隘劇場與前人成說，補其不足，綴取併合，約為八端，以為欣賞評論我國戲曲之資。所謂「八端」即是：本事動人、主題嚴肅、結構謹嚴、曲文高妙、音律諧美、賓白醒豁、人物鮮明、科諢自然。持此八端以為欣賞評論標準，庶幾可以賞其情趣、辨其優劣、論其價值、定其地位。茲依次說明如下：

(1)本事動人

搬演故事是戲曲的主要條件之一。戲曲所搬演的故事就是所謂「本事」。本事就其內容而言，有古今虛實之別。搬演古事，往往取諸載籍傳說；搬演今事，大抵取諸耳聞目睹。古事可託諷諭，今事可發新奇。就我國戲曲的本事來說，則絕大多數取諸載籍傳說，作者機杼獨運的很少見。這當然和我國戲曲的特質以及時代背景有關。元雜劇之劇目題材類型，舊題之朱權《太和正音譜》有所謂「雜劇十二科」：

一曰「神仙道化」、二曰「隱居樂道」（又曰「林泉丘壑」）、三曰「披袍秉笏」（即「君臣」雜劇）、四曰「忠臣烈士」、五曰「孝義廉節」、六曰「叱奸罵讒」、七曰「逐臣孤子」、八曰「鏺刀趕棒」（即「脫膊雜劇）、九曰「風花雪月」、十曰「悲歡離合」、十一曰「烟花粉黛」（即「花旦」雜劇）、十二曰「神頭鬼面」（即「神佛」雜劇）。[319]

我國戲曲有明確的分類，[320]可以說以此為始。夏伯和《青樓集》記述元代歌妓所擅場的雜劇有駕頭、花旦、軟末泥、閨怨、綠林等五類。此五類散見篇中，夏氏並未明舉。故雜劇分類之始，仍應歸屬《正音譜》。《正音譜》十二科中的附注，去其與《青樓集》重複的，尚有君臣、脫膊、神佛三類，合起來共八類，由其名稱可以看出是民間的分類法。除脫膊一類外，大致是就劇中主要人物的身分來分類的。而《正音譜》十二科中，一、二、

[319]〔明〕朱權：《太和正音譜》，《中國古典戲曲論著集成》第三冊，頁二四。

[320]關於我國古典戲曲的分類，著者有〈我國戲劇的形式和類別〉一文，原載《中外文學》二卷一一期（一九七四年四月），頁九－一九；後收入拙著：《中國古典戲劇論集》（臺北：聯經出版事業公司，一九七五），更名為〈中國古典戲劇的形式和類別〉，頁一－一三。

五、六、八、九、十等七科，可以說係就劇作的內容性質分的；其餘五類，可以說係就劇中主要人物的身分分的。因為系統不純，所以十二科中像四五六七等四科間，九、十一兩科間，一、十二兩科間，便容易產生界線不明，混淆不清的現象。

對於元雜劇之劇目題材分類，羅錦堂《現存元人雜劇本事考．現存元人雜劇之分類》，[321]及至目前為止，堪稱最為平正通達。他將元雜劇就內容分作八類，每類又分若干項。八類是：歷史劇三十五本、社會劇二十四本、家庭劇二十七本、戀愛劇二十本、風情劇八十本、仕隱劇二十一本、道釋劇二十二本、神怪劇四本；其中以社會劇類中的「公案劇」和「綠林劇」，最能反映元代政治社會的黑暗；以戀愛劇類中的「良賤劇」，最能反映士子、歌妓、商人間的關係，而採用的手法大都是「正言若反」；以仕隱劇類中的「發跡變泰劇」最能反映讀書人的遭遇，也是採用「正言若反」的方式；以道釋劇類最能反映元代士子超脫塵寰的冥想。

宋元南戲的題材，錢南揚《戲文概論》謂有出於正史的、時事的、民間故事的，以及出於唐宋傳奇、宋金雜劇、宋元話本和金元雜劇同題材的。[322]其內容則：其一，敘述愛情、婚姻、家庭生活的；其二，反映戰爭動亂、社會黑暗給人民帶來的苦難；其三，敷演歷史故實，或表彰忠臣義士叱奸罵讒的；其四，表彰忠孝節義以獎勵風俗的；其五，以道釋為內容或呈現迷信思想的；其六，寫文人發跡變泰的；其七，寫家庭之悲歡離合的。以上七個類型，自以第一類之婚變故事和第二類之黑暗社會最能反映宋元戲文的時代背景。其中尤以《祖傑》戲文那樣，[323]堪稱是最典型也是最現實的例子。

[321] 羅錦堂：《現存元人雜劇本事考》（臺北：中國文化事業股份有限公司，一九六〇）。

[322] 錢南揚：《戲文概論》（上海：上海古籍出版社，一九八一），頁一二一。

[323] 〔宋〕周密：《癸辛雜識》，收入《唐宋筆記叢刊》，別集上「祖傑」條（北京：中華書局，一九八三），頁二六一。

明代傳奇的題材內容，呂天成《曲品》卷下謂：「傳奇……括其門數，大約有六：一曰忠孝，一曰節義，一曰風情，一曰豪俠，一曰功名，一曰仙佛。元劇之門類甚多，南戲止此矣。」[324]可見南戲傳奇之題材內容未及元劇之廣；但明清傳奇有個內容上的特色，那就是「十部傳奇九相思」，也因此造就出了像湯顯祖《牡丹亭》和洪昇《長生殿》那樣講求至情至愛而膾炙人口的傑作。

至於京劇，據《戲考大全》可見：劇目以歷史故事為主，其「三國故事」有七十八目，「春秋戰國故事」有二十一目，「楊家將故事」有十五目，「隋唐故事」有十八目，「水滸故事」有十六目，「包公故事」有十四目，「薛家將故事」有十三目，尤為觀眾所喜聞樂見。[325]而於此也可見，京劇「袍帶戲」所占的比例很重。這應當和京劇西皮、二黃源出高亢的西秦腔、梆子腔有頗為密切的關係。然而京劇劇目，何止這區區數百，一九八九年六月北京中國戲曲出版社出版由曾白融所主編的《京劇劇目辭典》，收錄京劇劇目五千三百餘條。即此也可見京劇是曾經何等的盛行；但就內容而言，亦與元明戲曲不殊，依然是歷史與傳說故事為主。

而戲曲旨在反映人生、批評人生，欲達此目的，則必須要能動人。戲曲要能動人，固然有許多的因素，而其本事能否引人入勝，則是最重要的原因。本事能否引人入勝和取材的今古沒有什麼牽連，倒是和虛實的運用有很密切的關係。

戲曲本事之違背事實，甚至將奸作忠，將善作惡，雖不是「於今為烈」，但可以說「自古已然」。譬如徐渭《南詞敘錄》於所載宋元舊篇《趙貞女蔡二郎》一劇下注云：

---

[324]〔明〕呂天成：《曲品》，《中國古典戲曲論著集成》第六冊，頁二二三。

[325]《戲考大全》第五冊〈戲考分類目錄〉（上海：上海書店，一九九〇，據中華圖書館藏本影印），頁一－六。

即舊（疑為蔡之誤）伯喈棄親背婦，為暴雷震死。里俗妄作也，實為戲文之首。[326]

伯喈就是東漢末年文史學家蔡邕的別字。根據舊戲文，則蔡邕是個不孝不義的人，他的下場是被「暴雷震死」。蔡邕地下有知，必然「豈有此理」而「暴跳如雷」。陸游〈小舟遊近村捨舟步歸〉云：

斜陽古柳趙家莊，負鼓盲翁正作場；死後是非誰管得，滿村聽說蔡中郎。[327]

可見放翁對於伯喈死後千古，竟然被俗子無端誣衊，深致嘆息。後來高則誠改作《琵琶記》，特為標目「全忠全孝」，據說用意蓋「一洗伯喈之冤」。但其本事仍舊與史不符。誠如王伯良在其《曲律・雜論》中所說的「古戲不論事實，亦不論理之有無可否。」因為他們選取運用戲曲題材的方法是「於古人事多損益緣飾為之」，只是「尚存梗概」而已。王伯良，這位明代最偉大的劇論家，認為戲曲的本事應當「就實」，不應當「脫空杜撰」。所以他對當時「捏造無影響之事以欺婦人小兒」的劇作，斥為必是「優人及里巷小人所為」，因為那是「大雅之士」所「不屑為」[328]的。他這種觀點是否正確，另當別論；而他對於戲曲的本事已經提出「就實」的「實」和「脫空杜撰」的「虛」。李笠翁《劇論》更有「審虛實」一節：

傳奇所用之事，或古、或今，有虛，有實，隨人拈取。古者，書籍所載，古人現成之事也；今者，耳目

[326] 〔明〕徐渭：《南詞敘錄》，《中國古典戲曲論著集成》第三冊，頁二五〇。
[327] 〔宋〕陸游：〈小舟遊近村捨舟步歸〉，《劍南詩稿》卷三三，收於錢仲聯校注：《陸游全集校注》第四冊（杭州：浙江教育出版社，二〇一一），頁三二七。
[328] 〔明〕王驥德：《曲律》，《中國古典戲曲論著集成》第四冊，頁一四七。

> 傳聞，當時僅見之事也；實者，就事敷陳，不假造作，有根有據之謂也；虛者，空中樓閣，隨意構成，無影無形之謂也。人謂：「古事多實，近事多虛。」予曰：「不然。傳奇無實，大半皆寓言耳。欲勸人為孝，則舉一孝子出名，但有一行可紀，則不必盡有其事，凡屬孝親所應有者，悉取而加之；亦猶紂之不善，不如是之甚也，一居下流，天下之惡皆歸焉。其餘表忠、表節，與種種勸人為善之劇，率同於此。若謂古事皆實，則《西廂》、《琵琶》，推為曲中之祖；鶯鶯果嫁君瑞乎？蔡邕之餓莩其親，五娘之干蠱其夫，見於何書？果有實據乎？孟子云：「盡信書不如無書。」蓋指武成而言也。經史且然，矧雜劇乎？凡閱傳奇而必考其事從何來、人居何地者，皆說夢之痴人，可以不答者也。然作者秉筆，又不宜盡作是觀。若紀目前之事，無所考究，則非特事跡可以幻生，並其人之姓名，亦可以憑空捏造，是謂虛則虛到底也。若用往事為題，以一古人出名，則滿場腳色，皆用古人，捏一姓名不得；其人所行之事，又必本於載籍，班班可考，創一事實不得。非用古人姓字為難，使與滿場腳色同時共事之為難也；非查古人事實為難，使與本等情由貫串合一之為難也。予既謂「傳奇無實，大半寓言」，何以又云「姓名事實，必須有本」？要知古人填古事易，今人填古事難。古人填古事，猶之今人填今事，非其不慮人考，無可考也；傳至於今，則其人其事，觀者爛熟於胸中，欺之不得，罔之不能，所以必求可據，是謂實則實到底也。若用一二古人作主，因無陪客，幻設姓名以代之，則虛不似虛，實不成實，詞家之醜態也。切忌犯之。[329]

可見笠翁所謂的「實」是指可考諸載籍的「事實」而言，所謂的「虛」是指憑藉今事敷演的「虛構」。他說「傳奇無實，大半皆寓言耳」，是正確的；至於他所主張的「虛則全虛，實則全實」，雖純粹就觀眾的心理而論，

---

[329]〔清〕李漁著，汪巨榮、盧壽榮校注：《閒情偶寄》，〈詞曲部・結構第一・審虛實〉，頁三〇一三一。

但事實上恐非戲曲運用虛實之道。

著者則認為，就我國戲曲而言，凡是本事有所憑藉的，無論其出諸史傳、雜說或耳聞、目睹，甚至於改編前人劇作，都算作「實」；而凡是「脫空杜撰」，或緣「實」所作的「渲染」，都算作「虛」。如此一來，我國戲曲運用虛實的方法則有：以實作實、以實作虛、以虛作實、以虛作虛等四種方式：

㈠以實作實：就是戲曲根據史傳雜說改編，其關目情節、人物性情很忠實的依照原來敷演，幾不加點染。這類劇作雖然敷演容易，但不流於板滯者幾稀。例如明代劉兌《嬌紅記》雜劇係根據元人宋海洞《嬌紅傳》敷演而成，除了將悲劇改作喜劇，令金童玉女下凡的男女主腳婚配團圓、回歸仙界外，幾乎依樣畫葫蘆的把《嬌紅傳》的所有情節完全搬進去，甚至連小說中許許多多的詩詞也不肯捨棄。因之不但關目煩冗蕪雜，即排場亦平板無生氣；無論場上案頭，都教人困頓欲眠。傳奇如陸采《明珠記》根據薛調《無雙傳》，梁辰魚《浣紗記》根據趙曄《吳越春秋》，都不免「手段庸劣，斷非佳作」之譏。

㈡以實作虛：就是戲曲雖根據史傳雜說改編，但其關目情節有所剪裁和點染，人物性情有所刻畫和誇張，由此而寄寓著作者所要表現的思想和旨趣。這一類作品在所謂「文人劇」中最多。因為一方面有所憑藉，一方面又可以酌意抒寫，所以易於結撰和發揮才情；也因此評價高的戲曲文學作品，往往見於此類。例如元人關漢卿《竇娥》雜劇乃是憑藉鄒衍「六月飛霜」和「東海孝婦」的故實，從而表現元代政治的黑暗、社會的混亂，以及人民呼天搶地的痛苦呼號；清初雜劇如吳偉業《臨春閣》、《通天臺》，王夫之《龍舟會》，陸世廉《西臺記》，土室遺民《鯁詩讖》；傳奇如吳偉業《秣陵春》，洪昇《長生殿》，孔尚任《桃花扇》；莫不假藉史傳雜說，以寓麥秀黍離之思。他們或指桑罵槐、批評人物，或蒼涼感嘆，以資勸懲，所以每多絃外之音。

㈢以虛作實：就是戲曲是脫空杜撰的，但其內容和思想卻能表達人們的共同心靈和願望。此類劇作，長處在不受拘礙，可以自由抒發，馳騁才情；短處則在托空無所，耗時費力，如非資質俊拔，涵養功深的作家，很少不流於矯揉造作。例如關漢卿《救風塵》雜劇，純出機杼獨運，刻畫趙盼兒的機智，歌頌人間苦難相濟的情義；加以文詞本色自然，意境佳妙，所以感動了許多讀者，成為千古的名著。可是清末劉清韻的《天風引》雜劇，寫馬俊行商，舟遭颶風，天妃娘娘護持，吹送至羅剎國，為該國執戟郎知遇，延為上賓，並代製假面具，使同其國人之臉面，以便交通該國貴人。後馬受同官排擠，乃辭官，棄面具，感慨道：「想我生於文明之世，禮義之邦，視掇巍科如拾芥，躡高位如探囊。那知一經飄泊殊方，不特才華沒用，連面目亦不得守其常。」此劇雖原本蒲松齡《聊齋誌異．羅剎海市》，但情節純出虛構，作者的用意很明顯，旨在諷刺滿清末年那些沒有民族氣節的洋奴；但因為才華短絀，處處顯得捉襟見肘，感人之力，自然不深。

(四)以虛作虛：就是戲曲是脫空杜撰的，所要表現的也只是作者個人的空中樓閣。此類劇作未能植根於故實和群眾，所以如果不是成了曲高和寡的絕世之作，便是成為荒謬絕倫的下駟之品。例如明寧獻王朱權的《獨步大羅》雜劇，記呂純陽、張紫陽二仙奉東華帝君命，至匡阜南蠡西點化沖漠子。先鎖住心猿意馬，次去酒色財氣，再逐去三尸之蟲，更與一丹藥服之，教以養嬰兒姹女之理，又於渡頭點化之，然後同入大羅天，引見東華帝君諸仙。劇中的沖漠子，其實就是朱權晚年的自我寫照，而那些成仙了道的方法，也不過是他個人執迷的一派胡言而已。又如鄒兌金的《空堂話》雜劇，寫的是自言自語，內容無非是放志清虛，不問世事。其兄式金眉批云：「叔弟深入禪，即此文從妙悟中流出，筆墨俱化。」儘管其「逸氣高清，藻思雅韻」，最多只是案頭清供而已。

以上四類，就我國戲曲來說，自然以「以實作虛」一類占絕大多數，其他三類都屬少數。這和中國戲曲是以歌舞樂為美學基礎，以及戲曲的目的在於教化和娛樂有很密切的關係。因為戲曲本事有所憑藉，作者便可專注於文辭的修飾和排場的美化，同時也可以在思想情感上多所發抒，強化主題。倘若以虛作虛必然空泛無根，以實作實又嫌拘礙太甚，以虛作實又非人人為關漢卿、湯顯祖；所以「以實作虛」，不失為戲曲之道。

至於虛實之用，用實當以不扭曲其面目為原則。就史實來說，不必如清周樂清《補天石》雜劇，有意替古人補恨，於是《宴金臺》：燕太子丹終於滅亡暴秦；《定中原》：諸葛亮滅吳魏，蜀漢統一天下；《河梁歸》：李陵得自匈奴歸漢，遂滅匈奴；《琵琶語》：王昭君得自匈奴再歸漢宮；《紉蘭佩》：投汨羅江而死的屈原，又回生為楚王所重用；《紞如鼓》：晉鄧伯道失子復得團圓；《碎金牌》：秦檜伏誅，岳飛滅金立功；《波弋樂》：魏荀奉倩之妻不死，終得夫妻偕老。像這樣的「補恨」，雖然是庶民百姓心中之所願，但從藝術文學的觀點來看，實是畫蛇添足。就人物來說，赤壁之戰時的諸葛孔明不過二十八歲，就不必硬教他戴「三髭髯」、穿道袍，使他顯得「仙風道骨」；因為他其實是重法尚儒的政治家。我國戲曲雖然不講求名物制度、地理官爵，有時胡天胡地，荒唐可笑，譬如《元曲選》本的馬致遠《漢宮秋》，可以教王昭君投入黑龍江而死；但那是時代頹廢思想的感染，人們是可以視若無睹的。而若在科學昌明、民智發達的今日如法炮製，觀眾必然如芒刺在背，認為大受愚弄而憤然不平。所以用實之道也應當顧及時代背景。至於用虛，當以循其實而予以剪裁、點染、誇張、強化為是。戲曲成就的高下關鍵，就是在於能否善用其虛。譬如楊潮觀《吟風閣》短劇三十二種，除了要「借丹青舊劇，偶加渲染」，以「自家陶寫性中天」外，更重要的是要從「兒女淚，英雄血」中見出「百年事、千秋筆」，以「暮鼓晨鐘」來震撼世道人心。也因此其三十二劇，篇篇自然妥貼而臻奇妙，偉然自成風格。

總上所論，戲曲虛實之道，當循其實而善用其虛；斤斤於實，固然有傷引人入勝、騰挪變化之姿；去實大遠，亦必教人坐立不安，無從領受。而虛之為用，乃在明淨其實、強化其實。真正動人的劇作，絕非出以荒唐怪異，而是本乎人情物理；只當求於耳目之前，而非索諸見聞之外。也因此，「以實作虛」，當觀其剪裁點染之功；「以虛作實」，當視其揣摩人情之效。本事動人，然後主題思想才可以教人確實掌握，藝術造詣才可以教人真切感染。譬如孔尚任的《桃花扇》傳奇，於史事之剪裁點染俱極精當，以故能使人如置身易代之中，體驗其勝國遺民、麥秀黍離之思。又如關漢卿的《救風塵》雜劇，雖不能道其所本，但入情入理，引人逐勝，活生生的勾畫出青樓歌妓的遭遇和心境，使人如耳聞目睹，為俠義出自妓女而嘆息，為百無一用之書生而悲哀。

(2)主題嚴肅

戲曲的一般目的雖然是給予觀眾娛樂，但是優良的劇作家往往在娛樂之中，寄寓某種嚴肅的思想。有了某種嚴肅思想的蘊涵，然後戲曲才有深度，同時導入以正途。這種正確的引導作用，是在主觀的潛移默化中達成的，而非訴諸客觀的說教與刺激。所以戲曲的主題，可以寄託遙深，而卻要表達平實；可以事涉荒唐，而卻要言外見意。可以一斑而窺全豹，也可以剎那而即永恆。元人雜劇不明白揭櫫主題，而所反映的是那個黑暗時代的整個社會和人生。那其間有千古以來，蒙受冤屈者的悲憤和呼號，吐露了對於「天道無親，常與善人」的疑惑；那其間也有對於現實人生的失望，希企超然出世的冥想。雖然有時過於激越，有時過於消極；卻無不純任自然，很真切的表達出來。因為它是屬於全民的思想情感，所以主題是嚴肅的。可是如果事涉迷信有如《看錢奴》雜劇，滅絕人倫有如《小孫屠》雜劇；至多只能反映一時一地的觀念和風俗，於世道固然無補，於人心亦無抒發的作用，都不足以列入佳作之林。

但是明清兩朝，卻使戲曲內容思想走上寓教於樂的狹隘路途，一方面是儒家長遠以來的教化觀；而更為直接的則是朝廷嚴峻的律令。《大明律》卷第二十六〈刑律九・雜犯〉，「搬做雜劇」條云：

> 凡樂人搬做雜劇、戲文，不許粧扮歷代帝王后妃忠臣烈士先聖先賢神像，違者杖一百；官民之家，容令

粧扮者與同罪，其神仙道扮及義夫節婦孝子順孫勸人為善者，不在禁限。[330]

元至正二十五年（一三六五），朱元璋占領武昌後，開始著手議訂律令，一三六七年命左丞相李善長為律令總裁官，依《唐律》編修法律；洪武六年（一三七三）由刑部尚書劉惟謙二次修訂，經實踐考察後進行第三次修改和增刪，洪武三十年（一三九七）五月《大明律》才正式頒發。而這條律令，同樣被抄入《大清律例・刑律・雜犯》，規定雜劇、戲文只能妝扮神仙道扮及義夫節婦孝子順孫勸人為善者，而對於扮演歷代帝王后妃忠臣烈士先聖先賢則予以禁止，這固然由於太祖為了鞏固統治者威權，以免被優伶褻瀆尊嚴；但因此戲曲的生命被拘限了。到了明成祖，更嚴厲的執行他父親這項律令。明顧起元《客座贅語》卷十〈國初榜文〉云：

> 永樂九年七月初一日，該刑科署都給事中曹潤等奏：乞勑下法司，今後人民倡優裝扮雜劇，除依律神仙道扮、義夫節婦、孝子順孫、勸人為善及歡樂太平者不禁外，但有褻瀆帝王聖賢之詞曲、駕頭雜劇，非律所該載者，敢有收藏傳誦、印賣，一時拏送法司究治。奉旨：「但這等詞曲，出榜後，限他五日都要乾淨將赴官燒毀了，敢有收藏的，全家殺了。」[331]

「限五日都乾淨燒毀」，否則「全家殺了」。這樣的嚴刑峻法，不止作者廢筆、演員畏縮，就是觀眾也裹足不前。戲曲限制到成為宣傳宗教、道德的工具，比起元代自由發展的恢宏氣魄，自然要萎縮退化了。太祖這條律令和

---

[330] 效鋒點校：《大明律》，卷第二十六〈刑律九・雜犯〉「搬做雜劇」條（北京：法律出版社，一九九九），頁二〇二。

[331] 〔明〕顧起元：《客座贅語》，收於《元明史料筆記叢刊》第一六冊，卷十〈國初榜文〉（北京：中華書局，一九八七），頁三四七—三四八。

成祖這道榜文非常有效，有明一代的劇本，碰到非借重皇帝不可的地方，便只好以「殿頭官」來敷演；至於像羅本《龍虎風雲會》扮演宋太祖，那恐怕是禁令之前的作品，羅本是元人入明的。呂天成《齊東絕倒》扮演堯舜、程士廉《帝妃遊春》扮演唐明皇以及臧晉叔《元曲選》之刊行《漢宮秋》、《梧桐雨》諸劇，那大概是末葉禁令鬆懈了的緣故。

於是戲曲的風世教化作用，變成了戲曲的重要旨趣。這在明初戲文《琵琶記》已經彰顯得很清楚。其開場【水調歌頭】謂「不關風化體，縱好也徒然。」他要表現的是「子孝共妻賢」。[332]朱鼎《玉鏡臺記》開場【蕪春臺】也說「賴扶植綱常，維持名教，中流砥柱，眼底誰能。」[333]金懷玉《狄梁公返周望雲忠孝記》開場【何陋子】更說得明白：「景仰先賢模範，無非激勸人情。詞豔不關風化體，有聲曾似無聲。惟有忠良孝友，知音入耳堪聽。」[334]而丘濬《伍倫全備忠孝記》開場則簡直是一篇教化淑世，振興倫常的箴言。他在【鷓鴣天】裡先學高明說：「若於倫理無關緊，縱是新奇不足傳。」所以「今宵搬演新編記，要使人心忽惕然。」[335]他更說：

小子編出這場戲文，叫作《伍倫全備》，發乎性情，生乎義理，蓋因人所易曉者，以感動之。搬演出來，

[332]〔明〕高明著，汪巨榮校注：《琵琶記》（臺北：三民書局，一九九八），頁二、三。
[333]〔明〕朱鼎：《玉鏡臺記》，《古本戲曲叢刊》二集（上海：商務印書館，一九五五年影印長樂鄭氏藏汲古閣刊本），頁一。
[334]〔明〕金懷玉：《狄梁公返周望雲忠孝記》，《古本戲曲叢刊》二集（上海：商務印書館，一九五五年影印北京圖書館藏明文林閣刊本），頁一。
[335]〔明〕丘濬：《伍倫全備忠孝記》，《古本戲曲叢刊》初集第四函（上海：商務印書館，一九五四年據北京圖書館藏明世德堂刊本影印），頁一。

使世上為子的看了便孝，為臣的看了便忠，為弟的看了敬其兄，為兄的看了友其弟，為夫婦的看了相和順，為朋友的看了相敬信，為繼母的看了不管前子，為徒弟的看了必念其師，妻妾看了不相嫉妬，奴婢看了不相忌害。善者可以感發人之善心，惡者可以懲創人之逸志，勸化世人，使他有則改之，無則加勉。自古以來，轉音都沒這個樣子，雖是一場假託之言，實萬世綱常之理，其於出出教人，不無小補云。[336]

像這樣把戲曲當作「五倫全備」的教化工具，邵璨《香囊記》【沁園春】踵繼其後說：「因續取五倫新傳，標記紫香囊。」[337]在這種戲曲教化觀的影響下，或者出以叱奸罵讒、表彰忠烈的，如周禮《東窗記》、姚茂良《雙忠記》、張四維《雙烈記》、馮夢龍《精忠旗》、孟稱舜《二胥記》、無名氏《鳴鳳記》、《十義記》、《運甓記》等；或出以獎勵節孝的，如李開先《斷髮記》、陳羆齋《躍鯉記》、張鳳翼《祝髮記》、袁于令《金鎖記》、沈受宏《海烈婦》、黃之雋《忠孝福》等。

而文士遭逢不偶，託諸翰墨以寄牢愁，自古而然，傳奇亦不能免俗。徐復祚《投梭記》開場【瑤輪第七】云：

瑤輪先生貌已焦，何事復呶呶。自從世棄，屏居海畔，煞也無聊。況妻身號冷，子腹啼枵。不將三寸管，何處覓逍遙。　算來日月，只有酒堪澆。一醉樂陶陶。自歌自舞，自斟自酌，暮暮朝朝。但清風無偶，明月難邀，聊將離索意，說向古人豪。[338]

---

336 〔明〕丘濬：《伍倫全備忠孝記》，《古本戲曲叢刊》初集第四函，第一折【西江月】，頁二。

337 〔明〕邵璨：《香囊記》，收入〔明〕毛晉編：《六十種曲》第一冊（北京：中華書局，一九九〇年據上海開明書店原版重印），頁一。

338 〔明〕徐復祚：《投梭記》，收入〔明〕毛晉編：《六十種曲》第八冊，頁一。

如此窮愁潦倒，杯酒自澆塊壘，寄託於三寸之管，可以說是文人慣用的「技倆」。其實陸采《南西廂記》【南鄉子】早說過類似話語：

> 吳苑秀山川，孕出詞人自不凡。把筆戲書雲錦爛。堪觀。光照空濛五色間。　天意困儒冠。且捲經綸臥碧山。那個榮華傳萬載，徒然。做隻詞兒盡意頑。[339]

陳玉蟾《鳳求凰》【玉樓春】亦說：

> 冷看世事如棋壘，蠻觸雌雄呼吸改，英雄袖手臥蒿萊，坐對金鵝飛翠靄。　文人腑臟清於水，拍腦長吟銷慷慨，閒抽五色繪風流，一曲飛觴澆塊壘。[340]

姚茂良《雙忠記》【滿庭芳】亦云：

> 士學家源，風流性度，平生志在鷹揚。命途多舛，曾不利文場。便買山田種藥，杏林春熟、橘井泉香。無人處，追思往事，幾度熱衷腸。　幽懷無可托，搜尋傳奇，考究忠良。偶見睢陽故事，意慘情傷。便把根由始末，都編作律呂宮商。《雙忠傳》天長地久，節操凜冰霜。[341]

---

339 〔明〕陸采：《南西廂記》，《古本戲曲叢刊》初集第七函（上海：商務印書館，一九五四年據大興傅氏藏明周居易刊本影印），頁一。

340 〔明〕陳玉蟾（澹慧居士）：《鳳求凰》，《古本戲曲叢刊》二集（上海：商務印書館，一九五五年影印長樂鄭氏藏明末刊本），頁一。

341 〔明〕姚茂良撰，王鍈點校：《雙忠記》（北京：中華書局，一九八八年以富春堂為底本點校），頁一。

梁辰魚《浣紗記》【紅林檎近】更行不改名坐不改姓的說：

佳客難重遇，勝遊不再逢。夜月映臺館，春風叩簾櫳。何暇談名說利，漫自倚翠偎紅。請看換羽移宮，興廢酒杯中。驥足悲伏櫪，鴻翼困樊籠。試尋往古，傷心全寄詞鋒。問何人作此，平生慷慨，負薪吳市梁伯龍。342

以上之所以不厭其煩的錄下這些傳奇「開場名義」，無非要強調抱著這樣藉他人酒杯以澆自己塊壘的明清傳奇固然不少，而著者縱觀明人雜劇自弘治至嘉靖這八十年間，雖然可以找出康海、王九思、楊慎、陳沂、李開先、許潮、徐渭、馮惟敏、汪道昆、梁辰魚、陳鐸、高應玘、胡汝嘉等十三位有名氏作家，但是各家劇作不過一、二種，多亦不過數種而已，他們都是士大夫，有功名、官職，戲曲對他們只是興到隨筆，其創作目的，是為了寫寫個人的胸懷志向，或者發發個人的抑鬱牢騷；甚至於只是藉這個戲曲的體裁來逞逞個人美麗的詞藻，表現個人的風雅和享樂，戲曲在他們手裡，自然造成一種情感空虛、故事單薄的傾向。他們對於題材的選擇以文人掌故為主，以佛道為副；因為這兩種題材最適合於抒憤寫懷，作為失意時的寄託。他們的思想生活完全是屬於貴族縉紳一類的，民間的疾苦和人情物態，在他們眼中或許曾經出現過，但他們絲毫不措意於此，所以像元雜劇那樣的社會劇固然看不到，就是像明初《兒女團圓》、《來生債》那樣的作品也無從尋覓。這種題材取捨的趨向一直到後期，甚至於延伸到清人雜劇，都是如此。因此中期以後的雜劇，就完全成了文人之曲的局面。

也因此，主題思想的嚴肅與正確，在明代以後的戲曲中，便成了較弱的一環。尤有甚者，更假藉戲曲以為

342 〔明〕梁辰魚：《浣紗記》，收入毛晉編：《六十種曲》第一冊，頁一。

攻擊諷刺、報仇洩怨之資，意之所喜者，處以生旦之位；意之所怒者，變以淨丑之形；如康海《中山狼》之於李夢陽，王九思《杜甫遊春》之於李東陽，李開先〈渼陂王檢討傳〉云：「嘉靖初年，將徵之纂修實錄。而同罷吏部者，摘取《遊春記》中所具人姓名，毀於當路：『李林甫固是指李西涯，而楊國忠得非楊石齋，賈婆婆得非賈南塢耶？』坐此竟已之。翁聞之，乃作小詞自嘲，殊無尤人之意。」[343]後來像沈德符《萬曆野獲編》、王世貞《曲藻》、蔣一葵《堯山堂曲說》、《盛明雜劇》沈士伸評語、錢謙益《列朝詩集小傳》、《鄠縣志》等等也都有類似的記載。所說的李西涯就是李東陽，楊石齋即楊廷和，賈南塢即賈詠；便是走火入魔，流於惡道了。

(3)結構謹嚴

戲曲雖然是文學藝術的一環，也有文學藝術的共性結構；但戲曲畢竟是綜合文學和藝術的有機體；所以它的結構自然不能為一般單一文學或藝術所範疇。也就是說：戲曲不止有外在結構，更有內在結構。外在結構即劇種的「體製規律」；內在結構實為劇種的「排場」。其外在結構又因劇種不同而有所差異，譬如詞曲系曲牌體之與詩讚系板腔體，便有很大差別；曲牌體中，金元北曲雜劇、宋元南曲戲文、明清傳奇、明清南雜劇又各自有所分別；但由於戲文與傳奇一脈相承，變異不大，所以可以併為一談。戲曲內在結構藝術性之高低，實端賴劇作家手法。而每一劇種之外在結構對其內在結構制約下所呈現之藝術內涵，又各有其特色。可見論戲曲結構是不能不內外兼顧的。[344]

然而自古以來，學者對於戲曲結構，或者以偏概全，或者理念混淆，均難以窺其全貌，即使名家如李漁，碩學如王國維亦不能免。以致其論外在結構者惟明人王驥德、清人李漁以及近人王國維、鄭師因百與錢南揚，

[343] 〔明〕李開先：〈渼陂王檢討傳〉，《閒居集》之十，卜鍵箋校：《李開先全集》，中冊，頁七六七。

[344] 拙作：〈論說「戲曲之內在結構」〉，《藝術論衡》復刊第六期（二〇一四年十二月），頁一－四七。

而王氏僅及套曲，李氏但及格局五款，王氏只論古劇與元劇，鄭師亦惟及元劇，錢氏則述南曲戲文。而其論內在結構者，家數縱使屈指難數，然而大多數亦只在情節、關目、關目情節幾個術語中打轉；或有體悟到戲曲情節關目應全面講究其布置之藝術手法，如李漁之〈立主腦〉、〈脫窠臼〉、〈密針線〉、〈減頭緒〉堪稱最為精密者，然而此外幾乎亦皆在頭腦、間架、搭架、排置、布局、局面、練局、局段、構局、章法等不清不楚的概念中自我糾纏。所幸鍾嗣成、賈仲明始用「排場」評賞雜劇，明人呂天成、凌濛初、祁彪佳繼之以評傳奇，清人洪昇、孔尚任、金兆燕、梁廷枏、楊恩壽等又推波助瀾，及至民國許之衡、王季烈、張師清徽（敬）而理論底於完成。著者更敢以「排場」論戲曲之內在結構。而所謂「排場」，是指中國戲曲的腳色在「場上」所表演的一個段落，它是以關目情節的輕重為基礎，再調配適當的腳色、安排相稱的套式、穿戴合適的穿關，通過演員唱做念打而展現出來。就關目情節的高低潮以及其對主題表現所關涉的程度而分，有大場、正場、短場、過場四種類型；就表現形式的類型而言，有文場、武場、文武全場、同場、群戲之別；就所顯現的戲曲氣氛而言則有歡樂、遊覽、悲哀、幽怨、行動、訴情等六種情調；後二者其實是依存於前者之中。因之標示「排場」當斟酌這三種狀況，然後方能充分的描述出該排場的特質。

而由此也可見「排場」是由關目、腳色、套式、穿關、表演五個因素構成的有機體，它是戲曲劇目演出時的一個單元，這單元的面貌和情味，可以大大小小、形形色色，總以吸引觀眾聆賞為依歸。所以必須安排創設數個乃至許多如此這般的單元乃成為整體的戲曲演出。也因此說，戲曲的「內在結構」在「排場」。

就因為中國戲曲是以分場的方式連續演出，所以其藝術也就形成非寫實而為虛擬象徵性的特質，也惟有這樣特質的戲曲才能搬演宇宙間的萬事萬物和自由自在的時空流轉。譬如《西廂記》第一本第一折扮張生的正末在場上走來走去唱著「隨喜了上方佛殿，早來到下方僧院，行過廂房近西，法堂北鐘樓前面，遊了洞房，登了寶塔，將迴廊繞遍，數了羅漢，參了菩薩，拜了聖賢。」隨著演員運用虛擬、象徵、程式的唱做，於是時間不停的推移，空間一個接一個的轉換，假如運用寫實布景，如何應付得來？當然，這種虛擬象徵程式的手法是要透過腳色的上下，並配合其歌舞樂渾融無間的表演，以啟發觀眾的想像力，然後才能傳達出來。

而戲曲之結構既有內外之分，本身又是一錯綜複雜之有機體，外在結構既為體製規律，內在結構既主要出自劇作家手法之「排場」，則內在結構必受外在結構之制約而產生影響，也是必然的事。北曲雜劇、南雜劇、南戲傳奇外在結構對內在結構制約皆產生相當的影響：

1. 北曲雜劇

從構成元劇體製規律的十個因素看來，固然皆有其深厚的淵源，但也都有向上的發展；也因此，使得元劇能以「大戲」的姿態光耀中國劇壇[345]。但也由於元劇的外在結構體製規律相當謹嚴，對於劇作的內在結構「排場」便產生了以下幾點影響：

第一，由於限定四折，於是關目的安排和推展，便形成了起承轉合的刻板形式；也就是說，劇情的發展是採取單線展延式的，沒有逆轉也沒有懸宕。

第二，由於限定一人獨唱，作者筆力因而只能集中此人，其他腳色遂無從表現，有時劇中主要人物卻不任唱，而改由其他次要人物，因而顯得本末倒置，喧賓奪主；又有時為湊足套式，只好唱些不必要的曲文，不止因之有拖沓蛇足之感，而且也教人昏昏欲睡。北曲雜劇的搬演，雖然折間插入其他技藝，主唱者可以休息，但四大套北曲出自一人之口，單調之外，亦覺氣力難支。而且不連續搬演，也使全劇氣脈間歇。

[345] 見拙作：〈元雜劇體製規律的淵源與形成〉，《臺大中文學報》第三期（一九八九年十二月），頁二〇三—二五二。

第三，元劇宮調雖或各具聲情，但套式變動不大；雖然由於唱辭不同，語言旋律可以變化，但總不免刻板之失。

大抵說來，元劇這樣的戲曲形式事實上是以詞曲系為主，以詩讚系為輔的說唱文學，將敘述體改作代言體，發展而完成的劇種，由於傳統包袱太重，受到說唱文學藝術的影響太深，所以其結構、排場實在不易生動，只能以文字見長；因而其戲曲表演藝術之提升與發展，實有待於明清傳奇。

2.南雜劇

明清南雜劇有廣狹二義，著者對於「南雜劇」取其廣義，南雜劇體製較傳奇為短小，同時偶爾運用或兼用北曲，這兩點無疑是北曲雜劇的遺跡；而其運用南曲，或北曲而採分唱、合唱以及家門形式，則顯然是南戲傳奇的現象；因此，後期的南雜劇，其實是南北曲的混血兒。它改進了北曲雜劇限定四折四套北曲和末或旦獨唱的刻板形式，而代以南戲傳奇排場聯套的諸多變化，以調劑冷熱，並給予各腳色均可任唱的自由。對於長短，它既不受四折的限制，也不採取傳奇式的冗長，它僅依照劇情的需要而在最多十一折之限內任意長短。所以南雜劇可以說是改良後最進步的戲曲形式，周憲王對於戲曲藝術的改進，也在這裡得到支持和發展，這樣的戲曲形式才真正是有明一代的特有產物，我們若說到明雜劇，實在應當以南雜劇為代表才是。[346]

3.傳奇

傳奇一方面是北曲雜劇和南曲戲文的混血兒，另一方面也是戲文提升發展的結果，所以它可以說是在因應性很大的外在結構下最具藝術性的戲曲，也可以說是戲曲大戲的代表劇種。

---

346 著者有《明雜劇概論》（臺北：國家出版社，二〇一五）。著者近年新編崑劇劇本《梁祝》、《孟姜女》、《李香君》、《楊妃夢》、《魏良輔》、《蔡文姬》，為配合現代劇場演出時間在兩個半小時以內，便都採用南雜劇的體製規律。

傳奇的外在結構，雖然也講究宮調、曲牌、聯套、唱法，但不像北曲雜劇那樣的刻板，由於其外在結構以「齣」為單元，而必須回應內在結構的需求，因此劇作家便可在基本規律下，發揮自家的藝術修為去建構排場，而排場的主要基礎，即在於關目情節的布置章法。

因為傳奇一般長度在三、四十齣，長的往往多達五、六十齣，所以傳奇關目布置要達到埋伏照應、緊湊嚴密並非容易；由此而建構的排場要能夠冷熱兼濟、變化得宜而使腳色勞逸均衡尤其困難。所以傳奇之內在結構如《長生殿》之「無懈可擊」者，百不得其一；卻是往往因為其數十齣之緣故而顯得冗長，即使湯氏《紫釵》、《牡丹》二夢亦不能免。

傳奇由戲文發展而來，其發展過程中自有質變，其明顯者，傳奇之體製規律終於謹嚴而固定，亦自然影響其內在結構。譬如傳奇分上下本，分齣清楚，上本結束謂之「小收煞」，下本總結謂之「大收煞」；上下本關目排場應均衡對應。又譬如傳奇主角，由一生一旦而二生一旦而二生二旦，關目排場之布置處理必有調適。又譬如傳奇曲牌性格穩定，套式規範成立，於排場之處理雖趨向類型化，但由於品類繁多，取資有餘，反能助成藝術之提升。又譬如由於「大小收煞」必為傳奇之大關節目，故必以「大場」應之，尤其劇末「大收煞」為全篇關合處，幾乎例用「大團圓」收場。

而也因為傳奇腳色較諸北劇之四種、南戲之七色可多至十數色，所以藝術分工越細，可扮飾之人物越多，所可搬演之劇情越趨複雜，藝術也自然向上提升。又由於南戲傳奇歌唱之方式多端，有獨唱、對唱、輪唱、合唱、接唱、接合唱等，加上曲牌有南北，聯套有南北分套、合腔、合套皆可運用，所以在戲曲上較諸北劇一腳色末或旦之一人獨唱，自然更為靈活而機趣品味層出不窮。

而如果就詞曲系曲牌體的大戲劇種傳奇和詩讚系板腔體的大戲劇種京劇來比較，那麼由於詞曲系曲牌體大戲劇種之傳奇崑劇體製規律相當整飭，曲牌的制約非常嚴格，所以崑劇演員的唱腔自我發揮的空間很少，而詩讚系板腔體大戲之皮黃京劇體製規律非常簡單，以七言十言、上下對句為單元，上仄韻下平韻，加上分場明顯，時空轉換自由，所以京劇演員可以自我發揮的空間很大；也因此崑劇演員不能像京劇演員那樣創發形成流派藝術，自然也無以開宗立派。然而也因為崑劇的內在結構處理排場的精緻度比起京劇高得多，所以崑劇也才能成為最優雅的文學和最精緻藝術的綜合體，使京劇難以望其項背。

(4) 曲文高妙

青木正兒《元人雜劇概說》，將元雜劇分為本色與文采兩派。大約以曲辭素樸，多用口語者為本色派；曲辭藻麗，尚用雅言者為文采派。[347]周德清〈作詞十法〉的〈小引〉謂「凡作樂府，古人云：『有文章者謂之樂府。』如無文飾者謂之俚歌，不可與樂府共論也。」[348]所說的「古人」，蓋指芝菴，因其《唱論》中有「成文章曰樂府」之語。[349]大抵周氏論曲中語言是就文士之曲為準則的，所以他認為可作「樂府語、經史語、天下通語」，不可作「俗語、蠻語、謔語、嗑語、市語、方語、書生語、譏誚語、全句語、拘肆語、張打油語、雙聲疊韻語、六字三韻語」，他對於曲文的主張似乎偏向於文采一派，但他又說：「造語必俊，用字必熟。太文則迂，不文則俗；文而不文，俗而不俗；要聳觀，又聳聽。」[350]則又似乎有調和文采與本色之意。王驥德《曲律・論曲禁》四十條中，認為曲中不可作的語言是：「方言、太文語、太晦語、經史語、學究語、書生語」，他將周氏

[347]〔日〕青木正兒：《元人雜劇概說》（北京：中國戲劇出版社，一九五七），頁五四—一〇〇。

[348]〔元〕周德清：《中原音韻》，《中國古典戲曲論著集成》第一冊，頁二三一。

[349]〔金元〕芝菴：《唱論》，《中國古典戲曲論著集成》第一冊，頁一六〇。

[350]〔元〕周德清：《中原音韻》，《中國古典戲曲論著集成》第一冊，頁二三二—二三三。

認為可作的「經史語」，列於法禁之中，可見他是偏向於本色一派的。周氏又從修辭學的觀點論造語，提出了四點「語病、語澀、語粗、語嫩」的禁忌和「明事隱使，隱事明使」、「切不可用生硬字、太文字、太俗字、襯字」的「用事」與「用字」的方法。[351]王驥德〈論曲禁〉有關修辭的更有「陳腐、生造、俚俗、蹇澀、粗鄙、錯亂、蹈襲、沾唇、拗嗓、語病、請客、重字多、襯字多、堆積學問、錯用故事、對偶不整」等十六條。[352]他認為「襯字多」應當避忌，這是有道理的；因為襯字太多，歌唱時必然躲閃不及。而周氏認為切不可用「襯字」，雖就散曲立論，但襯字的功用在於轉折、聯續、形容、輔佐，能使凝鍊含蓄的句意化開，變成爽朗流利的話語，有助於曲中「豪辣浩爛」的情致；曲之一大特色，即在襯字之運用，若「襯字無」，則直如詞化之曲而已。[353]此外，他們的見解都大致可取。笠翁《劇論》對於「詞采」，提出四點主張：貴顯淺，不帶一毫書本氣；重機趣，有精神、有風致，勿使有斷續痕、勿使有道學氣；戒浮泛，說何人、肖何人，議某事、切某事，景書所睹、情發欲言；忌填塞，勿多引古事、勿疊用人名、勿直書成句。笠翁所論，雖未及劇曲的語言成分，但見解則甚為明達而中肯，尤其指出「極粗極俗之語，未嘗不入填詞，但宜從腳色起見。」「如在花面口中，則惟恐不粗不俗，一涉生旦之曲，……當有雋雅從容之度。」[354]更是發前人所未發之論。王靜安先生《宋元戲曲史》論元代雜劇和南戲的佳處，都說「一言以蔽之，曰『自然而已矣』。」所謂「自然」，據靜安先生之意，蓋謂「有意境」，亦即「摹寫其胸中之感想與時代之情狀，而真摯之理與秀傑之氣，時流露於其間。」[355]「真摯之理與秀傑之氣」，正

[351] 同上註，頁二三三—二三四。

[352] 本段引文詳見〔明〕王驥德：《曲律・論曲禁第二十三》，《中國古典戲曲論著集成》第四冊，頁一二九—一三一。

[353] 參見鄭師因百：〈論北曲之襯字與增字〉，《龍淵述學》（臺北：大安出版社，一九九二），頁一一九—一四四。

[354] 〔清〕李漁著，汪巨榮、盧壽榮校注：《閒情偶寄》，〈詞曲部・詞采第二〉，頁三三—三九。

是使得曲文高妙的基礎。

綜上所述，曲文所要求的境界就是自然高妙，無論質樸或文采，只要達到自然高妙，便是佳作。譬如關漢卿的雜劇並非純然質樸，而是視雜劇的內容而定：《緋衣夢》述王閏香與李慶安之情，王閏香的唱詞便清新典麗；《單刀會》述關羽赴魯肅之約，關羽的唱詞便雄壯豪邁；《玉鏡臺》述溫嶠的風流行徑，其唱詞便旖旎嫵媚。[356]蓋高明的作家，必能隨物賦形，無論質樸或文采，都能恰如其分。又戲曲應當沒有不可用的語言，只要能做到：①述事如其口出，充分表現人物的身分和性情；所謂「生旦有生旦之曲，淨丑有淨丑之腔。」②使觀眾耳聞即曉，不假思索，直接感動。③明淨而不辭費。④與賓白血脈相連，相生相成。⑤表現的韻味機趣橫生，而有清剛之氣流貫其間。這五點應當才是我國古典戲曲遣詞造句的標準，惟有如此，聲情詞情才能穩稱，達到雅俗得宜，串合無痕的妙境。倘若只尚辭藻的華麗，芳澤鉛華，肆意塗飾，則最多不過是辭賦的別體而已，已非戲曲之道了。

(5)音律諧美

中國韻文學裡的辭賦和詩詞，雖然也都講求音律，但未若戲曲之精密謹嚴。音律的要素是聲和韻，有法則可循的為人工音律，完全訴諸感悟的是自然音律。人工音律寄託在聲調的平上去入、韻腳的疏密轉變，以及句式的單雙、語言的長度之中。戲曲更要將這些語言的旋律，使之與音樂的旋律密切結合，渾融無間。所以戲曲除了王驥德《曲律・論曲禁》所云：「重韻、借韻、犯韻、犯聲、平頭、合腳、上上疊用、上去去上倒用、入聲三用、一聲四用、陰陽錯用、閉口疊用、韻腳多以入代平、疊用雙聲、開閉口韻同押」等應當避忌和上文所

[355] 王國維：《宋元戲曲史》，《王國維戲曲論文集》（臺北：里仁書局，一九九八），頁一二三。

[356] 參見鄭師因百：〈關漢卿的雜劇〉，《鄭騫戲曲論集》（臺北：國家出版社，二〇一二），頁八五—九五。

舉《笠翁劇論・音律第三》之九款應當遵守外，還要注意到宮調的聲情和聯套的方法。元雜劇雖然四折之宮調略有成例，但芝菴《唱論》所謂「太凡聲音各應於律呂」，「仙呂宮唱清新綿邈，南呂宮唱感嘆傷悲，中呂宮唱高下閃賺，黃鍾宮唱富貴纏綿，正宮唱惆悵雄壯……」[357]倘運用得法，必更能增加戲曲效果。傳奇宮調的聲情雖不可拘泥，但仙呂、南呂、仙呂入雙調三調，則近於清新綿邈、宛轉悠揚，宜於男女言情之作；正宮、黃鍾、大石三調，則近於典雅端重、惆悵雄壯，宜於豪情勝概之作；中呂、雙調，則近於高下閃賺、健捷激裊，宜於過脈短套之用；越調、商調，則近於悽愴怨慕、悲傷宛轉，宜於死生離別之用。元曲套數的組織相當嚴密，首尾之曲固有定格，而那些曲牌該在前，那些曲牌該在後，那些必須連用，那些可以互相借宮，都有一定的規矩。傳奇之曲有粗細，聯套之法則細曲在前，粗曲在後，其板眼要能銜接。倘若曲調亂用，或不明聯套之法，以致緊慢失次，必然乖音舛律，不能登諸場上。上文說過，套數的配搭和排場的組合有很密切的關係，排場所顯現的內容和氣氛有歡樂、悲哀、遊覽、行動、訴情等之不同，則其套式自然有別。倘不明其理、配搭不當，必不能使聲情、詞情合一，終致不倫不類之譏。

音律之道甚為精微，何況戲曲之主體寄託於音律之中，故音律不可不論。大抵說來，只要聲情、詞情渾融無間，便算諧美。但持以論音律的法則，卻不可過於拘泥。譬如南戲初成，無九宮可言，押韻亦止取協口語；明乎此，那麼對於《琵琶記》之「韻雜宮亂」，就不必譏其千古厲階了。

然而著者又以為如果能進一步了解「戲曲歌樂」的內涵及其所以建構的元素，那麼才算是對戲曲的「曲」有真正的認識。[358]

[357] 〔金元〕芝菴：《唱論》，《中國古典戲曲論著集成》第一冊，頁一六〇。

[358] 著者有〈論說「歌樂之關係」〉，《戲劇研究》第一三期（二〇一四年一月），頁一—六〇。

就「戲曲歌樂的內涵」而言，可以分作劇作家運用語言所創作的各種歌詞形式和音樂家運用音符和樂器伴奏所創作的各種樂曲形式兩大部分。

其歌詞形式有歌謠、小調、詩讚、曲牌、套式等，其樂曲形式有土腔體、板腔體、曲牌體三種。而歌詞與樂曲必須配搭融合、相得益彰，最後由充任腳色扮飾人物的演員以其一己之「唱腔」傳達出來，然後「戲曲歌樂」才算完成。

因之若論其建構完成「戲曲歌樂」之元素，則：其屬於歌詞形式者，有語言本身之內在質素：含字音結構、聲調組合、韻協布置、音節形式、韻長攤破、複詞結構、語句結構、意象情趣之感染力等。亦即此構成語言本身之八質素皆含有音樂性之語言旋律，亦稱「聲情」；而語言所具之意義情趣思想，亦稱「詞情」；「詞情」、「聲情」之間，自以「詞情」為主，亦即「聲情」是用來描述、渲染、襯托、強化「詞情」；兩者必須相為融合，相得益彰，以此為基礎，然後音樂家才能譜上最切當的音符，順應其「聲情」，彰顯其「詞情」，並配合器樂來詮釋歌詞，達到真正的歌樂融合，相得益彰。也因此語言旋律（聲情）可以說是「戲曲歌樂」的根本，而歌樂的相得益彰，實有賴於「聲情」、「詞情」首先的融合無間。而方音土語之語言旋律，即所謂腔調。腔調之載體，即含歌謠、小調、詩讚、詞曲牌調等。

這裡要特別說明的是，「語言旋律」在齊梁以前，大抵憑作家之體悟；可以稱之為「自然音樂」。齊梁以後開始講究「四聲八病」，而後唐有詩律，宋有詞律，元明有曲律，語言旋律講求人為的制約，可稱之為「人工音樂」。再說「戲曲歌樂」，其屬於樂曲形式者，有音樂本身之內在質素，含宮調、管色、板眼等，其音樂本身之外在質素，含音符與擊樂、管樂、絃樂三種形式之器樂。

而最後將「戲曲歌樂」完成之「唱腔」，實由歌者將一己之音色之質性融入腔調之語言旋律，再憑藉個人口法之修為，行腔運轉其高低、長短、強弱、頓挫、力氣，並對歌詞意義情境思想之感染力同時融會而傳達於所唱出的歌聲之中。

可見戲曲音樂之內涵，極為繁複，每每令人視為畏途，認為是千古難解之奧祕。但無論如何，如欲成為「當行家」與「評論家」，又怎能捨此不論？

(6)賓白醒豁

第一位注重戲曲賓白的是明周憲王朱有燉，他的《誠齋雜劇》特別強調「全賓」，一改過去劇本只印曲文而省略賓白的惡習。而把賓白的地位提高和曲文相當的，則是王驥德。他的《曲律》說：「諸戲曲之工者，白未必佳，其難不下於曲。」他主張：「定場白稍露才華，然不可深晦。」「對口白須明白簡質，用不得太文字，……句字長短平仄，須調停得好，令情意宛轉，音調鏗鏘；雖不是曲，卻要美聽。」[359]而笠翁〈論賓白〉計有八款，可見笠翁對賓白的重視。他比王驥德更明白的說出：「賓白一道，當與曲文等視。有最得意之曲文，即當有最得意之賓白。」尤其又注意到「語求肖似」，合乎人物的口脗，更是深明戲曲之道的人所必須講求的。他說：「欲代此一人立言，先以代此一人立心。」「務欲心曲隱微，隨口唾出。說一人，肖一人，勿使雷同，弗使浮泛。」[360]蓋賓白最能表現人物性情，關目情節又賴以推動，是一點都馬虎不得的。所以王李二氏的主張都足以供我們借鑑。現在皮黃有句「千金話白四兩唱」的行話，用意雖然在強調念白比唱曲為難，但其注重賓白對於戲曲的功能，也是顯而易見的。

大抵說來，戲曲賓白第一重要的是「語求肖似」，其次是「聲務鏗鏘」、「文貴精潔」和「意取尖新」。當然，

[359]〔明〕王驥德：《曲律・論賓白第三十四》，《中國古典戲曲論著集成》第四冊，頁一四一。

[360]〔清〕李漁著，汪巨榮、盧壽榮校注：《閒情偶寄》，〈詞曲部・賓白第四〉，頁六一、六四。

它是和曲文互相生發，血脈相連的。而倘若像明代一些藻麗派的傳奇，不止曲文塗粉抹脂，連賓白也一律四六駢偶，那就淪入戲曲惡道而不可救藥了。

(7)人物鮮明

由於我國戲曲的表現方式主要是象徵性，所以腳色的綱行生旦淨末丑，已經隱寓人物的類型。大抵說來，生旦所扮演的人物，必然是忠正善良，知書達禮；淨丑所扮演的人物，或粗獷魯莽或奸險狡獪、或滑稽突梯。也因此，我國戲曲中的人物，絕大部分是倫理教化下，公眾所認可的典型人物，具有鮮明性情的，為數不多。元雜劇不重視賓白，又限定一人獨唱，所以能夠像關漢卿《竇娥冤》之塑造竇娥、蔡婆、張驢兒，《救風塵》之塑造趙盼兒、周舍、宋引章，那樣類型之中猶見幾分個性的，已屬難能可貴。傳奇中，名作如《琵琶記》、《牡丹亭》、《長生殿》、《桃花扇》等尚略得三昧外，其他值得稱道的很少。其故是我國戲曲的敘事方法，深受講唱文學的影響，人物背景、履歷、性情，都由腳色自家道出。觀眾所要求的是「善惡分明、愛憎判然。」因此所謂暗示、襯托、懸宕諸法，俱難以用來塑造人物。但無論如何，劇中人物形象要求刻畫分明、心理要求隱微畢現，是劇作家所應盡到的責任，所以論我國戲曲仍要觀其人物塑造是否成功，即不能宛然在目、個性鮮明，亦應類型純然。

(8)科諢自然

科諢就是插科打諢，也就是戲曲搬演的過程之中，插入一些滑稽突梯的動作和話語。宋雜劇、金院本務在滑稽，由《輟耕錄》「院本名目」條知道，它已經發展成專門的技藝。[361]劇中的科諢主要由淨丑擔任，其他次要

[361] 〔元〕陶宗儀：《南村輟耕錄》，卷二十五「院本名目」，頁三〇六－三一五。

腳色也可以偶然施及，生旦主要腳色則盡量要避免。《笠翁劇論》謂「插科打諢，填詞之末技也。然欲雅俗同歡，智愚共賞，則當全在此處留神。文字佳、情節佳，而科諢不佳，非特俗人怕看，即雅人韻士，亦有瞌睡之時。」[362]誠如笠翁所論，科諢的目的是在調劑情調、引人興會，以「驅走睡魔」。其在劇中的地位和分量雖不如曲文和賓白，但少此一服清涼劑，必使全劇失色。上文說過，笠翁所舉的科諢四款，皆是確當不易之論。「淫褻」和「俗惡」都是科諢中的低級趣味，固然當戒，但我國戲曲能免於此的竟然少之又少，名家之作，包括提出戒律的《笠翁十種曲》都不能免。至於「重關係」和「貴自然」則尤其要講求。所謂關係，就是「於嘻笑詼諧之處，包含絕大文章，使忠孝節義之心，得此愈顯。」若此，科諢的作用，更有強化主題之義了。所謂「自然」，王驥德說：「須作得極巧，又下得恰好。」「若略涉安排勉強，使人肌上生粟，不如安靜過去。」[363]笠翁謂「妙在水到渠成，天機自露。我本無心說笑話，誰知笑話逼人來。」[364]能如此，確是「科諢之妙境」。

結　語

以上所舉的「八端」，蓋為欣賞評論我國戲曲所應注意的方向，其要領已略述於各「端」之中。以此來衡量我國戲曲，倘劇作止於本事動人、主題嚴肅、曲文高妙三者具備，或甚至於僅曲文一項高妙，則不失為案頭之曲；倘結構謹嚴、音律諧美、科諢自然、賓白醒豁四者兼備，則堪為場上佳劇。倘曲文高妙，又加以場上四項，則不失為案頭、場上兩兼之佳作；而若七者健全，又益以人物鮮明一項，則堪稱無懈可擊之妙品。

[362]〔清〕李漁著，汪巨榮、盧壽榮校注：《閒情偶寄》，〈詞曲部・科諢第五〉，頁七三。
[363]〔明〕王驥德：《曲律・論插科第三十五》，《中國古典戲曲論著集成》第四冊，頁一四一。
[364]〔清〕李漁著，汪巨榮、盧壽榮校注：《閒情偶寄》，〈詞曲部・科諢第五〉，頁七六。

但是持「八端」以衡量我國戲曲的同時，還應當隨時注入和發掘新的文學情趣。其方法不妨採取現代的文學批評理論或訴諸個人的感悟，但以不牽強附會和偏執一隅為原則。能如此，那麼欣賞評論我國戲曲，才能既客觀而又主觀，不失劇作的真面目，而又能抒發其底蘊，於是劇作的價值和成就也才能真正了然。

而若執此「八端」再回顧明人「本色」、「當行」之說，由於其論述失諸草率隨興，不止難以周延深入，而且因其大抵「各說各話」，就使後人探討起來，每每糾葛於其難於取精擇實的混淆之中。但是倘能將「當行」、「本色」還其原本「真諦」，亦即戲曲之「本色」實指「曲」和「戲曲」所具備的真質性、真面貌之總體呈現；戲曲之「當行」者，實指對「曲」和「戲曲」具有全然認知和修為的劇作家和批評家，那麼執此「本色」、「當行」以製曲撰劇和評曲論劇，必為其不二之法門，此「法門」也正是本文所論的「評騭戲曲」的態度與方法，具體的說正是不拘泥的態度與方法，其方法則是本事動人、主題嚴肅、結構謹嚴、曲文高妙、音律諧美、賓白醒豁、人物鮮明、科諢自然等八端。

二〇一三年元月八日草稿完成

地方戲曲概論(上)(下)

曾永義、施德玉／著

中華民族是戲曲的民族，地方戲劇、戲曲源遠而流廣，劇種豐富，變化相承，迄今不衰。時至今日，各種地方戲曲仍舊深入社會各階層，脈動著廣大群眾的心靈，闡發著共同的民族意識、思想、理念和情感。

本書是坊間首次對「地方戲曲」全面論述之著作，內容包羅古今與兩岸，綱目周延而詳備。全書完整論述古今地方戲曲之形成與發展徑路、劇目題材與特色、主要腔系及小戲大戲之音樂特色、戲曲與小戲大戲之藝術質性、戲曲與小戲大戲腳色之名義分化及其可注意之現象、大陸重要地方戲曲劇種簡介、臺灣地方戲曲劇種說明，並深入考述臺灣南北管戲曲與歌仔戲之來龍去脈，兼及大陸戲曲改革、戲曲與宗教之關係、歷代偶戲概述、臺灣跨文化戲曲改編劇目等問題之探索。注釋詳明，論述井然，可供學者參考，亦可作初學之津梁。

俗文學概論

曾永義／著

本書為作者積年之研究成果。書中建構，頗見新穎。其開宗明義，商榷民間文學、俗文學、通俗文學三者之命義，並予以融通之，以袪學者之疑，有名正則言順之深意。論述俗文學之各類別，首釋名義、次敘源流，據此以見概要；然後舉例說明其體製、語言、內容以見其特色和價值。可供初學入門之津梁，亦可供學者治學之參考。

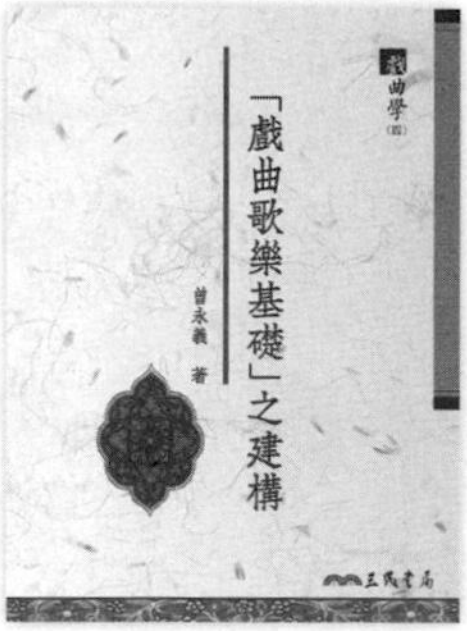

戲曲學(一)　曾永義／著

本書第一冊含七論子題十六：或論述兩岸戲曲在今日因應之道，文獻、文物、田調、訪問、觀賞五種戲曲研究資料必須兼顧；宋元瓦舍勾欄之樂戶歌妓與書會才人實為促成戲曲大戲之兩大推手；廣場踏謠、野臺高歌、氍毹宴賞、宮廷慶賀與勾欄獻藝五種戲曲劇場類型，各有質性；腳色名目根源市井口語，其符號化由於形近省文與音同音近之訛變；戲曲外在結構為其體製規律，內在結構為其排場類型；南北曲之語言質性風格頗不相同。

古典曲學要籍述評　戲曲學(三)　曾永義／著

本書評述戲曲要籍十六家，並輯錄明清「曲話」百二十家之零金片羽。所論名家：元人如芝菴《唱論》集北曲藝術之大成；鍾嗣成《錄鬼簿》保存北曲作家作品相關史料；周德清《中原音韻》始製北曲韻譜兼論曲律。明人如朱權《太和正音譜》為首部北曲曲牌譜；魏良輔《曲律》論唱曲技法最為水磨調圭臬；徐渭《南詞敘錄》為南戲極重要史料；王驥德《曲律》為首部系統性曲論；清人如李漁《閒情偶寄》中曲論，為元明清三代最具周延性、系統性、縝密性之戲曲學理論；徐于室、鈕少雅《南九宮正始》取材古調，為戲曲歌樂專精論著。民初名家，如王國維曲學諸書開現代戲曲研究之門，其《宋元戲曲史》為戲曲史開山之作。王季烈《螾廬曲談》之論度曲、作曲、譜曲總結前賢成就；吳梅《中國戲曲概論》為戲曲通史之「雛型」；至於鄭騫《鄭騫戲曲論集》則為治戲曲之津梁，《北曲新譜》則為北曲曲牌之典範。

「戲曲歌樂基礎」之建構　戲曲學(四)　曾永義／著

本書探討「歌」之唱詞及其載體之所以構成語言旋律之要素；構成「樂」之基本元素，尤其是方音以方言為載體所形成之語言旋律，亦即地方腔調；以及歌者如何以一己之音色、口法與行腔、收音所形成之「唱腔」。而由於唱詞之載體以「曲牌」最為精緻複雜；「腔調」之載體文學形式影響其語言旋律之精粗，其本身又因流播而變化多端；凡此皆特別詳加探索。本書篇首梳理「歌樂之關係」，由其創作與呈現兩方面剖析；篇末則詳論歌樂結合之雅俗兩大類型，即詩讚系板腔體與詞曲系曲牌體，作為論題之總結。